Alberto Moravia
Die Römerin

Alberto Moravia

Die Römerin

Roman

List Verlag
München · Leipzig

ISBN 3-471-79315-1

Die italienische Originalausgabe erschien bei
Casa Editrice Valentino Bompiani C.S.p.A., Milano
unter dem Titel »La Romana«.
Aus dem Italienischen von Dorothea Berensbach
Neuausgabe 1995 Paul List Verlag in der
Südwest Verlag GmbH & Co KG, München
 Printed in Germany
Gesamtherstellung: Ebner Ulm

ERSTER TEIL

ERSTES KAPITEL

Mit sechzehn Jahren war ich wirklich eine Schönheit. Mein Gesicht bildete ein vollkommenes Oval, mit schmalen Schläfen und ein wenig breiterer Kinnpartie; ich hatte große, sanfte Augen, eine gerade Nase und einen großen Mund, dessen volle, rote Lippen beim Lächeln regelmäßige, sehr weiße Zähne entblößten. Mutter sagte immer, ich ähnele einer Madonna. Ich verglich mich lieber mit einer der damals beliebten Filmschauspielerinnen und fing an, mich wie sie zu frisieren. Mutter sagte, mein Gesicht sei schön, aber mein Körper unvergleichlich schöner; solch ein Körper finde sich in ganz Rom nicht wieder. Damals kümmerte ich mich noch nicht um meinen Körper, es gab für mich nur die Schönheit des Gesichtes, aber heute muß ich Mutter recht geben. Ich hatte kräftige, gerade Beine, runde Flanken, einen langen Rücken mit schmaler Taille und breite Schultern. Mein Leib war schon immer etwas stark und der Nabel kaum sichtbar ins Fleisch eingebettet, aber Mutter behauptete, dies sei besonders schön, der Leib müsse hervortreten und nicht flach sein, wie es heute üblich sei. Auch meine Brüste waren voll, aber hoch und fest, so daß sich eine Stütze erübrigte. Sooft ich auch über meinen üppigen Busen jammerte, erklärte Mutter mir immer wieder, er sei wirklich schön, damit könnten die Figuren der modernen Frauen sich gar nicht vergleichen. Nackt wirkte ich groß und voll wie eine Statue — das sagte man mir erst später —, aber bekleidet schien ich ein kleines Mädchen zu sein, und niemand hätte ahnen können, wie ich darunter beschaffen war. Das hänge mit meinen Proportionen zusammen, erklärte mir der Maler, für den ich anfing Modell zu stehen.

Mutter hatte jenen Maler entdeckt; bevor sie heiratete und Hemdennäherin wurde, war sie Modell gewesen; nun hatte ihr ein Maler Hemden in Auftrag gegeben, sie erinnerte sich ihres alten Berufes und versprach, mich posieren zu lassen. Bei meinem ersten Besuch im Atelier wollte Mutter mich begleiten, trotz meines heftigen Protestes, ich könne gut allein gehen. Ich schämte mich sehr, nicht bei dem Gedanken, mich zum erstenmal in meinem Leben vor einem Mann zu entkleiden, als vielmehr im Vorgefühl der Rede, die Mutter halten würde, um das Gefallen des Malers an seinem Modell zu wecken. Richtig, kaum hatte sie mir das Kleid über den Kopf gezogen und mich nackt mitten in das Studio gestellt, da begann sie auch schon heftig auf den Maler einzureden: »Schauen Sie sich nur diese Figur an, solch eine Brust, diese Hüften und Beine — wo finden Sie etwas Ähnliches?« Bei diesem Redeschwall berührte sie alle angepriesenen Teile, ähnlich wie die Händler auf den Märkten ihre Tiere dem Käufer anbieten. Der Künstler lachte, ich schämte mich und fror, denn es war gerade Winter. Und doch meinte es die Mutter nicht böse, sie war nur stolz auf meine Schönheit, weil sie mich zur Welt gebracht hatte und also auch schön sein mußte, wenn ich es war. Selbst der Maler schien die Gefühle der Mutter zu verstehen, er lachte ohne Bosheit, auf eine herzliche Art, die mir gleich neuen Mut gab. Ich überwand meine Schüchternheit und ging auf Zehenspitzen zum Ofen, um mich zu wärmen. Der Maler war ungefähr vierzig Jahre alt, ein dicker Mann mit friedlichem, freundlichem Ausdruck. Ich fühlte, er betrachtete mich wie einen Gegenstand, ohne mich zu begehren, das gab mir eine größere Sicherheit. Später, als er mich näher kannte, hat er mich immer liebenswürdig und respektvoll behandelt, als Person und nicht mehr als Gegenstand. Er war mir gleich sehr sympathisch, und ich hätte mich vielleicht auch in ihn verlieben können, aus reiner Dankbarkeit, weil er so freundlich und gütig zu mir war. Aber er kam mir nie näher, sondern sah mich immer als Maler und nicht als Mann. Unsere Beziehungen blieben während meiner ganzen Arbeit bei ihm korrekt und unpersönlich wie am ersten Tag.

Als Mutter aufhörte, mich zu loben, ging der Maler wortlos zu einem Haufen Mappen auf einem Stuhl, blätterte darin herum und zog endlich einen Farbdruck hervor, um ihn Mutter mit den Worten: »Da ist deine Tochter« zu zeigen. Ich trat näher, um das Bild zu betrachten. Es stellte eine nackte Frau auf einem reich mit kostbaren Stoffen geschmückten Lager dar, hinter dem Bett hing ein Samtvorhang, und oben schwebten zwei geflügelte Putten wie zwei kleine Engel. Die Dame glich mir wirklich: aber obgleich sie nackt war, mußte sie, nach den Stoffen und Ringen an ihren Fingern zu schließen, eine Königin oder eine andere wichtige Persönlichkeit sein, während ich nur ein Mädchen aus dem Volk war. Mutter verstand zuerst nicht, was er meinte, und betrachtete verwirrt den Druck. Plötzlich schien sie die Ähnlichkeit zu erfassen und rief triumphierend: »Das stimmt wirklich, das ist sie — sehen Sie, ich hatte recht! Und wer ist das?«

»Das ist Danaë«, lächelte der Maler.

»Welche Danaë?«

»Danaë . . . eine heidnische Göttin.«

Mutter hatte den Namen eines lebenden Menschen erwartet, deshalb war sie immer noch im unklaren, und um ihre Verwirrung zu verdecken, fing sie an, mir weitläufig zu erklären, ich müsse mich ganz nach dem Willen des Malers aufbauen, zum Beispiel ausgestreckt wie die Dame auf dem Druck, vielleicht auch stehend oder sitzend, und ich dürfe mich nicht bewegen, solange er arbeite. Der Maler sagte lachend, Mutter scheine sich ja bald besser als er darauf zu verstehen. Geschmeichelt begann sie aus früheren Zeiten zu berichten, als sie noch Modell gestanden hatte und in ganz Rom als eines der schönsten Modelle bekannt gewesen war, und wie sie sich selbst geschadet hätte durch ihre Heirat und das Aufgeben ihres Berufes. Inzwischen legte ich mich auf Geheiß des Malers auf ein Sofa im Hintergrund des Raumes, er brachte mich in Positur, indem er mir selbst Arme und Beine in die gewünschte Haltung bog, aber das geschah mit einer so nachdenklichen Sanftheit und einer kaum merklichen Berührung, als sähe er mich bereits in der Form, die er zeichnen wollte. Dann begann er unter dem fortwährenden Geschwätz der Mutter die ersten Striche auf der weißen Leinwand zu ziehen, die auf der Staffelei vorbereitet war. Mutter merkte plötzlich, daß er ganz in seine Arbeit versunken war und nicht mehr zuhörte, und fragte deshalb: »Und was wird meine Tochter für die Stunde bekommen?«

Ohne die Augen von der Leinwand zu erheben, nannte der Künstler eine Summe. Mutter packte meine Kleider, die sie auf einen Stuhl gelegt hatte, warf sie mir ins Gesicht und befahl: »Los, zieh dich an, wir gehen lieber!«

»Was hast du denn jetzt auf einmal?« unterbrach der Maler verwundert seine Arbeit.

»Nichts, nichts«, antwortete sie und täuschte große Eile vor, »laß uns gehen, Adriana, wir haben noch viel zu erledigen.«

»Aber hör mal«, sagte der Maler, »wenn du einen Vorschlag zu machen hast, dann tu es doch. Was sind denn das für Geschichten!«

Darauf begann die Mutter einen großartigen Streit; sie schrie ihn an, er sei wohl verrückt, wenn er glaube, er könne mir so wenig bezahlen. Ich sei keines der alten Modelle, die niemand mehr wolle, sondern erst sechzehn, und ich arbeite zum ersten Male in diesem Beruf. Wenn Mutter etwas erreichen will, schreit sie immer so und erweckt den Anschein, als sei sie wirklich wütend. Dabei ist sie es gar nicht, ich kenne sie sehr genau und weiß, daß sie innerlich ganz ruhig dabei ist. Aber sie benimmt sich wie ein Marktweib, das einen Käufer beschimpft, weil er zuwenig für die Ware bietet. Vor allem schreit sie gebildete Menschen an, denn sie weiß aus Erfahrung, daß die dann auf Grund ihrer Erziehung zu guter Letzt immer nachgeben.

Wahrhaftig, auch der Maler lenkte schließlich ein! Während die Mutter keifte, lächelte er und machte ab und zu eine Handbewegung, wie um zu Wort zu kommen. Endlich hielt die Mutter inne, um zu verschnaufen, und er konnte sie von neuem fragen, wieviel sie haben wolle. Mutter antwortete nicht gleich, sondern schrie unerwarteterweise: »Ich möchte erst wissen, wieviel der Maler seinem Modell gegeben hat, dessen Bild du uns zeigtest.«

Der Künstler fing an zu lachen: »Was hat denn das damit zu tun? Das waren ganz andere Zeiten, er hätte ihr vermutlich eine Weinflasche oder ein Paar Handschuhe geschenkt.«

Mutter verstand diese Antwort ebensowenig wie seine Erklärung, die Dargestellte sei eine heidnische Göttin. Der Maler zog sie ein wenig auf, ohne dabei boshaft zu sein, aber Mutter bemerkte es nicht einmal. Sie fing wieder an zu schreien, nannte ihn einen Geizkragen und übertrieb meine Schönheit. Plötzlich beruhigte sie sich scheinbar unvermittelt und nannte die Summe, die sie haben wollte. Nach neuerlichen Verhandlungen einigten sie sich schließlich auf eine Summe, die nur wenig geringer als die von ihr verlangte war. Der Maler ging an ein Tischchen, öffnete die Schublade und bezahlte. Zufrieden nahm sie das Geld, gab mir eine letzte Ermahnung und ging. Der Künstler schloß die Tür hinter ihr, kehrte zu seiner Staffelei zurück und fragte: »Schreit deine Mutter immer so?«

»Mutter hat mich sehr lieb«, antwortete ich.

»Mir scheint, daß sie vor allem das Geld liebt«, bemerkte er und begann von neuem zu zeichnen.

»Das stimmt nicht!« erwiderte ich heftig. »Mich hat sie am liebsten. Aber es paßt ihr nicht, daß ich so arm geboren bin, deshalb soll ich gut verdienen.«

Ich habe absichtlich die Begegnung mit dem Maler so ausführlich erzählt, einmal, weil ich an diesem Tag zu arbeiten begann – wenn ich später auch einen anderen Beruf wählte –, und dann, weil die Haltung der Mutter bei dieser Gelegenheit wohl am besten ihren Charakter und die Art ihres Gefühls für mich zeigt.

Nach Beendigung meiner Arbeit hatte ich mich mit Mutter in einem Café verabredet. Sie fragte mich nach dem Verlauf der Stunde, und ich mußte ihr ganz genau die wenigen Sätze wiederholen, die der schweigsame Künstler während der Arbeit an mich gerichtet hatte. Am Ende ermahnte sie mich, sehr vorsichtig zu sein; wenn dieser Maler auch keine schlechten Absichten habe, so stellen doch die meisten die Modelle nur an, um sie dann zu ihren Geliebten zu machen. Das solle ich nun unter allen Umständen zurückweisen. »Die sind alle halb verhungert«, erklärte sie mir, »von ihnen kann man gar nichts erwarten. Du kannst mit deiner Schönheit auf etwas Besseres hoffen, auf etwas viel Besseres!«

Mutter hatte nie vorher ähnliche Reden mit mir geführt. Aber sie sprach mit einer solchen Sicherheit, als hätte sie es sich lange überlegt.

»Was willst du damit sagen?« fragte ich verdutzt.

Ihre Antwort war unklar: »Diese Leute nehmen den Mund voll, aber Geld haben sie keines. So ein schönes Mädchen wie du muß sich immer an die Herren halten.«

»An welche Herren? Ich kenne doch keine.«

Sie betrachtete mich und beendigte unsere Unterhaltung noch unverständlicher: »Jetzt arbeitest du erst einmal als Modell, dann werden wir weitersehen — eine Sache zieht die andere nach sich.« Aber ihr Gesicht trug dabei einen nachdenklichen und so habgierigen Ausdruck, daß ich beinahe erschrak. An jenem Tag habe ich sie um keine weiteren Erklärungen gebeten.

Eigentlich waren Mutters gute Ratschläge überflüssig, denn ich war damals, trotz meines jugendlichen Alters, sehr ernst veranlagt. Nach jenem Maler fand ich andere Künstler und war bald darauf gut bekannt in der Umgebung des Ateliers. Ich muß zugeben, daß mich die Maler fast alle respektvoll und anständig behandelten, wenn mir auch mehr als einer seine Gefühle nicht verbarg. Aber ich wies sie alle ab, und meine Standhaftigkeit brachte mich deshalb bald in den Ruf strenger Tugend. Wie gesagt, die Maler waren fast immer respektvoll, wohl hauptsächlich, weil ihre Absicht nicht darin lag, mich zu erobern, sondern mich zu zeichnen und zu malen, und während dieser Arbeit sahen sie mich nicht als Frau, sondern mit den Augen des Künstlers, wie sie einen Stuhl oder einen anderen Gegenstand ansahen. Sie waren an Modelle gewöhnt und an meinen nackten Körper; mochte er noch so jung und verführerisch sein, er machte ihnen ebensowenig Eindruck wie etwa den Ärzten. Die Freunde der Maler allerdings brachten mich oft in Verlegenheit. Sie traten ein und begannen, sich mit dem Künstler zu unterhalten. Aber sehr bald merkte ich, wie sie trotz aller Bemühungen ihre Augen nicht von meinem Körper abwenden konnten. Andere waren geradezu dreist und schlenderten im ganzen Studio umher, um mich von allen Seiten genau betrachten zu können. Diese Blicke weckten noch mehr als die dunklen Anspielungen der Mutter mein Gefühl für Koketterie und brachten mir zugleich die Schönheit meines Körpers zum Bewußtsein und die Vorteile, die man daraus ziehen könnte. Am Ende gewöhnte ich mich nicht nur an diese Dreistigkeiten, sondern empfand sogar ein gewisses Vergnügen an der Verwirrung der Besucher und war enttäuscht, wenn sie sich gleichgültig gaben. So wurde ich durch diese Eitelkeit unmerklich in die von Mutter angestrebte Gedankenrichtung gelenkt: daß es in meiner Macht läge, mein Leben durch Ausnützung der Schönheit meines Körpers zu verbessern.

Damals dachte ich vor allem ans Heiraten. Meine Sinne waren noch nicht geweckt, und die Männer, die mich beim Modellstehen betrachteten, riefen außer Eitelkeit kein anderes Gefühl in mir hervor. Ich gab Mutter alles verdiente Geld, und wenn ich nicht Modell stand, half ich ihr, Hemden zuzuschneiden und zu nähen. Dies war unser einziger Lebensunterhalt seit dem Tod meines Vaters, eines Eisenbahners. Wir lebten in einer kleinen Wohnung im zweiten Stock eines langen, niedrigen Hauses, das vor fünfzig Jahren für die Eisenbahner gebaut worden war. Das Haus stand an einer von Platanen beschatteten Vorstadtstraße. Auf der einen Seite erhob sich eine Reihe gleichartiger Gebäude, jedes ebenso wie das unsere zweistöckig, mit ungetünchten Ziegelfassaden, zwölf Fenstern, je sechs für ein Stockwerk, und einer Haustür in der Mitte. Auf der andern Seite zog sich Turm an Turm die Stadtmauer entlang, die hier noch erhalten und ganz mit Grün überwachsen war. Ein wenig entfernt von unserem Gebäude öffnete sich ein Tor in der Mauer. An diesen Durchgang lehnte sich der Bretterverschlag eines Lunaparkes, der in der Saison seine Lichter entzündete und Musik ertönen ließ. Wenn ich ein wenig schräg aus meinem Fenster blickte, konnte ich die Girlanden der bunten Lampions, die beflaggten Dächer der Zelte und die Menge sehen, die sich am Eingang unter den Zweigen der Platanen staute. Die Musik hörte ich deutlich, und oft blieb ich nachts wach, um ihr zu lauschen und mit offenen Augen zu träumen. Sie schien aus einer wenigstens für mich unerreichbaren Welt zu kommen, und dies Gefühl wurde durch die Enge und die Schatten in meinem Zimmer noch verstärkt. Ich bildete mir ein, die ganze Bevölkerung der Stadt sei im Lunapark, und nur ich müsse fehlen. Am liebsten wäre ich aufgestanden und hinübergegangen, doch ich rührte mich nicht, und die Musik, die unbeirrt die ganze Nacht lang tönte, ließ mich über eine ständige Entbehrung nachgrübeln, die mir auf Grund einer unbekannten Schuld auferlegt worden war. Manchmal brachte mich die Musik zum Weinen, aus Bitterkeit, daß ich so davon ausgeschlossen war. Ich war damals sehr sentimental; Kleinigkeiten, wie die Unhöflichkeit einer Freundin, ein Verweis der Mutter, rührende Szenen im Kino, genügten, um mich in Tränen ausbrechen zu lassen. Ich hätte vielleicht die Empfindung einer glücklichen, dabei verbotenen Welt nicht so stark gehabt, wenn Mutter mich nicht während meiner Kindheit vom Lunapark ebenso wie von aller anderen Zerstreuung ferngehalten hätte. Aber die Witwenschaft der Mutter, ihre Armut und vor allem ihre Feindschaft gegenüber Vergnügungen, die ihr vom Schicksal nicht gegönnt worden waren, hielten mich vom Lunapark oder irgendeinem der anderen Lokale fern. Erst viel später, nach der Kindheit, als mein Charakter sich bereits geformt hatte, lernte ich sie kennen. Darauf ist es wohl zurückzuführen, daß ich mein ganzes Leben lang nie den Verdacht losgeworden bin, von dem fröhlichen und vor Glück strahlenden Teil der Welt ausgeschlossen zu sein — ein Verdacht, den ich selbst dann habe, wenn ich überzeugt bin, glücklich zu sein.

Ich habe schon erzählt, wie alle meine Gedanken damals um das Heiraten kreisten, und ich kann auch erklären, wie ich auf diese Idee kam. Das Vorstadtsträßchen, in dem unser Haus stand, führte weiter oben in ein weniger armes Viertel. Statt der langen, niedrigen Bauten der Eisenbahner, müden, verstaubten Eisenbahnwagen gleichend, erhoben sich dort zahlreiche von Gärten umgebene kleine Villen. Sie waren nicht luxuriös und wurden nur von Angestellten oder kleinen Kaufleuten bewohnt, aber im Vergleich zu unserem düsteren Haus vermittelten sie den Eindruck eines wohlhabenden und heiteren Lebens. Vor allem waren sie untereinander verschieden, und dann wurde das Auge nicht durch abgebröckelten Kalk, schwarz gewordene Flecke und Risse in den Mauern beleidigt, die bei unserem Haus und den anliegenden Gebäuden so lieblos wirkten. Endlich erweckten die engen, aber dichten Gärten, die sich um die Villen schlossen, die Vorstellung einer eifersüchtig gehüteten Abgeschlossenheit, fern von der Unruhe und dem Durcheinander der Straße. In unser Haus dagegen drang die Straße überall ein: in den weiten Hausflur, der besser als Warenmagazin gepaßt hätte, auf die breite, schmutzige und nackte Treppe, bis hinauf in die Zimmer, wo wacklige und zusammengesuchte Möbel an die Trödler erinnerten, die ihre Ware auf dem Bürgersteig ausstellten, um sie leichter verkaufen zu können.

An einem Sommerabend ging ich mit Mutter die Straße entlang und sah in einem der Villenfenster eine Familienszene, die sich mir tief einprägte, da sie in allem der Vorstellung entsprach, die ich mir von einem normalen, anständigen Leben gemacht hatte: ein sauberes kleines Zimmer mit einer Blumentapete, einer Kredenz und einer Deckenlampe, die in der Mitte über einem gedeckten Tisch hing. Fünf oder sechs Personen, darunter drei Kinder zwischen acht und zwölf Jahren, scharten sich um den Tisch. Die Mutter stand und verteilte gerade Minestra aus der Suppenterrine. Merkwürdig, aber von all diesen Dingen beschäftigte mich das Deckenlicht am stärksten oder vielmehr das außergewöhnlich heitere und normale Aussehen, das all die Dinge in jenem Licht annahmen. Als ich später diese Szene überdachte, war ich unbedingt davon überzeugt, daß ich es mir zum Ziel setzen müsse, eines Tages ein solches Haus zu bewohnen, eine ähnliche Familie zu haben und in dem gleichen Licht zu leben, das die Gegenwart von soviel ruhiger, sicherer Zuneigung zu offenbaren schien. Manche werden denken, das seien bescheidene Hoffnungen gewesen. Aber man muß sich nur meinen damaligen Zustand klarmachen! Auf das im Eisenbahnerhaus geborene Kind übte diese Villa die gleiche Anziehungskraft aus, die die reicheren, größeren Wohnsitze in den besseren Stadtvierteln auf die von mir so beneideten Bewohner der kleinen Häuser hatten. So sieht jeder das eigene Paradies in der Hölle der anderen.

Die Mutter schmiedete unterdessen große Pläne auf meine Kosten; aber mir wurde bald klar, daß alle diese Pläne eine Regelung in der Art, die mir am Herzen lag, ausschlossen. Sie dachte vor allem, ich könne mit meiner Schönheit nach jeglicher Art von Erfolg streben, aber ich solle nicht eine verheiratete Frau mit Familie werden wie alle anderen. Wir waren bettelarm, und meine Schönheit schien ihr der einzige Reichtum, über den wir verfügen konnten, und als solcher nicht nur mir, sondern auch ihr gehörig, weil sie mich zur Welt gebracht hatte. Diesen Reichtum mußte ich also dazu benützen, unsere Lage zu verbessern, ohne Rücksicht auf die Umstände. In unserer Situation lag der Gedanke, Vorteil aus meiner Schönheit zu ziehen, am nächsten. Mutter hatte sich an diese Idee geklammert und kam nie mehr von ihr los.

Damals waren mir Mutters Pläne nur unklar bewußt, aber auch später, als mir alles verständlich wurde, hatte ich niemals den Mut, sie zu fragen, warum sie bei dieser Einstellung so arm geblieben und Frau eines Eisenbahners geworden sei. Durch häufige Anspielungen merkte ich allmählich, gerade ich sei der Grund zu Mutters Elend gewesen durch meine unvorhergesehene und unerwünschte Ankunft. Mit anderen Worten, ich war zufällig geboren worden, und Mutter, die nicht den Mut aufgebracht hatte, meine Geburt zu verhindern (wie sie es, nach ihren Worten, hätte tun sollen), war daraufhin gezwungen gewesen, meinen Vater zu heiraten und alle Folgen einer solchen Ehe auf sich zu nehmen. Oftmals sagte die Mutter, indem sie auf meine Geburt anspielte: »Du bist mein Ruin gewesen« – ein Satz, der mir anfangs unverständlich vorkam und mich sehr schmerzte, aber dessen Bedeutung ich dann später begriff. Diese Phrase wollte sagen: »Ohne dich hätte ich nicht geheiratet und würde heute im Auto herumfahren!« Es ist verständlich, daß sie bei einer solchen Einstellung zum eigenen Leben ihrer viel schöneren Tochter nicht erlaubte, dieselben Fehler zu wiederholen und das gleiche Schicksal zu erleiden. Auch heute, da ich die Dinge von einer anderen Warte aus beurteilen kann, fühle ich mich nicht dazu berufen, sie zu verurteilen. Für die Mutter bedeutete Familie: Armut, Dienstbarkeit und seltenes Vergnügen, das bald mit dem Tod des Mannes endete. Es war daher natürlich, wenn auch nicht richtig von ihr, ehrliches Familienleben als ein Unglück anzusehen und darüber zu wachen, daß ich mich nicht vom selben Blendwerk beirren ließ, das sie ruiniert hatte.

Die Mutter hatte mich in ihrer Art sehr gern. Zum Beispiel nähte sie mir zwei neue Kleider, sowie ich anfing, in den Ateliers herumzukommen, einen Rock, eine Bluse und ein ganzes Kleid. Eigentlich hätte ich Leibwäsche vorgezogen, weil ich mich bei jedem Auskleiden schämte, meine grobe, aufgebrauchte und oftmals nicht sehr saubere Wäsche zu zeigen. Aber Mutter meinte, unter dem Kleid könne ich auch in Fetzen gehen, es sei vor allem wichtig, mich nett angezogen vorzustellen. Sie wählte zwei billige Stoffe mit großem Muster und schreienden Farben und schnitt die Kleider selbst zu. Aber da sie Hemdennäherin war und noch nie geschneidert hatte, verdarb sie beide Kleider, obwohl sie sich sehr viel Mühe gab. Ich erinnere mich genau an den Ausschnitt des einen Kleides, bei dem man meine Brust sah, so daß ich immer eine Nadel vorstecken mußte. Bei dem zweiteiligen war die Jacke so kurz, daß Hüften, Handgelenke und Brüste immer herausschlüpften, dafür war der Rock zu lang und warf Falten auf dem Bauch. Trotzdem war es ein großes Ereignis für mich, denn bis dahin war ich noch schlechter angezogen gewesen, mit Röcken, die meine Schenkel frei ließen, mit Unterjacken und Tüchern darüber. Mutter kaufte mir auch zwei Paar seidene Strümpfe; bis dahin war ich in Kniestrümpfen mit nackten Knien herumgelaufen. Diese Geschenke machten mich froh und stolz, ich konnte mich daran nicht satt sehen und mußte immer wieder an meinen Staat denken. Ich ging steif und vorsichtig auf der Straße, als hätte ich nicht jene ärmlichen Lumpen an, sondern ein kostbares Kleid von einer berühmten Schneiderin.

Mutter dachte immer an meine Zukunft, und schon nach kurzer Zeit fing sie an, mit meinem Beruf als Modell nicht mehr zufrieden zu sein. Nach ihrer Ansicht verdiente ich zu wenig dabei; außerdem waren die Maler und ihre Freunde arme Leute, und es bestand wenig Aussicht, in ihren Studios eine nützliche Bekanntschaft zu schließen. Plötzlich setzte sich die Mutter in den Kopf, ich solle Tänzerin werden. Sie war immer erfüllt von ehrgeizigen Plänen, während ich, wie schon gesagt, nur ein ruhiges Leben mit Mann und Kindern erträumte. Die Idee war ihr durch den Nähauftrag eines Varietédirektors gekommen, dessen Tanzgruppe zwischen zwei Filmen auf der Rampe eines Kinos auftrat. Sie glaubte nicht, daß der Beruf einer Tänzerin an sich etwas besonders Erstrebenswertes sei, aber getreu ihrem häufig wiederkehrenden Lieblingssprichwort »Eine Sache zieht die andere nach sich« stellte sie sich das Auftreten auf einer Bühne als günstige Gelegenheit vor, bessere Bekanntschaften zu machen.

Eines Tages eröffnete mir die Mutter, sie habe mit jenem Direktor gesprochen, und er würde es begrüßen, wenn sie mich zu ihm brächte.

Wir gingen also eines Morgens in das Hotel, in dem der Direktor mit seiner Theatergruppe wohnte. Ich erinnere mich noch genau an den mächtigen, alten Palast in der Nähe des Bahnhofs. Die Gänge waren trotz der nahen Mittagsstunde noch dunkel. Der in hundert Zimmern aufgespeicherte Geruch des Schlafes erfüllte die Luft und verschlug einem den Atem. Wir liefen mehrere Gänge entlang, bis wir endlich ein düsteres Vorzimmer erreichten, in dem drei Tänzerinnen und ein Klavierspieler übten, als befänden sie sich auf der Bühne. Das Klavier war ganz in eine Ecke hineingerückt, neben eine Tür mit Milchglasscheiben, die zur Toilette führte; in der gegenüberliegenden Ecke lag ein großer Haufen schmutziger Wäsche. Der Klavierbegleiter, ein abgezehrter Alter, schien aus dem Gedächtnis zu spielen und an ganz andere Dinge dabei zu denken, wenn er nicht überhaupt schlief. Die drei jungen Tänzerinnen hatten ihre Jacken ausgezogen und probten im Rock mit fast nacktem Oberkörper. Sie faßten sich um die Hüften und näherten sich, sowie der Spieler die Melodie anschlug, gemeinsam dem Haufen schmutziger Bettücher, erhoben die Beine und ließen sie gleichzeitig erst nach rechts, dann nach links schwingen, um sich endlich mit einer an diesem düsteren Ort ganz fremdartig wirkenden herausfordernden Bewegung umzudrehen und heftig mit ihren Hinterteilen zu wackeln. Je länger ich sie betrachtete und beobachtete, wie sie den Takt mit den Füßen in dumpfem Getrommel auf die Fliesen klopften, um so mehr sank mein Mut. Ich war trotz meiner langen, kräftigen Beine davon überzeugt, keinerlei tänzerische Begabung zu besitzen. Gemeinsam mit zwei Freundinnen hatte ich schon einmal Tanzstunden in der Schule unseres Stadtviertels genommen. Jene konnten bereits nach den ersten Versuchen den Takt halten und Beine und Hüften wie zwei erfahrene Tänzerinnen schwingen. Ich dagegen schleppte mich dahin, als bestünde ich von den Hüften abwärts aus Blei. Ich dachte, ich sei anders als die übrigen Mädchen, von einer gewissen Schwere, die selbst durch die Musik nicht gelöst wurde. Bei den seltenen Malen, die ich tanzte, fühlte ich mich, sobald ein Arm meine Hüfte umfaßte, von einer Art hingebender Mattigkeit erfüllt, so daß ich meine Beine nachzog, statt sie zu bewegen. Selbst der Maler hatte mir gesagt: »Adriana, du hättest mindestens vier Jahrhunderte früher geboren werden sollen, damals waren Frauen wie du geschätzt; heute, wo Magerkeit die Mode bestimmt, lebst du wie ein Fisch, den man aus dem Wasser genommen hat — in vier bis fünf Jahren wirst du junonische Formen haben.« Mit dieser Vorhersage hat er sich geirrt, denn heute sind die fünf Jahre verflossen, ohne daß ich dicker oder üppiger als damals geworden wäre. Aber daß ich nicht für eine Zeit der mageren Frau gebaut bin, darin hat er recht behalten. Ich litt unter meiner Unbeweglichkeit und wäre gern dünn geworden, um ebenso wie andere Mädchen tanzen zu können. Aber trotz meiner spärlichen Kost blieb ich immer massiv wie eine Statue, und es gelang mir nicht, mich beim Tanzen dem springenden, schnellen Rhythmus moderner Musik anzupassen.

All das erklärte ich Mutter, denn ich wußte, der Besuch beim Varietédirektor würde ein Fehlschlag werden, und ich fürchtete die Demütigung einer Ablehnung. Aber Mutter begann sofort zu kreischen, ich sei weit schöner als alle jene Unglücklichen, die sich auf den Bühnen zeigten, und der Direktor könne dem Himmel danken, wenn er mich in seine Schau bekomme. Mutter verstand nichts von moderner Schönheit, sondern beharrte in ihrem Glauben, eine Frau sei um so schöner, je üppiger ihr Busen und je runder ihre Hüften seien. Der Direktor empfing uns im Nebenzimmer, durch dessen geöffnete Tür er vermutlich die Proben der Tänzerinnen überwachte. Er saß in einem Sessel am Fußende des ungemachten Bettes, auf dem ein Tablett mit Kaffee stand, und beendete gerade sein Frühstück. Er war alt und dick, aber herausgeputzt, pomadisiert und mit einer stark aufgetragenen Eleganz gekleidet, die einen sehr eigenartigen Eindruck inmitten der schmutzigen Bettwäsche, der düsteren Beleuchtung und der eingeschlossenen Luft hervorrief. Er hatte ein blühendes Aussehen, das mir aber angemalt vorkam, denn unter der rosigen Farbe auf den Backen schimmerten ungleiche, braune, ungesunde Flecken. Er trug ein Monokel eingeklemmt und bewegte keuchend unaufhörlich seine Lippen, wobei ungewöhnlich weiße Zähne sichtbar wurden, die an ein Gebiß denken ließen. Wie schon gesagt, er war auffallend elegant gekleidet. Ich erinnere mich vor allem an seine Schmetterlingskrawatte in derselben Farbe und dem gleichen Muster wie das Einstecktaschentuch. Er blieb sitzen, den Bauch zwischen den Beinen, wischte sich nach dem Essen den Mund ab und sagte dann gelangweilt, beinahe jämmerlich:

»Los, zeig deine Beine!«

»Zeig dem Herrn Direktor deine Beine«, wiederholte Mutter ängstlich. Nunmehr, nach meiner Arbeit als Modell, schämte ich mich nicht mehr; ich zog also meine Kleider hoch, behielt den Rock in der Hand und zeigte meine Beine. Ich besitze sehr schöne, lange, gerade Beine, nur die Oberschenkel fangen kurz oberhalb der Knie an, sich ungewöhnlich zu entwickeln, und hören bis zum Schoß nicht auf, sich zu verbreitern. Der Direktor schüttelte den Kopf bei seiner Betrachtung und fragte dann: »Wie alt bist du?«

»Sie ist im August achtzehn geworden«, antwortete die Mutter sofort. Der Direktor erhob sich wortlos und ging schnaufend zu einem Grammophon, das zwischen Papieren und Kleidern auf dem Tisch stand. Er drehte die Kurbel, wählte sorgfältig eine Platte aus und legte sie auf. Dann sagte er zu mir: »Jetzt versuch nach dieser Musik zu tanzen — aber immer mit erhobenem Rock.«

»Sie hat nur wenige Tanzstunden gehabt«, erklärte die Mutter. Sie wußte, dies würde die entscheidende Probe sein, und da sie meine Plumpheit kannte, fürchtete sie den Ausgang der Prüfung.

Aber der Direktor bedeutete ihr durch eine Handbewegung zu schweigen, stellte die Musik an und gab mir das Zeichen zum Beginn. Ich fing mit gerafftem Rock an zu tanzen, wie mir geheißen worden war, das heißt, ich schwang die Beine kaum sichtbar hin und her auf eine weiche, schwere Art und hatte außerdem das Gefühl, mich nicht im Takt zu bewegen. Der Direktor war neben dem Grammophon stehengeblieben, mit den Ellenbogen auf dem Tisch und mit mir zugewandtem Gesicht. Plötzlich schloß er das Grammophon, kehrte zu seinem

Sessel zurück und machte dabei eine unmißverständliche Bewegung in Richtung der Tür.

»Geht es nicht?« fragte die Mutter ängstlich und bereits aggressiv.

Er antwortete, ohne sie anzublicken, während er seine Taschen nach dem Zigarettenetui absuchte: »Nein, es geht nicht.«

Ich wußte, wenn Mutter in diesem Tonfall sprach, dann war sie im Begriff, Händel anzufangen, deshalb zog ich sie an der Hand. Sie stieß mich jedoch mit einem Ruck zurück, starrte den Direktor mit flammenden Augen an und wiederholte mit erhobener Stimme: »So, es ist also nicht genug? Darf man erfahren, warum?«

Der Direktor hatte die Zigaretten endlich gefunden, jetzt suchte er nach Streichhölzern. Auf Grund seiner Wohlbeleibtheit schien ihm jede Bewegung große Mühe zu bereiten. Er antwortete ruhig, wenn auch schnaufend: »Es ist nicht möglich, weil sie kein Talent zum Tanzen hat und außerdem nicht das dazu benötigte Aussehen.«

Hier begann die Mutter, wie ich gefürchtet hatte, auf die übliche Art zu schreien. Ich sei eine wahre Schönheit, mit einem Gesicht wie die Madonna, und er solle nur meinen Busen, meine Beine und Hüften betrachten. Ohne sich abbringen zu lassen, entzündete er seine Zigarette und wartete rauchend und beobachtend, wann sie wohl zu Ende käme. Dann sagte er mit gelangweilter, kläglicher Stimme: »Deine Tochter wird in ein paar Jahren vermutlich eine gute Amme werden – aber niemals eine Tänzerin.«

Er hatte keine Ahnung, welches Wutstadium meine Mutter erreichen konnte; vor lauter Verwunderung entfiel ihm die Zigarette, und er blieb mit offenem Mund sitzen. Er wollte etwas sagen, aber Mutter ließ ihn nicht zu Worte kommen. Man verstand wirklich nicht, wo die magere, keuchende Frau diese Stimme und solchen Eifer hernahm. Sie schrie ihm eine Reihe von Beschimpfungen zu, teils auf ihn persönlich, teils auf die Tänzerinnen bezogen, die wir im Vorzimmer gesehen hatten. Schließlich ergriff sie einige Stücke Hemdenstoff, die er ihr in Auftrag gegeben hatte, und keifte: »Die Hemden können Sie sich zuschneiden lassen, von wem Sie Lust haben, vielleicht von Ihren Ballettmädchen! Ich denke gar nicht daran, sie zu nähen, für kein Geld der Welt.«

Dieser Zusammenhang kam dem Direktor wirklich unerwartet; mit dem Hemdenstoff um Kopf und Körper drapiert, saß er, erstaunt und außer Fassung gebracht, da. Ich zog die Mutter unterdessen immer wieder an der Hand und heulte beinahe vor Scham und Demütigung. Endlich beachtete sie mich, wir überließen es dem Direktor, sich wieder aus den Stoffmassen herauszuschälen, und gingen aus dem Zimmer.

Am nächsten Tag erzählte ich den ganzen Vorgang dem Maler, der ein wenig mein Vertrauter geworden war. Er schüttelte sich vor Lachen über die Bemerkung des Direktors, meine Begabung läge im Ammenberuf; dann sagte er: »Arme kleine Adriana! Ich habe dir schon oft erklärt, daß du dich in deinem Geburtsjahr geirrt hast. Du hättest ungefähr vier Jahrhunderte früher auf die Welt kommen sollen. Was heute als Nachteil angesehen wird, galt damals als Vorzug und umgekehrt. Der Direktor hat von seinem Standpunkt aus schon recht gehabt; er weiß, das Publikum will heute magere, blonde Frauen mit kleiner Brust, zierlichem Hinterteil und verschmitztem, aufreizendem Gesichtsausdruck. Du hast dagegen, ohne dick zu sein, eine volle Figur mit üppigem Busen und Hüften, hast braunes Haar und ein liebliches, ruhiges Gesicht – was willst du damit anfangen? Für mich bist du gerade richtig, arbeite doch weiter als Modell! Eines schönen Tages wirst du dich dann verheiraten und viele Kinder haben mit drallen Körpern, braunem Haar und ebenso friedlichen Gesichtern wie du.«

Ich erwiderte energisch: »Gerade das will ich ja.«

»Bravo«, sagte er, »und jetzt dreh dich ein wenig auf die Seite, so.« Jener Maler war mir gut, auf seine Art, und vielleicht, wenn er in Rom geblieben wäre und mir weiterhin als Vertrauter gedient hätte, würden viele Dinge durch seine guten Ratschläge verhindert worden sein. Aber er klagte dauernd über seinen schlechten Verdienst und benützte die Gelegenheit einer Ausstellung in Mailand, um endgültig dorthin abzureisen. Wie er mir geraten hatte, fuhr ich fort, Modell zu stehen. Aber die anderen Maler waren nicht so zart und freundlich wie er, und ich fühlte keinen Wunsch, ihnen von meinem Leben zu erzählen. Ich führte ein Phantasiedasein, aus Ehrgeiz, Träumen und Hoffnungen gebildet, denn in diesem Lebensabschnitt gelang mir gar nichts.

ZWEITES KAPITEL

So arbeitete ich also weiter als Modell, obwohl Mutter dauernd brummte, weil ich so wenig verdiente. Zu jener Zeit war sie eigentlich immer schlechter Laune, und obgleich sie es nicht zugab, war ich der Hauptgrund ihres Ärgers. Wie schon gesagt, hatte sie auf meine Schönheit gerechnet, um wer weiß welche Erfolge und Reichtümer zu erlangen; der Beruf als Modell war immer nur ein erster Schritt für sie gewesen, denn es sollte ja, wie sie sich gewöhnlich ausdrückte, »eine Sache die andere nach sich ziehen«. Da ich jedoch ein dürftiges Modell blieb, wurde sie verbittert und grollte mir deswegen beinahe, als ob ich sie durch meinen mangelnden Ehrgeiz um einen sicheren Verdienst betrogen hätte. Selbstverständlich sprach sie ihre Gedanken nicht aus, aber sie gab sie mir durch brummiges Benehmen, Anspielungen, Seufzer, melancholische Augenaufschläge und andere durchsichtige Hinweise zu verstehen. Es war eine Art dauernder Erpressung, und ich lernte allmählich begreifen, warum so viele Mädchen, die auf eine ähnliche Art von ihren enttäuschten, ehrgeizigen Müttern geplagt werden, schließlich eines Tages von zu Hause weglaufen und sich dem ersten besten geben, nur um diese Quälerei nicht länger ertragen zu müssen. Selbstverständlich handelte die Mutter im Glauben, es gut mit mir zu meinen. Aber ein wenig war diese Liebe doch derjenigen vergleichbar, welche manche Hausfrauen ihrer Henne entgegenbringen, solange sie Eier legt; wenn sie aufhört zu legen, beginnen sie damit, sie abzutasten, zu wiegen und sich zu überlegen, ob es nicht besser sei, sie zu schlachten.

Wie geduldig und unwissend man doch ist, wenn man noch so jung ist! Ich führte damals ein schreckliches Leben und merkte es nicht einmal. Alles Geld, das ich für die langen, ermüdenden und eintönigen Sitzungen in den Ateliers bekam, brachte ich treulich nach Hause. Die übrige Zeit, die ich nicht nackt, steif vor Kälte und unter Schmerzen am ganzen Körper verbrachte, um mich malen oder zeichnen zu lassen, hockte ich mit gebeugtem Rücken und auf die Nadel gehefteten Augen an der Maschine, um Mutter beim Hemdennähen behilflich zu sein. Bis spät in die Nacht saß ich noch an der Arbeit, und bei Tagesanbruch erhob ich mich wieder, denn die Ateliers waren weit entfernt, und das Modellstehen begann früh am Morgen. Ehe ich fortging, machte ich noch mein Bett und half Mutter bei der Hausarbeit. Ich war wirklich unermüdlich, unterwürfig und geduldig, zu gleicher Zeit immer fröhlich, vergnügt und gelassen, dabei ohne Neid, Ärger oder Eifersucht, im Gegenteil, angefüllt mit jener Fröhlichkeit und Dankbarkeit, welche diesem jugendlichen Alter natürlich sind. Ich bemerkte die elende Umgebung zu Hause gar nicht: ein großes, kahles Zimmer diente als Werkstätte; in der Mitte ein runder Tisch, bedeckt mit Flicken; andere Fetzen hingen an Nägeln an den dunklen, bröckelnden Wänden, und einige wacklige Stühle standen noch herum. Im Schlafzimmer teilte ich mit der Mutter das Ehebett, gerade über ihm zeigte die Decke eine feuchte Stelle, und bei Regenwetter tropfte es auf uns herab; die schwarze Küche war immer angefüllt mit Geschirr und Kochtöpfen, welche die schlampige Mutter niemals fertig abwaschen konnte. Mir wurde die Aufopferung meines Lebens ohne Vergnügungen, ohne Liebe und Anhänglichkeit gar nicht bewußt. Wenn ich mir das Mädchen von damals in seiner Güte und Unschuld vergegenwärtige, kann ich nicht umhin, ein heftiges Mitleid mit mir selbst zu empfinden, zugleich unfähig und betrübt, etwa so, wie man in manchen Romanen von den Mißgeschicken einer sympathischen Gestalt liest; man möchte sie gerne von ihr abwenden und weiß doch, daß es nicht geht. Aber so ist es eben: mit Güte und Unschuld wissen die Männer nichts anzufangen; ist das nicht wirklich eines der Lebensgeheimnisse, daß von der Natur gespendete und von allen mit Worten gepriesene Eigenschaften nur dazu dienen, das Unglücklichsein zu steigern?

Damals schien es mir noch, als könne ich meine Bestrebungen nach einem Haushalt und eigener Familie eines Tages verwirklichen. Jeden Morgen bestieg ich die Straßenbahn auf einem kleinen Platz in der Nähe unseres Hauses, an dem neben anderen Bauten auch ein langgestrecktes, niedriges Gebäude an der Mauer lehnte, als Autogarage dienend. Zu dieser Zeit stand immer ein Bursche in der Garagentür, wusch und putzte an seinem Wagen und betrachtete mich dabei unaufhörlich. Er hatte ein braunes, gutgeschnittenes Gesicht mit gerader, kleiner Nase, schwarzen Augen, wohlgeformtem Mund und weißen Zähnen. Er ähnelte stark einem gerade beliebten amerikanischen Filmschauspieler, deshalb bemerkte ich ihn überhaupt und hielt ihn anfänglich für etwas anderes, als er in Wirklichkeit war, da er sich anständig kleidete und gute Manieren hatte. Ich dachte, das Auto gehöre ihm und er sei vielleicht ein wohlhabender Mann, wirklich einer der Herren, von denen Mutter so häufig mit mir sprach. Er gefiel mir, aber ich dachte nur so lange an ihn, wie ich ihn sah; dann ging ich in eines der Ateliers, und die Erinnerung an ihn glitt aus meinem Gedächtnis. Doch er hatte mich ohne mein Wissen, nur mit seinen Blicken, bereits verführt: Denn eines Morgens, als ich wieder auf die Straßenbahn wartete, hörte ich ihn schnalzen mit einem ähnlichen Laut, wie man Katzen lockt, und als ich beim Umdrehen bemerkte, wie er mir vom Wagen aus winkte heranzukommen, zögerte ich keinen Augenblick, sondern ging mit einer unüberlegten Fügsamkeit zu ihm hin, die mich selbst erstaunte. Er öffnete den Wagenschlag, und beim Einsteigen betrachtete ich seine Hand, die sich auf das offene Fenster stützte; sie war dick und rau, mit abgebrochenen, schwarzen Nägeln, der Zeigefinger gelb verfärbt vom Nikotin, wie bei Männern, die körperlich arbeiten. Aber ich sagte nichts, sondern stieg trotzdem ein. »Wohin darf ich Sie begleiten?« fragte er beim Schließen der Tür.

Ich nannte mein Ziel, eines der Studios. Seine weiche Stimme fiel mir angenehm auf, obwohl ich einen falschen, gekünstelten Ton heraushörte. Er antwortete: »Schön, erst machen wir eine Spazierfahrt, weil es noch so früh ist, dann bringe ich Sie hin, wohin Sie wollen.« Das Auto fuhr los.

Wir kamen aus meinem Viertel, fuhren auf einer Vorstadtstraße um die Mauer herum und schließlich auf einer langen, von kleinen Häusern und Lagerhallen gesäumten Landstraße in die Campagna hinaus. Hier fing er an, wie ein Verrückter auf der schnurgeraden Straße zwischen den Platanen dahinzusausen. Ab und zu deutete er auf den Kilometerzähler, ohne sich umzuwenden: »Jetzt fahren wir 80... 90... 100... 120... 130!« Er wollte mir mit der Schnelligkeit Eindruck machen, aber ich war vor allem beunruhigt, weil ich zur Arbeit mußte, und fürchtete, durch irgendeinen Unfall auf offener Strecke aufgehalten zu werden. Plötzlich bremste er schlagartig, stellte den Motor ab und wandte sich zu mir: »Wie alt sind Sie?«

»Ich bin achtzehn«, antwortete ich.

»Achtzehn – ich hätte Sie für älter geschätzt.« Seine Stimme klang wirklich affektiert und wurde manchmal leiser, als ob er mit sich selbst redete oder ein Geheimnis anvertrauen wollte. »Und wie heißen Sie?«

»Adriana – und Sie?«

»Gino.«

»Und was machen Sie?« erkundigte ich mich.

»Ich bin Kaufmann«, antwortete er, ohne zu zögern.
»Das glaube ich nicht«, erwiderte ich freimütig.
»Das glauben Sie nicht? Sieh mal einer an!« wiederholte er, ohne eine Miene zu verziehen, und senkte die Stimme zu einem erstaunten, singenden Tonfall, »wirklich — und warum?«
»Sie sind der Chauffeur.«
Er heuchelte noch stärker seine ironische Verwunderung. »Sie sagen mir aber wirklich erstaunliche Sachen! Sieh an, sieh an, der Chauffeur — und wie kommen Sie darauf?«
»Durch Ihre Hände.«
Er betrachtete seine Hände, ohne rot zu werden oder die Fassung zu verlieren, und sagte: »Na gut, man kann wirklich nichts vor dem kleinen Fräulein verbergen — kein Wunder bei so scharfen Augen! Stimmt, ich bin der Chauffeur. Ist jetzt wieder alles in Ordnung?«
»Nein, nichts ist in Ordnung«, erwiderte ich scharf. »Fahren Sie mich bitte sofort in die Stadt zurück.«
»Aber warum denn? Sind Sie wütend auf mich, weil ich behauptet habe, ich sei Kaufmann?«
Ich war wirklich irritiert durch ihn in jenem Augenblick, ich wußte selbst nicht warum, beinahe gegen meinen Willen. »Schluß, fahren Sie jetzt, bitte.«
»Aber es war doch nur ein Scherz! Oder darf man nicht mal mehr scherzen?«
»Solche Scherze mag ich nicht.«
»Aber, sind Sie schnell eingeschnappt! Ich dachte mir: Dieses Fräulein könnte eine feine Dame sein; wenn sie entdeckt, daß ich nur ein armer Chauffeur bin, schaut sie mich nicht mehr an — darum schwindelte ich lieber, ich sei Kaufmann.«
Diese Worte waren sehr geschickt, weil sie mir schmeichelten und zugleich seine Gefühle für mich durchblicken ließen. Im übrigen verlockte mich die Art und Weise, wie er sie mit seiner oberflächlichen Grazie herausbrachte. Ich antwortete: »Ich bin keine feine Dame, ich stehe Modell, um davon zu leben — so wie Sie als Chauffeur arbeiten.«
»Was bedeutet das, Modell stehen?«
»Ich gehe in die Ateliers, ziehe mich nackt aus, und die Künstler malen oder zeichnen mich.«
»Aber haben Sie denn keine Mutter mehr?« fragte er nachdrücklich.
»Doch, warum?«
»Erlaubt Ihnen denn Ihre Mutter, sich vor den Männern nackt auszuziehen?«
Ich war noch nie auf den Gedanken gekommen, mein Beruf

könne anstößig sein, wie ja auch wirklich nichts Schlimmes dabei war; aber ich freute mich über seine Bedenken, weil sie Gediegenheit und moralisches Gefühl verrieten. Wie gesagt war ich gierig nach normalem Leben, und er hatte in seiner Falschheit ausgezeichnet herausgebracht – ich weiß heute noch nicht, wie er es fertigbrachte, das zu verstehen –, welche Dinge er sagen mußte und was er nicht sagen durfte. Ein anderer hätte über mich gespottet, dachte ich im stillen, oder irgendeine Erregung gezeigt beim Gedanken an meine Blöße. So änderte sich mein erster Eindruck von ihm, der durch seine Lüge entstanden war, ohne daß ich es gewahr wurde, und ich dachte, er sei trotz allem ein netter, anständiger Kerl, gerade so einer, wie ich mir in meinen Träumereien den Mann vorgestellt hatte, den ich einmal heiraten wollte.

Ich sagte ihm einfach: »Mutter hat diese Arbeit für mich gefunden.«

»Dann hat sie Sie aber nicht gerne!«

»Doch«, widersprach ich, »Mutter hat mich sehr lieb! Aber sie hat auch als junges Mädchen Modell gestanden. Außerdem kann ich Ihnen versichern, es ist wirklich nichts Böses dabei. Viele Mädchen üben denselben Beruf aus wie ich und bleiben anständige Menschen.«

Er schüttelte verächtlich den Kopf; dann legte er seine Hand auf meine und sagte: »Hören Sie, ich freue mich wirklich sehr, Sie kennengelernt zu haben.«

»Ich freue mich auch«, erwiderte ich harmlos.

In diesem Augenblick machte ich eine kleine Bewegung zu ihm hinüber und erwartete fast, von ihm geküßt zu werden. Wenn er es getan hätte, würde ich mich sicher nicht gewehrt haben. Aber er sagte nur mit ernster Stimme: »Wenn es von mir abhinge, würden Sie sicher nicht als Modell arbeiten.«

Ich fühlte mich als Opfer und verspürte ein Gefühl der Dankbarkeit für ihn. »Ein Mädchen wie Sie«, fuhr er fort, »muß zu Hause bleiben und vielleicht auch arbeiten, aber in einem ehrlichen Beruf, nicht in einer Umgebung, die sie gefährden kann. Ein Mädchen wie Sie soll sich verheiraten, einen Haushalt führen, Kinder haben und bei ihrem Mann bleiben.«

Das war genau das, was ich mir ausgemalt hatte, und ich kann nicht sagen, wie es mich befriedigte, daß er dasselbe dachte oder wenigstens zu denken schien. Ich erklärte: »Sie haben recht, aber trotzdem dürfen Sie nicht schlecht von Mutter denken, sie hat mich zum Modellstehen gebracht, weil sie mich liebhat.«

»Sonst noch was«, antwortete er mitleidig und gerührt.

»Ja, sie hat mich wirklich gern — sie begreift nur manches nicht.«

Der Wagen hielt, und wir unterhielten uns hinter der Windschutzscheibe weiterhin auf diese Weise. Ich weiß es noch wie heute, es war im Mai; die Luft wehte lau, und die spaßigen Schatten der Platanen lagen quer über der Straße bis zum Horizont. Niemand kam vorbei, nur ab und zu einmal ein Auto mit großer Geschwindigkeit; auch die grüne, sonnenüberflutete Landschaft um uns schien verlassen. Endlich schaute er auf seine Uhr und bemerkte, er werde mich nun zur Stadt zurückfahren. Während der ganzen Zeit hatte er nur einmal meine Hand berührt. Ich hatte im stillen auf einen Kuß von ihm gewartet und war zur gleichen Zeit enttäuscht und befriedigt über seine Zurückhaltung — enttäuscht, weil er mir gefiel und mich sein Mund verlockte, zufrieden, weil er meinem Wunschtraum von einem anständigen Mann entsprach.

Er fuhr mich bis zum Atelier und versprach mir, mich von nun an immer zu begleiten, wenn ich mich zu einer bestimmten Stunde an der Haltestelle einfände, denn er habe zu der Zeit nichts zu tun. Ich nahm das gerne an, und an jenem Tag erschienen mir die langen Stunden des Modellstehens leicht zu ertragen. Mein Leben hatte einen neuen Inhalt gefunden, und ich war dankbar, ohne Ärger und Reue an ihn denken zu können wie an jemand, der mir nicht nur körperlich gefiel, sondern auch noch jene Charakterstärke besaß, die ich für notwendig hielt.

Mutter erzählte ich nichts, denn ich hatte guten Grund, ihren Widerstand gegen meine Bindung an einen armen Mann mit bescheidener Zukunft zu fürchten. Am nächsten Morgen holte er mich, wie versprochen, ab, aber er begnügte sich an diesem Tag damit, mich geradewegs zum Studio zu bringen. Bei gutem Wetter fuhr er mich an den folgenden Tagen manchmal auf irgendeine Vorortstraße mit möglichst wenig Verkehr hinaus, um ungestörter mit mir plaudern zu können, aber nie nützte er dies Zusammensein dazu aus, dreist zu werden; seine Gespräche blieben immer ernst und vernünftig und gefielen mir deshalb. Ich war damals sehr sentimental veranlagt, und immer, wenn ich etwas von Güte, Tugend, Moral und Familienanhänglichkeit hörte, rührte es mich zu Tränen, die mir leicht in die Augen traten und mir ein Gefühl des Trostes, der Sympathie und des Vertrauens einflößten. So kam ich ganz allmählich dazu, ihn für vollkommen zu halten. Was für Fehler besitzt er eigentlich? dachte ich manchmal. Er war schön, jung, intelligent, meinte es ehrlich und war außerdem ernst veranlagt, man konnte ihm nicht den kleinsten Fehler vorwerfen. Diese Überlegungen erstaunten und erschreckten mich beinahe ein wenig, denn solche Vollkommenheit begegnet einem nicht alle Tage. Was ist das nur für ein Mann, fragte ich mich, der, soviel man ihn auch beobachtet, einfach keine Mängel oder schlechten Eigenschaften zeigt? Ich hatte mich, ohne dessen bewußt zu werden, in ihn verliebt. Und es ist allbekannt, daß die Liebe eine Brille ist, durch die selbst ein Ungeheuer anziehend wirken kann.

Ich war so verliebt, daß ich bei seinem ersten Kuß — auf derselben Landstraße, wo unser Zusammensein begann — ein Gefühl großer Erleichterung empfand in der beginnenden Befriedigung eines reif gewordenen Wunsches. Trotzdem erschreckte mich die unwiderstehliche Plötzlichkeit etwas, mit der sich unsere Lippen trafen, denn es wurde mir klar, meine Handlungen hingen nun nicht mehr von mir ab, sondern von jener süßen, mächtigen Kraft, die mich mit solcher Dringlichkeit zu ihm zog. Aber ich wurde völlig beruhigt, als er mir sofort, nachdem sich unsere Münder lösten, erklärte, wir müßten uns jetzt als verlobt betrachten. Auch diesmal, mußte ich denken, hatte er meine geheimsten Gedanken erraten und genau die richtigen Worte gefunden. So verflog die Angst, die mir der erste Kuß eingeflößt hatte; und während des ganzen Aufenthalts auf der Landstraße küßte ich ihn ohne Hemmungen, mit einem Gefühl völliger, wilder und rechtmäßiger Hingabe.

Ich habe später unzählige Küsse gegeben und empfangen, und nur Gott allein weiß, wie viele davon ich verschenkt habe ohne die geringste körperliche oder seelische Teilnahme, wie man eine gebrauchte Münze empfängt, die durch tausend Hände gegangen ist. Aber diesen ersten Kuß werde ich nie vergessen — mit seiner beinahe schmerzhaften Inbrunst, in der sich nicht nur meine Liebe zu Gino, sondern eine Erwartung meines ganzen Lebens Luft zu machen schien. Ich weiß noch, daß ich ein Gefühl hatte, als ob sich die Welt drehe, der Himmel unter und die Erde über mir sei. Dabei hatte ich mich nur ein wenig umgedreht unter seinem Mund, um die Umarmung besser verlängern zu können. Etwas Lebendiges, Frisches stieß und drängte gegen meine Zähne, und als ich sie öffnete, fühlte ich, wie seine Zunge, nachdem sie so oft an meinem Ohr mit süßen Worten geschmeichelt hatte, nun zur Abwechslung in meinen Mund eindrang, um mir andere Süßigkeiten zu offenbaren, die ich noch nicht kannte. Ich hatte nicht geahnt, wie lange und ausgiebig man sich küssen kann, und ich sank endlich atemlos und wie betrunken auf den Sitz zurück, als wir uns voneinander lösten, mit geschlossenen

Augen und benebeltem Kopf, als würde ich ohnmächtig. So entdeckte ich an diesem Tag zum erstenmal, daß es noch andere Freuden gab als ein beschauliches Leben im Schoß der Familie. Aber ich dachte nicht, daß diese Freuden das andere, von mir erhoffte Leben ausschließen müßten; Ginos Verlobungsversprechen bestärkte vielmehr meine Vorstellung, alles zusammen dürfe ohne Sünde und Reue ausgekostet werden.

Ich war so überzeugt von der Richtigkeit und Gesetzmäßigkeit meines Betragens, daß ich noch am selben Abend, vielleicht aus einer besonderen Angst und Freude heraus, Mutter alles haarklein erzählte. Ich fand sie an der Nähmaschine neben dem Fenster bei dem blendenden Licht einer Lampe ohne Schirm. Mit glühend rotem Kopf sprudelte ich heraus:

»Mutter, ich habe mich verlobt.«

Ich sah, wie sich ihr ganzes Gesicht zu einer Grimasse des Widerwillens verzog wie bei jemandem, der einen Strahl eiskalten Wassers das Rückgrat hinunterrieseln fühlt. »Und mit wem?« — »Mit einem jungen Burschen, den ich dieser Tage kennengelernt habe.«

»Was treibt er?«

»Er ist Chauffeur.«

Ich wollte noch etwas hinzufügen, aber ich hatte keine Zeit mehr dazu. Mutter hielt die Maschine an, sprang vom Hocker auf und packte mich an den Haaren: »So, du hast dich verlobt! Ohne mir etwas davon zu sagen ... noch dazu mit einem Chauffeur — o ich Unglückliche! Du bringst mich noch ins Grab!« Dabei versuchte sie fortwährend, mich zu ohrfeigen. Ich schützte mich, so gut es ging, mit beiden Händen und entwischte ihr endlich, aber sie kam hinter mir her. Ich rannte um den Tisch in der Mitte des Zimmers, und sie folgte mir, heulend und immer mehr in Verzweiflung geratend. Ich war überaus erschreckt, als sie mir ihr mageres, in schmerzlicher Wut entstelltes Gesicht zuwandte. »Ich bring dich um«, knirschte sie, »diesmal bringe ich dich um!«, und es schien, als steigere sich ihre Raserei bei jeder Wiederholung und ihre Drohung könne sich verwirklichen. Ich blieb am Kopfende des Tisches stehen und beobachtete aufmerksam jede ihrer Bewegungen, denn ich wußte, sie war in diesem Augenblick nicht ganz zurechnungsfähig und imstande, wenn auch nicht mich umzubringen, so doch mich mit dem ersten besten Gegenstand zu verletzen, der ihr in die Hände fiel. Und wirklich, plötzlich schwang sie die große Schneiderschere, ich hatte kaum noch Zeit, mich zu ducken, als sie auch schon über mich hinwegflog und gegen die Wand klirrte. Ihre Wut erschöpfte sich in dieser Geste; sie sank auf einen Stuhl am Tisch, verbarg das Gesicht in den Händen und brach in stoßartiges Weinen aus, in dem sich mehr Zorn als Schmerz auszutoben schien. Unter Tränen stöhnte sie: »Ich hatte doch so viele Pläne für dich geschmiedet! Ich sah dich reich — du mit deiner Schönheit ... und nun hast du dich mit einem Hungerleider verlobt!«

»Aber er ist ja gar kein Hungerleider«, unterbrach ich sie schüchtern.

»Ein Chauffeur«, wiederholte sie achselzuckend, »ein Chauffeur, du bist ein Unglücksrabe und wirst ebenso enden wie ich.« Sie sagte diese Worte ganz langsam, wie um ihre Bitterkeit auszukosten. Nach einer Weile fügte sie hinzu: »Du wirst heiraten und Dienstmagd sein, später wirst du deine Kinder bedienen, so wird alles kommen.«

»Wir werden heiraten, wenn wir genug Geld haben, um das Auto zu kaufen«, verkündigte ich einen der Pläne Ginos.

»Du alberne Gans! Aber bring ihn mir ja nicht hierher«, schrie sie und wandte mir plötzlich ihr verweintes Gesicht zu, »ich will ihn gar nicht sehen; mach, was du willst, triff ihn draußen, aber wage nicht, ihn hierherzubringen.«

An jenem Abend ging ich sehr traurig und trostlos ohne Essen zu Bett. Ich versuchte mir klarzumachen, daß Mutter sich nur so aufführte, weil sie mich liebhatte und ihr durch meine Verlobung mit Gino so viele Pläne zerschlagen worden waren. Auch später, als ich genau wußte, was für Pläne der Mutter mißglückt waren, konnte ich sie nicht verurteilen. Sie hatte als Lohn für ihr ehrliches, arbeitsreiches Leben nichts als Bitterkeit, Plackerei und Elend geerntet. War es verwunderlich, wenn sie ihrer Tochter ein anderes Schicksal wünschte? Ich muß noch hinzufügen, daß es sich bei ihr wohl weniger um klare, faßbare Pläne als um vage, glänzende Träume handelte, mit denen man gerade um ihrer Unbestimmtheit willen ohne allzu großes Schuldgefühl liebäugeln konnte. Aber das ist nur eine Annahme; vielleicht hatte Mutter infolge des frühen Verlustes ihres Gewissens wirklich vorgehabt, mich eines Tages auf diesen Weg zu bringen, den ich später unglückseligerweise allein einschlagen mußte. Ich erzähle dies nicht aus Groll gegen Mutter, sondern nur, weil ich immer noch im Zweifel bin über das, was sie damals dachte. Ich weiß außerdem aus Erfahrung, wie man zur gleichen Zeit die verschiedensten Dinge sich ausmalen kann, ohne sich des Widerspruchs bewußt zu werden und eins dem andern vorzuziehen.

Sie hatte geschworen, sie wolle ihn nicht sehen, und ich respektierte auch eine Zeitlang ihre Anordnung. Aber Gino war nach den ersten Küssen darauf bedacht, sich, wie er sagte, gemäß den bürgerlichen Gebräuchen zu verhalten; deshalb bestand er täglich darauf, ich solle ihn mit meiner Mutter bekannt machen. Ich wagte nicht, ihm zu gestehen, daß Mutter ihn nicht sehen wolle, weil sie seinen Beruf als zu gering achtete; so versuchte ich unter verschiedensten Vorwänden, ein Treffen zu vertagen. Endlich begriff Gino mein Zögern als eine Verschleierung der wirklichen Tatsachen und drängte so lange, bis ich ihm die Wahrheit gestand: »Mutter will dich nicht sehen, weil ich einen Herrn heiraten sollte und keinen Chauffeur.«

Wir befanden uns wie üblich im Auto auf der Vorstadtstraße. Er betrachtete mich mit einem schmerzlichen Blick und seufzte. Ich war zu verliebt in ihn, um mir klarzumachen, wieviel Falschheit wohl in seinem Schmerz verborgen sei. »Das bedeutet es also, arm zu sein«, rief er mit Nachdruck. Er schwieg lange. »Bist du böse?« fragte ich ihn endlich.

»Ich fühle mich gedemütigt«, antwortete er, »ein anderer an meiner Stelle hätte nicht darum gebeten, vorgestellt zu werden, hätte nicht von Verlobung gesprochen und alles in Ordnung bringen wollen.«

»Mach dir nichts draus«, sagte ich, »ich habe dich lieb, das genügt doch.«

»Ich hätte mich deiner Mutter mit einem Haufen Geld vorstellen müssen«, fuhr er fort, »ohne von meinen gutgemeinten Heiratsabsichten zu sprechen, dann wäre sie sicher glücklich gewesen, mich aufzunehmen.«

Ich wagte nicht, ihm zu widersprechen, denn ich wußte, er sagte die reine Wahrheit. »Weißt du, was wir machen?« fing ich nach einer Weile wieder an. »Ich bringe dich einfach in der nächsten Woche einmal überraschend mit nach Hause; dann muß sie dich ja kennenlernen, sie kann dich nicht einfach übersehen.«

Am festgesetzten Tag ließ ich Gino abends, wie ausgemacht, in das große Zimmer eintreten. Die Mutter hatte ihre Arbeit beendet und war damit beschäftigt, eine Ecke des Tisches abzuräumen, um zu decken. Ich schob Gino nach vorne: »Mutter, das ist Gino.«

Ich hatte eine Szene erwartet und Gino auch darauf vorbereitet. Aber zu meiner Überraschung sagte die Mutter nur: »Freut mich« und musterte ihn einmal kurz von oben bis unten, dann verließ sie das Zimmer.

»Du wirst sehen, alles wird noch gut«, prophezeite ich Gino. Ich näherte mich, bot ihm meine Lippen und fügte hinzu: »Gib mir einen Kuß.«

»Nein, nein«, sagte er leise, »dann hätte deine Mutter wahrhaftig Grund, schlecht von mir zu denken.«

Er fand immer das richtige Wort im geeigneten Augenblick. Ich mußte innerlich zugeben, wie recht er hatte. Mutter kam zurück und murmelte, ohne Gino anzusehen: »Ich habe nur Essen für zwei da ... du hast mir auch vorher gar nichts gesagt — aber ich gehe jetzt aus und ...«

Sie konnte nicht weitersprechen, denn Gino trat vor und unterbrach sie: »Um Gottes willen! Ich bin doch nicht hergekommen, um mich zum Abendessen bitten zu lassen! Erlauben Sie mir, Sie und Adriana einzuladen.«

Er drückte sich vornehm aus, so wie es die feinen Leute tun. Mutter war weder eine solche Sprache noch derartige Einladungen gewöhnt, deshalb betrachtete sie mich unsicher. Dann nickte sie: »Mir soll es recht sein, wenn Adriana Lust hat.«

»Wir können ja nebenan in die Weinstube gehen«, schlug ich vor.

»Wohin Sie wollen«, stimmte Gino bei.

Mutter ging ihre Schürze ausziehen, so blieben wir allein. Ich war plötzlich sehr fröhlich, in der Meinung, einen großen Sieg errungen zu haben; dabei war in Wirklichkeit alles eine Komödie, bei der nur ich keine Rolle zu spielen hatte. Ich drängte mich zu Gino und küßte ihn stürmisch, ehe er mich zurückstoßen konnte. In diesen Kuß strömte die Erlösung von all der Angst der vergangenen Tage; ich war überzeugt, nun sei endlich der Weg zur Heirat offen, und war Gino dankbar wegen seines höflichen Benehmens Mutter gegenüber. Ich hegte keinerlei Nebengedanken, ich war ganz erfüllt von meinen Heiratswünschen, meiner Liebe zu Gino, der Anhänglichkeit an Mutter, ernsthaft, treu und wehrlos, so wie man nur mit achtzehn Jahren sein kann, solange das Herz noch von keiner Enttäuschung getroffen worden ist. Erst später habe ich begriffen, wie wenig Menschen durch eine solche Unschuld gerührt und beglückt werden; den meisten erscheint sie lächerlich und reizt sie überdies dazu, sie zu verletzen.

Wir gingen zusammen zu einer nahe gelegenen Weinstube jenseits der Mauer. Bei Tisch kümmerte Gino sich nicht weiter um mich, sondern widmete sich ausschließlich der Mutter mit dem deutlichen Vorsatz, sie für sich zu gewinnen. Mir schien sein Wunsch, sich bei ihr einschmeicheln zu wollen, verständlich; deswegen störten mich die dick aufgetragenen Komplimente nicht weiter, die er immer wieder mit Geschick einflocht. Er nannte sie »gnädige Frau« — eine Anrede, die ihr völlig neu war, und bemühte sich, diesen Titel wiederholt zu gebrauchen wie einen Refrain am Anfang, in der Mitte oder am Ende des Satzes. Dann kamen auch Bemerkungen vor wie: »Sie sind gescheit und verständnisvoll« oder: »Sie haben eben Erfahrung, deshalb braucht man Ihnen manche Dinge gar nicht erst lange zu erklären« oder noch kürzer: »Sie mit Ihrer Intelligenz ...« Endlich fand er auch eine Gelegenheit, ihr zu sagen, sie müsse in meinem Alter doch viel schöner gewesen sein, als ich heute sei. »Aber woran sieht man denn das?« fragte sie, ein wenig zweifelnd. »Das versteht sich doch! So etwas liegt auf der Hand«, antwortete er ausweichend und schmeichlerisch. Die arme Mutter riß beide Augen auf über derartige Lobreden und setzte dabei eine geschmeichelte und zuckersüße Miene auf. Manchmal konnte ich beobachten, wie sie lautlos die Lippen bewegte, um sich eines der lächerlichen Komplimente zu wiederholen, die Gino unaufhörlich hervorbrachte. So etwas geschah ihr sicherlich zum erstenmal im Leben, und ihr ausgehungertes Herz konnte sich gar nicht daran sättigen. Was mich anbelangt, so hielt ich all diese leeren Worte nur für liebevollen Respekt gegenüber der Mutter und Rücksichtnahme auf mich; deshalb waren sie weiterer Beweis für Ginos makelloses Auftreten.

Inzwischen hatte sich eine Gruppe junger Leute an den Nachbartisch gesetzt. Einer unter ihnen schien betrunken zu sein. Erst starrte er mich unentwegt an, dann gebrauchte er mit erhobener Stimme einen obszönen, zugleich aber für mich schmeichelhaften Ausdruck. Gino hörte die Bemerkung, erhob sich sofort und ging zu dem jungen Mann hin. »Wiederholen Sie doch noch mal, was Sie eben gesagt haben.«

»Was geht denn dich das an?« lallte der andere betrunken.

»Die Dame und ihre Tochter sind in meiner Gesellschaft«, antwortete Gino laut, »und solange wir zusammen sind, betrachte ich alles, was sie angeht, als auch auf mich bezogen, verstanden?«

»Na ja, schon gut, ich versteh schon«, erwiderte er verschüchtert. Die übrigen schienen Gino feindlich gesinnt zu sein, aber sie wagten nicht, die Partei ihres Freundes zu ergreifen. Der stellte sich jetzt wesentlich betrunkener, als er in Wirklichkeit war, füllte ein Glas und bot es Gino an. Aber der winkte ab. »Was, nicht einmal trinken willst du? Schmeckt dir denn der Wein nicht? Da irrst du dich nun wirklich, der Wein ist vorzüglich — dann trinke ich ihn eben.« Damit schüttete er das Glas in einem Zug hinunter. Gino blieb noch einen Augenblick stehen, dann kehrte er zu uns zurück.

»Schlecht erzogene Leute«, bemerkte er und setzte sich achselzuckend wieder hin.

»Aber das wäre ja nicht nötig gewesen«, sagte Mutter geschmeichelt, »was will man von solchen Leuten denn anders erwarten!«

Gino wollte sich nicht weiter brüsten ob seiner Kavalierstat und antwortete nur: »Wieso? Nicht nötig? Es wäre mir egal gewesen, wenn ich mit einer von denen zusammengesessen hätte – Sie verstehen mich, gnädige Frau –, wie gesagt, dann hätte ich fünf gerade sein lassen. Aber wenn ich mich mit einer Dame und ihrer Tochter in einem öffentlichen Lokal befinde ... er hat es übrigens verstanden, wie ernst es mir war, und Sie haben gesehen, wie still er plötzlich wurde.«

Damit hatte Gino die Mutter vollends erobert. Übrigens ermunterte er sie auch zum Weintrinken, wodurch sie nicht weniger betrunken wurde als durch die Schmeicheleien. Trotzdem gärte ihr Unmut über meine Verlobung unter der endlich erwachten Sympathie für Gino fort, wie man das so häufig bei Trunkenen beobachten kann, und sie wartete nur auf einen günstigen Augenblick, um ihm zu verstehen zu geben, sie habe trotz allem nichts vergessen.

Eine Unterhaltung über meinen Beruf als Modell bot ihr die erste Gelegenheit. Ich weiß nicht mehr, wie wir auf einen neuen Maler zu sprechen kamen, für den ich am selben Morgen gearbeitet hatte. Da legte Gino los:

»Vielleicht bin ich dumm oder unmodern, alles was ihr wollt, aber es will mir einfach nicht in den Kopf, daß Adriana sich allmorgendlich vor fremden Malern ausziehen soll.«

»Darf man wissen, warum?« Mutters Stimme klang gereizt, und dank meiner Erfahrung erkannte ich die drohenden Anzeichen eines heraufziehenden Sturmes.

»Weil es einfach unmoralisch ist.«

Mutters Antwort läßt sich gar nicht wiedergeben, so gespickt war sie mit Flüchen und obszönen Schimpfworten, die ihr jedesmal entströmten, wenn sie getrunken hatte oder in Wut geriet. Aber selbst abgeschwächt wiedergegeben, spiegelt ihr Redeschwall sehr getreu ihre Gedanken und die Gefühle über diesen Fragenkomplex. »So, unmoralisch soll das sein«, fing sie mit solcher Stimmstärke an zu schreien, daß alle Umsitzenden ihr Essen unterbrachen und sich zu uns umdrehten, »sieh einer an – was ist denn dann Moral? Soll es vielleicht moralischer sein, den ganzen Tag schuften, spülen, kochen, nähen, bügeln, fegen, Böden aufwaschen, um dann abends den todmüden Mann heimkommen zu sehen, der gleich nach dem Essen ins Bett geht, sich zur Wand dreht und schnarcht? Das soll wohl moralisch sein? Sich aufopfern, niemals einen Augenblick Zeit zum Verschnaufen haben, alt und häßlich werden, um endlich zu krepieren, das gefällt dir wohl besser, was? Passen Sie auf, was ich Ihnen sage: Man lebt nur einmal, und nach dem Tod ist Feierabend. Sie können sich zum Teufel scheren mit Ihrer Moral! Adriana kann gar nichts Besseres tun, als sich denen nackt zu zeigen, die sie dafür bezahlen; sie würde noch besser...«, hier wurde ich brennend rot über die mit gleicher Lautstärke ausposaunte Fülle von Unanständigkeiten, »und ich, ich würde sie all dies tun lassen, ich hinderte sie nicht, ich würde sie sogar darin unterstützen... ja, ja, unterstützen! Wohlverstanden, eine gute Bezahlung für sie natürlich vorausgesetzt!« fügte Mutter nach kurzer Überlegung hinzu.

»Ich bin überzeugt davon, daß Sie dazu nicht fähig wären«, meinte Gino, ohne eine Miene zu verziehen.

»Was, nicht imstande dazu? Das sagen Sie auch noch? Was glauben Sie eigentlich — meinen Sie etwa, ich sei glücklich über Adrianas Verlobung mit solch einem Habenichts wie Sie, einem Chauffeur? Meinen Sie, ich gönnte Adriana nicht tausendmal eher ein loses Leben? Glauben Sie etwa, es bereite mir ein besonderes Vergnügen, Adriana mit ihrer Schönheit, für die viele hoch bezahlen würden, dazu verdammt zu sehen, Ihre Magd fürs ganze Leben zu spielen? Da haben Sie sich aber gewaltig geirrt!«

Sie kreischte förmlich, alle starrten uns an, und ich schämte mich furchtbar. Aber wie gesagt, Gino machte das scheinbar gar nichts aus. Er wählte einen Moment, in dem Mutter atemlos keuchend schwieg, nahm die Karaffe und füllte ihr Glas wieder: »Noch etwas Wein?«

Die arme Mutter konnte nichts tun als »danke schön« sagen und das Glas ergreifen, das er ihr reichte. Da die Leute uns trotz des Wutausbruchs gemeinsam trinken sahen, als ob nichts geschehen sei, kehrten sie zu ihrer eigenen Unterhaltung zurück. Gino sagte: »Adriana verdiente bei ihrer Schönheit, solch ein Leben zu führen wie meine Dame.«

»Wie lebt die denn?« erkundigte ich mich schleunigst, ängstlich darauf bedacht, das Gespräch von mir abzulenken.

»Morgens«, antwortete er in einem oberflächlichen, beinahe eitlen Ton, so als ob vom herrschaftlichen Reichtum auch auf ihn etwas Glanz falle, »steht sie um elf oder zwölf Uhr auf. Das Frühstück wird ihr auf einem silbernen Tablett gebracht, und alle Teile sind aus massivem Silber. Dann badet sie, aber erst, nachdem die Zofe das Wasser mit allerlei wohlriechenden Salzen parfümiert hat. Vor Tisch fahre ich sie mit dem Wagen spazieren, sie trinkt einen Wermut oder macht Einkäufe. Dann kehrt sie zurück, ißt und ruht, um sich hinterher mindestens zwei Stunden lang anzuziehen. Sie sollten nur sehen, wie viele Kleider sie hat – ganze Schränke voll! Dann macht sie Besuche, immer im Auto, geht essen und abends ins Theater oder auf einen Ball. Oft empfängt sie auch viele Gäste, es wird gespielt, getrunken, musiziert. Na, das sind eben reiche Leute, ich glaube, allein der Schmuck meiner Dame ist mehrere Millionen wert.«

Wie Kinder, die sich leicht zerstreuen lassen und bei denen eine Kleinigkeit genügt, ihre Laune zu ändern, hatte die Mutter mich und die Ungerechtigkeit meines Schicksals bereits vergessen und sperrte beide Augen auf bei der Beschreibung von so vielen Herrlichkeiten. »Millionen«, wiederholte sie neidisch, »ist sie denn auch schön?«

Gino spuckte verächtlich einen Tabakskrümel seiner Zigarette aus:

»Schön? Pah, häßlich ist sie wie eine Hexe, eine dürre Hopfenstange.«

So fuhren sie fort, über den Reichtum von Ginos Herrschaft zu schwätzen, das heißt, Gino übertrieb diese Herrlichkeiten immer mehr, als ob sie wirklich ihm gehörten. Aber Mutter war nach einem kurzen Aufflackern ihrer Neugier wieder in ihre düstere Stimmung verfallen und öffnete den ganzen Abend ihren Mund nicht mehr. Vielleicht schämte sie sich jetzt, ihrer Wut so freien Lauf gelassen zu haben, vielleicht war sie aber auch neidisch auf so viel Reichtum und dachte bitter an meine Verlobung mit einem mittellosen Mann.

Am nächsten Tag erkundigte ich mich ängstlich bei Gino, ob Mutter ihn gekränkt habe. Aber er antwortete, selbst wenn er nicht mit ihr übereinstimme, so verstehe er doch vollkommen ihren Standpunkt, der durch ein ärmliches, an Entbehrungen reiches Leben geformt worden sei. Man könne sie nur bemitleiden, schloß er, und ich spürte darin deutlich, wie gern er mich hatte. So sah ich Mutter auch, und ich war dankbar, daß Gino soviel Verständnis für sie aufbrachte. Ich hatte nämlich im stillen gefürchtet, jene Szene im Weinhaus könnte unsere Beziehungen zerstört haben. Abgesehen von meiner überquellenden Dankbarkeit, bestätigte Ginos Nachsicht nur von neuem seine Vollkommenheit in meinen Augen. Wenn ich weniger blind, verliebt und unerfahren gewesen wäre, dann hätte ich mir vielleicht klargemacht, daß nur Heuchelei damit rechnen kann, ein solches Gefühl von Vollkommenheit einzuflößen, während es gerade ein Zeichen von Aufrichtigkeit ist, wenn neben wenigen guten Eigenschaften auch viele Fehler und Mängel sichtbar werden.

Ich befand mich also ihm gegenüber von nun an beständig in einem Zustand der Unterlegenheit, da ich ihm scheinbar nichts als Gegengabe für seine Langmut und sein Verständnis bieten konnte. Dieser inneren Verfassung eines Menschen, dem man Wohltätigkeiten erwiesen hat und der nun vermeint, sie irgendwie vergelten zu müssen, war es wohl zuzuschreiben, daß ich wenige Tage darauf seinen immer stürmischer werdenden Liebkosungen nicht so widerstand, wie ich es wohl vorher getan haben würde. Aber abgesehen davon fühlte ich mich auch jedesmal von neuem von einer mächtigen, dabei süßen Gewalt zu ihm getrieben, wie ich das bereits bei meinem ersten Kuß geschildert habe; etwa vergleichbar der Macht des Schlafes, der manchmal, um unseren entgegengesetzten Willen zu überlisten, uns durch einen Traum überzeugt; wir vermeinen darin, wach zu sein, und geben uns trotzdem der Schlafgewalt hin.

Ich erinnere mich genau an alle Einzelheiten meiner Verführung, zumal da alle einleitenden Eroberungsversuche Ginos ganz allmählich an meinem passiven Körper gemacht wurden, vom Mund bis herab zum Schoß, ohne Eile oder Ungeduld, eher wie von einem General, der ein Land erobern will, als von einem Geliebten, der sich von seiner Begierde fortreißen läßt. All das hinderte Gino aber nicht, sich später wirklich in mich zu verlieben, wobei Vorsätzlichkeit und Berechnung außer acht gelassen wurden; an ihre Stelle trat, wenn auch nicht Liebe, so doch wenigstens ein starkes, nie gesättigtes Begehren.

Während unserer Autofahrten hatte er sich darauf beschränkt, mir Mund und Hals zu küssen. Aber eines Morgens merkte ich, wie er während des Küssens seine Finger zwischen die Knöpfe meiner Bluse schob. Dann verspürte ich einen kalten Luftzug auf meiner Brust, und als ich die Augen hob, um über seine Schulter hinweg in den Rückspiegel des Autos zu blicken, sah ich meine Brustwarze unbedeckt. Ich schämte mich sehr, aber ich wagte nicht, mich wieder anzuziehen. Er half mir selbst mit einer eilfertigen Bewegung aus der Verlegenheit, indem er meine Bluse über die Brust zog und einen Knopf nach dem anderen zumachte. Ich war ihm dankbar für diese Geste. Als ich zu Hause darüber nachdachte, fühlte ich mich verwirrt und verlockt durch das Geschehene. Am nächsten Tag wiederholte er sein Spiel, und diesmal empfand ich bereits mehr Vergnügen und weniger Scham. Allmählich gewöhnte ich mich an diese Zeichen seiner Begierde; ich glaube, wenn er sie nicht wiederholt hätte, würde ich vermutlich gefürchtet haben, er liebe mich weniger.

Er sprach inzwischen immer häufiger von unserem gemeinsamen Leben, das wir nach unserer Hochzeit führen würden. Er erzählte auch von seiner Familie, die auf dem Land lebe und mit etwas Grundbesitz nicht eigentlich arm zu nennen sei. Vermutlich hielt er seine Lügen nach einer gewissen Zeit selbst für wahr, so wie es Schwindlern häufig ergeht. Jedenfalls zeigte er für mich ein immer stärkeres Gefühl, das vermutlich durch unser tägliches intimes Zusammensein gesteigert und vertieft wurde. Was mich betrifft, so wurde mein schlechtes Gewissen durch seine Erklärungen eingeschläfert, die in mir ein Gefühl harmlosen und vollkommenen Glücks erzeugten, das ich später niemals wieder so verspürt habe. Ich liebte und wurde wiedergeliebt, ich hoffte auf unsere baldige Heirat und meinte, mehr könne man sich auf der Welt nicht wünschen.

Mutter war sich vollkommen darüber klar, daß unsere morgendlichen Fahrten nicht ganz unschuldig sein konnten, und gab mir das häufig durch Aussprüche zu verstehen, wie: »Ich weiß nicht, was ihr treibt, wenn ihr im Auto hinausfahrt, ich will es auch gar nicht wissen«, oder: »Gino und du, ihr braut ja was Schönes zusammen ... du wirst schon die Leidtragende sein«, und ähnliches. Und doch blieb es mir nicht verborgen, daß ihre Vorwürfe vergleichsweise sehr gelinde und beiläufig waren. Es war, als habe sie sich nicht nur mit dem Gedanken an Ginos und meine Liebe ausgesöhnt, sondern als erhoffe sie sie im Grunde. Heute bin ich überzeugt davon, daß sie nach einer Möglichkeit ausspähte, meine Verlobung über den Haufen werfen zu können.

DRITTES KAPITEL

Eines Sonntags eröffnete mir Gino, seine Herrschaft sei aufs Land gefahren. Die Dienstboten hatten ihren freien Tag, und die Villa war ihm und dem Gärtner anvertraut worden. Ob ich sie nicht einmal sehen wolle? Er hatte so häufig und voller Bewunderung davon gesprochen, daß ich wirklich neugierig darauf war, einmal hinzukommen, deshalb nahm ich gerne an. Aber im Augenblick meiner Zusage gab mir eine tiefe, lüsterne Verwirrung zu verstehen, daß meine Neugier, die Villa in Augenschein zu nehmen, wohl nur ein Vorwand sein konnte und daß noch andere Gründe hinter dieser Einladung stecken mußten. Dennoch beschloß ich bei mir, an diesen Vorwand zu glauben, so wie es geschieht, wenn man sich etwas wünscht und doch zugleich nicht wünschen möchte. »Eigentlich sollte ich ja nicht mitkommen«, bemerkte ich beim Einsteigen in das Auto, »aber wir werden nur kurz dort sein, gelt?«

Ich spürte, wie ich diese paar Worte in einem verführerischen, dabei zugleich erschreckten Tonfall aussprach. Gino antwortete ernsthaft: »Nur gerade so lange, wie wir zur Besichtigung der Villa brauchen, dann gehen wir ins Kino.«

Die Villa lag an einem Abhang zwischen anderen Häusern in einem neuen und reichen Viertel. Es war ein strahlender Tag; all die auf dem Hügel verstreuten Gebäude gegen den Hintergrund des blauen Himmels, mit ihren Fassaden aus roten Ziegeln und weißem Marmor, statuengeschmückten Loggien, eingeglasten Balkonen und den Terrassen und Altanen, von denen Geranien herabhingen – mit ihren Gärten, in denen zwischen den Villen große, dichtbelaubte Bäume standen, das gab mir alles ein Gefühl der Entdeckung und Neuheit, als ob ich in eine viel freiere und schönere Welt einträte, in der das Leben wunderschön sein müßte. Ich dachte unwillkürlich an unser Viertel, an die häßliche Straße längs der Mauer mit den Häusern der Eisenbahner, und deshalb sagte ich zu Gino:

»Es war nicht recht von mir, hierherzukommen.«

»Warum denn?« fragte er mit unschuldiger Miene. »Du kannst ganz beruhigt sein, wir bleiben nicht lange.«

»Du hast mich falsch verstanden«, erwiderte ich, »es ist nicht recht, weil ich mich hinterher unseres Viertels schämen werde.«

»Ach, deswegen«, sagte er erleichtert, »aber was ändert das? Da hättest du schon als Millionärin zur Welt kommen müssen, hier wohnen nur Millionäre.«

Er öffnete das Gitter und ging auf einem Kiesweg voraus zwischen zwei Baumreihen, die in Form von Zuckerhüten und Kugeln beschnitten waren. Wir betraten die Villa durch eine Glastür und befanden uns in einem weißen, kahlen Eingang mit schachbrettartig gemustertem, spiegelnd poliertem Marmorfußboden. Von dort ging es in eine geräumige, helle Vorhalle, auf die die Zimmer des Erdgeschosses mündeten. Im Hintergrund führte eine weiße Marmortreppe zu den oberen Geschossen. Ich wurde vom Anblick dieser Halle so eingeschüchtert, daß ich anfing, auf Zehenspitzen zu gehen. Gino bemerkte es und sagte lachend, ich dürfe soviel Krach machen, wie ich wolle, da niemand zu Hause sei.

Er zeigte mir den Salon, ein großes Zimmer mit mehreren Glastüren und vielen gemütlichen Sitzecken mit Sesseln und Sofa; dann das Eßzimmer mit seinem runden Tisch, den Stühlen und Kredenzen aus edlem, poliertem Holz; die mit Schränken angefüllte Garderobe, deren Wände weiß lackiert waren. In einem kleineren Salon war eine Bar in eine Nische eingebaut; eine echte Bar mit Wandbrettern für die Flaschen, einer Espressomaschine zum Kaffeebereiten und einer Theke. Sie wirkte wie ein Kapellchen mit einem kleinen, vergoldeten Gitter, das den Eingang verschloß. Ich fragte Gino, wo man denn koche, und er erklärte mir, Küche und Dienstbotenräume befänden sich im Untergeschoß. Ich war zum erstenmal in meinem Leben in einem derartigen Haus, und ich konnte es mir nicht versagen, einzelne Gegenstände mit den Fingern zu berühren, wie um mich von ihrer wirklichen Existenz zu überzeugen. Alles war in meinen Augen neu und aus kostbarem Material hergestellt: Glas, Holz, Marmor, Edelmetall, Stoff. Ich konnte mir den Vergleich dieser Räume und Einrichtungsgegenstände mit den schmutzigen Böden, den verrußten Wänden und den aus dem Leim gehenden Möbeln meines Heims nicht aus dem Kopf schlagen, und ich mußte Mutters Behauptung recht geben, daß Geld das einzig Wichtige auf der Welt sei. Ich bildete mir auch ein, Menschen, die zwischen soviel schönen Dingen lebten, müßten notgedrungen selber schön und gut sein, dürften weder sich betrinken noch fluchen, weder schreien noch sich verprügeln, kurz gesagt, einfach nichts von alldem tun, was sich täglich vor meinen Augen in unserem Haus oder bei unseren Nachbarn ereignete.

Gino erklärte mir unterdessen mit einem besonderen Eifer

zum hundertsten Mal, wie sich das Leben hier drinnen abspiele, so als ob von all dem Luxus und Reichtum auch etwas auf ihn abgefärbt hätte. »Sie essen auf Porzellantellern, aber Obst und Süßspeisen werden auf Silbertellern gereicht, die Bestecke sind alle aus Silber; es gibt immer fünf Gänge und drei verschiedene Weinsorten. Abends trägt die gnädige Frau ein Abendkleid, und er ist in Schwarz ... nach dem Essen bringt das Mädchen auf einem Silbertablett sieben verschiedene Zigarettensorten, natürlich nur ausländische Marken. Dann gehen sie in den Salon hinüber und lassen sich dort auf dem kleinen runden Tisch Kaffee und Liköre servieren. Es sind fast immer Gäste da, manchmal zwei, manchmal vier, je nachdem. Die gnädige Frau besitzt so große Brillanten, schau her ... und eine Perlenkette, die ein wahres Wunder ist; ich glaube, allein ihre Juwelen sind ein paar Millionen wert.«

»Das hast du mir schon mal erzählt«, unterbrach ich ihn trocken. Aber er war zu begeistert, um meine Langeweile zu bemerken, und fuhr fort: »Die gnädige Frau geht nie ins Untergeschoß hinab, sie gibt jede Anordnung durch das Telefon. In der Küche ist alles elektrisch, und unsere Küche ist sauberer als manches Schlafzimmer; aber was sage ich, die Küche – selbst die beiden Hunde der Dame sind gepflegter und werden besser behandelt als viele Menschen!« Er war voller Bewunderung für seine Herrschaft und sprach verächtlich über die Armen, und ich kam mir sehr ärmlich vor, einmal durch seine Erzählungen und dann durch die dauernden Vergleiche, die ich zwischen diesem Haus und meinem Dasein anstellte.

Vom Erdgeschoß stiegen wir die Marmortreppe zum ersten Stock hinauf. Gino legte seinen Arm um mich und preßte mich heftig an sich. Und plötzlich, ich weiß nicht wodurch, bildete ich mir ein, die Herrin dieses Hauses zu sein und an der Seite meines Gatten nach einem Empfang oder einem Diner zum ersten Stock hinaufzusteigen, um mich mit ihm in unser gemeinsames Bett zurückzuziehen. Als ob er meine Gedanken erraten hätte – er hatte dauernd solche Eingebungen –, sagte Gino: »Jetzt gehen wir zusammen schlafen, und morgen früh wird uns dann das Frühstück ans Bett gebracht.« Ich fing an zu lachen und hoffte dabei doch, es möge wahr sein.

Ich hatte an diesem Tag zu Ehren Ginos das Beste angezogen, was ich an Kleidern und Schuhen besaß. Ich sehe noch das zweiteilige Kleid, eine schwarze Jacke und einen schwarz-weiß karierten Rock. Der Stoff war nicht schlecht, aber die Schneiderin aus der Nachbarschaft hatte nicht viel mehr Erfahrung als Mutter. Der Rock war sehr kurz, hinten noch kürzer als vorne, so daß die Knie zwar bedeckt waren, aber hinten die Oberschenkel hervorschauten. Die Jacke war übertrieben eng geschnitten, mit großen Aufschlägen und so engen Ärmeln, daß sie in den Achselhöhlen rieben. Ich quoll überall aus der Jacke heraus, und am Busen wirkte es, als ob ein ganzes Stück Jacke fehlte. Die schlichte rosa Bluse ohne Stickereien war aus ganz gewöhnlichem durchsichtigen Stoff, durch den mein bestes weißes Baumwollhemd zu sehen war. Die schwarzen Schuhe bestanden aus glänzend geputztem guten Leder, waren aber sehr altmodisch. Ich besaß keinen Hut, und meine braunen, welligen Haare hingen lose auf die Schultern. Ich trug dieses Kleid zum erstenmal und war sehr stolz darauf; ich kam mir äußerst elegant vor und bildete mir ein, alle drehten sich auf der Straße nach mir um. Aber als ich das Schlafzimmer von Ginos Herrschaft betrat und das große, tiefe Bett sah mit seiner seidenen Steppdecke, den reichbestickten Laken und den mit Tüll und Spitzen bedeckten Kopfkissen und als ich mich dreifach widergespiegelt im großen Toilettetisch des Zimmers erblickte, da wurde mir zum erstenmal bewußt, wie elend ich angezogen und wie lächerlich und bemitleidenswürdig mein Stolz auf meine Lumpen war; ich bildete mir ein, nie mehr glücklich sein zu können, wenn ich nicht auch gut gekleidet in einem solchen Haus wohnen könnte. Mir kamen die Tränen, und ich setzte mich ganz bestürzt wortlos auf das Bett. »Was hast du denn?« fragte Gino, setzte sich neben mich und ergriff meine Hand. »Nichts«, antwortete ich, »ich habe nur gerade ein Zerrbild meiner Eitelkeit angeschaut.«

»Was?« fragte er verdutzt.

»Das dort«, antwortete ich und deutete dabei auf den Spiegel, in dem Gino und ich Seite an Seite auf dem Bett zu sehen waren. Wir wirkten beide wirklich wie zwei struppige Wilde, die zufällig in ein zivilisiertes Haus geraten waren, ich noch mehr als er.

Diesmal begriff er, wieviel Kummer, Neid und Eifersucht mich bedrängten, und er umarmte mich: »Du sollst gar nicht in den Spiegel schauen.« Er fürchtete für den Ausgang seines Planes und machte sich nicht klar, daß nichts ihm förderlicher sein konnte als dies Gefühl meiner Demütigung. Wir küßten uns, und sein Kuß gab mir wieder Mut, weil ich mich trotz allem geliebt fühlte.

Aber als er mir darauf das große Badezimmer zeigte, mit eingebauter Wanne, glänzenden Majolikawänden und verchromten Hähnen, und dann außerdem noch einen der Schränke öffnete, in dem die Kleider der Dame dicht gedrängt hingen, da kehrten all mein Elend und meine Verzweiflung wieder. Plötzlich wollte ich um keinen Preis mehr an all diese Dinge denken und wünschte mir zum erstenmal bewußt, Ginos Geliebte zu werden, nur um meine Lage vergessen zu können und, entgegen dem Gefühl meiner Ohnmacht, das mich bedrückte, ein wenig die Illusion zu haben, frei zu sein und nach eigenem Ermessen handeln zu können. Wenn ich schon keine solchen Kleider und kein ähnliches Haus besitzen konnte, so vermochte ich doch ebenso leidenschaftlich zu lieben wie die Reichen, wenn nicht besser. Ich fragte Gino plötzlich: »Warum zeigst du mir eigentlich diese Kleider, die mich gar nicht interessieren?«

»Ich dachte, sie gefielen dir«, erwiderte er bekümmert.

»Sie interessieren mich gar nicht«, sagte ich, »sie sind schön, das stimmt schon, aber ich bin doch nicht hierhergekommen, um mir Kleider anzusehen.«

Bei diesen Worten wurden seine Augen heiß; achtlos fügte ich noch hinzu: »Zeig mir lieber dein Zimmer.«

»Das ist im Untergeschoß«, sagte er eifrig, »sollen wir dorthin gehen?«

Ich betrachtete ihn einen Augenblick schweigend, dann fragte ich ihn mit einer mir neuen und beunruhigenden Offenheit: »Warum benimmst du dich eigentlich mir gegenüber so blöd?«

»Aber ich ...«, begann er verwirrt und überrascht.

»Du weißt besser als ich, daß wir nicht nur hierhergekommen sind, um das Haus zu besichtigen oder die Kleider deiner Gnädigen zu bewundern, sondern um in dein Zimmer zu gehen und uns zu lieben! Na also, dann gehen wir doch gleich und reden nicht lange darüber.«

So hatte ich, das schüchterne und naive Mädchen, das unlängst hier eingetreten war, mich in kürzester Zeit, nur durch den Anblick dieses Hauses, gründlich verändert. Ich war bestürzt darüber und hatte Mühe, mich selbst wiederzuerkennen. Wir verließen das Zimmer und gingen die Treppe hinunter. Gino umschlang mich mit einem Arm, und wir küßten uns auf jeder Stufe; ich glaube, wohl selten ist eine Treppe so langsam gegangen worden. Im Erdgeschoß öffnete Gino eine in der Wand verborgene Tür und führte mich unter dauernden Küssen und Umarmungen über die Dienstbotentreppe ins Untergeschoß hinab. Es war inzwischen Abend geworden, und die Räume dort unten waren dunkel. Ohne Licht anzumachen, gingen wir umschlungen, Lippen an Lippen, einen finsteren Korridor entlang und erreichten Ginos Zimmer. Er öffnete, wir traten ein, und ich hörte, wie er die Tür hinter sich schloß. Wir blieben in der Dunkelheit eine Weile aufrecht stehen und küßten uns. Der Kuß endete nie, jedesmal, wenn ich unterbrechen wollte, begann er von neuem, und wenn er aufhörte, fuhr ich fort. Dann drängte Gino mich zum Bett hin, und ich ließ mich darauf niederfallen.

Gino wiederholte keuchend an meinem Ohr süße und überredende Worte mit der klaren Absicht, mich zu betäuben, damit ich nicht gewahr werde, wie seine Hände unterdessen versuchten, mich zu entkleiden; aber das hatte er eigentlich gar nicht nötig, einmal, da ich entschlossen war, mich ihm zu schenken, und dann, weil ich die vorher so geliebten Kleider jetzt haßte und nur danach verlangte, von ihnen befreit zu werden. Ich überlegte, daß ich mindestens ebenso schön, wenn nicht schöner als Ginos Herrin und alle anderen reichen Damen sei. Im übrigen erwartete mein Körper seit Monaten diesen Augenblick, und ich fühlte, wie er gegen meinen Willen vor Ungeduld und unterdrückter Begierde bebte wie ein ausgehungertes, gefesseltes Tier, dem man endlich nach langem Fasten die Fesseln löst und etwas zu fressen gibt.

Deshalb kam mir der Liebesakt ganz natürlich vor, und die körperliche Befriedigung wurde nicht von der Empfindung begleitet, daß sich eine ungewohnte Handlung vollzog. Im Gegenteil, so wie man manchmal vor Landschaften steht, die man schon einmal gesehen zu haben vermeint, während sie sich in Wirklichkeit zum erstenmal dem Auge darbieten, so war mir, als wiederhole sich etwas, das früher schon einmal gewesen war; ich wußte weder wann noch wo, vielleicht in einem anderen Leben. Das hinderte mich aber nicht daran, Gino leidenschaftlich, beinahe wütend zu lieben, ihn abzuküssen, zu beißen und an mich zu pressen, bis ihm beinahe der Atem ausging. Auch er schien von der gleichen Raserei erfüllt zu sein. So umschlangen wir uns eine, wie mir schien, lange Zeit heftig in jener dunklen Kammer, die unter zwei leeren, schweigenden Stockwerken lag, verstrickten unsere Glieder auf tausend Arten wie zwei Feinde, die um ihr Leben kämpfen und danach trachten, sich möglichst weh zu tun. Aber als unsere Begierden gestillt waren und wir matt und kraftlos nebeneinander dalagen, packte mich plötzlich heftige Angst, daß Gino mich nun nicht mehr heiraten wollte, nachdem er mich bereits besessen hatte. Ich fing deshalb an, von unserem Haus zu erzählen, das wir nach unserer Heirat bewohnen würden.

Die Villa von Ginos Herrschaft hatte mir die Augen geöffnet, und es war jetzt unzweifelhaft für mich, daß man nur in einer schönen, sauberen Umgebung wirklich glücklich sein könne. Ich war mir wohl darüber klar, nie ein solches Zimmer, geschweige denn ein derartiges Haus besitzen zu können; trotzdem bemühte ich mich krampfhaft, diese Schwierigkeit zu überbrücken, indem ich ihm erklärte, auch ein ärmliches Haus könne reich wirken, wenn es nur spiegelblank geputzt sei. Abgesehen von ihrem Luxus, und vielleicht noch stärker als dieser, hatte die Sauberkeit der Villa eine Fülle von Ideen in meinem Gehirn geweckt. Ich versuchte Gino zu überzeugen, daß Reinlichkeit auch ein häßliches Gewand verschönen könne. Aber in Wahrheit war ich nur verzweifelt im Gedanken an meine Armut, und es war mir klar, daß ich in einer Ehe mit Gino die einzige Möglichkeit besaß, davon loszukommen, deshalb wollte ich vor allem mich selber überzeugen »Auch zwei Zimmer können schön sein«, erklärte ich, »wenn die Böden jeden Tag aufgewischt und die Möbel abgestaubt werden, wenn Metallteile glänzen, Töpfe, Teller und Wischlappen weggeräumt sind und die Schuhe an ihrem Platz stehen. Vor allem das tägliche Kehren, Aufwischen und Abstauben ist wichtig — du darfst nicht nach dem Haus urteilen, das Mutter und ich jetzt bewohnen, Mutter ist unordentlich, und außerdem hat die Ärmste nie genug Zeit; aber unser Haushalt, das verspreche ich dir, wird blitzsauber sein.«

»Ja, ja«, meinte Gino, »Sauberkeit geht über alles! Weißt du, was unsere Gnädige macht, wenn sie ein Körnchen Staub in einer Ecke entdeckt? Sie ruft das Mädchen, läßt sie niederknien und es mit den Händen aufheben, so wie man mit Hunden umgeht, wenn sie sich schlecht benommen haben; damit hat sie recht.«

»Warte nur ab, unser Haus wird noch sauberer und ordentlicher sein als dies hier.«

»Aber du stehst ja doch Modell und wirst dich nicht weiter um den Haushalt kümmern«, spöttelte er.

»Wo denkst du hin«, erwiderte ich lebhaft, »das Modellstehen hat dann ein Ende. Ich werde den ganzen Tag zu Hause sein, alles schön sauber und ordentlich halten und für dich kochen. Mutter sagt immer, das bedeutet ›eine Dienstmagd machen‹, aber wenn man sich liebhat, bereitet auch das Dienen Freude.«

So plauderten wir lange; ich spürte, wie meine Furcht allmählich schwand und an ihre Stelle das gewohnte, naive, verliebte Vertrauen trat. Wie hätte ich auch zweifeln sollen? Gino billigte nicht nur meine Pläne, sondern diskutierte sie auch in allen Einzelheiten, vervollkommnete sie und fügte noch neue Ideen hinzu. Wie schon gesagt, es mußte ihm allmählich verhältnismäßig ernst damit sein; ein Lügner, der langsam anfing, an seine eigenen Schwindeleien zu glauben.

Nachdem wir ein paar Stunden verplaudert hatten, wurde ich schläfrig, und ich glaube, auch Gino schlief. Ein Lichtstrahl weckte uns, der durch ein halb unter der Erde liegendes Fenster hereinfiel und unsere beiden auf dem Bett ausgestreckten Körper traf. Gino meinte, es sei schon sehr spät; und wirklich, die Uhr auf der Kommode schlug kurz darauf Mitternacht. »Um Himmels willen! Was wird Mutter mit mir anstellen«, damit schoß ich hoch und begann mich hastig im Mondschein anzuziehen.

»Warum denn?«

»Weil ich zum erstenmal in meinem Leben so spät nach Hause komme. Ich darf abends nie allein ausgehen.«

»Du kannst ihr ja sagen, wir hätten eine Autofahrt gemacht und in der Campagna einen Motorschaden gehabt.« Damit erhob sich auch Gino.

»Als ob sie mir das glauben würde!«

In großer Eile verließen wir die Villa, und Gino brachte mich im Auto nach Hause. Ich war überzeugt, Mutter würde die Geschichte mit dem Motorschaden nicht glauben; aber wie genau ihre Einbildungskraft sie erraten ließ, was zwischen Gino und mir vorgefallen war, das hatte ich doch nicht erwartet. Ich besaß je einen Schlüssel zum Haustor und zu unserer Wohnung. Ich trat ein, erklomm vorsichtig die zwei düsteren Stiegen und öffnete die Tür. Ich hoffte im stillen, Mutter habe sich schon zur Ruhe begeben, und wurde sicherer, als die ganze Wohnung dunkel war. Ohne Licht zu machen, fing ich an, mich auf Zehenspitzen meinem Zimmer zu nähern, als ich plötzlich mit einem furchtbaren Ruck an den Haaren festgehalten wurde. Im Dunkeln zerrte mich die Mutter – denn sie war es wirklich – in das große Zimmer, schleuderte mich aufs Sofa und begann mit Fäusten auf mich loszuschlagen, alles unter tiefstem Stillschweigen. Ich versuchte, so gut es ging, mich mit den Armen zu schützen, aber als ob Mutter es hätte sehen können, fand sie immer wieder eine Möglichkeit, mir darunter einen heftigen Schlag mitten ins Gesicht zu versetzen. Endlich ermüdete sie, und ich fühlte, wie sie sich schwer atmend neben mich aufs Sofa setzte. Dann erhob sie sich, zündete die große Lampe an und kam wieder zurück, stellte sich vor mich hin, stützte beide Arme in die Hüften und blickte mich unverwandt an. Unter ihrem starren Blick überfielen mich Verwirrung und Scham aufs neue, ich versuchte meine Kleider herunterzuziehen und die Unordnung zu beseitigen, in der mich der Kampf zurückgelassen hatte. Sie sagte mit ihrer normalen Stimme: »Ich nehme an, du und Gino, ihr habt zusammen geschlafen.«

Das hätte ich am liebsten bejaht, aber ich fürchtete, dann von neuem verprügelt zu werden; und mehr noch als vor dem Schmerz hatte ich Angst vor der Zielsicherheit ihrer Schläge, jetzt, da das Licht brannte. Ich hatte keine Lust, mit einem geschwollenen blauen Auge herumzulaufen und mich Gino so zeigen zu müssen. Deshalb antwortete ich: »Nein, nein! Wir haben nicht zusammen geschlafen. Wir haben während der Fahrt einen Motorschaden gehabt, darum ist es so spät geworden.«

»Und ich sage dir, ihr seid zusammengewesen.«

»Nein, das ist nicht wahr!«

»Natürlich stimmt es! Schau doch bloß in den Spiegel, du bist ja ganz grün!«

»Ich bin wahrscheinlich müde — aber wir haben nicht zusammen geschlafen.«

»Doch.«

»Nein, wir haben es nicht getan.«

Was mich am meisten verwunderte und irgendwie beunruhigte, war das völlige Fehlen von Entrüstung bei all ihrer Hartnäckigkeit; an ihre Stelle trat eine starke Neugier, die emsig alles intuitiv erfaßte. Mit anderen Worten, Mutter wollte lediglich wissen, ob ich mich Gino hingegeben hatte, nicht um mich zu bestrafen oder auszuschelten, sondern eher, weil es ihr aus persönlichen Gründen am Herzen lag, einfach die Tatsache zu wissen. Aber es war zu spät; wenn ich jetzt auch beinahe sicher sein konnte, nicht mehr geschlagen zu werden, so leugnete ich doch halsstarrig weiter. Daraufhin näherte sich mir die Mutter plötzlich und wollte mich am Arm packen. Ich hob die Hand, wie um mich zu schützen, aber sie sagte: »Du brauchst keine Angst zu haben, ich rühre dich nicht an, aber komm jetzt mit.« Ich hatte keine Ahnung, wohin sie mich bringen wollte, aber ich gehorchte verängstigt. Mich dauernd festhaltend, führte mich die Mutter aus der Wohnung, die Treppe hinunter und hinaus ins Freie. Die Straße lag um diese Zeit ganz verlassen da, und mir wurde gleich klar, daß Mutter längs des Bürgersteigs auf das kleine rote Nachtlicht der Apotheke zusteuerte, in der sich auch eine Erste-Hilfe-Station befand. Auf den Stufen des Ladens versuchte ich ein letztes Mal zu widerstehen, indem ich mich mit beiden Füßen dagegenstemmte, aber sie bezwang mich mit einem Ruck, ich wurde mehr oder weniger durch die Tür geschleudert und sackte beinahe in die Knie. Außer dem Apotheker und einem jungen Arzt war niemand da. Mutter sagte zum Arzt: »Dies ist meine Tochter, ich möchte gern, daß Sie sie untersuchen.«

Der Arzt machte sich im Hintergrund des Ladens zu schaffen, wo sich der Tisch mit den Geräten zur Ersten-Hilfe-Leistung befand, und fragte die Mutter: »Was fehlt ihr denn, warum soll ich sie untersuchen?«

»Sie hat mit ihrem Geliebten geschlafen, das Schwein, dabei leugnet sie noch«, schrie Mutter, »ich will, daß Sie sie untersuchen und mir dann die Wahrheit sagen.«

Der Arzt strich sich amüsiert sein Bärtchen und sagte: »Aber das ist doch keine Diagnose, das ist eine Begutachtung ...«

»Wie Sie es nennen, ist mir ganz egal«, keifte die Mutter, »aber ich verlange, daß sie untersucht wird! Sind Sie etwa kein Doktor? Dann sind Sie also verpflichtet, Leute zu untersuchen, die Sie darum bitten?«

»Ruhig, ruhig! Wie heißt du denn?« fragte mich der Arzt.

»Adriana«, antwortete ich. Ich schämte mich ein wenig. So würden also Mutters Szenen und meine Liebschaft im ganzen Viertel bekannt werden.

»Und selbst wenn sie es getan hat, was ist denn da schon dabei?« beharrte der Doktor, der meine Verlegenheit zu bemerken schien und versuchte, eine Nachprüfung zu vermeiden. »Sie wollen ja sicher heiraten, und dann ist alles wieder in Ordnung.«

»Kümmern Sie sich um Ihre eigenen Angelegenheiten!«

»Sei doch ruhig«, wiederholte der Arzt friedlich. Darauf wandte er sich an mich: »Siehst du, deine Mutter gibt nicht nach; zieh dich also aus, es dauert nur einen Augenblick, dann sind wir fertig.«

Ich nahm meinen Mut zusammen und gestand: »Du hast recht, Mutter, wir sind zusammen ins Bett gegangen ... aber jetzt laß uns nach Hause gehen.«

»Nein, nein, meine Liebe«, kommandierte sie, »du läßt dich jetzt untersuchen.«

Resigniert zog ich mein Kleid aus und legte mich auf das Sofa. Der Arzt untersuchte mich und sagte zur Mutter: »Du hast recht gehabt, sie sind zusammengewesen; bist du jetzt zufrieden?«

»Was kostet das?« erkundigte sich die Mutter und öffnete ihre Tasche. Ich zog mich inzwischen wieder an. Aber der Doktor nahm kein Geld, sondern fragte mich nur: »Hast du deinen Verlobten lieb?«

»Natürlich!« erwiderte ich.

»Und wann wollt ihr heiraten?«

»Der heiratet sie niemals!« schrie die Mutter. Aber ich versicherte ruhig: »Bald, sobald wir unsere Papiere zusammenhaben.« In meinen Augen mußte ein solch naives Vertrauen zu lesen sein, daß der Arzt freundlich lachte, mir die Backen tätschelte und uns dann hinausschickte.

Ich hatte erwartet, Mutter würde mich mit Vorwürfen überhäufen oder sogar wieder zuschlagen, sobald wir zu Hause seien. Aber sie zündete nur wortlos zu dieser späten Stunde das Gas an und begann für mich zu kochen. Sie setzte einen Topf aufs Feuer. Dann ging sie ins große Zimmer und begann den Tisch zu decken, nachdem sie die üblichen Stoffreste weggeräumt hatte. Ich hockte mich auf das Sofa, wohin sie mich vor kurzem an den Haaren gezerrt hatte, und beobachtete sie schweigend. Ihre Haltung brachte mich ganz außer Fassung, da nicht nur die erwarteten Vorwürfe ausblieben, sondern ihr Gesicht darüber hinaus eine heitere, schlechtverhehlte Befriedigung auszudrücken schien. Nach dem Tischdecken kehrte sie in die Küche zurück und erschien kurz darauf wieder mit einem Topf in den Händen: »Komm jetzt essen!«

Ich hatte wirklich großen Hunger. So erhob ich mich und setzte mich ein wenig verlegen auf den Stuhl, den Mutter mir fürsorglich zurechtrückte. Im Topf befanden sich zwei Eier und ein Stück Fleisch, ein ungewöhnlich reichhaltiges Mahl. »Aber das ist doch zuviel«, meinte ich.

»Iß nur, das wird dir guttun! Du hast es jetzt nötig«, war die Antwort. Ihre gute Laune war wirklich außergewöhnlich, vielleicht ein bißchen boshaft, aber nicht eigentlich feindselig. Etwas später fügte sie hinzu, beinahe ohne Bissigkeit: »Gino hat wohl nicht daran gedacht, dir etwas zu essen zu geben?«

»Wir sind eingeschlafen«, antwortete ich, »und hinterher war es zu spät.«

Sie sagte gar nichts, sondern blieb neben mir stehen und schaute zu, wie ich aß. Das machte sie immer so; sie servierte mir, sah zu, wie es mir schmeckte, und ging dann erst in die Küche, um für sich allein zu essen. Sie setzte sich nun schon seit langer Zeit nie mit mir zu Tisch; sie aß auch immer weniger als ich, entweder meine Reste oder einfachere Gerichte. Ich war in ihren Augen ein kostbarer, zarter Gegenstand, den man mit aller Vorsicht als wichtigsten Besitz behandelt. Ich hatte mich schon an diese schmeichelhafte, bewundernde Bedienung gewöhnt. Aber diesmal riefen ihre Fröhlichkeit und ihre Befriedigung eine quälende Unruhe in mir hervor. Deshalb sagte ich kurz entschlossen: »Du bist uns doch nicht böse? Er hat mir die Ehe versprochen, und wir werden sehr bald heiraten.«

Sie antwortete sofort: »Nein, nein, ich habe nichts gegen dich.

Ich war nur allmählich immer wütender geworden, da ich dich den ganzen Abend lang erwartete und anfing, mir Sorgen zu machen. Denk jetzt nicht weiter daran, sondern iß!«

Bei ihrem ausweichenden und fälschlich besänftigenden Tonfall wurde ich noch argwöhnischer; es klang wie eine Beruhigung Kindern gegenüber, denen man nicht auf ihre Fragen antworten will. Ich beharrte: »Warum? Glaubst du, er will mich nicht heiraten?«

»Doch, doch! Iß schon!«

»Nein, du glaubst uns nicht!«

»Natürlich glaube ich dir! Was hast du denn? So iß doch endlich!«

»Ich esse nicht weiter«, erklärte ich verzweifelt, »wenn du mir nicht vorher die Wahrheit sagst! Warum machst du ein so zufriedenes Gesicht?«

»Ich mache doch gar kein zufriedenes Gesicht.«

Sie ergriff den leeren Topf und brachte ihn in die Küche. Ich wartete, bis sie zurückkehrte, und begann dann von neuem: »Bist du zufrieden?«

Sie betrachtete mich einen Augenblick lang schweigend und antwortete daraufhin in bedrohlichem Ernst: »Ja, ich bin sehr zufrieden.«

»Warum?«

»Weil ich heute davon überzeugt bin, daß Gino dich nicht heiratet, sondern dich sitzenläßt.«

»Das ist nicht wahr! Er hat ja versprochen, mich zu heiraten.«

»Er denkt gar nicht daran! Das, was er wollte, hat er bereits gehabt. Er wird dich nicht heiraten, sondern dich im Stich lassen.«

»Aber warum soll er mich nicht heiraten? Was soll er für einen Grund haben?«

»Er will keine Ehe, sondern er wird sich mit dir amüsieren, dir nicht einmal so viel wie eine Stecknadel schenken, so ein Hungerleider, wie er ist, und dann wird er dich im Stich lassen.«

»Bis du deshalb so zufrieden?«

»Natürlich, denn erst jetzt bin ich sicher, daß aus eurer Heirat nichts wird.«

»Aber was geht dich denn das an?« rief ich zornig und verletzt.

»Wenn er dich hätte heiraten wollen, wäre er nicht mit dir zusammengewesen«, sagte sie unvermittelt, »ich bin zwei Jahre lang mit deinem Vater verlobt gewesen, und erst kurz vor unserer Heirat hat er mir ab und zu einen Kuß gegeben. Gino wird sich mit dir vergnügen und dich dann im Stich lassen, dessen kannst du sicher sein; und ich bin zufrieden, wenn er dich sitzenläßt, denn eine Heirat mit ihm hätte dich ruiniert.«

Ich konnte nicht umhin, manches Wahre in dem Gehörten zu erkennen, und meine Augen füllten sich mit Tränen. Ich sagte: »Ich weiß schon, du gönnst mir keine Familie, du willst nichts anderes, als daß ich ein Leben führe wie Angelina.« Angelina war ein Mädchen aus unserem Viertel, das sich nach drei oder vier Verlobungen nun öffentlich als Prostituierte ernährte.

»Ich will nur dein Bestes«, antwortete sie in mürrischem Ton. Sie stellte das Geschirr zusammen und trug es in die Küche, um abzuwaschen. Allein geblieben, dachte ich lange über Mutters Worte nach. Ich verglich sie mit den Versprechungen und der Haltung Ginos, und es schien mir unmöglich, daß sie recht haben könne. Aber ihre Heiterkeit, ihre ruhige Sicherheit und ihr befriedigter Tonfall verstörten mich. Währenddessen wusch Mutter in der Küche ab. Ich hörte, wie sie aufräumte und dann in ihr Zimmer ging. Kurz darauf löschte ich das Licht aus und ging todmüde und mutlos zu Bett.

Am folgenden Tag überlegte ich, ob ich zu Gino über Mutters Zweifel sprechen solle; nach vielem Zögern entschied ich mich dagegen. In Wahrheit hatte ich allmählich eine solche Angst davor, Gino könnte mich, wie Mutter annahm, verlassen, daß ich fürchtete, eine Wiederholung von Mutters Anspielungen könnte in ihm erst diesen Plan entstehen lassen. Ich entdeckte zum erstenmal, wie eine Frau, wenn sie sich einem Mann schenkt, sich damit jeglichen Mittels begibt, ihn nach ihrem Willen handeln zu lassen. Trotzdem blieb ich immer noch überzeugt, Gino werde seine Versprechungen halten. Sein Betragen, als wir uns wiedersahen, bestätigte diesen Glauben nur.

Ich erwartete selbstverständlich sehr viele Liebkosungen und Aufmerksamkeiten, aber ich fürchtete, er würde das Thema »Heirat« umgehen oder nur sehr allgemein darauf zu sprechen kommen. Statt dessen eröffnete mir Gino, sowie der Wagen auf unserer gewohnten Landstraße hielt, er habe das Datum der Heirat in fünf Monaten festgesetzt, nicht einen Monat später. Meine Freude war so groß, daß ich mir Mutters Ideen zu eigen machte und mir es nicht versagen konnte auszurufen: »Weißt du, was ich dachte? Ich meinte, du würdest mich nach dem gestrigen Geschehen sitzenlassen.«

»Hast du mich wirklich für einen solchen Schuft gehalten?« sagte er mit beleidigter Miene.

»Nein, aber ich weiß, wie viele Männer es ebenso machen.«

»Hör mal«, sagte er, ohne meine Antwort zu beachten, »deine Vermutung kränkt mich wirklich! Was hast du dir eigentlich von mir gedacht? Ist das deine ganze Liebe zu mir?«

»Ich habe dich sehr lieb«, antwortete ich einfach, »aber ich fürchtete, du hättest mich nicht so gern.«

»Habe ich dir dazu bisher irgendeinen Grund gegeben?«

»Nein, aber das kann man nie wissen.«

»Du«, meinte er unvermittelt, »ich bin jetzt so schlechter Laune, daß ich dich sofort ins Atelier bringe.« Damit wollte er den Wagen in Bewegung setzen.

Erschrocken warf ich beide Arme um seinen Hals und flehte: »Nein, was hast du denn, ich habe ja nur so dahergeredet. Tu, als ob ich nichts gesagt hätte.«

»Manche Dinge denkt man auch, wenn man sie ausspricht, und wenn man sie denkt, heißt das, daß man sich nicht liebhat.«

»Aber ich habe dich doch lieb.«

»Ich nicht«, erwiderte er sarkastisch, »ich, wie du sagst, habe immer nur daran gedacht, mich mit dir zu amüsieren und dich dann sitzenzulassen; es ist nur zu merkwürdig, daß du so lange gebraucht hast, um das zu merken.«

»Aber Gino«, rief ich, in Tränen ausbrechend, »warum redest du denn so mit mir, was habe ich dir denn getan?«

»Nichts«, meinte er und stellte den Motor an, »aber jetzt bringe ich dich zum Studio.«

Der Wagen fuhr an, und Gino saß mit ernstem, hartem Gesicht am Steuer. Mir liefen die Tränen hinunter, Bäume und Kilometersteine flitzten an den Scheiben vorbei, und ich sah die Umrisse der ersten Häuser am Stadtrand auftauchen. Ich mußte daran denken, wie Mutter triumphieren würde, wenn sie von unserem Streit erführe, und wie sie das in ihrer Überzeugung von Ginos Unzuverlässigkeit bestärken müßte. In einem Anfall von Verzweiflung öffnete ich den Wagenschlag, lehnte mich hinaus und schrie: »Wenn du nicht hältst, werfe ich mich hinunter!«

Er schaute mich an, der Wagen fuhr langsamer, bog in einen Seitenweg ein und hielt hinter einem ruinenbestandenen Hügel. Gino stellte den Motor ab, zog die Handbremse an; dann wandte er sich zu mir und sagte ungeduldig: »Los, nun rede schon!«

Ich glaubte wirklich, er wolle mich verlassen, und fing mit einem leidenschaftlichen Eifer an zu sprechen, der mir heute in der Erinnerung gleichzeitig lächerlich und rührend vorkommt. Ich erklärte ihm, wie sehr ich ihn liebe; ich ging sogar so weit, ihm zu versichern, ich würde mir gar nichts aus einer Heirat machen und sei zufrieden damit, seine Geliebte zu bleiben. Er hörte mich mit finsterer Miene an, schüttelte den Kopf und sagte ab und zu: »Nein, für heute ist es Schluß, vielleicht habe ich es mir bis morgen anders überlegt.« Aber als ich ihm sagte, ich wäre auch als seine Geliebte zufrieden, da protestierte er: »Nein, entweder heiraten wir, oder es ist aus.« Er brachte mich noch mehrere Male mit seinem Eigensinn zur Verzweiflung und entlockte mir neue Tränen. Dann schien sich seine unbeugsame Haltung allmählich zu lockern; endlich, nachdem ich ihn mehrmals vergebens liebkost und geküßt hatte, vermeinte ich einen großen Sieg erfochten zu haben, als ich ihn dazu bringen konnte, von den vorderen Sitzen in den hinteren Wagenteil zu steigen und sich in einer unbequemen Umarmung mit mir zu vereinen, die mir in meiner Angst, ihn nicht zu befriedigen, zu kurz und keuchend vorkam. Ich hätte mir darüber klarwerden müssen, daß die von mir bewirkte Wendung keinen Sieg mit sich bringen konnte, sondern daß ich mich dadurch nur noch vollständiger in seine Hände gab. Ich hatte mich nicht nur aus Liebesdurst hingegeben, sondern auch, um ihm zu schmeicheln und ihn von meiner Liebe zu überzeugen, wozu Worte allein nicht ausreichten. Das ist genau die Haltung der Frauen, welche lieben, ohne die Sicherheit einer Gegenliebe zu besitzen; aber ich war zu verblendet von seiner Heuchelei und seinem vollendeten Benehmen. Er tat oder sagte immer das, was man von ihm erwartete, und ich machte mir in meiner Unerfahrenheit nicht klar, daß diese Vollkommenheit eher dem konventionellen Bild eines Liebhabers glich, wie ich ihn mir in meiner Einbildung vorstellte, als dem Mann, der wirklich vor mir stand.

Aber das Datum unserer Hochzeit war schließlich festgesetzt worden, deshalb fing ich sofort mit den Vorbereitungen an. Gino und ich kamen zu dem Entschluß, wenigstens in der ersten Zeit noch mit Mutter zusammen zu wohnen. Es gab außer dem großen Zimmer, der Küche und unserem Schlafzimmer noch einen vierten Raum, den Mutter aus Geldmangel niemals möbliert hatte. Dort wurden zerbrochene, ausgediente Sachen abgestellt; man kann sich vorstellen, was das in einem Haus wie dem unseren hieß, wo eigentlich alles mehr oder weniger kaputt und unbrauchbar war. Nach langen Diskussionen einigten wir uns auf den sparsamsten Plan: Wir würden dies Zimmer möblieren, und ich würde mir darüber hinaus noch ein wenig Aussteuer nähen. Mutter und ich waren sehr arm; aber ich wußte, daß Mutter einen kleinen Spargroschen besaß, den sie für mich zusammengescharrt hatte, um außergewöhnlichen Unkosten gewachsen zu sein. Was diese Unkosten sein sollten, war mir nie klargeworden, aber sicherlich war das Geld nicht dafür bestimmt gewesen, daß ich einen armen Mann mit ungewissen Zukunftsaussichten heiratete. Ich ging zu Mutter und sagte: »Du hast deine Ersparnisse doch für mich beiseite gelegt, nicht wahr?«

»Ja.« — »Gut, wenn du mich also glücklich machen willst, dann gib mir jetzt das Geld, damit ich mir das Zimmer möblieren kann, in dem Gino und ich leben werden; wenn du es wirklich für mich gespart hast, dann ist nun der richtige Moment gekommen, es für mich auszugeben.«

Ich erwartete Vorwürfe, lange Diskussionen und endlich eine Weigerung. Statt dessen hörte sich die Mutter meine Bitte mit großer Ruhe an, zeigte eher dieselbe ironische Freundlichkeit, die mich an jenem Abend nach meinem Besuch in der Villa mit Gino so verstört hatte. »Tut er denn gar nichts dazu?« begnügte sie sich zu fragen.

»Natürlich gibt er auch etwas dazu«, log ich, »er hat es mir schon gegeben. Aber ich muß auch beisteuern.«

Sie saß nähend am Fenster und hatte ihre Arbeit unterbrochen, solange wir uns unterhielten. »Geh in mein Zimmer«, sagte sie, »öffne die erste Schrankschublade, da steht eine Schachtel drin mit meinem Sparbuch und einigen goldenen Schmuckstücken. Nimm dir alles, ich schenke es dir.«

Der Schmuck war nicht viel wert: ein Ring, zwei Ohrringe und ein dünnes Kettchen. Aber seit meiner Kindheit hatte sich meine Phantasie immer von neuem an diesem mageren Schatz entzündet, der zwischen Lumpen verborgen lag und nur bei außerordentlichen Gelegenheiten zum Vorschein kam. Stürmisch umarmte ich die Mutter. Sie stieß mich sanft und nicht unfreundlich, aber kalt zurück und sagte nur: »Paß auf, ich habe die Nadel in der Hand, du wirst dich gleich stechen.«

Damit war ich aber nicht zufrieden. Ich wollte nicht nur meinen Willen durchgesetzt haben, Mutter sollte auch glücklich sein mit mir zusammen. »Aber Mutter«, rief ich, »wenn du es nur tust, mir den Gefallen zu tun, will ich nichts haben.«

»Ich tu es bestimmt nicht ihm zu Gefallen«, antwortete sie trocken und nahm ihre Näherei wieder auf.

»Glaubst du denn immer noch nicht, daß ich Gino heiraten werde?« fragte ich zärtlich.

»Ich habe es noch nie geglaubt und heute weniger denn je.«

»Aber warum gibst du mir denn dann die Summe, um das Zimmer einzurichten?«

»Das ist niemals weggeworfenes Geld, denn Möbel und Wäsche bleiben dir ja; ob du das Geld oder die Sachen hast, bleibt sich gleich.«

»Willst du mir denn nicht bei der Auswahl in den Geschäften helfen?«

»Um Himmels willen«, rief sie, »ich will nichts davon wissen; geht und macht, was ihr wollt, aber laßt mich in Ruhe damit.«

Sie war völlig unzugänglich in bezug auf meine Heirat; ich verstand allmählich, daß ihre Unzulänglichkeit nicht sosehr von Ginos Charakter, seinem Betragen oder seinen Aussichten abhing, sondern vielmehr durch ihre Lebensanschauung bedingt wurde. Mutters Haltung bedeutete nichts Bösartiges, nur eine vollkommene Umkehrung allgemeiner Vorstellungen. Andere Frauen wünschen sich beharrlich eine gute Partie für ihre Töchter; Mutter hoffte seit langem und mit gleicher Zärtlichkeit, ich möge nicht heiraten.

So war zwischen Mutter und mir eine Art stummer Wette abgeschlossen worden; sie wünschte, meine Heirat käme nicht zustande und ich ließe mich von ihren wohlgemeinten Ideen überzeugen; ich wollte heiraten und Mutter die Richtigkeit meiner Denkungsart beweisen. Desto stärker klammerte ich mich an die Hoffnung auf die Ehe, beinahe mit dem Gefühl, mein ganzes Leben verzweifelt auf eine Karte zu setzen. Dabei spürte ich dauernd mit Bitterkeit, wie Mutter alle meine Anstrengungen feindlich erspähte und hoffte, sie würden fehlschlagen.

Ich muß mich hier noch einmal daran erinnern, wie Ginos verwünschte Vollkommenheit selbst bei unseren Vorbereitungen zur Hochzeit nicht Lügen gestraft wurde. Ich hatte Mutter gesagt, Gino werde Geld beisteuern; das war aber eine Lüge, denn bisher hatte Gino keine Anstalten dazu gemacht. Deshalb war ich sehr überrascht und außerordentlich befriedigt, als mir Gino eine kleine Geldsumme zur Hilfe anbot, ohne daß ich ihn darum gebeten hatte. Er entschuldigte den geringfügigen Betrag und erklärte, er könne deshalb nicht mehr geben, weil er häufig Geld an seine Angehörigen schicken müsse. Wenn ich heute an sein Angebot zurückdenke, finde ich keine andere Erklärung dafür als seine Anhänglichkeit an mich und zugleich ein Vergnügen an der Rolle, die zu spielen er sich vorgenommen hatte — eine Anhänglichkeit, deren Grund vielleicht sein schlechtes Gewissen war, mich betrügen zu müssen und nicht in der Lage zu sein, mich zu heiraten, wie er vielleicht gerne gewollt hätte. Triumphierend berichtete ich Mutter sofort von Ginos Anerbieten. Sie beschränkte sich darauf, eine Bemerkung über die Geringfügigkeit der Summe zu machen; nicht groß genug, ihn finanziell aus dem Gleichgewicht zu bringen, aber ausreichend, um mir Sand in die Augen zu streuen.

Es folgte ein sehr glücklicher Lebensabschnitt für mich. Ich traf Gino täglich, und wir liebten uns, wo wir konnten: auf den Rücksitzen des Autos oder stehend in der dunklen Ecke einer einsamen Straße, manchmal auf einer Wiese in der Campagna, dann wieder in Ginos Zimmer in der Villa. Eines Nachts, als er mich nach Hause brachte, vereinigten wir uns auf dem Treppenabsatz vor unserer Wohnungstür, in der Dunkelheit auf dem Fußboden ausgestreckt. Ein anderes Mal liebten wir uns mitten im Kino, zusammengekauert auf den letzten Sitzen direkt unter der Projektionskabine. Ich befand mich gern mit ihm in Menschenmengen, in der Straßenbahn oder in öffentlichen Lokalen, wo mich die Leute gegen ihn drängten und ich dadurch die Möglichkeit hatte, meinen Körper gegen den seinen zu pressen. Ich spürte dauernd das Bedürfnis, seine Hand zu drücken, durch seine Haare zu streichen oder ihm andere Liebkosungen zu erweisen, wo wir auch immer waren, selbst in Gegenwart Dritter, da ich mir einbildete, unbeobachtet zu bleiben, so wie es einem immer geht, wenn man einer unwiderstehlichen Leidenschaft verfällt. Die Liebe befriedigte mich unsagbar. Ich liebte vielleicht die Liebe um ihrer selbst willen mehr als Gino, da ich nicht nur durch mein Gefühl für Gino, sondern vor allem durch die Befriedigung, die mir der Liebesakt bereitete, dazu getrieben wurde. Ich kam sicherlich nie auf den Gedanken, ein anderer Mann könne mir dieselbe Befriedigung geben. Aber ich machte mir undeutlich klar, daß der Eifer, die Geschicklichkeit und die Leidenschaft, die seine Liebkosungen weckten, nicht allein durch unsere Liebe erklärt werden konnten. Sie hatten einen selbständigen Charakter, wie eine Veranlagung, welche auch ohne die durch Gino gebotene Gelegenheit nicht gezögert hätte, sich zu offenbaren.

Trotzdem stand immer noch der Heiratsplan an erster Stelle. Um mehr zu verdienen, half ich Mutter oft über meine Kräfte und blieb häufig bis spät in die Nacht hinein auf. Tagsüber, wenn ich nicht Modell stand, lief ich mit Gino durch alle Läden, um Möbel und Aussteuer zu wählen. Ich konnte nur wenig Geld ausgeben, deshalb war meine Auswahl um so genauer und sorgfältiger. Ich ließ mir auch solche Sachen zeigen, von denen ich genau wußte, daß ich sie nie erwerben könne, betrachtete sie lange, diskutierte ihren Wert und verhandelte über den Preis; aber dann zeigte ich mich unzufrieden oder versprach, ein anderes Mal wiederzukommen, und ging fort, ohne etwas gekauft zu haben. Unmerklich brachten mich diese neugierigen Streifzüge durch die Geschäfte, das sorgenvolle Betrachten von Dingen, die für mich unerschwinglich waren, trotz meines Widerstandes dazu, die Wahrheit von Mutters Versicherungen zu erkennen, daß einem ohne Geld das Glück nur sparsam zugemessen werde. Zum zweitenmal seit meinem Besuch in der Villa schaute ich nun bewußt dies Pardies des Reichtums an und konnte nicht umhin, Bitterkeit und Verwirrung zu empfinden, da ich mich so schuldlos davon ausgeschlossen fühlte. Aber ich versuchte, diese Ungerechtigkeit in meiner Liebe zu vergessen, so wie ich es auch schon in der Villa getan hatte, jener Liebe, die mein einziger Luxus war und die mir erlaubte, mich glücklicheren und reicheren Frauen ebenbürtig zu fühlen. Endlich entschloß ich mich nach langem Reden und Herumsuchen dazu, meine Einkäufe zu machen, die wirklich bescheiden ausfielen. Da das Geld nicht reichte, kaufte ich auf Raten ein komplettes Zimmer in modernem Stil: Ehebett, Spiegelkommode, zwei Nachttische, Stühle und einen Schrank. Es waren ganz einfache Möbel in geringer Preislage und schlichter Ausführung; aber die Leidenschaft, mit der ich gleich von meinen armen Möbeln Besitz ergriff, war beinahe unfaßlich. Ich hatte die Wände des Zimmers frisch weißen, Türen und Fenster neu streichen und den Fußboden abkratzen lassen, so daß unser Zimmer eine Art Insel der Sauberkeit im schmutzigen Meer des übrigen Hauses bildete. Der Tag, an dem die Möbel ankamen, war für mich einer der schönsten meines Lebens. Die Vorstellung, ein solch sauberes, geordnetes, helles Zimmer zu besitzen, das nach Kalk und Farbe roch, kam mir ganz unglaublich vor; und dieses ungläubige Staunen vermischte sich mit einem Vergnügen, das unersättlich zu sein schien. Manchmal, wenn ich sicher sein konnte, Mutter beobachte mich nicht, ging ich in das Zimmer, setzte mich auf die nackte Matratze und ruhte dort aus. Ich blieb stundenlang darin, um alles zu betrachten, unbeweglich wie eine Statue, so als ob ich nicht an die Existenz meiner Möbel glauben könnte und dauernd fürchten müßte, sie würden von einem Moment zum anderen wieder verschwinden und die leeren Wände zurücklassen. Oder ich erhob mich und wischte mit einem Lappen liebevoll den Staub weg, um den Glanz des Holzes wieder zu beleben. Hätte ich meinen Gefühlen freien Lauf gelassen, so würde ich sie auch geküßt haben. Das vorhanglose Fenster öffnete sich auf einen weiten, schmutzigen Hof, der von ebenso niedrigen, langgestreckten Häusern wie das unsrige umgeben war. Man schien auf einen Krankenhaus- oder Gefängnishof hinunterzublicken; aber ich bemerkte das in meiner Begeisterung gar nicht mehr und fühlte mich so glücklich, als schaute das Zimmer statt dessen auf einen prächtigen, mit Bäumen bestandenen Garten hinunter. Ich malte mir Ginos und mein Leben hier drinnen aus, wie wir schlafen und uns liebhaben würden. Ich freute mich im Vorgeschmack auf all die anderen Dinge, die ich kaufen wollte, sobald ich es vermöchte: hierhin eine Blumenvase, dorthin eine Lampe, später vielleicht einen Aschenbecher und andere Kleinigkeiten. Ich war nur darüber unglücklich, mir kein neues Bad anlegen zu können; es hätte ja nicht so weiß und schimmernd mit Majolikaplättchen und blitzenden Hähnen wie das in der Villa sein müssen, aber doch neu und sauber. Doch ich war wenigstens dazu entschlossen, mein Zimmer äußerst ordentlich und reinlich zu halten. Ich hatte von meinem Besuch in der Villa die Überzeugung mitgebracht, daß Luxus mit Sauberkeit und Ordnung anfängt.

VIERTES KAPITEL

In jenen Wochen, während ich weiter in den Ateliers arbeitete, freundete ich mich mit einem anderen Modell an. Gisella war ein großes, hübsches Mädchen mit auffallend weißer Hautfarbe, schwarzen, welligen Haaren, kleinen, tiefliegenden blauen Augen und einem großen roten Mund. Charakterlich war sie völlig verschieden von mir: zornig, scharf, boshaft, dabei praktisch und interessiert; gerade unsere verschiedenartigen Anlagen brachten uns zusammen. Sie kannte keinen anderen Beruf außer ihrer Modellarbeit, aber sie kleidete sich wesentlich besser als ich und verhehlte nicht, daß sie ab und zu Geschenke und Geld von einem Herrn erhielt, den sie als ihren Verlobten ausgab. Ich kann mich noch genau an eine schwarze, am Kragen und an den Ärmeln mit Astrachan besetzte Jacke erinnern, die sie in jenem Winter häufig trug und um die ich sie sehr beneidete. Der Verlobte hieß Ricardo und war ein großer, breitgebauter und wohlgenährter junger Mann mit einem ruhigen Gesicht, glatt und oval wie ein Ei, das mir damals sehr schön vorkam. Er erschien immer geschniegelt und nach Pomade riechend in neuen Kleidern; sein Vater besaß ein Krawatten- und Wäschegeschäft für Herren. Er war simpel bis an die Grenze der Dummheit, gutmütig, immer vergnügt und wahrscheinlich ein guter Kerl. Gisella hatte ein Verhältnis mit ihm, aber ich glaube, zwischen ihnen bestand kein Eheversprechen wie zwischen Gino und mir. Nichtsdestoweniger trachtete Gisella danach, sich zu verheiraten, allerdings ohne sich allzu große Hoffnungen zu machen. Was Ricardo betrifft, so bin ich überzeugt davon, daß ihm der Gedanke an eine Ehe mit Gisella nicht einmal flüchtig in den Kopf kam. Gisella war wesentlich dümmer, dafür aber um so erfahrener als ich und hatte es sich in den Kopf gesetzt, mich zu beschützen und zu bemuttern. Kurzum, ihre Ansichten über Leben und Glück glichen Mutters Vorstellungen. Nur fanden diese Ideen bei Mutter in bitterer, keifender Form Ausdruck, auf Grund ihrer Enttäuschungen und Entbehrungen, während sie bei Gisella von ihrem Stumpfsinn und einer halsstarrigen Selbstgefälligkeit herstammten. Mutter blieb gewissermaßen bei der Formulierung ihrer Ideen stehen, so als ob für sie die Bestätigung ihrer Prinzipien wichtiger sei als ihre Anwendung. Gisella dagegen hatte immer so gedacht und kam gar nicht auf die Idee, man könnte anders denken; sie wunderte sich darüber, daß ich nicht lebte wie sie, und erst als ich unwillkürlich meine Mißbilligung durchblicken ließ, wandelte sich ihr Erstaunen in Zorn und Eifersucht. Sie entdeckte plötzlich, daß ich nicht nur ihre Bevormundung und ihre Herrschsucht ablehnte, sondern sie auch von der Warte meiner uneigennützigen, liebevollen Bestrebungen aus hätte verdammen können, wenn ich gewollt hätte. Deshalb faßte sie den vielleicht nicht ganz bewußten Plan, mein eigenes Urteil zu erschüttern und mich ihr möglichst rasch anzugleichen. Deshalb auch predigte sie mir immer wieder von neuem, ich sei ein Dummkopf, wenn ich weiterhin meine Unbescholtenheit erhielte; es sei ein Jammer, was für ein entbehrungsreiches Leben ich führe und wie ärmlich ich gekleidet sei. Wenn ich nur wolle, könne ich dank meiner Schönheit diesen Zustand durchgreifend ändern. Am Ende schämte ich mich über ihren Glauben, ich hätte noch nie etwas mit Männern zu tun gehabt, deshalb erzählte ich ihr von meinem Verhältnis mit Gino, betonte allerdings dabei, wir seien verlobt und würden schon bald heiraten. Sie wollte sofort wissen, was Gino treibe, und rümpfte die Nase, als sie von seiner Arbeit als Chauffeur erfuhr. Trotzdem bat sie mich, ihn mit ihr bekannt zu machen.

Gisella war meine beste Freundin und Gino mein Verlobter. Heute kann ich sie kaltblütig beurteilen, aber damals war ich ihren Charaktereigenschaften gegenüber vollständig blind. Ich erzählte schon, daß ich Gino für vollkommen hielt; Gisellas Fehler wurden mir wohl teilweise klar, dafür schrieb ich ihr ein liebevolles Herz und große Anhänglichkeit an mich zu und hielt ihre Sorge um mein Schicksal nicht für Ärger über meine Unschuld und für den Wunsch, mich zu verderben, sondern für eine mißverstandene, irregeleitete Güte. Deshalb brachte ich die beiden nicht ohne Zagen zusammen, ich hoffte in meiner Naivität, sie möchten sich anfreunden. Das Treffen fand in einem Café statt. Gisella hüllte sich in zurückhaltendes, deutlich feindliches Schweigen, während es mir so vorkam, als ob Gino sie zu Beginn für sich gewinnen wollte, da er das Gespräch auf die Villa brachte und sich mit dem Reichtum seiner Herrschaft brüstete, als hoffte er, durch solche Beschreibungen seine eigene, bescheidene Stellung zu verbrämen und zu überglänzen. Aber Gisella wurde dadurch nicht entwaffnet, sondern blieb bei ihrer feindlichen Haltung. Dann bemerkte sie bei irgendeiner Gelegenheit:

»Sie haben wirklich Glück gehabt, als Sie Adriana fanden.«

»Wieso?« erkundigte sich Gino erstaunt.

»Weil Chauffeure gewöhnlich mit Dienstmädchen gehen.«

Gino wechselte die Farbe, aber er gehörte nicht zu den Männern, die sich so leicht aus der Fassung bringen lassen. »Das stimmt schon«, bemerkte er langsam und senkte dabei seine Stimme wie jemand, der sich eine Tatsache überlegt, die ihm bis dahin entgangen ist, »mein Vorgänger hat sich wahrhaftig mit der Köchin verheiratet – das ist verständlich, warum auch nicht? Ich hätte das gleiche tun sollen, Chauffeure heiraten Dienstboten und umgekehrt, schau an, schau an, warum bin ich eigentlich nicht früher auf den Gedanken gekommen? Doch«, setzte er nachlässig hinzu, »mir wäre es lieber gewesen, Adriana hätte als Küchenmagd statt als Modell gearbeitet, nicht etwa wegen des Berufes an sich«, hier hob er beschwichtigend die Hand, wie um einen Einwand seitens Gisellas abzuwehren, »– obwohl mir, offen gesagt, dieses Ausziehen vor fremden Männern nicht zusagt –, sondern vor allem, weil man bei diesem Beruf Bekanntschaften macht, Freundschaften, die ...«, er schüttelte den Kopf und verzog den Mund. Dann bot er ein Päckchen Zigaretten an: »Rauchen Sie?«

Gisella wußte im ersten Augenblick nicht, was sie antworten sollte, deshalb beschränkte sie sich darauf, die Zigarette abzulehnen. Dann schaute sie auf die Uhr und sagte: »Adriana, wir müssen gehen, es ist schon spät.« Es war wirklich spät geworden, so verabschiedeten wir uns von Gino und verließen das Café. Auf der Straße sagte Gisella zu mir: »Du stehst im Begriff, eine große Dummheit zu begehen, so einen Mann würde ich nie heiraten!«

»Hat er dir nicht gefallen?« fragte ich ängstlich.

»Gar nicht! Du hattest mir doch erzählt, er sei groß, dabei ist er beinahe kleiner als du; er hat falsche Augen, die dich nie richtig anschauen, er ist immer unnatürlich und spricht auf eine gesuchte Art, die weit von dem entfernt ist, was er wirklich denkt. Soviel Rederei, dabei ist er doch bloß Chauffeur!«

»Aber ich habe ihn doch lieb«, warf ich ein.

Sie antwortete ruhig: »Das ist schon möglich, aber er macht sich nichts aus dir. Paß auf, eines schönen Tages läßt er dich sitzen!«

Ich war ganz verdutzt über diese Prophezeiung, die dasselbe wie Mutter voraussagte, mit der gleichen Sicherheit. Heute muß ich zugeben, daß Gisella, mochte ihr Gino auch sehr unsympathisch sein, doch seinen Charakter in dieser einen Stunde besser durchschaut hatte als ich in all den Monaten. Gino äußerte seinerseits ein ungünstiges Urteil über Gisella, das ich in der

Folge wenigstens zum Teil als richtig anerkennen mußte. Meine Zuneigung zu beiden und meine Unerfahrenheit machten mich ihnen gegenüber blind; leider hat man ja beinahe immer recht, wenn man schlecht von jemandem denkt.

»Deine Gisella«, sagte er, »würde man bei uns zu Hause eine zweifelhafte Person nennen.«

Ich machte ein verwundertes Gesicht. Darauf erklärte er: »Ein Straßenmädchen; sie hat genau dessen Charakter und Manieren. Sie ist eingebildet, weil sie sich gut anzieht, aber woher hat sie eigentlich ihre Kleider?«

»Ihr Verlobter schenkt sie ihr.«

»Pah, ihre Verlobten! Wohl einer am Abend. – Hör gut zu: entweder sie oder ich!«

»Was willst du damit sagen?«

»Das heißt, du kannst meinetwegen tun und lassen, was du willst. Aber, wenn du sie weiterhin sehen willst, dann mußt du eben darauf verzichten, mit mir zusammen zu sein; entweder sie oder ich.«

Ich versuchte, ihn von dieser Forderung abzubringen, aber es gelang mir nicht. Sicherlich war er durch Gisellas verächtliches Benehmen gekränkt; aber außerdem spielte bei seiner entrüsteten Abneigung wohl auch die Tatsache mit, daß er sich in seine Rolle als Verlobter schon ganz eingelebt hatte. Er war ja schon so weit gegangen, zu den Vorbereitungen für unsere Hochzeit beizusteuern. Es gelang ihm wie immer vollendet, Gefühle auszudrücken, die er gar nicht empfand. »Meine Braut darf sich nicht mit zweifelhaften Frauenzimmern abgeben«, wiederholte er unbeugsam. Immer noch in der alten Furcht, unsere Hochzeit in Rauch aufgehen zu sehen, versprach ich ihm am Ende, nicht mehr mit Gisella zusammen zu sein, obwohl ich von vornherein wußte, daß ich dieses Versprechen nicht halten konnte, schon deshalb nicht, weil Gisella und ich zur gleichen Stunde im selben Atelier arbeiteten.

Von diesem Tag an fuhr ich fort, Gisella ohne Ginos Wissen zu sehen. Sie ließ keine Gelegenheit vorübergehen, ironische und verächtliche Anspielungen auf meine Verlobung zu machen. Ich war so naiv gewesen, ihr viele Vertraulichkeiten aus meinen Beziehungen zu Gino zu verraten; jetzt bediente sie sich dieser Kenntnis, um mich zu quälen und mir mein jetziges Leben wie meine Zukunftsaussichten in spöttischen Farben auszumalen. Ihr Freund Ricardo machte keinerlei Unterschied zwischen mir und ihr, er hielt uns beide für leichte, seines Respekts nicht würdige Mädchen; deshalb beteiligte er sich bereitwillig an Gisellas Spiel und steigerte noch ihre Spöttereien und Sticheleien, aber auf eine gutmütige, stumpfsinnige Weise, da er, wie gesagt, weder intelligent noch besonders bösartig war. Für ihn bildete meine Verlobung nur einen scherzhaften Gesprächsstoff, mit dem man die Zeit totschlagen konnte. Aber bei Gisella – für die meine Tugend ein dauernder Vorwurf war und die wünschte, ich wäre wie sie, damit mir jedes Recht zu nehmen sei, sie zu verurteilen – spielte viel Bitterkeit und der Drang mit hinein, sich auf jede Art zu bemühen, mich zu beschämen und zu demütigen.

Vor allem traf sie immer wieder meinen schwachen Punkt: die Kleiderfrage. Sie sagte zu mir: »Heute schäme ich mich aber wirklich, mit dir herumzulaufen.« Oder: »Ricardo würde mir aber nicht erlauben, mit solchen Kleidern auszugehen, nicht wahr, Ricardo? Weißt du, Kleider machen Leute, meine Liebe!« In meiner Harmlosigkeit biß ich unfehlbar auf diese groben Köder an, ereiferte mich, verteidigte Gino, verteidigte, obwohl mit geringerer Überzeugungskraft, meine Kleider und zog am Ende doch immer den kürzeren, feuerrot und mit Tränen in den Augen. Eines Tages wurde Ricardo von Mitleid bewegt und meinte: »Heute will ich Adriana ein Geschenk machen, komm, Adriana, ich möchte dir eine Tasche schenken.« Aber Gisella widersetzte sich heftig: »Nein, nein, nichts da von Geschenken! Sie hat ja ihren Gino, sie soll sich doch von ihm beschenken lassen.« Ricardo hatte den Vorschlag aus Gutmütigkeit gemacht, ohne sich darüber klarzuwerden, wieviel Freude er mir mit seiner Gabe bereitet hätte; er gab sofort nach. Aus Rache ging ich am selben Nachmittag aus, um mir von meinem Geld eine Tasche zu kaufen. Tags darauf kam ich zu den beiden mit der Tasche unter dem Arm und behauptete, sie sei ein Geschenk Ginos. Das blieb der einzige Sieg, den ich in diesem bedauernswerten Kleinkrieg davontrug. Er kam mir noch dazu teuer zu stehen, weil es eine schöne Tasche war und ich viel Geld dafür ausgeben mußte.

Als Gisella glaubte, ich sei durch Ironie, Demütigungen und Vorhaltungen reif und weich genug geworden, rief sie mich zu sich und sagte, sie wolle mir einen Vorschlag machen. »Aber«, fügte sie hinzu, »laß mich bitte bis zu Ende reden und unterbrich mich nicht wie gewöhnlich, bevor du alles weißt.«

»Also los, rede schon!« antwortete ich.

»Du weißt, ich habe dich gerne«, begann sie, »du bist sozusagen wie meine Schwester. Mit deiner Schönheit könntest du alles haben, was du willst, und ich bin ganz unglücklich, wenn ich dich so schlecht gekleidet wie ein Straßenmädchen herumlaufen sehe. Jetzt höre gut zu«, unterbrach sie sich und betrachtete mich ernsthaft, »ein sehr feiner, vornehmer Herr hat dich gesehen, und du interessierst ihn sehr ... er ist verheiratet, aber seine Familie lebt auf dem Land. Er ist ein großes Tier bei der Polizei«, fügte sie halblaut hinzu, »wenn du ihn kennenlernen willst, kann ich ihn dir vorstellen. Wie gesagt, er ist eine sehr vornehme, ernsthafte Persönlichkeit, und bei ihm bist du sicher, daß niemand etwas davon erfährt. Übrigens ist er sehr beschäftigt, und du würdest ihn höchstens zwei- bis dreimal im Monat sehen. Er hat nichts dagegen, wenn du außerdem weiterhin mit Gino in Beziehung stehst und ihn heiratest; als Ausgleich würde er dir ein besseres Leben als dein jetziges bereiten. Na, was sagst du dazu?«

»Sag ihm«, antwortete ich offenherzig, »ich ließe ihm danken, aber ich könnte nicht annehmen.«

»Aber warum denn?« rief sie ernstlich verwundert aus.

»Eben darum, ich habe Gino lieb, und wenn ich diesen Vorschlag annehmen würde, könnte ich ihm nicht mehr in die Augen schauen.«

»Unsinn! Ich habe dir doch gesagt, er würde nichts davon erfahren.«

»Gerade darum.«

»Wenn ich daran denke«, sprach sie wie zu sich selbst, »er hätte mir vor einiger Zeit denselben Vorschlag gemacht ... Aber was soll ich ihm denn jetzt antworten, willst du es dir nicht noch einmal überlegen?«

»Nein, nein, ich nehme seinen Vorschlag nicht an.«

»Du bist wirklich unfaßbar dumm«, sagte Gisella enttäuscht, »das nennt man sein Glück mit Füßen treten.« Sie brachte noch viele andere, ähnliche Redensarten vor, auf die ich immer wieder dieselbe Antwort gab. Endlich ging sie unzufrieden fort.

Ich hatte das Angebot heftig abgelehnt, ohne seinen Wert zu erörtern. Als ich dann allein war, verspürte ich beinahe ein Gefühl des Bedauerns: vielleicht hatte Gisella recht, und dies war wirklich die einzige Weise, auf die ich all die Dinge erlangen konnte, die wir so bitter nötig hatten. Aber ich verjagte diese Gedanken sofort wieder; um so stärker klammerte ich mich an die Idee meiner Hochzeit und des geordneten, wenn auch ärmlichen Lebens, das ich mir danach versprach. Das Opfer, das ich in meinen Augen gebracht hatte, verpflichtete mich jetzt zu noch größerem Eifer als vorher, mich um jeden Preis zu verheiraten.

Ich konnte aber doch nicht einem vorübergehenden Gefühl von Eitelkeit widerstehen und erzählte Mutter von Gisellas Angebot. Ich vermeinte ihr damit ein doppeltes Vergnügen zu bereiten, da ich wußte, wie stolz sie auf meine Schönheit war und wie stark sie zugleich an ihren Ideen hing: dieses Angebot huldigte ihrem Stolz und bestätigte dabei die Richtigkeit ihrer Überzeugung. Deshalb war ich sehr überrascht über die Erregung, die meine Erzählung in ihr auslöste. Ein gieriger Ausdruck trat in ihre Augen, das Gesicht rötete sich vor Vergnügen. »Aber wer ist es denn?« fragte sie endlich.

»Ein Herr«, antwortete ich. Ich schämte mich zu sagen, er sei von der Polizei.

»Hat sie gesagt, ob er sehr reich ist?«

»Ja, er scheint viel zu verdienen.«

Sie wagte nicht auszudrücken, was sie sichtlich dachte: ich hätte falsch gehandelt, ein solches Angebot zurückzuweisen. »Er hat dich gesehen, und du gefällst ihm, warum läßt du ihn dir nicht vorstellen?«

»Aber wem wäre denn damit gedient, da ich doch nichts von ihm wissen will.«

»Wie schade, daß er schon verheiratet ist!«

»Selbst wenn er Junggeselle wäre, würde ich mir nichts aus ihm machen.«

»Man kann etwas auf vielerlei Art tun«, sagte die Mutter, »er ist ein reicher Herr, er mag dich gern . . . eine Sache zieht die andere nach sich. Vielleicht könnte er dir helfen, ohne etwas dafür zu fordern.«

»Nein, nein«, antwortete ich, »solche Leute tun nichts umsonst.«

»Das kann man nie wissen.«

»Nein, nein«, wiederholte ich.

»Es ist nicht so wichtig«, sagte die Mutter achselzuckend, »aber Gisella ist ein braves Mädchen und hat dich wirklich gern! Eine andere an ihrer Stelle wäre eifersüchtig auf dich gewesen und hätte dir gar nichts davon gesagt, sie dagegen beweist wirklich ihre freundschaftliche Haltung.«

Seit meiner Weigerung sprach Gisella nicht mehr von ihrem vornehmen Herrn; zu meiner Verwunderung hörte sie sogar auf, mich wegen meiner Verlobung aufzuziehen. Ab und zu traf ich sie und Ricardo heimlich. Doch ich versuchte immer wieder, mit Gino über sie zu sprechen, in der Hoffnung, sie würden sich vielleicht doch aussöhnen, da mir die unvermeidlichen Ausflüchte nicht behagten. Aber jedesmal ließ er mich nicht einmal ausreden, sondern erneuerte seine Beteuerungen des Hasses und schwur, alles wäre zu Ende zwischen uns, wenn ihm ein Treffen zwischen Gisella und mir zu Ohren käme. Er meinte es ernst, und manchmal hatte ich den Verdacht, es käme ihm gar nicht ungelegen, wenn er diesen Vorwand benützen könnte, um unsere Heiratspläne auffliegen zu lassen. Ich erzählte Mutter von Ginos Voreingenommenheit gegen Gisella, und sie bemerkte trocken, beinahe ohne Bosheit: »Er will bloß euer Zusammensein verhindern, damit du dir nicht den Unterschied klarmachst zwischen den Lumpen, in denen er dich herumlaufen läßt, und den schönen Kleidern, die Gisellas Verlobter ihr schenkt.«

»Nein, er behauptet, Gisella sei zu nichts gut.«

»Der Tunichtgut ist er selber; wenn er doch bloß erfahren würde, daß du Gisella triffst, damit eure Verlobung wirklich in die Brüche ginge!«

»Mutter«, sagte ich zutiefst erschreckt, »du wirst doch wohl nicht zu ihm gehen und es ihm erzählen?«

»Nein, nein«, antwortete sie hastig, beinahe bedauernd, »das sind eure Angelegenheiten, die müßt ihr schon allein abmachen.«

»Wenn du es ihm sagst«, rief ich leidenschaftlich, »dann siehst du mich nie wieder.«

Es war allmählich Altweibersommer geworden, und die Tage waren mild und klar. Eines Tages sagte Gisella, sie hätte eine Autofahrt geplant, sie, Ricardo und ein Freund von ihm. Sie brauchten noch ein Mädchen, das dem Freund Gesellschaft leisten könne, deshalb hätten sie an mich gedacht. Ich sagte freudig zu, denn damals, in der Enge meines Tageslaufs, war ich immer auf der Lauer nach irgendeiner Zerstreuung, die das Drückende meines augenblicklichen Lebens zu erleichtern vermöchte. Gino gegenüber entschuldigte ich mich mit Überstunden im Atelier. Morgens fand ich mich frühzeitig am Treffpunkt außerhalb des Ponte Milvio ein. Der Wagen wartete schon, und als ich mich näherte, rührten sich Gisella und Ricardo gar nicht auf den Vordersitzen, aber Ricardos Freund sprang aus dem Auto und kam mir entgegen. Es war ein junger Mann, mittelgroß, kahlköpfig, mit großen, schwarzen Augen im gelben Gesicht, gerader Nase und einem großen Mund, dessen geschwungene Lippen zu lächeln schienen. Er war elegant gekleidet, aber ganz anders als Ricardo, in gedämpften Farben, einer dunkelgrauen Jacke und etwas helleren Hose, mit gestärktem Kragen und einer Perle in der schwarzen Krawatte. Seine Stimme war sanft, und auch seine Augen schienen sanft zu sein, dabei ein wenig melancholisch und wie gelangweilt. Er benahm sich sehr höflich und zeremoniell. Gisella stellte ihn mir als Stefano Astarita vor, und ich war sogleich davon überzeugt, nur er könne der vornehme Herr mit den galanten Vorschlägen sein. Aber ich war nicht unzufrieden darüber, ihn kennenzulernen, denn sein Angebot war ja eigentlich nicht beleidigend, sondern ich fühlte mich dadurch gewissermaßen geschmeichelt. Ich gab ihm meine Hand, und er führte sie mit einer seltsamen Ergebenheit, einer beinahe schmerzhaften Intensität an seine Lippen. Dann stieg ich ein, setzte mich neben ihn, und der Wagen fuhr los.

Wir sprachen kaum, während das Auto zwischen den gelb verbrannten Wiesen auf der kahlen, sonnendurchglühten Straße dahinsauste. Ich war glückselig über den Wagen, die Fahrt und den Wind, der mir durch das kleine Fenster ins Gesicht blies, und konnte mich gar nicht satt sehen an der Landschaft. Es war vielleicht die zweite oder dritte Ausfahrt in meinem Leben, und ich fürchtete beinahe, sie nicht genügend auszukosten, deshalb riß ich beide Augen auf und versuchte, möglichst alles zugleich zu sehen: Strohhaufen, Meiereien, Bäume, Felder, Hügel und Wälder. Ich mußte immer an die Monate, vielleicht auch Jahre denken, die vermutlich vergehen würden, ehe ich wieder eine ähnliche Fahrt machen könnte; deshalb prägte ich alle Einzelheiten meinem Gedächtnis ein, damit ich sie mir, wenn ich wollte, wieder zurückrufen könnte. Aber Astarita, der ein wenig entfernt steif neben mir saß, schien nichts als mich zu bemerken. Er löste seine melancholischen, begehrenden Augen nicht einen Augenblick lang von meinem Gesicht und meinem Körper, und tatsächlich wirkte sein Blick allmählich auf mich wie eine Hand, die meinen Körper Stück für Stück langsam in Besitz nahm. Ich will nicht behaupten, daß mir seine Aufmerksamkeit mißfallen hätte; sie verwirrte mich nur. Langsam fühlte ich einen immer stärkeren Zwang, mich mit ihm zu beschäftigen, mit ihm zu sprechen. Seine Hände lagen auf seinen Knien, an einer Hand trug er den Trauring und einen Brillantring. Ich sagte unbesonnen: »Was für ein schöner Ring!«

Er senkte die Augen, betrachtete den Ring, ohne die Hand zu bewegen, und antwortete: »Er gehörte meinem Vater, ich zog ihn von seinem Finger, als er starb.«

»Oh«, sagte ich, wie um mich zu entschuldigen. Darauf setzte ich mit einem Hinweis auf den Trauring hinzu: »Sind Sie verheiratet?«

»Natürlich«, antwortete er, »ich habe eine Frau und Söhne ... ich habe alles.«

»Ist Ihre Frau hübsch?« erkundigte ich mich schüchtern.

»Nicht so schön wie Sie«, sagte er ganz ernst mit überzeugter Stimme, so als hätte er etwas sehr Wichtiges damit ausgesagt. Dabei versuchte er mit der ringgeschmückten Hand nach meiner

Hand zu fassen. Ich zog mich sofort zurück und sagte leichthin: »Leben Sie mit ihr zusammen?«

»Nein, sie lebt ...«, hier nannte er eine entfernte Provinzstadt, »und ich bin hier, ich wohne ganz allein ... ich hoffe sehr, daß Sie mich einmal besuchen werden.«

Ich tat so, als hätte ich seine auf eine tragische, beinahe gequälte Weise hervorgebrachten Erläuterungen gar nicht gehört: »Leben Sie nicht gern mit Ihrer Frau zusammen?«

»Wir leben gesetzlich getrennt«, erklärte er mit einer Grimasse, »ich war noch beinahe ein Junge, als ich heiratete, die Heirat kam durch meine Mutter zustande; man weiß ja, wie so etwas gemacht wird: ein Mädchen aus guter Familie mit ansehnlicher Mitgift, die Eltern planen die Ehe, und dann müssen sich die Kinder eben heiraten. Mit meiner Frau leben? Würden Sie mit so einer Frau zusammen leben?« Er zog seine Brieftasche heraus, öffnete sie und entnahm ihr eine Fotografie. Man sah zwei Kinder, vermutlich Zwillinge, mit braunen Haaren und blasser Haut, ganz in Weiß gekleidet. Dahinter stand eine kleine, blasse Frau; sie hatte ihre Hände auf die Schultern der Kinder gelegt, und ihre wie bei einer Eule nahe beieinander stehenden Augen trugen einen boshaften Ausdruck. Ich gab ihm das Bild zurück, er steckte es wieder in die Brieftasche und bemerkte seufzend: »Nein ... ich möchte mit Ihnen zusammen leben.«

»Aber Sie kennen mich doch gar nicht«, erwiderte ich, verwirrt durch seine besitzergreifende Direktheit.

»Ich kenne Sie sogar sehr gut, seit einem Monat folge ich Ihnen überallhin, ich weiß alles über Sie.«

Er sprach immer noch respektvoll aus einiger Entfernung, aber seine Augen verdrehten sich beinahe vor Intensität. Ich sagte: »Ich bin verlobt.«

»Gisella hat es mir erzählt«, brachte er mit erstickter Stimme hervor. »Aber lassen Sie uns nicht von Ihrem Verlobten sprechen, was geht er uns schon an?« Dabei machte er in erzwungener Gleichgültigkeit eine plumpe, kurze Handbewegung.

»Mich geht er sehr viel an«, meinte ich.

Er betrachtete mich und fing dann wieder an: »Sie gefallen mir außerordentlich gut.«

»Das habe ich schon bemerkt.«

»Sie machen sich vielleicht gar nicht klar, wie gut Sie mir gefallen.«

Er sprach wirklich wie ein Verrückter. Aber ich wurde beruhigt durch die Tatsache, daß er immer noch in einiger Entfernung saß und nicht weiter versuchte, meine Hand zu ergreifen. »Da ist doch nichts Böses dabei, wenn ich Ihnen gefalle«, sagte ich.

»Ich bin reich«, sagte er mit verzerrtem Gesicht, »ich besitze genug Geld, um Sie glücklich zu machen. Sie werden es nicht bereuen, wenn Sie zu mir kommen.«

»Ich brauche Ihr Geld nicht«, antwortete ich ruhig, beinahe sanft.

Er schien mich nicht gehört zu haben, sondern blickte mich nur unverwandt an und wiederholte von neuem: »Sie sind sehr schön.«

»Danke.«

»Ihre Augen sind herrlich.«

»Meinen Sie ...?«

»Und auch Ihr Mund ist wunderbar ... ich würde ihn so gerne küssen.«

»Warum erzählen Sie mir das alles?«

»Und auch Ihren Körper möchte ich küssen, Ihren ganzen Körper.«

»Warum sprechen Sie so zu mir?« protestierte ich von neuem, »das gehört sich doch nicht, ich bin verlobt, und in zwei Monaten wollen wir heiraten.«

»Verzeihen Sie«, sagte er, »aber es bereitet mir soviel Freude, manche Dinge auszusprechen. Bilden Sie sich ein, ich spräche nicht zu Ihnen, sondern mit mir selbst.«

»Ist es noch weit bis Viterbo?« fragte ich, um der Unterhaltung eine andere Richtung zu geben.

»Wir sind beinahe da; wir werden in Viterbo essen, und Sie müssen mir versprechen, sich bei Tisch neben mich zu setzen.«

Ich fing an zu lachen, denn seine offenkundige Leidenschaft belustigte mich und schmeichelte mir zugleich. »Also gut«, sagte ich.

»Wenn Sie neben mir sitzen«, fuhr er fort, »so wie jetzt, dann genügt mir Ihr Parfüm.«

»Aber ich bin doch gar nicht parfümiert.«

»Ich werde Ihnen eins schenken«, versprach er.

Inzwischen hatten wir Viterbo erreicht, und der Wagen verlangsamte sein Tempo bei den ersten Häusern der Stadt. Gisella und Ricardo, die vor uns saßen, hatten während der ganzen Fahrt geschwiegen. Aber als wir jetzt langsam die Hauptstraße entlangfuhren, drehte Gisella sich um und sagte: »Wie geht es euch beiden? Glaubt bloß nicht, wir hätten nichts gesehen.«

Astarita sagte nichts. Ich protestierte: »Du kannst ja nichts gesehen haben, wir haben uns nur unterhalten.«

»So, so«, meinte sie. Ich war sehr verdutzt und auch ein

wenig ärgerlich über Gisellas Betragen wie über Astaritas Schweigen. »Aber wenn ich dir sage ...«, begann ich.

»Laß doch«, wiederholte sie, »du brauchst doch keine Angst zu haben, wir erzählen Gino nichts davon.«

Wir waren auf der Piazza angekommen, stiegen aus dem Auto und schlenderten in der strahlenden Oktobersonne den Corso entlang inmitten der sonntäglichen Spaziergänger. Astarita ließ mich nicht einen Augenblick allein, ging ernst, beinahe finster einher, mit erhobenem Kopf und einer Hand in der Tasche, während die andere herumschlenkerte. Gisella dagegen lachte und scherzte laut mit Ricardo, so daß viele Leute sich nach uns umdrehten. Wir traten in ein Café und bestellten uns Wermut. Plötzlich merkte ich, wie Astarita unverständliche, drohende Ausdrücke vor sich hin murmelte, und ich fragte ihn nach dem Grund.

»Wegen des Dummkopfs da an der Tür, der Sie so unverwandt anschaut«, knurrte er gereizt.

Ich drehte mich um. Wahrhaftig, da stand ein blonder, schmächtiger Junge in der Tür und himmelte mich an. »Was ist denn da schon dabei«, sagte ich vergnügt, »er schaut mich an ... na und?«

»Ich bin imstande, zu ihm zu gehen und ihm ins Gesicht zu schlagen.«

»Wenn Sie das fertigbringen, schaue ich Sie nicht mehr an und spreche kein Wort mehr mit Ihnen«, meinte ich ein wenig gelangweilt. »Sie haben kein Recht dazu, so etwas zu tun. Außerdem bedeuten Sie mir gar nichts.«

Er sagte nichts und ging zur Kasse, um den Wermut zu bezahlen. Wir verließen das Café und setzten unseren Spaziergang auf dem Corso fort. Die Sonne und der Lärm, die vergnügten Bewegungen der Menge, all diese gesunden, roten Gesichter einer Provinzstadt stimmten mich fröhlich. Als wir am Ende einer Seitenstraße auf einen Platz gerieten, sagte ich plötzlich: »Seht, wenn ich so ein hübsches Häuschen hätte wie das dort«, dabei deutete ich auf einen kleinen, einfachen, zweistöckigen Bau, dicht neben einer Kirche, »dann wäre ich völlig zufrieden, hier zu wohnen.«

»Um Gottes willen«, antwortete Gisella, »in der Provinz leben, obendrein in Viterbo ... um nichts in der Welt.«

»Das wärst du bald leid, Adriana«, meinte Ricardo, »wer gewöhnt ist, in der Stadt zu leben, der hält es in der Provinz nicht aus.«

»Ihr irrt euch«, sagte ich, »ich würde gerne hier leben — mit einem Mann, der mich liebhat, vier sauberen Zimmern, großen

Fenstern und einer Pergola, weiter würde ich mir gar nichts wünschen.« Ich meinte es ernst, weil ich mich gemeinsam mit Gino in jenem Viterber Häuschen leben sah. »Und was sagen Sie dazu?« wandte ich mich an Astarita.

»Mit Ihnen bliebe ich hier«, antwortete er halblaut, um von den übrigen nicht gestört zu werden.

»Du bist zu bescheiden, Adriana«, sagte Gisella, »wer sich nichts vom Leben erhofft, der erreicht auch nichts.«

»Aber ich will ja gar nichts«, antwortete ich.

»Du willst doch Gino heiraten?« bemerkte Ricardo.

»Ja, das natürlich.«

Es war spät geworden, der Corso leerte sich, und wir traten in ein Restaurant ein. Der Saal im Erdgeschoß war gedrängt voll, hauptsächlich mit Bauern, die zum Sonntagsmarkt nach Viterbo gekommen waren. Gisella rümpfte die Nase über die schlechte Luft, die zum Schneiden dick war, und erkundigte sich beim Wirt, ob wir nicht im ersten Stock essen könnten. Der Wirt bejahte und führte uns über eine Holztreppe in ein langes, schmales Zimmer, dessen einziges Fenster auf eine enge Gasse ging. Er öffnete die Läden und schloß die Flügel. Dann breitete er ein Tischtuch auf den länglichen Tisch, der den größten Teil des Raumes einnahm. Ich sehe noch die alte, befleckte und an manchen Stellen abgerissene Tapete mit ihrem Blumen-und-Vogel-Muster vor mir; außer dem Tisch befand sich nur eine mit Geschirr gefüllte Kredenz im Zimmer.

Währenddessen lief Gisella im Zimmer umher, schaute sich alles an und blickte wiederholt aus dem Fenster in die kleine Gasse hinunter. Endlich öffnete sie eine Verbindungstür zu einem anderen Gemach, blieb einen Augenblick auf der Schwelle stehen, um sich dann an den Wirt zu wenden und ihn mit geheuchelter Ungezwungenheit zu fragen, was das für ein Zimmer sei.

»Das ist ein Schlafzimmer«, antwortete er, »wenn sich jemand von den Herrschaften vielleicht nach der Mahlzeit ausruhen will ...«

»Wir werden uns ausruhen, Gisella«, sagte Ricardo mit seinem dummen Gelächter. Aber Gisella tat so, als höre sie ihn nicht, blickte sich noch einmal in dem Raum um und lehnte die Tür dann vorsichtig an, ohne sie ganz zu schließen. Das kleine, intime Eßzimmer gefiel mir, und ich legte weder der halbverschlossenen Tür noch einem Blick des Einverständnisses, den ich zwischen Gisella und Astarita aufgefangen hatte, besondere Bedeutung bei. Wir setzten uns an den Tisch, und ich nahm, wie versprochen, neben Astarita Platz; aber er bemerkte es gar nicht, sondern schien zu aufgeregt zu sein, um sich zu unterhalten. Kurz darauf kehrte der Wirt mit Wein und Vorspeisen zurück. Ich hatte großen Hunger und stürzte mich ungeduldig auf das Essen, das brachte die anderen zum Lachen. Gisella benützte die Gelegenheit, die üblichen Spötteleien über meine Heirat wiederaufzunehmen.

»Iß nur, iß nur«, meinte sie, »mit Gino wirst du nicht mehr so viel und gut essen.«

»Warum denn«, sagte ich, »Gino wird ja verdienen.«

»Ja, und ihr werdet alle Tage Bohnen essen.«

»Auch Bohnen können gut sein«, lachte Ricardo, »ich werde mir sogar gleich eine Portion bestellen.«

»Du bist wirklich dumm, Adriana«, fuhr Gisella fort, »du brauchtest einen reichen Mann, der nur an dich denkt und es dir an nichts fehlen läßt und dir erlaubt, deine Schönheit zu pflegen. Statt dessen wirfst du dich an jemand wie Gino weg.«

Ich schwieg hartnäckig und kümmerte mich mit gesenktem Kopf um mein Essen. Ricardo meinte lachend: »Ich würde an Adrianas Stelle auf nichts verzichten, weder auf Gino, weil er ihr so gut gefällt, noch auf den reichen Mann. Ich nähme beide, es ist auch gut möglich, daß Gino gar nichts dagegen hätte.«

»Das stimmt nicht«, sagte ich eilig, »wenn er nur von dem Ausflug wüßte, den ich heute mit euch mache, dann würde er bereits unsere Verlobung lösen.«

»Und warum?« erkundigte sich Gisella gereizt.

»Weil er nicht will, daß ich mit dir zusammen bin.«

»Der Dreckskerl, der Lump, der Dummkopf«, schimpfte Gisella wütend, »das würde ich am liebsten ausprobieren; ich gehe zu ihm und sage: Adriana sieht mich oft, heute ist sie den ganzen Tag mit mir zusammen gewesen, also, jetzt löse die Verlobung.«

»Nein, nein«, bat ich ängstlich, »das darfst du nicht tun.«

»Für dich wäre das ein wahres Glück.«

»Ja, aber tu es nicht«, flehte ich von neuem, »wenn du mich wirklich gern hast, dann darfst du es nicht machen.«

Während der ganzen Unterhaltung öffnete Astarita seinen Mund nicht und berührte die Speisen kaum. Statt dessen liebkoste er mich beständig mit seinen Augen, mit seinem schwermütigen, bedeutsamen, verzweifelten Blick, der mich außerordentlich verwirrte. Ich hätte ihn gerne gebeten, mich nicht so anzustarren, aber ich fürchtete Gisellas und Ricardos Spott. Aus dem gleichen Grund fehlte es mir an Mut, zu protestieren, als Astarita einen Augenblick benützte, in dem ich meine linke Hand auf die Bank stützte, sie ergriff, heftig preßte und mich dazu zwang, mit einer Hand weiterzuessen. Das war nicht gut, denn Gisella rief plötzlich lachend: »Mit Worten wird Gino große Treue geschworen, aber wenn es dann zu Taten kommt... glaubst du, ich seh nicht, wie ihr beiden euch die Hände unter dem Tisch drückt?«

Ich errötete verwirrt und versuchte, meine Hand zu befreien. Aber Astarita hielt sie gewaltsam zurück. Ricardo sagte: »Laß sie doch in Ruhe, was ist denn schon dabei, wenn sie sich die Hände geben; machen wir doch das gleiche!«

»Ich habe nur Spaß gemacht«, erwiderte Gisella, »ich freue mich sogar darüber.«

Nachdem die Spaghetti gegessen waren, mußten wir lange auf den nächsten Gang warten. Gisella und Ricardo lachten und scherzten unaufhörlich, dabei tranken sie und zwangen auch mich zum Trinken. Der Rotwein war gut, aber sehr stark und stieg mir bald zu Kopf. Mir behagte der heiße, würzige Geschmack des Weines, und in meinem Schwips schien es mir, als sei ich gar nicht angetrunken und könne endlos weitertrinken. Der finstere, ernste Astarita drückte meine Hand, und ich wehrte mich nicht mehr dagegen; ich redete mir ein, einen Händedruck könne ich ihm schließlich erlauben. Über der Tür befand sich ein Ölfarbendruck: auf einem blumengeschmückten Balkon umarmten sich ein Mann und eine Frau in der Tracht vor fünfzig Jahren auf eine künstliche, komplizierte Weise. Gisella bemerkte den Druck und sagte, sie verstehe nicht, wie die beiden sich auf diese Art überhaupt küssen könnten. »Probieren wir es mal aus«, schlug sie Ricardo vor, »dann werden wir sehen, ob wir es nachahmen können.«

Ricardo erhob sich lachend und imitierte den Mann auf dem Bild, während Gisella sich ebenfalls lachend an den Tisch lehnte in derselben Haltung wie die Dame an die blumengeschmückte Brustwehr des Balkons. Unter großer Anstrengung gelang es ihnen, ihre Lippen zu vereinen, aber fast im selben Moment hätten sie beinahe das Gleichgewicht verloren und wären gemeinsam über den Tisch gefallen. Sofort rief Gisella, erregt durch das Spiel: »Und nun seid ihr beide dran.«

»Wieso«, fragte ich alarmiert, »was haben wir denn damit zu tun?«

»Los, ihr müßt es auch probieren.«

Ich fühlte, wie Astarita seinen Arm um meine Hüfte schob, und ich versuchte mich loszuwinden: »Aber ich will nicht.«

»Uh, was bist du langweilig«, schrie Gisella, »es ist doch nur ein Spiel, nichts weiter als ein Scherz!«

»Aber ich will nicht.«

Ricardo lachte und spornte seinerseits Astarita an, mich zu dem Kuß zu zwingen. »Astarita, wenn du sie nicht küßt, dann schau ich dich nicht mehr an.« Aber Astarita meinte es ernst und machte mir beinahe angst; bei ihm handelte es sich nicht um einen Scherz, soviel war klar. »Lassen Sie mich los«, wandte ich mich gegen ihn.

Er betrachtete erst mich, dann schaute er Gisella an, wie um sich bei ihr eine Ermutigung zu holen. »Los, Astarita«, schrie Gisella. Sie erschien beinahe noch leidenschaftlicher als er, auf eine Art, die ich undeutlich für grausam und erbarmungslos hielt.

Astarita griff mich fester um die Taille und zog mich zu sich heran; es handelte sich jetzt nicht mehr um das Spiel, er wollte mich um jeden Preis umarmen. Wortlos versuchte ich mich loszureißen, aber er war sehr kräftig, und soviel ich auch mit meinen Fäusten gegen seine Brust hämmerte, so merkte ich doch, wie er allmählich sein Gesicht dem meinen näherte. Trotzdem wäre es ihm vielleicht nicht gelungen, mich zu küssen, wenn Gisella ihm nicht zu Hilfe gekommen wäre. Plötzlich erhob sie sich mit einem wahren Jubelschrei, faßte mich an den Schultern, ergriff meine Arme und zog mich zurück. Ich sah sie nicht, aber fühlte ihren Ingrimm in den Nägeln, die sie in mein Fleisch bohrte, und in ihrer Stimme, die zwischen dem Lachen mit gebrochenem, erregtem und grausamem Ton wiederholte: »Los, Astarita, nun ist der richtige Augenblick, schnell!« Jetzt war Astarita mir nahe; ich versuchte so gut wie möglich mein Gesicht wegzudrehen, die einzige Bewegung, die mir noch übrigblieb, aber er packte mein Kinn mit einer Hand und drehte mein Gesicht zu seinem hin; dann küßte er mich kräftig und lange auf den Mund.

»Ah, endlich«, schrie Gisella triumphierend und kehrte vergnügt auf ihren Platz zurück.

Astarita ließ mich los, ich sagte wütend und schmerzlich zugleich: »Ich komme nie mehr mit euch mit.«

»Na, Adriana«, rief Ricardo spöttisch, »— wegen eines Kusses!«

»Astarita ist ganz verschmiert vom Lippenstift«, jubelte Gisella, »wenn Gino jetzt hereinkäme, wer weiß, was er dann sagen würde.«

Wahrhaftig, Astaritas Mund war ganz verfärbt von meinem Stift, und dieser blutrote Fleck auf seinem gelben, traurigen Gesicht erschien selbst mir lächerlich. »Los«, schrie Gisella, »versöhnt euch wieder; du mußt ihm mit deinem Taschentuch das

Rot abwischen, sonst denkt sich der Kellner wer weiß was, wenn er hereinkommt.«

Ich mußte gute Miene zum bösen Spiel machen, feuchtete einen Zipfel meines Taschentuchs mit der Zunge an und wischte vorsichtig das Rot von Astaritas düsterem, unbeweglichem Gesicht. Aber meine Nachgiebigkeit war falsch, denn sobald ich das Tuch wegsteckte, legte er von neuem seinen Arm um meine Hüfte. »Lassen Sie mich gehen«, sagte ich.

»Was ist denn schon dabei«, meinte Gisella, »ihm macht es Vergnügen, und dir tut es nichts. Du hast ihn ja schließlich geküßt, dann laß ihn auch ein bißchen tun, was er möchte.«

So gab ich wieder nach; wir blieben nebeneinander sitzen, er mit seinem Arm um meine Hüfte, ich steif und würdevoll. Der Kellner kam mit dem zweiten Gang herein. Beim Essen verging meine schlechte Laune, obwohl Astarita mich noch immer umschlang. Die Speisen waren sehr gut, und ohne es zu merken, trank ich all den Wein, den Gisella mir unaufhörlich einschenkte. Nach dem Hauptgang aßen wir Obst und Süßigkeiten. Die Nachspeise war ausgezeichnet, ich war zwar nicht an so etwas gewöhnt, konnte mich aber trotzdem nicht entschließen, Astaritas Anteil zurückzuweisen, als er mir angeboten wurde. Auch Gisella hatte viel getrunken und fing allmählich an, auf verschiedenste Arten zärtlich zu Ricardo zu werden, unter anderem steckte sie ihm Mandarinenscheiben in den Mund und begleitete jedes Stück mit einem Kuß. Ich war leicht beschwipst, aber nicht auf eine häßliche Art, sondern äußerst vergnüglich, und Astaritas Arm störte mich gar nicht mehr. Gisella wurde immer aufgeregter und leidenschaftlicher; schließlich stand sie auf und setzte sich auf Ricardos Schoß. Ich mußte unwillkürlich lachen bei Ricardos geheucheltem Schmerzensschrei, als ob Gisellas Gewicht ihn erdrücke. Astarita, der bis dahin unbeweglich gesessen und sich darauf beschränkt hatte, mich fest zu umfassen, begann mit einemmal, mich heftig auf Wangen, Brust und Hals zu küssen. Diesmal wehrte ich mich nicht, einmal, da ich zu betrunken war, um zu kämpfen, und dann, weil mir war, als küsse er einen anderen Menschen; so wenig erwiderte ich seine Leidenschaft. Ich blieb steif und ruhig wie eine Statue. In meiner Trunkenheit glaubte ich, mich außerhalb meiner selbst in irgendeiner Ecke des Zimmers zu befinden und mit der gleichgültigen Neugier einer Zuschauerin Astaritas wütende Verliebtheit zu beobachten. Aber die anderen hielten mein Unbeteiligtsein für Verliebtheit, und Gisella rief mir zu:

»Bravo, Adriana, so ist es richtig.«

Ich hätte ihr gerne geantwortet, aber aus unerfindlichen

Gründen änderte ich meinen Gedankengang, ergriff ein volles Glas, hob es hoch, sagte mit lauter, klarer Stimme: »Ich bin beschwipst« und leerte es auf einen Zug. Die andern schienen Beifall zu klatschen. Aber Astarita hörte auf, mich zu küssen, betrachtete mich starr und sagte darauf halblaut: »Komm, wir gehen dort hinüber.«

Ich folgte seinen Augen und sah, daß er auf die halbgeöffnete Tür des anstoßenden Zimmers deutete. Ich meinte, auch er sei betrunken, und schüttelte verneinend, beinahe schelmisch den Kopf. Er wiederholte wie ein Schlafwandler: »Komm, wir gehen dort hinüber.«

Ich merkte, wie Gisella und Ricardo aufhörten zu lachen und sich statt dessen unterhielten und uns dabei anschauten. Gisella sagte: »Nur Mut! Geh schon los, was wartest du denn noch?«

Mit einem Schlag schien mir alle Trunkenheit wie weggeblasen zu sein. In Wirklichkeit war ich noch beschwipst, aber mein Kopf war klar genug, um die drohende Gefahr zu bemerken. »Ich will aber nicht«, damit erhob ich mich.

Auch Astarita stand auf, packte mich an einem Arm und versuchte, mich zu jener Tür zu zerren. Die beiden anderen begannen wieder, ihn anzuspornen. »Los, Astarita!«

Astarita zog mich trotz meines Widerstandes fast bis zur Tür; dann befreite ich mich mit einem heftigen Ruck und stürzte zum Ausgang, der auf die Treppe mündete. Aber Gisella war flinker als ich: »Nein, mein Herz, das gibt's nicht.« Damit sprang sie von Ricardos Knien, rannte vor mir zur Tür, drehte den Schlüssel im Schloß und zog ihn ab. »Aber ich will doch nicht«, wiederholte ich in furchtsamem Ton und blieb am Tisch stehen.

»Was tut es dir denn?« schrie Ricardo.

»Dummkopf«, sagte Gisella hart und drängte mich zu Astarita, »los, mach nicht so viel Geschichten.«

Ich begriff, daß Gisella trotz ihres versteckten Neides und ihrer Grausamkeit sich nicht klarmachte, was sie anrichtete; diese Art Hinterhalt, in den sie mich gelockt hatte, mußte ihr als ein fröhlicher und witziger Einfall erscheinen. Außerdem war ich betroffen über Ricardos Gleichgültigkeit und fröhliche Laune, da ich ihn als gutartig kannte, unfähig, eine Handlung zu begehen, die ihm schlecht vorkam.

»Aber ich mag nicht«, wiederholte ich von neuem.

»Los«, rief Ricardo, »was ist denn schon Schlimmes dabei.« Gisella fuhr fort, mich aufgeregt und besorgt am Arm zu zerren, und sagte: »Ich habe dich nicht für eine derartig dumme Gans gehalten! Los, auf was wartest du eigentlich noch?«

Astarita hatte bisher noch keinen Ton gesagt, sondern blieb unbeweglich neben der Kammertür stehen und heftete seine Augen auf mich. Dann sah ich, wie er seinen Mund öffnete, um zu sprechen. Langsam, verwirrt, gleichsam als ob die Worte an seinen Lippen klebten, brachte er heraus: »Komm her, oder ich werde Gino sagen, du seist heute mit uns gefahren und habest mit mir im Bett gelegen.«

Ich begriff sofort, daß er seine Drohung wirklich ernst meinte. Wenn man auch manchmal am Inhalt einer Rede zweifeln kann, so irrt man sich selten im Tonfall einer Stimme. Er würde mich bei Gino verklagen, und für mich wäre alles zu Ende, noch ehe es richtig begonnen hatte. Heute denke ich, ich hätte mich vielleicht doch wehren können. Hätte ich geschrien und mich mit Gewalt gesträubt, würde ich ihn von der Nutzlosigkeit seiner Erpressung überzeugt haben. Aber vielleicht hätte es auch zu nichts geführt, da sein Begehren so viel stärker war als mein Abscheu. Ich fühlte mich mit einemmal besiegt, und viel stärker als an Abwehr dachte ich darüber nach, wie ich den angedrohten Skandal vermeiden könnte. Ich war vollkommen unvorbereitet in diese Situation geraten, und mein Kopf steckte noch voll mit Plänen für die Zukunft, auf die ich unter keinen Umständen verzichten wollte. Was mir damals auf so grausame Weise angetan wurde, das geschieht, glaube ich, auf ähnliche Art den meisten, die ähnliche Hoffnungen hegen, mögen sie noch so bescheiden, berechtigt und unschuldig sein. Die Welt schürt unseren Ehrgeiz und läßt uns dann früher oder später einen teuren, schmerzlichen Preis dafür zahlen, und nur die Verlassenen und solche, die auf alles verzichtet haben, können hoffen, nicht zum Bezahlen gezwungen zu werden.

Aber im gleichen Augenblick, als ich mich meinem Schicksal ergab, empfand ich einen lebhaften, scharfen Schmerz. Eine plötzliche klare Sicht enthüllte mir mit einem Schlag, was ich alles verlor als Preis für Astaritas Schweigen, als ob der für gewöhnlich dunkle und gewundene Lebensweg mit einemmal überdeutlich und schnurgerade vor mir lag. Meine Augen füllten sich mit Tränen, ich schlug die Hände vors Gesicht und begann zu weinen. Ich begriff, daß ich nicht aus Empörung, sondern aus äußerster Resignation weinte; und wirklich spürte ich durch meine Tränen hindurch, wie sich meine Beine langsam zu Astarita hin in Bewegung setzten. Gisella zog mich am Arm und wiederholte immer wieder: »Aber warum weinst du denn? Als ob es das erste Mal wäre ...« Ricardo lachte, und ich spürte Astaritas Augen fest auf mich geheftet, ohne sie zu sehen; langsam, weinend kam ich ihm entgegen. Dann merkte ich, wie Astarita mich umschlang, und die Tür der Kammer schloß sich hinter uns.

Ich wollte nichts sehen, selbst Fühlen schien mir schon zuviel. Deshalb preßte ich widerspenstig den Arm über meine Augen, obwohl Astarita versuchte, ihn wegzuziehen. Ich nehme an, er hätte sich wohl gerne wie alle Liebhaber in solch einer Situation betragen und mich langsam, in beinahe unmerklichen Graden seinen Wünschen gefügig gemacht. Aber meine Halsstarrigkeit, mit der ich meinen Arm übers Gesicht deckte, zwang ihn dazu, brutaler und schneller zu handeln, als er vermutlich gewollt hätte. Nachdem er mich auf den Bettrand gesetzt und vergebens versucht hatte, mich mit seinen Liebkosungen zu besänftigen, legte er mich deshalb auf die Kissen und warf sich ungestüm auf mich.

Mein ganzer Körper war von den Hüften abwärts schwer und tot wie Blei, und wohl selten ist ein Liebesakt mit mehr Gehorsam und weniger Anteilnahme vollzogen worden. Aber ich hörte beinahe sofort zu weinen auf und zog meinen Arm vom Gesicht, als er keuchend auf meiner Brust lag, und starrte mit weitgeöffneten Augen in das Dämmerlicht.

Ich bin überzeugt davon, daß Astarita mich in jenem Augenblick liebte, wie ein Mann überhaupt eine Frau lieben kann, sicher mehr als Gino. Ich weiß noch, wie er mit einer krampfhaften, leidenschaftlichen Gebärde seine Hand über meine Stirn und Wangen unaufhörlich hin und her führte, am ganzen Körper zitternd und zärtliche Worte murmelnd. Aber meine Augen waren aufgerissen und trocken, und in meinem Kopf, aus dem sich jede Spur von Trunkenheit verflüchtigt hatte, breitete sich plötzlich eine klare Kälte aus. Ich erlaubte Astarita, mich zu liebkosen und zu mir zu sprechen, dabei folgte ich aber meinen eigenen Gedankengängen. Ich sah im Geist mein Schlafzimmer, wie ich es eingerichtet hatte, mit den neuen Möbeln, die noch nicht ganz abbezahlt waren, und verspürte dabei eine Art bitteren Trostes. Jetzt würde mich nichts mehr hindern, redete ich mir vor, mich zu verheiraten und das Leben zu führen, das ich mir erträumte. Aber im gleichen Augenblick merkte ich, wie sehr ich mich verwandelt hatte und daß an die Stelle so vieler neuer harmloser Hoffnungen eine neue Sicherheit und Entschlußkraft getreten war. Plötzlich kam ich mir viel widerstandsfähiger vor, wenn auch nur durch eine traurige, aller Liebe baren Kraft.

Endlich öffnete ich zum erstenmal den Mund, seit wir die Kammer betreten hatten, und sagte: »Ich glaube, es wird Zeit, wieder hinüberzugehen.« Er fragte mich leise als Erwiderung: »Bist du sehr böse auf mich?«

»Nein.«

»Haßt du mich?«

»Nein.«

»Ich liebe dich so«, murmelte er und begann von neuem, mein Gesicht und den Hals mit Küssen zu bestürmen. Ich ließ ihn sich austoben, dann sagte ich: »Ja, gut, aber wir müssen trotzdem hinübergehen.«

»Du hast recht«, antwortete er. Er löste sich von mir und begann sich, wie mir schien, im Dunkeln anzuziehen. Ich richtete mich so gut wie möglich her, erhob mich dann und zündete das Nachttischlämpchen an. Das Zimmer sah in diesem gelben Licht genauso aus, wie ich es mir nach dem muffigen, mit Lavendel untermischten Geruch vorgestellt hatte: mit niedriger, geweißter Decke, tapezierten Wänden und altem, massivem Mobiliar. In einer Ecke befand sich ein Waschtisch aus Marmor mit zwei Becken und zwei Krügen mit grünem und rosa Blumenmuster, darüber ein großer, goldgerahmter Spiegel. Ich ging zum Waschbecken, goß ein wenig Wasser hinein und begann mit einem angefeuchteten Zipfel des Handtuchs meine von Astaritas Küssen verfärbten Lippen und die noch vom Weinen geröteten Augen zu waschen. Der Spiegel zeigte mir auf seinem verkratzten, fleckigen Grund mein trauriges Abbild, und einen Augenblick lang betrachtete ich mich voll Mitleid und Staunen. Dann riß ich mich los, ordnete meine Haare mit den Händen, so gut es ging, und wandte mich zu Astarita. Er erwartete mich neben der Tür, und sowie er sah, daß ich bereit war, öffnete er sie, wobei er mir den Rücken zudrehte und vermied, mich anzusehen. Ich löschte das Licht und folgte ihm.

Wir wurden festlich von Gisella und Ricardo empfangen, die in derselben fröhlichen Stimmung waren, in der wir sie verlassen hatten. Wie sie vorher meinen Schmerz nicht verstanden hatten, so blieb ihnen auch meine neue Gelassenheit uninteressant. Gisella rief: »Du bist wirklich eine prächtige Unschuld! Erst willst du und willst du nicht, aber dann hast du dich anscheinend recht schnell und gut damit abgefunden; übrigens hast du recht, wenn es dir Spaß macht. Es lohnt sich wirklich nicht, deswegen so viel Geschichten zu machen.«

Ich schaute sie an, und es schien mir merkwürdig ungerecht, daß gerade sie, die mich zum Nachgeben gezwungen und sogar meine Arme festgehalten hatte, damit Astarita mich besser küssen könne, mir nun meine Gefälligkeit vorwarf. Selbst der plumpe Ricardo bemerkte mit gesundem Urteil: »Gisella, du bist wirklich inkonsequent. Erst hast du so darauf bestanden, und jetzt sagst du ihr mehr oder weniger, sie habe falsch gehandelt.«

»Sicher«, bekräftigte Gisella bissig, »wenn sie nicht wollte, war es vollkommen falsch; du könntest mich zum Beispiel nicht mit Gewalt dazu zwingen, wenn ich keine Lust hätte ... aber sie wollte«, setzte sie kurz darauf hinzu und betrachtete mich verächtlich und unzufrieden, »und wie sie wollte ... ich habe die beiden im Wagen beobachtet, als wir nach Viterbo fuhren, deswegen, meine ich, hätte sie nicht so viel Geschichten zu machen brauchen.«

Ich schwieg und bewunderte beinahe eine derart vollkommene Grausamkeit, die zu gleicher Zeit so erbarmungslos und naiv sein konnte. Astarita kam heran und versuchte plump, meine Hand zu ergreifen. Aber ich stieß ihn zurück und setzte mich an den Tisch.

»Seht euch doch bloß Astarita an«, platzte Ricardo lachend los, »er sieht aus, als käme er von einem Begräbnis.«

Wirklich zeigte Astarita, wenn auch auf seine Weise, in seinem düsteren, gedemütigten Ernst, daß er mich besser verstand als die anderen. »Ihr müßt doch immer spotten«, bemerkte er.

»Sollen wir etwa heulen«, schalt Gisella, »jetzt müßt ihr Geduld haben, so wie wir geduldig auf euch warteten ... jedem das Seine. Laß uns gehen, Ricardo.«

»Ich empfehle mich«, damit erhob sich auch Ricardo. Er war sichtlich betrunken und wußte wohl kaum, was er empfahl.

»Los, los!«

So gingen sie hinaus, und Astarita und ich blieben allein. Ich saß an einem Ende des Tisches, Astarita am anderen. Ein Sonnenstrahl fiel durch das Fenster herein und beleuchtete das mit Abfällen bedeckte, unordentlich herumstehende Geschirr, die halbgeleerten Gläser und schmutzigen Bestecke. Aber obwohl die Sonne Astaritas Gesicht traf, blieb sein Ausdruck dunkel und traurig. Seine Begierde war befriedigt worden, aber trotzdem lag in seinem auf mich gehefteten Blick die gleiche gequälte Leidenschaft wie bei unserer ersten Begegnung. In jenem Augenblick verspürte ich Mitleid mit ihm, trotz des Unrechts, das er mir angetan hatte. Ich verstand, wie unglücklich er gewesen sein mußte, bevor er mich besaß, und daß er auch jetzt, nachdem er mich besessen hatte, nicht weniger unglücklich war. Vorher hatte er unter seiner Begierde gelitten, jetzt litt er, weil ich seine Liebe nicht erwiderte. Aber Mitleid ist der schlimmste Feind der Liebe. Wenn ich ihn gehaßt haben würde, hätte er eines Tages darauf hoffen können, meine Liebe doch noch zu erringen. Doch ich haßte ihn nicht, und mein Mitleid belehrte mich, daß ich für ihn nie etwas anderes als Kälte und Widerwillen verspüren würde.

Wir blieben lange schweigend in dem sonnendurchfluteten Raum und erwarteten Gisellas und Ricardos Rückkehr. Astarita rauchte unaufhörlich, indem er eine Zigarette am Stummel der letzten anzündete und sich ganz in Rauchwolken hüllte; er unterließ dabei aber nicht, mir beredte Blicke zuzuschicken wie einer, der sprechen will und es doch nicht wagt. Ich saß mit übereinandergeschlagenen Beinen am Tisch, und all meine Gedanken kreisten um den einen Wunsch: von hier fortzukommen. Ich fühlte mich weder müde noch beschämt; ich wollte nur allein sein, um nach Belieben über das Vorgefallene nachdenken zu können. Von diesem starken Bestreben, fortzugehen, wurde mein leeres Gehirn dauernd durch nutzlose Beobachtungen abgelenkt: durch Astaritas Krawattenperle, die Zeichnung auf der Tapete, eine Fliege, die um den Rand eines Glases lief, den Tomatenfleck, den ich mir beim Spaghettiessen auf die Bluse gemacht hatte. Ich machte mir Vorwürfe, daß ich es nicht fertigbrachte, an wichtigere Dinge zu denken. Aber diese Nebensächlichkeiten kamen mir gelegen, als Astarita nach einem langen Schweigen endlich seine Schüchternheit überwand und mich mit erstickter Stimme fragte: »An was denkst du?« Ich überlegte einen Augenblick und antwortete dann einfach: »Einer meiner Nägel ist abgebrochen, und ich dachte nach, wo mir das passiert sein könnte.« Es stimmte wirklich, aber er machte eine bittere, ungläubige Miene und verzichtete von da an völlig darauf, mit mir zu sprechen.

Endlich kehrten Gisella und Ricardo, ein bißchen schneller atmend, aber fröhlich und sorglos wie vorher, zurück. Sie waren verwundert darüber, uns so ernsthaft und schweigsam vorzufinden; aber es war allmählich spät geworden, und auf sie hatte die Liebe, im Gegensatz zu Astarita, offenbar beruhigend gewirkt. Gisella war zärtlich zu mir, ohne die Erregung und Grausamkeit, die sie mir vor und nach Astaritas Erpressung zu kosten gegeben hatte, und ich dachte im stillen, daß jene Szene wohl wie eine neue sinnliche Würze auf ihr schales Verhältnis zu Ricardo gewirkt habe. Auf der Treppe legte sie ihren Arm um meine Schultern und murmelte: »Warum ziehst du so ein Gesicht? Wenn du Sorgen hast wegen Gino, da kannst du ganz beruhigt sein! Weder ich noch Ricardo werden irgend jemand etwas erzählen.«

»Ich bin müde«, log ich, »doch ich trage dir nichts nach«, und ihr Arm um meine Schultern genügte, um jeden Zorn zu zerstreuen.

»Ich bin auch müde«, antwortete sie. »Mir hat auf der Fahrt der Wind direkt ins Gesicht geblasen.« Sie blieb auf der Türschwelle stehen, während die Männer vorausgingen, und fügte hinzu: »Du bist doch nicht etwa böse auf mich deswegen?«

»Aber weshalb denn«, antwortete ich, »du hast ja gar nichts damit zu tun.« So wollte sie sich also auch noch meine Verzeihung sichern, nachdem sie aus ihrem Intrigenspiel alle nur erdenklichen Befriedigungen herausgepreßt hatte. Ich verstand sie nur allzu gut, gerade deshalb wollte ich ihre Zweifel zerstreuen und betrug mich liebenswürdig gegen sie. Ich drehte ihr mein Gesicht zu und küßte sie auf die Wange: »Was soll ich gegen dich haben? Du hast mir immer gesagt, ich solle Gino lassen und mich mit Astarita zusammentun.«

»Eben darum«, bestätigte sie nachdrücklich, »ich denke heute noch genauso. Aber trotzdem fürchte ich, du wirst mir nicht verzeihen.«

Sie schien ängstlich und steckte mich damit an, denn ich vermeinte, sie könne meine wahren Gefühle erraten.

»Du kennst mich wirklich schlecht«, antwortete ich einfach, »ich weiß, du sähst am liebsten, wenn ich von Gino lassen würde, weil du mich gern hast und es dir mißfällt, daß ich nicht zu meinem Besten handle. Es könnte sogar sein«, schloß ich mit einer letzten Lüge, »daß du darin recht hast.«

Beruhigt hakte sie sich bei mir ein und erklärte mir jetzt in vertraulichem, ruhigem Ton: »Du mußt mich richtig verstehen, entweder Astarita oder irgendein anderer, aber nicht Gino ... wenn du wüßtest, wie leid es mir tut, ein so schönes Mädchen wie dich so zugrunde gehen zu sehen. Frag nur Ricardo, ich rede ihm sowieso den ganzen langen Tag von dir vor.« Sie plauderte jetzt wie üblich, ohne irgendwelche Scheu; ich nickte bestätigend, was sie auch sagen mochte. So gingen wir bis zum Auto. Wir nahmen wieder dieselben Plätze wie auf der Hinfahrt ein, und der Wagen fuhr los.

Keiner von uns vieren sprach während der Fahrt. Astarita fuhr fort, mich anzustarren, wenn auch mit mehr Beschämung als Begierde. Aber diesmal bereitete mir sein Blick keinerlei Verlegenheit, und ich verspürte keinen Wunsch, wie auf der Hinfahrt, mit ihm zu sprechen und mich ihm gegenüber freundlich zu zeigen. Ich atmete tief den Wind ein, der mir durch das geöffnete Fenster ins Gesicht schlug, und fragte mich, wann wir wohl in Rom sein würden. Plötzlich fühlte ich, wie Astaritas Finger meine Hand streiften, und merkte, wie er versuchte, etwas in meine Faust zu stecken, anscheinend ein Stück Papier. Verwundert dachte ich, ob er wohl an mich geschrieben hätte, da er mich nicht anzusprechen wagte. Aber als ich die Augen senkte, erblickte ich eine vierfach zusammengefaltete Banknote.

Er fixierte mich starr, während er danach trachtete, meine Finger über der Note zu schließen. Ich erwog einen Augenblick die Möglichkeit, sie ihm ins Gesicht zu werfen. Aber im gleichen Moment wurde mir klar, ich würde damit einen äußerlichen Akt begehen, der stärker durch ein Gefühl der Nachahmung als wirklich durch einen tiefen Impuls hervorgerufen sei. Meine Empfindungen in jenen Minuten verblüfften mich, und ich habe sie später nie mehr so klar und eindringlich gespürt, wenn ich von Männern Geld erhielt; ein Gefühl von Mitschuld und sinnlichem Einverständnis, das vorher, in der Kammer des Restaurants, keine seiner Liebkosungen in mir hatte wecken können, ein Gefühl von Hörigkeit, das mir mit einem Schlag eine Seite meines Charakters enthüllte, die mir bis dahin unbekannt geblieben war. Ich wußte natürlich, daß ich dieses Geld zurückweisen müßte, aber gleichzeitig verspürte ich ein Verlangen, es anzunehmen, nicht so sehr aus Habgier wie aus dem neuen Vergnügen heraus, welches mir dies Angebot bereitet hatte.

Obwohl ich mich bereits dafür entschieden hatte, es nicht zurückzuweisen, machte ich dauernd abwehrende Bewegungen mit der Hand gegen die Banknote; auch dies geschah instinktiv, ohne einen Schatten von Berechnung. Astarita bestand darauf, während er mich nicht aus den Augen ließ; da ließ ich die Banknote von der rechten in die linke Hand gleiten. Eine merkwürdige Erregung hatte mich gepackt, ich fühlte, wie mein Gesicht brannte und der Atem schneller ging. Wenn Astarita in jenem Augenblick meine Gedanken hätte erraten können, so hätte er vielleicht geglaubt, ich liebe ihn. Doch das war vollkommen falsch; nur das Geld, die Art, wie es mir gegeben wurde, und die Beweggründe dazu beschäftigten meinen Geist so stark. Ich fühlte, wie Astarita meine Hand ergriff, an seine Lippen führte, ich erlaubte ihm, einen Kuß darauf zu drücken, dann zog ich sie zurück. Bis zum Ende der Fahrt sahen wir uns daraufhin nicht mehr an.

In Rom trennten wir uns beinahe fluchtartig, so als ob jeder von uns sich einer begangenen Schuld bewußt sei und nun daran denke, fortzulaufen, um sich zu verstecken. Und wirklich war ja von uns allen eine fast verbrecherische Tat an diesem Tag vollbracht worden: von Ricardo aus Dummheit und von Gisella aus

Neid, Astarita handelte aus Wollust und ich aus Unerfahrenheit. Gisella verabredete sich mit mir für den nächsten Tag zum Modellstehen, Ricardo wünschte mir eine gute Nacht, und Astarita wußte nichts Besseres zu tun, als mir schweigend mit verzerrter Miene die Hand zu drücken. Sie hatten mich bis nach Hause gebracht. Ich weiß noch heute, wie ich trotz meiner Müdigkeit und Reue ein Gefühl befriedigter Eitelkeit empfand, als ich unter den Augen der Familie des Eisenbahners, unserer Mitbewohner, vor unserem Haustor aus dem schönen Auto stieg.

Ich ging hinauf und schloß mich sofort in mein Zimmer ein, um als erstes das Geld zu prüfen. Ich entdeckte nicht einen, sondern drei Tausender und fühlte mich einen Augenblick lang in meiner Hockstellung auf dem Bettrand vollkommen glücklich. Dies Geld reichte nicht nur dazu, die letzten Raten der Möbel zu bezahlen, sondern auch, um mir einige der Sachen zu kaufen, die ich am nötigsten hatte. Es war mehr Geld, als ich je besessen hatte, und ich wurde nicht müde, die Noten zu befühlen und genau zu betrachten. Meine gewohnte Armut ließ diesen Anblick mehr als erfreulich, beinahe unglaubwürdig erscheinen. Ich mußte das Geld lange anschauen, so wie ich die Möbel angestarrt hatte, um mich wirklich von ihrem Besitz zu überzeugen.

FÜNFTES KAPITEL

Der lange, tiefe Schlaf in jener Nacht löschte scheinbar die Erinnerung an das Abenteuer in Viterbo aus. Jedenfalls erhob ich mich am nächsten Morgen ruhig und dazu entschlossen, mit der üblichen Ausdauer meine Bestrebungen nach einem normalen Familienleben weiterzuverfolgen. Gisella, die ich noch am selben Morgen sah, spielte nicht auf die Fahrt an, sei es aus Reue oder sei es, was wahrscheinlicher war, aus umsichtiger Verschwiegenheit, und ich war ihr dankbar dafür. Aber die Vorstellung von meinem nächsten Zusammentreffen mit Gino ängstigte mich. Selbst wenn ich davon überzeugt war, keinerlei Schuld zu tragen, so mußte ich doch lügen, und davor fürchtete ich mich. Ich war nämlich nicht sicher, ob mir die Verstellung gelänge, weil es das erste Mal war und ich bis dahin ihm gegenüber immer offen gehandelt hatte. Es stimmte, daß ich ihm die Begegnungen mit Gisella verheimlichte; aber diese Ausflucht entsprang aus zu unschuldigen Motiven, um sie als Lüge ansprechen zu können; es war mehr ein Ausweg, zu dem ich durch seine unvernünftige Abneigung gegen Gisella gezwungen worden war.

Ich war so ängstlich, als wir uns am selben Tage trafen, daß ich mich nur mühsam davon zurückhielt, in Tränen auszubrechen, ihm alles zu sagen und seine Verzeihung zu erbitten. Die Geschichte der Fahrt nach Viterbo lastete auf meiner Seele, und ich hatte den heftigen Wunsch, mich durch Sprechen davon zu befreien. Wenn Gino anders gewesen wäre und ich ihn für weniger eifersüchtig gehalten hätte, würde ich sicher darüber gesprochen haben, und dann hätten wir uns, so meine ich wenigstens, mehr als vorher geliebt, und ich wäre mir beschützt und um so enger an ihn gekettet vorgekommen: durch eine Bindung, stärker selbst als die Liebe. Wie gewöhnlich befanden wir uns morgens im Wagen draußen auf der üblichen Vorstadtstraße. Er bemerkte meine Verlegenheit und fragte: »Was hast du denn?«

Ich dachte: Jetzt sagst du ihm alles, selbst auf die Gefahr hin, aus dem Wagen geworfen zu werden und zu Fuß nach Rom zurückkehren zu müssen. Aber mir fehlte der Mut, und ich fragte ihn meinerseits: »Hast du mich lieb?«

»Das fragst du noch?« antwortete er.

»Wirst du mich auch immer gern haben?« wiederholte ich mit Tränen in den Augen.

»Immer.«

»Werden wir auch bald heiraten?«

Er schien verdrießlich zu werden wegen meiner Beharrlichkeit. »Ehrenwort«, sagte er, »man könnte beinahe denken, du trautest mir nicht! Haben wir uns vielleicht nicht dafür entschieden, Ostern zu heiraten?«

»Ja, das stimmt.«

»Habe ich dir etwa kein Geld zur Gründung des Hausstandes gegeben?«

»Ja.«

»Na also! Bin ich ein Ehrenmann oder ein Lump? Wenn ich etwas gesagt habe, dann tue ich es auch. Ich vermute, deine Mutter hetzt dich auf.«

»Nein, nein, Mutter hat damit gar nichts zu tun«, erwiderte ich beunruhigt, »und sag ... werden wir zusammen leben?«

»Natürlich.«

»Werden wir auch glücklich sein?«

»Das hängt von uns ab.«

»Werden wir auch wirklich zusammen leben?« fragte ich von neuem, unfähig, mich aus dem Bannkreis meiner Angst zu lösen.

»Uff, das hast du schon einmal gefragt, und ich habe dir bereits darauf geantwortet.«

»Entschuldige«, sagte ich, »aber manchmal kommt es mir so unglaublich vor.« Dann konnte ich mich nicht mehr zusammennehmen und fing zu weinen an. Er war sehr erstaunt und auch verwirrt über meine Tränen, eine Verwirrung, die voll der Reue schien und deren Motive mir erst viel später klarwurden. »Nanu«, sagte er, »was gibt es denn da zu weinen?«

In Wirklichkeit weinte ich aus Bitterkeit und Kummer darüber, ihm nicht sagen zu können, was vorgefallen war, um mein Gewissen auf diese Weise vom Gewicht der Reue zu befreien. Ich weinte auch aus Beschämung, mich seiner Güte und Vollkommenheit so unwürdig zu fühlen. »Du hast recht«, brachte ich schließlich hervor, »ich bin dumm.«

»Das sage ich gar nicht; ich weiß nur nicht, worüber du weinst.«

Aber das Gewicht blieb auf meiner Seele liegen. Nachdem wir uns getrennt hatten, ging ich noch am selben Nachmittag in eine Kirche, um zu beichten. Ich hatte es fast ein Jahr lang nicht mehr getan. Während dieses Zeitraums hatte ich gewußt, ich könnte es tun, und dieses Bewußtsein hatte mir genügt. Seitdem ich Ginos ersten Kuß erwidert hatte, war die Kette der regelmäßigen Beichten unterbrochen worden. Ich war mir klar darüber, daß meine Beziehungen zu Gino im Sinne der Religion eine Sünde waren, aber da ich an unsere Heirat glaubte, empfand ich keine Reue und begnügte mich mit dem Gedanken, ich würde mich kurz vor der Hochzeit ein für allemal freisprechen lassen.

Ich begab mich in eine kleine Kirche im Zentrum der Stadt, deren Tor sich zwischen dem Eingang eines Kinos und den Schaufenstern eines Strumpfgeschäftes öffnete. Das Innere lag ganz im Dunkeln bis auf den Hochaltar und eine der Madonna gewidmete Seitenkapelle. Es war eine sehr schmutzige, verkommene Kirche: die verschobenen, durcheinandergestellten Strohstühle waren in derselben Unordnung stehengeblieben, in der die Gläubigen sie beim Weggehen gelassen hatten, und ließen nicht an eine Messe, sondern eher an eine geräuschvolle Versammlung denken, von der man sich erleichtert entfernt.

Schwache Helligkeit sickerte durch das Glasdach der Kuppel und ließ den Staub auf dem Boden sichtbar werden und die weißen, abgebröckelten Stellen in der gelben, zerkratzten Tünche, die Marmor auf den Säulen vortäuschen sollte. Zahllose silberne Exvotos in Form flammender Herzen waren eng nebeneinander an den Wänden aufgehängt und erweckten den Eindruck einer melancholischen Kurzwarenhandlung. Aber der Weihrauchduft in der Luft flößte mir Vertrauen ein. Als Kind hatte ich diesen Geruch so oft eingeatmet, und die durch ihn geweckten Erinnerungen waren alle unschuldig und freundlich. Deshalb glaubte ich, mich an einem wohlbekannten Ort zu befinden, so als hätte ich diese Kirche schon häufig besucht, obwohl ich vermutlich zum erstenmal darin war.

Vor meiner Beichte wollte ich noch in jene Seitenkapelle gehen, in der ich eine Statue der Madonna gesehen hatte. Seit meiner Geburt war ich der Mutter Gottes geweiht worden; Mutter behauptete ja sogar, ich gliche ihr mit meinem ebenmäßigen Gesicht und den großen, sanften schwarzen Augen. Ich hatte die Madonna immer geliebt, wegen des Kindes, das sie im Arm hält und das ihr später als Mann getötet worden ist; weil sie ihn zur Welt gebracht und ihn geliebt hat, wie man einen Sohn nur lieben kann, und dann so leiden mußte, als er ans Kreuz geschlagen wurde. Oft glaubte ich, die Mutter Gottes, die selbst so viel Schmerzen ertragen mußte, sei als einzige fähig, meinen Kummer zu verstehen, deshalb wollte ich seit meiner Kindheit nur zu ihr beten, außerdem gefiel mir die Madonna, weil sie so gänzlich verschieden von Mutter war, fröhlich und gelassen, reich gekleidet, mit Augen, die mich liebevoll betrachteten. Manchmal schien es mir, sie sei meine richtige Mutter an Stelle jener Frau, die immer keifte und keuchend und schlecht angezogen herumlief.

Deshalb kniete ich nieder, schlug die Hände vors Gesicht, sprach mit gesenktem Kopf ein langes, persönliches Gebet an die Madonna, bat sie um Verzeihung für alles Begangene und rief ihren Schutz auf Mutter, Gino und mich herab. Dann fiel mir ein, ich dürfe gegen niemanden mehr Zorn empfinden, deshalb bat ich sie auch um Schutz für Gisella, die mich aus Neid verraten, für Ricardo, der sie in seiner Dummheit unterstützt hatte, und endlich auch für Astarita. Für Astarita betete ich länger als für die übrigen, gerade weil ich noch immer Unwillen über ihn empfand und dieses Gefühl auslöschen wollte, um ihn wie die anderen zu lieben, ihm zu verzeihen und alles Böse vergessen zu können, das er mir angetan hatte. Am Ende war ich so bewegt, daß mir die Tränen in die Augen traten. Ich erhob den Blick zu dem Madonnenbild über dem Altar, und durch meinen Tränenschleier wirkte die Statue verschwommen und schillernd, wie unter Wasser gesehen; die Kerzen um die Figur herum bildeten lauter goldene Flecke, wunderbar, zugleich aber auch bitter anzusehen, wie manchesmal Sterne, die man gern berühren möchte und von denen man doch weiß, daß sie weit entfernt sind. So blieb ich lange unbeweglich vor der Madonna, ohne sie wirklich zu sehen. Dann lösten sich die Tränen aus meinen Augen, rannen mit einem bitteren Prickeln über mein Gesicht, und ich sah die Madonna mit ihrem Kind im Arme ganz erleuchtet durch die Kerzenflammen. Ich vermeinte, sie sehe mich mitleidig und freundlich an, und dankte ihr in meinem Herzen; dann erhob ich mich mit einem erleichterten Gefühl und ging zur Beichte.

Die Beichtstühle waren alle leer. Aber während ich Ausschau nach einem Priester hielt, sah ich jemanden aus einer kleinen Tür links vom Hauptaltar heraustreten, vor dem Altar in die Knie sinken und sich bekreuzigen, um sich dann nach der anderen Seite zu entfernen. Es war ein Bruder, dessen Ordenszugehörigkeit ich nicht kannte, und nachdem ich Mut gefaßt hatte, rief ich ihn halblaut an. Er drehte sich um und kam sofort herbei. Als er näher kam, erkannte ich einen noch jungen Mann, groß und stark gebaut, mit einem lebhaften rosigen Gesicht, blondem Bart, blauen Augen und einer hohen weißen Stirn. Ich dachte unwillkürlich, was für ein wunderschöner Mann er sei, ein Mann, wie man ihn nicht nur innerhalb, sondern auch außerhalb der Kirchen selten trifft. Ich war zufrieden darüber, ihm beichten zu dürfen, und trug ihm leise meinen Wunsch vor; er nickte bejahend und ging voran zu einem der Beichtstühle.

Er betrat das Innere, und ich kniete vor dem Gitter nieder. Ein kleines Emailschild über dem Beichtstuhl trug den Namen: Pater Elias. Der Name gefiel mir und flößte mir Vertrauen ein. Als ich kniete, betete er kurz und fragte mich dann: »Hast du lange nicht mehr gebeichtet?«

»Beinahe ein Jahr lang«, antwortete ich.

»Das ist eine lange Zeit; viel zu lang ... warum denn nicht?« Mir fiel sein fehlerhaftes Italienisch auf, die gerollten R's der Franzosen; an zwei oder drei Irrtümern, die ihm unterliefen, als er versuchte, Fremdwörter der italienischen Sprache anzugleichen, merkte ich, daß er in der Tat ein Franzose war. Gerade seine Fremdheit beruhigte mich, ich weiß selber nicht, warum. Vielleicht deshalb, weil man, wenn man im Begriff ist, eine wichtige Handlung zu beginnen, in jeder ungewöhnlichen Sache ein günstiges Zeichen zu erblicken glaubt.

Ich erklärte ihm, der Grund meiner langen Beichtpause liege gerade in der Geschichte, die ich ihm erzählen wolle. Darauf fragte er nach kurzem Schweigen, was ich ihm zu sagen habe. Ich berichtete ihm eifrig und vertrauensvoll von meiner Beziehung zu Gino, meiner Freundschaft zu Gisella, der Fahrt nach Viterbo und der Verführung. Selbst beim Sprechen fragte ich mich noch, was meine vertraulichen Mitteilungen wohl für eine Wirkung auf ihn haben würden. Es war kein gewöhnlicher Priester, und sein ungewohnter, weltmännischer Anblick machte mich auf die Gründe neugierig, die ihn zum Priestertum gebracht haben mochten. Es mag seltsam erscheinen, daß ich mich nach der tiefen Bewegtheit in meinem Gebet zur Mutter Gottes so weit ablenken ließ, mich für meinen Beichtvater zu interessieren, aber ich behaupte, es lag kein Widerspruch in dieser Neugier und jener Rührung. Beides war in der Veranlagung meiner Seele begründet, in der sich Frömmigkeit und Koketterie, Betrübnis und Sinnlichkeit unlöslich miteinander vermischten.

Aber obgleich ich in der angedeuteten Weise an ihn dachte, empfand ich beim Sprechen eine immer größere Erleichterung und tröstende Begier, mehr und mehr zu sagen. Mein Herz schien sich zu erholen von der schweren Angst, die mich bis dahin niedergedrückt hatte, so wie sich eine in der Hitze hängende Blume bei den ersten Regentropfen wieder aufrichtet. Anfänglich sprach ich stockend und zögernd, dann immer fließender, in der Freude, mich aussprechen zu dürfen. Ich ließ nichts aus, nicht einmal die Banknoten, die Astarita mir zugesteckt hatte, meine Gefühle bei diesem Geschenk und dem Gebrauch, den ich davon machen wollte. Er hörte zu, ohne mich zu unterbrechen, und sagte erst, als ich zum Ende kam: »Um das zu vermeiden, was dir als ein Unrecht erschien, nämlich den Bruch deiner Verlobung, hast du darin nachgegeben, dir selber ein tausendfach größeres Übel zuzufügen.«

»Ja, das ist richtig«, sagte ich bebend, zufrieden darüber, daß er mit seinen behutsamen Fingern meine Seele entblößte.

»Eigentlich hat deine Verlobung gar nichts damit zu tun«, fuhr er wie in einem Selbstgespräch fort, »dein Nachgeben gegenüber jenem Mann entsprang einem Motiv der Habgier.«

»Das stimmt . . .«

»Deshalb wäre es besser, wenn die Ehe nicht zustande käme, als daß du handeltest, wie du getan hast.«

»Ja, das denke ich auch.«

»Nur daran denken genügt nicht! Jetzt wirst du dich wohl verheiraten, aber um welchen Preis? Du wirst nie mehr eine gute Ehefrau sein.«

Die Härte und Unbeugsamkeit seiner Worte trafen mich, ängstlich rief ich aus: »Ah, nein, das nicht . . . für mich ist alles, als ob es nie geschehen wäre. Ich bin überzeugt davon, daß ich eine gute Frau für Gino werde.«

Meine ernste Antwort schien ihm zu gefallen. Er schwieg lange und sagte dann in sanfterem Ton: »Hast du wirklich alles bereut?«

»Ja, ganz bestimmt«, antwortete ich sofort. Plötzlich kam mir in den Sinn, er würde mir auferlegen, Astarita das Geld zurückzugeben; dieser Gedanke mißfiel mir zwar schon vorher, trotzdem hätte ich ihm vermutlich freudig gehorcht, da diese Buße von ihm auferlegt worden wäre, der mir gefiel und mich auf eine so merkwürdige Art bezwang. Aber er spielte nicht weiter auf das Geld an, sondern fuhr fort, mit seiner kalten, fremden Stimme, der der ausländische Akzent dennoch eine seltsam liebevolle Betonung verlieh: »Jetzt mußt du vor allem so bald als möglich heiraten, du mußt dich den Gebräuchen fügen und deinem Verlobten klarmachen, daß eure Beziehungen nicht auf diese Weise fortgeführt werden können.«

»Das habe ich ihm schon gesagt.«

»Und was hat er darauf geantwortet?«

Ich mußte unwillkürlich lächeln beim Gedanken an diesen schönen blonden Mann, der solche Fragen im Schatten des Beichtstuhles hervorbrachte. Ich antwortete mit Mühe: »Er hat gesagt, wir würden zu Ostern heiraten.«

»Es wäre viel besser, ihr würdet sofort heiraten«, meinte er nach einiger Überlegung, und diesmal schien er wirklich nicht als Priester, sondern als höflicher Weltmann zu mir zu sprechen, ein bißchen gelangweilt darüber, sich mit meinen Angelegenheiten abgeben zu müssen, »Ostern ist noch weit.«

»Vorher können wir nicht heiraten, ich muß erst meine Aussteuer nähen, und er will nach Hause gehen, um mit seinen Eltern zu sprechen.«

»Jedenfalls mußt du möglichst bald heiraten«, wiederholte er, »und bis zum Tage eurer Hochzeit mußt du jegliche körperliche Beziehung zu deinem Verlobten abbrechen, das ist eine schwere Sünde, hast du verstanden?«

»Ja, das werde ich tun.«

»Willst du das wirklich versuchen?« antwortete er in zweifelndem Ton. »Du mußt dich jedenfalls im Gebet gegen alle Versuchungen stärken – immer wieder beten.«

»Ja, ich werde beten.«

»Was den anderen Mann betrifft«, fuhr er fort, »so darfst du ihn unter keinen Umständen wiedersehen; das dürfte dir ja auch nicht weiter schwerfallen, da du ihn nicht liebst. Wenn er darauf besteht und zu dir kommt, dann schicke ihn fort.«

Ich bejahte auch das; nachdem er mir noch weitere gute Ratschläge gegeben hatte mit seiner zurückhaltenden, dabei doch so sympathischen, kultivierten Stimme, legte er mir als Buße auf, jeden Tag eine bestimmte Anzahl von Gebeten zu sprechen, darauf erteilte er mir die Absolution. Aber ehe er mich fortschickte, bat er mich, zusammen mit ihm ein Vaterunser zu beten. Ich gehorchte freudig, denn ich ging ungern fort und hatte mich noch nicht satt gehört. Er begann: »Vater unser, der Du bist im Himmel.«

Und ich wiederholte andachtsvoll: »Vater unser, der Du bist im Himmel.«

»Dein Reich komme.«

»Dein Reich komme.«

»Dein Wille geschehe, wie im Himmel, also auch auf Erden.«

»Dein Wille geschehe, wie im Himmel, also auch auf Erden.«

»Unser tägliches Brot gib uns heute.«

»Unser tägliches Brot gib uns heute.«

»Und vergib uns unsere Schuld, wie auch wir vergeben unseren Schuldigern.«

»Und vergib uns unsere Schuld, wie auch wir vergeben unseren Schuldigern.«

»Führe uns nicht in Versuchung, sondern erlöse uns von dem Übel.«

»Führe uns nicht in Versuchung, sondern erlöse uns von dem Übel.«

»Amen.«

»Amen.«

Ich habe das ganze Gebet wiedergegeben, um das Gefühl zurückzurufen, das ich beim gemeinsamen Sprechen empfand, so als sei ich ganz klein und er führe mich an der Hand von einer Bitte zur anderen. Trotzdem dachte ich inzwischen auch an das Geld, das Astarita mir geschenkt hatte, und war beinahe darüber enttäuscht, nicht dazu gezwungen worden zu sein, es zurückzugeben. Ich wünschte mir diese Buße, um ihm einen handfesten Beweis meines guten Willens, meines Gehorsams und meiner Reue geben zu können und weil ich etwas für ihn tun wollte, was für mich wirklich ein Opfer bedeutet hätte. Am Ende des Gebetes erhob ich mich, er trat gleichfalls aus dem Beichtstuhl und schickte sich an fortzugehen, ohne mich anzusehen, nur kaum merklich mit dem Kopf einen Abschiedsgruß nickend. Da zog ich ihn an der Kutte, ohne Überlegung, beinahe gegen meinen Willen. Er blieb stehen und blickte mich mit seinen klaren, kalten und heiteren Augen an.

Er schien mir schöner denn je, und tausend verrückte Ideen kreuzten sich in meinem Gehirn. Ich dachte daran, wie ich ihn lieben könnte und wie ich es ihm bloß zu verstehen geben könne, daß er mir gefiel. Zur gleichen Zeit warnte mich jedoch eine innere Stimme; ich befand mich in einer Kirche, und ein Priester, mein Beichtvater, stand vor mir. All diese Vorstellungen und Gedanken wirbelten auf einmal in mir herum und versetzten meine Seele in große Aufregung; es war mir im Augenblick unmöglich zu sprechen. Er fragte deshalb nach kurzem Warten: »Wolltest du mir noch etwas sagen?«

»Ich möchte gern wissen«, sagte ich, »ob ich jenem Mann das Geld zurückgeben soll.«

Er warf mir einen raschen Blick zu, der mir bis ins Innerste drang, dann sagte er kurz: »Brauchst du es sehr nötig?«

»Ja.«

»Gut, dann darfst du es behalten; aber handle auf jeden Fall nach deinem Gewissen.«

Er sagte diese Worte in einem besonderen Ton, wie um anzudeuten, unsere Unterhaltung sei beendet, und ich stammelte: »Danke«, ohne zu lächeln, und starrte wie gebannt in seine Augen. Ich hatte in jenem Augenblick wirklich meinen Kopf verloren und hoffte beinahe, er würde mir auf irgendeine Weise, durch ein Zeichen oder ein Wort, zu verstehen geben, ich sei ihm auch nicht gleichgültig. Er begriff sicher die Bedeutung meines

Blickes, und ein leichtes Erstaunen glitt über sein Gesicht. Er grüßte mich flüchtig, drehte mir den Rücken zu und ging fort; ich blieb verwirrt und erregt neben dem Beichtstuhl stehen.

Mutter erzählte ich nichts von der Beichte. Ich hatte auch über die Fahrt nach Viterbo geschwiegen. Ich kannte Mutters bestimmte Vorstellungen von Priestern und Religionsfragen; sie sagte immer, das seien alles schöne Gedanken, aber trotz allem blieben die Reichen reich und die Armen elend. »Offenbar können die Reichen besser beten als wir«, sagte sie. Ihre Vorstellungen von der Religion glichen denen von Familie und Ehe. Sie war früher religiös gewesen, und trotzdem war ihr alles übel ausgegangen, deshalb glaubte sie nicht mehr. Einmal sagte ich zu ihr, die Belohnung erwarte uns im Leben nach dem Tode, da machte sie mir eine wütende Szene und erklärte, sie wolle ihre Belohnung sofort haben, noch auf dieser Erde, und wenn sie sie nicht bekäme, würde das heißen, daß alles nur Lüge sei. Trotzdem hatte sie mir, wie gesagt, eine religiöse Erziehung gegeben, weil auch sie einmal gläubig gewesen war. Nur in den letzten Jahren hatten die Widerwärtigkeiten sie verbittert und sie vom Glauben abgezogen.

Als ich am nächsten Morgen in Ginos Wagen saß, eröffnete er mir, seine Herrschaft sei fortgefahren und wir könnten uns einige Tage lang in der Villa sehen. Meine erste Empfindung war Freude, da mir, wie ich inzwischen hoffentlich verständlich gemacht habe, die Liebe gefiel und ich gerne mit Gino zusammen war.

Aber sofort fiel mir das dem Priester gegebene Versprechen ein, und ich sagte: »Nein, das ist nicht möglich.«

»Warum denn?«

»Weil es nicht geht.«

»Also gut«, sagte er seufzend, »dann eben morgen.«

»Nein, morgen auch nicht . . . nie mehr!«

»Ah, niemals mehr«, wiederholte er und senkte in gespieltem Erstaunen die Stimme. »So steht es also! Willst du mir nicht wenigstens eine Erklärung dafür geben?«

Sein Ausdruck wurde argwöhnisch und eifersüchtig. »Gino«, sagte ich schnell, »ich habe dich sehr gern, und ich habe dich wohl nie so geliebt wie jetzt; aber gerade weil ich dich liebhabe, bin ich zu dem Entschluß gekommen, daß es bis zu unserer Hochzeit nichts mehr zwischen uns geben darf, das heißt keine körperliche Liebe.«

»Ah, jetzt wird mir alles klar«, sagte er bösartig, »du hast wohl Angst, ich wolle dich nicht mehr heiraten?«

»Nein, davon bin ich überzeugt. Meinst du, wenn ich diese

Sorge hätte, würde ich all die Vorbereitungen treffen und Mutters Geld ausgeben, an dem sie ein Leben lang gespart hat?«

»Prahl doch nicht so mit den paar Groschen deiner Mutter«, sagte er. Er war wirklich unausstehlich, ich erkannte ihn kaum wieder. »Was hast du denn sonst für einen Grund?«

»Ich habe gebeichtet, und der Priester hat mir auferlegt, keine Beziehungen mehr mit dir zu haben, bis wir verheiratet sind.«

Er machte eine enttäuschte Bewegung, dabei entschlüpfte ihm ein Ausdruck, der mir wie eine Gotteslästerung vorkam. »Aber mit welchem Recht steckt denn der Pfaffe seine Nase in unsere Angelegenheiten?«

Ich zog es vor, nichts darauf zu antworten. Er beharrte: »Sag, warum antwortest du nicht?«

»Ich habe nichts mehr dazu zu sagen.«

Mein Entschluß mußte ihm unerschütterlich erscheinen, denn plötzlich änderte er seinen Plan und sagte: »Also gut, wie du willst ... soll ich dich jetzt in die Stadt zurückbringen?«

»Wie du willst.«

Ich muß sagen, das war das einzige Mal, daß er sich unausstehlich und unliebenswürdig gegen mich betrug. Schon am nächsten Tag schien er sich beruhigt zu haben und war wie immer: liebevoll, aufmerksam und höflich. Wir fuhren fort, uns täglich zu sehen, nur beschränkte sich unser Zusammensein auf Unterhaltungen. Ab und zu gab ich ihm einen Kuß, obwohl er seine Ehre darein setzte, mich nicht darum zu bitten. Ich dachte, ein Kuß könne wirklich keine Sünde sein, denn schließlich waren wir verlobt und würden bald heiraten. Wenn ich heute jene Tage wieder wachrufe, so glaube ich, Gino fügte sich deshalb so rasch in seine neue Rolle als ehrerbietiger Bräutigam, weil er hoffte, auf diese Weise würden unsere Beziehungen allmählich erkalten und er könne dann langsam einen beinahe unmerklichen Bruch herbeiführen. Es kam häufig vor, daß Mädchen sich nach langen, zermürbenden Verlobungsjahren plötzlich eines Tages, beinahe ohne etwas zu merken, wieder frei sahen, ohne ein anderes Ergebnis als den Verlust der besten Jahre ihrer Jugend. Unwissend hatte ich ihm mit dem Gebot des Beichtvaters einen Vorwand gegeben, nach dem er vielleicht schon lange suchte, um unsere Bindung lockern zu können. Von sich aus hätte er wohl nie den Mut dazu gefunden, da er einen schwachen egoistischen Charakter hatte und da das Vergnügen an unserem Verhältnis sehr viel stärker war als sein Wille, mich zu verlassen. Aber das Dazwischentreten des Beichtvaters erlaubte ihm, eine heuchlerische und anscheinend uneigennützige Lösung anzunehmen.

Nach einiger Zeit begann er, mich nicht mehr so häufig zu sehen, nur noch einen über den anderen Tag. Ich merkte auch, wie unsere Autofahrten immer kürzer wurden und wie er meinen Heiratsplänen nun immer zerstreuter Gehör schenkte. Obwohl mir dieser Wechsel in seiner Haltung dunkel zum Bewußtsein kam, schöpfte ich noch keinen eindeutigen Verdacht; es handelte sich auch mehr um Nuancen, um nichtssagende Kleinigkeiten, und er fuhr fort, sich mir gegenüber im ganzen liebevoll und fürsorglich zu betragen. Endlich eröffnete er mir eines Tages mit zerknirschtem Gesicht, aus familiären Gründen müsse unsere Hochzeit bis zum Herbst verschoben werden.

»Bist du sehr unglücklich darüber?« setzte er hinzu, da ich scheinbar gar nicht auf diese Nachricht reagierte und nur versonnen und mit bitterem Ausdruck vor mich hin starrte.

»Nein, nein«, fuhr ich auf, »das macht nichts, wir müssen eben Geduld haben. Auf diese Weise gewinne ich noch Zeit, meine Aussteuer zu nähen.«

»Das stimmt ja gar nicht ... du bist sehr traurig darüber.« Es war merkwürdig, wie sehr er darauf bestand, die Verschiebung unserer Hochzeit müsse mich betrüben.

»Ich habe dir ja schon gesagt, daß es mir nichts ausmacht.«

»Wenn du nicht traurig darüber bist, heißt das, daß du mich nicht mehr liebst, und vielleicht käme es dir im Grunde genommen gar nicht so ungelegen, wenn wir überhaupt nicht heirateten.«

»Um Gottes willen, sag so etwas nicht!« stieß ich erschrocken hervor. »Das wäre furchtbar für mich, ich darf gar nicht daran denken.«

Er zog ein Gesicht, das ich damals noch nicht verstand.

Er hatte wohl meine Bindung an ihn prüfen wollen und war enttäuscht darüber, wie sehr ich noch an ihm hing.

Aber wenn die Verschiebung der Hochzeit auch nicht völlig ausreichte, endgültig meinen Verdacht zu erregen, so bestätigte sie doch die alten Vermutungen Mutters und Gisellas. Mutter äußerte sich nicht weiter zu dieser Nachricht. Das war häufig ihre erste Reaktion. (Eigentlich merkwürdig bei ihrem impulsiven, heftigen Charakter.) Aber eines Abends, während sie mir wie üblich das Essen servierte und schweigend neben mir auf meine Wünsche wartete, machte ich irgendeine Bemerkung über unsere Hochzeit. Da sagte sie: »Weißt du, wie man zu meiner Zeit ein Mädchen wie dich nannte, das immer darauf wartet zu heiraten, während es niemals dazu kommt?«

Ich erbleichte, und mein Herz setzte aus: »Wie?«

»Kaltgestellt«, sagte die Mutter ruhig. »Er legt dich aufs Eis wie übriggebliebenes Fleisch, und manchmal wird das Fleisch, wenn man es zu lange im Kalten liegen läßt, schlecht, und dann wirft man es fort.«

Ich wurde wütend und sagte: »Das ist nicht wahr! Schließlich verschieben wir den Termin zum erstenmal und nur um ein paar Monate. Du kannst Gino nur deshalb nicht leiden, weil er ein Chauffeur und kein feiner Herr ist.«

»Ich habe gegen niemanden etwas.«

»Doch, gegen ihn ... und warum hast du mich denn dann all das Geld ausgeben lassen für unsere Zimmer? Aber du brauchst keine Angst zu haben ...«

»Mein Kind, die Liebe hat dich vollständig verdummt.«

»Du brauchst gar keine Angst zu haben, sage ich, denn alle übrigen Raten wird er bezahlen. Was du bezahlt hast, werden wir dir zurückgeben, schau her ...« Leidenschaftlich öffnete ich meine Geldbörse und zeigte ihr die von Astarita erhaltenen Banknoten. »Dies ist sein Geld«, fuhr ich fort und war so hingenommen von meiner eigenen Verliebtheit, daß ich beinahe selber an diese Lügen glaubte. Ich hatte das Gefühl, die Wahrheit zu sagen: »Das hat er mir gegeben, und ich soll noch mehr bekommen!« Mutters Augen vergrößerten sich beim Anblick des Geldes, und ihr zerknirschtes, enttäuschtes Gesicht erfüllte mich mit Reue. Zum erstenmal seit langer Zeit behandelte ich sie so schlecht; dabei wurde mir auch plötzlich bewußt, wie sehr ich log und daß Gino mir das Geld nicht gegeben hatte. Wortlos deckte sie ab, ergriff das Geschirr und ging hinaus. Nach kurzer Überlegung erhob ich mich und folgte ihr. Ich sah sie von hinten über die Spülschüssel gebeugt, wie sie die gewaschenen Teller einen nach dem andern auf den Marmor zum Trocknen legte, Schultern und Kopf hingen herab. Tiefes Mitleid erfaßte mich bei diesem Anblick. Ohne zu überlegen, warf ich beide Arme um ihren Hals und sagte:

»Verzeih mir meine Worte, ich habe es nicht so gemeint; aber wenn du über Gino sprichst, dann verliere ich einfach den Kopf.«

»Laß mich gehen«, antwortete sie und tat so, als kämpfe sie, um sich aus meiner Umarmung zu befreien.

»Aber du mußt mich doch verstehen«, sagte ich leidenschaftlich, »wenn Gino mich nicht heiratet, dann bringe ich mich entweder um, oder ich gehe auf die Straße.« –

Gisella reagierte ähnlich wie Mutter auf die Nachricht von der verschobenen Hochzeit. Wir befanden uns in ihrem möblierten

Zimmer, ich saß auf ihrem Bettrand, und sie hockte im Hemd vor ihrem Spiegel, um sich zu kämmen. Sie ließ mich ohne Unterbrechung ausreden, dann sagte sie ruhig und triumphierend: »Siehst du jetzt ein, wie recht ich hatte?«

»Wieso?«

»Er will dich nicht heiraten und wird es auch nicht tun. Jetzt heißt es Allerheiligen statt Ostern; Allerheiligen wird es Weihnachten sein, bis du endlich eines Tages schlau wirst und ihn selber sitzenläßt.«

Ich war wütend und unglücklich über ihre Worte. Aber ich hatte mich gewissermaßen schon bei Mutter ausgetobt; außerdem wußte ich, wenn ich meine Gedanken ausspräche, könnte das unter Umständen mein Verhältnis zu Gisella zerstören, das wollte ich vermeiden, denn sie war schließlich meine einzige Freundin. Ich hätte ihr am liebsten geantwortet, daß sie mich nicht verheiratet sehen wolle, da sie genau wisse, Ricardo werde sie niemals heiraten. Das stimmte auch, aber es war zu gemein, ihr das zu sagen, und es erschien mir auch ungerecht, Gisella nur deshalb zu beleidigen, weil sie vielleicht gegen ihr besseres Gefühl bei unseren Gesprächen über Gino einem häßlichen Neid- und Eifersuchtsgefühl nachgab. Ich beschränkte mich deshalb darauf, zu antworten:

»Sprechen wir bitte nicht mehr davon, wenn es dir recht ist; dir ist es im Grunde ganz gleich, ob ich heirate oder nicht, und mir tut es weh, darüber zu reden.«

Sie erhob sich sofort vom Toilettetisch und setzte sich neben mich auf die Bettkante. »Wieso soll mir das gleichgültig sein?« protestierte sie lebhaft. Sie faßte mich um die Taille. »Es tut mir im Gegenteil sehr leid, dich so an der Nase herumgeführt zu sehen.«

»Das ist nicht wahr«, sagte ich leise.

»Ich würde dich so gerne glücklich wissen«, fuhr sie fort. Dann, nach einem kurzen Schweigen, wie zufällig: »Übrigens, Astarita quält mich immer, weil er dich wiedersehen will, er sagt, er könne ohne dich nicht leben; er ist wirklich verliebt, willst du dich nicht mit ihm verabreden?«

»Hör bloß auf von Astarita«, antwortete ich.

»Er hat sich klargemacht, wie übel er sich auf jener Fahrt nach Viterbo benommen hat«, fuhr sie fort, »aber er tat es nur, weil er dich liebt. Er möchte es gerne wiedergutmachen.«

»Das einzige Mittel dafür«, sagte ich, »ist, daß er sich nicht mehr blicken läßt.«

»Aber was hast du denn! Schließlich ist er ein anständiger Mann, der dich wirklich gern hat; er möchte dich unbedingt sehen und mit dir sprechen – warum triffst du dich nicht mit ihm in einem Café in meiner Gegenwart?«

»Nein«, sagte ich entschieden, »ich will ihn nicht wiedersehen.«

»Das wirst du noch bereuen.«

»Geh *du* doch mit Astarita!«

»Das täte ich sofort, mein Liebling, er ist ein freigebiger Mann, der nicht mit dem Geld spart, aber er hat sich eben dich in den Kopf gesetzt.«

»Meinetwegen, ich will aber nicht.«

Sie redete noch lange zu Astaritas Gunsten, aber ich ließ mich nicht überzeugen. Ich war damals gerade auf dem Höhepunkt meiner verzweifelten Wünsche angelangt, mich zu verheiraten und eine Familie zu gründen; deshalb war ich fest dazu entschlossen, mich weder durch Vernunftgründe noch durch Geld verführen zu lassen. Ich hatte sogar jenen Schauer der Freude vergessen, den Astarita in meiner Seele zu wecken verstanden hatte, als er mir auf der Rückfahrt von Viterbo das Geld gewaltsam in die Hand drückte. Gerade weil ich fürchtete, Mutter und Gisella könnten recht haben und aus irgendeinem Grund komme die Heirat nicht zustande, klammerte ich mich mit immer größerer, verbissener Hoffnung an den Gedanken unserer Ehe.

SECHSTES KAPITEL

Inzwischen hatte ich alle Raten für die Möbel abgezahlt und nahm noch mehr Arbeit als sonst an, um zusätzliches Geld für die Aussteuer zu verdienen. Morgens stand ich Modell in den Ateliers, und nachmittags schloß ich mich mit Mutter im großen Zimmer ein, um bis in die Nacht hinein zu arbeiten. Sie benützte die Maschine neben dem Fenster, und ich saß in ihrer Nähe am Tisch und nähte mit der Hand. Mutter hatte mir das Weißnähen beigebracht, und ich habe stets gut und schnell genäht. Es gab immer viele Knopflöcher oder Schlaufen zu nähen oder auszubessern, außerdem bekam jedes Hemd sein Monogramm, und das war meine Spezialität; ich konnte sie besonders gut und dauerhaft machen, so plastisch, daß sie aus dem Gewebe herauszubrechen schienen. Wir fertigten hauptsächlich Männerhemden an, aber mitunter war auch einmal eine Bluse oder Unterwäsche für Frauen dabei, jedoch immer aus grobem Stoff, denn Mutter verstand gar nicht mit feinem Material zu arbeiten und kannte außerdem keine Damen, die ihr derartige Aufträge gegeben hätten. Beim Nähen versank ich meist in Gedanken über Gino, unsere Heirat, die Fahrt nach Viterbo, über Mutter; kurz, ich grübelte über mein Leben nach, und die Zeit verstrich schnell. Was Mutter dabei dachte, habe ich nie erfahren; aber irgend etwas mußte sie schon beschäftigen, wenn sie an der Maschine saß, denn ihr Gesicht trug meist einen wütenden Ausdruck, und wenn ich sie ansprach, antwortete sie häufig falsch. Gegen Abend, sobald es dunkel wurde, erhob ich mich, schüttelte die Fäden ab und zog meine besten Sachen an; dann ging ich aus, um Gisella zu treffen oder Gino zu sehen, falls er Zeit hatte. Heute frage ich mich, ob ich damals wohl glücklich war. In gewissem Sinne war ich es, da ich mir heftig eine Sache wünschte und die Möglichkeit ihrer Verwirklichung nahe und erreichbar schien. Später habe ich begriffen, daß wahres Unglück erst dann beginnt, wenn man keine Hoffnungen mehr hat; dann nützt es einem gar nichts mehr, gut zu leben und nichts zu entbehren.

Mehr als einmal merkte ich in jener Zeit, wie Astarita mir auf der Straße folgte. Das geschah früh am Morgen, wenn ich mich zu den Studios begab. Gewöhnlich erwartete Astarita mein Fortgehen in einer Mauernische auf der anderen Straßenseite. Er überquerte nie die Straße, und während ich eilig hart an den Häusern entlang zum Platz lief, begnügte er sich damit, mir auf der anderen Seite längs der Mauer langsam zu folgen. Ich glaube, er beobachtete mich, und das schien ihm zu genügen; das paßte ganz zu seiner maßlosen Verliebtheit. Wenn ich auf dem Platz anlangte, begab er sich auf die meiner Haltestelle gegenüberliegende Straßeninsel. Vor dort aus starrte er mich weiterhin an; aber ein Blick von mir zu ihm genügte, um ihn zu verwirren, er tat dann gleich so, als ob er die Straße hinauf nach der Straßenbahn ausschaue. Keine Frau bringt es fertig, einer derartigen Verliebtheit gegenüber gleichgültig zu bleiben; und obwohl ich fest entschlossen war, nie mehr mit ihm zu sprechen, empfand ich doch manchmal ein geschmeicheltes Mitleid mit ihm. Dann traf ich Gino oder bestieg die Straßenbahn, je nachdem, was für ein Tag es war. Astarita blieb auf seinem Posten, bis ich im Auto oder in der Bahn saß, mich allmählich entfernte und endlich verschwand.

Eines Abends, als ich zum Essen nach Hause kam, traf ich Astarita im großen Zimmer an, er lehnte am Tisch, drehte seinen Hut zwischen den Fingern und plauderte mit Mutter. Ich verlor jegliches Mitleid, als ich ihn in unserem Heim erblickte und bei dem Gedanken, was er wohl Mutter in der Zeit alles gesagt haben mochte, um sie für sich einzunehmen und ihre Unterstützung zu gewinnen. Ich bekam einen Wutanfall. »Was haben Sie hier zu suchen?« fragte ich.

Er schaute mich an, und jener verzerrte, zitternde Ausdruck zeigte sich auf seinem Gesicht, den er auch damals gehabt hatte, als er mir, auf der Fahrt nach Viterbo, gestand, wie gut ich ihm gefalle. Aber diesmal brachte er kein Wort heraus. »Dieser Herr hat mir erzählt«, begann die Mutter vertraulich, »er wolle dich gerne begrüßen ...« Aus ihrem Ton schloß ich, daß Astarita genauso mit ihr gesprochen haben mußte, wie ich angenommen hatte; wer weiß, vielleicht hatte er ihr sogar Geld gegeben. »Sei so gut und geh hinaus«, sagte ich zu Mutter. Sie erschrak über meine Empörung und verließ wortlos den Raum durch die Küchentür. »Was machen Sie hier? Gehen Sie fort!« sagte ich von neuem. Er schaute mich an und schien die Lippen zu bewegen, aber er sagte nichts. Seine Augen lagen fast verdeckt unter den Lidern, man sah beinahe das Weiße, und ich bekam Angst, daß er sofort in Ohnmacht fallen könnte. »Gehen Sie«, wiederholte ich mit erhobener, kräftiger Stimme, »oder ich rufe Hilfe herbei, einer unserer Freunde wohnt genau hier drunter.«

Ich habe mich später häufig gefragt, warum Astarita mich nicht abermals erpreßte durch Androhungen, er würde Gino alles erzählen, wenn ich ihm nicht zu Willen wäre. Diesmal konnte er mich sogar mit größerer Aussicht auf Erfolg erpressen, weil er mich wirklich besessen hatte und Zeugen dafür vorhanden waren, die ich nicht Lügen strafen konnte. Ich schloß später daraus, das erste Mal habe er mich nur begehrt, das zweite Mal dagegen geliebt. Liebe will erwidert werden, und Astarita mußte sich in seiner Liebe davor gefürchtet haben, mich noch einmal, wie in Viterbo, unbeweglich, stumm, einer Toten gleich, zu besitzen. Im übrigen hatte ich mich diesmal entschlossen, wenn nötig, die Wahrheit ans Licht kommen zu lassen; wenn Gino mich liebte, mußte er mich verstehen und mir verzeihen. Meine feste Haltung überzeugte Astarita vermutlich von der Nutzlosigkeit einer zweiten Erpressung.

Auf meine Drohung, Hilfe herbeizurufen, reagierte er nicht weiter. Aber er näherte sich langsam der Tür und streifte dabei mit seiner Mütze auf dem Tisch entlang. Als er das Ende des Tisches erreicht hatte, blieb er stehen, senkte den Kopf und schien sich einen Augenblick lang zusammenzuraffen, wie um etwas zu sagen. Aber als er seine Augen zu mir erhob und seine Lippen anfeuchtete, schien ihn der Mut von neuem zu verlassen, und er starrte mich nur stumm an. Dieser zweite Blick kam mir sehr lang vor. Dann nickte er leicht mit dem Kopf als Abschiedsgruß, ging hinaus und schloß die Tür.

Ich ging sofort zur Mutter in die Küche und fragte sie wütend: »Was hast du dem Herrn erzählt?«

»Ich? Nichts«, antwortete sie erschrocken, »er hat mich nur nach unserer Arbeit gefragt und gesagt, er wolle mir vielleicht einige Hemden in Auftrag geben.«

»Wenn du zu ihm gehst, bringe ich dich um«, brüllte ich.

Sie schaute mich ängstlich an und meinte: »Aber wer hat denn gesagt, daß ich hingehe? Der kann sich seine Hemden auch von jemand anders nähen lassen.«

»Hat er nicht von mir gesprochen?«

»Er hat mich nur gefragt, wann du heiratest.«

»Was hast du ihm gesagt?«

»Eure Hochzeit sei im Oktober.«

»Hat er dir kein Geld gegeben?«

»Nein, warum denn?« Sie heuchelte Erstaunen. »War der denn etwas schuldig?« Ich wurde durch ihren Tonfall davon überzeugt, daß Astarita ihr Geld gegeben hatte. Deshalb warf ich mich auf sie und zerrte heftig an ihrem Arm: »Sag die Wahrheit! Hat er dir Geld gegeben?«

»Nein . . . er hat mir wirklich nichts gegeben.«

Sie behielt ihre Hand krampfhaft in der Schürzentasche. Ich packte sie derb am Handgelenk, und zusammen mit der Hand zog ich einen gefalteten Geldschein aus der Tasche. Obwohl ich sie noch immer festhielt, bückte sie sich und hob den Schein mit einer solchen Gier auf, daß meine Wut plötzlich verrauchte. Ich erinnerte mich an die Verwirrung und das Glücksgefühl, welches Astarita durch sein Geld auf jener Rückfahrt von Viterbo in mir ausgelöst hatte, und empfand, ich hätte nicht das Recht, Mutter zu verdammen, weil sie dasselbe fühlte und der gleichen Versuchung erlegen war. Jetzt wäre es mir lieber gewesen, ich hätte sie gar nicht gefragt gehabt und das Geld nicht zu Gesicht bekommen. Ich beschränkte mich darauf, mit normaler Stimme zu bemerken: »Ich sehe, er hat dir doch welches gegeben«, und ging aus der Küche, ohne weitere Erklärungen abzuwarten. Bei Tisch merkte ich, wie sie das Gespräch über Astarita und das Geld wiederaufnehmen wollte, aber ich wechselte das Thema, und sie bestand nicht darauf.

Am nächsten Tag kam Gisella ohne Ricardo in das Café, wo wir uns zu treffen pflegten. Kaum saßen wir, begann sie ohne Umschweife: »Heute habe ich dir etwas sehr Wichtiges zu sagen.«

Eine Art Vorgefühl sog alles Blut aus meinem Gesicht. Ich sagte mit erloschener Stimme: »Wenn du eine schlechte Nachricht für mich hast, dann sage sie mir bitte nicht.«

»Sie ist weder gut noch schlecht«, antwortete sie lebhaft, »es ist eben eine Neuigkeit. Ich habe dir schon einmal erzählt, wer Astarita ist . . .«

»Hör auf mit Astarita, ich will nichts von ihm wissen.«

»Warte ab, sei doch kein Kind! Also, er ist, wie gesagt, ein wichtiger Mann; er ist ein hohes Tier bei der politischen Polizei.«

Ich fühlte mich ein wenig erleichtert, denn schließlich hatte ich ja nichts mit Politik zu tun. Ich sagte mühsam: »Es geht mich gar nichts an, was Astarita ist, meinetwegen soll er Minister sein . . .«

»Sei doch nicht so hitzig«, schnaubte Gisella, »hör mich lieber an, ohne mich immer zu unterbrechen. Astarita hat mir gesagt, du müssest ihn unbedingt im Ministerium aufsuchen, er muß dich sprechen — aber nicht über Liebe«, setzte sie eilig hinzu, um meinem Protest zuvorzukommen, »er hat dir etwas sehr Wichtiges zu sagen, etwas, was dich sehr nahe angeht.«

»Etwas, was mich betrifft?«

»Ja, zu deinem Besten; so hat er mir wenigstens gesagt.«

Warum habe ich mich damals dafür entschieden, nach so viel abschlägigen Bescheiden, Astaritas Einladung anzunehmen? Ich weiß es selbst nicht. Mehr tot als lebendig sagte ich: »Na gut, ich werde hingehen.«

Gisella war ein wenig enttäuscht über meine Passivität. Erst jetzt bemerkte sie auch meine Angst. »Aber was hast du denn?« fragte sie. »Fürchtest du dich, weil er bei der politischen Polizei ist? Mit dir hat er doch gar nichts, er hat bestimmt nicht vor, dich einzusperren . . .«

Ich erhob mich, obwohl ich mich sehr wacklig fühlte. »Gut, ich werde hingehen. Was ist es denn für ein Ministerium?«

»Das Innenministerium, genau gegenüber dem Super-Cinema. Aber hör . . .«

»Wann?«

»Den ganzen Morgen lang – so hör doch . . .«

»Auf Wiedersehen.«

In der folgenden Nacht schlief ich sehr wenig. Ich konnte mir nicht denken, was Astarita von mir wollte, wenn es nichts mit seiner Leidenschaft zu tun haben sollte. Aber ein unfehlbares Vorgefühl sagte mir, es könne nichts Gutes bedeuten. Der Ort unserer Zusammenkunft ließ mich vermuten, die Polizei müsse irgendwie mit im Spiel sein. Außerdem wußte ich aus Erfahrung wie alle Armen, daß es nie etwas Gutes bedeutet, wenn sich die Polizei in Bewegung setzt. Nachdem ich mein Betragen aufs genaueste überdacht hatte, kam ich zu der Überzeugung, Astarita habe eine andere Erpressung vor, diesmal auf dem Weg über Gino, von dem ihm belastende Sachen zu Ohren gekommen sein mußten. Ich kannte Ginos Leben nicht, und es war schon möglich, daß er sich politisch bloßgestellt hatte. Ich kümmerte mich niemals um Politik, aber ich war doch nicht so unerfahren, um zu übersehen, wie viele Menschen mit der faschistischen Regierung unzufrieden waren und daß die Aufgabe von Leuten wie Astarita darin bestand, diese Feinde der Regierung aufzuspüren. Meine Einbildungskraft malte mir in den lebendigsten Farben den Zwiespalt aus, in den Astarita mich stürzen würde: entweder ihm nachzugeben oder Gino ins Zuchthaus sperren zu lassen. Meine Angst entstand durch die Tatsache, daß ich Astarita auf keinen Fall nachgeben wollte, aber andererseits nicht wünschte, Gino im Gefängnis enden zu sehen. Infolge all dieser Gedankengänge empfand ich keinerlei Mitleid mehr für Astarita, nur noch Haß. Er erschien mir als ein feiger, niedriger Mensch, des Lebens unwürdig, den man erbarmungslos bestrafen müsse. Zwischen all den anderen Lösungen kam mir wahrhaftig in jener Nacht auch die Idee, Astarita umzubringen. Aber es war wohl mehr ein krankhafter Wachtraum als eine Lösung; dieser Traum leistete mir Gesellschaft bis zur Morgendämmerung, wie eine jener Phantasien, bei denen man sich nie dazu entschließen kann, sie in taugliche Möglichkeiten umzudenken. Ich sah mich, wie ich das scharfe, spitze Klappmesser ergriff, welches Mutter zum Kartoffelschälen benützte, sah, wie ich es in meine Tasche steckte, damit zu Astarita kam und mich dem Liebesakt unterwarf, den ich so sehr fürchtete. Ich malte mir aus, wie ich danach das Messer mit aller Kraft meines robusten Armes ihm in den Hals zwischen das Ohr und seinen makellosen Kragen stieß. Ich sah mich aus seinem Zimmer scheinbar mit größter Ruhe heraustreten, um dann fortzulaufen und mich bei Gisella oder sonst jemandem zu verbergen. Aber obgleich ich in derart blutrünstigen Vorstellungen schwelgte, war es mir dabei die ganze Zeit bewußt, daß ich nie etwas Ähnliches ausführen könnte: ich kann kein Blut sehen und noch weniger anderen etwas Böses antun, und ich bin außerdem von Natur aus dazu bestimmt, eher Gewalttätigkeiten zu leiden als sie anderen zuzufügen.

Gegen Morgen schlummerte ich ein und schlief ein wenig; als der Tag begann, erhob ich mich und ging zu meiner üblichen Verabredung mit Gino. Sobald wir uns auf der Vorstadtstraße befanden, fragte ich ihn nach den ersten Sätzen in möglichst gleichgültigem Tonfall: »Sag, hast du dich jemals mit Politik beschäftigt?«

»Mit Politik? Was soll das heißen?«

»Ich meine, hast du irgendwann einmal etwas gegen die Regierung geplant?«

Er schaute mich pfiffig an und fragte darauf: »Sag mal, hältst du mich wirklich für einen Dummkopf?«

»Nein ... aber ...«

»Antworte mir zuerst: Komme ich dir wirklich so blöd vor?«

»Nein«, antwortete ich, »so siehst du nicht aus, aber ...«

»Warum willst du denn, zum Teufel«, schloß er, »daß ich mich mit Politik beschäftigen soll?«

»Ich weiß nicht, manchmal ...«

»Nichts da! Und der dir das in den Kopf gesetzt hat, dem kannst du ausrichten, Gino Molinari sei kein Idiot.«

Nachdem ich länger als eine Stunde um das Ministerium herumgelaufen war, ohne mich zum Eintreten entschließen zu können, ging ich gegen elf Uhr endlich zum Portier und ließ mich bei Astarita melden. Erst stieg ich prächtige Marmorstufen empor, dann über eine kleinere, aber immer noch weite Treppe, um schließlich durch verschiedene leere Korridore in ein Vorzimmer geleitet zu werden, in das drei Türen mündeten. Ich war daran gewöhnt, das Wort Polizei mit den schmutzigen, engen Räumen der lokalen Reviere in Verbindung zu bringen; deshalb war ich besonders erstaunt über den Luxus in Astaritas Arbeitsräumen. Das Vorzimmer war ein richtiger Salon mit Mosaikfußboden und alten Bildern, wie man sie in Kirchen sieht; Ledersessel standen an den Wänden, und ein massiver Tisch nahm die Zimmermitte ein. Eingeschüchtert von so viel Pracht, mußte ich Gisella unwillkürlich recht geben: Astarita mußte wirklich eine wichtige Persönlichkeit sein. Die Bedeutung seiner Stellung wurde mir plötzlich durch einen unerwarteten Vorfall klargemacht. Ich hatte mich kaum gesetzt, als sich eine der Türen öffnete und eine große, schöne, wenn auch nicht mehr allzu junge Dame heraustrat, elegant, ganz in Schwarz gekleidet, mit einem Schleier vor dem Gesicht, der Astarita auf dem Fuß folgte. Ich erhob mich, da ich glaubte, ich sei an der Reihe. Aber Astarita winkte nur mit der Hand ein Zeichen, wie um mir zu zeigen, daß er mich gesehen habe, aber ich sei noch nicht dran. Dann begleitete er sie bis zur Mitte des Saales und verabschiedete sich dort mit einer Verbeugung und Handkuß, um dann einem alten Mann mit Brille und weißem Bart zuzuwinken, der, ganz in Schwarz gekleidet, mit mir im Vorzimmer saß und einem Professor glich. Bei Astaritas Zeichen erhob er sich sofort eilfertig und atemlos und begab sich zu ihm. Die beiden verschwanden im Zimmer, und ich blieb von neuem allein.

Was mich vor allem verwundert hatte bei jenem kurzen Erscheinen Astaritas, war die Verschiedenheit seines Auftretens im Vergleich zu der Art, die ich an ihm kannte seit der Fahrt nach Viterbo. Damals hatte ich ihn verlegen, stumm, verzerrt und außer sich erlebt. Jetzt schien er ganz Herr seiner selbst zu sein, kühl, distanziert, aber doch mitfühlend und voll bewährter, geheimer Überlegenheit. Auch die Stimme klang verändert. Auf der Fahrt hatte er mit einem tiefen, heiseren, gepreßten Tonfall gesprochen; aber während er mit der verschleierten Dame redete, hatte seine Stimme einen klaren, kalten, maßvollen und ruhigen Klang. Er war wie gewöhnlich in dunkles Grau gekleidet, mit weißem, hohem Kragen, der seinem Kopf eine besonders feste Haltung verlieh; aber heute schienen Anzug und Kragen, denen ich auf der Fahrt keine besondere Bedeutung beigemessen hatte, vollkommen mit der Umgebung übereinzustimmen, mit den schweren, massiven Möbeln, der Weite des Raumes, der hier herrschenden Ordnung und Stille:

ganz, als ob es sich um eine Uniform handele. Gisella hatte recht, überlegte ich von neuem, er mußte wirklich eine außergewöhnliche Persönlichkeit sein; nur die Liebe konnte sein verlegenes Benehmen und sein ständiges Gefühl von Unterlegenheit in seinen Beziehungen zu mir hervorbringen.

Diese Beobachtungen lenkten mich ein wenig ab, so daß ich meine anfängliche Verwirrung vergaß und meine Selbstbeherrschung wiedergefunden hatte, als sich die Tür nach ein paar Minuten öffnete und der alte Herr herauskam. Diesmal erschien Astarita jedoch nicht, um mich von der Schwelle aus zu rufen. Statt dessen läutete er eine Glocke, ein Amtsdiener trat bei ihm ein und schloß die Tür hinter sich, dann kam er heraus, näherte sich mir, und nachdem er sich halblaut nach meinem Namen erkundigt hatte, bedeutete er mir zu kommen. Ich erhob mich und folgte ihm ohne Hast.

Astaritas Büro befand sich in einem Saal, der nur wenig kleiner war als das Vorzimmer. Dieser Raum war leer bis auf ein Sofa und zwei Ledersessel in einer Ecke und einen Tisch in der anderen. Hinter dem Tisch saß Astarita. Durch zwei Fenster hinter den weißen Vorhängen fiel kaltes, sonnenloses, trauriges und schweigsames Tageslicht ins Zimmer, das mich an Astaritas Stimme denken ließ, als er mit der verschleierten Dame gesprochen hatte. Ein großer, weicher Teppich lag auf dem Fußboden, und mehrere Gemälde hingen an den Wänden. An eins erinnere ich mich noch: es stellte grüne Wiesen dar, die am Horizont durch eine Kette steiniger Berge begrenzt wurden.

Astarita saß, wie gesagt, hinter seinem großen Schreibtisch und hob bei meinem Eintritt nicht einmal die Augen von den Schriftstücken, in denen er las oder wenigstens vorgab zu lesen. Ich sagte »vorgab«, denn ich war sofort davon überzeugt, daß alles nur eine Komödie war, die mich einschüchtern sollte, um mir das richtige Gefühl für seine Autorität und seine Persönlichkeit zu vermitteln. Ich hatte recht, denn als ich mich seinem Tisch näherte, konnte ich das Blatt selbst in Augenschein nehmen, auf das er so viel Aufmerksamkeit verwendete; es enthielt nicht mehr als drei oder vier Zeilen Text mit einer unleserlichen Unterschrift darunter. Im übrigen zeigte die Hand, mit der er sich über die Stirn strich, ohne die brennende Zigarette loszulassen, seine innere Unsicherheit, sie zitterte sichtbar. Ein wenig Asche war durch das Zittern auf jenes Blatt gefallen, welchem er so viel geheuchelte Aufmerksamkeit widmete.

Ich legte meine Hände auf den Tischrand und sagte: »Hier bin ich.«

Wie auf ein Zeichen hörte er bei diesen Worten auf zu lesen, erhob sich hastig und kam, um mich zu begrüßen, dabei ergriff er meine beiden Hände. Aber all dies geschah unter einem Stillschweigen, das lebhaft von der autoritären, unbekümmerten Haltung abstach, die er aufrechtzuerhalten suchte. In Wahrheit hatte allein meine Stimme genügt, um ihn seine vorbereitete Rolle vergessen zu lassen, das begriff ich sofort; statt dessen hatte ihn die übliche Verwirrung unwiderstehlich von neuem gepackt. Er küßte meine Hände, zuerst die eine, dann die andere, betrachtete mich mit weitgeöffneten, melancholischen und begehrenden Augen und versuchte zu sprechen, aber seine Lippen zitterten, deshalb schwieg er eine Weile. »Nun bist du gekommen«, sagte er endlich mit der tiefen, erstickten Stimme, die ich bereits kannte.

Ich hatte inzwischen, vielleicht bestärkt durch den Gegensatz in seiner Haltung, wieder sehr viel Mut geschöpft. Ich sagte: »Ja, ich bin hier, obwohl ich eigentlich nicht hätte kommen sollen — was haben Sie mir zu sagen?«

»Komm, setz dich hierher«, murmelte er. Er hatte meine Hand nicht losgelassen, die er heftig preßte, und führte mich nun an der Hand zum Sofa. Wir saßen; aber er kniete sich plötzlich vor mich hin, umschlang meine Beine mit einem Arm und preßte seine Stirn gegen meine Knie. Alles das tat er schweigend, am ganzen Körper zitternd. Er drückte seine Stirn so heftig gegen mich, daß es mir weh tat, und nach langer Unbeweglichkeit schob sich sein kahler Kopf nach oben, als wollte er sein Gesicht in meinen Schoß legen. Hier machte ich Anstalten, mich zu erheben, und sagte: »Sie hatten mir etwas Wichtiges zu sagen; sprechen Sie, oder ich gehe fort.«

Bei diesen Worten erhob er sich mit großer Mühe, setzte sich neben mich, ergriff meine Hand und murmelte: »Nichts ... ich wollte dich nur wiedersehen.« Wieder wollte ich aufstehen, er hielt mich zurück und setzte hinzu: »Ja ... und außerdem wollte ich dir sagen, wir zwei müßten zu einer Einigung kommen.«

»Inwiefern?«

»Ich liebe dich«, sagte er hastig, »ich liebe dich so sehr, komm und lebe mit mir in meinem Haus; du bist die Herrin dort, genau, als seist du meine Frau. Ich kaufe dir Kleider, Schmuck, alles was du willst ...«

Er schien ganz außer sich zu sein, die Worte sprudelten konfus zwischen unbeweglichen, wie verzerrten Lippen hervor.

»Ah, und dafür haben Sie mich hierherbestellt?« sagte ich eisig.

»Willst du nicht?«

»Darüber reden wir nicht einmal.«

Merkwürdigerweise reagierte er gar nicht auf meine Antwort. Er hob nur eine Hand und liebkoste mein ganzes Gesicht, während er mich unverwandt anstarrte, so als ob er jede Linie meiner Züge sich ins Gedächtnis prägen wollte. Seine Finger waren leicht, und ich fühlte, wie sie zitterten, während sie über mein Gesicht fuhren, von den Schläfen zu den Wangen, von dort zum Kinn und wieder zurück. Es war wirklich die Geste eines verliebten Mannes; und die Überzeugungskraft der Liebe ist so groß, selbst wenn man ihr nicht entgegenkommen will, daß ich mich bewegt fühlte und ihm aus Mitleid einige weniger harte und abschließende Worte sagen wollte. Aber er ließ mir keine Zeit dazu, sondern erhob sich sofort nach Beendigung der Liebkosung und sagte in einem merkwürdig keuchenden, abgehackten Tonfall, in dem sich seine Begierde mit einem unbestimmbaren, neuen Eifer vermischte: »Hör zu, es stimmt schon, ich habe dir wirklich etwas Wichtiges zu sagen.« Bei diesen Worten ging er zum Tisch und holte einen roten Umschlag.

Jetzt war die Reihe an mir, mich aufzuregen, als er mit dem Akt in der Hand auf mich zukam. Ich fragte mit dünner Stimme:

»Was ist das?«

»Das ist ... das ist ...«, es war befremdend, wie sich der offizielle Geschäftston mit seiner Erregung verband, »das ist eine Information, die deinen Verlobten betrifft.«

»Ach«, brachte ich hervor und schloß für Augenblicke zu Tode geängstigt die Augen. Astarita merkte nichts davon, er schlug den Akt auf und zerknitterte dabei in seiner Aufregung die Seiten. »Gino Molinari, nicht wahr?«

»Ja.«

»Und du sollst ihn im Oktober heiraten, stimmt das?«

»Ja.«

»Aber wie ich hieraus ersehe, ist Gino Molinari bereits verheiratet«, fuhr er fort, »und zwar mit Antonietta Partini — ihre Eltern heißen Emilio und Diomira Lavagna — schon seit vier Jahren ... sie haben ein Kind mit Namen Maria, und seine Frau lebt augenblicklich bei der Mutter in Orvieto.«

Ich sagte nichts, erhob mich vom Sofa und näherte mich der Tür. Astarita blieb mitten im Zimmer mit dem Akt in beiden Händen stehen. Ich öffnete die Tür und ging hinaus.

Ich weiß noch, wie ich plötzlich auf der Straße stand, mitten unter allen Leuten, an einem milden, wolkigen Wintertag, und die sichere, wenn auch bittere Empfindung hatte, das Leben würde nach dieser Unterbrechung, die meinen ehrgeizigen Plänen und Vorbereitungen zur Hochzeit gewidmet war, seinen gewohnten Fortgang nehmen, ohne Wechsel oder Neuerungen würde es dahinlaufen, wie ein Fluß, den man für kurze Zeit künstlich von seinem alten Bett fortgeleitet hatte und der nun wieder seinen früheren Weg nimmt. Vielleicht kam diese Empfindung auch daher, daß ich zum erstenmal nach all den Monaten meine Augen infolge meines Verlustes ohne die gewohnte Keckheit herumschweifen ließ und die Menge, die Läden und die Wagen im erbarmungslosen Licht des Alltags sah, weder häßlich noch schön, weder interessant noch unbedeutend, sondern genauso wie sie waren und wie sie vermutlich einem Betrunkenen erscheinen, wenn der Rausch verfliegt. Noch wahrscheinlicher ging mein Gefühl von der Feststellung aus, daß das normale Leben nicht aus Glücksträumen besteht, sondern sich ganz im Gegenteil aus harten Tatsachen zusammensetzt, die immer wieder Pläne und Programme zunichte machen. Tatsachen, die nur Zufallserscheinungen sind, die sich mangelhaft und nicht vorausschaubar enthüllen und die Enttäuschung und Leid mit sich bringen. Es bestand kein Zweifel darüber: wenn dies richtig war — und es schien mir durchaus möglich zu sein —, dann begann ich an jenem Morgen nach einer mehrmonatigen Trunkenheit wieder zu leben.

Das war der einzige Gedanke, den mir die Entdeckung von Ginos Falschheit eingab. Aber ich dachte weder daran, Gino zu verurteilen, noch empfand ich irgendeinen tiefen Haß gegen ihn. Ich war nicht ohne Mitschuld hinters Licht geführt worden; außerdem war die Erinnerung an das Vergnügen, das ich in Ginos Armen gefunden hatte, noch so frisch, daß sich zwar vielleicht keine Rechtfertigungen, immerhin aber Entschuldigungen finden ließen. Ich dachte, er sei, getrieben von seinem Wunsch, eher schwach als schlecht gewesen; die Schuld liege im Grunde, wenn man das überhaupt Schuld nennen könne, in meiner Schönheit, bei der die Männer den Kopf verloren und die sie jeden Skrupel und alle Pflichten vergessen ließ. Kurzum, Gino war nicht schuldiger als Astarita; er hatte nur zum Betrug gegriffen, während Astarita sich der Erpressung bedient hatte. Beide liebten mich übrigens, soweit ihnen das möglich war, und hätten sicher, wenn ihnen das möglich gewesen wäre, zu erlaubten Mitteln gegriffen, um mich zu besitzen, und mir dann jenes bescheidene Glück gewährt, nach dem ich vor allem strebte. Das Schicksal hatte es anders gewollt: Ich sollte mit meiner Schönheit Männern begegnen, die mir jenes Glück nicht bereiten konnten. Leider gab es, ohne Zweifel, ein Opfer dabei: selbst wenn es unklar blieb, wer der Schuldige war — dieses Opfer war ich.

Vielleicht werden manchen Leuten diese Gefühle und Gedankenart ein wenig schwächlich erscheinen nach einem Verrat wie dem, den Gino begangen hatte, aber ich habe jedesmal, wenn ich beleidigt wurde – und das geschah häufig –, infolge meiner Armut, meiner Harmlosigkeit und meiner Einsamkeit den Wunsch verspürt, den Beleidiger zu entschuldigen und seine Beleidigung so schnell wie möglich zu vergessen. Wenn irgendeine Veränderung als Folge der Kränkung in mir eintritt, so zeigt sich dies nicht in meiner Haltung oder meinem Aussehen, sondern tief in meiner Seele, die sich fest darum schließt, wie gesundes, blutgefülltes Fleisch, das eine Wunde empfangen hat und danach trachtet, sie zu vernarben: aber die Narben bleiben, und diese nahezu unbewußten Veränderungen der Seele sind immer endgültig.

Auch damals mit Gino geschah dasselbe. Ich empfand keinen Haß gegen ihn, nicht einen Augenblick lang, aber ich spürte in mir, daß viele Dinge für immer in Scherben gegangen waren: meine Achtung vor ihm, meine Hoffnungen auf Gründung einer Familie, mein Wille, mich nicht Gisella und Mutter gegenüber als besiegt zu erweisen, meine Religiosität oder wenigstens jene Art Glauben, die ich bis dahin gehabt hatte. Ich fing an, mich mit einer Puppe zu vergleichen, die ich als Kind besessen hatte: Nachdem ich sie einen ganzen Tag lang mißhandelt und immer wieder auf den Boden geworfen hatte, blieb zwar das lächelnde, rosige Gesicht noch heil, aber im Leib der Puppe hörte ich ein Klappern und Klirren, das nichts Gutes verhieß. Ich schraubte den Kopf ab, und da fielen aus dem Hals Porzellantrümmer, Kordelstücke, Schrauben und Eisenteile heraus – Reste von jenem Mechanismus, der das Sprechen und Augenbewegen der Puppe bewirkt hatte; auch merkwürdige, geheimnisvolle Holz- und Stoffteile kamen zum Vorschein, deren Zweck ich nie nachprüfen konnte.

Betäubt, aber ruhig ging ich nach Hause und verrichtete an jenem Nachmittag alle meine üblichen Geschäfte, ohne Mutter zu zeigen, was vorgefallen war, oder ihr die Folgerungen anzuvertrauen, die ich daraus gezogen hatte. Aber mir wurde bald klar, daß es unmöglich war, die Verstellung soweit zu führen und wie an allen anderen Tagen weiter an meiner Aussteuer zu nähen. Ich ergriff die Teile, die bereits genäht waren, nebst dem übrigen noch neuen Stoff und schloß alles in den Schrank in meinem Zimmer. Mutter entging es nicht, daß ich traurig war, denn das ist ungewöhnlich für mich, ich bin meist fröhlich und heiter; aber ich sagte ihr nur, ich sei müde, was auch der Wahrheit entsprach. Gegen Abend, als Mutter an der Maschine saß, ließ ich meine Arbeit liegen, zog mich in mein Zimmer zurück und legte mich auf mein Bett. Mir wurde klar, wie anders ich die nun endlich bezahlten Möbel betrachtete, die dank Astaritas Geld nun mir gehörten: ohne Freude und ohne Hoffnung. Ich schien keinen Schmerz, sondern nur eine große Müdigkeit und Gleichgültigkeit zu empfinden, wie nach einer großen Anstrengung, die sich als sinnlos erwiesen hat. Im übrigen war ich auch physisch müde, alle Glieder schmerzten, und ich hatte nur den einen Wunsch, mich auszuruhen. Inmitten all der konfusen Gedanken über meine Möbel und der Unmöglichkeit, sie so in Gebrauch zu nehmen, wie ich es erhofft hatte, schlief ich beinahe sofort völlig angekleidet auf dem Bett ein. Ich schlief ungefähr vier Stunden lang wie tot; einen schweren, dunklen Schlaf, aus dem ich erst spät erwachte und heftig nach Mutter rief, aus der Dunkelheit heraus, die mich umgab. Sie erschien sofort und erklärte mir, sie habe nicht stören wollen, da ich so ruhig und tief geschlafen habe.

»Das Essen steht schon seit einer Stunde bereit«, fügte sie hinzu, stellte sich an mein Bett und betrachtete mich, »was machst du, willst du nicht zum Essen kommen?«

»Ich will nicht aufstehen«, antwortete ich und schützte die geblendeten Augen mit einem Arm, »warum bringst du es mir nicht hierher?«

Sie ging hinaus und kehrte kurz darauf zurück mit einem Tablett und meinem üblichen Abendessen darauf. Sie stellte das Brett auf die Bettkante, ich setzte mich auf, stützte mich auf meinen Ellbogen und fing lustlos zu essen an. Mutter blieb stehen und schaute mir zu. Aber nach den ersten Bissen hörte ich auf und ließ mich wieder in die Kissen fallen.

»Was hast du bloß? Ißt du nicht weiter?« fragte Mutter.

»Ich habe keinen Hunger.«

»Geht es dir nicht gut?«

»Doch, doch, ich bin ganz in Ordnung.«

»Dann trage ich es also wieder weg«, murmelte sie. Sie nahm das Tablett vom Bett und trug es auf den Tisch am Fenster.

»Morgen früh brauchst du mich nicht zu wecken«, fing ich kurz darauf wieder an.

»Warum?«

»Weil ich mich dazu entschlossen habe, nicht mehr Modell zu stehen. Man wird sehr müde dabei und verdient schlecht.«

»Und was willst du dann machen?« fragte sie beunruhigt, »ich kann dich unmöglich erhalten; du bist schließlich kein Kind mehr und kostest viel, im übrigen gibt es soviel Ausgaben, die Aussteuer ...« Sie fing an, sich zu bemitleiden und zu greinen; ohne meinen Arm vom Gesicht zu nehmen, antwortete ich langsam und mühsam: »Quäl mich jetzt nicht – und sei beruhigt, es wird uns nicht an Geld mangeln.«

Darauf folgte ein langes Schweigen. »Brauchst du nichts mehr?« erkundigte sie sich schließlich demütig und besorgt, genau wie ein Zimmermädchen, das man wegen zu großer Familiarität tadelt und das nun um Verzeihung bittet.

»Sei so gut und hilf mir beim Ausziehen; ich bin schon so schläfrig.«

Sie gehorchte, setzte sich aufs Bett und zog mir zuerst die Schuhe aus, die sie ordentlich unter einen Stuhl am Kopfende stellte. Dann kamen Kleid und Unterwäsche an die Reihe, und sie half mir, das Hemd über den Kopf zu ziehen. Ich hielt meine Augen dauernd geschlossen, und sobald ich unter der Bettdecke war, rollte ich mich zusammen und steckte meinen Kopf unter das Leintuch. Ich hörte noch, wie Mutter mir von der Schwelle aus gute Nacht wünschte, nachdem sie das Licht gelöscht hatte, aber ich antwortete nicht. Ich schlief sofort wieder ein und schlief die ganze Nacht hindurch bis weit in den nächsten Tag hinein.

Am folgenden Tag hätte ich eigentlich wieder meine gewohnte Verabredung mit Gino gehabt. Ich machte mir aber klar, daß ich ihn so lange nicht sehen wolle, bis der Schmerz etwas nachgelassen habe und ich imstande sei, seinen Verrat sachlich zu beurteilen wie etwas, was nicht mir, sondern jemand anderem geschehen sei. Ich mißtraute damals wie heute allem, was man impulsiv sagt oder tut; vor allem, wenn, wie in diesem Fall, das Gefühl der Zuneigung erstorben ist. Ich liebte Gino sicher nicht mehr, aber ich wollte ihn auch nicht hassen. Das Unglück des Verratenseins war schon zu groß, als daß ich mich noch dazu mit einer unschönen, meiner nicht würdigen Leidenschaft belasten wollte.

Im übrigen empfand ich an jenem Morgen eine besondere, lässige Faulheit und fühlte mich weniger traurig als am Abend zuvor. Mutter war früh ausgegangen, und ich wußte, sie würde nicht vor Mittag zurückkehren. Ich blieb deshalb im Bett. Das war das erste Vergnügen, das ich in meinem neuen Lebensabschnitt empfand, und ich wollte mir von nun an alles so angenehm wie möglich gestalten. Da ich mich, solange ich zurückdenken konnte, jeden Tag beim Morgengrauen erhoben hatte, war dies Faulenzen und tatenlose Verdämmern der Stunden wirklich ein Luxus für mich. Ich hatte es mir bisher nie erlaubt, aber jetzt war ich dazu entschlossen, es mir so oft zu gönnen, wie ich wollte, und so ging es mir mit allen Dingen, die ich mir bis dahin wegen meiner Armut oder um meiner Träume von einem normalen Familienleben willen versagt hatte. Mir gefiel die Liebe, ich achtete das Geld und schätzte all die Dinge, die man mit Geld erwerben konnte; deshalb sagte ich mir, ich würde von nun an bei keiner Gelegenheit Liebe und Geld und das, was Geld zu kaufen vermag, zurückweisen. Man darf aber nicht glauben, daß ich diese Pläne unwillig und mit Rachegefühlen faßte. Ich spielte vielmehr mit den Gedanken sehr zärtlich, streichelte sie und freute mich im voraus daran. Eine Situation mag noch so düster aussehen, ein kleiner Lichtblick zeigt sich doch zumeist. Ich hatte, wenigstens für den Augenblick, meine Heiratsmöglichkeit zugleich mit allen bescheidenen Vorteilen verloren, die sie mir bieten konnte. Aber als Ausgleich war meine Freiheit wiedergewonnen. An meinen ursprünglichen Wünschen hatte sich nichts geändert; trotzdem behagte mir das leichte Leben außerordentlich, und das Geglitzer dieser neuen Aussicht verbarg mir, wieviel Traurigkeit und Verzicht noch hinter meinen neuen Entschlüssen versteckt lagen. Jetzt begannen Mutters und Gisellas Vorhaltungen Früchte zu tragen. Während der ganzen Zeit, in der ich ein tugendhaftes Leben führte, wußte ich, daß meine Schönheit mir, wenn ich nur wollte, viele begehrenswerte Dinge verschaffen könnte. An jenem Morgen betrachtete ich meinen Körper zum erstenmal als ein bequemes Mittel, die Ziele zu verfolgen, die Arbeit und Zurückhaltung mir nicht zu erreichen gestattet hatten.

Diese Gedanken oder vielmehr diese unklaren Vorstellungen ließen die Vormittagsstunden im Fluge vergehen, und ich war erstaunt, als die Glocken der Kirche neben uns unvermutet zwölf Uhr schlugen und ich entdeckte, daß sich ein langer Sonnenstrahl durch das Fenster bis auf das Bett gestohlen hatte, auf dem ich lag. Auch die Glocken und der Sonnenstrahl kamen mir wie die Faulheit am Morgen ungewöhnlich und kostbar vor. Genauso mußten jetzt wohl die reichen Damen, die in ähnlichen Villen wohnten wie Ginos Herrschaft, den Glocken zuhören und erstaunt den Sonnenstrahl betrachten, während sie in ihren Betten ruhten und phantasierten. Immer noch mit diesem Gefühl, nicht mehr die bedürftige, vielbeschäftigte Adriana des Vortags zu sein, sondern eine ganz andere Adriana, erhob ich mich schließlich vom Bett und zog mein Hemd vor dem Schrankspiegel aus. Ich betrachtete mich nackt im Spiegel und verstand dabei zum erstenmal die Mutter, als sie dem Maler stolz erzählt hatte: »Schau dir nur den Leib und die Beine ... was für Hüften!« Ich dachte an Astarita, dem die Begierde nach dieser Brust, diesen Hüften und Beinen den

Charakter, sein Wesen und sogar die Stimme veränderte, und sagte mir, ich würde sicherlich Männer finden, die mir ebensoviel oder sogar noch mehr Geld geben würden, um sich an meinem Körper zu erfreuen.

Ich zog mich, meiner neuen Stimmung folgend, gemächlich an, trank eine Tasse Kaffee und ging aus. Ich trat in eine Bar in unserer Nähe und telefonierte Ginos Wohnung an. Er hatte mir die Nummer der Villa gegeben, mich aber zugleich mit der typischen Vorsicht der Bedienten gewarnt, nur sparsamen Gebrauch davon zu machen, da die Herrschaft es nicht gerne sah, wenn die Angestellten das Telefon benützten. Ich sprach mit einer Frau, vermutlich einem der Zimmermädchen, kurz darauf kam Gino. Er fragte mich sofort, ob ich mich nicht wohl fühle; ich mußte unwillkürlich lächeln, da ich in seiner Besorgnis die alte, vielleicht doch nicht ganz geheuchelte Vollkommenheit erkannte, die so viel dazu beigetragen hatte, mich hinters Licht zu führen. »Mir geht es blendend«, sagte ich, »mir ist es noch nie so gut gegangen.«

»Und wann sehen wir uns wieder?«

»Wann du willst«, antwortete ich, »aber mir wäre es lieber, wir sähen uns wie früher . . . ich meine in der Villa, wenn deine Herrschaft nicht da ist.«

Er verstand meine Absicht sofort und sagte eilfertig: »Sie fahren in zehn Tagen weg zum Weihnachtsfest, vorher nicht mehr.«

»Dann sehen wir uns also in zehn Tagen«, antwortete ich gleichgültig.

»Aber wieso?« fragte er erstaunt. »Treffen wir uns denn nicht vorher?«

»Bis dahin habe ich zu tun.«

»Was ist denn los?« erkundigte er sich argwöhnisch. »Hast du etwas gegen mich?«

»Nein«, erwiderte ich, »wenn das der Fall wäre, würde ich kein Stelldichein in der Villa mit dir verabreden.« Es schoß mir durch den Kopf, er könne vielleicht eifersüchtig werden und mich dadurch belästigen, deshalb setzte ich hinzu: »Du brauchst keine Angst zu haben, ich habe dich ebenso gern wie früher; ich muß nur Mutter bei einer außergewöhnlichen Arbeit für die Festtage helfen, und da ich erst sehr spät aus dem Haus komme und du so spät nie frei hast, finde ich es vernünftiger, zu warten, bis deine Herrschaft wegfährt.«

»Aber morgens?«

»Morgens werde ich schlafen«, meinte ich, »übrigens — weißt du, daß ich nicht mehr als Modell arbeite?«

»Warum denn?«

»Ich war es leid geworden; dir ist es doch recht, nicht? Dann sehen wir uns also in zehn Tagen, ich werde dich vorher anrufen.«

»Na gut.«

Er sagte dies »Na gut« mit geringer Überzeugung; aber ich kannte ihn gut genug, um zu wissen, er würde sich trotz seines Verdachtes nicht vor Ablauf der festgesetzten zehn Tage wieder blicken lassen. Gerade weil er Verdacht geschöpft hatte, würde er sich nicht eher zeigen. Er war nicht mutig, und die Vorstellung, ich könne seinen Verrat entdeckt haben, mußte ihn in Schrecken und Aufregung versetzen. Als der Hörer wieder an seinem Platz hing, wurde mir klar, daß ich zu Gino mit ruhiger, gutmütiger, beinahe zärtlicher Stimme gesprochen hatte, und ich war zufrieden mit mir. Bald würde auch mein Gefühl für ihn ebenso ruhig, ausgeglichen und anhänglich sein, und ich könnte ihn sehen, ohne befürchten zu müssen, ihn, mich und unsere Beziehungen in die falsche und lästige Atmosphäre des Hasses zu tauchen.

SIEBENTES KAPITEL

Noch am selben Tag suchte ich nachmittags Gisella in ihrem möblierten Zimmer auf. Gewöhnlich hatte sie sich zu dieser Zeit gerade erst aus dem Bett bequemt und machte sich zurecht für ihre Verabredung mit Ricardo. Ich setzte mich auf das ungemachte Lager, während sie in dem halbdunklen, mit Kleidern und den verschiedenartigsten Geräten unordentlich angefüllten Zimmer herumlief. Mit großer Ruhe erzählte ich von meinem Besuch bei Astarita, und wie er mir eröffnet habe, daß Gino Frau und Tochter besitze. Bei dieser Neuigkeit stieß Gisella einen Laut hervor, ich weiß nicht, ob aus Freude oder Überraschung, setzte sich mit weitgeöffneten Augen vor mich hin und packte mich an beiden Schultern: »Nein, ich kann es nicht glauben — Frau und Tochter! Aber stimmt es auch wirklich?«

»Das Kind heißt Maria.«

Es war klar, daß sie die Nachricht so viel als möglich ausschöpfen und bereden wollte, deshalb enttäuschte sie meine gelassene Haltung.

»Frau und Kind, und die Tochter heißt Maria ... und das sagst du so leichthin?«

»Was sollte ich denn sonst sagen?«

»Bist du nicht bekümmert darüber?«

»Ja, ich bin sehr traurig.«

»Aber wie hat er es dir denn beigebracht, einfach gesagt: Gino Molinari hat Frau und Tochter — so?«

»Ja.«

»Und was hast du ihm geantwortet?«

»Gar nichts. Was hätte ich denn sagen sollen?«

»Aber was hast du denn dabei empfunden? Mußtest du nicht weinen? Schließlich ist es ja für dich eine Katastrophe.«

»Nein, ich habe nicht geweint.«

»Jetzt kannst du Gino nicht mehr heiraten«, rief sie freudig und zugleich nachdenklich aus. »Aber was für eine Gemeinheit ... ein armes Mädchen wie du, das sozusagen nur für ihn lebte! Die Männer sind wirklich alle Lumpen.«

»Gino weiß bis jetzt noch nicht, daß ich alles erfahren habe«, sagte ich.

»Ich würde ihm an deiner Stelle ja sein Teil sagen«, fuhr sie aufgeregt fort, »ein paar Ohrfeigen können ihm gar nichts schaden.«

»Ich habe mich in zehn Tagen mit ihm verabredet«, antwortete ich, »ich glaube, unser Verhältnis wird bestehenbleiben.«

Sie wich zurück und riß dabei ihre Augen noch weiter auf. »Aber warum denn? Hast du ihn immer noch gern? Nach allem, was er dir angetan hat?«

»Nein«, antwortete ich und senkte meine Stimme vor Bewegung, »ich habe ihn nicht mehr so gern ... aber«, ich zögerte und log dann mühevoll, »Ohrfeigen und Gekeife sind nicht immer die beste Art, sich zu rächen.«

Sie betrachtete mich einen Augenblick, zog sich etwas zurück und kniff die Augen halb zu, genau wie es Maler vor ihren Bildern tun. Dann rief sie aus: »Eigentlich hast du recht, daran habe ich noch gar nicht gedacht; aber weißt du, was ich an deiner Stelle täte? Ich ließe ihn einfach zappeln – und dann eines schönen Tages, ph, würde ich ihn einfach sitzenlassen.«

Ich sagte nichts. Sie fuhr kurz darauf weniger erregt, aber immer noch lebhaft fort: »Ich kann es aber immer noch nicht glauben ... Frau und Tochter! Und was hat er dir alles vorgemacht, hat dich die Möbel und die Aussteuer kaufen lassen – unerhört!«

Ich schwieg weiter. »Aber ich«, schrie sie triumphierend, »ich habe ihn gleich richtig beurteilt, das mußt du doch zugeben, was habe ich dir immer gesagt? Der Mann meint es nicht ernst ... arme Adriana!« Sie legte die Arme um meinen Hals und küßte mich. Ich ließ alles über mich ergehen, dann sagte ich: »Das schlimmste ist, daß er mich Mutters Geld hat ausgeben lassen.«

»Weiß es deine Mutter schon?«

»Noch nicht.«

»Wegen des Geldes brauchst du dir keine Sorgen zu machen«, rief sie, »Astarita ist so verliebt in dich, du brauchst nur zu wollen, und er gibt dir soviel Geld, wie du nötig hast.«

»Ich will Astarita nicht wiedersehen«, antwortete ich, »jeden anderen Mann, aber nicht Astarita.«

Ich muß zugeben, Gisella war nicht dumm. Sie begriff sofort, es sei besser, wenn sie wenigstens fürs erste nicht von Astarita spräche, und verstand außerdem, was ich mit dem Satz »jeder andere Mann« andeuten wollte. Sie gab vor zu überlegen, dann meinte sie: »Du hast eigentlich recht, ich kann dich schon verstehen. Nach allem, was vorgefallen ist, hätte ich auch gewisse Hemmungen, mit Astarita zusammen zu sein. Er will alles mit Gewalt haben, und er hat dir das über Gino erzählt, weil er sich rächen wollte.« Sie schwieg von neuem; dann in ernstem Ton: »Laß mich nur machen – willst du jemand kennenlernen, der bereit wäre, dir zu helfen?«

»Ja.«

»Überlaß das nur mir.«

»Doch«, setzte ich hinzu, »ich will mich an niemand mehr binden; ich will ganz frei sein.«

»Laß mich nur machen«, wiederholte Gisella nun zum drittenmal.

»Ich will zuerst Mutter das Geld zurückgeben«, fuhr ich fort, »und mir verschiedenes kaufen, das ich nötig habe; außerdem möchte ich erreichen«, schloß ich, »daß Mutter nicht mehr arbeiten muß.«

Gisella hatte sich inzwischen erhoben und vor ihren Toilettetisch gesetzt. »Du bist immer die brave Adriana geblieben«, sagte sie und schminkte sich hastig, »jetzt siehst du, was dabei herausschaut, wenn man zu anständig ist.«

»Übrigens weißt du schon«, sagte ich, »daß ich heute morgen nicht zum Modellstehen gegangen bin? Ich habe mich entschlossen, nicht mehr als Modell zu arbeiten.«

»Du hast vollkommen recht«, antwortete sie, »ich arbeite auch nur noch für ...«, hier nannte sie den Namen eines Malers, »um ihm einen Gefallen zu tun; aber wenn er fertig ist, habe ich genug.«

Ich empfand jetzt große Zuneigung für Gisella und fühlte mich ganz getröstet. Ihr »Laß mich nur machen« klang beruhigend wie eine herzliche und mütterliche Versprechung, sich möglichst schnell meiner anzunehmen. Ich war mir zwar vollkommen klar darüber, daß Gisella nicht aus wirklicher Freundschaft zu mir dazu getrieben wurde, mir zu helfen, sondern, wie damals mit Astarita, von dem vielleicht unbewußten Wunsch, mich möglichst rasch in dieselbe Lage herabgezogen zu sehen, in der sie sich befand. Aber niemand tut etwas umsonst, und da in diesem Fall Gisellas Neid mit meinem Vorteil zusammenfiel, sah ich keinerlei Veranlassung, ihre Hilfe nur deshalb zurückzuweisen, weil ich wußte, daß sie nicht uninteressiert an dem Ganzen war.

Sie hatte es sehr eilig, da sie schon zu spät daran war für ihre Verabredung mit dem Verlobten. Wir gingen aus dem Zimmer und begannen, die enge, steile Treppe des alten Hauses im Dunkeln hinunterzusteigen. Im Herabgehen sagte Gisella zu mir, getrieben von ihrer Erregung und vielleicht auch von dem Wunsch, die Bitterkeit meiner Enttäuschung zu mildern und mir zu zeigen, ich sei nicht allein in meinem Unglück: »Du, übrigens – ich glaube allmählich, Ricardo will mir denselben Streich spielen, den Gino sich mit dir erlaubte.«

»Ist er auch verheiratet?« fragte ich harmlos.

»Nein, das gerade nicht, aber er macht so gewisse Geschichten ... ich habe den Eindruck, daß er mich an der Nase herumführen will. Aber ich habe es ihm schon gesagt; mein Lieber, habe ich gesagt, ich habe dich nicht nötig, wenn du willst, dann bleibe, sonst mach, daß du weiterkommst!«

Ich sagte nichts darauf, dachte aber im stillen, was doch für ein großer Unterschied zwischen ihrem Verhältnis mit Ricardo und dem meinen mit Gino bestünde. Sie hatte sich im Grunde niemals Illusionen darüber gemacht, wie ernst Ricardo es meinte, noch hatte sie irgendwelche Skrupel empfunden, ihn gelegentlich zu betrügen, wie ich wohl wußte. Ich hatte dagegen mit der ganzen Kraft meiner noch unerfahrenen Seele gehofft, Ginos Frau zu werden, und war ihm immer treu geblieben, denn das unfreiwillige Nachgeben, zu dem mich Astarita in Viterbo durch seine Erpressung gezwungen hatte, kann man ja eigentlich nicht als Verrat bezeichnen. Aber ich dachte, sie wäre wohl gekränkt, wenn ich ihr dies alles sagte, deshalb öffnete ich lieber den Mund überhaupt nicht. Auf der Schwelle der Haustür verabredeten wir uns für den nächsten Abend in einem Café; sie empfahl mir noch, pünktlich zu erscheinen, denn sie werde vermutlich nicht allein sein. Dann rannte sie davon.

Ich fühlte, ich müsse eigentlich Mutter alles erzählen, was vorgefallen war, aber ich fand nicht den Mut dazu. Mutter hatte mich wirklich sehr lieb; und im Unterschied zu Gisella, die in Ginos Verrat nur den Triumph ihrer Prophezeiung sah und sich nicht einmal bemühte, ihre grausame Befriedigung darüber zu verbergen, würde Mutter mehr Schmerz als Freude darüber empfinden, daß sie recht gehabt hatte. Sie wollte im Grunde nichts als mein Glück, und es war gleichgültig, auf welchem Weg ich es erreichte, sie war nur davon durchdrungen, daß Gino es mir nicht verschaffen könne. Nach langem Bedenken entschloß ich mich schließlich dazu, ihr nichts zu sagen. Ich wußte, am kommenden Abend würden ihr die Tatsachen ohne Worte die Augen öffnen; und obwohl ich mir klarmachte, es sei eine brutale Art, um ihr den einschneidenden Wechsel in meinem Leben zu enthüllen, so gefiel mir die Idee doch, da ich auf diese Weise eine Fülle von Erklärungen, Betrachtungen und Kommentaren dazu vermied; oder wenigstens die Art von Erklärungen, Überlegungen und Randbemerkungen, mit denen Gisella mich so reichlich bedacht hatte, als ich ihr von Ginos Doppelzüngigkeit berichtete. Ich empfand allmählich einen gewissen Abscheu vor dem Thema meiner Heirat und wollte sowenig wie möglich davon sprechen und vermeiden, daß andere sich damit beschäftigten.

Um am nächsten Tag nicht von Mutter belästigt zu werden, die bereits Verdacht geschöpft hatte, schützte ich eine Verabredung mit Gino vor und blieb den ganzen Nachmittag von zu Hause fort. Ich hatte mir zur Hochzeit ein neues graues Schneiderkostüm machen lassen, das ich ursprünglich gleich nach der Feier tragen wollte. Es war mein bestes Kleid, und ich zögerte etwas, bevor ich es anzog. Aber dann überlegte ich, eines Tages müsse ich es doch hernehmen, und dann sei der Tag auch nicht reiner oder glücklicher als dieser; andererseits urteilten die Männer nach dem Aussehen, und es war deshalb zu meinem eigenen Vorteil, mich so gut wie möglich herzurichten, um mehr Geld zu verdienen, darum warf ich alle Skrupel beiseite. Obwohl ich noch mancherlei Bedenken hatte, legte ich doch mein schönes Kleid an, das mir heute in der Erinnerung sehr häßlich und bescheiden vorkommt, wie alle meine damaligen Sachen; dann kämmte ich mich sorgfältig und schminkte mich auch, aber nicht stärker als sonst. Hierzu möchte ich noch bemerken, daß ich nie verstanden habe, warum so viele Frauen meines Berufes sich so das Gesicht anstreichen, daß sie wie Fastnachtsmasken herumlaufen. Vielleicht, weil sie sonst sehr blaß wären bei dem Leben, das sie führen; oder vielleicht, weil sie fürchten, sie würden bei weniger Bemalung nicht die Aufmerksamkeit der Männer auf sich lenken oder ihnen nicht genügend zu verstehen geben, sie seien allem zugänglich. Ich bewahre mir dagegen, wie sehr ich mich auch anstrenge oder ermüde, immer meine frische braune Farbe und kann ehrlich behaupten, daß meine Schönheit auch ohne künstliche Hilfsmittel immer groß genug war, den Männern die Köpfe zu verdrehen, wenn ich auf der Straße vorbeiging. Ich ziehe die Männer nicht durch Rouge, nachgezogene Augenbrauen oder platinblondgefärbtes Haar an, sondern durch meine edle Haltung — das haben mir wenigstens viele versichert —, durch die Heiterkeit und Süße meines Körpers, durch meine fehlerlosen Zähne beim Lachen und durch mein dichtes, gewelltes braunes Haar. Die Frauen, die sich ihr Haar färben und ihr Gesicht anmalen, machen sich vielleicht nicht klar, daß die Männer sie von vornherein für das halten, was sie sind, und deshalb eine Art verfrühter Enttäuschung erleben. Aber ich benehme mich so natürlich und maßvoll, daß sie immer im Zweifel bleiben über meinen eigentlichen Beruf, und gewähre ihnen auf diese Weise die Illusion eines Abenteuers, die sie im

Grunde viel stärker suchen als eine bloße Befriedigung der Sinne.

Als ich angezogen und zurechtgemacht war, ging ich in ein Kino und sah mir zweimal hintereinander denselben Film an. Es war bereits dunkel, als ich hinaustrat, und ich begab mich direkt in das Café, wo ich mich mit Gisella verabredet hatte. Das Café war nicht eines der üblichen, bescheidenen Orte, wo wir sonst mit Ricardo saßen, sondern ein elegantes Lokal, in das ich meinen Fuß zum erstenmal setzte. Ich verstand, daß die Wahl dieses Cafés mit der bestimmten Absicht geschehen war, meiner Person mehr Wert zu verleihen und den Preis für meine Gefälligkeiten zu erhöhen. Alle diese Einsichten und andere Dinge, über die ich in der Folge noch sprechen werde, können eine Frau meines Schlages, wenn sie jung und schön ist und intelligenten Gebrauch davon macht, zu jener Wohlhabenheit bringen, die ja im Grunde das Endziel ist, das alle erreichen möchten. Aber wenige tun es, und auch ich befand mich nie unter ihnen. Ich fühlte mich durch meine Abstammung aus dem Volk immer unsicher in Luxuslokalen, in gutbürgerlichen Restaurants und Cafés; ich scheute mich, zu lachen oder den Männern Augen zu machen, und ich kam mir wie an den Pranger gestellt vor unter den prunkvollen Lichtern. Statt dessen habe ich immer eine tiefe, anhängliche Vorliebe für die Straßen unserer Stadt verspürt, mit all ihren Palästen, Denkmälern und Kirchen, mit ihren Geschäften und prächtigen Haustoren, die sie schöner und einladender als jedes Restaurant oder Café machen. Ich bin immer gerne zur Zeit des abendlichen Verkehrs auf die Straße gegangen, gegen Sonnenuntergang, um dann langsam an den hellerleuchteten Geschäften entlangzuschlendern und zu beobachten, wie der Abend allmählich den Himmel dort oben zwischen den Dächern verdunkelte. Es hat mir stets behagt, in der Menge herumzulungern und, ohne mich umzudrehen, mir die Liebesangebote anzuhören, die die zufällig Vorübergehenden mir auf Grund einer plötzlichen Erregung der Sinne zuzuflüstern wagten. Es gefiel mir, bis zum Überdruß dieselbe Straße auf und ab zu laufen, um mich am Ende körperlich ermattet zu fühlen, aber immer noch in frischer, begieriger Stimmung, wie auf einem Jahrmarkt, dessen Überraschungen sich auch nie erschöpfen lassen. Mein Salon, mein Restaurant und mein Café ist stets die Straße gewesen; das rührte von meiner Armut seit meiner Kindheit her, man weiß ja, wie sich die Armen auf billige Art zerstreuen, indem sich ihr Blick an den Schaufenstern der Geschäfte erfreut, in denen sie nichts kaufen können, und an den Fassaden der Paläste, die sie nie bewohnen werden. Aus dem gleichen Grund liebte ich die zahlreichen Kirchen Roms, die für alle geöffnet und so prunkvoll eingerichtet sind und in denen zwischen all dem Marmor, dem Gold und den kostbaren Verzierungen der alte, demütige Modergeruch der Armut manchmal stärker ist als der Duft des Weihrauchs. Aber natürlich flanieren die Reichen selten auf den Straßen umher oder gehen in die Kirchen, sondern fahren höchstens im eleganten Auto durch die Stadt und lesen dabei vielleicht eine Zeitschrift; da ich jedoch die Straße allen anderen Orten vorzog, schloß ich von vornherein alle jene Begegnungen aus, die ich nach Gisellas Rat selbst auf Kosten meines persönlichen Geschmacks hätte suchen sollen. Dies Opfer wollte ich aber niemals bringen, und während der ganzen Dauer meiner Verbindung mit Gisella blieb meine Vorliebe Gegenstand erbitterter Diskussionen zwischen uns. Gisella liebte die Straße nicht, Kirchen sagten ihr nichts, und Menschenmassen flößten ihr Widerwillen und Verachtung ein. Den Gipfelpunkt ihrer Gedanken bildeten dagegen die Luxusrestaurants, in denen besorgte Kellner beinahe ängstlich die kleinsten Bewegungen der Gäste erspähen, die modischen Tanzlokale mit ihren uniformierten Kapellen und den Tänzerinnen im Abendkleid, die eleganten Cafés und Spielsäle. Sie wurde ein anderer Mensch in diesen Räumen, wandelte ihre Bewegungen, ihre Haltung und vor allem den Ton ihrer Stimme; kurz, sie gab sich wie eine Dame aus guter Gesellschaft; das war das gewünschte Ziel, welches sie später, wie wir noch sehen werden, bis zu einem gewissen Grad auch erreichen konnte. Aber das Kurioseste an ihrer Geschichte ist, daß sie den Menschen, der dazu bestimmt war, ihre ehrgeizigen Pläne zu verwirklichen, nicht in einem der Luxuslokale traf, sondern durch meine Vermittlung gerade auf jener Straße, die sie so haßte.

Ich traf Gisella im Café in Begleitung eines Mannes mittleren Alters, eines Handelsreisenden, den sie mir als Giacinti vorstellte. Im Sitzen schien er normal groß zu sein, da er sehr breite Schultern hatte; aber stehend wirkte er wie ein Zwerg, und dabei ließ ihn auch die Breite der Schultern noch kleiner erscheinen, als er in Wirklichkeit war. Er hatte weißes, dichtes Haar, das wie Silber glänzte und aufrecht auf dem Kopf stand, vermutlich, um ihn größer wirken zu lassen. Sein rotes Gesicht hatte regelmäßige, edle Züge wie eine Statue: eine glatte, schöne Stirn, große schwarze Augen, eine gerade Nase und einen gutgezeichneten Mund. Aber sein Gesicht enthielt außerdem einen unsympathischen Ausdruck von Eitelkeit, Selbstgefälligkeit und falscher Gutmütigkeit, so daß es auf den ersten Blick angenehm und überlegen, dann aber geradezu abstoßend wirkte.

Ich fühlte mich ein wenig befangen und saß nach der gegenseitigen Vorstellung wortlos da. Giacinti fuhr in seiner unterbrochenen Unterhaltung mit Gisella fort, so als ob meine Ankunft nur ein unbedeutender Zwischenfall gewesen sei, während sie in Wahrheit doch das Hauptereignis des Abends darstellte: »Du kannst dich nicht beklagen über mich, Gisella«, hier legte er eine Hand auf ihr Knie und behielt sie dort, solange er sprach, »wie lange hat unser... sagen wir Bündnis gedauert? Sechs Monate? Na schön. Kannst du mit gutem Gewissen behaupten, ich hätte dich während dieser sechs Monate ein einziges Mal unbefriedigt weggeschickt?« Er hatte eine klare, langsame, anspruchsvolle Stimme, aber man merkte, er sprach nicht wegen besserer Verständlichkeit so deutlich, sondern um sich selbst zuzuhören und den Klang seiner Worte zu genießen.

»Nein, nein«, sagte Gisella mit verärgerter Stimme und senkte den Kopf.

»Lassen Sie es sich nur von Gisella berichten, Adriana«, fuhr Giacinti eindringlich fort, »ich war nie knickrig mit den Moneten für die, sagen wir, beruflichen Leistungen, aber abgesehen davon habe ich ihr noch jedesmal ein Geschenk mitgebracht, wenn ich von Mailand zurückkam. Erinnerst du dich noch daran, wie ich dir ein Fläschchen französisches Parfüm gab, oder an das Hemd aus Schleier und Spitzen? Da behaupten die Frauen immer, Männer verstünden nichts von Dessous, aber ich bilde eine Ausnahme, nicht wahr?« Er lachte diskret und entblößte dabei eine Reihe fehlerloser Zähne, deren befremdendes Weiß an ein künstliches Gebiß denken ließ.

»Gib mir eine Zigarette, los«, sagte Gisella trocken. »Ja, gerne«, antwortete er mit ironischem Eifer. Er bot auch mir eine an, bediente sich selbst, gab allen Feuer und redete weiter: »Erinnerst du dich noch an jene große Tasche aus dickem Leder, die ich dir ein anderes Mal mitbrachte? Sie war wirklich sehenswert, trägst du sie eigentlich nicht mehr?«

»Aber das war doch eine Vormittagstasche«, sagte Gisella.

»Ich mache gerne Geschenke«, hier wandte er sich an mich, »aber, damit wir uns richtig verstehen, natürlich nicht aus sentimentalen Gründen...«, dabei schüttelte er den Kopf und blies den Rauch durch die Nase, »sondern aus drei ganz klaren Motiven heraus. Erstens: weil ich mir gerne danken lasse. Zweitens: weil nichts bessere Bedienung zur Folge hat als ein Geschenk – denn wer eins erhalten hat, der hofft auf das nächste. Drittens: Frauen wollen ihre Illusionen behalten, und ein Geschenk erweckt den Eindruck eines Gefühls, das in Wirklichkeit gar nicht vorhanden ist.«

»Du bist wirklich sehr schlau«, warf Gisella gleichgültig hin und schaute ihn dabei nicht einmal an.

Er legte den Kopf zurück und grinste über das ganze Gesicht: »Nein, schlau bin ich gar nicht, ich bin nur ein Mann, der viel gesehen und Lehren aus seinen Erfahrungen gezogen hat; ich weiß, mit Frauen muß man auf eine gewisse Art umgehen, mit Kunden auf eine andere, mit Untergebenen wieder anders und so weiter ... mein Gehirn gleicht einem wohlgeordneten Register; zum Beispiel: Frau in Sicht ... ich ziehe ein Heft heraus, blättere es durch und ersehe daraus, welche Maßnahmen den gewünschten Effekt gebracht haben und welche nicht, lege das Heft wieder an seinen Platz und handle dementsprechend, das ist alles.« Er schwieg und lächelte von neuem.

Gisella rauchte uninteressiert, und ich äußerte mich nicht weiter. »Die Frauen sind mir auch dankbar«, fuhr er fort, »weil sie sofort begreifen, daß sie mit mir keine Enttäuschungen erleben werden, weil ich ihre Ansprüche, ihre Schwächen und ihre Launen kenne; ebenso wie ich der Kundschaft dankbar bin, die mich sofort versteht und keine Zeit mit Schwätzen versäumt, die, kurz gesagt, weiß, was sie möchte und was ich will; auf meinem Tisch in Mailand steht ein Aschenbecher mit der Aufschrift: Gesegnet sei der Kunde, der mich keine Zeit kostet.« Er drückte seine Zigarette aus, streifte den Ärmel zurück und schaute auf die Uhr: »Ich glaube, es wird Zeit, zum Essen zu gehen.«

»Wie spät ist es?«

»Acht Uhr. Entschuldigt mich bitte einen Augenblick.« Er stand auf und entfernte sich zum Hintergrund des Saales. Er war wirklich sehr klein mit den breiten Schultern und den weißen, aufrecht stehenden Haaren. Gisella löschte ihre Zigarette im Aschenbecher und sagte: »Er ist sehr langweilig und spricht nur von sich selbst.«

»Das habe ich gemerkt.«

»Laß ihn nur reden und sage immer ja«, fuhr sie fort, »du wirst sehen, er wird dir eine Menge Vertraulichkeiten sagen, es ist unglaublich, was da alles zum Vorschein kommt; aber er ist freigebig, und die Geschenke macht er wirklich.«

»Um sie einem dann wieder vorzuhalten.«

Sie sagte nichts, zuckte nur die Achseln, wie um anzudeuten: »Was willst du dagegen machen?« Wir blieben schweigend sitzen, dann kehrte Giacinti zurück, zahlte, und wir gingen hinaus. »Gisella«, sagte er auf der Straße, »der Abend gehört

Adriana, aber wenn du uns das Vergnügen machen willst, mit uns zu essen?«

»Nein, nein, danke«, sagte Gisella hastig, »ich habe eine Verabredung.« Sie verabschiedete sich von uns und ging fort. Als sie sich entfernt hatte, sagte ich zu Giacinti: »Gisella ist wirklich nett.«

Er verzog den Mund und antwortete: »Ja, das stimmt, sie hat einen schönen Körper.«

»Finden Sie sie nicht nett?«

»Ich verlange von niemandem, er müsse mir sympathisch sein«, meinte er, während er neben mir ging und meinen Arm weit oben, beinahe unter der Achselhöhle, heftig an sich preßte, »sondern nur, daß er das gut erledige, was er gerade tut; von einer Stenotypistin erwarte ich zum Beispiel nur schnelles, fehlerloses Maschinenschreiben; desgleichen braucht mir eine Frau wie Gisella nicht sympathisch zu sein, aber sie muß ihr Handwerk gut verstehen und mir die paar Stunden vergnüglich vertreiben, die ihr gewidmet sind. Aber Gisella versteht ihren Beruf nicht auszuüben.«

»Warum?«

»Weil sie immer nur ans Geld denkt; sie hat ständig Angst, die paar Groschen würden ihr nicht bezahlt oder sie genügten nicht; ich verlange wahrhaftig nicht, daß sie mich lieben solle, aber ein Teil ihres Berufes besteht darin, sich so zu geben, als ob sie mich liebe, und mir dadurch die Illusion zu erhalten . . . dafür bezahle ich sie ja schließlich; Gisella läßt dagegen zu sehr durchblicken, sie tue es wegen ihres Vorteils, sie läßt einem nicht einmal Zeit, Atem zu schöpfen, ohne daß sie gleich zu feilschen beginnt, pfui Teufel!«

Wir waren an dem Restaurant angelangt, einem lauten, vollen Lokal, in dem anscheinend Leute vom Schlage Giacintis verkehrten: Handelsreisende, Makler, Kaufleute und auswärtige Vertreter. Giacinti ging voran, übergab seinen Hut und Mantel einem Piccolo und fragte: »Ist mein gewohnter Tisch frei?«

»Ja, Herr Giacinti.«

Es war ein Tisch in einer Fensternische. Er setzte sich händereibend, dann erkundigte er sich: »Bist du auch eine gute Esserin?«

»Ich glaube wohl«, sagte ich schüchtern.

»Gut, das gefällt mir, bei Tisch soll man ordentlich essen. Gisella zum Beispiel wollte nie etwas essen, sie habe Angst, zu dick zu werden, meinte sie — das sind ja alles Dummheiten, bei Tisch wird gegessen.« Er hegte wirklich einen tiefen Grimm gegen Gisella.

»Aber das ist schon richtig«, sagte ich zaghaft, »wenn man zuviel ißt, dann wird man stark, und viele Frauen wollen nicht zunehmen.«

»Gehörst du auch zu denen?«

»Nein ... aber mir wird oft gesagt, ich sei zu dick.«

»Höre nicht darauf, das ist alles nur Neid. Du bist gerade richtig, das kannst du dir von mir schon sagen lassen, ich versteh mich darauf.« Und wie um mich zu beruhigen, tätschelte er väterlich meine Hand.

Inzwischen kam der Kellner, und Giacinti bestellte: »Zuerst einmal kommen diese Blumen weg, die stören mich — und dann gibt es das Übliche, wir sind uns einig, wie? Aber schnell!«

Dann wandte er sich an mich: »Der kennt mich schon und weiß, wie ich es haben will, laß ihn nur sorgen; du wirst dich nicht zu beklagen haben.«

Ich hatte mich wirklich nicht zu beklagen. Alle Gänge, die aufgetragen wurden, waren wohlschmeckend und reichlich, wenn auch nicht sehr auserlesen. Giacinti bewies großen Appetit und aß nachdrücklich, mit gesenktem Kopf, packte Messer und Gabel kräftig an und schaute weder zu mir herüber noch sprach er mit mir, so als ob er allein äße. Er war wirklich ganz versunken in den Akt des Essens und verlor in seiner Gier sogar etwas von seiner so gerühmten Ruhe, indem er mehrere Bewegungen auf einmal machte, so als ob er fürchte, nicht zu seinem Recht zu kommen und hungrig zu bleiben. Er steckte einen Brocken Fleisch in den Mund, riß mit der Linken ein Stück Brot ab und tat es dazu, während er mit der anderen Hand das Weinglas hob und daraus trank, bevor er hinuntergeschluckt hatte. Dabei schmatzte er unaufhörlich mit den Lippen, verdrehte die Pupillen und schüttelte ab und zu den Kopf, so wie es Katzen machen, wenn ein Happen zu groß ist. Ich hatte dagegen, wider meine sonstige Gewohnheit, keinen Hunger. Es war das erstemal, daß ich mich dazu hergab, mit einem Mann zu schlafen, den ich nicht liebte, ja nicht einmal kannte, deshalb betrachtete ich ihn aufmerksam, studierte meine Gefühle und versuchte mir vorzustellen, wie ich mich aus der Verlegenheit ziehen würde. Später habe ich mich nicht mehr weiter um das Aussehen der Männer gekümmert, mit denen ich ging, vielleicht weil ich, gezwungen durch die Notwendigkeit, sehr rasch lernte, auf den ersten Blick den guten oder anziehenden Punkt herauszufinden, der genügte, die Intimität erträglich zu machen. Aber an jenem Abend hatte ich diese Einsicht meines Berufes noch nicht erlernt, die darin besteht, sofort irgendeinen sympathischen Zug zu entdecken, um die fleischliche Liebe weniger abstoßend zu machen, aber ich suchte instinktiv danach, ohne mir weiter Rechenschaft darüber zu geben. Ich erwähnte schon, daß Giacintis Gesicht nicht häßlich war, es konnte sogar schön sein, solange er schwieg und die Leidenschaften nicht zeigte, die in ihm wohnten. Das ist schon viel, denn schließlich besteht ein großer Teil der Liebe aus körperlicher Vereinigung; aber das genügte mir nicht, denn ich habe es niemals fertiggebracht, einen Mann, ich sage nicht zu lieben, aber wenigstens erträglich zu finden nur auf Grund seiner physischen Qualitäten. Allmählich, als das Essen zu Ende ging und Giacinti seine maßlose Gefräßigkeit gestillt hatte und nach ein oder zwei Rülpsern die Unterhaltung von neuem begann, stellte ich fest, daß es an ihm nichts gab, was ihn mir, wenn auch nur annähernd, sympathisch machen könne, jedenfalls konnte ich nichts entdecken. Er redete nicht nur ausschließlich von sich selbst, wie Gisella vorausgesagt hatte, sondern es geschah obendrein auf eine widerliche, eitle und langweilige Art; er erzählte vor allem Dinge, die ihm wirklich nicht zur Ehre gereichten, und bestätigte dadurch von neuem mein erstes, instinktives Gefühl der Abwehr. Nichts, aber auch gar nichts gefiel mir an ihm. Und alles, was er als gute Eigenschaften unter kräftigem Eigenlob pries, waren in meinen Augen häßliche Fehler. Mir sind später, wenn auch nicht sehr oft, noch andere derartige Männer begegnet, die nichts wert sind und nichts Gutes bieten, an das man sich klammern kann, um sie zu ertragen; ich habe mich gewundert, wie sie existieren können, und mich unwillkürlich gefragt, ob der Fehler nicht bei mir liege, wenn ich nicht auf den ersten Blick die Qualitäten entdecken könne, die sie zweifellos besitzen. Aber ich habe mich schließlich auf die Dauer an diese unerfreuliche Gesellschaft gewöhnt und lache, scherze, kurz, ich gebe mich so, wie sie mich haben wollen und glauben, daß ich wirklich sei. Aber an jenem ersten Abend zwang mich diese Erkenntnis zu verschiedenen melancholischen Überlegungen. Während Giacinti plauderte und dabei seine Zähne mit einem Zahnstocher säuberte, machte ich mir klar, was für einen sauren Beruf ich gewählt hatte, wenn ich Liebe für Männer heucheln sollte, die in mir, wie in Giacintis Fall, genau die entgegengesetzten Gefühle hervorriefen. Daß es nicht genug Geld gäbe, um etwas Derartiges zu bezahlen. Daß es, wenigstens in solchen Fällen, unvermeidlich sei, nur an Geld zu denken, wie Gisella das tat, und es auch zu zeigen. Außerdem überlegte ich mir, wie ich an diesem Abend den unsympathischen Giacinti in mein armes Zimmer bringen müsse, das zu einem gänzlich anderen Zweck bestimmt gewesen war. Ich war wirklich nicht vom Glück begünstigt, und das Schicksal wollte, daß ich mir von Anfang an keine Illusionen machen sollte: deshalb traf ich zuerst auf Giacinti und nicht auf einen harmlosen Jungen, der nach einem Abenteuer suchte, oder auf einen braven Mann ohne Ansprüche, von denen es doch so viele gibt; Giacintis Gegenwart zwischen meinen Möbeln mußte meinen Verzicht auf die alten Träume eines anständigen, normalen Lebens besiegeln.

Er sprach unaufhörlich, aber er war doch noch nicht völlig stumpfsinnig, denn er merkte, daß ich ihm kaum zuhörte und nicht sehr vergnügt war.

»Püppchen«, fragte er mich plötzlich, »sind wir vielleicht traurig?«

»Nein, nein«, erwiderte ich und schüttelte hastig meine Gedanken ab; aber ich wurde beinahe durch seinen anscheinend zärtlichen Ton in Versuchung geführt, mich ihm anzuvertrauen und ein wenig von mir zu erzählen, nachdem ich ihn so lange nur von sich hatte sprechen lassen.

Aber es ging schon wieder weiter: »Das ist gut, ich mag keine traurigen Gesichter, ich habe dich ja schließlich nicht eingeladen, weil du traurig bist ... du magst wohl deine Gründe dafür haben, das bestreite ich nicht, aber solange du mit mir zusammen bist, laß deine Traurigkeit gefälligst zu Hause; ich will nichts von dir wissen, weder wer du bist noch was dir geschieht, noch sonst irgend etwas – es gibt Dinge, die mich nicht interessieren; zwischen uns besteht ein Kontrakt, wenn wir ihn auch nicht schriftlich gemacht haben, ich verpflichte mich, dir eine gewisse Summe Geldes zu zahlen, und du versprichst mir dafür, mir einen angenehmen Abend zu bereiten, alles übrige zählt nicht.« Er sprach diese Worte ohne ein Lächeln aus, vielleicht ein wenig verärgert darüber, daß ich ihm nicht aufmerksam genug zugehört hatte.

Ich antwortete, ohne im geringsten die Gefühle zu verraten, die mich bewegten: »Aber ich bin ja gar nicht traurig, hier drinnen ist nur so ein Rauch und Lärm, daß ich mir wie betäubt vorkomme.«

»Wollen wir gehen?« fragte er eifrig. Ich bejahte. Er rief sofort den Kellner, bezahlte, und wir gingen hinaus. Als wir auf der Straße waren, fragte er: »Sollen wir ins Hotel gehen?«

»Nein, nein«, sagte ich hastig. Ich fürchtete mich davor, meine Papiere vorweisen zu müssen, außerdem hatte ich mich bereits anders entschieden: »Wir gehen zu mir.«

Wir stiegen in ein Taxi, und ich gab meine Adresse an. Sobald der Wagen losfuhr, warf er sich auf mich, tastete meinen

Körper ab und küßte mich auf den Hals. Sein Atem verriet mir, daß er viel getrunken hatte und nicht mehr nüchtern war. Er wiederholte immer wieder das Wort »Püppchen« in einer Art, wie man zu kleinen Kindern spricht. Aus seinem Mund kam mir das lächerlich und fehl am Platze vor. Ich ließ zuerst alles mit mir geschehen, dann deutete ich auf den Rücken des Chauffeurs und sagte: »Wollen wir nicht lieber warten, bis wir zu Hause sind?«

Er erwiderte nichts, aber er ließ sich schwer in die Kissen zurückfallen, sein Gesicht war rot und blutunterlaufen, als sei er von einem plötzlichen Übel befallen. Er murmelte verdrießlich: »Ich bezahle ihn, damit er mich an mein Ziel bringt, und nicht, damit er sich um das kümmert, was in seinem Taxi geschieht.« Es schien wirklich eine fixe Idee von ihm zu sein, Geld könnte jeden Mund verschließen, vor allem sein Geld. Ich sagte nichts darauf, und so blieben wir während der übrigen Fahrt unbeweglich nebeneinander sitzen, ohne uns zu berühren. Die Lichter der Stadt fielen durch die Fenster herein und beleuchteten auf Augenblicke Gesichter und Hände, um darauf wieder zu verschwinden; es erschien mir seltsam, neben einem Mann zu sitzen, von dessen Existenz ich vor ein paar Stunden noch gar nichts gewußt hatte, und ihn überdies zu meiner Wohnung zu bringen, um mich ihm dort wie einem Liebhaber zu schenken. Solche Überlegungen verkürzten die Fahrt. Ich war fast erstaunt darüber, als das Taxi in unserer Straße vor dem Haustor hielt.

Im Dunkeln auf der Treppe erklärte ich Giacinti: »Bitte sei ganz leise, wenn wir hineinkommen, denn ich wohne mit meiner Mutter zusammen.«

Er antwortete: »Du kannst ganz beruhigt sein, Püppchen.«

Auf dem Treppenabsatz angelangt, öffnete ich die Tür mit meinem Schlüssel. Er hielt sich hinter mir, ich faßte ihn an der Hand und führte ihn durch das Vorzimmer, ohne Licht zu machen, bis zu meiner Zimmertür, der ersten auf der linken Seite. Ich ging voran, zündete die Lampe am Bett an und warf einen Abschiedsblick von der Schwelle aus auf meine Möbel. Zufrieden darüber, ein neues, sauberes Zimmer vorzufinden, wo er vermutlich ein abgenütztes, schmutziges Quartier erwartet hatte, stieß Giacinti einen erleichterten Seufzer hervor, zog seinen Mantel aus und warf ihn auf einen Stuhl. Ich sagte, er solle auf mich warten, und ging aus dem Zimmer.

Ich trat in das Wohnzimmer und fand Mutter nähend am Mitteltisch. Als sie mich sah, legte sie ihre Arbeit sogleich beiseite und wollte sich erheben, vermutlich um mir das Essen zu richten wie jeden Abend. Aber ich bemerkte nur: »Laß nur sein, ich habe schon gegessen; ich habe übrigens jemand drüben bei mir – komm unter keinen Umständen herein.«

»Jemand?« fragte sie erstaunt.

»Ja, jemand«, sagte ich hastig, »aber nicht Gino, einen Herrn.« Ohne weitere Fragen abzuwarten, ging ich hinaus.

In mein Zimmer zurückgekehrt, schloß ich die Tür ab. Giacinti kam mir ungeduldig mit rotem Kopf entgegen und nahm mich in der Mitte des Zimmers in seine Arme. Er war wesentlich kleiner als ich und bog mich deshalb zur Bettwand zurück, um mein Gesicht mit seinen Lippen erreichen zu können. Ich versuchte, mich nicht auf den Mund küssen zu lassen, einmal wand ich mein Gesicht wie aus Schamhaftigkeit ab, dann bog ich den Kopf scheinbar aus Wollust zurück, aber ich erreichte wenigstens meinen Zweck. Giacinti benahm sich in der Liebe genau wie beim Essen: gierig, wahllos, ohne Feinheiten, bald hier, bald dort beginnend, als hätte er Angst, sich etwas entgehen zu lassen, von meinem Körper besessen wie vorher im Restaurant vom Essen. Nachdem er mich umarmt hatte, schien er mich, so aufrecht stehend, ausziehen zu wollen. Er entblößte einen Arm und eine Schulter, aber dann begann er von neuem, mich zu küssen, als hätte diese Nacktheit bereits seine Gedanken wieder durcheinandergebracht. Da ich fürchtete, er würde mit seinen rauhen Bewegungen mein Kleid zerreißen, sagte ich schließlich, doch ohne ihn zurückzustoßen: »Los, zieh dich aus!«

Er ließ mich sofort los, setzte sich auf den Bettrand und begann sich auszukleiden. Ich tat auf der anderen Seite das gleiche. »Weiß deine Mutter Bescheid?« fragte er plötzlich.

»Ja.«

»Und was sagt sie dazu?«

»Nichts.«

»Hat sie nichts dagegen?«

Es war ersichtlich, daß ihm solche Auskünfte das Abenteuer noch schmackhafter machen sollten. Das ist ein Zug, der allen Männern gemeinsam ist; nur wenige widerstehen der Versuchung, mit dem Vergnügen ein andersgeartetes Interesse zu vermischen, manchmal sogar Mitleid. »Sie stimmt nicht zu und sagt nichts dagegen«, antwortete ich trocken, erhob mich und zog mein Unterkleid über den Kopf, »ich kann tun und lassen, was ich will.« Als ich nackt war, ordnete ich alle meine Sachen auf einem Stuhl und legte mich dann rücklings aufs Bett, schob einen Arm unter den Nacken und bedeckte mit dem anderen meinen Schoß. Ich weiß nicht, wieso ich daran denken mußte, daß ich die gleiche Haltung wie die heidnische Göttin einnahm, der ich glich, auf jenem Farbdruck, den der dicke Maler meiner

Mutter gezeigt hatte; aber ich empfand dabei plötzlich einen ärgerlichen Schmerz im Gedanken an die große Veränderung, die inzwischen mit meinem Leben vorgegangen war. Giacinti schien überrascht zu sein über die üppige Schönheit meines Körpers, die man, wie gesagt, unter den Kleidern nicht bemerkte, denn er hielt im Auskleiden inne und starrte mich mit erstauntem Ausdruck, halbgeöffnetem Mund und aufgerissenen Augen an. »Los, beeile dich«, sagte ich zu ihm, »mir ist kalt.«

Er zog sich fertig aus und warf sich auf mich. Von seiner Art, zu lieben, habe ich bereits gesprochen. Es genügt, wenn ich hinzufüge, daß er einer von der Sorte Männer war, denen bezahltes oder noch zu bezahlendes Geld einen peinlichen Anspruch einräumt, als ob sie fürchteten, sie seien betrogen, wenn sie auf irgend etwas verzichteten, das sie für ihr Recht halten. Wie gesagt, er war sehr gierig, aber doch nicht genug, um nicht ständig sein Geld vor Augen zu haben und deshalb alle erreichbaren Früchte ernten zu wollen. Sein Plan, das wurde mir bald klar, bestand darin, unser Zusammensein so lange wie möglich hinauszuziehen, um aus mir auch den letzten Genuß herauszupressen, den ich ihm vielleicht noch vorenthalten könnte. Zu diesem Zweck mühte er sich um meinen ganzen Körper, wie um ein Instrument, das lange Vorbereitungen braucht, ehe es bespielt werden kann, und er spornte mich die ganze Zeit dazu an, dasselbe mit ihm zu tun. Aber obwohl ich ihm gehorchte, begann ich beinahe sofort, mich zu langweilen, und betrachtete ihn kalt, so als ob seine allzu durchsichtigen Kalkulationen ihn von mir entfernt hätten und ich sähe weit weg durch eine Brille von Lieblosigkeit und Verachtung nicht nur ihn, sondern auch mich selbst. Es war genau das Gegenteil von dem Gefühl der Sympathie, das ich instinktiv zu Beginn des Abends versucht hatte für ihn zu empfinden; plötzlich überfiel mich ein unerklärliches Gefühl der Scham und Reue, und ich schloß die Augen.

Endlich ermüdete er, und wir lagen beide nebeneinander auf dem Bett. Er sagte befriedigt: »Du mußt doch zugeben, obwohl ich nicht mehr allzu jung bin, bin ich wirklich ein außergewöhnlicher Liebhaber.«

»Ja, das stimmt«, antwortete ich gleichgültig.

»Das haben mir noch alle Frauen bestätigt«, fuhr er fort, »weißt du, was ich glaube? Guten Wein findet man in kleinen Fässern ... manche Männer, doppelt so groß wie ich, taugen zu gar nichts.«

Ich begann zu frieren, setzte mich auf und zog so gut wie möglich einen Zipfel der Decke über unsere Körper. Er deutete diese Bewegung als Zärtlichkeitsbeweis und rief: »Bravo, jetzt wird ein bißchen geschlafen.« Dann kuschelte er sich gegen mich und schlief wirklich sofort ein.

Ich lag ruhig auf dem Rücken, sein Kopf mit dem weißen Haar lehnte an meiner Brust. Die Decke verhüllte uns beide bis zur Hüfte, und während ich seinen behaarten Körper betrachtete mit den weichen Falten, die das reife Alter anzeigten, hatte ich zum zweitenmal das Gefühl, neben einem völlig Fremden zu liegen. Aber er schlief; und solange er schlief, konnte er weder reden noch schauen, noch irgendwelche Bemerkungen machen; die unerfreuliche Seite seines Charakters war sozusagen stillgelegt, und es blieb sein besseres Ich übrig: ein Mann wie alle anderen, ohne Beruf oder Namen, ohne Fehler oder Qualitäten, nichts als ein menschlicher Körper, dessen Brust sich atmend hob. Es mag seltsam erscheinen, aber als ich ihn so betrachtete und seinen vertrauensvollen Schlaf sah, überkam mich beinahe ein Gefühl von Zuneigung; ich bewies es, indem ich jede Bewegung vermied, die ihn hätte stören können. Das war endlich das Gefühl von Sympathie, nach dem ich vorher vergeblich gesucht hatte und das der Anblick seines weißhaarigen Kopfes auf meiner jungen Brust in mir ausgelöst hatte. Dies Gefühl tröstete mich, und ich fühlte mich weniger kalt. Ich empfand sogar in diesem Augenblick eine Art physischer Erregung, und meine Augen wurden feucht. In Wirklichkeit speicherte ich damals, so wie auch heute, ein Übermaß an Liebe im Herzen auf. Weil es dieser Liebe an rechtmäßigen Gegenständen fehlte, an die sie sich heften konnte, zögerte sie nicht, sich auf Personen und Sachen zu konzentrieren, die ihrer nicht würdig waren — nur um nicht völlig ziellos oder unterdrückt zu bleiben.

Nach ungefähr zwanzig Minuten erhob er sich und fragte: »Habe ich lange geschlafen?«

»Nein.«

»Ich fühle mich so gut«, sagte er und rieb sich seine Hände, »ah, wie ist das herrlich, ich fühle mich mindestens um zwanzig Jahre verjüngt.« Während er sich anzog, erging er sich noch weiter in Ausrufen der Freude und Erneuerung. Ich kleidete mich jedenfalls schweigend an. Als er fertig war, fragte er: »Ich möchte dich wiedersehen, Püppchen, wie muß ich das anstellen?«

»Rufe Gisella an«, antwortete ich, »ich sehe sie jeden Tag.«

»Hast du immer Zeit?«

»Ja, ich bin stets frei.«

»Es lebe die Freiheit!«

Er steckte seine Hand in die Brieftasche und fuhr fort: »Wieviel willst du haben?«

»Das überlasse ich dir«, antwortete ich und setzte ernst hinzu: »Du tust eine gute Tat damit, wenn du mir viel gibst, denn ich habe es bitter nötig.« Aber er gab zur Antwort: »Wenn ich dir reichlich gebe, dann geschieht das nicht, um Gutes zu tun — ich erweise nie Wohltaten —, sondern weil du ein verteufelt hübsches Frauenzimmer bist und mir einen sehr angenehmen Abend bereitet hast.«

»Wie du willst«, meinte ich achselzuckend.

»Jedes Ding hat seinen Wert, und man muß es dementsprechend bezahlen«, fuhr er fort, während er das Geld aus der Tasche zog, »Guttaten existieren nicht; du hast mir gewisse Dinge in einer Qualität geliefert, die zum Beispiel diejenige Gisellas übersteigt, deshalb ist es nur gerecht, wenn du mehr bekommst als sie, Wohltätigkeit hat damit nichts zu tun. Außerdem gebe ich dir noch einen anderen Rat: ›Das überlasse ich dir‹, gehört sich für einen Straßenhändler; wer zu mir sagt: ›Das überlasse ich Ihnen‹, bei dem bin ich immer in Versuchung geführt, ihm weniger zu geben, als ihm eigentlich zusteht.« Er gab mir das Geld.

Er war wirklich großzügig, wie Gisella mir versprochen hatte, und seine Bezahlung übertraf meine Erwartungen. Beim Nehmen des Geldes empfand ich von neuem das starke Gefühl von Mitschuld und Sinnlichkeit, das mir Astaritas Geld auf der Rückfahrt von Viterbo eingeflößt hatte. Ich dachte: Wenn das einen solchen Widerhall in mir hervorruft, dann bin ich wirklich für diesen Beruf wie geschaffen, was auch mein Herz sonst für andere Hoffnungen hegen mag. »Danke«, sagte ich, und ehe ich mir noch Rechenschaft darüber geben konnte, hatte ich ihn schon dankerfüllt auf die Backe geküßt.

»Ich danke dir«, antwortete er im Weggehen. Ich faßte ihn an der Hand und geleitete ihn durch das dunkle Vorzimmer bis an die Haustür. Als ich meine Zimmertür geschlossen hatte und die Haustür noch nicht offenstand, bewegten wir uns in vollkommener Finsternis. In diesem Augenblick fühlte ich mit instinktiver Sicherheit, daß auch Mutter sich in einer Ecke des Flurs befand, in der gleichen Finsternis, in der ich mit Giacinti herumtappte. Sie mußte sich hinter der Tür versteckt haben oder in einem anderen Winkel zwischen Kredenz und Wand und wartete dort vermutlich auf Giacintis Fortgehen. Ich wurde an das letztemal erinnert, wo sie dasselbe getan hatte, in jener Nacht, als ich so spät von dem Ausflug mit Gino in die Villa seiner Herrschaft zurückkam. Ich wurde sehr nervös bei dem

Gedanken, sie könne sich, sobald sich die Tür hinter Giacinti schloß, wieder auf mich stürzen, mich an den Haaren zerren, zum Sofa ziehen und mich dort mit Schlägen bedecken. Ich spürte sie im Dunkeln, meinte sie fast zu sehen und hatte ein unheimliches Gefühl an den Schultern, als ob ihre Hand dort hinter dem Kopf schon bereit läge, um mich an den Haaren zu reißen. An der einen Hand faßte ich Giacinti, die andere umschloß das Geld. Ich nahm mir vor, sobald sie sich auf mich stürze, ihr das Geld in die Hand zu drücken. Das wäre dann eine stumme Erinnerung daran, wie sie mich immerzu dazu gedrängt hatte, dies Geld zu verdienen; außerdem ein Versuch, ihr den Mund zu verschließen durch ihre leidenschaftliche Habgier, die in ihrer Seele herrschte. Inzwischen hatte ich die Wohnungstür geöffnet. »Also auf Wiedersehen, ich werde Gisella anrufen«, sagte Giacinti.

Ich sah ihn die Treppe hinuntersteigen, mit seinen breiten Schultern und den borstigen weißen Haaren, und ohne sich umzudrehen, hob er seine Hand zum Gruß; dann schloß ich die Tür. Sogleich stand Mutter in der Finsternis neben mir, ganz wie ich es vorausgesehen hatte, aber sie packte mich nicht, wie ich gefürchtet hatte, an den Haaren, sondern umarmte mich statt dessen. Getreu meinem Plan suchte ich ihre Hand mit der meinen und drückte das Geld hinein. Aber sie stieß es fort, und es fiel auf die Erde; am nächsten Morgen fand ich es auf dem Fußboden wieder, als ich aus meinem Zimmer trat. Wir atmeten ein wenig schwer, während aber keiner von uns den Mund öffnete.

Wir traten ins Wohnzimmer, und ich setzte mich an eine Seite des Tisches; Mutter nahm mir gegenüber Platz und betrachtete mich forschend. Sie schien ängstlich zu sein und machte mich ganz verlegen. Plötzlich sagte sie: »Weißt du, während du da drüben warst, bekam ich auf einmal Angst.«

»Angst? Wovor denn?« fragte ich.

»Ich weiß nicht«, meinte sie, »ich fühlte mich plötzlich so schrecklich einsam, ein Kälteschauer packte mich, dann war ich auf einmal meiner selbst nicht mehr mächtig, alles drehte sich um mich, weißt du, so, wie wenn man getrunken hat, alles erschien mir fremdartig, ich sagte mir: Das ist der Tisch, das der Stuhl und dort die Nähmaschine, aber sie überzeugten mich beileibe nicht, wirklich das zu sein, was sie darstellten; auch ich selber existierte nicht mehr für mich, ich redete mir immer wieder ein: Ich bin eine alte Näherin und habe eine Tochter namens Adriana ... aber das half mir alles noch nicht. Ich wollte sichergehen, deshalb dachte ich an das, was geschehen war, als ich in deinem Alter stand, als ich heiratete und wie du geboren wurdest – und ich fürchtete mich immer noch mehr, weil das Ganze so rasch wie ein Tag vergangen ist, ich habe mich schlagartig aus einem jungen Mädchen in eine alte Frau verwandelt, und ich bin es nicht einmal gewahr geworden, und wenn ich tot bin«, schloß sie mühsam, »dann wird das gerade so sein, als hätte ich niemals gelebt.«

»Warum denkst du denn an so was«, sagte ich langsam, »du bist doch noch jung, was hast du mit dem Tod zu schaffen?«

Sie schien mich nicht gehört zu haben und fuhr in ihrer aufgeregten Schilderung fort, die mir weh tat und gekünstelt vorkam: »Ich kann dir sagen, ich habe mich so gefürchtet und habe immerfort darüber nachdenken müssen, ob wohl jemand, der nicht mehr weiterleben will, zwangsläufig fortbestehen muß? Ich behaupte nicht, man solle sich gleich umbringen, denn dazu gehört viel Mut, sondern man braucht ja einfach keinen Lebenswillen mehr zu haben, als ob man plötzlich nicht mehr essen oder gehen wollte ... kurz und gut, ich schwöre dir beim Andenken an deinen Vater, ich mag nicht mehr leben.«

Ihre Augen waren naß, und die Lippen zitterten. Jetzt fing ich auch noch an zu weinen; obwohl ich keinen Grund dafür wußte, erhob ich mich, um sie in die Arme zu schließen, und setzte mich mit ihr auf das Sofa im Hintergrund des Wohnzimmers. Dort blieben wir ein wenig umschlungen sitzen und heulten beide. Ich war verwirrt, einmal durch meine große Müdigkeit und dann, weil Mutters Reden mit ihren sprunghaften Gedanken und unklaren Überlegungen meine Verlegenheit noch erhöhten. Aber ich faßte mich auch zuerst wieder, denn ich weinte ja schließlich nur aus Mitleid. Über mich selbst Tränen zu vergießen, hatte ich längst aufgegeben. »Komm, es ist schon gut«, begann ich sie zu beruhigen und klopfte ihr mit der Hand auf die Schulter.

»Ich sag dir, Adriana, ich will nicht mehr leben«, wiederholte sie hartnäckig. Ich streichelte sie und ließ sie sich wortlos ausweinen. Inzwischen überlegte ich, daß ihre Reden nur ein klarer Ausdruck ihrer Reue seien. Sie hatte mir immer vorgehalten, ich müsse Gisellas Beispiel folgen und mich so teuer wie möglich verkaufen, das stimmte schon. Aber es ist ein großer Sprung von Worten zu Tatsachen, und mich wahrhaftig einen Mann ins Haus bringen sehen und dann das Geld in ihrer Hand fühlen, das war doch ein zu starker Schlag für sie gewesen. Jetzt hatte sie das Ergebnis ihrer Ratschläge vor Augen und konnte nicht umhin, davor zurückzuschrecken. Aber zur gleichen Zeit mußte eine merkwürdige innere Unfähigkeit sie daran hindern, anzuerkennen, daß sie die Schuld daran trug, zusammen mit einem bitteren Mitleid über die unwiderrufliche Nutzlosigkeit eines solchen Eingeständnisses. Deshalb, statt mir ins Gesicht zu sagen: »Du hast Unrecht getan, tu es nicht wieder!«, zog sie vor, über Dinge zu sprechen, die nichts mit mir zu tun hatten, über ihr Leben und über ihren Wunsch, sich von diesem Leben zu lösen. Ich habe oft beobachten können, wie viele Menschen in dem Augenblick, in dem sie verwerflich handeln, versuchen, sich zu entschuldigen oder loszukaufen, indem sie über höhere Dinge sprechen und dadurch vor sich selbst und vor anderen in einem selbstlosen, edlen Licht dastehen, weit entfernt von dem, was sie tun oder, wie in Mutters Fall, geschehen lassen. Nur tun die meisten so etwas bei vollem Bewußtsein, während die arme Mutter unbewußt handelte, so wie ihr Charakter und die Umstände es ihr eingaben.

Aber ihr Ausspruch vom fehlenden Lebenswillen schien mir berechtigt. Ich dachte daran, wie auch ich nicht mehr hatte leben wollen nach der Entdeckung von Ginos Betrug. Nur mein Körper fuhr auf eigene Faust fort zu leben, ohne sich um meinen Willen zu kümmern. Meine Brust, jene Beine und Hüften, die die Männer so entzückten, lebten weiter, und ich sehnte die körperliche Liebe herbei, obwohl ich nichts mehr von ihr erwartete. Ich hatte gut reden im Bett, wenn ich mich abends ausstreckte und beschloß, nicht mehr weiterzuleben, am nächsten Morgen nicht mehr aufzustehen; denn während ich schlief, floß mein Blut in den Adern, verdauten Magen und Gedärme, die Haare unter den Achselhöhlen wuchsen nach, dort wo ich sie wegrasiert hatte, die Nägel wurden länger, die Haut badete sich in Schweiß, und meine Kräfte erneuerten sich; zu einer altgewohnten Morgenstunde würden sich meine Lider gegen meinen Willen wieder öffnen und meine Augen die Wirklichkeit aufnehmen, die sie haßten; kurz, ich wäre trotz meines fehlenden Lebensmutes noch lebendig und müßte fortfahren zu leben. So war es nützlicher, damit schloß ich meine Überlegungen, sich mit dem Leben abzufinden und nicht mehr weiter darüber nachzudenken.

Aber ich erzählte Mutter nichts von all meinen Gedanken, denn mir war klar, daß sie nicht weniger traurig waren als die ihrigen und sie wohl schwerlich trösten würden. Statt dessen löste ich mich sanft von ihr, sobald sie weniger heftig weinte, und sagte: »Ich habe Hunger.« Das stimmte, denn im Restaurant hatte ich aus lauter Nervosität kaum etwas angerührt.

»Dein Essen ist noch da«, sagte Mutter und war zufrieden, sich nützlich machen zu können und etwas zu tun, was jeden Abend geschah, »ich mache es dir gleich zurecht.« Sie ging hinaus, und ich blieb allein. Ich setzte mich auf meinen üblichen Platz am Tisch und wartete auf ihre Rückkehr. Mein Kopf war jetzt leer, und es war mir nichts geblieben als die salzigen, trokkenen Spuren der Tränen auf den Wangen. Ich verhielt mich ganz ruhig und betrachtete die Schatten, die das Licht über die langen, kahlen Wände des Zimmers breitete. Dann kam Mutter zurück und brachte einen Teller voll Fleisch und Gemüse. »Die Minestra habe ich dir nicht aufgewärmt, sie schmeckt dann nicht gut, außerdem wäre es zuwenig gewesen.«

»Das macht gar nichts, ich habe reichlich genug.«

Sie schenkte mir ein Glas Wein ein und blieb dann wie üblich vor mir stehen, solange ich aß, um weitere Anweisungen abzuwarten. »Ist das Beefsteak gut?« fragte sie nach kurzer Zeit erwartungsvoll.

»Ja, es schmeckt fein.«

»Ich habe den Metzger so gebeten, er solle mir ein zartes Stück geben.« Sie schien neuen Mut geschöpft zu haben, und alles ging wie jeden Abend vor sich. Langsam beendete ich das Essen, gähnte und streckte mich. Mit einem Schlag fühlte ich mich zufrieden, und mein Körper bereitete mir Freude, da ich ihn als so jung und kräftig empfand. »Ich bin furchtbar schläfrig«, sagte ich.

»Warte, ich werde dir dein Bett herrichten«, erwiderte Mutter eifrig und wollte aufstehen. Aber ich hielt sie zurück: »Nein, nein, das mache ich schon allein.«

Ich erhob mich, und Mutter nahm den leeren Teller: »Laß mich morgen früh ausschlafen«, bat ich, »ich wache dann schon von selbst auf.«

Sie versprach es mir, und nachdem ich ihr gute Nacht gewünscht hatte, ging ich in mein Zimmer. Das Bett befand sich noch in derselben Unordnung, in der Giacinti und ich es zurückgelassen hatten. Ich beschränkte mich darauf, Kissen und Decke zurechtzuziehen, dann kleidete ich mich aus und schlüpfte hinein. Noch eine Weile lag ich mit weit offenen Augen im Dunkeln, ohne nachzudenken. »Ich bin eine Hure«, sagte ich schließlich mit erhobener Stimme, um die Wirkung auf mich auszuprobieren. Aber da es mir gar nichts auszumachen schien, schloß ich die Augen und schlief sofort ein.

ACHTES KAPITEL

An den folgenden Tagen sah ich Giacinti jeden Abend. Er hatte Gisella sofort am nächsten Morgen angerufen, und sie überbrachte mir nachmittags seine Botschaft. Giacinti mußte einen Abend vor meinem verabredeten Treffen mit Gino wieder nach Mailand abreisen, deshalb ließ ich mich dazu herbei, ihn täglich zu treffen. Sonst hätte ich mich geweigert, da ich mir selbst geschworen hatte, mit keinem Mann mehr ein ständiges Verhältnis anzufangen. Ich dachte, wenn ich schon diesen Beruf gewählt hatte, dann sei es ehrlicher, freimütig jede Nacht meinen Geliebten zu wechseln, anstatt mich selbst zu betrügen und mir vorzumachen, ich übte ihn ja gar nicht aus, wenn ich mich von einem einzigen Mann aushalten ließe; hierbei liefe ich nur Gefahr, ihn liebzugewinnen oder ihn selbst zu stark an mich zu binden, und würde so nicht nur meine physische, sondern auch meine seelische Freiheit verlieren. Im übrigen bewahrte ich noch immer meine Gedanken über ein normales Eheleben und dachte, wenn ich schon heiraten sollte, dann nicht einen Liebhaber, der mich zuerst aushielte, um sich dann schließlich dazu zu entscheiden, ein interessantes Verhältnis gesetzlich, dafür aber ohne jegliche menschliche Bindung zu gestalten; nein, ich wollte einen Mann lieben und von ihm wiedergeliebt werden, der aus meinen Verhältnissen stammte, mit dem gleichen Geschmack und denselben Gedanken. Kurzum, ich wollte den von mir gewählten Beruf vollkommen getrennt halten von meinen früheren Plänen, ohne Vermischung oder Kompromiß, und fühlte mich gewissermaßen gleichmäßig dazu geneigt, sowohl eine gute Ehefrau als auch eine gute Kurtisane zu sein, aber ich war unfähig, einen vorsichtigen, heuchlerischen Mittelweg zwischen beiden einzuschlagen, so wie Gisella es versuchte. Außerdem, wenn man das Fazit zog, brachte die Menge mehr ein als die Freigebigkeit eines einzelnen.

Giacinti lud mich jeden Abend in dasselbe Restaurant ein, dann begleitete er mich nach Hause und blieb bis spät in die Nacht hinein bei mir. Mutter hatte es allmählich aufgegeben, mit mir über diese Abendunternehmungen zu sprechen; sie beschränkte sich darauf, sich zu erkundigen, wie ich geschlafen habe, wenn sie mir spät am Morgen das Frühstück auf einem

Tablett ans Bett brachte. Früher pflegte ich den Morgenkaffee in großer Eile vor dem Herd stehend zu schlürfen, während Gesicht und Hände noch eisig waren vom kalten Wasser. Jetzt bekam ich ihn serviert und trank im Bett; unterdessen öffnete Mutter die Jalousien und brachte das Zimmer in Ordnung. Ich sagte nie etwas zu ihr, das ich nicht auch früher gesagt hätte; aber sie hatte von sich aus die große Veränderung in unserem Leben verstanden und verhielt sich danach. Sie handelte genauso, als ob ein stillschweigendes Übereinkommen zwischen uns bestünde, und schien mich durch ihren Eifer demütig zu bitten, ihr doch auch in unserer neuen Lebensordnung zu gestatten, daß sie mir diene und sich nützlich mache. Aber ich muß sagen, die Gewohnheit, mir mein Frühstück ans Bett zu bringen, schien sie gewissermaßen zu beruhigen, denn Mutter gehört zu den vielen, die Gewohnheiten einen wirklichen Wert beilegen, selbst wenn sie, wie in diesem Fall, gar keinen besitzen. Mit dem gleichen Eifer fügte sie andere, scheinbar kleine Änderungen in unseren Alltag ein; zum Beispiel bereitete sie mir jeden Morgen eine große Schüssel heißen Wassers zum Waschen, sobald ich mich erhob, sie stellte Blumen in mein Zimmer und anderes mehr.

Giacinti gab mir immer die gleiche Geldsumme, und ohne Mutter etwas davon zu sagen, legte ich sie in die Schachtel, in der sie bis dahin ihre Ersparnisse aufbewahrt hatte. Für mich selbst behielt ich nur ein wenig Kleingeld. Ich nehme an, daß sie den täglichen Zuwachs unseres Vermögens bemerkte, aber nie ist ein Wort darüber zwischen uns gefallen. Ich habe oft im Leben beobachtet, wie selbst diejenigen, deren Verdienst bürgerlichen Ursprungs war, nicht gern darüber gesprochen haben, weder mit Fremden noch mit vertrauten Freunden. Vermutlich ist mit Geld ein Gefühl der Schande oder wenigstens der Scham verbunden, das es von den normalen Gesprächsstoffen ausschließt und den Dingen zurechnet, über die man nicht gerne redet und die man nicht zugibt. Vielleicht ist es auch wahr, daß niemand das Gefühl zeigen will, das der Begriff Geld in seiner Seele weckt, ein starkes, niemals ganz von einem Schatten von Schuld freies Empfinden.

An einem jener Abende äußerte Giacinti den Wunsch, die ganze Nacht in meinem Zimmer zu bleiben, aber ich schickte ihn weg unter dem Vorwand, die Nachbarn könnten seine Anwesenheit bemerken, wenn er morgens fortginge. In Wahrheit war meine Vertrautheit mit ihm um keinen Schritt weitergediehen seit dem ersten Abend, sicherlich nicht durch meine Schuld. So wie er sich am Anfang aufgeführt hatte, so betrug er sich weiterhin bis zu seiner Abreise. Dieser Mann besaß wirklich wenig oder gar keinen Wert, jedenfalls bei zärtlichen Bindungen; alles, was ich für ihn empfinden konnte, hatte ich an jenem ersten Tag erlebt, solange er schlief: ein allgemeines Gefühl, das vielleicht nicht einmal mit ihm persönlich zusammenhing. Die Idee, mit einem solchen Mann zusammen zu schlafen, widerstand mir; außerdem fürchtete ich die Langeweile, denn ich war überzeugt, er würde mich die halbe Nacht lang wachhalten, um mir Geständnisse zu machen und von sich zu sprechen. Er bemerkte aber weder meinen Überdruß noch meinen Widerwillen und verließ mich, überzeugt davon, mir in der kurzen Zeit sehr sympathisch geworden zu sein.

Der Tag meiner Verabredung mit Gino rückte heran, und es war so viel in diesen zehn Tagen geschehen, daß es mir vorkam, als seien hundert Jahre vergangen, seit ich mich mit ihm getroffen hatte und dann in die Studios zur Arbeit gegangen war, um mir für unseren neuen Hausstand Geld zu verdienen, da ich mich noch als seine Verlobte kurz vor der Hochzeit betrachtete. Er fand sich pünktlich zur festgelegten Stunde ein, und sein Gesicht kam mir blaß und wie verzerrt vor, als ich ins Auto stieg. Niemand liebt es, sich einen Verrat ins Gesicht sagen zu lassen, nicht einmal der unerschrockenste Betrüger, und er hatte wohl viel darüber nachgedacht und Verdacht geschöpft während der zehntägigen Unterbrechung unserer Beziehungen. Aber ich zeigte keinerlei Unwillen und heuchelte dabei nicht einmal, denn ich fühlte mich vollkommen ruhig und spürte sogar, nachdem die Bitterkeit der ersten Enttäuschungen vergangen war, beinahe eine nachsichtige, skeptische Zuneigung für ihn. Schließlich gefiel mir Gino noch immer, wie mich mein erster Blick lehrte, und das war schon viel.

Er erkundigte sich nach kurzem Schweigen, während der Wagen zur Villa fuhr: »Dein Beichtvater hat also seine Meinung geändert?« Das wurde in einem leicht höhnischen, dabei doch unsicheren Tonfall gesagt. Ich antwortete schlicht: »Nein, ich habe mich anders besonnen.«

»Sind die Arbeiten für deine Mutter jetzt beendet?«

»Augenblicklich schon.«

»Merkwürdig.«

Er stichelte deutlich nur deshalb, um herauszubekommen, ob sein Verdacht begründet wäre.

»Warum ist das merkwürdig?«

»Ich habe nur so dahergeredet.«

»Glaubst du vielleicht, es stimme nicht, daß ich etwas zu tun hatte?«

»Ich glaube gar nichts.«

Ich war entschlossen, ihn zu beschämen, aber ich spielte erst ein wenig auf meine Art mit ihm, so wie der Kater mit der Maus spielt, ohne zu den von Gisella angeratenen Tätlichkeiten überzugehen, die sich nicht mit meinem Temperament vertrugen. Ich fragte ihn kokett: »Bist du etwa eifersüchtig?«

»Ich soll eifersüchtig sein? Um Gottes willen!«

»Natürlich bist du eifersüchtig! Und wenn du ehrlich wärst, würdest du es zugeben.«

Er biß plötzlich den Köder an, den ich ihm vorhielt, und sagte: »Jeder an meiner Stelle wäre eifersüchtig.«

»Warum denn?«

»Hör mal, was soll ich dir eigentlich noch alles glauben? Eine so wichtige Arbeit, die dir nicht einmal fünf Minuten Zeit für mich übriggelassen hat? Na, hör mal!«

»Dabei ist es wirklich wahr! Ich habe viel gearbeitet...«, sagte ich ruhig. Es stimmte ja auch. Es war eine sehr anstrengende Arbeit, was ich jeden Abend mit Giacinti erlebt hatte! »Und ich habe soviel verdient, um die restlichen Raten und auch die Aussteuer bezahlen zu können«, fügte ich hinzu und machte mich über mich selbst lustig, »jetzt können wir wenigstens schuldenfrei heiraten.«

Er sagte nichts, sondern versuchte sich nur sichtlich von den ursprünglichen Vermutungen zu befreien und sich von der Wahrheit dessen, was ich sagte, zu überzeugen. Ich legte daraufhin meinen Arm um seinen Hals, wie ich es häufig während der Fahrt zu tun pflegte, küßte ihn heftig unter das Ohr und murmelte: »Warum bist du denn eifersüchtig? Du weißt doch, außer dir existiert niemand in meinem Leben.«

Wir erreichten die Villa. Gino fuhr den Wagen in den Garten, schloß das Gitter und ging mit mir zum Dienstboteneingang. Die Dämmerung war hereingebrochen, und die ersten Lichter schimmerten bereits aus den umliegenden Häusern als rote Punkte im blauen Nebel des winterlichen Abends. Im Gang des Untergeschosses war es fast dunkel, und es roch muffig nach eingeschlossener Luft. Ich blieb stehen und sagte:

»Heute abend will ich übrigens nicht in dein Zimmer gehen.«

»Warum?«

»Ich will im Herrschaftsschlafzimmer mit dir zusammen sein.«

»Bist du verrückt geworden«, rief er entsetzt. Wir waren häufig in den oberen Zimmern der Villa gewesen, aber geschlafen hatten wir bisher immer in seiner Kammer im Untergeschoß.

»Das ist eine Laune von mir«, meinte ich, »was geht es dich an?«

»Das geht mich sehr viel an! Wenn wir nun zufällig etwas kaputtmachen — das kann man ja nie vorhersagen —, und die merken das, was tu ich dann?«

»Na, was wäre denn da schon dabei«, rief ich leichthin, »sie entlassen dich eben, das ist alles.«

»Und das sagst du einfach so?«

»Was soll ich denn sonst sagen? Wenn du mich wirklich liebtest, würdest du nicht einen Augenblick lang überlegen.«

»Ich liebe dich, aber das geht nicht, darüber reden wir gar nicht, ich habe keine Lust, mich raussetzen zu lassen.«

»Wir sind eben vorsichtig, dann werden sie nichts merken.«

»Nein ... nein.«

Ich blieb vollkommen ruhig, heuchelte weiterhin Gefühle, die ich nicht empfand, und rief: »Ich als deine Verlobte bitte dich um diesen Gefallen, und aus Angst, ich könnte meinen Körper dorthin legen, wohin ihn deine Herrin legt, und meinen Kopf auf dasselbe Kissen betten, verweigerst du mir das? Was glaubst du eigentlich? Meinst du, sie sei besser als ich?«

»Nein, aber ...«

»Ich bin viel mehr wert als sie«, fuhr ich fort, »das hast du jetzt davon, du kannst meinethalben mit dem Leintuch und Kissen deiner Herrin schlafen, ich verziehe mich.«

Ich hatte oft beobachten können, wie stark der Respekt und die Untertänigkeit gegenüber seiner Herrschaft in ihm waren; er war so albern und stolz auf sie, als hätte er gewissermaßen auch Anteil an ihrem Reichtum; aber als er mich so sprechen hörte und stürmisch fortgehen sah, mit einer neuen Entschiedenheit, die ich früher nicht besessen hatte, da verlor er den Kopf und lief hinter mir her: »Warte doch, wohin gehst du? Ich habe nur so dahergeredet, wenn du unbedingt willst, dann gehen wir eben nach oben.«

Ich ließ mich noch ein wenig bitten und spielte die Beleidigte; dann gingen wir fest umschlungen hinauf und küßten uns wie beim erstenmal auf jeder Treppenstufe, nur hatte sich wenigstens meine Seele seit damals sehr verändert. Im Zimmer der Dame ging ich direkt zum Bett und deckte die Bettspreite zurück. Von neuer Furcht gepackt, wandte er ein: »Du willst dich doch nicht etwa unter die Decke legen?«

»Warum nicht?« antwortete ich gelassen. »Ich habe keine Lust, mich zu erkälten.«

Er schwieg sichtlich enttäuscht; nachdem das Bett gerichtet war, ging ich ins Bad, zündete das Gas an und öffnete den

Warmwasserhahn, aber nur ganz schwach, damit sich die Wanne nicht zu rasch fülle. Gino folgte mir unruhig und unzufrieden; er protestierte von neuem: »Ein Bad auch noch?«

»Sie baden doch auch, wenn sie geschlafen haben, nicht?«

»Was weiß ich, was sie tun«, antwortete er achselzuckend. Aber ich sah, daß ihm meine Kühnheit nicht mißfiel; er zögerte nur noch, sie anzuerkennen. Er hatte wenig Mut und war ein Gewohnheitstier. Aber Ausnahmen von der Regel zogen ihn um so mehr an, je seltener er sie sich erlaubte. »Eigentlich hast du recht«, bemerkte er nach einem Augenblick mit einem Lächeln, schwankend zwischen Beschämung und Versuchung, während er mit der Hand die Matratze ausprobierte, »hier ist es viel netter als in meinem Zimmer.«

»Habe ich es dir nicht gesagt?«

Wir setzten uns auf den Bettrand. »Gino«, sagte ich und legte meine Arme um seinen Hals, »denke nur, wie schön es sein wird, wenn wir erst ein Haus nur für uns beide haben, nicht so schön wie dies hier, aber es wird uns gehören.«

Ich weiß nicht, was mich dazu bewog, so zu sprechen, vermutlich, weil ich endlich die Gewißheit hatte, daß all diese Dinge unerreichbar waren, und die Lust, mich selbst dort zu verletzen, wo meine Seele am verwundbarsten war. Er sagte: »Ja ... ja« und küßte mich.

»Ich weiß genau, was für ein Leben mir gefällt«, fuhr ich fort, mit demselben grausamen Gefühl, eine für immer verlorene Sache zu beschreiben, »ich wünsche mir beileibe kein Haus wie dieses, zwei Zimmer und Küche genügten, aber ganz mit eigenen Möbeln eingerichtet und sauber wie ein Spiegel; dort würden wir ruhig leben, sonntags gemeinsam spazierengehen, zusammen essen, zusammen schlafen ... denk nur, Gino, wie schön das sein wird!«

Er antwortete nichts. Merkwürdigerweise wurde ich nicht einmal gerührt durch meine eigenen Worte. Ich schien eine Rolle zu sprechen wie ein Schauspieler auf der Bühne. Aber ich empfand das als um so bitterer. Diese kalte, äußerliche Rolle, die nicht die geringste Teilnahme in mir auslöste, hatte ich schließlich noch vor nicht mehr als zehn Tagen selbst gelebt. Gino zog mich ungeduldig aus, während ich sprach, und ich spürte wieder, wie in dem Augenblick, als ich ins Auto stieg, daß er mir immer noch gefiel, und ich dachte mit trauriger Verachtung, daß mich vermutlich viel eher mein immer zur Lust bereiter Körper so gutmütig und versöhnlich machte als meine Seele, die sich bereits weit von ihm entfernt hatte. Er liebkoste und küßte mich, und unter seinen Liebkosungen merkte ich, wie mein Verstand die Herrschaft verlor und die Sinne die Oberhand gewannen über mein widerstrebendes Herz. »Ich vergehe«, flüsterte ich und ließ mich rücklings aufs Bett fallen.

Etwas später steckte ich die Beine unter die Decke, er tat es mir nach, und so lagen wir zusammen, umhüllt bis zum Hals von der seidenen Decke dieses Luxusbettes. Über unseren Köpfen war eine Art Baldachin befestigt, von dem um das ganze Kopfteil herum weiße, duftige Schleier herabhingen. Das Zimmer war ganz in Weiß gehalten, mit leichten, langen Vorhängen an den Fenstern, schönen, niedrigen Möbeln an den Wänden, geschliffenen Spiegeln und glänzenden Gegenständen aus Glas, Marmor und Metall. Die feinen, dünnen Laken streichelten meinen Körper, und sobald ich mich bewegte, gab die Matratze weich nach und erweckte in mir einen heißen Wunsch nach Schlaf und Ruhe. Aus dem Bad kam durch die geöffnete Tür das gleichmäßige, einschläfernde Geräusch des in die Wanne laufenden Wassers. Ich fühlte mich außerordentlich wohl und empfand keinerlei Haß auf Gino mehr. Jetzt schien der geeignete Moment gekommen zu sein, um ihm zu sagen, daß ich alles wußte; denn jetzt konnte ich sicher sein, es ihm sanft zu sagen, ohne einen Schatten von Zorn. »Gino«, sagte ich nach langem Stillschweigen, »deine Frau heißt also Antonietta Partini.«

Vielleicht duselte er ein wenig, denn er machte einen Satz, als habe ihm jemand unvermutet auf die Schulter geschlagen. »Was sagst du da?«

»Und deine Tochter heißt Maria. Stimmt's?«

Er hätte gerne von neuem protestiert, aber als er in meine Augen sah, verstand er, daß es umsonst wäre. Unsere Körper lagen auf demselben Kissen, die Gesichter waren einander zugewendet, und ich sagte dicht an seinem Mund: »Armer Gino, warum hast du mir soviel Lügen erzählt?«

Er antwortete heftig: »Weil ich dich liebte.«

»Wenn du mich wahrhaftig geliebt hättest, dann mußtest du daran denken, wieviel mehr ich bei Entdeckung der Wahrheit leiden würde ... aber daran hast du nie gedacht, nicht wahr, Gino?«

»Ich liebte dich so«, sagte er, »und da habe ich den Kopf verloren, und ...«

»Schon gut«, unterbrach ich ihn, »zuerst hat es sehr weh getan. Ich hielt dich dessen nicht für fähig. Aber heute ist es schon vorbei. Wir wollen nicht mehr darüber reden — und jetzt geh ich baden.« Ich zog die Decke fort, erhob mich und ging ins Bad. Gino blieb, wo er war.

Die Wanne war mit heißem, azurblauem Wasser gefüllt, ein wunderschöner Anblick inmitten der weißen Plättchen und blitzenden Hähne. Ich stieg in die Wanne und ließ mich ganz langsam in das heiße Wasser hinunter. Auf dem Boden ausgestreckt, schloß ich die Augen. Aus dem Nebenzimmer kam kein Laut; Gino grübelte sicher über meine Eröffnung nach und versuchte, einen Plan zusammenzupfuschen, der mich ihm erhalten würde. Ich lächelte in Gedanken an ihn, der dort im großen Ehebett lag, noch betäubt von dieser neuen Situation wie von einer Ohrfeige. Aber ich lächelte ohne Bosheit, wie über eine komische Sache, die einen eigentlich gar nichts angeht, weil ich, wie gesagt, keinen Unwillen mehr gegen ihn empfand, sondern eher eine Art Anhänglichkeit für ihn nährte – nun, da ich erkannt hatte, wie er wirklich war. Dann hörte ich ihn im Zimmer herumgehen, vermutlich zog er sich an. Kurz darauf näherte er sich der Tür und betrachtete mich wie ein verprügelter Hund, als wage er nicht einzutreten.

»Jetzt werden wir uns also nicht mehr treffen«, sagte er nach einer langen Pause halblaut.

Da verstand ich, daß er mich wirklich liebte, wenn auch auf seine Art und nicht genug, um mich nicht zu belügen und zu betrügen. Ich wurde an Astarita erinnert, der mich ebenfalls liebte, auch wieder auf seine Weise. Ich sagte zu ihm, während ich einen Arm einseifte: »Warum sollen wir uns nicht mehr treffen? Wenn ich dich nicht mehr sehen wollte, dann wäre ich heute nicht gekommen! Wir werden zusammen sein, aber nicht mehr so oft wie früher.«

Bei diesen Worten schien er neuen Mut zu fassen. Er betrat das Bad. »Soll ich dich einseifen?« fragte er.

Ich mußte unwillkürlich an Mutter denken, die auch nach Aufgabe jeglicher mütterlicher Autorität so eifrig und besorgt wurde. Ich sagte trocken: »Wenn du unbedingt willst, kannst du mir den Rücken abschrubben, da kann ich nicht dran.« Gino ergriff Seife und Schwamm, ich stand auf, und er rieb mir den Rücken ab. Ich betrachtete mich in dem langen Spiegel, der direkt der Wanne gegenüber war, und ich schien der schönen Dame zu gleichen, der all diese Herrlichkeit gehörte. Auch sie erhob sich sicher so in der Wanne, und eine Kammerzofe, ein armes Mädchen wie ich, mußte sich herüberbeugen, um sie einzuseifen und abzuspülen, und sich dabei in acht nehmen, daß sie die zarte Haut nicht verletzte. Ich dachte, wie vergnüglich es sein müsse, von einer anderen Person und nicht von den eigenen Händen bedient zu werden, still und unbeweglich zu stehen, während sich jene diensteifrig und unterwürfig um einen bemüht. Mir fiel wieder die Feststellung ein, die ich beim erstenmal in der Villa gemacht hatte: ohne meine Lumpen, nackt, war ich ebensoviel wert wie Ginos Herrin. Aber mein Schicksal verlief ungerechterweise anders. Ich sagte gereizt zu Gino: »Genug, genug . . .«

Er nahm ein Handtuch, ich stieg aus der Wanne, Gino legte mir das Tuch um die Schultern und wickelte mich ganz hinein. Dabei wollte er mich umarmen, vielleicht um festzustellen, ob ich ihn zurückstieße, und ich ließ mich, aufrecht und ganz eingehüllt in das Tuch, auf den Hals küssen. Dann begann er schweigend, mich abzutrocknen, angefangen bei den Waden rieb er mich eifrig und geschickt bis zur Brust hinauf, als hätte er sein Leben lang nichts anderes getan. Ich schloß die Augen und stellte mir von neuem vor, ich sei die Herrin und er meine Zofe. Er hielt meine Passivität für Zustimmung, und plötzlich spürte ich, wie er mich streichelte, anstatt mich abzureiben. Da stieß ich ihn zurück, ließ das Badetuch von meinem getrockneten Körper fallen und ging auf Zehenspitzen ins Zimmer hinüber. Gino blieb im Bad, um das Wasser aus der Wanne zu lassen.

Ich zog mich eilig an, und dann schritt ich im Zimmer umher, um die Ausstattung zu betrachten. Ich hielt vor dem Toilettentisch, der bedeckt war mit Gegenständen aus Schildpatt und Gold. In einer Ecke bemerkte ich zwischen Bürsten und Parfümflaschen eine goldene Puderdose. Ich nahm sie in die Hand und betrachtete sie. Sie war sehr schwer und schien aus massivem Gold zu sein, viereckig, ganz liniert; in den Verschluß war ein großer Rubin eingearbeitet. Ich hatte das Gefühl nicht sosehr einer Versuchung als vielmehr einer Entdeckung: endlich brachte ich alles fertig – sogar zu stehlen. Ich öffnete meine Tasche und legte die Puderdose hinein, die wegen ihres Gewichtes sofort zuunterst sank, zwischen das Kleingeld und die Hausschlüssel. Ich empfand dabei eine ähnliche sinnliche Befriedigung, wie wenn meine Liebhaber mir Geld gaben. Um ehrlich zu sein, ich wußte gar nicht, was ich mit einem so kostbaren Gegenstand anfangen sollte, der weder mit meinen Kleidern noch mit dem Leben in Einklang zu bringen war, das ich führte. Ich würde die Dose nie benützen, davon war ich überzeugt. Aber durch diesen Diebstahl schien ich dem seltsamen inneren Gesetz zu gehorchen, das neuerdings die Wechselfälle meines Lebens bestimmte. Ich dachte, wenn man ein Haus baue, sei es nötig, auch das Dach zu decken.

Gino kam herein, brachte mit diensteifriger Genauigkeit das Bett wieder in Ordnung und legte alles zurecht, was nicht an seinem Platz war. »Laß doch!« sagte ich verächtlich, als er fertig war und sich immer noch ängstlich umschaute, ob auch alles in Ordnung sei. »Deine Dame merkt schon nichts, diesmal wirst du noch nicht weggejagt.« Ich merkte, wie Ginos Gesicht sich bei diesen Worten schmerzlich verzog, und sie reuten mich, weil sie boshaft und nicht einmal ernst gemeint waren.

Keiner von uns öffnete den Mund, weder als wir die Treppe hinuntergingen noch beim Besteigen des Autos. Es war schon vor längerer Zeit Nacht geworden, und sobald der Wagen durch die gewundenen Straßen der eleganten Viertel fuhr, fing ich leise an zu weinen, als hätte ich nur auf diesen Augenblick gewartet. Ich wußte selbst nicht, warum ich weinte, aber meine Bitterkeit war groß. Ich bin nicht geschaffen für wütende, enttäuschte Rollen, und den ganzen Nachmittag lang, sosehr ich mich auch dazu zwang, heiter zu erscheinen, hatten doch Enttäuschung und Wut viele meiner Handlungen und Worte gefärbt. Zum erstenmal empfand ich unter Tränen wirklichen Haß gegen Gino: weil er mich durch seinen Verrat dazu gebracht hatte, Gefühle zu nähren, die ich nicht liebte und die meinem Charakter widersprachen. Ich dachte, wie sanft und gut ich immer gewesen war und daß mich jener Augenblick ganz verändert hatte; dieser Gedanke erfüllte mich mit Verzweiflung. Ich hätte Gino gerne betrübt gefragt: »Warum hast du das alles getan? Wie kann ich das jetzt alles vergessen und nicht mehr darüber nachdenken?« Statt dessen schwieg ich, schluckte meine Tränen und schüttelte ab und zu den Kopf, um sie herunterfallen zu lassen, so wie man einen Zweig schüttelt, um die reifsten Früchte abzunehmen. Ich wurde kaum gewahr, wie wir unterdessen die Stadt durchquerten. Dann hielt das Auto, ich stieg aus und gab Gino die Hand mit den Worten: »Ich werde dich anrufen.« Er schaute mich hoffnungsvoll an, aber sein Ausdruck verwandelte sich in Staunen, als er mein tränengebadetes Gesicht sah. Doch er hatte keine Zeit mehr, mit mir zu sprechen, denn mit einem Gruß und einem mühsamen Lächeln entfernte ich mich.

NEUNTES KAPITEL

So ging also mein Leben seinen gleichmäßigen Gang – immer dieselben Figuren und der gleiche Text, wie bei den Karussells im Lunapark, die ich als Kind aus unseren Fenstern sehen konnte und die mir soviel Freude machten mit ihren funkelnden Lichtern.

Auch im Karussell gibt es nur wenige Figuren und immer wieder dieselben. Beim Klang einer schrillen, jämmerlichen Musik, begleitet von heftigem Klingeln, gleiten der Schwan, der Kater, das Auto, das Pferd, der Thron, der Drache und das Ei an einem vorbei, und dann wieder von vorn: Schwan, Kater, Auto, Pferd, Thron, Drache, Ei – dieselben Figuren, immerfort, die ganze Nacht. Auch bei mir begannen die Figuren meiner Liebhaber sich um mich zu drehen. Ich kannte nun schon mancherlei Männer, andere waren neu, aber sie waren in allem den anderen gleich.

Giacinti kehrte aus Mailand zurück und brachte mir ein Paar Seidenstrümpfe mit; ich sah ihn einige Tage lang jeden Abend. Dann reiste er wieder ab, und ich nahm meine Zusammenkünfte mit Gino wieder auf, ein- bis zweimal in der Woche. An den übrigen Abenden ging ich mit anderen Männern, die ich auf der Straße traf oder mit denen Gisella mich bekannt machte. Es gab junge, ältere und ganz alte darunter; manche waren mir sympathisch und behandelten mich sanft, andere sahen mich wie einen gekauften und wiederverkauften Gegenstand an und benahmen sich sehr unerfreulich. Aber da ich entschieden hatte, mich an niemanden mehr zu binden, war es im großen und ganzen doch immer wieder dieselbe Musik.

Man traf sich auf der Straße oder in einem Café, häufig ging man zum Essen und darauf in unsere Wohnung. Dort schlossen wir uns in mein Zimmer ein, schliefen zusammen, unterhielten uns ein wenig, dann bezahlte der Mann und ging, während ich ins Wohnzimmer zu Mutter kam, die dort auf mich wartete. Wenn ich Hunger hatte, aß ich noch etwas, dann zog ich mich zurück. Manchmal, wenn es noch früh war, ging ich von neuem in die Stadt und suchte einen anderen. Aber es vergingen auch Tage, an denen ich niemanden sah und zu Hause blieb, ohne etwas zu tun.

Ich war sehr faul geworden, befangen in einer schwermütigen, wollüstigen Trägheit, in der sich all die Sehnsucht nach Ruhe und friedlichem Leben Luft machte, die nicht nur mich, sondern auch Mutter und alle Menschen unseres Schlages bewegte, die immer übermüdet und arm waren. Oft konnte mich nur der Anblick der leeren Schachtel unserer Ersparnisse dazu bringen, aus dem Haus zu gehen und die Straßen der Stadtmitte nach neuer Begleitung abzugrasen. Aber mitunter war meine Faulheit auch stärker, und ich zog es vor, mir das nötige Geld von Gisella vorschießen oder Mutter auf Kredit in den Geschäften kaufen zu lassen.

Dabei will ich nicht einmal behaupten, daß mir dies Leben nicht zusagte. Ich merkte sehr bald, daß meine Neigung für Gino durchaus nicht auf irgend etwas Ungewöhnlichem beruhte, und fand heraus, daß beinahe alle Männer mir auf irgendeine Art behagten. Ich weiß nicht, ob das allen Frauen meines Gewerbes so geht oder ob das meine spezielle Begabung ist. Ich weiß nur, daß ich jedesmal einen Schauer der Neugier und Erwartung empfand und selten darin enttäuscht worden bin.

Bei den jungen Männern gefielen mir die langen, mageren, noch in der Entwicklung stehenden Körper, die vor Schüchternheit ungeschickten Gesten, die bettelnden Augen und die Frische ihrer Lippen und Haare; bei den älteren waren es die muskulösen Arme, der breite, gewölbte Brustkasten und das unbestimmbare, massive Aussehen, das die Mannhaftigkeit ihren Schultern, Hüften und Beinen verleiht; aber auch die Alten mochte ich gerne, denn Männlichkeit ist nicht an ein bestimmtes Alter gebunden; die Männer bewahren deshalb auch in reiferen Jahren eine gewisse Anziehung oder erwerben sich eine neue, besondere Art von Charme.

Durch meinen täglichen Wechsel der Liebhaber erlangte ich allmählich die Fähigkeit, auf den ersten Blick Vorzüge und Mängel zu unterscheiden, mit jener genauen und erschöpfenden Beobachtungsgabe, die nur die Erfahrung verleiht. Der menschliche Körper blieb für mich eine stete Quelle geheimnisvoller, ungesättigter Freude; mehr als einmal überraschte ich mich dabei, wie ich den Körper des Gefährten einer Nacht wohlgefällig betrachtete oder mit den Fingerspitzen über seine Glieder tastete, als könne ich dadurch über das oberflächliche Verhältnis hinaus, das uns zusammengebracht hatte, ihren Reiz ergründen und mir selbst erklären, was mich eigentlich anzog. Aber ich suchte dieses Interesse möglichst zu verbergen, denn die Männer hätten dieses Gefühl in ihrer lauernden Eitelkeit mit Verliebtheit verwechselt; ja sie hätten meinen können, ich liebe sie, während das, was sie unter Liebe verstanden, nichts mit meinem Empfinden zu tun hatte. Ein wenig glich dies Interesse der Ehrfurcht und Angst, die ich in früheren Jahren verspürt hatte, wenn ich zur Kirche ging und gewisse religiöse Handlungen erfüllte.

Das auf diese Weise verdiente Geld kam allerdings nicht so reichlich herein, wie man hätte annehmen können. Vor allem brachte ich es nicht fertig, so geizig und kaufmännisch wie Gisella zu sein. Natürlich trachtete ich danach, bezahlt zu werden, denn ich ging ja schließlich nicht zum Vergnügen mit den Männern; aber meine Natur verführte mich manchmal dazu, mich mehr aus einer Art körperlichen Überschwangs heraus zu verschenken als aus Berechnung; ich dachte auch erst dann ans Geld, wenn der Augenblick zum Bezahlen kam, und dann war es oft zu spät. Immer wieder hatte ich das Gefühl, den Männern etwas zu geben, das mich nichts kostete und das man für gewöhnlich nicht bezahlt, deshalb bildete ich mir ein, das Geld mehr als ein Geschenk und nicht als Vergütung zu erhalten.

Mir schien es, als ob Liebe sich nicht oder jedenfalls nicht hinreichend bezahlen lasse. Infolge meiner Bescheidenheit und dieser Vorstellungen war es mir unmöglich, einen Preis festzusetzen, der mir nicht willkürlich vorkam. Deshalb dankte ich sehr herzlich, wenn mir viel gegeben wurde, und protestierte nicht weiter, wenn wenig dabei herausschaute; ich kam mir auch dann nicht übervorteilt vor. Erst viel später habe ich mich, belehrt durch meine Erfahrung, dazu entschlossen, es Gisella gleichzutun und den Vertrag abzuschließen, bevor ich mich hergab. Aber im Grunde schämte ich mich immer dabei und brachte es nie anders fertig, als die Summe halblaut vor mich hin zu murmeln, so daß mich viele nicht verstanden und ich sie nochmals sagen mußte.

Noch etwas anderes spielte dabei mit, meinen Verdienst als unzureichend erscheinen zu lassen: ich kümmerte mich weit weniger als früher um die Ausgaben und war ziemlich großzügig beim Kauf von Kleidern, Parfüm, Toilettenartikeln und anderen Kleinigkeiten, die ich für meinen Beruf benötigte. Deshalb reichte das von meinen Liebhabern verdiente Geld nie, genau wie damals, als ich Modell stand und Mutter bei ihren Arbeiten half. Ich schien ebenso arm wie früher geblieben zu sein, trotz der Preisgabe meiner Ehre. Vielleicht noch häufiger als einst gab es Tage, an denen sich nicht ein einziger Groschen im Haus fand. Schlimmer als vorher ängstigte mich die Unruhe, nie eine Sicherheit für die nächsten Wochen zu haben. Ich bin von Natur aus eher leichtsinnig und phlegmatisch, deshalb ergriff diese Unruhe nie so stark von mir Besitz, wie dies bei unausgeglichenen und weniger gleichgültigen Menschen der Fall ist. Aber sie steckte tief in meinem Unterbewußtsein wie ein Holzwurm in alten Möbeln; mir blieb doch immer deutlich, wie wenig ich besaß, und ich konnte diesen Zustand weder vergessen und mich ausruhen noch ihn durch den nun einmal gewählten Beruf wesentlich verbessern.

Mutter dagegen empfand keinerlei Unruhe oder ließ sie sich wenigstens nicht anmerken. Ich hatte ihr sofort erklärt, es sei nicht mehr nötig, daß sie sich mit Nähen die Augen verderbe, und als ob sie ihr Leben lang nur auf einen solchen Vorschlag gewartet habe, unterließ sie schlagartig den größten Teil ihrer Arbeiten und beschränkte sich nur auf ganz wenige, unlustig ausgeführte Aufträge, die sie mehr des Zeitvertreibs als des Verdienstes wegen annahm. Schon als Kind hatte sie sich bei einer Beamtenfamilie verdingt, und die Anspannung der langen Jahre schien auf einmal nachzulassen, ohne daß etwas übrigblieb oder Hilfe möglich war; es war wie bei jenen alten Häusern, die in sich zusammensacken, so daß keine Mauer mehr aufrecht steht und nur ein Haufen Schutt übrigbleibt.

Für jemand wie Mutter bedeutete Geld vor allem: nach Belieben zu essen und sich auszuruhen. Sie aß mehr als früher und nahm Gewohnheiten an, die in ihrer Vorstellung Reiche und Arme unterschieden; sie stand spät auf, legte sich nach Tisch hin und ging oft spazieren. Allerdings war die Wirkung dieser Neuerungen ein wenig erfreulicher Anblick in meinem neuen Leben. Vermutlich sollten diejenigen, die an schwere Arbeit gewöhnt sind, sie nie ganz aufgeben; Müßiggang und gutes Leben verderben sie auch dann, wenn sie berechtigte und erlaubte Voraussetzungen haben, was hier noch nicht einmal zutraf. Bald nachdem unsere Umstände sich verbessert hatten, wurde Mutter dicker, das heißt, infolge der Geschwindigkeit, mit der ihre Magerkeit verschwand, sah sie ungesund aufgedunsen aus, auf eine Weise, die mir bedeutsam schien, obwohl mir die Bedeutung dunkel blieb. Die einstmals knochigen Hüften rundeten sich, die mageren Schultern füllten sich aus, die früher eingefallenen Wangen wurden voll und weich. Aber am traurigsten war die Veränderung ihrer Augen in dieser Zeit; früher waren sie immer weit geöffnet und groß gewesen, mit einem weichen und verständnisvollen Ausdruck; jetzt waren sie verkleinert und glitzerten unsicher und zweideutig.

Sie war zwar stärker geworden, aber weder schöner noch jünger. Sie schien statt meiner im Gesicht und am Körper die Spuren unseres veränderten Lebens zu tragen; ich konnte sie nie betrachten, ohne ein aus Reue, Mitleid und Widerwillen gemischtes, bitteres Gefühl zu empfinden. Sie erhöhte noch mein Unbehagen, indem sie sich ständig, in der Haltung einer glücklichen Befriedigung, gehenließ. Es schien ihr einfach unglaublich, sich nicht mehr abmühen zu müssen; ihre Angewohnheiten entsprachen der Haltung eines Menschen, der sein ganzes Leben lang niemals genug gegessen und geschlafen hat. Ich ließ sie natürlich meine Gedanken nicht spüren; ich wollte sie nicht kränken, außerdem wußte ich, daß ich manche der Sachen, die ich ihr insgeheim vorwarf, erst einmal mir selber sagen mußte. Aber manchmal ertappte ich mich bei einer unmutigen Bemerkung; ich liebte sie anscheinend weniger jetzt, da sie dick und aufgedunsen war und sich beim Gehen in den Hüften wiegte, weniger als in der Zeit, da sie Tag für Tag zerzaust und mager herumlief und abwechselnd klagte oder schimpfte. Ich fragte mich immer wieder: Hätte sie wohl auch so dick ausgesehen, wenn ich durch eine Heirat wohlhabend geworden wäre? Heute glaube ich es; das Unedle, das für mich in ihrer Gedunsenheit lag, schreibe ich jenem durch Mitwisserschaft und Reue gefärbten Blick zu, mit dem ich sie gegen meinen Willen sah.

Gino blieb mein neuer Zustand nicht lange verborgen. Er kam darauf bei unserem Wiedersehen, ungefähr zehn Tage nachdem wir zusammen in der Villa gewesen waren. Mutter weckte mich eines Morgens und sagte halblaut und wichtigtuerisch: »Weißt du, wer drüben sitzt und dich sprechen will? Gino.«

Ich sagte nur: »Laß ihn hereinkommen.«

Ein wenig enttäuscht über meine Gleichgültigkeit öffnete sie das Fenster und ging hinaus. Gino trat gleich darauf herein, und ich merkte sofort, daß er verwirrt und zornig war. Er grüßte mich überhaupt nicht, ging um das Bett herum und pflanzte sich vor mir auf, während ich ihn noch ganz verschlafen, auf dem Bett ausgestreckt, betrachtete. Dann fragte er: »Hör gut zu – hast du vielleicht neulich aus Versehen einen Gegenstand vom Toilettentisch der Dame mitgenommen?«

Da haben wir es, dachte ich. Zu meinem Erstaunen empfand ich aber keinerlei Verlegenheit. Statt dessen machte Ginos unterwürfiger Schrecken den gewohnten Eindruck auf mich. Ich fragte: »Warum?«

»Eine kostbare Puderdose aus Gold mit einem Rubin ist verschwunden, und die Signora hat das ganze Haus auf den Kopf gestellt; da mir die Villa gewissermaßen anvertraut war, ist es verständlich, daß sie mich verdächtigen, wenn sie es auch nicht offen zugeben. Glücklicherweise ist der Verlust erst gestern bemerkt worden, eine Woche nach ihrer Rückkehr, so kann sie auch eines der Zimmermädchen genommen haben, sonst wäre ich schon lange fortgejagt, angezeigt, eingesperrt oder weiß Gott was worden.«

Ich fürchtete, daß für mich vielleicht eine Unschuldige verdächtigt worden sei, deshalb erkundigte ich mich: »Haben sie den Dienstboten nichts getan?«

»Nein«, antwortete er, immer noch aufgeregt, »aber ein Polizist ist gekommen, um uns zu verhören; seit zwei Tagen kommt man kaum noch zur Ruhe.«

Ich zögerte noch einen Augenblick, dann sagte ich: »Die Puderdose habe ich genommen.«

Er riß beide Augen auf und verzog sein Gesicht: »Du hast sie genommen ... und das sagst du so einfach?«

»Wie soll ich es denn sonst sagen?«

»Aber das nennt man doch stehlen?«

»Natürlich.«

Er sah mich an, und mit einem Schlag wurde er wütend; vielleicht fürchtete er die Folgen meiner Tat, oder er empfand auf eine unklare Weise, daß ich die letzte Verantwortung für den Diebstahl ihm zuschob. »Sag mal, was hat dich eigentlich gepackt? Deshalb wolltest du unbedingt in das Zimmer der Signora gehen, jetzt wird mir alles klar ... aber ich will damit nichts zu tun haben, meine Liebe; wenn du stehlen willst, so tu, was dir paßt, das ist mir ganz egal, aber bitte nicht in dem Haus, in dem ich arbeite. Diebin ... ich wäre schön hereingefallen, wenn ich dich geheiratet hätte, dann hätte ich mich mit einer Diebin verbunden!«

Ich ließ ihn austoben und betrachtete ihn dabei aufmerksam. Merkwürdig – wie hatte ich ihn nur so lange für vollkommen halten können! Er war alles andere als vollkommen. Endlich, nachdem seine Vorwürfe anscheinend erschöpft waren, sagte ich: »Warum wirst du eigentlich so wütend, Gino? Dir wirft ja niemand vor, du hättest sie gestohlen, ein paar Tage lang werden sie noch davon sprechen, und dann denkt keiner mehr daran; wer weiß, wie viele Puderdosen deine Herrin hat!«

»Warum hast du sie eigentlich genommen?« fragte er. Er wollte sichtlich das gesagt bekommen, was er bereits empfunden hatte. Ich antwortete: »Nur so.«

»Das ist keine Antwort.«

»Na, wenn du es unbedingt wissen willst«, sagte ich ruhig, »ich habe sie nicht gestohlen, weil ich sie gebraucht oder gewollt hätte, sondern nur, weil ich jetzt auch stehlen kann.«

»Was heißt das?« begann er. Aber ich ließ ihn nicht zu Ende

sprechen. »Ich gehe jetzt abends auf die Straße, suche mir einen Mann, nehme ihn mit hierher, und dann bezahlt er mich; wenn ich das fertigbringe, dann kann ich auch stehlen, nicht?«

Er verstand, und seine Reaktion war sehr charakteristisch: »So, das tust du also auch? Na meinetwegen ... da wäre ich schön hereingefallen, wenn ich dich geheiratet hätte!«

»Damals habe ich es noch nicht gemacht«, sagte ich, »ich tue es erst, seit ich weiß, daß du Frau und Kinder hast.«

Er hatte die ganze Zeit auf diesen Einwand gewartet und erwiderte prompt: »Nein, mein Herz, du mußt jetzt nicht die ganze Schuld auf mich schieben wollen; man wird keine Hure und Diebin, wenn man das nicht selber will.«

»Das zeigt nur, daß ich es schon lange war, ohne es zu wissen«, antwortete ich ,»du hast mir eine solche Gelegenheit dazu geboten, es wirklich zu werden.«

Durch meine Ruhe begriff er, daß nichts zu machen war. Nun wechselte er seine Taktik: »Was du bist oder machst, geht mich gar nichts an, aber die Puderdose mußt du zurückgeben, sonst verliere ich über kurz oder lang meine Stellung. Du gibst sie mir zurück, und ich tue dann so, als hätte ich sie wiedergefunden, vielleicht im Garten?«

Ich antwortete: »Warum hast du das nicht gleich gesagt? Wenn es nur darum geht, daß du deinen Posten nicht verlierst, dann nimm sie ruhig mit ... sie ist dort in der ersten Kommodenschublade.«

Sichtlich erleichtert ging er hastig zu der Kommode, öffnete die Schublade, ergriff die Puderdose und ließ sie in seine Tasche gleiten. Dabei schaute er mich schon mit ganz verwandelten Augen an, in denen versöhnliche Beschämung zu lesen stand. Aber mir fehlte der Mut, die peinliche Szene durchzustehen, die sein Blick anzukündigen schien. Ich fragte ihn nur: »Hast du den Wagen unten?«

»Ja.«

»Es ist schon spät, und du kannst schlecht noch bleiben, wir werden uns das nächste Mal ausführlich darüber unterhalten.«

»Bist du böse auf mich?«

»Nein, ich habe nichts gegen dich.«

»Du bist doch noch böse.«

»Ich sag dir doch: nein.«

Er seufzte, kniete sich auf den Bettrand, und ich ließ mich küssen von ihm. »Aber du wirst mich anrufen?« beharrte er noch an der Türe.

»Du kannst ganz beruhigt sein.«

Auf diese Weise nahm Gino also das neue Leben in Kauf, das

ich führte. Aber als wir uns dann bald darauf wiedertrafen, sprachen wir weder über die Puderdose noch von meinem Beruf, so als handle es sich um Dinge, die bereits erledigt und uninteressant seien und deren Wichtigkeit nur in ihrer Neuheit bestanden habe. Er betrug sich fast genauso wie Mutter, nur mit dem einzigen Unterschied, daß er auch nicht einen Augenblick lang den Schrecken empfand, den Mutter am ersten Abend gezeigt hatte, als ich Giacinti mitbrachte, und den ich immer wieder unter der Maske ihrer Befriedigung und ihres Fettes verspürte. Ginos hauptsächliche Charakterzüge waren alberne Schlauheit und Kurzsichtigkeit. Vermutlich zuckte er die Achseln, nachdem er die durch seinen Verrat bewirkte Veränderung in meinem Leben begriffen hatte, und sagte sich: »Da habe ich zwei Fliegen mit einer Klappe geschlagen, jetzt brauche ich mir nichts mehr vorzuwerfen und bleibe doch ihr Liebhaber.« Es gibt Männer, die es für ein Glück halten, wenn sie das bewahren, was sie besitzen, vom Geld und den Frauen bis zum Leben selbst, sollte es auch auf Kosten ihrer Würde gehen. Gino gehörte zu diesen.

Ich fuhr fort, ihn hin und wieder zu sehen, denn, wie gesagt, er gefiel mir immer noch, trotz allem, und es gab niemanden, den ich lieber mochte als ihn. Außerdem, obwohl ich wußte, daß zwischen uns alles zu Ende war, wollte ich es doch nicht zu einem harten, unangenehmen Bruch kommen lassen. Glatte Schnitte und plötzliche Unterbrechungen haben mir nie gefallen. Ich glaube, die Gefühle im Leben sterben von selbst, ebenso wie sie geboren werden, aus Langeweile, aus Gleichgültigkeit oder aus Gewohnheit, die eine Art treuer Langeweile ist; mir behagt es mehr, sie langsam und natürlich sterben zu sehen, ohne Schuld von mir oder anderen, und zu merken, wie ganz allmählich andere Dinge an ihre Stelle treten. Schließlich gibt es sehr selten im Leben einen klaren und entschlossenen Wechsel; wer mit Vorbedacht wechseln will, läuft das Risiko, die alten Gewohnheiten wieder zäh und lebendig auftauchen zu sehen, wenn er sie am wenigsten erwartet, in der Einbildung, sie mit einem Schlag endgültig beseitigt zu haben. Ich wünschte, daß Ginos Liebkosungen mich ebenso gleichgültig lassen würden wie seine Worte; ich fürchtete, wenn ich mir keine Zeit lassen würde, könnte er sonst einmal wieder von neuem in meinem Leben auftauchen und mich gegen mein besseres Wissen dazu zwingen, die alten Beziehungen wieder anzuknüpfen.

Noch ein anderer Mann kehrte damals in meinen Kreis zurück: Astarita. Mit ihm ging es noch einfacher als mit Gino.

Gisella sah ihn heimlich, und ich nehme an, er schlief nur mit ihr, um eine Gelegenheit zu haben, von mir zu sprechen. Gisella wartete einen günstigen Augenblick ab, um zu mir von ihm zu sprechen; als sie glaubte, es sei genug Zeit verflossen und ich hätte mich wieder besänftigt, nahm sie mich beiseite und erzählte mir unter großer Vorsicht, daß sie Astarita getroffen und er nach mir gefragt habe. »Er hat mir nichts Genaues gesagt«, fuhr sie fort, »aber ich merkte doch, daß er noch immer verliebt in dich ist; weißt du, er hat mir wirklich leid getan, so unglücklich schien er zu sein. Ich wiederhole dir: er hat mir nichts gesagt, aber trotzdem glaube ich, er würde dich gerne wiedersehen ... Schließlich, jetzt ...«

Aber ich unterbrach sie mit den Worten: »Du, hör mal, du brauchst nicht so herumzureden.«

»Wie, herumreden?«

»Mit soviel Rücksichtnahme! Sag ruhig offen heraus, daß er dich schickt, daß er mich wiedersehen will und dich beauftragt hat, ihm meine Antwort zu bringen.«

»Nehmen wir also an, es stimmte«, gab sie, aus der Fassung gebracht, zu, »und?«

»Du kannst ihm sagen«, antwortete ich ruhig, »ich hätte nichts dagegen, ihn zu sehen, selbstverständlich genauso wie die anderen, ohne Verpflichtungen und ab und zu.«

Sie war völlig verdutzt über meine Ruhe, da sie glaubte, ich haßte Astarita und würde nie einwilligen, ihn wiederzusehen. Sie hatte noch nicht begriffen, daß Haß und Liebe nicht mehr für mich existierten; sie meinte, ich verbände, wie es so üblich ist, einen besonderen Zweck damit. »Du hast recht«, sagte sie kurz darauf mit verschmitzter, nachdenklicher Miene, »ich täte an deiner Stelle dasselbe; manchmal muß man eben seinen Widerwillen überwinden. Astarita liebt dich wirklich und wäre sogar dazu imstande, seine Ehe zu annulieren und dich zu heiraten. Du bist schlauer, als ich dachte, und dabei habe ich dich für so naiv gehalten!«

Gisella hatte mich nie verstanden, und ich wußte aus Erfahrung, daß es verlorene Liebesmüh wäre, ihr die Augen öffnen zu wollen. Deshalb bestätigte ich mit geheuchelter Ungezwungenheit: »Das stimmt« und ließ sie in einem aus Neid und beleidigter Bewunderung gemischten Zustand zurück.

Sie überbrachte Astarita meine Antwort, und ich traf ihn in demselben Café, in dem ich Giacinti zum erstenmal gesehen hatte. Es war, wie Gisella sagte: er liebte mich immer noch heftig. Sobald er mich erblickte, wurde er leichenblaß, verlor seine Sicherheit und öffnete den Mund nicht mehr. Sein Gefühl war stärker als er; einfache Frauen aus dem Volk wie zum Beispiel Mutter haben wirklich recht, wenn sie im Gespräch über manche Liebesverhältnisse behaupten, der oder jener Liebhaber sei von seiner Geliebten verhext worden. Ohne es zu wollen oder auch zu merken, hatte ich eine Art Verzauberung über ihn verhängt; er war sich dessen bewußt und versuchte mit aller Kraft, sich ihr zu entziehen, aber es gelang ihm nicht, sich zu befreien. Er war ein für allemal unterlegen, unterworfen und von mir abhängig. Er erzählte mir später, wie er manchmal, wenn er allein war, eine kalte, verachtungsvolle Rolle einstudiert habe, die er mir vorspielen wollte, er lernte die Worte sogar auswendig; aber sobald er mich sah, schoß ihm das Blut aus dem Kopf, er bekam Herzbeklemmungen, und die Zunge verweigerte ihren Dienst. Er schien nicht einmal meinen Blick mehr ertragen zu können, verlor den Kopf und empfand einen unbezwinglichen Wunsch, sich vor mir auf die Knie zu werfen und meine Füße zu küssen.

Er war auch wirklich anders als die übrigen Männer; er war etwas wie ein Besessener. Am Abend unseres Beisammenseins, nachdem wir in einem bedrückenden, gespannten Schweigen in einem Restaurant gesessen hatten und zu Hause waren, flehte er mich an, ihm mein Leben ganz genau zu schildern, vom Tage der Fahrt nach Viterbo bis zu meinem Bruch mit Gino, ohne Einzelheiten auszulassen. »Aber warum interessiert dich das denn so?« fragte ich erstaunt.

»Das hat keinen besonderen Grund«, antwortete er, »aber was tut es dir denn? Denk nicht an mich, erzähle einfach drauflos.«

»Mir ist es egal«, sagte ich achselzuckend, »wenn dir soviel daran liegt.« Wunschgemäß erzählte ich ihm bis ins kleinste alles, was seit jener Fahrt geschehen war; wie ich mich mit Gino auseinandergesetzt hatte, um Gisellas Rat zu folgen, und wie ich Giacinti kennenlernte. Nur die Sache mit der Puderdose verschwieg ich, ich weiß selbst nicht warum, vermutlich, um ihn als Polizeibeamten nicht in Verlegenheit zu bringen. Er stellte mir viele Fragen, vor allem über meine Begegnung mit Giacinti. Er schien nie genug zu bekommen an Einzelheiten, so als wolle er die Dinge nicht nur wissen, sondern auch sehen und gewissermaßen berühren, um auch ein wenig teilzuhaben daran. Unzählige Male unterbrach er mich: »Was tatest du dann?« oder »Was machte er daraufhin?« Als ich fertig war, umarmte er mich stammelnd: »Das ist alles meine Schuld.«

»Unsinn«, antwortete ich gereizt, »niemand trägt Schuld daran.«

»Doch, doch, ich bin an allem schuld, denn ich habe dich

ruiniert. Wenn ich mich nicht so in Viterbo aufgeführt hätte, dann wäre alles anders gekommen.«

»Diesmal irrst du dich wirklich«, antwortete ich lebhaft, »wenn schon jemand Schuld trägt, dann Gino, du hast wirklich nichts damit zu tun. Du, mein Lieber, hast mich in Viterbo mit Gewalt besitzen wollen, und erzwungene Sachen zählen nicht. Wenn Gino mich nicht betrogen hätte, dann wären wir heute verheiratet, ich hätte ihm meinen Fehltritt gebeichtet, und dann wäre es genauso gewesen, als hätte ich dich nie gekannt.«

»Nein, nein, ich bin an allem schuld, der Schein spricht für Gino, aber im Grunde ist es meine Schuld.«

Er schien sich in dieses Schuldgefühl verrannt zu haben, aber soviel ich verstehen konnte, nicht, weil er Reue darüber empfand, sondern im Gegenteil, weil es ihn befriedigte, mich verdorben und ruiniert zu haben. Das freute und erregte ihn und bildete vielleicht sogar die Hauptnahrung seiner leidenschaftlichen Liebe. Das verstand ich erst in der Folgezeit, als mir auffiel, wie häufig er bei unseren Begegnungen darauf bestand, ich solle ihm in Einzelheiten berichten, was zwischen mir und den Gefährten einer anderen Nacht vorgefallen sei. Während dieser Erzählungen machte er ein aufmerksames, verzerrtes und erregtes Gesicht, das mich verwirrte und mit Scham erfüllte. Gleich darauf warf er sich auf mich, und während er mich nahm, flüsterte er leidenschaftlich brutale, obszöne Worte, die ich nicht wiedergeben will und die auch die verdorbenste Frau beleidigt hätten. Wie diese merkwürdige Haltung sich mit seiner Bewunderung für mich vertrug, habe ich nie verstanden; nach meiner Ansicht ist es unmöglich, eine Frau zugleich zu lieben und sie nicht zu achten; aber bei ihm schienen sich Liebe und Grausamkeit zu vermischen und die eine der anderen ihre Farbe und Kraft zu verleihen. Manchmal dachte ich, seine Lust, mich durch seine Schuld erniedrigt zu denken, komme von seinem Beruf als Beamter der politischen Polizei, der, soviel ich wußte, darin bestand, die Schwäche der Angeklagten herauszufinden, sie zu brechen und zu demütigen, um sie auf diese Weise für immer unschädlich zu machen. Er hatte mir selbst oft erzählt, ich weiß nicht mehr in welchem Zusammenhang, daß er jedesmal, wenn es ihm gelang, einen Angeklagten zum Geständnis zu bringen, eine besondere, beinahe körperliche Befriedigung empfände, die erfüllter Begierde sehr ähnlich sei. »Der Angeklagte ist wie eine Frau«, erklärte er mir, »solange er widersteht, trägt er den Kopf erhoben, aber sobald er nachgegeben hat, wird er weich, und du kannst ihn wieder haben, sooft und wie du willst.« Aber wahrscheinlich war sein grausamer, wechselvoller Charakter ihm bereits angeboren, und er hatte diesen Beruf gewählt, weil er ihm entsprach, und nicht umgekehrt.

Astarita war nicht glücklich; sein Unglück erschien mir immer als das vollkommenste und unheilbarste, das ich je gesehen, denn es rührte nicht von äußerlichen Gründen her, sondern beruhte auf einer innerlichen Unfähigkeit und Verbildetheit, die ich nicht zu greifen vermochte. Wenn ich nicht meine beruflichen Erlebnisse erzählte, kniete er sich gewöhnlich vor mich hin, legte seinen Kopf in meinen Schoß und blieb so unbeweglich in dieser Stellung, manchmal eine Stunde lang. Ich brauchte nichts zu tun, als ihm manchmal leicht mit der Hand über die Haare zu streichen, wie Mütter es bei ihren Kindern machen. Ab und zu seufzte er, manchmal weinte er auch. Ich habe Astarita nie geliebt; aber in solchen Momenten flößte er mir tiefstes Mitleid ein, denn ich begriff, wie sehr er litt, und es gab kein Mittel, ihm in seinem Leid zu helfen.

Über seine Familie sprach er nur mit größter Bitterkeit: seine Frau haßte er, und die Kinder liebte er nicht, seine Eltern hatten ihm die Kindheit erschwert und ihn, als er noch unerfahren war, zu einer unglücklichen Heirat gezwungen. Seinen Beruf erwähnte er beinahe nie. Nur einmal sagte er mit einer besonderen Grimasse: »Es gibt viele nützliche Gegenstände im Haus, wenn sie auch nicht immer sauber sind; ich bin einer davon: der Müllkasten, in den man die Abfälle wirft.« Aber im allgemeinen gewann ich den Eindruck, als sähe er seinen Beruf als vollkommen ehrenhaft an. Er besaß großes Pflichtgefühl und war, soviel ich aus gelegentlichen Besuchen im Ministerium entnehmen konnte, ein vorbildlicher Beamter, eifrig, verschwiegen, ehrgeizig, unbestechlich und streng. Obwohl er der politischen Polizei angehörte, behauptete er, nichts von Politik zu verstehen. »Ich bin wie ein Rad, das sich in Verbindung mit den anderen dreht«, sagte er mir gelegentlich, »sie befehlen, und ich führe es aus.«

Astarita hätte mich am liebsten jeden Abend besucht, aber abgesehen davon, daß ich mich, wie gesagt, nicht mehr an einen Mann binden wollte, langweilte er mich und bereitete mir Unbequemlichkeiten durch seinen krampfhaften Ernst und seine Launen; deshalb konnte ich trotz allen Mitleids jedesmal, wenn er mich verließ, kaum einen Seufzer der Erleichterung unterdrücken. Darum versuchte ich, ihn selten zu sehen, nicht häufiger als einmal in der Woche. Gerade die Seltenheit unserer Begegnung trug sicherlich dazu bei, seine Leidenschaft für mich immer heiß und wach zu halten; wenn ich mich dagegen bereit erklärt hätte, mit ihm zu leben, was er nicht müde wurde mir immer wieder von neuem anzubieten, dann hätte er sich vermutlich allmählich an meine Gegenwart gewöhnt und mich schließlich als das gesehen, was ich in Wirklichkeit war: ein armes Mädchen, wie es sie dutzendweise gibt. Er gab mir die Nummer seines Tischtelefons im Ministerium. Es war eine Geheimnummer, die niemand außer dem Präfekten, dem Regierungspräsidenten, dem Minister und einigen wenigen wichtigen Persönlichkeiten kannte. Wenn ich anrief, antwortete er sofort, aber sobald er begriff, wer es sei, verwirrte sich seine eben noch klare und ruhige Stimme, und er begann zu stammeln. Er war mir wirklich wie ein Sklave untertan. Ich weiß noch, wie ich ihm einmal mehr aus Zerstreutheit das Gesicht liebkoste, ohne daß er mich darum gebeten hatte. Sofort hielt er meine Hand fest und küßte sie feurig. Später bat er mich darum, diese Liebkosung freiwillig zu wiederholen, aber so etwas läßt sich eben nicht kommandieren.

Ich hatte, wie gesagt, häufig keine Lust, auszugehen und mir einen Mann zu suchen; dann blieb ich lieber zu Hause und ruhte mich aus. Mit Mutter wollte ich nicht zusammensitzen, denn obwohl zwischen uns ein stillschweigendes Übereinkommen bestand, nicht über meinen Beruf zu sprechen, so ging doch jede Unterhaltung am Ende verlegen und anspielend um dieses Thema herum; da hätte ich lieber offen und unverhüllt darüber gesprochen. Deshalb zog ich es vor, mich in mein Zimmer einzuschließen; ich bat Mutter, mich nicht zu stören, und legte mich aufs Bett. Das Zimmer ging auf den Hof, von außen drang kein Geräusch durch das geschlossene Fenster. Ich schlief ein wenig, dann erhob ich mich und ging hin und her, um wichtige Dinge wie Kleideraufräumen und Möbelabstauben zu erledigen. Diese Beschäftigungen bildeten nur Anregungen, um meine Gedanken in Fluß zu bringen und eine Atmosphäre dichter, abriegelnder Intimität um mich zu schaffen. Zuerst dachte ich gründlich nach, doch am Ende schienen sich meine Gedanken aufzulösen; es genügte mir, nach soviel Zersplitterungen und trüben Gewohnheiten einfach das Leben meines Körpers zu spüren.

In jenen einsamen Stunden erreichte ich immer einen Augenblick, in dem mich eine ungeheure Verwirrung überfiel: ich schien mit einemmal mein ganzes Leben und mich selbst von allen Seiten zugleich hellseherisch wahrzunehmen. Dinge, die ich tat, vereinfachten sich, verloren die Tünche ihrer Bedeutung und schrumpften zusammen zu unverständlichen, unsinnigen und schlichten Erscheinungen. Ich sagte mir: »Ich bringe hier oft einen Mann her, der mich nachts besitzt, ohne mich zu kennen, mit dem ich auf diesem Bett wie mit einem Feind kämpfe; dann gibt er mir ein bedrucktes, farbiges Stück Papier, das ich am nächsten Tag für Essen, Kleidung und andere Dinge eintausche.« Aber diese Darlegungen bildeten nur den ersten Schritt auf dem Weg dieser tiefen Verwirrung. Sie dienten dazu, meine Seele von dem Urteil über mein Gewerbe zu befreien, das in ihr lauerte; sie zeigten mir meinen Beruf in einem ganz gewöhnlichen Licht mit sinnlosen Bewegungen, die sich in nichts von anderen sinnlosen Bewegungen anderer Berufe unterschieden. Sofort danach gab mir ein fernes Straßengeräusch oder ein Knacken der Möbel in meinem Zimmer wieder ein Gefühl der Sicherheit und eine beinahe phantastische Lebensfreude. Ich sagte mir: »Ich bin hier und könnte doch ganz woanders sein, ich könnte seit tausend Jahren existieren, oder ich bin oder werde in tausend Jahren — ich könnte schwarz oder alt, blond oder klein sein ...« Ich dachte daran, wie ich aus der Dunkelheit ohne Ende herausgekommen war und wie ich bald wieder in eine ähnliche, unbegrenzte Dunkelheit eintreten würde, nachdem mein kurzer Aufenthalt nur durch sinnlose und zufällige Handlungen bestimmt worden war. Da verstand ich, daß meine Beklemmung nicht von den Dingen herrührte, die ich tat, sondern von den nackten Tatsachen des Lebens, die viel tiefer liegen, die weder gut noch böse, sondern nur traurig und sinnlos sind.

Bei dieser Vorstellung überliefen mich kalte Schauer, meine Kopfhaut zog sich zusammen, und die Mauern unseres Hauses, der Stadt und schließlich der Welt schienen zu versinken und ich mich in einem schwarzen, unbegrenzten Raum zu befinden, obzwar Name, Kleidung, Erinnerungen und Beruf erhalten blieben. Ein Mädchen namens Adriana im Nichts schwebend: dieses Nichts schien eine ernste, schreckliche und unverständliche Sache zu sein, und das Furchtbarste daran war, daß ich mich diesem Nichts in derselben Haltung und dem gleichen Aufzug zeigen mußte, in dem ich mich mit Gisella im Café traf. Die Vorstellung, daß alle anderen sich auf die gleiche nutzlose und unangenehme Weise bewegten und arbeiteten, eingehüllt in dieses Nichts, konnte mich auch nicht trösten. Ich war nur darüber verwundert, daß sie es sich nicht klarmachten und sich diese Beobachtungen gegenseitig mitteilten, um öfters darüber zu sprechen, so wie es geschieht, wenn mehrere Personen die gleiche Tatsache entdecken.

In solchen Augenblicken spürte ich den Wunsch, hinzuknien und zu beten, vielleicht mehr noch aus der instinktiven Gewohnheit, die von der Kindheit her kam, als aus bewußtem Antrieb. Aber ich betete nicht mit den üblichen Worten, die mir zu weitschweifig waren für meine plötzlichen Stimmungen. Ich warf mich statt dessen so heftig auf die Knie, daß sie manchmal noch tagelang schmerzten, und betete kurz mit erhobener, verzweifelter Stimme: »Jesus, hab Mitleid mit mir!« Es war eigentlich kein Gebet, sondern eher wie eine Zauberformel, mit der ich meinen Schrecken beseitigen und in die Wirklichkeit zurückfinden wollte. Nachdem ich auf diese Weise heftig, mit der ganzen Kraft meines Körpers gerufen hatte, blieb ich lange versunken knien, das Gesicht zwischen den Händen verborgen. Endlich wurde mir dann bewußt, daß ich nichts mehr dachte, sondern mich nur langweilte und immer noch die gewohnte Adriana war. Ich fand mich in meinem Zimmer wieder und berührte meinen Körper voll Erstaunen, ihn noch heil und ganz zu besitzen. Dann erhob ich mich und ging zu Bett. Ich war todmüde und fühlte mich so zerschlagen, als sei ich einen steinigen Hang hinuntergekollert; ich schlief sofort ein.

Diese seelischen Zustände übten aber keinerlei Einfluß auf mein gewohntes Leben aus. Ich blieb die alte Adriana mit demselben Charakter, die für Geld Männer nach Hause brachte, sich mit Gisella abgab und mit der Mutter und allen anderen über unwichtige Dinge plauderte. Manchmal wunderte ich mich über den großen Unterschied in meinen Beziehungen zu meiner Umwelt, wie anders ich mich allein oder in Gesellschaft gab. Aber ich machte mir nicht vor, ich müsse wohl besonders einsam sein, um so heftige, verzweifelte Gefühle zu empfinden. Ich meinte, es müsse allen übrigen Menschen mindestens einmal am Tage genauso ergehen, daß sich ihr Leben auf einen unaussprechlichen, absurden Kummer konzentrierte, nur, daß dieses Bewußtsein auch bei ihnen keine sichtbare Wirkung tat. Ebenso wie ich traten sie danach aus ihren Häusern, gingen umher und spielten ihre unaufrichtige Rolle. Dieser Gedankengang bestärkte mich in meiner Überzeugung, alle Menschen seien ohne Ausnahme bemitleidenswert allein deshalb, weil sie leben.

ZWEITER TEIL

ERSTES KAPITEL

Mit Gisella verbanden mich jetzt neben freundschaftlichen auch berufliche Interessen. Unsere Ansichten über die geeigneten Treffpunkte mit Männern gingen immer noch auseinander: Gisella blieb bei ihrer Vorliebe für Luxuslokale, während ich mich am glücklichsten in unscheinbaren Cafés oder einfach auf der Straße fühlte. Aber wir hatten auch in diese verschiedenen Geschmacksrichtungen eine Art Einklang gebracht, indem wir uns wechselseitig zu unseren Lieblingsplätzen begleiteten. Als wir eines Abends vergeblich in einem Restaurant gesessen hatten, bemerkte ich plötzlich, daß uns ein Auto folgte. Ich machte Gisella darauf aufmerksam und meinte, wir könnten eigentlich versuchen, uns mitnehmen zu lassen. Sie war sehr schlechter Laune, denn sie hatte bereits das Essen zahlen müssen, ohne irgendwelchen Profit davon zu haben. Seit einiger Zeit befand sie sich in großer Geldnot. Sie brummte unhöflich: »Geh du nur mit ... ich für mein Teil gehe lieber schlafen.« Unterdessen war der Wagen hart an den Randstein gefahren und fuhr langsam neben uns her. Gisella befand sich an der Hausmauer, während ich auf der Straßenseite ging. Bei einem flüchtigen Blick in das Auto konnte ich zwei Männer erkennen. Ich wandte mich halblaut an Gisella: »Was sollen wir bloß machen? Wenn du nicht dabei bist, dann tue ich auch nicht mit.«

Sie warf ihrerseits einen schrägen Blick in den Wagen und schien, immer noch verärgert, zu zögern. Dann sagte sie: »Ich mache nicht mit, aber geh du ruhig — du fürchtest dich doch nicht etwa, was?«

»Nein, aber ohne dich habe ich keine Lust.«

Sie schüttelte den Kopf, warf von neuem einen verstohlenen Blick in das Auto, das im Schrittempo neben uns her fuhr; dann schien sie sich plötzlich zu fügen und antwortete: »Also gut ... aber zuerst tun wir so, als sei gar nichts los; wir ziehen es ein bißchen in die Länge, denn hier auf dem Corso paßt es mir nicht.«

So gingen wir einige fünfzig Meter weiter, immer noch begleitet von dem Auto, bis Gisella plötzlich um eine Ecke bog; wir gingen durch eine dunkle, enge Seitenstraße auf einem schmalen Bürgersteig dicht neben einer alten, von vielen Plakaten verklebten Mauer. Wir hörten, wie der Wagen um dieselbe Ecke lenkte, dann umfaßten uns die Scheinwerfer mit blendend hellem Licht. Wir hatten das Gefühl, durch diese grelle Beleuchtung zugleich nackt ausgezogen und gegen die feuchte Mauer mit ihren verblichenen, abgerissenen Anschlägen gepreßt zu werden. Wir blieben stehen. Gisella sagte halblaut und verärgert: »Was sind denn das für Methoden? Haben sie uns vielleicht auf dem Corso nicht genügend betrachten können? Ich glaube, ich gehe doch lieber nach Hause.«

»Nein, nein«, sagte ich hastig und beschwichtigend. Ich weiß nicht recht warum – aber mir lag außerordentlich viel daran, die beiden Männer im Wagen kennenzulernen. »Was macht's uns denn schon aus . . . das tun sie doch alle.«

Sie zuckte die Achseln, und zur gleichen Zeit drehten sich die Lichter fort und erloschen dann; das Auto hielt vor uns am Rinnstein. Der Fahrer streckte seinen blonden Haarschopf zum Fenster hinaus und wünschte uns mit klangvoller Stimme einen guten Abend.

»Guten Abend«, antwortete Gisella zurückhaltend.

»Wohin geht ihr denn so ganz allein?« fuhr der Fahrer fort. »Dürfen wir euch nicht Gesellschaft leisten?«

Trotz des ironischen Tones, der dem angeheiterten Zustand dieses Mannes entsprach, waren das nichts als die üblichen, hundertmal vernommenen Phrasen. Immer noch zögernd, meinte Gisella: »Das kommt darauf an . . .« Auch sie gab stets die gleichen Antworten.

»Nun sagt doch schon«, beharrte der Sprecher, »wovon hängt es ab?«

»Wieviel wollen Sie uns geben?« erkundigte sich Gisella, trat an das Auto heran und legte eine Hand auf den Wagenschlag. –

»Was verlangt ihr denn?«

Gisella nannte eine Zahl. »Ihr seid aber teuer«, sagte der Mann erheitert, »ihr seid wirklich kostspielig.« Aber er schien trotzdem damit einverstanden zu sein. Sein Gefährte, dessen Gesicht im Inneren des Autos nicht zu erkennen war, beugte sich nach vorne und flüsterte ihm etwas ins Ohr; aber der Blonde zuckte die Achseln, wandte sich wieder an uns und erklärte: »Also gut, steigt ein.«

Der andere öffnete die Tür, verließ den Vordersitz und stieg in den rückwärtigen Teil; dann öffnete er den Schlag neben mir und lud mich mit einer Bewegung zu sich ein. Gisella setzte sich neben den Blonden. Der Blonde wandte sich fragend an sie: »Wohin fahren wir jetzt?«

»Zu Adriana«, antwortete Gisella und gab die Adresse an.

»Ausgezeichnet«, meinte der Blonde, »fahren wir zu Adrianas Wohnung.«

Wenn ich mich in Gesellschaft von Männern befand, die ich noch nicht kannte, sei es im Auto oder sonstwo, verhielt ich mich gewöhnlich unbeweglich und schweigend und wartete darauf, daß sie etwas tun oder sagen würden. Ich wußte aus Erfahrung, wie ungeduldig Männer sind, einen Anfang zu machen, und daß sie keinerlei Ermutigung dazu brauchen. Auch an jenem Abend blieb ich stumm und regungslos, während das Auto durch die Straßen fuhr. Von meinem Nachbarn, den die Verteilung der Plätze im Wagen als meinen Liebhaber für diese Nacht kennzeichnete, konnte ich nichts als seine langen, mageren und blassen Hände erkennen, die auf seinen Knien lagen. Auch er blieb schweigend und bewegungslos und hielt seinen Kopf im Schatten. Ich dachte, er sei sicher schüchtern, und da empfand ich plötzlich Sympathie für ihn; auch ich war einmal scheu gewesen, und jede Art von Schüchternheit bewegte mich, weil sie mich an meinen eigenen Zustand erinnerte, bevor ich Gino gekannt hatte. Gisella plauderte unterdessen. Sie liebte es, soweit sie dazu imstande war, sich gebildet und unpersönlich zu unterhalten, wie eine Dame, die sich in Gesellschaft von Herren befindet, von denen sie respektiert wird. Nach einiger Zeit hörte ich sie fragen:

»Gehört das Auto Ihnen?«

»Ja«, gab ihr Begleiter zur Antwort, »bisher habe ich es noch nicht versetzt. Gefällt es dir?«

»Es ist sehr bequem«, meinte Gisella obenhin, »aber ich ziehe doch einen Lancia vor. Er ist schneller und besser gefedert ... mein Verlobter besitzt nämlich einen Lancia.«

Das stimmte insofern, als Ricardo einen Lancia besaß; er war nur niemals Gisellas Bräutigam gewesen, und seit einiger Zeit trafen sie sich überhaupt nicht mehr. Der Blonde fing an zu lachen: »Dein Verlobter wird einen Lancia mit zwei Rädern haben.«

Gisella war sehr empfindlich und schöpfte bei jeder Kleinigkeit Verdacht. Sie erkundigte sich in gereiztem Ton:

»Sagen Sie, für was halten Sie uns eigentlich?«

»Ich weiß nicht ..., das müßt ihr schon selber sagen«, antwortete der Bonde, »ich möchte mich nicht in die Nesseln setzen.«

Das war eine andere fixe Idee von Gisella, sich vor diesen irgendwo aufgelesenen Liebhabern immer als etwas anderes auszugeben, als sie wirklich war: Tänzerin, Stenotypistin,

Mädchen aus gutem Haus – ohne sich klarzumachen, in welch krassem Gegensatz diese Vorspiegelungen zu der Tatsache standen, daß sie so leicht zugänglich war und sofort die Frage der Bezahlung aufwarf. »Wir sind zwei Tänzerinnen der Caccini-Truppe«, sagte sie in würdiger Haltung, »wir sind wahrhaftig nicht daran gewöhnt, uns von den ersten besten einladen zu lassen. Da die Truppe noch nicht wieder arbeitet, sind wir heute abend ein wenig spazierengegangen... ich wollte Ihre Einladung eigentlich gar nicht annehmen, aber meine Freundin hat darauf bestanden, da Sie den Eindruck von Herren aus guten Kreisen erweckten... wenn mein Verlobter das wüßte, dann erginge es mir schlecht...«

Der Blonde lachte von neuem: »Wir sind tatsächlich anständige Leute... Aber ihr seid nichts weiter als zwei Straßenmädchen... was ist da schon Schlimmes dabei?«

Hier öffnete mein Nachbar zum erstenmal den Mund und sagte mit ruhiger Stimme: »Hör auf damit, Giancarlo.«

Ich äußerte mich nicht dazu; Vergnügen bereitete es mir wahrhaftig nicht, mich so bezeichnet zu hören, vor allem wegen der bösartigen Absicht, die dahinterlag; aber schließlich entsprach es den Tatsachen. Gisella sagte: »Erstens stimmt das nicht, und zweitens sind Sie ein Erzgrobian.«

Der Blonde sagte nichts darauf, aber er verlangsamte sofort das Tempo und hielt am Randstein. Wir befanden uns in einer verlassenen, schlecht beleuchteten Nebenstraße zwischen zwei Häuserreihen. Der Blonde wandte sich an Gisella: »Sag mal, soll ich dich jetzt aus dem Wagen werfen?«

»Versuchen Sie es nur«, damit setzte Gisella sich zurecht. Sie war sehr streitsüchtig und fürchtete sich vor niemandem.

Jetzt beugte sich mein Nachbar zum Vordersitz vor, und ich konnte sein Gesicht sehen. Es war braun, mit zerzausten Haaren über der hohen Stirn, großen, dunklen und leuchtenden Augen, einer wohlgeformten Nase, geschwungenem Mund und einem fliehenden Kinn. Er war sehr mager, der Adamsapfel trat deutlich hervor. »Hörst du jetzt auf oder nicht?« wiederholte er heftig zu dem Blonden, aber ohne Schärfe, ja ohne besondere Teilnahme, so schien es mir wenigstens, wie jemand, der sich in etwas einmischt, das ihn eigentlich nichts angeht und das auch gar keine Bedeutung für ihn hat. Seine Stimme war weder sehr kräftig noch besonders männlich und schlug vermutlich ins Falsett um.

»Was geht das denn dich an?«, damit wandte sich der andere um. Aber er sagte es in einem besonderen Ton, als täte ihm seine eigene Brutalität bereits leid und als sei er gar nicht unzufrieden über die Einmischung des Freundes. Der fing von neuem an: »Was sind denn das für Manieren! Wir haben die beiden eingeladen, sie haben sich auf uns verlassen und sind mitgekommen, dafür werden sie jetzt mit Beleidigungen überschüttet.« Hier wandte er sich an Gisella und fügte mit betonter Höflichkeit hinzu: »Hören Sie nicht auf das, was er sagt, gnädiges Fräulein, er hat ein bißchen zuviel getrunken ... aber ich kann Ihnen versichern, daß er Sie bestimmt nicht kränken wollte.« Der Blonde machte eine Protestbewegung, aber der andere beschwichtigte ihn, legte eine Hand auf seinen Arm und sagte in befehlendem Ton: »Ich sage dir, du hast zuviel getrunken und wolltest sie nicht kränken. Los, fahren wir weiter.«

»Aber ich bin nicht mitgekommen, um mich frech behandeln zu lassen«, begann Gisella mit unsicherer Stimme. Auch sie schien dem Braunen dankbar zu sein für seine Einmischung. Der gab ihr sofort recht: »Natürlich, niemand von uns läßt sich gerne beleidigen, das versteht sich doch.« Der Blonde betrachtete ihn mit verdutzter Miene. Er hatte ein rotes, ungleichmäßiges, aufgedunsenes Gesicht mit runden Kuhaugen, dem ein feuerroter Mund einen gierigen, zügellosen Ausdruck verlieh. Er betrachtete den Freund, der Gisella sanft auf die Schulter klopfte, dann schaute er Gisella an und brach plötzlich in Gelächter aus: »Lieber Himmel, ich begreife nichts mehr«, rief er aus, »was tun wir eigentlich, warum streiten wir uns? Ich weiß gar nicht, wie es angefangen hat — statt fröhlich zu sein, raufen wir uns, das ist wirklich zum Verrücktwerden!« Er lachte herzhaft, und immer noch lachend wandte er sich an Gisella: »Los, meine Süße, schau mich einmal lieb an ... im Grunde sind wir wie füreinander geschaffen.«

Gisella versuchte ein Lächeln und sagte: »Wirklich, das schien mir auch so ...«

Der Blonde fuhr mit schallender Stimme fort und lachte dabei aus vollem Hals: »Ich bin der beste Kerl auf der Welt, stimmt's, Giacomo? Ich bin von gutem Schlag, man muß mich nur zu nehmen verstehen, das ist alles ... gibst du mir jetzt einen Kuß?« Er drehte sich herum und umschlang Gisella. Sie zog ihr Gesicht ein wenig zurück und sagte: »Warte.« Sie nahm ein Taschentuch aus ihrer Tasche, rieb die Schminke von den Lippen, dann gab sie ihm besänftigt einen Kuß. Während sie ihn küßte, fuchtelte der Blonde spaßhaft mit den Armen herum und tat, als ob er ersticke. Sie trennten sich beinahe sofort, und der Blonde setzte den Wagen mit übertriebenen Bewegungen wieder in Gang. »Donnerwetter, jetzt sollen Sie sich nicht mehr über mich zu beklagen haben, ich werde sehr ernst und vornehm sein, und ich erlaube Ihnen, mir einen Klaps zu geben, wenn ich mich nicht ordentlich benehme.« Das Auto fuhr weiter.

Während der übrigen Fahrt lachte er laut und redete, manchmal nahm er auch die Hände vom Steuer, um ungeachtet der Lebensgefahr für uns alle zu gestikulieren. Mein Begleiter hatte sich statt dessen nach dieser kurzen Unterbrechung wieder in den Schatten verzogen und hüllte sich in Schweigen. Ich empfand jetzt für ihn lebhaftes Interesse: eine erwachende Neugier. Wenn ich daran nach so langer Zeit zurückdenke, verstehe ich nun, daß ich mich in ihn verliebte oder wenigstens begann, all die Dinge mit seiner Person in Verbindung zu bringen, die ich liebte und die mir bis dahin immer gefehlt hatten. Schließlich, Liebe strebt nach Vollkommenheit, nicht nur nach einer flüchtigen Befriedigung der Sinne; diese Vollkommenheit suchte ich noch immer, seit ich damals gedacht hatte, sie durch Gino finden zu können. Vielleicht zum ersten Mal, nicht nur seit Ausübung meines Berufes, sondern überhaupt in meinem Leben, traf ich einen Menschen wie ihn, mit dieser Stimme. Der dicke Maler, für den ich zu Beginn Modell gestanden hatte, glich ihm ein wenig, aber er war kälter und selbstsicherer; im übrigen hätte ich mich damals auch in ihn verliebt, wenn er mir eine Gelegenheit dazu geboten hätte. Jene Stimme und jene Haltung lösten, wenn auch auf andere Art, die gleichen Gefühle in mir aus, die ich während meines ersten Besuches mit Gino in der Villa seiner Herrschaft verspürt hatte. Damals hatten mir die Ordnung, der Luxus und die Sauberkeit der Villa besonders gut gefallen, und ein Leben ohne eine solche Umgebung schien mir nicht der Mühe wert zu sein: genauso beeindruckten mich jetzt seine Stimme, seine sanften, bedachtsamen Bewegungen und das, was sie von ihm vermuten ließen: sie hatten eine leidenschaftliche und überzeugende Anziehungskraft für mich. Ich spürte zur gleichen Zeit eine starke, sinnliche Begierde und sehnte mich danach, von diesen Händen geliebkost und von diesen Lippen geküßt zu werden; ich begriff, daß sich nun in mir diese heftige und unaussprechliche Mischung früherer Wunschträume und gegenwärtigen Vergnügens gebildet hatte, aus der die Liebe entsteht und die immer ihr Anfangsstadium kennzeichnet. Aber ich hatte auch große Angst davor, er könne meine Gefühle erraten und mir entfliehen. Getrieben von dieser Furcht, streckte ich meine Hand der seinen entgegen und trachtete danach, sie mir drücken zu lassen. Aber unter meinen Fingern, die sich spielerisch zwischen die seinen schoben und versuchten, sich mit ihnen zu verbinden, blieben seine Hände unbeweglich. Ich geriet in große Verlegenheit, da ich nicht gewillt war, meine Hand zurückzuziehen, angesichts seiner scheinbaren Teilnahmslosigkeit aber deutlich empfand, daß ich es tun müßte. Das Auto kam mir zu Hilfe und warf uns in einer scharfen Kurve gegeneinander; ich tat, als hätte ich das Gleichgewicht verloren, und ließ mich mit meiner Stirn auf sein Knie fallen. Er fuhr zusammen, bewegte sich aber nicht. Ich spürte befriedigt das Rollen des Autos, schloß die Augen und schob mein Gesicht zwischen seine Hände, wie es die Hunde tun, küßte seine Finger und versuchte, sie zu einer Liebkosung über das Gesicht zu bewegen, die ich gerne spontan und zärtlich von ihm empfangen hätte. Ich war mir klar darüber, daß ich meinen Kopf verloren hatte, und wunderte mich dunkel, was für eine tiefe Verwirrung nur durch ein paar sanfte Worte hervorgerufen werden könne. Aber er gewährte mir diese Liebkosung nicht, um die ich ihn so demütig anflehte, und zog nach einem kurzen Augenblick seine Hände fort. Gleich darauf hielt das Auto.

Der Blonde sprang hinaus und half dann Gisella mit einer Gebärde spöttischer Ritterlichkeit beim Aussteigen. Wir folgten, und ich öffnete die Tür zum Hausflur. Gisella und ihr Begleiter schritten voran. Er war klein und gedrungen, seine Kleider schienen in den Nähten zu platzen, dabei war er nicht eigentlich fett. Das Mädchen war größer als er. Auf halber Treppe blieb er eine Stufe zurück, faßte einen Zipfel von Gisellas Kleid, zog ihn hoch und entblößte dabei ihre weißen Schenkel mit den Strumpfbändern darauf und ein Stück ihres kleinen, mageren Hinterteils. »Der Vorhang hebt sich!« schrie er unter Lachsalven. Gisella beschränkte sich darauf, den Rock mit einer Handbewegung wieder herabzustreifen. Ich dachte, diese Geschmacklosigkeit müsse meinem Begleiter mißfallen, und ich wollte deshalb zu verstehen geben, daß ich sie auch nicht mochte. »Ihr Freund ist wirklich sehr vergnügt«, sagte ich.

»Ja«, meinte er kurz angebunden.

»Es scheint ihm ausgezeichnet zu gehen.«

Wir betraten die Wohnung auf Zehenspitzen, und ich geleitete sie direkt in mein Zimmer. Nachdem die Tür hinter uns geschlossen war, blieben wir alle einen Augenblick lang stehen und da das Zimmer nicht sehr geräumig war, schienen auf einmal viele Leute versammelt. Der Blonde löste sich als erster aus dieser Verlegenheit, setzte sich auf die Bettkante und begann ohne Umschweife sich auszuziehen, als sei er völlig allein. Unterdessen lachte und plauderte er ununterbrochen. Er sprach über Hotelzimmer und Privatkämmerchen; erzählte unter anderem auch von seinem letzten Abenteuer. »Sie sagte zu mir: Ich bin ein anständiges Mädchen, ich will in kein Hotel gehen ... dann erklärte ich ihr, im Hotel befinde sich nur beste Gesellschaft ... sie meinte: aber ich will meinen Namen nicht nennen ... ich darauf: ich gebe dich als meine Frau aus, auf eine mehr oder weniger kommt es sowieso nicht mehr an ... Punktum, wir gehen ins Hotel. Ich gebe sie als meine Frau aus, wir steigen zu unserem Zimmer hinauf ... aber als es anfängt, ernst zu werden, tischt sie mir eine Menge Geschichten auf, es reue sie, sie wolle nicht mehr, sie sei wirklich eine anständige Frau ... bis ich die Geduld verlor und mit Gewalt mein Ziel erreichen wollte, was ich sonst nie tue; aber da riß sie das Fenster auf und drohte, sich auf die Straße zu stürzen ... ›Gut‹, sagte ich, ›ich habe schon verstanden, die Schuld liegt bei mir, ich hätte dich nicht hierherbringen sollen‹ ... sie setzt sich aufs Bett und fängt an zu flennen, erzählt eine lange, traurige, herzerweichende Geschichte ... wiedergeben könnte ich sie allerdings nicht mehr, denn ich habe sie vollständig vergessen, ich weiß nur, wie edelmütig ich mir am Ende vorkam, und beinahe warf ich mich vor ihr auf die Knie und bat sie um Verzeihung, daß ich sie so falsch beurteilt habe ... ›Wir sind uns also einig‹, meinte ich, ›wir werden uns friedlich hinlegen und jeder für sich schlafen‹. Gesagt, getan. Ich schlief sofort ein ... aber mitten in der Nacht wache ich auf und schaue zu ihr hinüber: weg ist sie — daraufhin betrachte ich meine Kleider etwas näher, sehe, daß sie ganz durcheinandergeworfen sind, und durchstöbere die Taschen genauer; die Brieftasche ist futsch ... Das sind also die anständigen Mädchen!« Er brach von neuem in Gelächter aus, mit einer so unwiderstehlichen, ansteckenden Fröhlichkeit, daß Gisella mitlachte und selbst ich lächelte. Er hatte sich seines Anzugs entledigt, Hemd, Schuhe und Strümpfe ausgezogen und saß nun in taubenfarbener, wollener Unterjacke da, mit Stäbchen am Kragen, die ihn wie einen Gleichgewichtskünstler oder eine Ballerina erscheinen ließen. Diese Bekleidung, die für gewöhnlich von älteren Herren getragen wird, erhöhte noch die Komik seiner Erscheinung; in jenem Augenblick vergaß ich seine brutale Art und empfand beinahe Sympathie für ihn, denn fröhliche Menschen haben mir immer gut gefallen; ich neige selber eher dazu, vergnügt als traurig zu sein. Er fing an, im Zimmer herumzuschlendern, unter einem Schwall von Witzen und Gelächter, klein, strotzend und aufgeblasen, stolz auf seine wollene Unterwäsche wie auf eine Uniform. Von der Kommodenecke aus machte er dann einen plötzlichen Satz aufs Bett und landete neben Gisella, die einen Schrei der Überraschung ausstieß, er drehte sie zu sich, um sie zu umarmen. Aber mit einem Male, wie unter einer neuen Eingebung, hob er sein gerötetes, zügelloses Gesicht – ein äußerst komischer Anblick, da er währenddessen mit allen vieren ausgestreckt bei Gisella lag – und blickte sich nach uns um, so wie es Katzen tun, bevor sie ihr Fressen anrühren: »Und ihr, auf was wartet ihr eigentlich noch?« Ich schaute meinen Begleiter an und fragte: »Soll ich mich ausziehen?«

Sein Mantelkragen war noch immer hochgeschlagen, er zuckte zusammen und antwortete: »Nein, nein ... nach ihnen.«

»Sollen wir dort hinübergehen?«

»Ja.«

»Macht doch eine Rundfahrt mit dem Auto«, schrie der Blonde, »die Schlüssel stecken noch.« Aber sein Gefährte überhörte diesen Vorschlag und verließ das Zimmer.

Wir gingen auf den Vorplatz und ich bedeutete ihm, auf mich zu warten; dann trat ich ins Vorzimmer. Mutter saß am Mitteltisch und beschäftigte sich mit Patiencelegen. Sobald sie mich erblickte, erhob sie sich und ging in die Küche, ohne daß es eines Wortes von mir bedurfte. Daraufhin rief ich dem jungen Mann zu, er könne hereinkommen.

Ich schloß die Tür hinter ihm und setzte mich auf das Sofa im Fenstereck. Ich hätte es gern gehabt, wenn er sich neben mich gesetzt und mich geliebkost hätte; das geschah bei den anderen immer. Aber er machte keinerlei Anstalten dazu, sondern ging auf und ab, immer um den Tisch herum, beide Hände tief in den Taschen vergraben. Ich dachte, er sei vielleicht unzufrieden darüber, daß er warten müsse, deshalb bemerkte ich: »Es tut mir wirklich leid, aber ich habe nur ein Schlafzimmer zu meiner Verfügung.« Er blieb stehen und fragte mich schlecht gelaunt, dabei aber doch höflich: »Habe ich dir etwa gesagt, daß ich ein Zimmer haben möchte?«

»Nein, aber ich dachte ...«

Er nahm seinen Rundgang von neuem auf, aber ich konnte mich jetzt nicht mehr halten und fragte ihn, während ich auf das Sofa deutete: »Warum setzt du dich nicht hierher zu mir?«

Er schaute mich an, um dann, wie unter einem neuen Entschluß, zu mir zu kommen und sich neben mich zu setzen. Er fragte: »Wie heißt du?«

»Adriana.«

»Ich heiße Giacomo«, sagte er und ergriff meine Hand. Das alles war völlig ungewohnt, und ich überlegte von neuem, ob er wohl besonders schüchtern sei. Ich überließ ihm meine Hand und lächelte ihn an, um ihn zu ermutigen. Aber seine Reaktion war sehr unerwartet: »Also wir sollen nachher zusammen schlafen?«

»Natürlich.«

»Wenn ich nun aber nicht will?«

»Dann tun wir es eben nicht«, antwortete ich leichthin in der Meinung, er scherze nur.

»Gut«, rief er nachdrücklich aus, »ich habe keine Lust, ich habe wirklich gar keine Lust.«

»Mir soll es recht sein«, sagte ich. Aber in Wirklichkeit war mir seine Zurückweisung so neu, daß ich sie noch gar nicht recht begriffen hatte.

»Bist du nicht beleidigt darüber? Im allgemeinen lieben die Frauen es nicht, zurückgewiesen zu werden.«

Endlich verstand ich. Unfähig, einen zusammenhängenden Satz hervorzubringen, schüttelte ich nur verneinend den Kopf. Er begehrte mich also nicht. Ich war plötzlich vollkommen verzweifelt und nahe daran, in Tränen auszubrechen. »Es macht mir gar nichts aus«, stammelte ich, »wenn du keine Lust hast, warten wir eben so lange, bis dein Freund fertig ist, und dann gehst du wieder.«

Aber er ließ nicht locker: »Ich habe dir doch den Abend verdorben, mit einem anderen hättest du etwas verdienen können.«

Ich dachte, vielleicht wolle er doch und könne es nur nicht bezahlen, deshalb schlug ich hoffnungsvoll vor: »Es macht gar nichts, wenn du kein Geld hast ... das kannst du mir ja auch ein andermal geben.«

»Du bist wirklich ein lieber Kerl«, sagte er, »aber am Geld scheitert es nicht. Ich werde dir trotzdem das Geld geben, dann kommt es dir nicht so vor, als habest du den Abend verloren.« Er steckte die Hand in die Jackentasche und zog ein anscheinend schon vorher vorbereitetes Päckchen Banknoten heraus, das er dann mit einer ungeschickten, dabei aber doch merkwürdig eleganten und unwilligen Bewegung weit von mir entfernt auf den Tisch legte. »Nein, nein«, wehrte ich ab, »was fällt dir denn ein, das kommt ja gar nicht in Frage.« Aber ich sagte es nicht allzu eindringlich, denn im Grunde freute ich mich über das Geld, da es eine Bindung zu ihm herstellte; solange ich in seiner Schuld stand, blieb mir die Hoffnung, mich dieser Schuld eines Tages entledigen zu können. Er deutete meine unsichere Weigerung als Bejahung — was sie ja eigentlich auch war — und ließ das Geld auf dem Tisch liegen. Er kehrte zum Sofa zurück. Mit dem Gefühl, eine große Dummheit zu begehen, streckte ich meine Hand aus und ergriff die seine. Einen Augenblick lang schauten wir uns an, dann quetschte er mir urplötzlich mit seinen langen, mageren Fingern heftig meinen kleinen Finger zusammen. »Au«, sagte ich verblüfft, »was hast du denn auf einmal?«

»Entschuldige«, sagte er, dabei machte er einen so ausgesprochen verwirrten Eindruck, daß ich meine kurze Antwort bereute und hinzufügte: »Weißt du, daß du mir weh getan hast?«

»Entschuldige bitte«, wiederholte er. Wie von einer neuen Aufregung gepackt, erhob er sich und wanderte wieder durchs Zimmer. Dann blieb er vor mir stehen und bat: »Können wir nicht hinausgehen? Dies Warten hier macht mich ganz nervös.«

»Wohin willst du denn gehen?«

»Ich weiß nicht... sollen wir eine kleine Wagenfahrt machen?«

Ich mußte an die vielen Male denken, die ich mit Gino im Auto verbracht hatte, und antwortete hastig: »Nein, keine Autofahrt.«

»Wir können ja auch in ein Café gehen. Gibt es hier in der Nähe eins?«

»In diesem Stadtteil nicht, aber soviel ich weiß, gibt es ein Lokal gleich außerhalb des Tores.«

»Komm, dann gehen wir dorthin.«

Ich erhob mich, und wir gingen aus dem Zimmer. Auf der Treppe versuchte ich zu scherzen: »Vergiß nicht, daß dir das Geld, das du mir gegeben hast, das Recht gibt, mich zu besuchen, wann du willst. Einverstanden?«

»Abgemacht.«

Draußen umfing uns eine milde, feuchte, dunkle Winternacht. Den ganzen Vortag lang hatte es geregnet, und das ruhige Licht der spärlichen Straßenlaternen spiegelte sich in großen, schwarzen Pfützen auf dem Pflaster. Der Himmel über den Häusern war wolkenlos, aber der Mond war nicht zu sehen, und nur ein paar Sterne glänzten ab und zu durch den Nebelschleier. Hin und wieder fuhr eine unsichtbare Straßenbahn hinter der Mauer, Funken stoben von der elektrischen Leitung und beleuchteten auf Augenblicke die halbzerstörten Türme und mit Grün überwucherten Wehrgänge. Mir fiel plötzlich ein, daß ich eigentlich seit Monaten nicht mehr in der Richtung des Lunaparkes gegangen war. Für gewöhnlich ging ich nach rechts zu dem Platz, auf dem mich Gino erwartete. Ich war seit meiner Backfischzeit nicht mehr in der Umgebung des Lunaparks gewesen, und die Erinnerung kehrte zurück, wie ich gemeinsam mit Mutter auf der Straße längs der Mauer spazierenging und wir uns an der Beleuchtung und der Musik freuten, ohne den Eintritt in den Bretterverschlag zu wagen, da wir keinen Groschen besaßen. An der gleichen Straße befand sich auch jene kleine Villa mit dem Türmchen, in deren Fenster ich die Familie um den runden Tisch beobachtet hatte; jenes Haus, das zum erstenmal den Hoffnungstraum in mir erweckt hatte, mich zu verheiraten, einen Haushalt zu besitzen und ein bürgerliches Leben zu führen. Ich wünschte mir, meinem Begleiter von jener Zeit zu erzählen, von meinem Ehrgeiz in jenem Alter. Ich muß zugeben, daß ich dies nicht nur aus sentimentalen Gründen, sondern auch aus Berechnung tun wollte. Er sollte mich nicht nur nach meiner jetzigen Erscheinung beurteilen, sondern ich wollte in einem anderen, besseren Licht vor ihm dastehen, das ich auch für wahrer hielt. Andere Leute empfangen wichtige Persönlichkeiten in ihren schönsten Zimmern und ziehen ihre Sonntagskleider dazu an. Mein früheres Dasein, meine Hoffnungen und meine ehrgeizigen Pläne waren für mich meine festlichen Kleider und gastlichen Räume, und ich erhoffte von diesen meinen armseligen, uninteressanten Erinnerungen, sie würden seine Meinung ändern und ihn mir näherbringen.

»Auf diesem Teil der Straße trifft man jetzt gar niemanden«, begann ich im Gehen, »aber im Sommer geht hier das ganze Viertel spazieren. Ich bin hier auch oft gegangen, aber vor langer Zeit ... du mußtest erst kommen, um mich wieder hierher zurückzubringen.«

Er hatte mich untergehakt und half mir auf der überschwemmten Straße vorwärts. »Mit wem bist du denn hier spazierengegangen?«

»Mit meiner Mutter.«

Er fing an zu lachen, mit einem so unerfreulichen Unterton dabei, daß ich ganz verwirrt wurde. »Die Mama«, wiederholte er mit langem, gedehntem Tonfall auf dem »M«, »Mama ist immer vorhanden ... was sagt die Mama, was tut die Mama ... die Mama, immer die Mama.«

Ich dachte, er empfinde vielleicht aus irgendeinem Grund einen besonderen Groll gegen seine eigene Mutter, und fragte ihn: »Hat dir deine Mutter irgend etwas getan?«

»Nein, nein«, antwortete er, »Mütter tun einem nie etwas — wer hat denn keine Mama? Hast du deine Mama lieb?«

»Natürlich, warum fragst du?«

»Nichts«, sagte er hastig, »kümmere dich nicht weiter um mich, sondern erzähle lieber — also du gingst mit deiner Mutter spazieren?«

Sein Ton war weder beruhigend noch besonders einladend; trotzdem fühlte ich mich — ein wenig aus Berechnung und ein wenig aus Sympathie für ihn – dazu gedrängt, mich weiter auszusprechen. »Ja, besonders im Sommer sind wir hier häufig gegangen, denn bei großer Hitze hält man es in unserem Haus nicht aus. Schau da drüben, siehst du die kleine Villa?«

Er blieb stehen und blickte hinüber. Doch diesmal waren die Fensterläden des Hauses geschlossen, und es schien unbewohnt zu sein. Zwischen den zwei langen, niedrigen Eisenbahnerhäusern kam es mir auch kleiner vor, als ich es in Erinnerung trug, vor allem häßlicher und düsterer. »Was soll denn mit dem Haus los sein?«

Jetzt schämte ich mich über das, was ich sagen wollte, und fuhr stockend fort: »Damals bin ich jeden Abend an dieser Villa vorbeigekommen, es war, wie gesagt, Sommer und alle Fenster weit geöffnet ... ich konnte immer beobachten, wie sich die Familie um diese Zeit zu Tisch setzte ...«, hier blieb ich unvermittelt stecken und schwieg verwirrt.

»Und dann?«

»Dich interessiert das doch alles nicht«, sagte ich, und meine Scheu schien mir zur gleichen Zeit ernst gemeint und falsch zu sein.

»Wie kommst du darauf? Natürlich interessiert es mich.«

»Also gut«, fuhr ich hastig fort, »ich hatte mir in den Kopf gesetzt, daß ich eines Tages auch so ein Haus besitzen müsse und die gleichen Dinge machen wolle, die ich jene Familie tun sah.«

»So ein Haus?« sagte er. »Deine Wünsche waren wirklich bescheiden.«

»Im Vergleich zu dem Haus, in dem wir wohnen, ist es gar nicht so häßlich«, verteidigte ich mich, »und außerdem wünscht man sich als Backfisch halt alles mögliche.«

Er zog mich am Arm zu der Villa hinüber. »Komm, wir schauen nach, ob die Familie dort noch wohnt.«

»Unsinn«, sagte ich widerstrebend, »was packt dich denn plötzlich? Die wohnen sicher noch dort.«

»Um so besser, das werden wir ja sehen.«

Wir standen vor dem Gebäude. Der schmale, dichtbewachsene Garten, die Fenster und das kleine Türmchen, alles lag in tiefem Dunkel. Er näherte sich der Gartentür und sagte: »Schau, hier ist auch ein Briefkasten, ich werde jetzt klingeln, und dann wird sich ja zeigen, ob jemand da ist ... deine Villa scheint mir aber eher unbewohnt zu sein.«

»Nein«, wiederholte ich lachend, »laß das doch sein, was packt dich denn plötzlich?«

»Paß auf«, er hob die Hand und drückte auf den Klingelknopf. Ich fürchtete, es könnte sich jemand zeigen, und hatte große Lust fortzulaufen. »Komm, laß uns gehen«, flehte ich ihn an, »wie stehen wir denn da, wenn jetzt jemand herausschaut.«

»Was wird Mama dazu sagen?« wiederholte er wie einen Kehrreim und ließ sich fortziehen. »Was wird Mama dazu sagen?«

»Du scheinst es wirklich mit der Mutter zu haben«, sagte ich und ging eilig weiter.

Jetzt lag der Lunapark vor uns. In meiner Erinnerung drängte sich die Menge vor dem Eingang, die im Wind schaukelnden bunten Lampions und die Zelte, untermalt von Musik und Lärm. Ich war ein wenig enttäuscht, nichts von alldem mehr vorzufinden. Der Zaun des Lunaparks schien statt einer Vergnügungsstätte ein dunkles, verlassenes Lager von Baumaterialien zu umschließen. Über die Zaunspitzen erhoben sich noch die Bogen der acht Luftschaukeln mit ihren Gondeln, die hier und dort in der Luft standen, dickbäuchigen Insekten vergleichbar, die mitten im Flug von einer plötzlichen Lähmung erfaßt wurden. Die spitzen Dächer der Zelte, ohne Beleuchtung und triefend vor Nässe, schienen zu schlafen. Alles war leblos in diesen Wintermonaten. Der Platz vor dem Park lag verlassen, und eine einzige Laterne beleuchtete schwach die großen Wasserlachen.

»Hier ist im Sommer der Lunapark«, sagte ich, »und alles ist immer überfüllt, aber im Winter ist er geschlossen ... wohin möchtest du jetzt gehen?«

»In jenes Café dort drüben?«

»Gut, es ist aber ein Restaurant.«

»Dann gehen wir eben ins Restaurant.«

Wir gingen durch ein Tor in der Mauer und landeten genau vor einer erleuchteten Glastür zu ebener Erde in einer Reihe ärmlicher Häuser. Erst nachdem wir eingetreten waren, wurde mir klar, daß es dieselbe Osteria war, in der ich vor so langer Zeit mit Gino und der Mutter gesessen hatte, damals, als Gino den frechen Betrunkenen zurechtwies. Höchstens drei oder vier Leute saßen an den kleinen Marmortischen, aßen in Zeitungspapier gewickeltes mitgebrachtes Essen und tranken dazu den Wein des Wirtes. Es war kälter als draußen, die Luft roch nach Feuchtigkeit, Wein und Sägespänen, man hatte den Eindruck, als sei der Ofen ausgegangen. Wir setzten uns in eine Ecke, und er bestellte einen Liter Wein. »Und wer soll einen Liter trinken?« fragte ich.

»Wieso? Trinkst du nicht?«

»Ich trinke sehr wenig.«

Er füllte ein Glas bis zum Rand und goß es mit einem Schluck hinunter, jedoch mühsam und sichtlich, ohne irgendwelchen Geschmack daran zu finden. Ich hatte es schon vorher bemerkt, aber diese Bewegung bestätigte meine Beobachtung: alle seine Handlungen geschahen willensmäßig, von außen her, ohne daß er wirklich daran teilnahm — als spiele er eine Rolle. Wir blieben eine Weile schweigend sitzen, er fixierte mich mit seinen leuchtenden, eindringlichen Augen, und ich schaute im Lokal umher. Die Erinnerung an jenen fernen Abend mit Gino und der Mutter kehrte immer lebhafter zurück, und ich war mir nicht klar darüber, ob sie Bedauern oder Verdruß mit sich bringen würde. Damals war ich sehr glücklich, das ist richtig, aber wie wurde ich auch zur selben Zeit hinters Licht geführt! Es war mir, als öffnete ich nach langer Zeit eine verschlossene Kassette — und statt der erhofften kostbaren Dinge kamen nur ein paar Lumpen, ein wenig Staub und Motten zum Vorschein. Alles war zu Ende, nicht nur meine Liebe zu Gino, sondern zugleich auch meine Jugend mit ihren verratenen Träumen. Wie wahr diese Erkenntnis war, wurde mir am deutlichsten dadurch, daß ich mich bewußt und mit Berechnung meiner Erinnerungen bedient hatte, um meinen Begleiter damit zu rühren. Ich bemerkte aufs Geratewohl: »Dein Freund war mir zuerst unsympathisch, aber dann hatte ich ihn ganz gern — er ist so fröhlich.«

Er antwortete brüsk: »Erstens ist er nicht mein Freund, und außerdem ist er wahrhaftig nicht sympathisch.«

Ich war ganz überrascht über seinen heftigen Ton. Deshalb gab ich nach. »Glaubst du?«

Er trank und fuhr dann fort: »Vor witzigen Leuten dieser Art sollte man sich in acht nehmen wie vor der Pest. Gewöhnlich verbergen diese munteren Witzeleien eine gähnende Leere — du solltest ihn nur einmal in seinem Büro sehen! Dort ist er gänzlich humorlos.«

»Was hat er denn für einen Beruf?«

»Ich weiß es nicht ganz genau, aber ich glaube, er besitzt ein Patentbüro.«

»Verdient er viel?«

»Haufenweise.«

»Na, da kann man ihm nur Glück wünschen!«

Er schenkte mein Glas voll, und ich erkundigte mich: »Warum bist du denn mit ihm zusammen, wenn er dir so unsympathisch ist?«

»Das ist eine Kinderfreundschaft«, antwortete er achselzukkend, »wir sind zusammen auf der Schule gewesen. Solche Freundschaften sind meistens so.«

Er trank von neuem und setzte dann hinzu: »Aber eigentlich ist er mehr wert als ich.«

»Wieso?«

»Wenn er etwas anpackt, dann führt er es auch ernsthaft zu Ende. Ich dagegen will es zuerst auch tun, aber dann«, und hier ging seine Stimme plötzlich in einen schrillen Falsett-Ton über, bei dem ich erstaunt zusammenfuhr, »wenn der Moment gekommen ist, tue ich es doch nicht — nimm zum Beispiel heute abend: er hat mich angerufen und gefragt, ob ich, wie man so schön sagt, auf Weibersuche mit ihm gehen wolle; ich habe zugesagt, und wie wir euch dann trafen, habe ich dich auch wirklich begehrt — aber als wir dann in deiner Wohnung waren, ist alle Begierde plötzlich wie weggeblasen gewesen . . .«

»Die Lust ist dir vergangen?« wiederholte ich und betrachtete ihn schärfer.

»Ja, in meinen Augen warst du plötzlich keine Frau mehr, sondern irgendein Gegenstand — weißt du noch, wie ich dir am kleinen Finger so weh getan habe?«

»Ja.«

»Siehst du, das tat ich, um mir klarzumachen, daß du wirklich existierst, nicht etwa, um dich leiden zu lassen.«

»Ich existierte«, erwiderte ich lächelnd, »und du hast mir sehr weh getan.« Allmählich begriff ich erleichtert, daß sein Widerstreben nicht auf eine Abneigung gegen mich zurückging. Im übrigen findet man nie etwas vollkommen Fremdartiges in den Menschen. Sowie man versucht, sie wirklich zu verstehen, entdeckt man, daß ihr Verhalten, so ungewöhnlich es auch erscheinen mag, doch eine sehr einleuchtende Ursache hat. »So habe ich dir also gar nicht gefallen?«

Er schüttelte verneinend den Kopf: »Weder ja noch nein. Du oder eine andere — es wäre mir ganz dasselbe gewesen.«

Nach kurzem Zögern fragte ich ihn: »Sag mal, du bist doch nicht impotent?«

»Unsinn!«

Jetzt verspürte ich den heftigen Wunsch, ihm näherzukommen, den Abstand zu überbrücken, der uns trennte, ihn zu lieben und wiedergeliebt zu werden. Ich hatte behauptet, durch seine Zurückweisung nicht beleidigt worden zu sein; aber in Wahrheit war ich, wenn auch nicht beleidigt, so doch sehr verletzt und in meiner Ehre getroffen. Ich war sicher, schön und anziehend zu sein, und ich bildete mir deshalb ein, er könne keinen triftigen Grund haben, mich nicht zu begehren. Ich schlug einfach vor: »Hör mal zu, jetzt trinken wir unseren Wein aus, und dann gehen wir nach Hause und schlafen zusammen.«

»Nein, auf keinen Fall!«

»Das heißt also, daß ich dir noch nicht einmal gefallen habe, als du mich zum erstenmal auf der Straße sahst?«

»Nein ... aber so versuche doch wenigstens, mich zu verstehen!«

Ich wußte aus Erfahrung, daß kein Mann gewissen Argumenten widerstehen kann, deshalb wiederholte ich ruhig mit gespielter Bitterkeit: »Ich scheine dir wirklich nicht zu gefallen«, und streckte dabei meine Hand aus, um sie auf seine Wange zu legen. Ich besitze eine große, lange, weiße Hand; wenn es wahr ist, daß man den Charakter von der Hand ablesen kann, dann mußte mein Charakter nichts Gemeines an sich haben, im Unterschied zu Gisella, deren Hände groß, rot, rauh und unförmig waren. Ich fing an, ganz leise seine Wangen zu streicheln, die Schläfen und die Stirn unter den Haaren, dabei schaute ich ihn unverwandt heiß und begehrend an. Mir fiel ein, wie Astarita mich im Ministerium mit der gleichen Bewegung gestreichelt hatte, und mir wurde immer deutlicher bewußt, wie sehr ich in Giacomo verliebt war, denn Astarita liebte mich zweifellos, und das war wirklich eine Geste der Liebe. Zuerst verhielt er sich starr und unbeweglich unter meiner Liebkosung; dann begann sein Kinn zu zittern – später konnte ich beobachten, daß das immer ein Zeichen von Verwirrung bei ihm war –, und ein verzerrter, beinahe jungenhafter Ausdruck zeigte sich auf seinem Gesicht; ich empfand Mitleid mit ihm und war glücklich darüber, denn ich nahm es als ein Zeichen, daß ich mich ihm allmählich näherte. »Aber was tust du denn«, murmelte er, genau wie ein Junge, der sich schämt, »wir sind doch in einem öffentlichen Lokal.«

»Was kümmert mich das«, antwortete ich ruhig.

Meine Wangen glühten trotz der Kälte im Raum, und ich war fast verwundert darüber, zu sehen, wie sich bei jedem Atemzug eine kleine Dampfwolke vor unseren Mündern bildete. »Gib mir deine Hand«, sagte ich. Er überließ sie mir unwillig, ich führte sie an mein Gesicht und setzte hinzu: »Fühlst du, wie meine Backen brennen?«

Er sagte nichts und beschränkte sich darauf, mich anzublicken, während sein Kinn zitterte. Die Glasketten des Türvorhanges klirrten, als jemand eintrat, und ich zog meine Hand zurück. Er stieß einen erleichterten Seufzer aus und schenkte sich wieder ein. Aber sobald der Gast hinausgegangen war, streckte ich meine Hand von neuem aus, schob sie zwischen die Jackenteile, knöpfte das Hemd auf und drang auf seiner Brust zu seinem Herzen vor. »Ich möchte meine Hand anwärmen«, sagte ich, »und außerdem will ich fühlen, wie dein Herz schlägt.« Zuerst legte ich den Handrücken nach unten, dann preßte ich von neuem die Handfläche auf seine Haut. »Deine Hand ist kalt«, bemerkte er und schaute mich an.

»Jetzt wird sie schon warm werden«, antwortete ich lächelnd. Ich hielt meinen Arm ausgestreckt und führte meine Hand ganz sanft über seine Brust und die mageren Rippen. Ich empfand eine große Freude, ihm so nahe zu sein und ihn so sehr zu lieben, daß ich seine Liebe entbehren konnte. Ich schaute ihn an und drohte ihm scherzhaft: »Ich merke schon, bald wird der Moment kommen, in dem ich dich küsse.«

»Nein, nein«, gab er zurück und versuchte seinerseits zu scherzen, obwohl er im Grunde erschrocken war, »versuch dich lieber zu beherrschen.«

»Dann wollen wir gehen.«

»Gut, wie du willst.«

Er bezahlte den Liter, den er nicht ausgetrunken hatte, und wir traten aus dem Lokal. Er schien jetzt auf seine Art erregt zu sein, aber nicht durch Liebe wie ich, sondern die Ereignisse des Abends hatten wohl eine bestimmte Gedankenverbindung in seinem Gehirn erweckt. Als ich ihn später besser kannte, entdeckte ich, daß er immer dann in diesen Erregungszustand geriet, wenn er aus irgendeinem Grund einen ihm bis dahin unbekannten Zug seines Charakters herausfand oder die Bestätigung dafür erhielt. Er war sehr egoistisch, wenn auch auf eine liebenswerte Art, oder besser gesagt, er war stark mit sich selbst beschäftigt: »Das geht immer so«, nahm er das Gespräch wieder auf, als unterhalte er sich mit sich selbst, während ich ihn beinahe rennend zu unserer Wohnung geleitete, »ich werde von einem starken Wunsch gepackt, eine Sache zu tun, ich gehe mit großem Enthusiasmus ans Werk, alles scheint in bester Ordnung zu sein, ich bin überzeugt davon, daß ich handeln werde, wie ich es mir vorgenommen habe, und wenn dann der Moment zur Tat gekommen ist, bricht doch wieder alles zusammen, und ich höre sozusagen auf zu existieren, oder besser gesagt, ich existiere nur in meinen schlechten Eigenschaften, ich werde kalt, müßig, grausam ... genauso, wie ich war, als ich dir den Finger verdreht habe.«

Er sprach ganz vertieft, wie bei einem Monolog, und sicher nicht ohne eine gewisse bittere Befriedigung. Aber ich hörte nicht weiter hin, weil ich so voller Freude war, daß meine Füße beinahe über die Pfützen dahinflogen. Ich antwortete vergnügt: »Das hast du mir alles schon einmal erzählt, aber ich habe dir noch nicht gesagt, was ich empfinde: ich möchte dich fest umschlingen und dich an meinem Körper wärmen, ich möchte dich ganz nahe spüren und dich allmählich dazu bringen, das zu tun, was du nicht tun willst — eher gebe ich mich nicht zufrieden.«

Er schwieg. Was ich sprach, schien seine Ohren kaum zu streifen, so sehr war er noch in das vertieft, was er gesagt hatte. Unversehens schlang ich meinen Arm um seine Taille und sagte: »Leg doch deinen Arm auch um mich.«

Er schien mich nicht gehört zu haben. Nun ergriff ich seinen Arm, half mir, so gut es ging — als ob man sich einen Mantel anzieht —, und legte ihn um meine Hüften. Wir nahmen unsere Wanderung wieder auf, allerdings nicht ohne Behinderungen, da wir beide dicke Wintermäntel trugen und die Arme daher kaum um den Rücken herumreichten.

Als wir uns vor der Villa mit dem kleinen Türmchen befanden, blieb ich stehen und bat ihn: »Gib mir einen Kuß.«

»Später.«

»Gib mir jetzt einen Kuß.«

Er drehte sich um, und ich schlang meine Arme um seinen Hals und küßte ihn heftig auf den Mund. Er hielt seine Lippen zusammengepreßt, aber ich drängte meine Zunge zwischen sie, dann zwischen die Zähne, bis sie sich endlich öffneten. Ich war nicht sicher, ob er mir den Kuß zurückgab, aber das war, wie gesagt, gar nicht wichtig für mich. Dann lösten wir uns voneinander, und ich sah um seinen Mund herum einen großen Fleck verschmierten Lippenstifts, der fremdartig und ein wenig komisch auf seinem ernsten Gesicht wirkte. Ich brach in fröhliches Gelächter aus. Er murmelte: »Warum lachst du denn?«

Ich zögerte erst, dann zog ich es vor, ihm nicht die Wahrheit zu sagen, weil es mir Spaß machte, ihn so neben mir herlaufen zu sehen, ganz ernsthaft und ohne sich des Flecks auf seinem Gesicht bewußt zu werden. Deshalb sagte ich: »Oh, nichts, ich bin nur so vergnügt; kümmere dich nicht um mich«; und in meiner Glückseligkeit drückte ich ihm rasch einen zweiten Kuß auf die Lippen.

Als wir an unserer Haustür ankamen, fanden wir das Auto nicht mehr vor. »Jetzt ist Giancarlo weggefahren«, sagte er schlechtgelaunt, »und ich kann, wer weiß wie lange, nach Hause laufen.«

Ich war nicht weiter beleidigt über seinen für mich wenig schmeichelhaften Ton, weil mich jetzt nichts mehr verletzen konnte. So wie es einem immer geht, wenn man verliebt ist, zeigten sich mir seine Fehler in einem besonderen Licht, das sie mir liebenswert machte. Deshalb zuckte ich nur die Achseln: »Es gibt ja Nachtwagen der Straßenbahn, und außerdem kannst du bei mir schlafen, wenn du willst ...«

»Nein, das bestimmt nicht«, antwortete er hastig.

Wir traten ins Haus und stiegen die Treppen hinauf. Als wir im Vorraum standen, schob ich ihn in mein Zimmer und ging einen Augenblick lang ins Wohnzimmer. Es lag ganz im Dunkel – bis auf das Fenster, durch das der Lichtschein einer Laterne auf die Nähmaschine und den Sessel fiel. Mutter mußte sich wohl schon niedergelegt haben, wer weiß, vielleicht war sie Giancarlo und Gisella begegnet und hatte sich mit ihnen unterhalten. Ich schloß leise die Tür und trat in mein Zimmer. Er ging unruhig zwischen Bett und Kommode auf und ab.

»Hör zu«, begann er, »ich glaube, ich gehe jetzt besser wieder fort.«

Ich tat, als hätte ich ihn nicht gehört, zog meinen Mantel aus und hing ihn an einen Haken. Ich fühlte mich so glücklich, daß ich ihn unbedingt mit der Eitelkeit des Besitzers fragen mußte: »Wie gefällt dir dies Zimmer? Ist es nicht gemütlich?«

Er schaute sich um und zog ein Gesicht, das ich nicht verstand. Ich packte ihn am Arm, setzte ihn aufs Bett und sagte: »Jetzt laß mich nur machen.« Er blickte mich stumm an, der Mantelkragen war noch am Nacken hochgeschlagen, und die Hände steckten in den Taschen. Ich zog ihm vorsichtig den Mantel aus, dann kam die Jacke daran, und beides wurde ordentlich auf einen Bügel aufgehängt. Ohne Eile löste ich den Knoten der Krawatte und legte sie zusammen mit dem Hemd auf einen Stuhl. Daraufhin kniete ich nieder, nahm einen Fuß in meinen Schoß, so wie es die Schuster tun, zog Schuhe und Strümpfe aus und küßte seine Füße. Ich hatte methodisch und langsam begonnen, aber je mehr ich ihn entkleidete, um so stärker packte mich eine unerklärliche, hingebende Demut und Bewunderung. Es war vielleicht ein ähnliches Gefühl, wie ich es manchmal empfand, wenn ich mich in der Kirche auf die Knie warf, aber zum erstenmal hatte ich dies Empfinden einem Mann gegenüber. Ich war auch gar nicht glücklich darüber, denn ich spürte, daß dies wahre Liebe sei, fern von aller Sinnlichkeit und allem Laster. Als er nackt war, kniete ich zwischen seine Beine, nahm sein Glied in beide Hände und drückte es einen Augenblick lang heftig gegen meine Wangen und Haare und schloß die Augen dabei. Er ließ alles mit sich geschehen, und sein Gesicht trug dabei einen verwirrten Ausdruck, der mich freute. Dann erhob ich mich, trat hinter das Bett und zog mich hastig aus; ich ließ meine Sachen einfach zur Erde fallen und trat mit den Füßen darauf, so eilig hatte ich es. Er saß frierend auf dem Bettrand und starrte vor sich hin. Von einer übermütigen, grausamen Wildheit gepackt, faßte ich ihn an beiden Schultern, drehte ihn herum und warf ihn rücklings mit dem Kopf auf die Kissen. Sein Körper war lang, mager und weiß; auch Körper tragen einen Ausdruck, ebenso wie Gesichter, und seiner wirkte keusch und jugendlich. Ich streckte mich neben ihm aus, und im Vergleich zu seiner Magerkeit, Blässe und Kälte erschien mir mein Körper besonders heiß, braun, fleischig und kräftig. Ich preßte mich heftig gegen ihn, schlang meine Arme um seine Brust, legte mein Gesicht an seines und drückte meine Lippen auf sein Ohr. Mir schien, ich wolle ihn nicht so sehr lieben, als ihn vielmehr mit meinem Körper wie mit einer heißen Decke umfangen, um ihm meine Wärme zu übertragen. Er lag rücklings da, aber er hielt den Kopf mit weitgeöffneten Augen ein wenig erhoben, als wolle er alles beobachten, was ich täte. Bei seinem aufmerksamen Blick lief es mir eiskalt den Rücken hinunter, er flößte mir nun ein vages Unbehagen ein. Immer noch getrieben von meinem ersten Impuls, schenkte ich diesem Blick aber anfangs keine weitere Beachtung. Auf einmal murmelte ich: »Fühlst du dich jetzt nicht besser?«

»Ja«, antwortete er in nichtssagendem und weit entferntem Ton.

»Warte«, sagte ich. Aber in dem Augenblick, als ich mich mit erneuter Glut anschickte, ihn wieder zu umfangen, spürte ich seinen starren, kalten Blick auf meinem Rücken wie einen nassen, eiskalten Schwamm, und plötzlich fühlte ich mich verlegen und schamerfüllt. Meine Glut erlosch, ich löste mich langsam von ihm und ließ mich ein wenig entfernt rücklings aufs Bett fallen. Ich hatte unter größter Anstrengung versucht, Liebe zu erwecken, indem ich die ganze Heftigkeit einer neuentflammten, naiven Begierde hineinlegte; bei der plötzlichen Erkenntnis der Vergeblichkeit meiner Bemühungen füllten sich meine Augen mit Tränen, und ich hielt meinen Arm vors Gesicht, um ihm zu verbergen, daß ich weinte. Ich schien mich getäuscht zu haben, schien ihn nicht lieben zu können und auch nicht wiedergeliebt zu werden; außerdem mußte ich fortwährend daran denken, daß er mich sicherlich ohne Illusionen sah: so, wie ich in Wirklichkeit war. Ich hatte bisher ganz bewußt andauernd in einer Art Nebel gelebt, den ich selbst geschaffen hatte, um mich nicht mehr in meinem Gewissen zu spiegeln. Er dagegen hatte mit seinen Blicken diesen Nebel aufgesogen und den Spiegel von neuem vor meine Augen gestellt. So sah ich mich, wie ich wirklich war, oder besser, wie ich in seinen Augen wirken mußte, denn ich selbst wußte nichts über mich und dachte mir auch nichts, ich hatte ja sogar, wie gesagt, manchmal Mühe, an meine Existenz zu glauben. Endlich sagte ich: »Geh fort!«

»Warum denn?« Er stützte sich auf einen Ellbogen und betrachtete mich verlegen. »Was hast du denn?«

»Es ist besser, wenn du jetzt gehst«, sagte ich ruhig, immer noch mit einem Arm vor meinem Gesicht, »du mußt nicht denken, daß ich etwas gegen dich habe, aber ich spüre, daß du gar nichts für mich empfindest, und dann . . .«, ich beendete den Satz nicht, sondern schüttelte nur den Kopf.

Er schwieg; aber ich spürte, wie er sich bewegte und aufstand; er zog sich an. Ich empfand jetzt unmittelbaren Schmerz, als sei ich tief verwundet worden, ja als drehe man mir ein glühendes, spitzes Eisen in der Wunde herum. Ich litt darunter, ihn sich ankleiden zu hören, ich litt bei dem Gedanken, daß er in Kürze fortgehen würde und ich ihn vielleicht nie mehr wiedersähe, ich litt darunter, daß ich seinetwegen Schmerz empfand.

Er zog sich ganz langsam an, vielleicht wartete er darauf, von mir zurückgerufen zu werden. Ich weiß noch, wie ich einen Augenblick lang hoffte, ihn durch entfachte Begierde zurückhalten zu können. Ich hatte mir die Decke übergezogen, als ich mich neben ihn legte. Jetzt bewegte ich ein Bein mit einer traurigen, verzweifelten Koketterie, so daß die Decke von meinem Körper herabglitt. Noch nie hatte ich mich auf diese Weise angeboten, und für kurze Zeit, während ich nackt dalag, den Arm immer noch vor dem Gesicht, vermeinte ich beinahe körperlich seine Hände auf meinen Schultern und seinen Atem auf meinem Mund zu spüren. Aber beinahe im gleichen Augenblick hörte ich, wie sich die Tür schloß.

So, wie ich war, blieb ich unbeweglich liegen. Ohne es zu merken, glitt ich aus meinem Schmerz in eine Art Halbschlummer und dann in tiefen Schlaf. Spät in der Nacht erwachte ich und wurde mir zum erstenmal klar darüber, daß ich allein war. Während jenes ersten Schlummers war mir trotz der Bitterkeit der Trennung das Gefühl für seine Gegenwart geblieben. Ich weiß nicht mehr, wie ich wieder einschlief.

ZWEITES KAPITEL

Am nächsten Tag fühlte ich mich zu meiner Überraschung matt, unlustig und melancholisch, als hätte ich eine wochenlange Krankheit durchgemacht. Ich besitze ein sehr heiteres Gemüt, und die Freude, die von der Gesundheit und Kraft meines Körpers herrührt, ist immer stärker als jede Widerwärtigkeit gewesen; manchmal ging das so weit, daß ich mich eigentlich über irgend etwas ärgerte und dabei doch nicht wider meine eigene Fröhlichkeit aufkam, selbst wenn die Umstände dagegen sprachen. Zum Beispiel spürte ich fast jeden Tag nach dem Aufstehen den Wunsch, zu singen oder Mutter eine scherzhafte Bemerkung hinzuwerfen. Aber an jenem Morgen hatte mich auch diese unwillkürliche Fröhlichkeit verlassen: ich fühlte mich traurig und unsicher, vollkommen meines gewohnten heftigen Appetits auf die zwölf Stunden Leben beraubt, die der Tag mir bot. Mutter bemerkte sogleich meine ungewohnte Stimmung, aber ich erzählte, ich hätte schlecht geschlafen.

Das stimmte auch; nur war das eine Wirkung der tiefen Demütigung, die Giacomos Weigerung meinem Selbstbewußtsein zugefügt hatte. Wie ich schon des öfteren betont habe, machte es mir seit einiger Zeit gar nichts aus, das zu sein, was ich war; mir selbst gegenüber sah ich keinerlei Grund, es nicht zu sein. Aber ich hatte darauf gehofft, zu lieben und wiedergeliebt zu werden. Giacomos Weigerung schien demnach — trotz all der komplizierten Gründe, die er angeführt hatte — hauptsächlich mit meinem Beruf zusammenzuhängen; deshalb war mir mein tägliches Leben mit einem Schlag verhaßt und unerträglich geworden.

Eigenliebe ist eine kuriose Bestie, die unter den grausamsten Schlägen schlafen kann, um sich dann plötzlich bei einer einfachen Schramme tief verwundet zu regen. Vor allem eine Erinnerung quälte mich hartnäckig und erfüllte mich immer wieder von neuem mit Scham und Bitterkeit: ein Satz, den ich am Abend gesprochen hatte, als ich meinen Mantel an den Haken hängte. Ich hatte ihn gefragt: »Wie gefällt dir dies Zimmer? Ist es nicht gemütlich?«

Als Antwort hatte er sich nur schweigend umgeschaut und

dabei das Gesicht verzogen, aber ich hatte ihn nicht verstanden. Jetzt begriff ich, daß es eine Geste des Abscheus war. Sicherlich hatte er gedacht: das Zimmer einer Straßendirne. In der Erinnerung kränkte es mich vor allem, diesen Satz mit einer so wehrlosen Freude gesagt zu haben. Ich hätte überlegen sollen, daß einem so sensiblen und gebildeten Menschen wie ihm dies Zimmer als eine schmutzige Höhle erscheinen mußte, doppelt häßlich durch die wirklich sehr bescheidenen Möbel und den Gebrauch, den ich davon machte.

Ich hätte diesen unglückseligen Satz so gerne ungesprochen gemacht; aber nun war er mir entschlüpft, und es war nichts mehr daran zu ändern. Diese paar Worte erschienen mir wie ein Gefängnis, aus dem ich unter keiner Bedingung mehr herausgelassen wurde. In diesem kurzen Satz war ich selbst enthalten, unwiderruflich an das gebunden, zu dem ich durch meinen eigenen Willen geworden war. Ihn zu vergessen oder mir einzubilden, ich hätte ihn nie geäußert, wäre ebenso gewesen, als wollte ich mich selbst vergessen oder mir vormachen, ich existierte ja gar nicht.

Diese Überlegungen wirkten wie ein schleichendes Gift, das langsam seinen bösen Weg in meine Blutbahnen fand. Solange ich auch morgens für gewöhnlich meine Mußestunden zu verlängern suchte, kam doch immer ein Augenblick, in dem mich die Bettdecken anekelten, und mein Körper befreite sich dann wie von einem selbständigen Willen getrieben und sprang aus dem Bett. Aber an jenem Tag geschah das Gegenteil: Der ganze Morgen verging, es wurde Zeit zum Mittagessen, und ich hatte mich immer noch nicht bewegt, sosehr ich mich auch zum Aufstehen anspornte. Ich fühlte mich gefesselt, unlustig, ohnmächtig und starr, dabei tat mir der ganze Körper weh, als hätte mich diese Unbeweglichkeit eine große, verzweifelte Anstrengung gekostet. Ich kam mir vor wie eine jener vermoderten Barken, die manchmal in irgendeiner sumpfigen Einbuchtung angekettet sind und deren Kiele mit schwarzem, stinkendem Wasser angefüllt sind; tritt jemand hinein, dann geben die verwesenden Planken sofort nach, und das Boot, das dort vielleicht schon seit Jahren lag, geht in einem Augenblick unter. Ich weiß nicht, wie lange ich so dalag und ins Leere starrte, zugedeckt bis unter die Nasenspitze. Ich hörte das Mittagsgeläut, dann schlug es eins, dann zwei, drei und vier Uhr. Ich hatte meine Tür abgeschlossen, Mutter war beunruhigt und kam immer wieder klopfen. Ich antwortete, ich würde bald aufstehen und sie solle mich um Himmels willen in Ruhe lassen.

Als die Dämmerung hereinbrach, faßte ich Mut, warf die

Decken mit einer beinahe übermenschlichen Anstrengung ab und erhob mich.

Meine Glieder schienen vor Widerwillen und Untätigkeit angeschwollen zu sein; ich wusch mich und zog mich an, dabei schleppte ich mich mehr, als daß ich ging, von einer Ecke des Zimmers in die andere. Ich dachte gar nichts, sondern wußte nur — nicht mit dem Gehirn, sondern mit meinem ganzen Körper —, daß ich, jedenfalls an diesem Abend, keinerlei Lust hatte, auf Männerfang auszugehen. Als ich angekleidet war, ging ich zur Mutter und erzählte ihr, ich wolle am Abend mit ihr zusammen sein; wir würden spazierengehen und später einen Aperitif in einem Café trinken.

Mutter war nicht an solche Einladungen gewöhnt, und ihre Freude darüber störte mich, ich weiß selbst nicht, warum; wieder einmal stellte ich erbarmungslos fest, wie weich und aufgedunsen ihre Wangen geworden waren und was für ein falsches, unsicheres Licht ihre kleinen Augen ausstrahlten. Aber ich unterdrückte die Versuchung, ihr ein paar unfreundliche Worte zu sagen, die ihre Freude zerstört hätten, und setzte mich an den Tisch im halbdunklen Wohnzimmer, um zu warten, bis sie umgekleidet war. Das weiße Licht der Laterne drang durch die Scheiben der vorhanglosen Fenster, beleuchtete die Nähmaschine und reichte bis zur Wand. Ich senkte die Augen zum Tisch und erblickte die Umrisse der Figuren auf den Patiencekarten, mit denen Mutter sich die Langeweile der langen, einsamen Abende zu vertreiben pflegte. Plötzlich geschah etwas Merkwürdiges: es erschien mir so, als sei ich selbst mit einem Schlag die Mutter, wirklich: mit Fleisch und Knochen, ganz jene Frau, die darauf wartete, daß ihre Tochter Adriana dort drüben in der kleinen Kammer mit einem ihrer aufgelesenen Liebhaber fertig würde. Vermutlich rührte dies Gefühl von der Tatsache her, daß ich mich auf ihren Sessel am Tisch vor ihre Karten gesetzt hatte. Bestimmte Plätze haben manchmal so eine Suggestionskraft, mehr als man meint; zum Beispiel, wenn man einen Kerker besichtigt und die gleiche Kälte und Verzweiflung, das gleiche Gefühl der Absonderung wie der Gefangene empfindet, der hier vor langer Zeit litt. Aber das Wohnzimmer war kein Kerker, und Mutter litt im übrigen unter keinem so großen Kummer. Sie vegetierte — und so hatte sie immer gelebt. Nun aber — vielleicht, weil ich gerade vorher eine feindliche Regung gegen sie verspürt hatte — genügte die Vorstellung ihres Lebens, um in mir eine Art Wiederverkörperung zu erwirken. Gute Menschen sagen häufig, wenn sie tadelnswerte Handlungen entschuldigen wollen: »So versetze dich doch an seine Stelle.« In jenem Augenblick hatte ich mich wirklich an Mutters Stelle versetzt, und zwar so stark, daß ich mir einbildete, selbst die Mutter zu sein.

Ich verkörperte Mutter, aber mit dem Bewußtsein, sie zu sein; etwas, das ihr sicher nie geschah, denn sonst hätte sie auf irgendeine Weise aufbegehrt. Unversehens fühlte ich mich verwelkt, runzlig und kreuzlahm; ich begriff auf einmal, was altern bedeutet, daß der Körper nicht nur verändert, sondern auch geschwächt und hilflos wird. Wie war Mutter eigentlich? Ich hatte sie manchmal beim Auskleiden beobachtet und ihre welken, braunen Brüste und den gelblichen, eingesunkenen Leib betrachtet, ohne weiter darüber nachzudenken. Diese Brüste, die mich genährt hatten, und diesen Leib, der mich getragen, spürte ich jetzt am eigenen Körper, und ich vermeinte, dasselbe Gefühl des Bedauerns und ohnmächtigen Kummers zu empfinden, das der Anblick ihres eigenen, veränderten Körpers bei Mutter auslösen mußte. Schönheit und Jugend machen das Leben erträglich und sogar fröhlich. Aber was geschieht, wenn sie vergangen sind? Ein Angstschauer überlief mich, und ich löste mich einen Augenblick lang aus dieser Art Alpdrücken, um mich erleichtert darüber zu freuen, in Wahrheit immer noch die junge, schöne Adriana zu sein und nichts mit Mutter gemeinsam zu haben, die weder jung noch schön war und es niemals mehr sein würde.

Zur gleichen Zeit formten sich ganz langsam, wie bei einem gehemmten Mechanismus, der sich allmählich wieder zu bewegen beginnt, in meinem Gehirn Gedanken, wie sie ihr wohl durch den Kopf gingen, wenn sie allein im Wohnzimmer saß und auf mein Kommen wartete. Man kann sich unschwer vorstellen, was sich ein Mensch wie Mutter in einer ähnlichen Situation denken mag; doch bei den meisten muß das notgedrungen zu Verachtung und Verwerfung führen; denn in Wirklichkeit machen sie sich eine Art Puppe zurecht, auf die sie ihre ganze Feindseligkeit übertragen. Aber ich hatte Mutter ja sehr gern und versetzte mich aus Liebe in ihre Lage; deshalb wußte ich auch, daß ihre Gedanken in solchen Augenblicken weder geil noch beängstigend oder schamhaft waren und sich überhaupt nicht damit befaßten, was ich gerade tat oder war. Ich wußte, daß ihre Gedanken unbedeutend und zufällig waren, wie es einer armen, alten, unwissenden Person entsprach, die ihr ganzes Leben lang niemals zwei Tage hintereinander an dieselbe Sache hat denken oder glauben können, ohne von den Tatsachen unaufhörlich eines Besseren belehrt zu werden. Große Gedanken und Gefühle, auch die negativen und die traurigen, wollen Dauer und Schutz, sie sind zarte Pflanzen, die lange Zeit dazu brauchen, sich kräftig zu entwickeln und Wurzeln zu bilden. Aber Mutter hatte in ihrem Herzen und Gehirn nie etwas anderes als vergängliches Unkraut alltäglicher Betrachtungen des täglichen Unwillens und der tausend täglichen Kleinigkeiten kultivieren können. Nur deshalb war es mir möglich, mich in meinem Zimmer für Geld zu geben, während Mutter im Wohnzimmer vor ihrer Patience saß und sich im Geist mit den üblichen Nichtigkeiten beschäftigte — wenn es berechtigt ist, die Dinge so zu bezeichnen, mit denen und von denen sie seit ihrer Kindheit bis zum heutigen Tage gelebt hat: die Lebensmittelpreise, der Nachbarnklatsch, die Pflege des Hauses, die Furcht vor Gebrechen, die kommende Arbeit und andere scheinbare Lappalien. Darüber hinaus hat sie vielleicht manchmal beim Klang der Kirchenglocke aufgehorcht und flüchtig gedacht, ohne der Sache besondere Bedeutung beizumessen: Diesmal braucht Adriana länger als gewöhnlich. Oder wenn sie mich die Tür öffnen und im Flur sprechen hörte: So, jetzt ist sie also fertig. Was gibt's noch mehr? — In solchen Phantasien verkörperte ich jetzt Mutter mit Leib und Seele — weil ich aber wußte, auf welche schonungslose und wahrhaftige Art ich sie in mir fühlte, schien ich sie von neuem zu lieben: weit mehr als früher.

Das Geräusch der sich öffnenden Tür riß mich aus meinen Wachträumen. Mutter zündete die Lampe an und fragte mich: »Was tust du denn hier im Dunkeln?« Ich erhob mich geblendet und betrachtete sie. Schon der erste Blick zeigte mir, daß sie sich ganz neu angezogen hatte. Sie hatte keinen Hut aufgesetzt, denn sie trug nie einen, aber sie trug ein feines schwarzes Kleid, am Arm hing eine große schwarze Ledertasche mit gelber Metallschließe, und um den Hals hatte sie einen Kaninchenpelz geschlungen. Die grauen Haare waren angefeuchtet und mit besonderer Sorgfalt zu einem kleinen Knoten auf der Scheitelmitte zusammengekämmt, aus dem ein Wald von Haarnadeln starrte. Sie hatte sogar ein wenig rosa Puder auf die einstmals mageren und heute blühenden Backen aufgelegt. Ich mußte unwillkürlich lächeln, als ich sie so feierlich zurechtgemacht sah, und ganz im Ton meiner früheren Anhänglichkeit forderte ich sie auf: »Komm, gehen wir!«

Ich wußte, wie sehr Mutter es genoß, zur Zeit des stärksten Verkehrs langsam an den schönsten Geschäften der Hauptstraße entlangzuschlendern. Deshalb fuhren wir mit einer Straßenbahn bis zur Via Nazionale. Als Kind war ich häufig von Mutter hierher mitgenommen worden. Sie pflegte auf der Piazza dell'Esedra zu beginnen und Schritt für Schritt auf dem rechten Bürgersteig an den Schaufenstern der Geschäfte vorbei bis zur Piazza Venezia zu gehen. Dort wechselte sie auf die linke Seite hinüber, schenkte wiederum ihre ganze Aufmerksamkeit den in den Fenstern ausgestellten Herrlichkeiten und zog mich an der Hand neben sich her bis zurück zur Piazza dell'Esedra. Ohne auch nur eine Stecknadel gekauft oder den Mut gehabt zu haben, in eins der zahlreichen Cafés einzutreten, brachte sie mich dann wieder müde und schläfrig nach Hause. Ich weiß noch, daß mir diese Spaziergänge nicht besonders gefielen, denn ich wäre im Gegensatz zu Mutter, die sich mit einer verliebten, eingehenden Betrachtung zufriedengab, sehr gerne eingetreten, um einige der schönen neuen Dinge zu erstehen und mit nach Hause zu nehmen, die da in strahlender Beleuchtung hinter den funkelnden Scheiben angeboten wurden. Aber ich hatte sehr bald begriffen, wie arm wir waren, und brachte solche Gefühle nie zum Ausdruck. Nur einmal machte ich eine Szene, ich weiß heute nicht mehr, warum. Damals liefen wir ein gutes Stück die Straße hinunter, Mutter zog mich an einem Arm vorwärts, während ich mich heftig sträubte und aus Leibeskräften heulte und plärrte. Endlich wurde Mutter ungeduldig und verabreichte mir anstatt des ersehnten Geschenks ein paar Ohrfeigen, da vergaß ich über dem Schmerz der Schläge die Schmerzen der Entbehrung.

Heute schlenderte ich nun wieder langsam am Arm der Mutter zur Piazza Esedra hin, als ob all die Jahre vergeblich verflossen seien. Da sind sie wieder, die Schaufenster voller Socken, Strümpfe, Stiefel, Sandalen und Schuhe mit niedrigem und hohem Absatz. Die Passanten, die hin und her gehen, manchmal zu zweit, oft in ganzen Gruppen von Frauen und Kindern, zuweilen auch allein, manche langsam und andere hastig, sehen alle gleich aus, vielleicht gerade deshalb, weil sie so gern verschieden sein möchten; sie tragen alle die gleichen Kleider, die gleichen Haare und Gesichter, Augen und Münder. Jetzt kommen die Pelzgeschäfte, die Schuhmacherläden und Schreibwarenhandlungen, die Uhrmacher und Goldschmiede, Blumengeschäfte und Buchhandlungen, Stoffgeschäfte und Spielwarenläden, Haushaltungswaren, Modesalons und Handschuhgeschäfte, Café, Kinos und Banken. Die Fenster der Paläste sind erleuchtet, Menschen gehen hin und her oder arbeiten an Tischen in den Räumen, und jetzt fallen mir auch die immer gleichen Leuchtschriften auf. An den Ecken stehen die Zeitungsverkäufer und hocken die Weiblein vor ihren Holzkohlenfeuerchen mit gerösteten Kastanien; Arbeitslose bieten Karten von Abessinien und Gummiringe für Regenschirme an. Auch die Bettler kann man nicht übersehen: am Anfang der Straße der Blinde, der seinen Kopf mit den großen schwarzen Gläsern gegen die Mauer lehnt und die Mütze mit einer Hand bittend vorstreckt, ein wenig weiter droben die beinahe alte Frau mit einem Säugling an der welken Brust; dann kommt der Idiot mit dem gelblich glänzenden Armstumpf; er hat etwas wie eine Kniescheibe an Stelle der Hand.

So sah ich mich auf einmal wieder in diese Straße zurückversetzt, und ich empfand inmitten all der bekannten Dinge ein trauriges Gefühl der Zeitlosigkeit, unter dem ich flüchtig erschauderte: es kam mir vor, als sei ich nackt. Zwischen Kleidern und Haut überlief mich ein eiskalter Schreckenshauch. Aus einem Café ertönte im Radio die leidenschaftliche, lärmende Stimme einer Sängerin. Es war gerade die Zeit des Krieges in Abessinien, und sie sang: »Schwarzes Gesichtchen.«

Natürlich spürte Mutter gar nichts von meinen Gefühlen, und ich ließ mir auch nichts anmerken. Ich erwecke, wie gesagt, meist einen gutmütigen, sanften und phlegmatischen Eindruck, und Außenstehende begreifen selten, was in meinem Kopf vor sich geht. Aber auf einmal wurde ich doch bewegt (die Stimme der Sängerin schmetterte gerade ein sehr sentimentales Lied), meine Lippen zitterten, und ich wandte mich an Mutter: »Weißt du noch, wie du mich immer hierher mitnahmst, als ich noch klein war?«

»Ja«, antwortete sie, »aber damals war alles noch viel billiger; zum Beispiel diese Tasche dort hättest du für dreißig Lire nach Hause tragen können.«

Wir gingen an dem Lederwarengeschäft vorbei und näherten uns dem Goldschmied. Mutter blieb stehen, um die Schmuckstücke zu betrachten, und sagte begeistert: »Schau dir nur den Ring an ... was der wohl kosten mag? Und das Armband dort, ganz aus massivem Gold! Dabei schwärme ich nicht einmal so für Ringe und Armbänder, sondern eher für Ketten; ich besaß einmal eine Korallenkette ... aber dann mußte ich sie verkaufen.«

»Wann?«

»Das ist schon lange her.«

Ich weiß nicht, warum mir gerade jetzt einfallen mußte, daß ich mir bisher trotz der Verdienste in meinem Beruf noch nicht einmal einen ganz schlichten Ring habe kaufen können. Ich sagte zu Mutter: »Du, ich bin entschlossen, von nun an niemand mehr nach Hause zu bringen ... die Zeiten sind vorbei.«

Das war das erstemal, daß ich mit Mutter ganz offen über mein Handwerk sprach. Sie zog ein Gesicht, das ich mir im ersten Augenblick nicht erklären konnte, und sagte: »Ich habe dir schon so oft gesagt, du kannst tun und lassen, was du willst . . . wenn du zufrieden bist, dann bin ich es auch.«

Aber sie schien nicht zufrieden zu sein. Ich fuhr fort: »Notgedrungen fängt dann das alte Leben wieder an, du mußt wieder schneidern und Hemden nähen.«

»Das habe ich doch so viele Jahre lang gemacht«, meinte sie.

»Wir haben dann auch nicht mehr soviel Bargeld im Haus«, fuhr ich hartnäckig fort, »in der letzten Zeit waren wir ein wenig verwöhnt. Was ich anfangen werde, das weiß ich überhaupt noch nicht.«

»Was hast du denn vor?« erkundigte sich Mutter hoffnungsvoll.

»Ich weiß nicht«, antwortete ich, »vielleicht stehe ich wieder Modell, oder ich helfe dir bei deiner Arbeit.«

»Was willst du denn da schon viel helfen«, sagte sie mutlos.

»Oder ich gehe in Stellung«, fuhr ich fort, »was soll ich denn sonst tun?«

Mutter machte jetzt ein bitteres, trauriges Gesicht, als fühle sie auf einmal, wie sich das in der guten Zeit aufgespeicherte Fett von ihr löse, gleich toten Blättern am Baum, wenn die ersten Herbstfröste kommen. Trotzdem betonte sie wieder: »Tu, was du willst, wenn du nur zufrieden bist, das ist das einzig Wichtige.«

Ich verstand wohl, daß zwei verschiedene Gefühle in ihr kämpften: ihre Liebe zu mir und ihre Vorliebe für das bequeme Leben. Das bereitete mir Kummer; es wäre leichter für mich gewesen, wenn sie die Kraft gefunden hätte, eines von beiden entschlossen zu opfern. Aber das passiert eigentlich sehr selten. Wir verbringen im allgemeinen unser Leben damit, die Folgen unserer Tugenden durch die Folgen unserer Laster wieder zunichte zu machen. Ich sagte: »Bisher war ich nicht zufrieden, und ich werde es auch in Zukunft nicht sein, ich will nur nicht länger auf diese Art leben.«

Nach diesen Worten sprachen wir nicht weiter darüber. Mutters Gesicht war ganz grau und verfallen, die altgewohnte, gespannte Magerkeit schien sich bereits wieder unter der jetzigen blühenden Farbe abzuzeichnen. Sie schaute sich die Auslagen mit derselben Sorgfalt und den gleichen, langen Überlegungen wie vorher an; aber jegliche Freude und Neugier war verblaßt, es geschah mechanisch, als ob sie an ganz andere Dinge dächte. Vielleicht sah sie auch gar nichts, obwohl sie immer wieder hinschaute; oder sie sah vielmehr statt der ausgestellten Waren bereits wieder ihre Nähmaschine im Geist, mit ihrem unermüdlichen Trittbrett und der Nadel, die wie verrückt auf und ab fährt; das Wirrsal der halbzugeschnittenen Hemden auf dem Arbeitstisch, das schwarze Tuch, in das die fertige Ware eingeschlagen wird, bevor man sie durch die Stadt zu den Kunden trägt. Aber bei mir schoben sich keine Bilder zwischen meine Augen und die Schaufenster. Ich sah alles ganz deutlich und dachte klar nach. Ich unterschied alle Gegenstände hinter den Scheiben, einen neben dem anderen, mit den kleinen Preistafeln daran, und ich sagte mir, daß es mir gar nichts half, wenn ich mein Handwerk nicht mehr ausüben wollte – denn mir blieb ja gar nichts anderes übrig als weiterzumachen. Einen großen Teil der ausgestellten Dinge hätte ich mir heute, wenn auch in gewissen Grenzen, erwerben können, aber an dem Tag, an dem ich zu meinem Modellstehen oder ähnlichen Arbeiten zurückgekehrt wäre, hätte ich für immer darauf verzichten müssen, und für Mutter und mich würde das gleiche, unbequeme, geizige, erbärmliche Leben wieder beginnen, voll unterdrückter Gier, voll unnützer Opfer und voll ergebnisloser Sparmaßnahmen. In meinem jetzigen Leben, so dachte ich, kann ich sogar auf ein Schmuckstück hoffen, denn vielleicht findet sich jemand, der mir eins schenkt; aber wenn ich ins altgewohnte Leben zurückkehre, dann werden Schmucksachen für mich so unerreichbar wie die Sterne am Himmel. Mich packte Ekel vor unserem früheren Leben, das mir gemein, verzweifelt und dumm vorkam; und wenn ich an die Beweggründe dachte, die mich drängten, mein Leben zu ändern, hatte ich das Gefühl, daß das alles sehr ungereimt war: nur weil ein Student, auf den ich es abgesehen hatte, nichts von mir wissen wollte, weil ich mir einbildete, er verachte mich, weil ich, kurz gesagt, nicht das sein wollte, was ich war. Ich redete mir ein, ich sei nur hochmütig und das sei nicht Grund genug, um mich und vor allem Mutter wieder in die altgewohnten, elenden Verhältnisse zurückzuversetzen. Ich sah plötzlich Giacomos Leben vor mir, das sich für kurze Zeit dem meinen genähert und mit ihm vermischt hatte, um dann nach anderer Richtung auszuweichen, während mein Leben in dem einmal gewählten Gleis weiterlief. Wenn ich jemand fände, der mich wirklich gern hätte und heiratete, dann wäre es etwas anderes, selbst bei großer Armut, dachte ich, aber nur um einer Einbildung willen lohnt es sich nicht. Bei diesem Gedanken faßte mich eine große, befreiende Ruhe und Erleichterung. Dies Gefühl habe ich später oft empfunden, jedes Mal, wenn ich das Schicksal, zu dem mich das Leben hineinzudrängen schien, nicht nur nicht verneinte, sondern ihm sogar noch entgegenging. Ich war, was ich war, und mußte das auch sein, etwas anderes kam nicht in Frage. Ich konnte eine gute Ehefrau sein, wenn das auch merkwürdig klingen mag, oder ein Mädchen, das sich für Geld hergibt; aber es war mir nicht gegeben, mich in Armut zu plagen und abzuhetzen und mich kümmerlich durchs Leben zu schlagen, ohne ein anderes Ziel als die Befriedigung meines eigenen Hochmutes. Ich lächelte, nachdem ich mich nun wieder mit mir ausgesöhnt hatte.

Wir befanden uns vor einem Wäschegeschäft, und Mutter sagte: »Schau, was für ein schönes Taschentuch, so eins würde ich zu gerne haben.«

Fröhlich und beruhigt hob ich die Augen und betrachtete das bezeichnete Tuch. Es war wirklich hübsch: schwarz-weiß mit Zweigen und Vögeln darauf gezeichnet. Die Tür des Geschäftes stand offen, man konnte den Ladentisch sehen, auf dem ein Kasten mit zahlreichen ähnlichen Taschentüchern stand, alle unordentlich durcheinandergewühlt. Ich fragte Mutter:

»Das Taschentuch gefällt dir also?«

»Ja, warum?«

»Dann sollst du es haben — aber erst mußt du mir deine Tasche geben und dafür meine nehmen.«

Sie begriff nichts und schaute mich mit offenem Mund an. Ohne weitere Erklärungen nahm ich ihre große, schwarze Ledertasche und schob ihr meine wesentlich kleinere zu. Ich öffnete das Schloß ihrer Tasche, hielt sie mit den Fingern ein wenig geöffnet und trat langsam in den Laden, wie jemand, der etwas kaufen möchte. Mutter verstand immer noch nichts, getraute sich aber nicht zu fragen und folgte schweigend.

»Wir möchten gerne ein paar Tücher sehen«, bat ich die Verkäuferin und näherte mich dem Kasten.

»Dies sind seidene, das dort sind Kaschmirtücher, und hier habe ich noch welche aus Wolle und Baumwolle«, begann die Verkäuferin, während sie die Tücher vor mir ausbreitete.

Ich lehnte mich möglichst nahe an den Tisch heran, hielt die Tasche in gleicher Höhe und fing an, die Taschentücher nur mit einer Hand zu begutachten und sie zu entfalten, um durchs Licht ihre Zeichnung und ihre Farbe besser zu sehen. Von den schwarz-weißen Tüchern waren mindestens ein Dutzend gleichartige vorhanden. Ich ließ eins davon wie unabsichtlich auf den Rand des Ladentisches fallen, so daß ein Zipfel überhing. Dann bat ich das Mädchen: »Ich hatte mir eigentlich etwas Lebhafteres vorgestellt.«

»Da kann ich Ihnen noch etwas sehr Feines anbieten«, meinte die Verkäuferin, »es ist allerdings etwas teurer.«

»Würden Sie es mir bitte zeigen?«

Sie drehte sich um und holte eine Schachtel aus dem Regal. Darauf hatte ich gewartet, ich trat ein wenig vom Tisch zurück und öffnete die Tasche. Das Tuch am überhängenden Zipfel herabziehen und mich wieder an den Tisch heranschieben war das Werk eines Augenblicks.

Inzwischen hatte die Verkäuferin die Schachtel gefunden, stellte sie auf den Tisch und zeigte mir andere, schönere Tücher. Ich betrachtete sie lange und ausgiebig mit großer Ruhe, machte Bemerkungen über Farbe und Zeichnung und zeigte sie auch Mutter zur Bekräftigung meines Urteils; diese hatte ja alles mit angesehen, war mehr tot als lebendig und nickte nur mühsam mit dem Kopf. »Was kosten die?« erkundigte ich mich schließlich.

Die Verkäuferin nannte den Preis. Ich antwortete bedauernd: »Sie hatten wirklich recht, die sind zu teuer, jedenfalls für meine Verhältnisse — vielen Dank für Ihre Bemühung.«

Wir verließen den Laden, und ich schritt eilig zu einer nahe gelegenen Kirche, da ich fürchtete, die Verkäuferin könne doch noch den Diebstahl bemerken und in der Menge hinter uns herlaufen. Mutter faßte mich am Arm und blickte sich verwirrt und argwöhnisch um, so wie ein Betrunkener sich nicht ganz im klaren ist, ob nicht seine Umgebung betrunken ist, die langsam verschwimmt und ihre Umrisse verliert. Ich mußte unwillkürlich lächeln über ihre Verwirrung. Ich wußte nicht einmal, warum ich das Tuch gestohlen hatte; der Sache an sich maß ich keinerlei Bedeutung bei, da ich schon einmal die goldene Puderdose damals in der Villa mit Gino hatte mitgehen lassen; bei solchen Sachen zählt nur das erste Mal. Aber ich hatte das gleiche, sinnliche Vergnügen wie beim ersten Diebstahl dabei empfunden, und ich konnte nun verstehen, warum so viele Menschen auf der Welt stehlen. Mit wenigen Schritten erreichten wir die Kirche in einer Seitenstraße, und ich fragte Mutter: »Wollen wir einen Augenblick hineingehen?«

»Wie du willst«, antwortete sie halblaut.

Wir betraten den kleinen, weißen Rundbau, der mit seinem Säulenumgang eher einem Ballsaal glich. Auf beiden Seiten standen Bankreihen, blank gerieben vom langen Gebrauch, aus der Laterne in der Kuppel fiel ein blasses Licht. Ich hob die Augen in die Höhe und sah, daß die ganze Kuppel mit Engelsfiguren ausgemalt war, die alle weit ausgebreitete Flügel hatten. Ich war plötzlich ganz sicher, diese schönen, stattlichen Engel würden mich beschützen und die Verkäuferin würde den Diebstahl nicht vor dem Abend entdecken. Auch die Stille, der Weihrauchduft, der Schatten, die Sammlung in der Kirche beruhigten mich nach dem Lärm und den grellen Lichtern der Straße. Ich war hastig eingetreten und hatte damit die Mutter noch mehr verstört, aber sogleich beruhigte ich mich und fühlte, wie alle Furcht verschwand. Mutter wühlte in meiner Tasche herum, die sie immer noch in der Hand hielt. Ich reichte ihr die ihre hinüber und sagte halblaut: »Nimm das Taschentuch.«

Sie öffnete den Riegel und legte sich das gestohlene Tuch auf den Scheitel. Wir benetzten den Finger im Weihwasser und setzten uns in die erste Bankreihe vor den Hauptaltar. Ich kniete nieder; Mutter blieb sitzen, ihre Hände ruhten im Schoß, und ihr Gesicht war beschattet durch das zu große Tuch. Ich sah, wie verstört sie immer noch war, und mußte unwillkürlich meine Ruhe mit ihrer Verwirrung vergleichen. Mein Seelenzustand war ausgeglichen und nachgiebig, und obgleich mir bewußt war, daß ich eine von der Kirche verdammte Tat ausgeführt hatte, empfand ich doch keinerlei Reue darüber; ich fühlte mich so dem Glauben viel näher, als wenn ich nichts Unrechtes getan und nach Leibeskräften gearbeitet hätte, um mich mühsam durchs Leben zu schlagen. Ich erinnerte mich wieder an den Schauder der Verwirrung, der mich kurz vorher in der überfüllten Straße überlaufen hatte, und war beruhigt in der Vorstellung eines Gottes, den ich deutlich in mir zu gewahren glaubte; ich hatte nichts Böses getan, die Tatsache allein, daß ich lebte, machte mich unschuldig – mich wie die ganze Menschheit. Ich wußte, dieser Gott war nicht da, um mich zu verurteilen und zu verdammen, sondern um meine Existenz zu rechtfertigen, die nichts anderes als gut sein konnte, da sie unmittelbar von ihm abhing. Während ich mechanisch die altgewohnten Gebete murmelte, blickte ich zum Altar auf, auf dem man deutlich hinter dem Kerzenschimmer ein dunkles Madonnenbild unterscheiden konnte; ich verstand, daß das Problem zwischen der Madonna und mir nicht darin lag, ob ich mich auf diese oder eine andere Art betrug, sondern daß es viel radikaler gestellt war: ob ich den Mut zum Leben behielt oder nicht. Und eine Ermutigung schien auf einmal von der dunklen Gestalt hinter dem Kerzenschein auszugehen: in Form einer Wärme, die meinen ganzen Körper umgab. Ja, ich war zum Leben ermutigt worden, wenn ich auch nichts vom Leben und seinem Sinn verstand.

Mutter saß kleinlaut und bestürzt da, mit ihrem nagelneuen

Tuch auf dem Kopf, das ihr schnabelförmig bis auf die Nase hing. Ich wandte mich ihr zu und lächelte sie liebevoll an. »Bete ein wenig, das wird dir guttun«, tuschelte ich ihr zu. Sie seufzte tief, zögerte, kniete schließlich schlechtgelaunt nieder und faltete die Hände. Ich wußte, sie wollte nicht recht an die Religion glauben, die ihr als eine Art falscher Tröstung erschien mit dem Ziel, sie auf dem guten Weg zu halten und die Härten ihres Lebens vergessen zu lassen. Trotzdem sah ich, wie sie die Lippen mechanisch bewegte, und ihr Ausdruck mißtrauischer Verstimmung reizte mich von neuem zum Lachen. Ich hätte sie so gerne beruhigt, ihr gesagt, daß ich meine Pläne wieder geändert hatte und daß sie nichts zu befürchten brauche und nicht gezwungen sei, sich wieder an die Arbeit zu setzen wie in vergangenen Zeiten. Es lag etwas Kindliches in Mutters schlechter Laune — sie glich einem kleinen Mädchen, dem man ein versprochenes Bonbon verweigert; und das schien mir der wichtigste Punkt ihrer Haltung gegen mich zu sein. Denn andernfalls hätte ich denken müssen, daß sie auf mein Handwerk zähle, um sich ihre Bequemlichkeit zu erhalten; aber ich wußte: das war im Grunde nicht wahr.

Als sie ihr Gebet beendet hatte, bekreuzigte sie sich, aber unwillig und mechanisch, als wollte sie unterstreichen, daß sie es nur mir zu Gefallen getan habe; ich erhob mich und bedeutete ihr, mit mir hinauszugehen. Auf der Schwelle zog sie das Tuch herunter, faltete es sorgfältig wieder zusammen und steckte es in ihre Tasche. Wir kehrten zur Via Nazionale zurück, und ich ging auf ein Café zu. »Jetzt trinken wir einen Wermut«, sagte ich. Mutter antwortete sofort: »Nein, nein, warum denn, das ist doch nicht nötig«, in einem zugleich freudigen und ängstlichen Tonfall. Sie blieb stets die gleiche und fürchtete immer, ich sei zu leichtsinnig beim Geldausgeben. »Was ist das schon Großes, ein Wermut«, sagte ich. Sie schwieg und folgte mir ins Café.

Es war ein altes Lokal mit einer Theke aus glänzendem Mahagoni und vielen Glaskästen voll der schönsten Süßigkeiten. Wir setzten uns in eine Ecke, und ich bestellte zwei Wermut. Mutter war durch den Kellner eingeschüchtert und blieb verlegen und steif mit gesenkten Augen sitzen, während ich bestellte. Als der Kellner die beiden Wermut brachte, ergriff sie ihr Glas, netzte ihre Lippen, stellte es wieder auf den Tisch und schaute mich ernsthaft an: »Der ist aber gut.«

Der Kellner hatte auch einen Glaskasten mit Kuchen auf den Tisch gesetzt. Ich öffnete ihn und bot Mutter an: »Nimm dir ein Stück.«

»Nein, nein ... um Gottes willen!«

»So nimm doch schon!«

»Ich würde mir nur den Appetit verderben.«

»Wegen eines Stückes.« Ich wählte ein Blätterteigstück mit Schlagsahne und legte es auf ihren Teller: »Iß dies hier, das ist leicht.«

Sie nahm es und aß mit kleinen Bissen, ganz zerknirscht, und betrachtete das Stück jedesmal dort, wo es wieder kleiner wurde. »Es schmeckt wirklich gut«, meinte sie schließlich.

»Nimm noch eins«, sagte ich. Diesmal ließ sie sich nicht lange bitten. Als der Wermut ausgetrunken war, blieben wir schweigend sitzen und beobachteten das Kommen und Gehen der Gäste. Ich wußte, Mutter war zufrieden, gemütlich in der Ecke zu sitzen und mit einem Wermut und zwei Stück Kuchen im Magen, das Hinundherlaufen der Leute regte ihre Neugier an und belustigte sie, im übrigen hatte sie gar nicht das Bedürfnis, sich mit mir zu unterhalten. Vermutlich befand sie sich zum erstenmal in solch einem Lokal, und die Neuheit des Erlebnisses hinderte sie an irgendwelchen Überlegungen.

Jetzt kam eine junge Frau herein mit einem Kind an der Hand, das einen weißen Pelzkragen, ein ganz kurzes Kleidchen und weiße Strümpfe und Handschuhe trug. Seine Mutter wählte ein Stück Kuchen aus dem Glaskasten an der Theke und gab es dem Kind. »Mutter«, sagte ich, »als ich klein war, hast du mich nie in solch eine Konditorei geführt.«

»Wie hätte ich das machen sollen«, antwortete sie.

»Dafür lade ich dich jetzt ein«, schloß ich ruhig.

Sie schwieg einen Augenblick, dann sagte sie kleinlaut: »Jetzt wirfst du mir wieder vor, daß ich mitgegangen bin, dabei wollte ich doch gar nicht.«

Ich legte meine Hand auf die ihre und beruhigte sie: »Ich werfe dir überhaupt nichts vor, ich bin sogar sehr froh darüber, daß ich dich hierhergebracht habe. Hat dich denn die Großmutter nie in ein Café mitgenommen?«

Sie schüttelte den Kopf: »Bis ich achtzehn war, bin ich überhaupt nicht aus unserem Viertel hinausgekommen.«

»Siehst du«, sagte ich, »in jeder Familie muß es jemand geben, der eines schönen Tages etwas Neues anpackt, du hast so etwas nie getan und deine Mutter und Großmutter vermutlich auch nicht. Deshalb geschieht es eben durch mich, denn das kann ja nicht in alle Ewigkeit so weitergehen.«

Sie sagte nichts, und wir schauten uns eine weitere Viertelstunde lang das Kommen und Gehen an. Dann öffnete ich meine Tasche, nahm mein Etui heraus und zündete mir eine

Zigarette an. Frauen wie ich rauchen häufig in öffentlichen Lokalen, um die Aufmerksamkeit der Männer auf sich zu lenken. Aber ich dachte in dem Augenblick nicht daran, mir einen Liebhaber anzulocken, sondern war sogar dazu entschlossen, an diesem Abend nichts zu tun. Ich hatte Lust zu rauchen, das war alles. Ich schob die Zigarette zwischen die Lippen, sog den Rauch ein und blies ihn durch Mund und Nasenlöcher wieder aus, dann nahm ich die Zigarette zwischen die Finger und betrachtete wieder die Umsitzenden.

Aber trotzdem mußte in dieser Bewegung etwas Anreizendes gelegen haben, denn ich merkte sofort, wie jemand, der an der Theke lehnte und einen Espresso trank, mit der Kaffeetasse in halber Höhe verhielt und mich scharf musterte. Er war ein guter Vierziger, klein und gedrungen, mit einer fleischigen Stirn, hervorquellenden Augen und einer mächtigen Kinnlade. Sein Nacken war so dick, daß er aussah, als hätte er überhaupt keinen Hals. Wie ein Stier, der das rote Tuch gesehen hat und nun unbeweglich stehenbleibt, bevor er mit gesenktem Kopf vorwärtsschießt, so stockte seine Hand mit der Tasse zwischen Tisch und Mund, und er fixierte mich. Er war gut, wenn auch nicht elegant gekleidet, mit einem Schneidermantel, der seine breiten Schultern betonte. Ich senkte die Augen und wog einen Augenblick lang das Für und Wider dieses Mannes ab, immer noch die Zigarette zwischen den Lippen. Ich wußte, das war eine von den Typen, bei denen ein Blick genügt, damit ihnen die Halsadern anschwellen und das Gesicht sich violett verfärbt; aber ich war mir noch nicht sicher, ob er mir gefalle. Dann wurde mir bewußt, wie der Wunsch, ihn anzulocken, meinen ganzen Körper reizte und mich dazu zwang, mein zurückhaltendes Benehmen aufzugeben. Und das kaum eine Stunde später, nachdem ich mich dafür entschieden hatte, mein Handwerk aufzugeben! Es schien wirklich nichts dagegen zu machen zu sein, es war stärker als ich. Aber ich stellte diese Überlegungen ganz fröhlich an; denn seit ich aus der Kirche herausgekommen war, hatte ich mich wieder mit meinem Schicksal ausgesöhnt, was auch kommen mochte, und ich fühlte, daß diese Annahme meines Loses wertvoller für mich war als irgendeine noble Ablehnung. Nach diesen Überlegungen schaute ich wieder zu dem Mann hinüber. Er stand immer noch wie versteinert da, die Tasse in der ungeschlachten Hand, die Kuhaugen auf mich geheftet. Nun nahm ich sozusagen einen Anlauf, mit der ganzen Bosheit, deren ich fähig war, und warf einen langen, weichen und lächelnden Blick zu ihm hinüber. Der traf ihn mitten ins Gesicht, und er verfärbte sich sofort, genau wie ich es vorausgesehen hatte. Er schüttete seinen Kaffee hinunter, stellte die Tasse ab und ging mit kleinen Schritten steif und würdevoll in seinem geschniegelten Mantel zur Kasse, um zu zahlen. Auf der Schwelle drehte er sich um und machte mir ein unmißverständliches, gebieterisches Zeichen des Einverständnisses. Ich antwortete zustimmend mit den Augen. Er ging hinaus, und ich wandte mich an Mutter. »Ich muß dich jetzt allein lassen ... du kannst aber gemütlich sitzen bleiben, ich könnte doch nicht mit dir nach Hause gehen.«

Sie genoß immer noch das bewegte Bild des Betriebes und fuhr bestürzt zusammen: »Wohin gehst du denn? Warum?«

»Draußen wartet jemand auf mich«, damit erhob ich mich, »hier ist das Geld, zahl bitte alles und geh nach Hause; ich gehe voran, aber ich bin nicht allein.«

Sie betrachtete mich erschreckt und ein wenig, wie mir schien, von Gewissensbissen geplagt. Aber sie äußerte sich nicht weiter. Ich sagte ihr adieu und ging. Der Mann erwartete mich auf der Straße. Ich hatte kaum Zeit hinauszugehen, da stand er schon neben mir und drückte meinen Arm heftig an sich: »Wohin wollen wir gehen?«

»Zu mir nach Hause.«

So verzichtete ich nach wenigen bangen Stunden darauf, noch weiter gegen etwas anzukämpfen, das mein Schicksal zu sein schien; ich umarmte es im Gegenteil mit einer Liebe, die ich vorher gar nicht gefühlt hatte, wie man einen Feind umarmt, den man nicht niederwerfen kann. Dabei fühlte ich mich befreit. Mancher wird denken, es sei viel bequemer, ein unedles, aber gewinnbringendes Schicksal anzunehmen, als es abzulehnen. Aber ich habe mich oft gefragt, warum Traurigkeit und Wut so häufig die Seelen derjenigen bewohnen, die nach gewissen Vorschriften leben wollen oder sich bestimmten Idealen angleichen, während diejenigen, welche das eigene Leben annehmen — sei es noch so nichtig, fragwürdig und schwächlich —, so oft vergnügt und sorgenlos sind. Im übrigen gehorcht jeder Mensch in solchen Fällen nicht irgendwelchen Vorschriften, sondern dem eigenen Temperament, das auf diese Weise die Gestalt des wahren, eigenen Geschicks annimmt. Mein Los war, wie gesagt, um jeden Preis heiter, sanft und ruhig zu sein; und ich nahm es an.

DRITTES KAPITEL

Auf Giacomo hatte ich ganz verzichtet und war entschlossen, nicht mehr an ihn zu denken. Ich war mir klar darüber, daß ich ihn liebte. Wenn er zurückkehren sollte, so sagte ich mir, dann würde ich glücklich sein und ihn mehr lieben denn je. Aber ich wußte auch, daß ich mich nie mehr von ihm demütigen lassen würde. Sollte er zurückkehren, dann würde ich mich vor ihn hinstellen, in mein Leben eingeschlossen wie in eine Festung, die wahrhaft uneinnehmbar und unzerstörbar ist, solange ich nicht freiwillig herauskommen will. Ich hätte ihm gesagt: »Ich bin ein Straßenmädchen ... nichts anderes. Wenn du mich haben willst, dann mußt du mich so nehmen, wie ich bin.« Ich hatte endlich begriffen, daß meine Stärke nicht darin liegen konnte, etwas sein zu wollen, das ich nicht war, sondern hinzunehmen, was mir bestimmt war. Meine Kraft war meine Armut, mein Handwerk, meine Mutter, unser häßliches Haus, meine bescheidenen Kleider, meine niedere Herkunft, mein Unglück und im innersten Kern jenes Gefühl, das mich all diese Dinge annehmen ließ und das tief in meiner Seele ruhte wie ein kostbarer Stein in der Erde. Aber ich war überzeugt davon, ihn nie wiederzusehen; und in dieser Gewißheit liebte ich ihn auf eine für mich neue Art, machtlos und melancholisch, aber nicht ohne eine gewisse Süßigkeit, so wie man diejenigen liebt, die tot sind und nie mehr wiederkehren.

In jenen Tagen brach ich meine Beziehungen zu Gino endgültig ab. Mir behagen, wie gesagt, keine jähen Unterbrechungen, ich möchte die Dinge sich ausleben lassen, bis sie ihr natürliches Ende finden. Meine Beziehungen zu Gino sind ein gutes Beispiel dafür. Sie hörten auf, als ihnen das Leben fehlte, nicht durch meine, ja in gewissem Sinn nicht einmal durch Ginos Schuld. Sie lösten sich, ohne Bedauern oder Reue bei mir zurückzulassen.

Ich hatte ihn immer noch ab und zu gesehen, etwa ein bis zweimal im Monat. Er gefiel mir noch, wenn ich auch jegliche Achtung vor ihm verloren hatte. Eines Tages bat er mich am Telefon um ein Stelldichein in einem Café, und ich versprach zu kommen.

Das Café lag in meinem Viertel. Gino erwartete mich im

Nebenzimmer, einem kleinen, fensterlosen Raum, der mit Majolikakacheln ausgelegt war. Als ich eintrat, sah ich, daß er nicht allein war. Er saß noch jemand neben ihm und drehte mir den Rücken zu. Ich sah nur einen grünen Regenmantel und einen bürstenartig geschnittenen blonden Haarschopf darüber. Gino erhob sich bei meinem Kommen, aber der Begleiter blieb sitzen. Gino sagte: »Darf ich dir meinen Freund Sonzogno vorstellen?« Da erhob sich auch jener, und ich streckte die Hand hin. Aber als er sie drückte, schien er sie wie mit einer Zange einzuschließen, und ich stieß einen Schmerzensschrei aus. Der Druck ließ sofort nach, und ich setzte mich lachend hin: »Wissen Sie, wie weh das tut? Machen Sie das immer so?«

Er antwortete nicht und lächelte nicht einmal. Sein Gesicht war schneeweiß, mit einer harten, vorspringenden Stirn, kleinen, hellblauen Augen, einer stumpfen Nase und einem messerscharfen Mund. Seine blonden, struppigen, verwaschenen Haare waren kurz geschnitten und die Schläfen glatt. Aber die untere Gesichtshälfte war schwer, mit mächtigen, plumpen Kinnladen. Er schien unaufhörlich mit den Zähnen zu knirschen, als wolle er etwas zermalmen, man sah, wie dauernd ein Nerv unter der Wangenhaut zitterte und zuckte. Gino schien ihn mit respektvoller, bewundernder Freundschaft zu behandeln und sagte lachend: »Das ist noch gar nichts, wenn du erst wüßtest, wie stark er ist ... er hat Faustverbot.«

Mir kam es so vor, als betrachtete Sonzogno ihn feindlich. Dann sagte er mit klangvoller Stimme: »Das stimmt nicht, ich habe kein Faustverbot — ich könnte es wohl haben ...«

Ich erkundigte mich: »Was ist denn das, Faustverbot?«

Sonzogno antwortete kurz: »Wenn man einen Mann mit einer Faust umbringen kann, dann ist es verboten, die Faust zu gebrauchen, ebenso, als benütze man einen Revolver.«

»Fühl doch nur, wie stark er ist«, beharrte Gino erregt und als ob er darum besorgt sei, sich Sonzognos Dankbarkeit zu erwerben. »Laß sie doch deinen Arm anfassen.«

Ich zögerte, aber Gino ließ nicht locker, und auch der Freund schien etwas Ähnliches zu erwarten. Deshalb streckte ich meine Hand aus und streifte weich über seinen Arm. Er winkelte den Vorderarm an, um die Muskeln zu spannen. Er tat das ganz ernsthaft, beinahe finster. Da fühlte ich zu meiner Überraschung — denn sein Aussehen war eher schmächtig — durch den Stoff hindurch eine Art Eisenstrang. Ich zog meine Hand mit einem Ausruf zurück, ich weiß selbst nicht, ob aus Verwunderung oder Abscheu. Sonzogno betrachtete mich befriedigt, und ein leises Lächeln spielte um seine Lippen. Gino sagte:

»Er ist ein alter Freund von mir; stimmt's, Primo? Wir kennen uns schon eine ganze Weile. Wir sind sozusagen Brüder.« Er schlug dem anderen auf die Schulter und setzte hinzu: »Was, alter Freund?«

Aber Sonzogno hob die Schultern, wie um Ginos Hand abzuschütteln, und antwortete: »Wir sind weder Freunde noch Brüder – wir haben zusammen in derselben Garage gearbeitet, das ist alles.«

Gino ließ sich nicht aus der Fassung bringen: »Ich weiß ja, du willst mit niemandem befreundet sein, weder mit Männern noch mit Frauen, immer nur allein auf dich selbst gestellt ...«

Sonzogno betrachtete ihn. Er besaß einen starren Blick, mit einer unglaublichen Unbeweglichkeit und Beharrlichkeit; unter diesem Blick mußte Gino die Augen senken. Sonzogno sagte: »Wer hat dir diese Flausen erzählt? Ich bin zusammen, mit wem es mir paßt, mit Frauen und mit Männern.«

»Ich habe nur so dahergeredet«, Gino schien seine Sicherheit verloren zu haben, »ich habe dich jedenfalls nie mit jemandem zusammen gesehen.«

»Du hast auch nie etwas von meinem Leben gewußt.«

»Aber ich habe dich doch täglich von morgens bis abends gesehen.«

»Na und?«

»Ach«, beharrte Gino, mehr und mehr aus der Fassung gebracht, »ich habe dich immer nur allein gesehen und gedacht, du würdest niemanden treffen. Wenn ein Mann einen Freund oder ein Mädchen hat, so kommt das immer an den Tag.«

Der andere sagte brutal: »Sei doch kein Dummkopf!«

»Jetzt schimpfst du mich sogar noch einen Dummkopf«, maulte Gino mit feuerrotem Gesicht und spielte einen seiner wohlbekannten Anfälle von schlechter Laune. Aber man sah, wie furchtsam er war.

Sonzogno wiederholte: »Mach keine Dummheiten, sonst haue ich dir eine in die Fresse!«

Ich begriff sofort, daß er nicht nur dazu fähig war, sondern sogar vorhatte, es zu tun. Deshalb legte ich meine Hand auf seinen Arm: »Wenn ihr euch unbedingt prügeln wollt, dann tut es bitte, wenn ich nicht dabei bin, ich kann Gewalttätigkeiten nicht ausstehen.«

»Ich stelle dir ein junges Mädchen, meine Freundin, vor«, sagte Gino kleinlaut, »und du erschreckst sie mit deinem Benehmen – man könnte wirklich meinen, wir seien verfeindet.«

Sonzogno wandte sich zu mir und lachte zum erstenmal. Lächelnd blinzelte er mit den Augen, runzelte die Stirn, und außer seinen kleinen, häßlichen Zähnen wurde auch sein Zahnfleisch sichtbar. »Das Fräulein hat sich nicht erschrocken, stimmt's?«

Ich antwortete trocken: »Nein. Aber wie gesagt: ich mag keine Tätlichkeiten.«

Ein langes Schweigen folgte. Sonzogno blieb unbeweglich sitzen, beide Hände in die Taschen des Regenmantels gesteckt, die Muskeln seiner Kiefer zuckten nervös, und er starrte ins Leere. Gino rauchte mit gesenktem Kopf, und der Rauch, der aus dem Mund trat, glitt am Gesicht und den immer noch roten Ohren vorbei. Dann erhob sich Sonzogno und sagte: »Ich schau jetzt, daß ich weiterkomme.«

Gino sprang auf, streckte ihm eifrig die Hand hin und sagte: »Also nichts für ungut, was, Primo?«

»Nichts für ungut«, wiederholte der andere mit zusammengebissenen Zähnen. Er schüttelte mir die Hand, aber diesmal ohne mir weh zu tun, und entfernte sich. Er hatte eine kleine, magere Figur, und es blieb wirklich unverständlich, wo er all die Kraft hernahm.

Sobald er fort war, sagte ich scherzend zu Gino: »Meinethalben kannst du ihn als Freund oder Bruder bezeichnen, trotzdem hat er dir doch allerlei an den Kopf geworfen.«

Gino hatte sich inzwischen wieder gefangen, er schüttelte nur den Kopf: »Das ist seine Art, aber er ist nicht eigentlich bösartig; außerdem ist seine Bekanntschaft günstig für mich, er ist mir schon nützlich gewesen.«

»Inwiefern?«

Ich merkte, wie aufgeregt Gino war und förmlich darauf brannte, mir etwas zu erzählen. Er trug plötzlich eine heitere, aufgeblasene und ungeduldige Miene zur Schau: »Erinnerst du dich noch an die Puderdose der Signora?«

»Ja, was ist damit?«

Ginos Augen brannten vor Freude, er sagte halblaut: »Ach, ich habe mir das damals noch mal überlegt und sie doch nicht zurückgegeben.«

»Du hast sie nicht zurückgegeben?«

»Nein ... ich dachte, schließlich ist die Signora so reich, daß es auf eine Puderdose mehr oder weniger nicht ankommt, vor allem, da die Tat ja nun schon einmal geschehen war«, fügte er mit charakteristischem Vorbehalt hinzu, »und ich im Grunde ja nicht der Dieb gewesen war.«

»Die Diebin war ich«, sagte ich ruhig.

Er tat, als hätte er es nicht gehört, und fuhr fort: »Doch dann tauchten erst die Schwierigkeiten wegen des Verkaufs auf; es handelte sich um einen auffallenden, leicht erkennbaren Gegenstand, und ich traute mich nicht; so trug ich sie geraume Zeit in meiner Tasche herum. Endlich traf ich Sonzogno und erzählte ihm die Geschichte ...«

»Hast du auch von mir gesprochen?« unterbrach ich ihn.

»Nein, von dir nicht; ich sagte nur, eine Freundin habe sie mir gegeben, ohne Namen zu nennen – und er, denk dir nur, hat sie in drei Tagen verkauft. Wie er das gemacht hat, weiß ich nicht; jetzt hat er mir das Geld gebracht, abzüglich seiner Provision natürlich.« Er zitterte vor Freude, schaute sich vorsichtig um und zog daraufhin eine Geldrolle aus der Tasche.

Ich konnte mir selbst nicht erklären, warum ich in diesem Moment solch eine starke Antipathie gegen ihn verspürte. Seine Handlungsweise mißbilligte ich nicht, dazu hatte ich ja schließlich kein Recht, aber sein begeisterter Tonfall ärgerte mich; außerdem fühlte ich intuitiv, daß das noch nicht alles war und das Verschwiegene noch schlimmer sein würde. Ich bemerkte trocken: »Das hast du gut gemacht.«

»Hier nimm«, fuhr er fort und reichte mir die Geldrolle herüber, »das ist für dich, ich habe es schon abgezählt.«

»Nein, nein«, sagte ich sofort, »ich will nichts, aber auch gar nichts davon haben.«

»Warum denn bloß?«

»Ich will nicht.«

»Du willst mich nur beleidigen«, sagte er. Ein Schatten von Verdacht und Unglücklichsein huschte über sein Gesicht, und ich fürchtete, ich hätte ihn wirklich beleidigt. Ich legte meine Hand auf seine und brachte mühsam heraus: »Wenn du es mir nicht angeboten hättest, dann wäre ich wenn auch nicht beleidigt, so doch sehr verwundert gewesen ... aber jetzt ist es gut so, ich möchte das Geld nicht haben, weil die Sache für mich abgeschlossen ist, das ist alles; ich bin zufrieden, wenn du es hast.«

Er betrachtete mich verständnislos und voller Zweifel, als wollte er das Motiv entdecken, das sich hinter meinen Worten verbergen mußte. Oftmals ist mir später klargeworden, wenn ich über ihn nachdachte, daß er mich gar nicht verstehen konnte, da er in einer gänzlich anderen Welt lebte, mit gänzlich anderen Begriffen und Gefühlen. Ich weiß nicht, ob diese Welt schlechter oder besser als die meine war, ich weiß nur, daß manche Worte für ihn einen anderen Sinn bargen als für mich und daß er einen großen Teil seiner Handlungen, die mir verwerflich erschienen, für erlaubt oder sogar für nötig hielt. Vor allem schien er größten Wert auf möglichst hohe Intelligenz zu legen, wohlverstanden im Sinn von Schlauheit. Er teilte die Welt in Schlaue und Dumme ein und bemühte sich immer und überall darum, zur ersten Sorte zu gehören. Aber er war nicht schlau und vielleicht nicht einmal intelligent; und ich habe nie begriffen, warum eine schlechte Tat nur deshalb, weil sie umsichtig ausgeführt wurde, bewundernswert oder auch nur entschuldbar sein sollte.

Plötzlich schien er den Zweifel abzuschütteln, der ihn quälte, und rief aus: »Jetzt begreife ich endlich, du willst das Geld nicht annehmen, weil du Angst hast – du meinst, man könnte den Diebstahl entdecken. Aber darüber brauchst du dir keine Gedanken zu machen; dafür ist vorgesorgt worden.«

Angst hatte ich keine; aber es war mir nicht der Mühe wert, ihn darüber aufzuklären, denn der zweite Teil seines Satzes war mir unverständlich geblieben. »Was willst du damit sagen, daß für alles vorgesorgt ist?« fragte ich ihn.

Er antwortete: »Alles ist in Ordnung gebracht; weißt du noch, wie ich dir erzählte, daß ein Zimmermädchen der Villa verdächtigt würde?«

»Ja.«

»Siehst du, ich war nicht gut zu sprechen auf dieses Mädchen, weil sie hinter meinem Rücken über mich schimpfte. Kurze Zeit nach dem Diebstahl merkte ich, wie die Sache immer böser für mich aussah, der Kommissar war zweimal zurückgekehrt, und ich schien beobachtet zu werden. Eine Haussuchung war übrigens bis dahin noch nicht durchgeführt worden. Da kam mir eine glänzende Idee: ich brauchte bloß durch einen neuen Diebstahl eine Durchsuchung herbeizuführen und es so einzurichten, daß die Schuld der alten und der neuen Tat auf dieses Mädchen fallen mußte.«

Ich schwieg, und nachdem er mich mit weitgeöffneten, leuchtenden Augen angesehen hatte, wie um sich zu vergewissern, ob ich auch seine Schlauheit genügend bewundere, fuhr er fort: »Die Signora verwahrte einige Dollars in einer Kassette, die nahm ich heraus und verbarg sie im Zimmer des Mädchens in einem alten Koffer. Diesmal gab es natürlich eine Durchsuchung, die Dollars kamen zum Vorschein, und sie wurde eingesperrt. Sie schwört nun, sie sei unschuldig, aber wer glaubt ihr schon? Das aus der Kassette herausgenommene Geld wurde schließlich in ihrem Zimmer gefunden.«

»Und wo befindet sich das Mädchen jetzt?«

»Sie sitzt im Gefängnis und will nichts zugeben; aber weißt du, was der Kommissar zur Signora gesagt hat? ›Seien Sie nur beruhigt, gnädige Frau, im Guten oder im Bösen, die wird schon noch weich werden.‹ Hast du verstanden: ›im Bösen‹? Das heißt Stockschläge.«

Ich schaute ihn fassungslos an, wie er so erregt und stolz dasaß, und fühlte mich eiskalt und verwirrt. Ich fragte wie nebenbei: »Wie heißt das Mädchen?«

»Luisa Fellini. Sie ist nicht mehr ganz jung, und es war köstlich, wenn sie erzählte, sie sei nur aus Versehen Zimmermädchen und niemand sei so ehrlich wie sie.« Er lachte belustigt über diese Gedankenverbindung. Mit großer Anstrengung brachte ich heraus: »Weißt du, daß du ein Schuft bist?«

»Was? Wieso?« fragte er überrascht.

Nachdem ich ihn so beschimpft hatte, fühlte ich mich befreiter und entschlossener. Meine Nasenflügel bebten vor Zorn, und ich fing wieder an: »Und das Geld sollte ich annehmen! Aber ich habe genau gespürt, daß ich es nicht nehmen durfte.«

»Was ist denn schon dabei?« versuchte er zurückzuziehen. »Sie wird eben nichts aussagen, und dann müssen sie sie gehen lassen.«

»Du hast doch selbst gesagt, daß sie im Gefängnis sitzt und geschlagen wird.«

»Ich habe nur so dahergeredet.«

»Das ändert nichts daran — du hast eine Unschuldige verurteilen lassen und wagst jetzt auch noch, mir das zu erzählen? Du bist wahrhaftig ein Schuft!«

Er wurde plötzlich wütend und packte mich am Arm, schneeweiß im Gesicht: »Nimm das sofort zurück!«

»Warum? In meinen Augen bist du ein Schuft, und das sage ich dir ins Gesicht.«

Da verlor er den Kopf und machte eine brutale Bewegung. Erst verdrehte er meine Hand in der seinen, als wolle er sie brechen, darauf beugte er den Kopf herunter, und biß plötzlich heftig hinein. Mit einem Ruck befreite ich meine Hand und erhob mich: »Bist du verrückt geworden? Was fällt dir denn ein? Das ist gänzlich zwecklos, deshalb bist und bleibst du doch ein Schuft.« Er antwortete nicht, sondern preßte seinen Kopf in beide Hände, als wollte er sich die Haare ausraufen.

Ich rief dem Kellner und zahlte alles, was Sonzogno, Gino und ich verzehrt hatten. Dann sagte ich: »Ich gehe jetzt fort und will dir bloß noch sagen, daß es zwischen uns aus ist. Laß dich ja nicht mehr sehen. Laß dir nicht etwa einfallen, mich zu besuchen. Ich kenne dich nicht mehr.« Er schwieg und hob nicht einmal den Kopf; ich ging hinaus.

Das Café lag am Anfang der Straße, nicht weit von unserem Haus entfernt. Ich ging langsam auf der der Mauer gegenüberliegenden Seite entlang. Es war Nacht, der Himmel mit Wolken verhängt, und ein leichter Regen sprühte herab, die Luft war lau und still. Für gewöhnlich lag die Mauer im Dunkeln, nur stellenweise in größeren Abständen durch Laternen erhellt. Aber ich bemerkte sofort, als ich aus dem Café kam, wie sich ein Mann von einer der Laternen löste und längs der Mauer im gleichen Tempo in meiner Richtung ging. Am engen Regenmantel und dem zerzausten, blonden Haarschopf erkannte ich Sonzogno. Er wirkte klein neben der Mauer. Jetzt verschwand er im Dunkel, jetzt tauchte er beim nächsten Laternenschein wieder auf. Zum erstenmal waren mir alle diese Männer zuwider, die immer hinter meinem Rockzipfel her waren wie die Hunde hinter einem Knochen. Ich zitterte immer noch vor Zorn; und wenn ich an jenes Mädchen dachte, das durch Gino ins Gefängnis gekommen war, packte mich die Reue, denn schließlich hatte ich ja durch den Diebstahl der Puderdose den Anlaß dazu geboten. Aber vielleicht war es doch noch mehr Zorn und innerer Aufruhr als Reue. Obgleich ich mich gegen dieses Unrecht wehrte und Gino haßte, war ich wütend darüber, ihn zu hassen und zu wissen, daß solch ein Unrecht geschehen war. Ich bin nicht geschaffen für solche Dinge. Ich fühlte mich sehr elend und schien mein altes Selbst verloren zu haben. Ich rannte beinahe, da ich hoffte, unser Haus zu erreichen, ehe Sonzogno mich ansprechen könne, denn das schien er vorzuhaben. Dann erklang hinter meinem Rücken auf einmal Ginos Stimme, die erstickt rief: »Adriana . . . Adriana.«

Ich tat, als ob ich nichts hörte, und beschleunigte meine Schritte. Er packte mich am Arm: »Adriana, wir sind doch stets zusammen gewesen, so können wir nicht auseinandergehen.« Mit einem heftigen Ruck befreite ich mich und ging weiter. Auf der anderen Seite war die kleine Figur Sonzognos aus dem Dunkel der Mauer ins Laternenlicht getreten. Gino lief neben mir her und fing wieder an: »Aber ich habe dich doch so lieb, Adriana.«

Er flößte mir zugleich Mitleid und Haß ein; und diese Mischung kam mir besonders verabscheuungswürdig vor. Deshalb versuchte ich krampfhaft, an etwas anderes zu denken. Plötzlich kam mir eine Art Erleuchtung. Ich erinnerte mich Astaritas und wie er mir immer wieder seine Hilfe angeboten hatte; der mußte doch sicher Möglichkeiten finden, um jenes arme Mädchen aus dem Gefängnis zu holen. Dieser Gedanke übte sofort einen beruhigenden Einfluß auf mich aus; ich fühlte mich, als sei ein schweres Gewicht von mir genommen; nun schien ich auch Gino nicht mehr zu hassen, sondern nur noch etwas wie

Mitleid für ihn zu fühlen. Ich blieb stehen und sagte ganz ruhig: »Gino, warum gehst du nicht fort?«

»Aber ich habe dich doch so gern.«

»Ich habe dich auch sehr liebgehabt ... aber nun ist es zu Ende, geh jetzt fort, das ist besser für dich und für mich.«

Wir befanden uns gerade an einer dunklen Stelle der Straße, wo es weder Laternen noch Läden gab. Er umschlang mich und versuchte mich zu küssen. Ich hätte mich spielend selbst befreien können, denn ich bin sehr kräftig, und niemand bringt es fertig, eine Frau wider ihren Willen zu küssen. Statt dessen gab mir irgendein boshaftes Teufelchen ein, nach Sonzogno zu rufen, der unbeweglich auf der anderen Straßenseite vor der Mauer stand und uns betrachtete, beide Hände in seinen Manteltaschen vergraben. Ich glaube, ich rief ihn nur deshalb, weil jetzt, nachdem ich einen Ausweg für Ginos schlechte Handlungsweise gefunden hatte, Koketterie und Neugier wieder von mir Besitz ergriffen. Ich schrie zweimal: »Sonzogno, Sonzogno«, und er überquerte augenblicklich die Straße. Gino ließ mich verstört los.

»Sagen Sie ihm, bitte«, sprach ich Sonzogno an, sobald er sich genähert hatte, »er möchte mich in Ruhe lassen, ich mag nicht mehr. Mir glaubt er es nicht, vielleicht nimmt er es von Ihnen eher an, da Sie sein Freund sind.«

»Aber ich ...«, begann Gino.

Ich dachte, sie diskutierten noch eine Weile, und Gino werde dann endlich klein beigeben und gehen. Statt dessen sah ich, wie Sonzogno plötzlich eine mir unverständliche Bewegung vollführte, Gino blickte ihn nur erstaunt an und sackte schon lautlos zur Erde, wo er vom Trottoir in den Rinnstein rollte. Ich sah nur Ginos Sturz und begriff erst dadurch Sonzognos Bewegung. Denn diese Bewegung geschah so schnell und schweigend, daß ich erst an eine Halluzination dachte. Ich schüttelte den Kopf und schaute von neuem hin: Sonzogno stand breitbeinig vor mir und betrachtete seine noch geschlossene Faust; Gino lag auf der Erde, mit dem Rücken uns zugewendet, er kam allmählich wieder zu sich, stemmte einen Ellbogen in den Rinnstein und hob ganz langsam den Kopf. Aber er schien sich noch nicht wieder erheben zu wollen. Er starrte gedankenverloren auf einige weiße Fetzen, die sich im wäßrigen Schlamm der Rinne abzeichneten. Dann sagte Sonzogno zu mir: »Komm, wir gehen«, und ein wenig betäubt näherte ich mich mit ihm unserer Wohnung.

Er führte mich am Arm neben sich her und schwieg. Er war kleiner als ich, und ich spürte seine Hand wie eine Metallklammer um meinen Arm. Nach einer Weile sagte ich: »Sie hätten Gino den Schlag nicht geben sollen, er wäre ohnehin fortgegangen.«

Er antwortete: »Jetzt wird er Sie wenigstens nicht mehr belästigen.«

»Aber wie machen Sie das nur, ich habe nichts gesehen, und plötzlich ist Gino umgefallen.«

Er antwortete: »Das ist Gewohnheitssache.«

Er redete, als kaue er jedes Wort, bevor er es ausspräche, oder besser, als probiere er seine Beschaffenheit zwischen den stets geschlossenen Zähnen, die ich mir ineinandergeschoben wie bei den Katzen vorstellte. Jetzt verspürte ich großes Verlangen danach, seinen Arm zu streicheln und unter den Fingerspitzen wieder diese harten, gespannten Muskeln zu fühlen. Er flößte mir mehr Neugierde als Verlangen ein, aber vor allen Dingen Furcht. Doch solange die Beweggründe der Furcht nicht deutlich sind, kann das auch ein ganz angenehmes und erregendes Gefühl sein. Ich fragte ihn: »Aber was haben Sie nur in Ihrem Arm? Ich kann es immer noch nicht glauben.«

»Dabei habe ich es Sie doch berühren lassen«, antwortete er mit einer so ernsthaften Eitelkeit, daß sie beinahe finster wirkte.

»Nicht richtig, da war ja Gino dabei — lassen Sie mich noch mal fühlen.«

Er blieb stehen, winkelte seinen Arm an und schaute mich erwartungsvoll, ernst, in gewissem Sinn auch naiv an. Aber dieser Naivität haftete nichts Kindliches an. Ich streckte meine Hand aus und betastete langsam alle Muskeln von der Schulter angefangen den ganzen Arm hinunter. Sie so lebendig und hart zu spüren war ein sehr eigenartiges Erlebnis. Ich sagte mit einer hellen Stimme: »Sie sind wirklich sehr stark.«

»Ja, das ist richtig«, bestätigte er eitel. Wir gingen weiter durch die nächtlichen Straßen.

Jetzt reute es mich doch, ihn gerufen zu haben. Er gefiel mir nicht; überdies machten mir seine Ernsthaftigkeit und seine Laune Angst. Schweigend gelangten wir vor meine Haustür. Ich zog den Schlüssel aus der Tasche und sagte: »Ich danke Ihnen schön für Ihre Begleitung« und streckte ihm die Hand hin.

Er trat nahe heran: »Ich komme mit hinauf.«

Das hätte ich ihm gerne abgeschlagen. Aber seine Art, einem starr mit unglaublicher Beharrlichkeit in die Augen zu schauen, unterjochte und verwirrte mich. Ich murmelte: »Wenn du willst«, und erst hinterher wurde mir das »Du« bewußt, das ich ihm gegeben hatte.

»Du brauchst keine Sorge zu haben« — er deutete meinen

Schrecken auf seine Art –, »ich habe Geld – ich werde dir das Doppelte von dem geben, was du von den anderen erhältst.«

»Das hat nichts damit zu tun«, sagte ich, »es geht nicht ums Geld.« Aber ich sah, wie er ein ganz eigenartiges Gesicht zog, als sei ihm ein bedrohlicher Verdacht in den Sinn gekommen. Inzwischen hatte ich die Tür geöffnet. Ich setzte hinzu: »Ich bin nur ein wenig müde heute.« Er folgte mir ins Treppenhaus.

Als wir in meinem Zimmer waren, entkleidete er sich mit den Bewegungen eines ordentlichen Mannes. Er trug einen Schal um den Hals, den er vorsichtig ablegte, sorgfältig zusammenfaltete und in die Regenmanteltasche steckte. Die Jacke wurde über die Stuhllehne gehängt und die Hose so hingelegt, daß sich die Bügelfalten nicht verdrückten. Die Schuhe kamen nebeneinander unter den Stuhl, und die Strümpfe wurden hineingesteckt. Mir fiel auf, daß er von Kopf bis Fuß neu eingekleidet war, nicht gerade elegant, aber solide, gute Qualität. Alles geschah schweigend, weder langsam noch besonders hastig, mit systematischer Regelmäßigkeit, ohne daß er sich weiter um mich kümmerte. Ich hatte mich in der Zwischenzeit ausgezogen und lag nackt auf dem Bett. Wenn er mich begehrte, so zeigte er das wirklich nicht, falls nicht das dauernde Zucken der Muskeln unter der Haut des Kinns damit in Zusammenhang stand; aber das war eigentlich nicht möglich, denn ich hatte es schon vorher beobachtet, als er noch gar nicht an mich dachte. Ich habe schon früher erwähnt, wie gut mir Ordnungsliebe und Sauberkeit gefallen und daß sie meiner Meinung nach meist entsprechende seelische Eigenschaften andeuten. Aber Sonzognos Ordnung und Sauberkeit flößten mir an jenem Abend gänzlich entgegengesetzte, zwischen Furcht und Abscheu liegende Gefühle ein. Ich konnte nicht von dem Gedanken loskommen, daß sich die Chirurgen in den Krankenhäusern auf eine ähnliche Weise vorbereiten, wenn sie sich zu blutigen Operationen herrichten, oder, noch schlimmer, die Schlächter vor den Augen des Tieres, das sie töten wollen. So ausgestreckt auf dem Bett fühlte ich mich wehr- und hilflos, wie ein entseelter Körper, mit dem irgendwelche Experimente vorgenommen werden sollen. Sein Schweigen und seine Unbekümmertheit ließen mich im Zweifel über das, was er tun würde, wenn er ausgezogen war. Als es dann soweit war und er sich, völlig nackt, mir näherte und mich befremdenderweise bei beiden Schultern packte, als wolle er mich festnageln, da konnte ich einen Angstschauer nicht unterdrücken. Er bemerkte es und fragte mit zusammengebissenen Zähnen:

»Was hast du?«

Ich antwortete: »Nichts, deine Hände sind eiskalt.«

»Ich gefalle dir wohl nicht, was?« sagte er, mich immer noch an den Schultern packend, während er aufrecht neben dem Bett stand. »Gelt, du ziehst zahlende Gäste vor.« Er fixierte mich wieder während des Sprechens, und sein Blick war wirklich unerträglich.

»Warum? Du bist ein Mann wie alle anderen ... und dann hast du mir ja selbst gesagt, du wolltest mir das Doppelte zahlen.«

»Ich habe es vor«, antwortete er, »aber du und deinesgleichen, ihr liebt nur die reichen Leute, die feinen Herren, einen wie mich schaut ihr Weibsbilder gar nicht an.«

Ich erkannte in seinem Ton wieder die gleiche unheilvolle und unbeirrbare Neigung, Streit vom Zaun zu brechen, so wie er kurz vorher Gino beim leisesten Vorwurf beleidigt hatte. Da hatte ich noch geglaubt, er nähre einen besonderen Zorn gegen Gino. Aber jetzt verstand ich, daß seine finstere und nicht vorauszusehende Empfindlichkeit immer auf der Lauer lag, sich reizen zu lassen; und wenn ihn diese Art Dämon beherrschte, dann konnte man sich betragen, wie man wollte, es war immer verkehrt. Ein wenig zornig antwortete ich ihm: »Warum beleidigst du mich jetzt? Ich habe dir doch schon gesagt, daß für mich alle Männer gleich sind.«

»Wenn das stimmte, würdest du kein solches Gesicht schneiden — ich gefalle dir wohl nicht?«

»Aber ich habe dir doch schon gesagt ...«

»Ich gefalle dir wohl nicht«, fuhr er fort, »das tut mir leid, dann muß ich dich eben mit Gewalt zur Vernunft bringen.«

»Ach, laß mich doch endlich in Frieden!« rief ich in plötzlichem Zorn.

»Solange ich dir gelegen kam, um dir deinen Geliebten vom Hals zu schaffen«, redete er weiter, »da hast du mich haben wollen ... dann hättest du mich am liebsten fortgeschickt; statt dessen bin ich gekommen, das ist dir wohl nicht recht?«

Jetzt fing ich wirklich an, mich zu fürchten. Seine drängenden Worte, seine ruhige, erbarmungslose Stimme, der starre Blick seiner Augen, deren Farbe erst blau war und nun rot zu sein schien, dies alles wirkte, als wäre er gebannt von einem unbekannten, erschreckenden Ziel. Mir war vollkommen klar, daß jeder Versuch, ihn davon abzubringen, ebenso aussichtslos sein würde, wie wenn man versuchen wollte, einen Fels aufzuhalten, der einen steilen Hang hinunterrollt. Ich beschränkte mich darauf, heftig die Schultern zu heben. Er fuhr fort: »Ich gefalle dir also nicht ... und du ziehst ein angeekeltes Gesicht, wenn ich dich berühre; ich werde dir gleich ein anderes Gesicht beibringen, meine Liebe.« Er hob seine Hand und fing an, mich zu schlagen. Ich hatte allmählich etwas Ähnliches erwartet und suchte mich mit einem Arm zu schützen. Aber es gelang ihm trotzdem, mich mit einer erbarmungslosen Härte zu treffen, erst auf die eine, dann auf die andere Backe. Zum erstenmal in meinem Leben stieß mir etwas Derartiges zu; und trotz des Brennens der Schläge fühlte ich anfangs eher Überraschung als Schmerz. Ich zog den Arm vom Gesicht und sagte zu ihm: »Weißt du, was du bist? Du bist ein unglücklicher Mensch.«

Er schien durch diesen Ausspruch getroffen zu werden. Er saß auf dem Bettrand, hielt sich mit beiden Händen an der Matratze fest und schaukelte ein wenig. Dann sagte er, ohne mich anzublicken: »Wir sind alle unglücklich.«

Ich setzte hinzu: »Um eine Frau zu schlagen, dazu gehört wahrhaftig viel Mut.« Unerwarteterweise konnte ich nicht weitersprechen, und meine Augen füllten sich mit Tränen, nicht so sehr wegen der Schläge, als infolge der entnervenden Wirkung dieses Abends, an dem so viele unerfreuliche Ereignisse sich gehäuft hatten. Ich dachte an Gino, wie er im Straßenschlamm lag, und ich erinnerte mich daran, wie ich mich nicht weiter um ihn gekümmert hatte, sondern einfach mit Sonzogno weggegangen war, fröhlich und nur darauf bedacht, seine außergewöhnlichen Muskeln zu betasten; plötzlich empfand ich Mitleid mit Gino und Ekel vor mir und verstand, daß ich für meine Dummheit und Empfindungslosigkeit durch dieselbe Hand bestraft worden war, die Gino geschlagen hatte. Gewalttätigkeit hatte mich berauscht, und nun hatte sich dieselbe Gewalt gegen mich gewendet. Unter Tränen betrachtete ich Sonzogno. Er saß immer noch ganz nackt auf dem Bettrand, weiß und haarlos, mit ein wenig gebeugten Schultern und hängenden Armen, denen man ihre Kraft in keiner Weise ansehen konnte. Ich empfand ein plötzliches Verlangen, die Entfernung zu überbrücken, die uns trennte. Mühsam brachte ich heraus: »Darf man wenigstens wissen, warum du mich geschlagen hast?«

»Wegen deines Gesichtsausdrucks.« Sein Gesicht zuckte, und er schien zu überlegen. Ich verstand jetzt, wenn wir uns näherkommen sollten, mußte ich alles sagen, was ich dachte, und nichts verschweigen. Deshalb antwortete ich: »Du hast geglaubt, du gefielst mir nicht – da hast du dich aber geirrt.«

»Möglich.«

»Du hast dich geirrt, denn in Wirklichkeit hast du mir angst gemacht, warum, weiß ich auch nicht ... deshalb habe ich solch ein Gesicht gezogen.«

Bei diesen Worten drehte er sich brüsk um und musterte mich argwöhnisch. Aber er beruhigte sich sofort und erkundigte sich nicht ohne Eitelkeit: »So, angst habe ich dir gemacht?«

»Ja.«

»Hast du immer noch Angst vor mir?«

»Nein, jetzt kannst du mich meinetwegen auch umbringen, das ist mir ganz egal.«

Ich sagte die Wahrheit; ich hätte es in dem Augenblick sogar begrüßt, wenn er mich umgebracht hätte, denn mir fehlte plötzlich jeglicher Mut zum Leben. Aber er ärgerte sich und sagte: »Wer spricht denn von umbringen – und warum habe ich dir denn Angst eingejagt?«

»Ich weiß es nicht ... du hast mich einfach erschreckt, das sind Dinge, die sich nicht erklären lassen.«

»Hat Gino dir angst gemacht?«

»Warum hätte ich mich vor ihm fürchten sollen?«

»Aber warum jage ich dir denn dann Angst ein?« Allmählich hatte er seine Eitelkeit wieder ganz verloren und sprach von neuem mit jener wuterstickten Stimme.

Ich versuchte, ihn zu besänftigen: »Du hast mir angst gemacht, weil man fühlt, daß du zu allem imstande bist.«

Er sagte nichts, sondern überlegte eine Weile. Dann fragte er in drohendem Ton: »Das soll also heißen, daß ich mich anziehen soll und schauen, daß ich weiterkomme?«

Ich blickte ihn an und begriff, er war wieder auf dem Siedepunkt angelangt; meine Weigerung würde eine neue, vielleicht schlimmere Gewalttätigkeit nach sich ziehen. Ich mußte beigeben. Aber ich dachte an seine klaren Augen und spürte einen Widerwillen bei dem Gedanken, sie während des Liebesaktes auf meine gerichtet zu wissen. Deshalb sagte ich beruhigend: »Nein, nein, wenn du willst, kannst du schon dableiben, aber drehe bitte erst das Licht aus.«

Er erhob sich, klein, blaß, jedoch im großen und ganzen gut proportioniert bis auf seinen etwas zu kurzen Hals, und ging auf Zehenspitzen bis zum Schalter an der Tür. Aber sofort begriff ich, daß das Lichtausdrehen keine gute Idee von mir gewesen war. Denn kaum lag das Zimmer im Dunkel, als auch schon wieder dieselbe Furcht in mir aufstieg, von der ich mich befreit geglaubt hatte. Es war wirklich so, als befände sich nicht ein Mann, sondern ein Leopard oder ein anderes wildes Tier im Zimmer, das sich in eine Ecke kauern, aber mir ebensogut an die Gurgel springen und mich zerfleischen konnte.

Vielleicht zögerte er im Dunkel bei seiner Suche nach dem Bett zwischen den Stühlen und dem übrigen Mobiliar; oder in meiner Furcht wirkte die Verzögerung besonders lang. Jedenfalls schien eine unendlich lange Zeit zu verstreichen, bevor er wieder am Bett anlangte, und als ich seine Hände spürte, konnte ich einen neuen, viel stärkeren Schauder nicht zurückhalten. Ich hoffte, er werde es nicht bemerken, aber er hatte, genau wie die Tiere, einen sehr ausgeprägten Instinkt; tatsächlich hörte ich beinahe sofort seine Stimme, die dicht neben mir fragte: »Hast du immer noch Angst?«

In dieser Dunkelheit mußte wohl mein Schutzengel zugegen sein. Ich weiß nicht, welcher Hauch in seiner Stimme mich ahnen ließ, daß er den Arm erhoben hatte und es von meiner Antwort abhängig machte, ob er mich wieder schlagen sollte oder nicht. Er schien zu wissen, daß er Furcht verbreitete, und hätte lieber keine Angst erzeugt, um statt dessen wie andere Männer geliebt zu werden. Aber um dies Ziel zu erreichen, wußte er kein anderes Mittel zu wählen, als eine neue, stärkere Furcht hervorzurufen. Ich hob meine Hand und gab vor, seinen Hals und seine rechte Schulter zu streicheln, da erkannte ich, daß er den Arm wirklich erhoben hatte, bereit, ihn heruntersausen zu lassen und mir ins Gesicht zu schlagen. Ich sagte mühsam und versuchte dabei, meiner Stimme den gewohnten sanften und ruhigen Klang zu geben: »Nein, diesmal friere ich wirklich, komm, wir legen uns unter die Decke.«

»Gut«, sagte er. Dieses »gut«, in dem sich noch ein Rest von Drohung verbarg, bestätigte meine Furcht. Dann, während er mich unter der Decke an sich preßte und alles um uns dunkel war, kamen einige der schlimmsten Angstminuten meines Lebens. Die Furcht lähmte meine Glieder, die sich trotz meiner Bemühungen zurückzuziehen und bei jeder Berührung seines absonderlich glatten Körpers zu schaudern schienen; aber zur gleichen Zeit sagte ich mir immer wieder, wie absurd doch meine Furcht vor ihm in solch einem Augenblick war, und ich versuchte mit meiner ganzen Kraft, diese Angst zu bezwingen und mich ihm furchtlos wie einem geliebten Menschen hinzugeben. Ich spürte dieses Grausen nicht einmal so sehr in meinen Gliedern, die mir, wenn auch widerwillig, noch gehorchten, als vielmehr, viel intimer, in meinem Schoß, der sich zu schließen und die Vereinigung mit Abscheu zu verweigern schien. Endlich nahm er mich, und ich empfand eine Befriedigung, die durch den Schrecken dunkel und gräßlich wurde; ich konnte einen langen, klagenden und kräftigen Schrei nicht zurückhalten, inmitten jener Dunkelheit; als ob die letzte Vereinigung nicht durch die Liebe, sondern durch den Tod gekommen sei und als ob jener Schrei meine Seele versinnbildliche, die mir entfloh, um nichts als einen entseelten, zerquälten Körper zurückzulassen.

Dann lagen wir im Dunkeln, ohne zu sprechen. Ich war völlig erschöpft und schlief sofort ein. Ich empfand alsbald das Gefühl des ungeheuren Gewichts auf meiner Brust, als hätte Sonzogno sich hier zusammengekauert, ganz in sich zusammengekrümmt, nackt, wie er war, die Arme um die Knie geschlungen und das Gesicht darauf gelegt. Er saß mir auf der Brust, das harte Hinterteil auf dem Hals und die Füße auf dem Magen; während des Schlafes wuchs und wuchs sein Gewicht, und ich bewegte mich schlafend hin und her, um mich zu befreien oder wenigstens das Gewicht zu verlagern. Endlich dachte ich, ich müsse ersticken, und wollte schreien. Meine Stimme blieb mir in der Kehle stecken, ich schrie stimmlos, eine Zeitlang, die mir unendlich schien; dann gelang es mir, einen Ton von mir zu geben, und ich erwachte von meinem eigenen Schreien.

Das Nachttischlämpchen brannte, und Sonzogno betrachtete mich mit aufgestütztem Kopf. »Habe ich lange geschlafen?« erkundigte ich mich.

»Eine halbe Stunde«, sagte er mit verkniffenem Mund.

Ich warf ihm einen raschen Blick zu, in dem noch etwas von dem Schrecken des Alptraums liegen mußte, denn er fragte mich mit einer merkwürdigen Betonung, als wollte er ein Gespräch einleiten: »Hast du nun immer noch Angst?«

»Ich weiß nicht.«

»Wenn du wüßtest, wer ich bin«, sagte er, »dann hättest du noch viel mehr Furcht als vorher.«

Alle Männer sind nach der Befriedigung dazu geneigt, von sich selbst zu sprechen und vertrauliche Mitteilungen zu machen. Sonzogno schien keine Ausnahme von dieser Regel zu bilden. Sein Ton war im Gegensatz zu sonst alltäglich, gelöst, beinahe freundlich, mit einer Beimischung von Eitelkeit und Vergnügen. Aber ich fürchtete mich von neuem, und mein Herz schlug in meiner Brust, als wolle es sie sprengen. »Warum«, fragte ich, »wer bist du denn?«

Er blickte mich an, nicht so sehr zögernd, als vielmehr die sichtbare Wirkung seiner Worte auf mich auskostend. »Ich bin der von der Via Palestro«, sagte er schließlich langsam, »jetzt weißt du es.«

Er dachte, es sei unnötig zu erklären, was sich in der Via Palestro ereignet hatte, und diesmal irrte sich seine Eitelkeit nicht. In einem der Häuser jener Straße war erst vor ein paar

Tagen ein furchtbares Verbrechen verübt worden, das alle Zeitungen brachten und das viel besprochen worden war von den Leuten, die sich für so etwas interessieren. Übrigens war Mutter, die viel Zeit darauf verwandte, die Notizen der schwarzen Chronik in der Zeitung zu verschlingen, die erste gewesen, die mich darauf aufmerksam machte. Ein junger Goldschmied war in seiner Wohnung ermordet worden; er lebte ganz allein. Soviel ersichtlich wurde, war die von Sonzogno benützte Waffe – jetzt wußte ich ja, wer der Mörder war – ein schwerer Briefbeschwerer aus Bronze gewesen. Die Polizei hatte keinen einzigen brauchbaren Hinweis gefunden. Der Goldschmied war anscheinend auch ein Hehler gewesen; so nahm man an – ganz richtig, wie sich noch herausstellen wird –, er sei während eines ungesetzlichen Handels erschlagen worden.

Ich habe schon oft beobachtet, daß wir völlig gedankenleer werden, wenn uns eine Nachricht mit Staunen oder Schrecken erfüllt, und daß die Aufmerksamkeit sich dann an den ersten besten Gegenstand heftet, der uns in die Augen fällt – freilich auf eine ganz besondere Weise, als wollte man die Oberfläche durchdringen und irgendein Geheimnis erfassen, das er verberge. So erging es mir an jenem Abend nach Sonzognos Eröffnung. Meine Augen waren weit aufgerissen, und mein Gehirn hatte sich schlagartig geleert, wie ein Gefäß, das Flüssigkeit oder sehr feinen Staub enthält und durchlöchert wird; nur fühlte ich sogleich, wie dieses leere Gehirn bereit war, andere Eindrücke aufzunehmen; das Gefühl war sehr schmerzhaft, weil es mir nicht gelang, die Leere zu füllen. Unterdessen heftete ich meine Augen auf Sonzognos Handgelenk, das neben meiner Hüfte lag. Er besaß einen blassen, glatten, haarlosen, runden Arm ohne irgendwelche Anzeichen außergewöhnlicher Muskelkraft. Auch das Handgelenk war rund und weiß, und als einzige Unterbrechung von Sonzognos Nacktheit war ein Lederband darumgeschlungen, ohne daß eine Uhr daran war. Die fette, schwarze Farbe dieses Lederstreifens schien nicht nur dem Arm, sondern dem ganzen bleichen, nackten Körper eine besondere Note zu verleihen, und ich wurde abgelenkt durch diesen absonderlichen Schmuck, den ich mir nicht erklären konnte. Es war wie ein Talisman und erinnerte an eine Galeerenkette. Aber es lag auch etwas Graziöses und zugleich Grausames in diesem schlichten, schwarzen Lederband, als bestätige dies Ornament den katzenartigen, sprunghaften Charakter von Sonzognos Wildheit. Diese Ablenkung dauerte einen Augenblick. Dann füllte sich mein Gehirn wieder ebenso schlagartig mit einem Schwarm aufgeregter Gedanken, die wie eingesperrte Vögel in einem Käfig herumflatterten. Mir fiel ein, wie ich mich vom ersten Augenblick an vor Sonzogno gefürchtet hatte; ich dachte daran, daß ich mit ihm geschlafen hatte, und ich verstand, daß ich in jener Dunkelheit, die der Vereinigung vorausging, alles das erfühlt hatte, was er mir verbarg, mit meinem entsetzten Körper weit sicherer als mit meinem unwissenden Gehirn, und daß ich deshalb jenen Schrei ausgestoßen hatte.

Endlich sprach ich das erste aus, das mir in den Kopf kam: »Warum hast du das getan?«

Er antwortete, beinahe ohne die Lippen zu bewegen: »Ich sollte einen kostbaren Gegenstand verkaufen; ich wußte, dieser Geschäftsmann war ein Aas, aber ich kannte keinen anderen. Er bot mir einen lächerlichen Preis — ich haßte ihn, denn er hatte mich schon einmal übers Ohr gehauen; ich sagte, ich nähme den Gegenstand zurück, und warf ihm auch vor, er sei ein Betrüger, da antwortete er so, daß ich die Geduld verlor.«

»Was denn?« fragte ich. Ich wurde mir plötzlich staunend bewußt, daß sich dadurch, daß Sonzogno Einzelheiten erzählte, meine Furcht zum erstenmal verringerte, ja daß gegen meinen Willen ein Gefühl der Teilnahme in mir aufstieg. Während ich mich nach den Worten des Goldschmieds erkundigte, hoffte ich zu meiner Verwunderung beinahe, es sei eine so große Beleidigung gewesen, daß man die Untat wenn auch nicht entschuldigen, so doch wenigstens verstehen könne. Er sagte kurz: »Er drohte mir, falls ich nicht ginge, mich anzuzeigen ... kurz und gut, ich hatte genug, und als er sich umdrehte ...« Er schloß nicht, sondern schaute mich starr an.

Ich fragte: »Aber wie sah er aus?«, und meine Neugier schien immer mehr ohne Zweck und Ziel zu sein. Er antwortete sehr genau: »Kahlköpfig, eher klein, mit einem schlauen Gesicht und einer Hasenscharte.« Aber er gab diese Beschreibung mit dem Unterton einer gelassenen Antipathie, so daß ich das Gesicht mit der Hasenscharte vor mir zu sehen vermeinte. Ich sah den Goldschmied vor mir, wie er mißtrauisch und falsch den Gegenstand wog, den Sonzogno ihm anbot. Jetzt hatte ich gar keine Furcht mehr, es war Sonzogno gelungen, mir seinen Grimm gegen den Goldschmied zu vermitteln, und ich war mir nicht einmal mehr klar darüber, ob ich ihn wirklich verdammte. Tatsächlich konnte ich das Vorgefallene nun so gut verstehen, daß es mir schien, als wäre auch ich fähig gewesen, eine solche Tat unter solchen Umständen zu begehen. Wie gut ich den Satz verstand: »Er antwortete so, daß ich die Geduld verlor!« Er hatte ja bereits in unserer kurzen Bekanntschaft, erst mit Gino, dann mit mir die

Geduld verloren, und es war reiner Zufall, daß weder Gino noch ich dabei umgebracht worden waren. Ich verstand ihn sehr gut, ja ich war ihm jetzt so nahe, daß ich nicht nur keine Furcht mehr hatte, sondern sogar eine Art entsetzter Sympathie für ihn empfand: die Sympathie, die er mir nicht hatte einflößen können, solange ich nichts von dem Verbrechen wußte und er nur einer unter vielen Liebhabern für mich war. »Aber reut es dich nicht?« fragte ich noch. »Hast du denn keine Gewissensbisse?«

»Jetzt ist es ja schon geschehen«, sagte er.

Ich betrachtete ihn eindringlich; und als er antwortete, ertappte ich mich dabei, wie ich wider meinen Willen zustimmend mit dem Kopf nickte. Da fiel mir Gino wieder ein: mochte er auch, wie sich Sonzogno ausdrückte, ein Aas sein, so war er doch ein Mann wie alle anderen, er hatte mich geliebt und war wiedergeliebt worden; ich dachte, wenn es auf diese Weise weitergehe, dann würde ich morgen auch Ginos Ermordung gutheißen; ich überlegte, daß jener Goldschmied sicher weder besser noch schlechter als Gino gewesen war, mit dem einzigen Unterschied, daß ich ihn nicht kannte — sein Tod schien mir nur deshalb gerechtfertigt, weil man mir in einem gewissen Tonfall erzählt hatte, er habe eine Hasenscharte. Da packte mich Schrecken und Reue, aber nicht über Sonzogno, dessen Natur das nun einmal war und den man verstehen mußte, ehe man ihn richtete, sondern über mich, die ich doch gänzlich andersgeartet und trotzdem imstande war, mich durch die Berührung mit Haß und Blut anstecken zu lassen. Ich war wie betrunken; ich schnellte im Bett hoch, um mich aufzusetzen. »O Gott«, wiederholte ich immer wieder, »o Gott, warum hast du das getan? Und warum hast du es mir erzählt?«

»Du hattest so große Angst vor mir«, antwortete er schlicht, »dabei wußtest du ja gar nichts. Das kam mir so merkwürdig vor, darum habe ich es dir erzählt. Glücklicherweise sind die anderen nicht so feinfühlig wie du«, fügte er hinzu, belustigt von den eigenen Überlegungen, »sonst hätten sie mich schon entdeckt.«

Ich sagte zu ihm: »Es ist besser, wenn du jetzt gehst und mich allein läßt . . . Geh fort!«

»Was ist denn jetzt auf einmal in dich gefahren?«

Ich kannte nun bereits den Tonfall, an dem man erkennen konnte, daß er wieder in Wut geriet. Aber darüber hinaus schien noch irgendein unbestimmbarer Schmerz mitzuklingen darüber, daß er sich plötzlich wieder allein sah, auch von mir verdammt, die sich ihm noch vor kurzem gegeben hatte. Deshalb fuhr ich hastig fort: »Du mußt nicht denken, ich hätte Angst vor dir ... ich habe jetzt gar keine Furcht mehr, aber ich muß mich an die Idee erst gewöhnen und darüber nachdenken – dann kommst du wieder zurück, und ich werde mich wieder gefaßt haben.«

Er sagte: »Was willst du denn überlegen? Du hast doch nicht etwa vor, mich anzuzeigen?«

Bei diesen Worten spürte ich von neuem dieselbe Empfindung, die mir Ginos Haltung eingeflößt hatte, als er zu mir von seinem Verrat zum Schaden des Zimmermädchens gesprochen hatte: als sei er ein Mensch, der in einer von der meinen gänzlich verschiedenen Welt lebte. Ich überwand mich mit großer Mühe und antwortete: »Aber wenn ich dir doch sage, daß du wiederkommen kannst – weißt du, was dir eine andere Frau gesagt hätte? Ich will nichts mehr von dir wissen, ich will dich nicht mehr sehen! Das hätte sie gesagt.«

»Und dennoch willst du mich fortschicken?«

»Ich dachte, du wolltest gehen, aber auf eine Minute mehr oder weniger kommt es nicht an ... wenn du dich ausruhen willst, so bleibe ruhig noch etwas da. Oder möchtest du vielleicht hier mit mir schlafen und morgen früh erst fortgehen, ja?«

Ich machte diese Vorschläge mit erloschener, trauriger und verwirrter Stimme, und in meinen Augen mußte ein verlorener Ausdruck zu lesen sein. Jedenfalls versuchte ich mein Bestes, und ich fühlte, wie zufrieden ich darüber war, es zu tun. Er warf mir einen Blick zu, in dem vielleicht eine Spur von Dankbarkeit lag; aber vielleicht irrte ich mich auch. Dann schüttelte er den Kopf: »Ich habe nur so dahergeredet, ich muß ja wirklich fort.«

Damit erhob er sich und ging zu dem Stuhl, auf dem seine Sachen ausgebreitet waren.

»Wie du willst. Aber wenn du dich ausruhen willst, dann bleib ruhig, und –«, dies setzte ich mühsam hinzu, »wenn du in der nächsten Zeit einmal eine Schlafgelegenheit brauchen solltest, dann komm einfach her.«

Er zog sich schweigend an. Ich erhob mich nun auch und zog ein Morgenkleid über. Ich hatte das törichte Gefühl, als sei der ganze Raum angefüllt mit Stimmen, die mir heftige, verrückte Worte ins Ohr zischelten. Vielleicht verleitete mich dieses Gefühl der Verrücktheit zu einer Geste, deren Grund ich nicht verstand. Während ich im Zimmer umherging, mit langsamen Bewegungen, die mir trotzdem sehr hastig vorkamen, sah ich, wie er sich bückte, um seine Schuhe zuzubinden. Da kniete ich mich vor ihn hin und sagte: »Laß mich nur machen.« Er schien erstaunt, protestierte aber nicht weiter. Erst nahm ich seinen linken Fuß, legte ihn in meinen Schoß und machte einen doppelten Knoten ins Schuhband. Dann kam der rechte daran. Er dankte mir weder, noch sagte er irgend etwas; vermutlich waren zwei im Zimmer, denen meine Handlung unerklärbar war. Er fuhr in die Jacke. Dann zog er seine Brieftasche heraus und wollte mir anscheinend Geld geben.

»Nein, nein«, sagte ich mit unwillkürlich überschnappender Stimme, »gib mir nichts, das ist gar nicht wichtig.«

»Warum? Ist mein Geld nicht ebensogut wie das der anderen?« fragte er mit vor Zorn bereits wieder erhobenem Tonfall.

Ich wunderte mich, daß er meinen Widerwillen gegen dieses Geld nicht begriff, welches er aus der noch warmen Tasche des Toten gezogen haben mochte. Oder vielleicht verstand er mich auch und wollte mich nur mit einer Art Mitwisserschaft belasten und sich zugleich über meine wahren Gefühle für ihn klarwerden. Ich wandte ein: »Nein ... aber – ich habe wirklich nicht an Geld gedacht, als ich dich rief ... laß nur sein.«

Er schien sich zu beruhigen: »Na gut, aber ein Geschenk wirst du wohl annehmen.« Er zog einen Gegenstand aus der Tasche und legte ihn auf den Nachttisch.

Ich betrachtete das Ding, ohne es in die Hand zu nehmen, und erkannte die Puderdose wieder, die ich vor einigen Monaten in der Villa von Ginos Herrschaft gestohlen hatte. Ich stammelte: »Was ist das?«

»Gino hat mir's gegeben; das ist der Gegenstand, den ich verkaufen wollte, den er mir für nichts und wieder nichts abnehmen wollte ... aber ich glaube, er hat einen gewissen Wert, jedenfalls ist es Gold.«

Ich faßte mich und sagte: »Danke.«

»Schon recht,« antwortete er. Er zog den Regenmantel über und schloß den Gürtel. »Also dann auf Wiedersehen«, sagte er auf der Schwelle. Einen Augenblick später hörte ich, wie die Wohnungstür im Flur geschlossen wurde.

Allein geblieben, ging ich zum Nachttisch und nahm die Puderdose in die Hand. Ich war verwirrt und zu gleicher Zeit tief erfreut. Die Dose funkelte in meiner Hand, und der ins Schloß eingelassene Rubin schien sich plötzlich zu vergrößern, rund und rot, und immer mehr anzuschwellen, bis er schließlich das Gold überdeckte. In meiner Hand war ein runder, schimmernder Blutfleck. Ich schüttelte den Kopf, der Blutfleck verschwand, und ich sah von neuem die Puderdose mit dem Rubin am Schloß. Dann legte ich die Dose wieder auf die

Marmorplatte des Nachttischs, streckte mich auf dem Bett aus, den Körper ganz in den Morgenrock gewickelt, löschte das Licht und fing an zu überlegen.

Ich dachte, wenn mir jemand die Geschichte der Puderdose erzählt hätte, würde ich mich köstlich amüsiert haben, so wie man sich freut, wenn man ein außergewöhnliches und unwahrscheinliches Erlebnis zu hören bekommt. Das war eine der Geschichten, die Ausrufe veranlassen, etwa wie: »Schau, was für Zusammenhänge!«, und von denen dann später Frauen wie meine Mutter Nummern auszählen und in der Lotterie setzen: soviel für den Toten, soviel fürs Gold und soviel für den Verbrecher. Aber diesmal hatte ich's selber erlebt, und ich wurde mir staunend darüber klar, welch großer Unterschied darin liegt, ob man unbeteiligt zuschaut oder mitten darin steckt. Es war mir ergangen wie jemandem, der ein Samenkorn steckt und es dann vergißt, bis er es lange Zeit danach als üppige Pflanze mit Blättern und eben sich öffnenden Knospen wiederfindet. Nur: was für ein Same, was für eine Pflanze und welche Blüten! Ich tastete immer weiter zurück, von einem Geschehnis zum anderen, und konnte doch den Anfang nicht finden. Ich hatte mich Gino geschenkt, weil ich hoffte, er würde mich heiraten, aber er hatte mich hintergangen, und aus Wut darüber hatte ich die Puderdose gestohlen. Dann hatte ich ihm von dem Diebstahl erzählt, er war sehr erschrocken, und ich hatte ihm die Dose wiedergegeben, damit er sie seiner Herrin zurückerstatten könne und damit er nicht entlassen würde. Aber statt dessen hatte er die Dose behalten, und später, aus Furcht, des Diebstahls beschuldigt zu werden, hatte er ein Zimmermädchen ins Gefängnis gebracht; das Mädchen war unschuldig, und im Gefängnis schlug man sie. Dann hatte Gino die Dose Sonzogno gegeben, damit er sie verkaufe; Sonzogno war zu dem Goldschmied gegangen, um sie anzubieten, der beleidigte ihn, und wutentbrannt hatte Sonzogno ihn umgebracht; so war nun also der Goldschmied tot und Sonzogno ein Mörder. Ich wußte, ich konnte mir die Schuld nicht zuschreiben; sonst wäre mein Wunsch, eine Familie zu gründen, die Ursache all dieses Unglücks gewesen; aber ebensowenig konnte ich mich von einem Gefühl der Reue und Bestürzung befreien. Nach langem Nachdenken kam ich endlich zu dem Schluß, im Grunde läge die Schuld bei meinen Beinen, meinen Hüften und meiner Brust, kurz und gut, bei der von Mutter so vielgepriesenen Schönheit, die an sich keine Schuld war, wie alles, was von der Natur geschaffen ist. Aber ich dachte dies gereizt und verzweifelt, so wie man eine absurde Erklärung für noch viel absurdere Tatsachen annimmt. Ich wußte, im Grunde war niemand schuldig; und alles war, wie es sein mußte, mochte auch alles unerträglich sein; und wenn man wirklich zwischen Schuld und Unschuld unterscheiden wollte, dann schienen alle gleich schuldig oder gleich schuldlos.

Die Dunkelheit drang langsam in mich ein, wie das Wasser bei einer Überschwemmung vom Erdgeschoß in die oberen Stockwerke eines Hauses steigt. Als erstes wurde sichtlich mein Urteilsvermögen ausgelöscht. Dagegen liebäugelte meine Einbildungskraft bis zuletzt gebannt mit Sonzognos Untat – befreit von jeder Verdammung oder jedem Schrecken, wie mit einer unverbindlichen, dabei aber merkwürdigerweise herzerfreuenden Tatsache. Ich sah im Geist Sonzogno die Via Palestro entlanggehen, die Hände in die Taschen des Regenmantels gesteckt, ich sah, wie er ein Haus betrat und in einem kleinen Wohnzimmer auf den Goldschmied wartete. Ich vermeinte den Goldschmied eintreten und Sonzogno die Hand schütteln zu sehen. – Er stand hinter seinem Schreibtisch, Sonzogno hielt ihm die Puderdose hin, jener begutachtete sie und schüttelte den Kopf mit einer Geste der Verachtung. Dann hob er das Gesicht mit der Hasenscharte und nannte einen Spottpreis. Sonzogno schaute ihn starr an, mit bereits wuterfülltem Ausdruck, und riß ihm heftig das Ding aus der Hand. Dann beschuldigte er ihn des Betruges. Jener drohte ihm mit einer Anzeige und schickte sich an zu gehen. Während er, wie jemand, der nicht mehr weiter diskutieren will, sich umdrehte oder vielleicht auch bückte, ergriff Sonzogno den Briefbeschwerer aus Bronze und schlug ihn auf den Kopf. Der andere versuchte zu fliehen, da sprang Sonzogno hinzu und schlug immer wieder auf ihn ein, bis er ganz sicher war, ihn getötet zu haben. Dann stieß Sonzogno ihn zur Seite, öffnete die Kassetten, um sich Geld daraus zu nehmen, und floh. Aber bevor er ging, so hatte es in den Zeitungen gestanden, trat er den Toten in einem neuen Wutanfall noch mit dem Absatz seines Schuhs ins Gesicht.

Wie verzaubert verweilte ich bei allen Einzelheiten des Verbrechens. Ich folgte liebevoll jeder Geste Sonzognos, ich war der Arm, der die Dose hinreichte, der den Briefbeschwerer ergriff und der auf den Goldschmied einschlug; ich war der erzürnte Fuß, der zuletzt das Gesicht des Toten verunstaltete. In diesen Vorstellungen war, wie gesagt, keinerlei Furcht oder Abscheu enthalten, aber auch keine Billigung. Ich empfand das gleiche Gefühl einmaliger Wonne wie Kinder, die den Märchen der Mutter zuhören: man sitzt im Warmen, eng an die Mutter gepreßt, und die Phantasie folgt mit Entzücken den Abenteuern der Fabelhelden. Nur war mein Märchen finster und blutig, der Held war Sonzogno, und mein Entzücken mischte sich mit einer hilflosen, erstaunten Traurigkeit. Wie um hinter das bedeutsame Geheimnis der Fabel zu kommen, begann ich wieder von vorne und ging von neuem alle Einzelheiten des Verbrechens durch, ich belebte erneut jenes dunkle Vergnügen, um mich am Ende doch wieder vor einem Mysterium zu sehen. Zwischen zwei dieser wiederholten Überlegungen schlief ich ein: wie jemand von einem Rand eines Abgrunds zum anderen springen will, den Sprung falsch bemißt und ins Leere fällt.

Ich schlief vielleicht ein paar Stunden lang, dann erwachte ich, oder besser gesagt, mein Körper fing an aufzuwachen, während mein Gesicht in einer Art Starre noch weiterschlief. Meine Hände erwachten zuerst und streckten sich wie die eines Blinden in die Dunkelheit, ohne den Ort zu erkennen, an dem ich mich befand. Ich war ausgestreckt auf dem Bett eingeschlafen; jetzt stand ich aufrecht, in einem sehr schmalen Raum, zwischen glatten, luftdichten, senkrechten Wänden. Mir kam sofort eine Gefängniszelle in den Sinn und in Verbindung damit das Zimmermädchen, das Gino fälschlich hatte einsperren lassen. Ich war dieses Mädchen und fühlte in meinem Herzen die Ungerechtigkeit, die ihr angetan wurde. Dieser Schmerz verlieh mir um so stärker die physische Illusion, nicht mehr ich selbst, sondern jenes Mädchen zu sein; ich fühlte förmlich, wie dieser Schmerz mich verwandelte, mich in ihren Körper schloß, mir ihr Gesicht verlieh und ihre Gesten gab. Ich schlug die Hände vors Gesicht, weinte und dachte, ich sei ungerechterweise in einer Zelle eingesperrt und könne nicht hinaus. Aber zugleich blieb mir stets bewußt, daß ich ja immer noch die Adriana war, der kein Unrecht geschehen und die nicht eingesperrt wurde, und ich verstand, daß eine einzige Bewegung genügen würde, um mich zu befreien und nicht mehr jenes Mädchen zu sein. Aber was für eine Bewegung es sein könne, das konnte ich nicht erfassen, obwohl ich unendlich unter dem Wunsch litt, aus diesem meinem Gefängnis von Mitleid und Kummer entkommen zu können. Dann leuchtete plötzlich Astaritas Name in meinem Gedächtnis auf, umgeben von dem gleichen Glanz aus Qual und Finsternis, das ein Auge blendet, wenn es heftig geschlagen wird. Ich werde zu Astarita gehen und sie befreien lassen, dachte ich. Ich streckte von neuem meine Hände aus und entdeckte sogleich, daß sich die Zellenwände auseinandergeschoben hatten und einen schmalen Spalt bildeten, durch den ich hinauskommen konnte. Ich ging einige Schritte durch die Dunkelheit, fand den Schalter unter meinen Fingern und drehte ihn mit hysterischer Freude herum. Das Zimmer wurde hell. Ich stand neben der Tür, keuchend, nackt, mit schweißbedecktem Körper und Gesicht. Die Zelle, in die ich mich eingeschlossen gewähnt hatte, war nichts als der Winkel zwischen Schrank, Zimmerecke und Kommode, ein enger Raum, den die Wände und die beiden Möbel wirklich fast ganz umschlossen. Ich hatte mich im Schlaf erhoben, war umhergelaufen und dort hineingeraten.

Ich drehte das Licht wieder aus, wandte meine Schritte zum Bett zurück und schlief wieder ein, mit dem Gedanken, den Goldschmied könne ich leider nicht wieder zum Leben bringen, aber das Zimmermädchen könne ich retten — oder wenigstens versuchen zu retten —, und das war das einzige, das zählte. Ich hatte noch viel stärker die Verpflichtung dazu, nachdem ich jetzt entdeckt hatte, daß ich gar nicht so gut war, wie ich immer angenommen hatte. Allenfalls besaß ich eine Güte, die den Geschmack an Blut, die Bewunderung für Gewalttätigkeit und das Vergnügen an Verbrechen nicht ausschloß.

VIERTES KAPITEL

Am nächsten Morgen zog ich mich sorgfältig an, steckte die Puderdose in meine Tasche und ging aus, um Astarita anzurufen. Merkwürdigerweise war ich sehr fröhlich; die Angst, die Sonzogno mir am Vorabend mit seiner Eröffnung eingeflößt hatte, war wie weggeblasen. Stärker als Furcht oder Schrecken empfand ich jetzt ein Gefühl von Eitelkeit darüber, als einzige in der ganzen Stadt den Hergang des Verbrechens und seinen Urheber zu kennen. Ich sagte mir: »Ich weiß, wer den Goldschmied umgebracht hat« und blickte Menschen und Dinge mit ganz anderen Augen an als am Vortag. Es schien mir sogar, als habe sich in meinen Gesichtszügen etwas verändert, und ich fürchtete fast, Sonzognos Geheimnis müsse sich deutlich an meinem Gesichtsausdruck ablesen lassen. Zu gleicher Zeit empfand ich einen unwiderstehlichen Wunsch, mein Geheimnis mit jemandem zu teilen und mein übervolles Herz einem anderen Menschen auszuschütten. Ich vermute, dies ist der Hauptgrund dafür, daß so viele Verbrecher die verübten Untaten ihren Geliebten oder Frauen anvertrauen; die erzählen die Geschichte dann wieder ihrer besten Freundin, durch die sie weitergeflüstert wird, bis sie am Ende der Polizei zu Ohren kommt und damit alles verraten ist. Aber ich glaube, daß die Verbrecher sich auch zugleich durch die Erzählung ihrer Untat von einem Gewicht zu befreien versuchen, das sie allein nicht tragen können. Sie handeln, als sei die Schuld eine teilbare Größe, von der man anderen abgeben kann, bis sie schließlich leicht und unbedeutend wird. Statt dessen ist sie ein unveräußerliches Bündel, dessen Gewicht sich nicht durch das Abwälzen auf andere Menschen verringert, sondern sich sogar noch um die Zahl der Personen vermehrt, die bereit waren, sich damit zu belasten.

Während ich durch die Straßen lief und Ausschau nach einer Telefonzelle hielt, kaufte ich mir ein paar Zeitungen und suchte in den Lokalnachrichten nach Neuigkeiten über das Verbrechen in der Via Palestro. Aber inzwischen waren doch schon mehrere Tage vergangen, und ich fand nur noch einige Zeilen mit der resignierten Überschrift: »Keine Spur des Goldschmiedmörders gefunden.« Ich machte mir klar, daß Sonzogno sicher sein konnte, nicht entdeckt zu werden, wenn er nicht noch einen groben Fehler beging. Die unerlaubten Handelsgeschäfte des Opfers erschwerten die Nachforschungen der Polizei ungemein. Die Zeitungen berichteten, der Goldschmied habe häufig Leute jeden Standes aus geheimnisvollen, unlauteren Motiven heraus empfangen; es sei auch möglich, daß der Mörder ihn nie vorher gesehen und ohne Vorsätzlichkeit umgebracht habe. Diese Hypothese kam der Wahrheit sehr nahe. Aber gerade weil sie richtig war, machte sie deutlich, daß die Polizei es aufgegeben hatte, den Schuldigen noch zu finden.

In einem Restaurant fand ich ein öffentliches Telefon und wählte Astaritas Nummer. Es waren inzwischen sechs Wochen vergangen, in denen ich ihn nicht mehr gesprochen hatte, und mein Anruf schien ihn zu überraschen, denn zu Anfang erkannte er meine Stimme nicht gleich, sondern sprach in seinem kurzen, offiziellen Tonfall, den er im Büro benützte. Einen Moment lang fürchtete ich, er wolle nichts mehr von mir wissen, und das gab mir wirklich einen Schock im Gedanken an das eingesperrte Mädchen und das unglückliche Zusammentreffen, daß Astarita gerade dann aufhörte, mich zu lieben, als ich sein Eingreifen nötig hatte, um jene Unglückliche zu retten. Ich war im Grunde froh über diesen Schrecken, denn ich ersah daran, daß die Befreiung des Mädchens mir wirklich am Herzen lag und daß ich trotz meiner Beziehungen zu dem Mörder Sonzogno immer noch die sanfte, mitleidige Adriana von einst war.

Bestürzt nannte ich Astarita meinen Namen und hörte erleichtert, wie sich seine Stimme augenblicklich verwandelte, um wieder den altbekannten, verwirrten, aufgeregten und stockenden Tonfall zu bekommen. Ich muß gestehen, ich empfand beinahe ein Gefühl der Anhänglichkeit für ihn, denn eine solche Liebe, die immer bereit war, beruhigte mich und erfüllte mich mit Dankbarkeit. Mit zärtlicher Stimme verabredete ich einen Treffpunkt; er versprach zu kommen. Dann verließ ich das Lokal.

Während der ganzen Nacht, die ich unter jenen Alpträumen verbrachte, hatte es in Strömen geregnet, und mehrmals hatte ich im Schlaf das Rauschen des Wassers gehört, das sich mit einzelnen, pfeifenden Windstößen wie eine Schlechtwettermauer um unser Haus legte und dadurch die Einsamkeit und die Nähe der Schatten noch verstärkte, mit denen ich mich herumschlug. Aber gegen Morgen hatte der Regen nachgelassen, und der Wind hatte mit letzter Kraft doch noch die Wolken weggeblasen, so daß der neue Tag mit klarem Himmel und einer lauen, windstillen Luft begann. Nach meinem Gespräch mit Astarita lief ich eine Platanenallee in der Morgensonne entlang. Von meiner schlechten, gestörten Nachtruhe war nur eine leichte Betäubung zurückgeblieben, die in dieser frischen Luft bald verflog. Ich empfand große Freude über den schönen Tag, und alle Dinge, auf die ich meine Augen heftete, schienen eine besondere Anziehungskraft zu besitzen, die mich bezauberte und meine fröhliche Stimmung erhöhte. Mir gefielen die feuchten Ränder an den Fugen der im übrigen trockenen Steinplatten; mir gefielen die Stämme der Platanen mit ihren aufgesetzten Schuppen in Weiß, Grün, Gelb und Braun, die von weitem wie Gold wirkten; ich freute mich über die Fassaden der Häuser, die in großen feuchten Flecken noch die Nässe des nächtlichen Regens zu speichern schienen, und über die morgendlichen Passanten: Männer, die sich eilig an ihre Arbeit begaben, Dienstboten mit der Markttasche am Arm, Kinder mit Büchern und Mappen in der Hand, die von Eltern oder größeren Geschwistern begleitet wurden. Ich blieb stehen, um einem alten Bettler ein Almosen zu geben, und ich merkte, wie sich meine Augen liebevoll auf seinen abgeschabten Militärmantel und auf die Flicken hefteten, mit denen er an den Ellbogen und am Kragen zusammengehalten war. Es gab graue, braune und gelbe Flicken und einige in einem weniger verschossenen Grün. Es machte mir Spaß, die verschiedenen Farben zu betrachten und wie die Stücke mit sichtbaren, großen Stichen haltbar angenäht waren. Ich mußte an die Arbeit denken, die er sich eines Morgens gemacht hatte, als er die zerschlissenen Stoffteile wegschnitt, sich Lappen von irgendeinem alten Tuch zusammensuchte und sie mühsam über das Loch nähte. Diese Flicken gefielen mir, und ich drehte mich im Fortgehen mehrmals nach dem Bettler um. Da kam mir plötzlich der Gedanke, wie schön es sein müßte, ein diesem Morgen entsprechendes Leben zu führen; hell, sauber und erfreulich, ein Leben, von allem Undurchsichtigen gereinigt, in dem man liebevoll alle Geschehnisse, auch die niedrigsten, betrachten kann. Bei diesem Gedanken kehrte der so lange stumme, eingeschläferte Wunsch nach einem normalen Dasein zurück, die Sehnsucht, mit einem Mann allein zu sein in einem neuen, hellen, sauberen und ordentlichen Haus. Es wurde mir bewußt, daß mir mein Handwerk nicht behagte, selbst wenn ich durch einen sonderbaren Widerspruch der Natur dazu getrieben wurde. Ich überlegte, wie schmutzig dieses Gewerbe war. Mein Körper, meine Finger, mein Bett waren stets wie von einem Geruch nach Schweiß und männlichem Samen, nach unlauterer Hitze umgeben, und soviel ich mich auch waschen und mein Zimmer in Ordnung bringen mochte, diese Atmosphäre blieb. Auch die Tatsache, daß ich mich beinahe täglich unter den Augen von verschiedenen Männern aus- und ankleidete, hinderte mich daran, meinen Körper mit jenem Gefühl von Befriedigung zu betrachten, das ich ersehnte und an das ich mich aus meiner Jungmädchenzeit her erinnerte, wenn ich mich damals im Spiegel erblickte oder wenn ich badete. Es verleiht ein befriedigendes Gefühl, wenn man den eigenen Körper wie einen unbekannten Gegenstand beschauen kann, der wächst, kräftig wird und sich ganz ohne eigenes Zutun verschönt. Um meinen Liebhabern jedesmal dieses Gefühl der Neuheit zu geben, hatte ich es mir selbst für immer genommen.

Im Lichte solcher Betrachtungen erschienen Sonzognos Verbrechen, Ginos Schlechtigkeit, das Unglück des Zimmermädchens und all die anderen Intrigen, mit denen ich mich herumschlug, nur als ebenso viele Folgen meines liederlichen Lebens, jedoch als Folgen ohne irgendeine andere Bedeutung, die keinerlei Schuldgefühl in mir wachriefen und die nur dadurch beseitigt werden konnten, daß es mir gelang, meine früheren Wünsche nach einem normalen Dasein zu verwirklichen. Ein heftiges Verlangen nach einem in jedem Sinne geregelten Leben packte mich. In Übereinstimmung zu leben mit moralischen Forderungen, die ein Gewerbe wie das meine nicht gestatteten, in Übereinstimmung mit der Natur, nach deren Gesetzen eine Frau in meinem Alter Kinder haben sollte — und in Übereinstimmung mit dem Geschmack, der ein Leben in sauberen, großen Häusern, inmitten schöner Möbel, und gute Kleider verlangte. Nur schloß eine Sache die andere aus: Wenn ich in Übereinstimmung mit der Moral handeln wollte, dann ging das wider die Natur, und der Geschmack widersprach zur gleichen Zeit der Natur und der Moral. Bei diesem Gedanken empfand ich von neuem den Zorn, der mich mein ganzes Leben immer wieder gepackt hat, wenn ich mich einer Notwendigkeit gegenüber schuldig fühlte und doch unfähig war, ihr Folge zu leisten — außer durch Aufgabe meiner besten Bestrebungen. Ich sah wieder einmal ein, daß ich mein Geschick noch nicht ganz angenommen hatte, und das gab mir etwas Vertrauen zurück, denn ich wußte, sobald sich mir eine Gelegenheit bieten würde, mein Leben zu ändern, dann würde ich dadurch nicht überrascht werden, sondern ich würde sie mit Entschiedenheit und Überlegung ausnützen.

Ich hatte mich mit Astarita um 12 Uhr verabredet, sobald er aus dem Büro käme; es war noch früh, deshalb entschloß ich mich, Gisella aufzusuchen. Seit einiger Zeit traf ich sie nicht mehr, und ich vermutete, jemand anders habe die einst von Ricardo besetzte Stelle zwischen Verlobtem und Geliebtem übernommen. Auch Gisella hoffte ebenso wie ich, eines Tages ein geregeltes Leben zu führen; ich nehme an, daß diese Hoffnung bei allen Frauen unseres Berufes besteht. Aber während ich durch eine Naturanlage dazu gedrängt wurde, war es für Gisella hauptsächlich eine Frage der gesellschaftlichen Stellung, da sie großen Wert auf die Beurteilung durch die Umwelt legte. Sie schämte sich, wenn andere sie für das nahmen, was sie wirklich war, das sagte alles, obgleich sie vielleicht durch eine viel tiefer verankerte Berufung dazu getrieben wurde als ich. Ich empfand dagegen keinerlei Scham, sondern nur ab und zu ein Gefühl von Entstellung und Sklaverei.

In Gisellas Haus wollte ich gerade die Treppe hinaufsteigen, als mich die Stimme der Portiersfrau zurückrief: »Wollen Sie zu Fräulein Gisella? Die wohnt hier nicht mehr.«

»Und wohin ist sie gezogen?«

»In die Via Casablanca sieben.« Via Casablanca war eine neue Straße in einem modernen Viertel. »Ein blonder Herr hat sie mit dem Auto geholt, sie haben all ihre Sachen mitgenommen und sind fortgefahren.«

Mir wurde sofort klar, daß ich nur gekommen war, um genau das zu hören, was mir eben berichtet wurde. Ich weiß nicht, warum mich unvermutet eine Müdigkeit überfiel, warum meine Beine zitterten und ich mich ans Geländer lehnen mußte, um nicht umzufallen. Aber ich faßte mich wieder und beschloß, Gisella in ihrer neuen Wohnung aufzusuchen. Ich bestieg ein Taxi und nannte die Adresse in der Via Casablanca.

Wir entfernten uns immer mehr vom Zentrum der Stadt mit seinen alten Häusern in den engen Straßen, in denen eins neben das andere gepreßt war. Die Straßen verbreiterten und gabelten sich, liefen in Plätze aus und wurden immer weiträumiger, die Häuser waren Neubauten, und zwischen sie schob sich immer wieder ein Stück Grünland. Ich machte mir klar, was für einen verborgenen, mühseligen Hintergrund diese Fahrt für mich hatte, und wurde immer trauriger. Mir fielen auf einmal die vielen Anstrengungen wieder ein, die Gisella gemacht hatte, um meine Unschuld zu zerstören und mich zu dem zu machen, was sie war; und gegen meinen Willen, mit derselben Natürlichkeit, mit der eine Wunde blutet, fing ich an zu weinen.

Als ich am Ende der Fahrt aus dem Auto stieg, glänzten meine Augen, und meine Wangen waren noch tränenfeucht. »Weinen Sie doch nicht, Fräulein!« sagte der Chauffeur. Ich beschränkte mich darauf, meinen Kopf zu schütteln, und ging zum Eingang des Hauses.

Es war ein kleiner weißgetünchter Palazzo in modernem Stil, der vermutlich erst kürzlich errichtet worden war, wie die Fässer, Balken und Spaten bewiesen, die in dem kleinen, kahlen Garten aufgestapelt lagen, und die Kalkspritzer auf den Querstangen des Gitters. Ich trat in eine weiße, vollkommen kahle Vorhalle; auch die Treppe war weiß gehalten, und die Milchglasscheiben filterten ein sanftes Licht. Der Portier, ein junger Mann mit roten Haaren und einer Livree, mit ganz anderen Manieren als die üblichen alten und schmutzigen Portiers, geleitete mich zum Lift, ich drückte auf den Knopf, und der Aufzug glitt aufwärts. Ein guter Geruch nach neuem, lackiertem Holz herrschte im Innern. Auch im Brummen des Mechanismus ließ sich ein neuer Ton wahrnehmen, wie bei einem Motor, der noch nicht lange im Gebrauch steht. Der Aufzug stieg bis zum obersten Stockwerk; je höher er klomm, desto mehr nahm die Helligkeit zu, als sei gar kein Dach vorhanden und der Lift führe direkt in den Himmel. Dann blieb er stehen, ich trat hinaus und befand mich in einer leuchtenden Helligkeit, auf einem kleinen blitzenden Vorplatz vor einer schönen Tür mit Messinggriffen. Ich läutete, ein braunes, mageres Mädchen mit freundlichem Gesicht öffnete; sie trug ein Häubchen und eine Spitzenschürze. »Ich möchte zu Fräulein De Santis«, sagte ich, »melden Sie bitte, es sei Adriana.«

Sie ging den Korridor entlang bis zu einer Tür mit Milchglasscheiben, ähnlich denen im Treppenhaus. Auch der Gang war weiß und kahl wie das übrige Haus; die Wohnung mußte klein sein, ich schätzte sie auf höchstens vier Zimmer. Sie war geheizt, und die milde Wärme der Heizkörper erhöhte noch den stechenden Geruch von frischem Kalk und neuer Bemalung. Dann öffnete sich die Glastür im Hintergrund, und das Mädchen ließ mich hinein.

Bei meinem Eintreten sah ich zuerst überhaupt nichts, denn eine riesige, eingeglaste Fläche schien die ganze Breite einer der Tür gegenüberliegenden Wand einzunehmen, und die Wintersonne kam in blendenden Strömen herein. Hier im obersten Stockwerk sah man hinter dieser Glaswand nichts als strahlendblauen Himmel. Einen Augenblick lang vergaß ich meinen Besuch und schloß die Augen in einem Gefühl des Wohlbehagens in dieser brennendheißen Sonne wie bei einem alten Likör. Aber Gisellas Stimme schreckte mich auf. Sie saß vor dieser Glaswand und hatte eine kleine, grauhaarige Frau vor sich, der sie die Hände über einem mit Instrumenten besäten Tischchen zum Maniküren hinhielt. Sie sagte mit ihrer falschen Ungezwungenheit: »Oh, Adriana, setz dich dort hin ... warte bitte einen Augenblick.«

Ich setzte mich in die Nähe der Tür und schaute mich um. Das Zimmer war lang in Richtung der Fensterwand, aber schmal. Es gab kaum Möbel, nur einen Tisch, eine Kredenz und ein paar helle Holzstühle, aber alles war neu und dann war da die Sonne. Diese Sonne hatte wirklich etwas Luxuriöses an sich; ich mußte unwillkürlich denken, nur in einem reichen Haus könne es solchen Sonnenschein geben. In dieser Wärme schloß ich lüstern die Augen und dachte an gar nichts. Dann fühlte ich, wie etwas Schweres, Weiches auf meine Knie sprang, öffnete die Augen und erblickte eine riesige Katze, eine Rasse, die ich noch nie gesehen hatte, mit besonders langem Fell, weich wie Seide, in blaugrauer Tönung; das große Gesicht trug einen leicht erzürnten, majestätischen Ausdruck, der mir nicht gefiel. Die Katze begann, sich gegen mich zu reiben, hob die Schwanzspitze in die Luft und miaute kläglich, dann kuschelte sie sich in meinen Schoß und fing an zu schnurren. »Was für eine schöne Katze«, sagte ich, »was ist das für eine Rasse?«

»Das ist eine Perserkatze«, antwortete Gisella stolz, »sie ist sehr kostbar; diese Katzen erzielen bei Tierliebhabern bis zu tausend Lire.«

»Ich habe so eine noch nie gesehen«, antwortete ich und streichelte ihr Fell.

»Wissen Sie, wer auch noch solch eine Katze besitzt?« sagte die Maniküre. »Die Signora Radaelli. Sie sollten nur sehen, wie sie das Tier behandelt, besser als einen Menschen; vor ein paar Tagen hat sie sie sogar mit dem Zerstäuber parfümiert — soll ich Ihre Fußnägel heute nicht mehr pediküren?«

»Nein, für heute ist es gut, Martha«, sagte Gisella. Die Frau legte ihre Instrumente in den Kasten, zusammen mit zahlreichen Fläschchen, verabschiedete sich von uns und ging aus dem Zimmer.

Allein geblieben, schauten wir uns an. Auch Gisella wirkte in meinen Augen ganz neu, ebenso wie das Haus. Sie trug eine hübsche rote Jacke aus Angorawolle und einen kaffeebraunen Rock, den ich noch nie bei ihr gesehen hatte. Sie hatte auch zugenommen, Brust und Hüften waren fülliger, als ich sie in der Erinnerung hatte. Mir fiel außerdem auf, daß ihre Augenlider ein wenig aufgeschwemmt waren wie bei jemandem, der gut ißt, viel schläft und sich keine Sorgen zu machen braucht. Diese Lider verliehen ihr einen leicht duckmäuserischen Ausdruck. Sie begutachtete ein wenig ihre Nägel, um sich dann wie nebensächlich zu erkundigen: »Na, wie gefällt dir meine Wohnung?«

Ich bin wirklich nicht neidisch. Aber in jenem Augenblick empfand ich vielleicht zum erstenmal in meinem Leben ein stechendes Neidgefühl. Ich wunderte mich, daß es so viele Menschen gibt, die ein Leben lang ein Gefühl in ihrem Herzen nähren können, denn es erschien mir in besonderem Maße verächtlich und schmerzlich. Mein Gesicht war so gespannt, als sei es plötzlich magerer geworden, und ich war unfähig, zu lächeln oder Gisella ein paar nette Worte zu sagen, wie ich gerne gewollt hätte. Für Gisella empfand ich dabei ein verbittertes Gefühl von Abneigung. Ich hätte ihr gerne etwas Häßliches gesagt, sie verwundet, beleidigt, gedemütigt, kurz, ihre Freude zerstört. Was geht mit mir vor? dachte ich ganz verwirrt, während ich immer noch mechanisch die Katze streichelte. Bin ich nicht mehr ich selbst? Glücklicherweise dauerte das Gefühl nicht lange. Aus der Tiefe meiner Seele quoll die ganze Güte, deren ich fähig bin, und bekämpfte den Neid. Gisella war doch meine Freundin, ihr Glück mußte auch meines sein, und ich sollte mich für sie freuen. Ich stellte mir Gisella vor, wie sie zum erstenmal die neue Wohnung betrat und die Hände vor Freude zusammenschlug. Im gleichen Augenblick verließen das Kältegefühl und die Gespanntheit des Neides mein Gesicht, und ich fühlte mich von neuem durchwärmt von jenem herrlichen Sonnenschein, aber noch tiefer, als reiche die Wärme bis in meine Seele. Ich sagte: »Ich frage mich immer wieder: so ein schönes, fröhliches Haus — wie ist denn das zugegangen?«

Ich glaube, ich sprach diese Worte wirklich im Ernst, und ich lächelte danach, mehr um mich selbst zu belohnen als um Gisellas willen. Sie antwortete wichtigtuerisch und geheimnisvoll: »Erinnerst du dich noch an Giancarlo, den Blonden, mit dem ich mich an jenem Abend gleich zankte? Kurz und gut, der ist später noch mal zu mir gekommen — und er war viel netter, als es beim ersten Blick scheinen mochte; wir haben uns dann häufig wiedergesehen. Vor einiger Zeit sagte er zu mir: ›Komm mit, ich möchte dir eine Überraschung zeigen...‹, weißt du, ich dachte, er wolle mir irgendein Geschenk machen, eine Tasche oder ein Parfüm, statt dessen hat er mich ins Auto gesetzt und hierhergebracht; er ließ mich ins Haus eintreten — damals war es noch ganz leer — und fragte mich, ob es mir gefiele; ich bejahte, ohne mir irgend etwas dabei zu denken, und er setzte hinzu: ›Dies Haus habe ich für dich genommen...‹, du kannst dir denken mit was für einem Gesicht ich dagestanden bin!«

Sie lachte mit würdevoller Freude und blickte sich um. Impulsiv erhob ich mich, ging zu ihr hin und umarmte sie. »Ich bin ja so froh, ich freue mich mehr für dich, als ich dir sagen kann.«

Diese Geste zerstreute jeden Rest von feindlichen Regungen in meiner Seele. Ich trat an die Fensterwand und blickte hinaus. Das Haus lag auf einer Art Vorgebirge, zu dessen Füßen sich eine weite Landschaft erstreckte. Es war eine bebaute Ebene, durch die sich ein Fluß schlängelte, hier und dort von Waldstücken oder von felsigen Hügeln unterbrochen. Von der Stadt sah man nichts als ein paar weiße Bauten, die letzten Ausläufer eines Vorstadtviertels, in einer Ecke des Panoramas. Am Horizont zeichnete sich eine Reihe bläulicher Berge klar gegen den Himmel ab. Ich wandte mich an Gisella: »Weißt du, daß du eine herrliche Aussicht hast?«

»Nicht wahr«, erwiderte sie. Sie ging zur Kredenz, holte zwei Gläser nebst einer dickbauchigen Flasche heraus und stellte sie auf den Tisch. »Möchtest du etwas Likör haben?« erkundigte sie sich nachlässig. All diese Gesten einer Hausfrau machten ihr sichtlich großen Spaß.

Wir saßen am Tisch und schlürften schweigsam den Likör. Ich begriff, Gisella war verlegen, und ich wollte ihrer Verlegenheit zu Hilfe kommen. Deshalb sagte ich freundlich: »Du hast dich aber nicht freundschaftlich gegen mich benommen, das hättest du mir ruhig erzählen dürfen.«

»Ich habe keine Zeit dazu gehabt«, sagte sie hastig, »weißt du, mit dem Umzug ... und dann hatte ich soviel zu tun, um nur die unentbehrlichsten Dinge zu kaufen, Möbel, Wäsche, Geschirr, ich habe keinen freien Augenblick gehabt, es gehört allerlei dazu, um ein Haus einzurichten.« Sie sprach mit schmalen Lippen, so wie manche Damen der Gesellschaft.

»Ich versteh dich schon«, sagte ich ohne einen Schatten von Bosheit oder Bitternis, so als handle es sich um eine Sache, die mich nichts anginge, »jetzt, wo du ein Haus eingerichtet hast und es dir besser geht, ist es dir lästig, mich zu sehen, du schämst dich meiner.«

»Ich schäme mich wirklich nicht«, antwortete sie mit einem Anflug von Zorn, beleidigter über meinen vernünftigen Ton, so schien es wenigstens, als über meine Worte, »wenn du dir das einbildest, dann bist du wirklich dumm; wir können uns nur in Zukunft nicht mehr so treffen wie früher, das heißt zusammen ausgehen und alles übrige – wenn ihm das zu Ohren käme, dann ginge es mir schlecht.«

»Du kannst ganz beruhigt sein«, sagte ich freundlich, »du

bekommst mich nicht mehr zu sehen, ich bin heute nur gekommen, um zu wissen, wie es dir ergangen ist.«

Sie tat, als hörte sie nicht, und bestätigte damit meine Vermutungen. Einen Augenblick lang herrschte Schweigen. Dann fragte sie mit geheucheltem Eifer: »Und wie geht's dir?«

Ich mußte sofort mit einer Plötzlichkeit, die mich erschreckte, an Giacomo denken. Ich antwortete mit erstickter Stimme: »Mir? Es ist alles beim alten.«

»Und Astarita?«

»Den habe ich ab und zu gesehen.«

»Gino?«

»Das ist zu Ende.«

Die Erinnerung an Giacomo hatte mir das Herz zusammengezogen. Aber Gisella erklärte sich die tiefe Beschämung, die auf meinem Gesicht durchschimmerte, auf ihre Weise; sie dachte vermutlich, ich sei verbittert über ihr Glück und ihre verächtliche Haltung. Deshalb sagte sie nach kurzer Überlegung mit gezwungener Besorgnis: »Niemand kann es mir ausreden, daß ein Wort von dir genügte, damit Astarita dir auch ein Haus mietet.«

»Aber ich will ja gar nicht«, antwortete ich ruhig, »ich will weder Astarita noch sonst jemanden.«

Sie zog ein gekränktes Gesicht: »Warum denn? Gefiele es dir nicht, so ein Haus zu haben?«

»Das Haus ist schön«, erwiderte ich, »aber ich möchte vor allem meine Freiheit bewahren.«

»Ich bin frei«, sagte sie zornig, »freier als du, ich habe den ganzen Tag zu meiner Verfügung.«

»Von dieser Freiheit spreche ich nicht.«

»Von welcher denn?«

Ich begriff, ich hatte sie beleidigt, hauptsächlich deshalb, weil ich das Haus nicht genügend bewunderte, auf das sie so stolz war. Aber ihr zu erklären, daß diese Verachtung nicht bestünde und daß ich mich in Wirklichkeit nur an keinen Mann mehr binden wollte, den ich nicht liebte, damit hätte ich sie nur von neuem und noch ärger als vorher beleidigt. Ich zog deshalb vor, das Thema zu wechseln, und sagte hastig: »Zeige mir vor allem einmal die Wohnung ... Wieviel Zimmer hat sie?«

»Was kümmert dich denn die Wohnung«, sagte sie in ehrlich enttäuschtem Ton, »du hast doch selbst gesagt, du wolltest kein solches Haus haben.«

»Das habe ich nicht gesagt«, antwortete ich ruhig, »dein Haus ist sehr schön, ich wäre froh, wenn ich ein solches Haus bewohnte.«

Sie sagte nichts, schaute zu Boden mit einem gedemütigten Gesicht. »Also«, fing ich kurz darauf matt wieder an, »willst du mir es nicht zeigen?«

Sie erhob ihre Augen, die zu meinem Erstaunen mit Tränen gefüllt waren. »Du bist keine solche Freundin, wie ich annahm«, rief sie auf einmal, »du ... du bist nur neidisch und versuchst deshalb, mir das Haus zu verleiden, um mich zu ärgern.« Sie sprach mit tränennassem Gesicht vor sich hin. Es waren Tränen des Trotzes; sie war diesmal die Neiderfüllte, mit einem gegenstandslosen Neid, der sich beleidigt fühlte, ohne von meiner verzweifelten Liebe zu Giacomo und der bitteren Trennung zu wissen, die ich durchmachte. Aber, obgleich ich sie so gut verstand, oder vielleicht eben deshalb, empfand ich Mitleid mit ihr. Ich erhob mich, ging zu ihr und legte meine Hand auf ihre Schulter:

»Warum sagst du so was, ich bin nicht neidisch, mir gefallen eben nur andere Dinge, das ist alles; aber ich freue mich, daß du so zufrieden bist, und jetzt«, schloß ich und umarmte sie, »mußt du mir die übrigen Zimmer zeigen.«

Sie putzte ihre Nase und sagte zögernd: »Es sind vier im ganzen, und sie sind so gut wie leer.«

»Los, zeig sie mir.«

Sie erhob sich, ging voraus in den Flur und öffnete eine Tür nach der anderen, um mir ein Schlafzimmer zu zeigen, in dem sich nichts befand als ein großes Bett und ein Sessel an seinem Fußende, dann ein leeres Zimmer, in das sie ein anderes Bett »für die Gäste« stellen wollte; dann das Mädchenzimmer, wirklich ein Loch. Diese drei Räume zeigte sie mit einer Art Verachtung, sie öffnete nur die Tür und erklärte kurz ihre Bestimmung, ohne Freude daran zu finden. Aber ihre schlechte Laune wich der Eitelkeit, als sie mir Bad und Küche präsentierte, beide ausgekachelt, mit modernen Maschinen und blitzenden Hähnen. Sie erklärte mir, wie diese Maschinen bedient werden, ihre Vorteile vor Gasapparaten, ihre Sauberkeit und ihre Leistung, und ich heuchelte diesmal Interesse mit den schuldigen Ausrufen der Bewunderung und Überraschung, obwohl mir nicht danach zumute war. Sie war so befriedigt über meine Anteilnahme, daß sie nach beendigtem Rundgang meinte: »Jetzt setzen wir uns noch mal ins Wohnzimmer und trinken einen Schluck.«

»Nein ... nein«, antwortete ich, »ich muß jetzt fort.«

»Warum hast du es denn so eilig, bleib doch noch ein bißchen.«

»Ich kann nicht.«

Wir befanden uns im Gang. Sie zögerte einen Augenblick und sagte dann: »Aber du mußt wiederkommen ... übrigens, weißt du, was wir machen könnten? Er ist so oft verreist – ich lasse dich das dieser Tage einmal wissen, dann bringst du zwei Freunde her, und wir sind ein bißchen vergnügt ... ja?«

»Und wenn er es dann hört?«

»Wie sollte er das wissen?«

Ich sagte: »Gut, einverstanden.« Dann zögerte ich meinerseits, bevor ich Mut faßte: »Übrigens, sag mal, hat er nie von dem Freund gesprochen, mit dem er an jenem Abend zusammen war?«

»Von dem Studenten? Warum? Interessiert er dich?«

»Nein, ich habe nur so gefragt.«

»Den haben wir noch gestern abend gesehen.«

Ich konnte meine Erregung nicht verbergen und sagte mit unsicherer Stimme: »Hör mal, wenn du ihn siehst, dann sage ihm bitte, er möchte mich einmal besuchen ... Jedoch ohne die Sache allzusehr zu betonen.«

»Gut, ich werde es ihm ausrichten.« Sie musterte mich argwöhnisch, und ich spürte, wie ich unter ihrem Blick die Fassung verlor, da es mir vorkam, als sei meine Liebe zu Giacomo in deutlich lesbaren Buchstaben quer über mein Gesicht geschrieben. Ich entnahm dem Ton der Antwort, daß sie die Botschaft nicht ausrichten würde. Verzweifelt öffnete ich die Tür, verabschiedete mich und ging eilig die Treppe hinunter, ohne mich umzudrehen. Im zweiten Stock blieb ich stehen, lehnte mich an die Wand und schaute nach oben. Warum habe ich es ihr nur gesagt, dachte ich, was hatte mich nur gepackt? Ich begann von neuem, eilig und mit gesenktem Kopf die kahlen Treppen hinabzusteigen.

Ich hatte mich mit Astarita bei mir zu Hause verabredet, und als ich dort ankam, war ich völlig erschöpft, denn ich war nicht mehr daran gewöhnt, morgens auszugehen, und all die Sonne und das Umherlaufen hatten mich ermüdet. Ich war nicht einmal traurig, denn den schmerzlichen Eindruck des Besuches bei Gisella hatte ich ahnungsvoll durch jenen Tränenstrom im Taxi vorweggenommen, als ich zu ihrem neuen Haus fuhr. Mutter öffnete mir und sagte, ich würde bereits seit fast einer Stunde von einem Herrn erwartet. In meinem Zimmer setzte ich mich sofort aufs Bett, ohne mich weiter um Astarita zu kümmern, der am Fenster stand und scheinbar in den Hof hinunterschaute. Ich verhielt mich ganz still, eine Hand aufs Herz gepreßt und keuchend vom raschen Treppensteigen. Ich drehte Astarita den Rücken zu und starrte abwesend auf die Tür.

Er hatte guten Tag gesagt, aber von mir keine Antwort erhalten. Jetzt setzte er sich neben mich, schlang einen Arm um meine Taille und starrte mich gebannt an.

Vor lauter Sorgen hatte ich seine verrückte, stets wache Begierde vollständig vergessen. Eine maßlose Ungeduld packte mich. »Sag mal, hast du eigentlich *immer* Lust?« begann ich langsam und zog mich schlecht gelaunt zurück.

Er schwieg, faßte meine Hand, um sie an seine Lippen zu führen, und betrachtete mich von oben bis unten. Ich dachte, er würde verrückt, ich zog meine Hand fort und fing von neuem an: »Auch am Morgen, nachdem du gearbeitet hast? Mitten am Tag, noch vor dem Essen? Du bist wirklich eine besondere Nummer.«

Ich sah, wie seine Lippen zitterten und seine Augen sprühten: »Aber ich liebe dich doch so!«

»Alles zu seiner Zeit, ich habe mich extra um ein Uhr mit dir verabredet, um dir zu verstehen zu geben, daß es sich nicht um Liebe dreht ... du bist wirklich sonderbar, sag mal, schämst du dich eigentlich nicht?«

Er schaute mich starr an und sagte nichts. Plötzlich verstand ich ihn nur allzu gut. Er war so verliebt in mich und hatte seit Tagen auf dies Wiedersehen gewartet. Während ich mich mit soviel Schwierigkeiten herumschlug, hatte er ausschließlich an meine Beine, meine Brust und Hüften, meinen Mund gedacht. »So«, fügte ich ein wenig besänftigt hinzu, »wenn ich mich jetzt auszöge ...«

Er nickte bejahend. Mir war zum Lachen zumute, ohne Bosheit, wenn auch mit Verachtung. »Kommt es dir denn gar nicht in den Sinn, daß ich einmal traurig oder einfach weit entfernt von solchen Dingen sein könnte, hungrig oder müde, oder daß mich andere Sorgen beschäftigen? Daran denkst du wohl gar nicht, was?«

Er schaute mich immer noch an, dann warf er sich ganz überraschend auf mich, drückte mich fest an sich und preßte sein Gesicht in die Buchtung zwischen Hals und Schulter. Er küßte mich nicht, sondern drückte lediglich sein Gesicht an meinen Körper, als wollte er dessen Wärme spüren. Er atmete heftig und seufzte hin und wieder. Jetzt war ich nicht mehr so zornig auf ihn, diese Gesten lösten das übliche, bestürzte Mitleid in mir aus, ich war nur traurig. Als es mir schien, er habe genug geseufzt, stieß ich ihn sanft zurück: »Ich habe dich in einer ernsten Angelegenheit gerufen.«

Er schaute mich an, griff nach meiner Hand und begann sie zu streicheln. Er war zäh, und es gab für ihn offenbar wirklich nichts als seine Begierde. »Du bist doch bei der Polizei, nicht wahr?«

»Ja.«

»Gut, dann laß mich verhaften, schicke mich ins Gefängnis.« Ich sagte diese Worte mit großer Entschiedenheit. In jenem Augenblick wünschte ich mir wirklich, daß er es täte.

»Aber warum denn, was ist denn los?«

»Ich bin eine Diebin«, sagte ich nachdrücklich, »es ist nichts weiter passiert, als daß ich gestohlen habe und eine Unschuldige für mich eingesperrt wurde ... deshalb mußt du mich jetzt verhaften lassen, ich gehe gern ins Gefängnis, das will ich ja gerade.«

Er schien nicht erstaunt, höchstens verärgert über das Ganze zu sein. Er sagte wegwerfend: »Nanu, was ist denn geschehen, erkläre doch erst einmal alles.«

»Ich habe dir doch schon gesagt, ich bin eine Diebin.« In wenigen Worten erzählte ich ihm von dem Diebstahl, und wie dann an meiner Stelle jenes Mädchen eingesperrt worden sei. Ich sprach von Ginos Betrug, jedoch ohne seinen Namen zu nennen, ich beschrieb ihn nur ganz allgemein als Diener. Dabei empfand ich den heftigen Wunsch, auch von Sonzogno und seinem Verbrechen zu reden, und hielt mich nur mühsam zurück. Endlich schloß ich: »Jetzt mußt du wählen: Entweder befreist du diese Frau aus dem Gefängnis, oder ich stelle mich heute noch der Polizei.«

»Sachte«, wiederholte er, »warum denn so eilig! Dieses Mädchen sitzt zwar im Gefängnis, aber sie ist ja noch nicht verurteilt worden ... warten wir erst mal ab.«

»Nein, ich kann nicht warten – sie sitzt im Gefängnis und wird anscheinend geschlagen ... ich kann es nicht mehr aushalten, du mußt dich sofort entscheiden.«

Er entnahm meinem Ton, daß es mir wirklich Ernst damit war, und mit einem sehr unzufriedenen Gesicht erhob er sich, um im Zimmer auf und ab zu gehen. Dann sagte er, als spräche er zu sich selbst: »Dann ist da noch die Sache mit den Dollars.«

»Aber sie hat es doch immer abgeleugnet, und das Geld ist wieder aufgefunden worden. Es handelt sich vermutlich um einen Racheakt von jemand, der ihr nicht gutgesinnt war.«

»Und die Puderdose? Hast du die?«

»Hier ist sie«, damit zog ich die Dose aus der Tasche und reichte sie ihm.

Aber er wies sie zurück: »Nein, nein, mir darfst du sie nicht geben.« Er schien einen Augenblick zu zögern, dann setzte er hinzu: »Die Frau kann ich schon aus dem Gefängnis lassen, aber zur gleichen Zeit müßte die Polizei einen Beweis ihrer Schuldlosigkeit haben, eben diese Puderdose.«

»Also gut, dann nimm sie und gib sie der Eigentümerin zurück.«

Er lachte verächtlich: »Du verstehst wirklich überhaupt nichts von diesen Dingen! Wenn ich diese Puderdose von dir annehme, dann bin ich moralisch dazu verpflichtet, dich zu verhaften, sonst würden die anderen sagen: Wieso hat Astarita den gestohlenen Gegenstand gehabt, von wem kommt er denn, usw.; nein, du mußt dir eine Methode ausdenken, wie die Dose in die Quästur gelangen kann, natürlich ohne daß du dabei entdeckt wirst.«

»Ich könnte sie mit der Post schicken.«

»Per Post, nein.«

Er ging noch ein paarmal auf und ab, dann setzte er sich neben mich und sagte: »Jetzt weiß ich, was du tun mußt; kennst du irgendeinen Priester?«

Mir fiel der französische Mönch wieder ein, bei dem ich damals nach der Viterbofahrt gebeichtet hatte, und ich antwortete: »Ja, meinen Beichtvater.«

»Beichtest du noch?«

»Ich habe gebeichtet.«

»Gut; geh zu deinem Beichtiger, erzähl ihm alles, so wie du es mir erklärt hast, und bitte ihn, die Puderdose anzunehmen und sie an deiner Stelle in die Quästur zu bringen; kein Priester darf dir das abschlagen, und er hat keinerlei Verpflichtungen, irgendwelche Informationen zu geben, da er durch das Beichtgeheimnis gebunden ist; ein paar Tage danach werde ich anrufen und dein Zimmermädchen in Freiheit setzen lassen.«

Die Freude übermannte mich, und ich warf ihm unwillkürlich beide Arme um den Hals und küßte ihn. Er fuhr in einem bereits zitternden, begehrlichen Ton fort: »Aber du solltest doch solche Sachen nicht tun! Wenn du Geld brauchst, dann frag mich doch, ich ...«

»Kann ich heute noch zum Beichtiger gehen?«

»Natürlich.«

Mit der Dose in der Hand starrte ich eine lange Weile regungslos vor mich hin. Ich empfand eine tiefe Erleichterung, so als sei ich selbst jenes Mädchen; und wirklich, sobald ich an ihre so viel größere Erleichterung dachte, wenn sie sie freilassen würden, schien ich in der Tat mit ihr identisch zu sein. Ich war jetzt weder traurig noch müde oder verärgert. Astarita streichelte unterdessen mein Handgelenk und versuchte, unter dem Ärmel den Arm hinaufzutasten. Ich wandte mich ihm zu und sagte zärtlich, blickte ihn dabei sanft an: »Hat es dich wirklich so gepackt?«

Er nickte bejahend, unfähig, einen Ton herauszubringen. »Bist du auch nicht müde«, fuhr ich beharrlich und grausam fort, »glaubst du nicht, es sei zu spät und ein anderer Tag vielleicht günstiger?«

Er schüttelte verneinend den Kopf. »Liebst du mich also so sehr?« fragte ich.

»Du weißt, wie ich dich liebe«, antwortete er mit leiser Stimme. Er versuchte, mich zu umarmen. Aber ich wand mich los und sagte: »Warte.«

Er beruhigte sich sogleich, da er verstanden hatte, daß ich zugänglich war. Ich erhob mich, ging langsam zur Tür und drehte den Schlüssel im Schloß um. Dann trat ich ans Fenster, öffnete es, legte die Läden bei und schloß die Flügel wieder. Er folgte mir mit den Augen, während ich in lässiger, gebieterischer Haltung mich durchs Zimmer bewegte; ich spürte seinen Blick auf mir und konnte mir denken, wie erfreulich meine unverhoffte Nachgiebigkeit für ihn sein müsse. Ich zog die Vorhänge zu und fing dabei in gedämpftem Ton zu singen an; immer noch trällernd, öffnete ich den Schrank, zog meinen Mantel aus und hängte ihn auf. Dann, ohne meinen Gesang zu unterbrechen, betrachtete ich mich im Spiegel. Ich war mir noch nie so schön vorgekommen, mit glänzenden, sanften Augen, bebenden Nasenflügeln und halbgeöffnetem Mund über weißen, regelmäßigen Zähnen. Ich begriff, ich war so schön, weil ich mit mir selbst zufrieden war und mich wohl fühlte; ich erhob meine Stimme ein wenig beim Singen und fing zur gleichen Zeit an, mir mein Kleid aufzuknöpfen. Ich sang ein sehr dummes Liedchen, das damals gerade in der Mode war und ungefähr so ging: *Ich singe diese kleine Melodie, weil sie mir so gut gefällt, sie geht immer du du du du du du du du;* und dieser dumme Schlager schien in meinen Augen das Leben selbst zu verkörpern, das zweifellos widersinnig war, aber manchmal doch freundlich und liebenswert.

Als mein Oberkörper schon entblößt war, klopfte jemand unvermutet an die Tür.

»Ich kann jetzt nicht«, sagte ich ruhig, »später.«

»Es ist dringend«, antwortete Mutters Stimme.

Ich schöpfte Verdacht, ging zur Tür und schloß auf, um hinauszusehen.

Mutter bedeutete mir durch Zeichen, herauszukommen und

die Tür zu schließen. Dann flüsterte sie mir im dunklen Vorplatz zu: »Dort ist jemand, der dich unbedingt sprechen will.«

»Wer ist es denn?«

»Ich weiß nicht, ein brauner junger Mann.«

Ganz leise öffnete ich die Tür zum Wohnzimmer und schaute hinein. Ein Mann lehnte am Tisch und drehte mir den Rücken zu. Ich erkannte Giacomo sofort am Nacken wieder und schloß hastig die Tür. »Sag ihm, ich käme sofort, und laß ihn nicht heraus«, sagte ich zu Mutter.

Das versprach sie, und ich kehrte in mein Zimmer zurück. Astarita saß immer noch auf dem Bett, wie ich ihn verlassen hatte.

»Schnell«, sagte ich, »beeile dich, es tut mir leid, aber du mußt fortgehen.«

Er regte sich furchtbar auf und stotterte irgendeinen Protest. Aber ich ließ ihn gar nicht zu Ende reden, sondern fuhr fort: »Meiner Tante ist es auf der Straße schlecht geworden, Mutter und ich müssen ins Krankenhaus gehen, schnell, schnell.« Es war eine sehr durchsichtige Lüge, aber in der Eile fand ich keine bessere. Er starrte mich stumpfsinnig an, als könne er sein Mißgeschick immer noch nicht glauben. Ich bemerkte, daß er die Schuhe ausgezogen hatte und die Füße in farbig gestreiften Socken auf den Boden hingen.

»Los! Was schaust du mich so an? Hörst du nicht, du sollst gehen!« drängte ich verzweifelt. Er sagte: »Schon gut, ich geh ja schon«, und bückte sich, um seine Schuhe wieder anzuziehen. Ich stand vor ihm und hielt ihm bereits den Mantel hin. Aber ich begriff, ich mußte ihm irgendein Versprechen geben, wenn ich wollte, daß er dem Mädchen half: »Du, es tut mir schrecklich leid ... komm doch morgen abend nach dem Essen wieder, dann können wir gemütlich zusammen sein; heute hätte ich dich sowieso bald fortschicken müssen, es ist vielleicht besser so.«

Er antwortete nicht, und ich begleitete ihn an der Hand zur Haustür, als befände er sich zum erstenmal in unserer Wohnung, solche Angst hatte ich, er könne ins Wohnzimmer eintreten und Giacomo sehen. Auf der Schwelle bat ich ihn noch mal: »Denk dran, daß ich heute noch zu dem Beichtvater gehe.« Er nickte zum Zeichen seines Einverständnisses. Er hatte einen angeekelten, eisigen Gesichtsausdruck. In meiner Ungeduld wartete ich seinen Abschiedsgruß gar nicht erst ab, sondern schlug ihm beinahe die Tür ins Gesicht.

FÜNFTES KAPITEL

Während ich zur Wohnungstür ging und bereits die Hand auf die Klinke legte, verstand ich auf einmal, daß sich, falls nicht ein Wunder geschähe, vermutlich zwischen Giacomo und mir dieselben unglücklichen Beziehungen einstellen würden, wie sie zwischen Astarita und mir bestanden. Nun machte ich mir klar, daß jenes Gefühl von Untertänigkeit, Furcht und blinder Begierde, das Astarita für mich empfand, meiner Empfindung gegenüber Giacomo glich; und obgleich mir vollkommen bewußt war, daß ich mich auf eine ganz andere Weise benehmen müßte, damit er mich liebte, fühlte ich mich unwiderstehlich dazu gedrängt, mich ihm gegenüber in eine abhängige, unterworfene Position zu setzen. Ich hätte nicht erklären können, worauf die Minderwertigkeitsgefühle beruhten, hätte ich sie gekannt, dann wären sie vermutlich auch zu beseitigen gewesen. Ich ahnte nur instinktiv, daß unsere Wesensart ganz verschieden war, meine härter als die Astaritas, aber schwächer als Giacomos; daß es etwas gab, das mich hinderte, Astarita zu lieben, und daß es Giacomo ebenso mit mir erging; daß aber meine Liebe zu Giacomo – ebenso wie Astaritas Liebe zu mir – unglücklich geboren war und ein trauriges Ende nehmen würde. Mein Herz klopfte wild, mir fehlte der Atem, und bevor ich Giacomo überhaupt sah oder mit ihm sprach, hatte ich schon große Angst davor, einen falschen Schritt zu tun, ihm meine Ängstlichkeit und meinen Wunsch, ihm zu gefallen, zu offenbaren und ihn so von neuem und für immer zu verlieren. Sicherlich ist dies der schlimmste Fluch der Liebe: daß sie nie erwidert wird. Wenn man liebt, dann wird man nicht wiedergeliebt, und wenn man geliebt wird, dann empfindet man selbst nicht das gleiche. Es geschieht fast nie, daß zwei Liebende sich genau in ihrem Gefühl und ihrer Begierde entsprechen; obwohl dies das Ideal ist, nach dem alle Menschen streben. Ich war überzeugt davon, daß Giacomo sich nichts aus mir mache, gerade weil ich in ihn verliebt war. Ich wußte auch, obgleich ich es mir nicht eingestehen wollte, ich könnte tun, was ich wollte, ich würde es dennoch nie erreichen, daß er sich in mich verliebte. All dies ging mir durch den Kopf, während ich zitternd vor Aufregung vor der Tür des

Wohnzimmers zögerte. Ich fühlte mich völlig erschöpft und imstande, die größten Dummheiten zu begehen; das verwirrte mich maßlos. Endlich faßte ich den Mut und trat ein.

Er stand an derselben Stelle, an der ich ihn vorhin durch den Türspalt gesehen hatte; an den Tisch gelehnt, mit dem Rücken zur Tür. Aber als er mich hereinkommen hörte, drehte er sich um und betrachtete mich mit kritischer Aufmerksamkeit: »Ich bin gerade hier vorbeigekommen, da dachte ich, ich könnte dich besuchen ... aber vielleicht ist es dir gar nicht recht.« Er sprach sehr langsam, als wolle er mich scharf beobachten, ehe er sich mit seinen Worten festlegte; ich war sehr verlegen, da ich nicht wußte, wie ich auf ihn wirkte; vielleicht war ich anders oder weniger anziehend als die Erinnerung, die ihn nach so langer Zeit dazu gedrängt hatte, mich wieder aufzusuchen. Doch ich schöpfte neuen Mut im Gedanken an meinen Anblick im Spiegel vorhin, als ich mir sehr schön vorgekommen war. Ich sagte atemlos: »Nein, im Gegenteil, das hast du sehr gut gemacht — ich wollte gerade zum Essen gehen, wollen wir zusammen essen?«

»Erkennst du mich denn überhaupt?« erkundigte er sich ironisch. »Weißt du, wer ich bin?«

»Als ob ich dich nicht erkennen würde!« sagte ich dummerweise, und ehe mein entgegengesetzter Wille Herr über meine Bewegungen wurde, hatte ich bereits seine Hand ergriffen und sie an meine Lippen geführt, ihn liebevoll dabei betrachtend.

Er war verwirrt, und das freute mich. Ich fragte ihn: »Warum hast du dich denn gar nicht mehr blicken lassen?« mit einer ängstlichen, dunklen Stimme. Er antwortete: »Ich habe viel zu tun gehabt.«

Ich hatte vollkommen den Kopf verloren, führte seine Hand von den Lippen zu meinem Herz, unter die Brust und fragte: »Fühlst du, wie mein Herz klopft?«, aber zur selben Zeit schalt ich mich einen Dummkopf und dachte, ich hätte das nicht tun sollen und so etwas sagen. Er zog ein ungeduldiges Gesicht, ich war sehr erschrocken und setzte hastig hinzu: »Ich ziehe mir nur rasch meinen Mantel an und bin gleich wieder da, warte bitte.«

Ich war so verlegen und hatte eine derartige Angst, ihn wieder zu verlieren, daß ich im Flur in aller Eile den Schlüssel an der Haustür herumdrehte und aus dem Schloß zog; so konnte er wenigstens nicht hinaus, falls er fortwollte, solange ich mich anzog. Dann ging ich in mein Zimmer, trat vor den Spiegel und wischte mir alle Farbe von den Augenlidern und vom Mund ab, um nur ganz leichtes Rot auf die Lippen aufzutragen. Ich ging zum Kleiderständer, suchte meinen Mantel und war einen Augenblick völlig verzweifelt, als ich ihn nicht fand. Dann fiel mir ein, daß ich ihn ja vorhin in den Schrank gehängt hatte. Ich warf einen letzten prüfenden Blick in den Spiegel, und da schien es mir, daß meine Frisur zu auffallend sei. In größter Eile kämmte ich sie neu und legte sie so wie damals, als ich noch mit Gino verlobt war. Während des Kämmens gelobte ich mir selbst feierlich, von nun an meine unüberlegten Leidenschaftsausbrüche streng zu zügeln und mich in Worten und Gesten zurückzuhalten. Ich lief über den Flur zur Wohnzimmertür und rief Giacomo.

Aber beim Hinausgehen verriet ihm die verschlossene Haustür, die ich in meiner Hast zu öffnen vergessen hatte, meine Ausflucht. »Du hattest wohl Angst, ich könnte dir davonlaufen«, murmelte er, während ich sehr verlegen den Schlüssel in meiner Tasche suchte. Er nahm mir den Schlüssel aus der Hand, öffnete selbst die Tür und schaute mich dabei kopfschüttelnd mit liebevollem Ernst an. Mein Herz hüpfte vor Freude, ich lief hinter ihm die Treppen hinunter, faßte ihn am Arm und fragte ihn atemlos: »Na, jetzt reut es dich nicht, daß du gekommen bist, nicht wahr?« Er antwortete nicht.

Auf der Straße liefen wir eingehakt nebeneinander her, in der Sonne, an den Toren und Läden entlang. Ich war so glücklich, in seiner Nähe zu sein, daß ich meine Schwüre vollständig vergaß, und als wir an der Villa mit dem Türmchen vorbeikamen, war es mir, als leite jemand meine Hand und bringe sie dazu, die seine zu pressen. Zur gleichen Zeit merkte ich, wie ich mich vorbeugte, um ihm besser ins Gesicht sehen zu können, und sagte: »Fühlst du, wie glücklich ich bin, dich wiederzusehen?«

Er zog sein übliches verlegenes Gesicht und antwortete: »Ich freue mich auch darüber«, aber in einem Tonfall, der alles andere als Freude auszudrücken schien.

Ich biß mich auf die Lippen und löste meine Finger aus seiner Hand. Er schien es nicht einmal zu bemerken, schaute sich um und wirkte zerstreut. Aber am Tor der Mauer zögerte er, blieb stehen und brachte mit stockender Stimme hervor: »Du, ich muß dir etwas sagen.«

»Ja?«

»Es war wirklich nur Zufall, daß ich zu dir kam, und aus demselben Grund habe ich auch keinen Pfennig Geld bei mir, deshalb ist es wohl besser, wir trennen uns jetzt«, bei diesen Worten reichte er mir seine Hand.

Zuerst war ich tief erschrocken. Ich dachte: Jetzt läßt er mich allein, und in meinem Kummer sah ich keinen anderen Ausweg, als mich weinend und flehend an seinen Hals zu hängen. Aber nach kurzer Betrachtung bedeutete gerade der Vorwand, den er benützte, um mich zu verlassen, einen guten Ausweg für mich, und meine Stimmung schlug um. Jetzt könnte ich sein Essen zahlen, dachte ich, so wie sonst immer die anderen für mich zahlten, und dieser Plan gefiel mir sehr. Ich habe schon des öfteren von dem sinnlichen Vergnügen erzählt, das ich beim Empfangen meines Lohnes verspürte. Nun entdeckte ich, daß eine ebenso tiefe Befriedigung im Herschenken des Geldes liegen konnte. Und daß die Vermischung von Liebe und Geld, ob man das Geld nun empfängt oder gibt, nicht nur eine Frage des reinen, persönlichen Vorteils ist. Deshalb rief ich unwillkürlich: »Darüber brauchst du dir keine Gedanken zu machen, dann bezahle ich eben, schau, ich habe Geld«, damit öffnete ich meine Tasche und zeigte ihm einige Scheine, die ich am Vorabend hineingesteckt hatte.

Er sagte mit einem Anflug von Enttäuschung: »Aber das geht doch nicht.«

»Was ist denn da schon dabei? Du bist wiedergekommen, und es ist doch wohl berechtigt, daß ich das gerne feiern möchte.«

»Nein, nein, lieber nicht.« Und er versuchte von neuem, mir die Hand zu schütteln und fortzugehen. Diesmal packte ich ihn am Arm und sagte: »Los, jetzt gehen wir und reden nicht lange«, und zog ihn in die Richtung der Trattoria.

Wir saßen am gleichen Tisch wie damals, und alles war unverändert, bis auf einen winterlichen Sonnenstrahl, der durch die Glastür hereinfiel und Tische und Wände beleuchtete. Der Wirt brachte die Speisekarte, und ich bestellte in sicherem Ton, ebenso wie das meine Liebhaber mit mir zu machen pflegten. Er schwieg und saß mit gesenkten Augen da, während ich wählte. Nur den Wein hatte ich vergessen, da ich keinen trank; aber dann fiel mir ein, daß er das vorige Mal welchen getrunken hatte, ich rief den Wirt zurück und bestellte einen Liter.

Sowie sich der Wirt entfernt hatte, öffnete ich meine Tasche, zog einen Hundertlireschein heraus, faltete ihn zusammen und schaute mich erst vorsichtig um, bevor ich ihn meinem Begleiter unter dem Tisch zuschob.

Er blickte mich fragend an.

»Das Geld«, sagte ich halblaut, »damit du nachher bezahlen kannst.«

»Ach so, das Geld«, wiederholte er gedehnt. Er faßte nach dem Schein, breitete ihn auf den Tisch, betrachtete ihn nachdenklich, um ihn dann wieder zusammenzulegen und in meine Tasche zurückzustecken. Das alles geschah mit einem ein wenig ironischen Ernst. »Soll ich denn bezahlen?« erkundigte ich mich, aus der Fassung gebracht.

»Nein, ich werde bezahlen«, antwortete er gelassen.

»Warum hast du mir denn dann gesagt, du habest kein Geld?«

Er zögerte, bevor er in bitterem Ernst antwortete: »Es war kein Zufall, daß ich heute zu dir kam ... in Wahrheit plane ich diesen Besuch schon seit einem Monat, aber als ich dann vor dir stand, war meine Begierde wie verflogen — deshalb dachte ich mir die Ausrede mit dem Geld aus und hoffte, du würdest mich zum Teufel schicken.« Er lächelte und strich sich über die Stirn: »Aber anscheinend habe ich mich geirrt.«

So hatte er also nur eine Art Experiment mit mir angestellt und wollte gar nichts wissen von mir; oder besser: in seiner Seele kämpfte das Verlangen nach mir mit einer mindestens ebenso starken Abneigung. Späterhin erkannte ich dann seine Fähigkeit, nicht ernst gemeinte Rollen nur zu Versuchszwecken zu spielen, als einen seiner Hauptcharakterzüge. Aber in jenem Augenblick war ich nur verwirrt und unsicher, ob ich mich freuen oder ob ich betrübt sein solle über seinen Betrug und Fehlschlag dieses Betruges. Ich fragte mechanisch: »Aber warum wolltest du denn weggehen?«

»Weil mir klarwurde, daß ich keinerlei Gefühl für dich empfinde, oder vielmehr nur eine Begierde, wie sie mein Freund für deine Bekannte verspürt haben mag.«

»Weißt du, daß sie sich zusammengetan haben?« sagte ich.

»Ja«, antwortete er verächtlich, »sie sind wie füreinander geschaffen.«

»Du empfandest gar nichts für mich und wolltest nicht kommen«, fing ich wieder an, »aber du bist dennoch gekommen.« In der vorausgeahnten Enttäuschung meiner Liebe freute es mich, ihm seine unkonsequente Haltung unter die Nase zu reiben.

»Ja«, antwortete er, »weil ich das bin, was man im allgemeinen einen schwachen Charakter nennt.«

»Du bist gekommen, und das genügt mir«, antwortete ich. Ich streckte die Hand unter den Tisch und legte sie auf seine Knie. Dabei beobachtete ich ihn und bemerkte, daß diese Berührung ihn verwirrte und daß sein Kinn zitterte. Ich war befriedigt, ihn so in Verlegenheit zu setzen. Ich begriff, wenn er mich auch genügend begehrte — nach seinen eigenen Worten spielte er ja seit mindestens einem Monat mit dem Gedanken, mich aufzusuchen –, so war doch ein großer Bereich in ihm mir feindlich gesinnt, und gegen diesen Bereich mußte ich meine ganze Kraft richten, um diese feindliche Haltung zu demütigen und zu schwächen. Ich erinnerte mich wieder an den eisigen Blick, den er auf meinen Körper geheftet hatte, als wir zum erstenmal zusammen waren; damals war es falsch von mir gewesen, mich durch jenen Blick so einschüchtern zu lassen; hätte ich in meinen Verführungsversuchen nicht nachgelassen, so wäre auch dieser Blick vergangen, ebenso wie nun der Ausdruck krampfhafter Würde auf seinem Gesicht abnahm, um endlich ganz zu verschwinden.

Zum Tisch vorgebeugt, als wolle ich halblaut mit ihm reden, streichelte ich ihn und erspähte zugleich fröhlich und befriedigt die Wirkung meiner Liebkosung auf seinem Gesicht. Er schaute mich beleidigt und fragend an mit seinen großen, schwarzen, glänzenden Augen und den fast weiblich langen Wimpern. Endlich sagte er: »Wenn es dir genügt, mich auf solch eine Art zufriedenzustellen, dann mach nur so weiter.«

Ich richtete mich ruckartig auf. Beinahe im gleichen Augenblick trug der Wirt die Speisen auf. Wir saßen schweigend, beide ohne Appetit. Dann fing er wieder an: »An deiner Stelle würde ich versuchen, mich zum Trinken zu bewegen.«

»Warum?«

»Wenn ich betrunken bin, dann tue ich nämlich leichter, was andere von mir wollen.«

Sein voriger Satz hatte mich bereits gekränkt; diese Worte über das Trinken überzeugten mich nun endgültig von der Nutzlosigkeit meiner Anstrengungen. Ich sagte verzweifelt: »Du sollst nur tun, wozu du Lust hast ... wenn du weggehen willst, bitte, dort ist die Tür –«

»Um fortzugehen«, antwortete er spielerisch, »müßte ich erst überzeugt davon sein, es wirklich zu wollen.«

»Soll ich gehen?«

Wir blickten uns an. Ich war resolut in meiner Verzweiflung, und diese Entschlossenheit schien ihn nicht weniger zu verwirren als die Liebkosungen kurz vorher. Er sagte kraftlos: »Nein, bleib.«

Und wieder aßen wir schweigend. Dann sah ich ihn ein großes Glas Wein hinunterkippen. »Siehst du, ich trinke«, sagte er.

»Ich seh schon.«

»In Kürze werde ich betrunken sein, und dann mache ich dir vielleicht sogar eine Liebeserklärung.«

Seine Worte trafen mich bis ins Innerste. Ich dachte, so könne ich nicht mehr weiterleiden, deshalb sagte ich demütig: »Bitte hör doch auf, mich zu quälen.«

»Ich quäle dich?«

»Ja, du spielst dauernd mit mir, ich bitte dich jetzt nur darum, mich in Ruhe zu lassen; ich habe eine Neigung zu dir gefaßt, aber die wird schon wieder vergehen, laß mich nur so lange in Ruhe.«

Er trank schweigend ein zweites Glas Wein. Ich dachte plötzlich erschrocken, ich hätte ihn vielleicht beleidigt, und fragte: »Was hast du? Hast du etwas gegen mich?«

»Ich? Nein, ganz im Gegenteil!«

»Wenn du mich gerne aufziehst, dann tu es ruhig, ich habe nur so dahergeredet.«

»Aber ich ziehe dich doch gar nicht auf.«

»Und wenn du mich gerne verletzen willst«, beharrte ich, plötzlich von dem Wunsch besessen, ihm ganz unterwürfig zu sein, ohne jegliche Berechnung, bis zur äußersten Demütigung, »so tu das ruhig, ich habe dich deshalb genauso gern, vielleicht sogar noch mehr ... wenn du mich schlägst, so küsse ich die Hand, die mir das antat ...«

Er schaute mich aufmerksam an und schien unbeschreiblich verlegen zu sein, meine Leidenschaft verwirrte ihn sichtlich. Dann sagte er: »Wollen wir gehen?«

»Wohin denn?«

»Zu deiner Wohnung.«

Ich war so verzweifelt, daß ich fast den Grund meiner Verzweiflung vergessen hatte; und seine so gänzlich unerwartete Einladung, nachdem wir kaum den ersten Gang gegessen hatten und während die Weinkaraffe noch halbvoll war, erstaunte mich mehr, als daß sie mich freute. Ich überlegte zu Recht, daß nicht Liebe, sondern die Verlegenheit, in die ihn meine Unterhaltung versetzte, ihn dazu nötigte, das Essen mittendrin abzubrechen.

Ich sagte: »Du kannst es wohl gar nicht abwarten, mich loszuwerden, was?«

»Wie hast du denn das erraten?« fragte er. Aber diese Antwort, zu grausam, um ernstgemeint zu sein, erfrischte mich unsagbar. Ich erwiderte kokett mit niedergeschlagenen Augen: »Na, manches versteht sich eben von selbst ... essen wir lieber zu Ende, und dann wollen wir gehen.«

»Wie du willst, aber ich werde mich besaufen.«

»Betrinke dich ruhig – aber für mich.«

»Ich werde mich aber so betrinken, daß mir schlecht wird, und dann kannst du, statt einen Liebhaber zu streicheln, einen Kranken pflegen.«

Ich besaß die naive Klugheit, meine Furcht zu zeigen, streckte die Hand nach dem Krug aus und sagte: »Dann trink lieber nicht.« Er brach in Gelächter aus und wiederholte: »Jetzt bist du hereingefallen.«

»Hereingefallen, wieso?«

»Du brauchst keine Angst zu haben, so schnell wird mir nicht schlecht.«

»Ich habe es nur für dich getan«, sagte ich demütig.

»Für mich . . . o je.«

Sichtlich fuhr er fort zu sticheln. Aber sein Spott hatte immer noch einen Unterton der ihm eigenen Gutmütigkeit, deswegen störte er mich nicht weiter. Er fügte hinzu: »Warum trinkst du eigentlich nicht?«

»Ich mach mir nichts draus, außerdem langt bei mir ein Glas zum Schwips.«

»Was macht denn das schon aus? Dann sind wir eben beide blau.«

»Nein, eine betrunkene Frau ist etwas sehr Häßliches, ich möchte nicht, daß du mich betrunken siehst.«

»Warum? Was ist dabei häßlich?«

»Ich weiß nicht, es ist häßlich, eine Frau taumeln, ungereimtes Zeug reden und ausgelassene Gesten machen zu sehen, der Anblick ist zu traurig . . . ich bin sowieso schon ein unglücklicher Mensch, das weiß ich, und ich bin mir auch bewußt, daß du so über mich denkst — aber wenn du mich dann betrunken sähest, würdest du mich nicht mehr anschauen.«

»Und wenn ich dir nun befehlen würde zu trinken?«

»Du willst mich also unbedingt gedemütigt sehen«, sagte ich nachdenklich, »meine einzige gute Eigenschaft ist meine natürliche Haltung — du willst also, daß ich auch diese Sicherheit verliere?«

»Ja, gerade das will ich erreichen«, betonte er.

»Ich weiß nicht, was für Geschmack du daran finden könntest, aber wenn es dir Spaß macht, dann schenke mir ruhig ein«, damit hielt ich ihm mein Glas hin.

Er betrachtete erst das Glas, dann mich, um von neuem in helles Gelächter auszubrechen. »Ich habe nur Spaß gemacht«, sagte er.

»Du scheinst ja immer zu scherzen.«

»So bist du also nicht gewöhnlich«, fing er wieder an, nachdem er mich aufmerksam gemustert hatte.

»Wenigstens sagt man mir das.«

»Glaubst du, ich fände das auch?«

»Was weiß ich, was du denkst.«

»Warte mal, was glaubst du, was ich denke und für dich empfinde?«

»Ich weiß nicht«, sagte ich langsam und ängstlich, »sicher hast du mich nicht so gern wie ich dich; vielleicht gefalle ich dir, so wie eine Frau einem Mann gefällt, wenn sie nicht gerade ausgesprochen häßlich ist.«

»Ach, du hältst dich also nicht für häßlich?«

»Nein«, meinte ich entschieden, »ich bin sogar überzeugt davon, hübsch zu sein — aber was hat mir meine Schönheit bisher schon genützt?«

»Schönheit darf zu nichts dienen.«

Inzwischen hatten wir fertig gegessen, und beinahe zwei Weinkrüge waren geleert worden. »Wie du siehst«, sagte er, »habe ich getrunken und doch keinen Schwips.« Aber seine glänzenden Augen und seine fahrigen Bewegungen schienen seinen Worten zu widersprechen. Vermutlich schaute ich ihn hoffnungsvoll an, denn er setzte hinzu: »Du willst jetzt nach Hause gehen, nicht wahr? . . . *›Venus, die sich ganz um ihre Beute schlingt.‹*«

»Was meinst du damit?«

»Nichts, ich habe nur einen passenden Vers zitiert — hallo, Herr Wirt!«

Er sprach immer ein bißchen übertrieben, aber auf eine komische Weise. Scherzend verhandelte er mit dem Wirt über den Preis, kramte das Geld vor seiner Nase heraus, fügte ein reichliches Trinkgeld hinzu und gab es ihm: »Das ist für Sie.« Dann trank er den restlichen Wein aus und traf mich draußen vor der Tür.

Auf der Straße hatte ich es plötzlich sehr eilig, mit ihm zu Hause zu sein. Ich wußte, daß er nur ungern zu mir gekommen war und daß er das Gefühl, das ihn wider seinen Willen zu mir zurückgeführt hatte, haßte und verachtete. Aber ich setzte großes Vertrauen in meine Schönheit und meine Liebe für ihn und brannte darauf, seine Feindseligkeit mit diesen meinen Waffen anzugreifen. Ich fühlte mich von neuem von einer fröhlichen, angriffslustigen Sicherheit belebt und glaubte, daß meine Liebe stärker als seine Abneigung sein würde und daß am Ende auch seine abstoßende Härte im Feuer meiner Leidenschaft schmelzen und er mich seinerseits lieben würde.

Während ich an seiner Seite durch die um diese Nachmittagsstunde verlassene Straße ging, sagte ich zu ihm: »Aber du mußt mir versprechen, daß du keinen Versuch machst, fortzugehen, wenn wir zu Hause angelangt sind.«

»Das verspreche ich dir.«

»Und noch etwas mußt du mir versprechen.«

»Was denn?«

Nach kurzem Zögern: »Weißt du, letztes Mal wäre alles gutgegangen, wenn du mich nicht in einem Augenblick so angesehen hättest, daß ich mich auf einmal schämte ... du mußt mir versprechen, mich nicht mehr so anzusehen.«

»Wie denn?«

»Ich weiß nicht — böse.«

»Blicke lassen sich nicht befehlen«, sagte er kurz darauf, »aber wenn du willst, dann sehe ich dich eben gar nicht an, ich werde die Augen zumachen ... ist dir das recht?«

»Nein, das ist nicht gut«, wiederholte ich hartnäckig.

»Wie soll ich dich denn dann anschauen?«

»So, wie ich dich jetzt ansehe«, antwortete ich. Ich faßte sein Gesicht im Gehen am Kinn und zeigte ihm, wie er es machen sollte: »So ... liebevoll.«

»Ach so, liebevoll!«

Als wir in unserem düsteren, schmutzigen Treppenhaus standen, mußte ich unwillkürlich an Gisellas helle, saubere, weiße kleine Wohnung denken. Ich murmelte vor mich hin, als spräche ich zu mir selbst: »Wenn ich nicht in solch einem häßlichen Haus wohnte und solch ein Unglücksrabe wäre, dann gefiele ich dir bestimmt viel besser.«

Unerwarteterweise blieb er stehen, packte mich mit beiden Händen an den Hüften und sagte ganz ernsthaft: »Wenn du dir so etwas einbildest, dann bist du auf dem Holzweg.« Ich glaubte dabei in seinen Augen etwas zu entdecken, das Zuneigung ähnlich sah. Zugleich beugte er sich herunter und küßte mich auf den Mund. Sein Atem roch stark nach Wein. Alkoholgeruch war mir sonst immer unangenehm; aber in jenem Augenblick wirkte er nicht abstoßend auf mich. Ich begriff, daß ich mit meinen Worten ohne irgendwelche Absicht einen empfindlichen Punkt bei ihm berührt hatte. Ich glaubte also, einen Schimmer von Zuneigung zu bemerken. Später entdeckte ich dann allerdings, daß es sich höchstens um eine Verpflichtung gegenüber seiner Eigenliebe handelte und daß er bei seiner Umarmung keineswegs einem liebevollen Impuls gehorchte, sondern daß er sich einer Art von moralischem Zwang unterwarf. In der Folgezeit erpreßte ich ihn noch öfters auf diese Weise, indem ich ihn beschuldigte, mich wegen meiner Armut oder meines Berufes zu verachten; und immer erzielte ich dasselbe, für meine Wünsche günstige Resultat, das zu gleicher Zeit, je mehr mein Verständnis für ihn wuchs, besonders demütigend und enttäuschend war.

Aber an jenem Tag kannte ich ihn noch nicht so, wie ich ihn später kennenlernte. Und jener Kuß flößte mir deshalb tiefe Freude ein, wie nach einem gesicherten Sieg. Ich begnügte mich damit, dankbar seine Lippen zu streifen, dann packte ich ihn mit den Worten »Los, los, laufen wir hinauf« bei der Hand und zog ihn fröhlich und aufgeregt den letzten Treppenabsatz hinauf. Er ließ sich nachziehen, ohne ein Wort zu äußern. Beinahe rennend langte ich an meinem Zimmer an, nachdem ich ihn wie eine Marionette gegen die Wände des Flurs hatte rumpeln lassen. Ich trat heftig ein und warf ihn mehr aufs Bett, als daß ich ihn dorthin geleitete. Jetzt wurde mir zum erstenmal bewußt, daß er nicht nur beschwipst war, wie ich ja vorausgesehen hatte, sondern so betrunken, daß es ihm jeden Augenblick schlecht werden konnte. Er war leichenblaß, strich sich mit einem bestürzten Ausdruck über die Stirn, und seine Augen flackerten trübe. All dies beobachtete ich in einem Augenblick, und mich packte große Angst, ihm könne wirklich schlecht werden und unser Zusammensein würde sich so zum zweitenmal in nichts auflösen. Während ich im Zimmer hin und her ging, um meine Kleider abzulegen, verspürte ich starke Reue, beinahe Verzweiflung darüber, ihn nicht vom Trinken zurückgehalten zu haben. Aber es ist bemerkenswert, daß es mir gar nicht in den Sinn kam, auf seine so begehrte Liebe zu verzichten. Statt dessen erhoffte ich nur eins: daß er sich nicht zu schlecht fühlte, um mich zu lieben; wenn seine Übelkeit aber wirklich so heftig war, dann, so hoffte ich, möge sich ihre Nachwirkung erst zeigen, wenn ich meine Begierde befriedigt hatte. Ich war sehr verliebt in ihn, aber dabei so angsterfüllt, ihn zu verlieren, daß es meiner Liebe nicht gelang, die Grenzen meines Egoismus zu überschreiten.

Deshalb tat ich, als bemerkte ich seine Trunkenheit nicht, und als ich mich ausgezogen hatte, setzte ich mich neben ihn aufs Bett. Er hatte immer noch seinen Mantel an. Ich machte mich daran, ihm beim Auskleiden zu helfen, und währenddessen unterhielt ich mich mit ihm, um ihn abzulenken, damit es ihm nicht auf einmal in den Sinn komme, fortzugehen.

»Du hast mir noch nicht gesagt, wie alt du bist«, sagte ich zu ihm. Dabei öffnete ich seinen Mantel, und er hob auch brav die Arme, damit ich ihn ausziehen könne.

Er antwortete kurz darauf: »Ich bin neunzehn.«

»Dann bist du also zwei Jahre jünger als ich.«

»Bist du einundzwanzig?«

»Ja, ich werde bald zweiundzwanzig.«

Meine Finger verhaspelten sich im Krawattenknoten. Mühsam stieß er mich allmählich zurück und löste den Knoten. Dann ließ er die Arme sinken, und ich zog ihm den Schlips aus. »Diese Krawatte ist ganz zerschlissen«, sagte ich, »ich werde dir eine neue kaufen. Was für eine Farbe trägst du am liebsten?«

Er fing an zu lachen, und beim Lachen gefiel er mir besonders gut, da er ein herzliches, sanftes Lachen besaß. »Du scheinst mich wirklich aushalten zu wollen«, sagte er, »erst bietest du mir an, das Abendessen zu bezahlen, jetzt möchtest du mir eine Krawatte schenken.«

»Dummkopf«, sagte ich zärtlich, »was ist da schon dabei? Mir macht es Freude, dir eine Krawatte zu schenken, und dir wird es auch gefallen.« Inzwischen hatte ich ihm Jacke und Weste ausgezogen, und jetzt saß er in Hemdsärmeln auf dem Bettrand.

»Sieht man, daß ich neunzehn bin?« erkundigte er sich. Er schien gerne über sich selbst zu sprechen, das bekam ich sehr bald heraus.

»Ja und nein«, sagte ich nach kurzem Zögern, das mir für ihn schmeichelhaft schien, »an deinen Haaren sieht man es vor allem«, damit fuhr ich ihm liebevoll über den Kopf, »ein älterer Mann hat nicht so lebendige Haare — im Gesicht aber nicht.«

»Für wie alt würdest du mich schätzen?«

»Fünfundzwanzig.«

Er schwieg, und ich sah ihn die Augen schließen, wie überwältigt von seiner Trunkenheit. Meine Furcht, ihm würde vorzeitig schlecht werden, kehrte zurück, ich beeilte mich daher, sein Hemd auszuziehen, und fuhr dabei fort: »Erzähl mir noch ein bißchen von dir, bist du Student?«

»Ja.«

»Was studierst du?«

»Jura.«

»Wohnst du bei deiner Familie?«

»Nein, meine Familie lebt auf dem Land, in S.«

»Wohnst du in einer Pension?«

»Nein, ich habe ein möbliertes Zimmer«, antwortete er mechanisch mit geschlossenen Augen, »in der Via Cola di Rienzi Nummer 20, achter Eingang, bei der Witwe Medolaghi ... Amalia Medolaghi.«

Jetzt war sein Oberkörper nackt. Ich konnte mich nicht zurückhalten, ihm begehrlich über Brust und Nacken zu streicheln, und sagte: »Warum zitterst du so? Ist dir kalt?«

Er hob den Kopf und schaute mich an. Dann lachte er und sagte mit einer ein wenig schrillen Stimme:

»Meinst du, ich merkte nichts?«

»Was denn?«

»Daß du mich ganz allmählich, als ob nichts geschähe, ausziehst. Ich bin zwar betrunken, aber doch nicht so stark, wie du dir einzubilden scheinst.«

»Na und«, antwortete ich, aus der Fassung gebracht, »wenn es so wäre, was ist denn da Schlimmes dabei? Sonst müßtest du es allein machen; da ich sah, daß du es nicht tust, helfe ich dir eben dabei.«

Er schien mich nicht zu hören. »Ich bin besoffen«, sagte er kopfschüttelnd, »aber ich weiß ganz genau, was ich tue und warum ich hier bin ... ich habe gar keine Hilfe nötig, siehst du.« Unvermittelt, mit beinahe heftigen Bewegungen, denen die Magerkeit der Arme einen marionettenhaften Ausdruck verlieh, löste er seinen Gürtel und riß seine Hosen und alles übrige, was er noch anhatte, herunter. »Ich weiß auch, was du von mir erwartest«, fügte er hinzu und packte mich mit beiden Händen bei den Hüften. Er preßte mich mit seinen kräftigen, nervösen Händen, und in seinen Augen schien die Trunkenheit einer Art energischen Bosheit gewichen zu sein. Diese Bosheit lernte ich später auch in den Augenblicken kennen, in denen er sich am gelöstesten zu geben schien. Es war ein klarer Beweis für sein waches Bewußtsein; er hatte sich immer in der Gewalt, was er auch gerade tun mochte – und das hinderte ihn, wie ich später zu meinem großen Kummer entdeckte, auch daran, wirklich zu lieben und sich dem anderen voll und ganz zu schenken.

»Das willst du doch?« setzte er hinzu, indem er mich immer noch an sich drückte und seine Nägel ins Fleisch bohrte. »Und dies, dies und dies.« Bei jedem »dies« machte er eine Bewegung der Liebe, küßte mich, biß mich oder quälte mich mit seinen Händen dort, wo ich es am wenigsten erwartete. Ich lachte, wehrte mich und kämpfte, allzu glücklich über sein plötzliches Erwachen, um zu bemerken, wie gezwungen und willensmäßig sein ganzes Benehmen war. Er tat mir wirklich weh, auf eine Weise, als sei mein Körper für ihn ein Gegenstand des Hasses und nicht der Liebe. In seinen Augen schien auch an Stelle der Begierde eher eine Art von Zorn zu brennen. Dann, ebenso plötzlich wie sie begonnen hatte, hörte seine Raserei mit einem Schlag wieder auf. Auf eine seltsame, unerklärliche Weise, vielleicht von neuem von der Trunkenheit übermannt, ließ er sich rücklings in seiner ganzen Länge aufs Bett fallen, schloß die Augen, und ich fand mich an seiner Seite wieder mit der merkwürdigen Vorstellung, als habe er sich nie bewegt und nie gesprochen, als habe er mich weder berührt noch umarmt, so, als müßte alles von vorne beginnen.

Ich blieb lange unbeweglich vor ihm auf dem Bett knien, die Haare hingen mir ins Gesicht, und ich betrachtete ihn, um dabei ab und zu schüchtern mit den Fingerspitzen über seinen langen, mageren, schönen und reinen Körper zu streicheln. Er besaß eine weiße Haut, auf der die Knochen sich abzeichneten, breite, magere Schultern, schmale Hüften und lange Beine; er war haarlos bis auf ein wenig Flaum auf der Brust; durch die Rückenlage war der Bauch tiefer als der Schamhügel gebettet, der sich direkt anzubieten schien. Ich liebe in der Liebe keine Gewalttätigkeit, und darum kam es mir wirklich so vor, als sei nichts zwischen uns geschehen und alles habe noch zu beginnen. Ich wartete deshalb, bis das Schweigen und die Ruhe in uns zurückkehrten nach all diesem künstlichen und ironischen Tumult. Als ich mich von neuem in den heiteren und leidenschaftlichen Seelenzustand versetzt fühlte, der mir eigen ist, streckte ich mich ganz langsam an seiner Seite aus, so wie man an schwülen Tagen besonders langsam in die erquickende Kühle des unbeweglichen Meeres steigt, verband meine Beine mit den seinen, legte meine Arme um seinen Nacken und preßte mich an ihn. Diesmal bewegte er sich nicht und sprach auch nicht. Ich rief ihn mit zärtlichen Namen, atmete ihm ins Gesicht und verstrickte ihn in das heiße, dichte Netz meiner Liebkosungen, während er unbeweglich dalag, als sei er gestorben. Erst später habe ich begreifen gelernt, daß diese unbeteiligte Passivität der größte Liebesbeweis war, dessen er fähig war.

Viel später in der Nacht stützte ich mich auf einen Ellbogen und unterwarf ihn einer eingehenden Betrachtung von der mir nach all der Zeit eine genaue und schmerzliche Erinnerung geblieben ist. Er drückte im Schlaf sein Gesicht in das Kopfkissen, nur sein Profil war sichtbar; der gewohnte Ausdruck unsicherer Würde, den er sonst um jeden Preis erhalten zu wollen schien, hatte ihn verlassen, und in seinen im Schlaf ernsten Zügen blieb nichts als sein jugendliches Aussehen zurück, alle sonst so komplizierten Regungen waren wie weggewischt. Aber ich überlegte, wie ich ihn nach und nach boshaft, feindselig, gleichgültig, grausam und begierig erlebt hatte, und ich fühlte mich hierbei traurig und unbefriedigt, denn ich dachte, daß all jene Bosheit, Feindschaft, Gleichgültigkeit, Begierde, all die Eigenschaften, aus denen er sich zusammensetzte und die ihn von mir und allen anderen unterschieden, aus einem Mittelpunkt kamen, der mir bis dahin fern und geheimnisvoll geblieben war. Ich wollte gar nicht, daß er mir seine Launen erklärte, indem er sie auseinandernahm und untersuchte wie Teile einer Maschine; statt dessen wollte ich sie bis in die feinsten Wurzeln nur durch den Liebesakt kennenlernen, und das war mir leider nicht geglückt. Das, was sich mir entzog, das war er ganz und gar, und das, was greifbar war für mich, das war unwichtig; ich wußte nichts damit anzufangen. Gino, Astarita, ja selbst Sonzogno waren mir nähergekommen und besser bekannt als er. Ich betrachtete ihn, und mein Innerstes schmerzte mich, daß es sich nicht so hatte mit ihm verbinden können, wie sich unsere Körper kurz zuvor vereinigt hatten. Meine Seele war verlassen geblieben und beweinte bitterlich die verlorene Gelegenheit. Vielleicht hatte es während unserer Vereinigung einen Augenblick gegeben, in dem er sich öffnete, und eine Geste oder ein Wort hätten genügt, um mich in sein Inneres eintreten zu lassen und dort für immer zu bleiben. Aber ich hatte jenen Augenblick nicht zu fassen verstanden, und nun war es zu spät, er schlief und hatte sich von neuem von mir entfernt.

Während ich noch überlegte, öffnete er die Augen und fragte, ohne den Kopf vom Kissen zu heben: »Hast du auch geschlafen?«

Sein Ton schien mir verändert, vertrauensvoller und intimer. Ich hoffte auf einmal, daß auf eine geheimnisvolle Weise während seines Schlafes das Vertrauen zwischen uns gewachsen sei. »Nein, ich habe dich beobachtet.«

Nach kurzem Schweigen fing er wieder an: »Ich muß dich um einen Gefallen bitten, aber kann ich mich auf dich verlassen?«

»Frag nicht so dumm!«

»Wärst du so gut, mir ein paar Tage lang ein Paket hier im Haus aufzubewahren, das ich dir bringen werde? Ich komme es dann wieder abholen und bringe dir vielleicht noch ein zweites.«

Bei einer anderen Gelegenheit hätte ich wahrscheinlich mehr Neugierde für diese Paketgeschichte gezeigt. Aber damals überwog das Interesse an ihm und unseren Beziehungen alles andere. Ich überlegte blitzschnell, daß das eine weitere Möglichkeit sei, um ihn wiederzusehen; daß ich ihm jeden nur möglichen Gefallen tun müsse, und wenn ich irgendwelche Fragen stellte, es ihn vielleicht gereuen könnte und er den Vorschlag zurückzöge. Deshalb antwortete ich leichthin: »Wenn du weiter nichts willst.«

Er schwieg von neuem, wie um zu überlegen, dann bestand er nochmals darauf: »Du bist also einverstanden?«

»Ich habe dir doch schon gesagt, daß ich nichts dagegen habe.«

»Interessiert es dich denn gar nicht, was in den Paketen ist?«

»Wenn du es mir nicht sagen willst«, antwortete ich und bemühte mich, dabei möglichst unbekümmert zu wirken, »so wirst du schon deine Gründe dafür haben, und ich frage dich nicht danach.«

»Aber es könnte ja auch etwas Gefährliches sein, was sagst du dann?«

»Na wenn schon!«

»Es könnte ja auch«, fuhr er fort, legte sich rücklings hin, und in seinen Augen entzündete sich dabei ein harmloses und vergnügliches Leuchten, »Diebesbeute sein, ich könnte es gestohlen haben.«

Ich mußte an Sonzogno denken, der nicht nur ein Dieb, sondern auch ein Mörder war, und dann an meinen Diebstahl, an die Puderdose und das Taschentuch; es war ein merkwürdiger Zufall, daß er in den Augen einer Frau als Dieb erscheinen wollte, die selber wirklich eine Diebin war und unter Dieben lebte. Ich streichelte ihn und sagte zärtlich: »Nein, du bist gewiß kein Dieb.«

Er wurde scheu, seine Eigenliebe lag immer auf der Lauer und wurde durch die merkwürdigsten und unvorhergesehensten Dinge gekränkt: »Wieso? Ich könnte doch auch einer sein.«

»Du hast nicht das richtige Gesicht dazu; natürlich kann jeder stehlen, aber bei dir kommt man wirklich nicht auf die Idee.«

»Warum? Was habe ich denn für ein Gesicht?«

»Dein Ausdruck zeigt das, was du bist, ein junger Mann aus guter Familie, ein Student . . .«

»Das habe ich dir erzählt, daß ich Student bin . . . aber ich könnte doch auch etwas ganz anderes sein — was ich in der Tat auch bin.«

Ich beachtete ihn nun nicht weiter. Ich dachte daran, daß ich auch kein Verbrechergesicht habe und doch eine Diebin war. Ich spürte einen heftigen Wunsch, ihm dies zu sagen. Diese Versuchung wurde teilweise durch seine befremdende Haltung begünstigt. Ich hatte immer gemeint, Stehlen sei eine tadelnswerte Sache; hier war nun jemand, der nicht nur eine solche Tat nicht zu tadeln, sondern sogar eine gute Seite daran zu sehen schien, die mir völlig rätselhaft blieb. Ich zögerte einen Augenblick, dann sagte ich: »Du hast recht, ich bilde mir ein, du seist kein Dieb, weil ich vom Gegenteil überzeugt bin, aber was dein Gesicht anbetrifft, so könntest du dennoch einer sein, man hat nicht immer den Gesichtsausdruck dessen, was man wirklich ist. Nimm mich zum Beispiel: sehe ich aus wie eine Diebin?«

»Nein«, antwortete er, ohne mich anzublicken.
»Dabei bin ich eine«, sagte ich ganz ruhig.
»Du bist eine?«
»Ja.«
»Und was hast du gestohlen?«
Ich hatte meine Tasche auf die Kommode gelegt, ich ergriff sie, zog die Puderdose heraus und zeigte sie ihm: »Das hier, in einem Haus, in dem ich vor einiger Zeit gewesen bin; und vor ein paar Tagen in einem Geschäft ein seidenes Taschentuch, das ich Mutter schenkte.«

Man braucht nicht zu glauben, daß ich diese Eröffnungen aus Eitelkeit machte. Ich wurde vielmehr durch den Wunsch nach größerer Vertrautheit dazu getrieben; in Ermangelung von etwas Besserem kann auch das Geständnis einer kriminellen Tat zur Annäherung beitragen und jemand zum Lieben bringen. Ich sah, wie er ernst wurde und mich tiefsinnig betrachtete; plötzlich fürchtete ich, er könne mich falsch beurteilen und sich aus diesem Grund dazu entschließen, mich nicht mehr zu sehen. Deshalb fügte ich hastig hinzu: »Aber du mußt nicht denken, daß ich glücklich über meine Dieberei sei ... die Puderdose will ich zurückgeben, heute noch — das Taschentuch kann ich nicht wiederbringen, aber ich habe es bereut und bin entschlossen, es nie wieder zu tun.«

Bei meinen Worten schimmerte in seinen Augen die übliche Bosheit. Er betrachtete mich, um dann plötzlich in Gelächter auszubrechen. Dann packte er mich an beiden Schultern, warf mich aufs Bett und begann von neuem, mich zu plagen und zu hänseln, unter dauernder Wiederholung von Worten wie: »Diebin, du bist also eine Diebin, kleiner Dieb, Räuberlein«, mit einer Art sarkastischer Zuneigung, von der ich nicht wußte, ob ich verärgert oder erfreut darüber sein sollte. Aber seine Heftigkeit erregte mich und gefiel mir. Das war immer noch besser als die gewohnte, gleichgültige Passivität. Deshalb lachte ich und bewegte mich mit dem ganzen Körper hin und her, vor allem auch, weil ich sehr kitzlig bin und er mit seinen Fingern in meinen Achselhöhlen spielte. Aber während ich mich verdrehte und bis zu Tränen lachte, sah ich, wie sein Gesicht, das mit einer Art Erbarmungslosigkeit auf mich herabblickte, ständig ernst und abwesend blieb. Dann hörte er genauso brüsk auf, wie er begonnen hatte, und warf sich rücklings aufs Bett: »Ich bin dagegen kein Dieb, wirklich nicht, und in jenen Paketen befinden sich auch keine gestohlenen Sachen.«

Ich merkte, wie sehr er sich wünschte, mir zu sagen, was in jenen Paketen sei; und ich verstand auch, daß für ihn ein Verstoß gegen das Gesetz, im Gegensatz zu meiner Einstellung, vor allem eine Frage der Eitelkeit war, einer Eitelkeit, die im Grunde nicht wesentlich verschieden war von der, die Sonzogno dazu gebracht hatte, mir von seinem Verbrechen zu erzählen. Trotz aller Unterschiede haben die Männer doch vieles gemeinsam, wenn sie mit einer Frau zusammen sind, die sie lieben oder mit der sie wenigstens in körperlichen Beziehungen stehen; dann trachten sie immer danach, ihre Männlichkeit im Licht kraftvoller und gefährlicher Handlungen zu zeigen, die sie getan haben oder noch zu tun im Begriff sind. Deshalb sagte ich zärtlich: »Im Grunde stirbst du ja vor Sehnsucht, mir zu sagen, was jene Pakete enthalten.«

Er war beleidigt: »Du bist blöd, daran liegt mir wirklich nichts! Aber ich muß dich darauf aufmerksam machen, was sie enthalten, damit du dich danach entscheiden kannst, ob du mir den Gefallen tust oder nicht. Kurz und gut: sie enthalten Propagandamaterial.«

»Was soll das heißen?«

»Ich gehöre einer Gruppe von Leuten an«, erklärte er langsam, »die, sagen wir, die jetzige Regierung nicht lieben, sie sogar hassen und wollen, daß sie so schnell wie möglich auffliegt ... jene Pakete enthalten heimlich gedruckte Flugblätter, in denen wir den Leuten erklären, wie schlecht die jetzige Regierung ist und auf welche Weise man sich ihrer entledigen kann.«

Ich habe mich nie mit Politik beschäftigt. Mich und vermutlich viele andere Menschen berührte die Frage der Regierung nicht weiter. Aber mir fielen Astaritas Anspielungen ein, die er ab und zu über die Politik machte, und beunruhigt rief ich aus: »Aber das ist doch verboten ... das ist gefährlich!«

Er schaute mich sichtlich befriedigt an. Endlich hatte ich ihm etwas gesagt, das ihn freute und seiner Eigenliebe schmeichelte. Er bestätigte mit einer dick aufgetragenen und übertriebenen Ernsthaftigkeit: »Es ist *wirklich* gefährlich – jetzt liegt es bei dir, dich zu entscheiden, ob du mir den Gefallen tun willst oder nicht.«

»Aber das habe ich doch nicht meinetwegen gesagt«, widersprach ich lebhaft, »dabei dachte ich nur an dich ... Was mich betrifft, so nehme ich an.«

»Überleg es dir gut«, warnte er von neuem, »es ist tatsächlich gefährlich, und wenn sie das bei dir finden, endest du im Gefängnis.«

Ich schaute ihn an und spürte plötzlich eine Welle unbändiger Zuneigung, ich weiß nicht, ob für ihn oder für irgendeine andere, mir nicht klare Sache. Meine Augen füllten sich mit Tränen, und ich stammelte: »Verstehst du denn nicht, daß mir das ganz egal ist? Ich ginge auch ins Gefängnis ...« Ich schüttelte den Kopf, und die Tränen tropften die Backen hinunter. Er fragte verwundert: »Und warum weinst du jetzt?«

»Entschuldige«, sagte ich, »ich bin wirklich dumm, ich weiß selbst nicht, warum ich weine — vielleicht, weil ich mir wünsche, du würdest dir klarmachen, wie gern ich dich habe, und daß ich bereit bin, *alles* für dich zu tun.«

Damals hatte ich noch nicht begriffen, daß ich zu ihm nicht von meiner Liebe sprechen durfte. Bei meinen Worten tat er das, was ich in der Folgezeit noch so häufig bei ihm beobachtete: sein Gesicht füllte sich mit einer unbestimmten, zurückweisenden Verlegenheit, er wandte seinen Blick ab und sagte hastig:

»Also gut, in zwei Tagen werde ich dir ein Paket bringen, einverstanden? Und jetzt muß ich gehen, es ist schon spät.« Bei diesen Worten sprang er vom Bett und begann, sich eilig anzukleiden. Ich blieb auf dem Bett, so wie ich war, mit meiner Bewegtheit und meinen Tränen, nackt und ein wenig verschämt, ich weiß nicht, ob meiner Blöße oder meiner Tränen wegen.

Er sammelte seine Sachen auf dem Boden auf, wo sie verstreut herumlagen, und zog sich an. Dann ging er zum Kleiderständer, nahm den Mantel herunter, zog ihn über und kam zu mir. Er sagte mit dem naiven, zutraulichen Lächeln, das ich so gern hatte: »Faß einmal hierher.« Er hatte sich so neben das Bett gestellt, daß ich meine Hand ohne besondere Mühe ausstrecken konnte. Ich spürte einen harten Gegenstand unter dem Stoff der Tasche. »Was ist das denn?« erkundigte ich mich verständnislos.

Er lachte befriedigt, steckte seine Hand in die Tasche und betrachtete mich unverwandt, während er ganz langsam einen großen, schwarzen Revolver zum Teil hervorholte. »Ein Revolver«, rief ich, »aber was machst du denn damit?«

»Man weiß nie«, antwortete er, »wozu er einem einmal nützlich sein kann.«

Ich staunte ihn unsicher an, da ich nicht wußte, was ich denken sollte, und er ließ mir auch gar keine Zeit dazu. Er steckte den Revolver in die Tasche zurück, bückte sich, streifte meine Lippen mit den seinen und sagte: »Wir sind uns also einig, in zwei Tagen komme ich wieder.« Bevor ich mich von meiner Überraschung erholen konnte, hatte er das Zimmer bereits verlassen.

Ich habe noch oft an dieses erste Zusammensein zurückdenken müssen, und später habe ich mir bittere Vorwürfe gemacht, nicht die Gefahren vorausgesehen zu haben, denen er durch seine politische Leidenschaft ausgesetzt war. Allerdings habe ich ja nie irgendwelchen Einfluß auf ihn gehabt; aber wenn ich damals schon all die Dinge gewußt hätte, die ich später begriff, dann hätte ich ihm wenigstens raten oder, falls Ratschläge nicht mehr geholfen hätten, mit vollem Bewußtsein und klarem Entschluß an seiner Seite stehen können. Die Schuld lag sicher bei mir oder vielmehr bei meiner Unwissenheit, für die ich allerdings keine Schuld trug und die durch meine Verhältnisse bedingt wurde. Wie gesagt: ich hatte mich niemals mit Politik beschäftigt, von der ich nichts verstand und die ich als meinem Schicksal ganz fernliegend empfand, so als entwickele sie sich nicht in meiner unmittelbaren Umgebung, sondern auf einer völlig anderen Ebene. Wenn ich eine Zeitung las, übersprang ich die erste Seite mit den politischen Nachrichten, die mich nicht interessierten, und beschäftigte mich nur mit der »schwarzen Chronik«, in der wenigstens manche Ereignisse und Verbrechen meinem Gehirn allerlei Stoff zum Nachdenken gaben. Mein Zustand glich wirklich erstaunlich dem Zustand gewisser quallenartiger, farbloser Tiere, die im ewigen Dunkel auf dem Meeresgrund vegetieren und nichts von alldem wissen, was an der Oberfläche im Sonnenlicht vor sich geht. Die Politik, wie übrigens noch manches andere, dem die Menschen solche Wichtigkeit beimessen, erreichte mich nur aus einer unbekannten Welt, schwächer und unverständlicher, als wenn das Tageslicht jene Meeresbewohner dort unten in ihren Schlupfwinkeln träfe.

Aber die Schuld lag doch nicht allein bei mir und meiner Unwissenheit, sondern auch bei ihm, seinem Leichtsinn und seiner Eitelkeit. Wenn ich geahnt hätte, daß sich in ihm auch noch andere Regungen als seine Eitelkeit verbargen, dann hätte ich mal so und mal so gehandelt und mich bemüht, all die Dinge kennenzulernen und zu verstehen, von denen ich nichts wußte; was dann das Ergebnis gewesen wäre, vermag ich allerdings nicht zu sagen. Hier will ich noch etwas erwähnen, das sicherlich zu meiner unbekümmerten Haltung beitrug: die Tatsache, daß er eher in halb scherzhaftem Ton eine Rolle zu spielen schien, als ernsthaft zu handeln. Er schien sich, Stück für Stück, eine Idealgestalt als Norm zusammengebaut zu haben, an die er allerdings nur bis zu einem gewissen Grad glaubte; und er versuchte dauernd, nahezu automatisch, seine Handlungen diesem Idealbild anzupassen. Diese fortgesetzte Komödie glich einem Spiel, das er vollkommen beherrschte; aber wie man im

Spiel sein Tun nie ganz ernst nimmt, so war mit seinem Verhalten eine falsche Sicherheit verbunden, daß alles, was er täte, ungeschehen gemacht werden könne und daß im letzten Augenblick, auch im Fall einer Niederlage, sein Gegner im Spiel ihm die Verluste wieder ersetzen und ihm die Hand reichen werde. Vielleicht spielte er auch wirklich, so wie es Knaben geht, die innerlich dazu getrieben werden, über alles zu scherzen. Aber sein Gegner meinte es ernst, wie es sich später noch zeigen wird. So mußte er sich, wenn das Spiel endete, entwaffnet und besiegt wiederfinden, jenseits des Spielerischen, unter tödlichem Druck.

All dies und vieles andere, das noch trauriger und unvernünftiger ist, habe ich mir in der letzten Zeit überlegt, wenn ich über die Geschehnisse nachdachte. Aber damals, soviel habe ich hoffentlich deutlich gemacht, streifte der Verdacht nicht einmal mein Gehirn, jene Geschichte mit den Paketen könne unsere Beziehungen auf irgendeine Weise beeinflussen. Ich war dankbar, daß er zurückgekehrt war, und zufrieden, ihm einen Gefallen erweisen zu können und zu gleicher Zeit eine sichere Möglichkeit zu haben, ihn wiederzusehen; über diese doppelte Zufriedenheit sah ich nicht hinaus. Ich weiß noch, wie ich mich einmal dabei ertappte, flüchtig über den sonderbaren Gefallen nachzudenken, um den er mich gebeten hatte; dann schüttelte ich den Kopf, wie um auszudrücken: »Kindereien«, und richtete meine Gedanken auf etwas anderes. Im übrigen befand ich mich in einem so seligen Gemütszustand, daß ich es auch beim besten Willen nicht fertiggebracht hätte, Überlegungen über ein besorgniserregendes Thema anzustellen.

SECHSTES KAPITEL

Alles schien sich nun zum Guten zu wenden: Giacomo war zurückgekehrt, und zur gleichen Zeit hatte ich eine Möglichkeit gefunden, das unschuldig angeklagte Zimmermädchen aus dem Gefängnis zu befreien, ohne selbst ihre Stelle dort einnehmen zu müssen. An jenem Tag, nachdem Giacomo fortgegangen war, verbrachte ich beinahe zwei Stunden damit, mich an meinem Glück zu freuen, so wie man manchmal einen kostbaren, noch neuen Gegenstand liebevoll betrachtet; auf eine erstaunte und verständnislose Art, die gleichzeitig voll tiefer Befriedigung ist. Die Vesperglocke weckte mich aus meinen Betrachtungen. Astaritas Rat fiel mir wieder ein, und daß Eile geboten sei, um das Mädchen zu befreien. Ich zog mich rasch an und ging aus.

Im Winter, wenn die Tage kurz sind und man den Vormittag allein zu Hause in Gedanken verbracht hat, ist es besonders hübsch, hinauszugehen und durch die Straßen der Stadtmitte zu schlendern, dort, wo die Menge am dichtesten ist und die Läden am hellsten erleuchtet sind. In der frischen, kalten Luft, bei all dem Getöse, der Bewegung und dem Glitzern des großstädtischen Lebens wird der Kopf klar, die Seele atmet befreit auf, und man empfindet eine heitere Erregung, eine fröhliche Trunkenheit, als seien alle Schwierigkeiten plötzlich beseitigt und man brauche nichts zu tun, als unbeschwert in der Menge herumzuschlendern, zufrieden damit, jetzt dieser, dann jener flüchtigen Sensation nachzugehen, die das Straßenbild unseren Mußestunden bietet. Es erscheint dann wahrhaftig für kurze Zeit so, als sei uns alle unsere Schuld vergeben, wie das christliche Gebet sagt, ohne unser Zutun und ohne irgendeine Gegenleistung, einzig und allein durch eine allumfassende, geheimnisvolle Liebe. Natürlich muß man sich dabei in einem glücklichen oder zumindest zufriedenen Gemütszustand befinden, denn im entgegengesetzten Fall kann dieses Stadtleben das beklemmende Gefühl einer sinnlosen, unverständlichen Erregung erwecken. Aber ich war, wie gesagt, an jenem Tag sehr glücklich, und das spürte ich besonders deutlich, als ich mich im Stadtinnern unter die Menge mischte.

Ich wußte, ich sollte eigentlich in die Kirche gehen, um jenes Geständnis abzulegen. Aber vielleicht gerade deshalb, weil ich mir dies Ziel gesetzt hatte und zufrieden darüber war, hatte ich keine Eile und dachte überhaupt nicht daran. So ging ich langsam durch eine Straße nach der anderen und blieb ab und zu vor den Läden stehen, um die ausgestellten Gegenstände zu bewundern. Hätte mich einer meiner Bekannten gesehen, so würde er sicher gedacht haben, ich wolle einen der Vorübergehenden ködern. Aber mir lag wirklich nichts ferner in jenem Augenblick. Ich hätte mich vielleicht von irgendeinem Mann mitnehmen lassen, falls er mir gefallen hätte, aber nicht des Geldes wegen, sondern nur aus dem Gefühl großer Lebenslust und Fröhlichkeit heraus. Aber die paar, die mich vor den Schaufenstern beobachteten und mit den gewohnten Sätzen und Angeboten ansprachen, gefielen mir nicht. Deshalb antwortete ich ihnen nicht, schaute sie nicht einmal an, sondern ging mit meinem üblichen stolzen Schritt auf dem Gehsteig weiter, als seien sie gar nicht vorhanden.

Der Anblick der Kirche, in der ich das letztemal nach der Viterbofahrt gebeichtet hatte, traf mich überraschend in meinem zerstreuten, glücklichen Gemütszustand. Zwischen einer beleuchteten Kinoreklame und dem strahlend hellen Schaufenster eines Strumpfwarenhändlers klemmte sich die ganz in Dunkel gehüllte barocke Fassade, wie ein Windschirm in eine Straßenbiegung gebaut; ihr hoher Giebel wurde durch zwei tubablasende Engel gekrönt und war ganz gesprenkelt mit den Lichtreflexen der Leuchtreklame am anstoßenden Haus. Die Fassade wirkte in meinen Augen wie ein dunkles, runzliges Altweibergesicht, das mir ein vertrauliches Blinzeln aus dem Schatten ihres Tuches inmitten all der erleuchteten Gesichter der Vorübergehenden zuwarf. Mir fiel der schöne französische Pater Elia wieder ein und seine starke Anziehungskraft, und ich dachte, niemand sei besser dazu geeignet, den Auftrag zur Rückgabe der Puderdose zu übernehmen, als er, ein junger, intelligenter Weltmann, der so gänzlich verschieden von den übrigen Priestern war, die ich kannte. Außerdem kannte mich Pater Elia gewissermaßen schon, und es würde mir deshalb weniger Schwierigkeiten machen, ihm all diese schrecklichen und beschämenden Dinge zu beichten, die mein Herz belasteten.

Ich erklomm die Stufen, schlug den Türvorhang beiseite und betrat die Kirche, nachdem ich ein Taschentuch über meinen Kopf gebreitet hatte. Während ich die Finger im Weihwasserbecken benetzte, fiel mir plötzlich ein Relief auf, das um die Schale lief: eine nackte Frau mit offenen Haaren und erhobenen Armen flüchtete vor einem häßlichen Drachen mit Papageienschnabel, der sie, wie ein Mann auf die Hinterbeine aufgerichtet, verfolgte. Ich erkannte mich selbst in jener Frau wieder und dachte daran, wie auch ich vor einem ähnlichen Drachen floh; nur daß mein Fluchtweg im Kreis lief und es mir machmal fast schien, als ob ich gar nicht floh, sondern als ob ich den häßlichen Drachen begierig und fröhlich verfolgte. Ich schlug das Zeichen des Kreuzes und ging ins Innere der Kirche, das mir noch ebenso dunkel, unordentlich und schmutzig wie bei meinem ersten Besuch vorkam. Wie damals lag alles in tiefem Dunkel bis auf den Hauptaltar, an dem alle Kerzen um das Kruzifix brannten und die Messingleuchter und Silbervasen aufglitzern ließen. Auch die Madonnenkapelle, in der ich damals mit so tiefer, vergeblicher Überzeugung gebetet hatte, war erleuchtet; zwei Sakristane staden auf Leitern und befestigten rotgoldenen, geschnörkelten Festschmuck an den Tragbalken. Da der Beichtstuhl Pater Elias noch belegt war, kniete ich vor dem Hauptaltar nieder, auf einem der zahlreichen, unordentlich herumstehenden Betstühle. Ich empfand keinerlei Bewegtheit, sondern nur eine große Ungeduld allgemeiner Art, heiter, zufrieden und im Grund nicht frei von Eitelkeit, so wie man sich immer fühlt, wenn man im Begriff steht, eine langgeplante und wohlüberlegte gute Tat auszuführen. Oftmals konnte ich bemerken, daß diese Art von Ungeduld, die von Herzen kommt und jeden vom Verstand eingeflößten Rat zu verachten pflegt, meist dahin führt, die gute Absicht in Gefahr zu bringen und ein größeres Übel anzurichten als jede andere, besser überdachte Durchführung.

Sobald ich sah, daß sich die Person im Beichtstuhl erhob und sich entfernte, ging ich hinüber, kniete nieder und begann hastig, ohne auf die Anrede des Beichtigers zu warten: »Pater Elia, ich bin nicht gekommen, um eine Beichte im üblichen Sinn abzulegen, sondern ich möchte Ihnen ein sehr schwerwiegendes Geheimnis anvertrauen und Sie um einen Gefallen bitten, den Sie mir sicher nicht verweigern werden.«

Von der anderen Seite des Gitters ermunterte mich die außerordentlich leise Stimme des Paters zum Sprechen. Ich war so fest davon überzeugt, hinter dem Gitter müsse sich Pater Elia befinden, daß ich sein heiteres Gesicht beinahe hinter der durchbrochenen Platte zu entdecken vermeinte. Da empfand ich zum erstenmal seit dem Betreten der Kirche ein Gefühl von Vertrauen und Frömmigkeit. Mir war, als wollte meine Seele sich vom Körper lösen und ganz nackt mit all ihren sichtbaren Flecken auf die Stufen vor jenem Gitter knien. Ich schien wahrhaftig einen Augenblick lang nichts als Seele zu sein, frei, aus

Licht und Luft bestehend, so wie man sagt, daß es nach dem Tod sei. Auch Pater Elia schien sich mit seiner so viel leuchtenderen Seele aus seinem körperlichen Gefängnis zu lösen, schien das Gitter, die Wände und das Dunkel des Beichtstuhls versinken zu lassen und nun in blendendem Licht tröstend vor mir zu stehen. Vielleicht ist dies das Gefühl, das man immer empfinden sollte, wenn man sich zum Beichten hinkniet. Aber ich hatte es nie vorher so klar gespürt.

Ich lehnte meine Stirn an das Gitter und fing mit geschlossenen Augen an zu sprechen. Ich sagte ihm alles. Ich erzählte von meinem Beruf, von Gino, Astarita, Sonzogno, von dem Diebstahl und dem Verbrechen. Ich nannte meinen Namen, Ginos, Astaritas und auch denjenigen Sonzognos. Ich nannte den Ort des Diebstahls und den des Verbrechens, ebenso meine Adresse. Ich beschrieb sogar das Aussehen der beteiligten Personen. Ich weiß nicht, was für ein Impuls mich dazu trieb, vielleicht derselbe, aus dem sich eine Hausfrau nach langer Nachlässigkeit endlich dazu entschließt, das ganze Haus zu säubern und zu putzen und keine Ruhe zu geben, bis nicht das letzte Stäubchen weggekehrt ist und die letzten Flöckchen unter den Möbeln und aus den Ecken hervorgeholt wurden. Meine Seele fühlte sich auch wirklich erleichtert, nachdem ich jede Einzelheit ordnungsgemäß hintereinander erzählt, mein Herz ausgeschüttet und alles ins reine gebracht hatte.

Ich sprach dauernd im gleichen, vernünftigen und ruhigen Tonfall. Der Beichtiger hörte, ohne mich zu unterbrechen, bis zum Ende zu. Als ich zu reden aufhörte, herrschte einen Augenblick lang Schweigen. Dann hörte ich, wie eine furchtbare, süßliche, schleppende Stimme sagte: »Die Dinge, die du mir da erzählt hast, meine Tochter, sind schrecklich und furchterregend; mein Gehirn weigert sich beinahe, sie zu glauben; aber du hast gut daran getan, das alles zu beichten; ich werde jetzt für dich tun, was in meiner Macht steht.«

Seit meiner ersten und einzigen Beichte in jener Kirche war eine lange Zeit vergangen. Und in der Erregung über meine gute Tat hatte ich jene charakteristische und liebenswerte Eigenart fast vergessen: den französischen Akzent des Paters Elia. Der Dialekt dieses Sprechenden gehörte dagegen keiner bestimmten Landschaft an, war aber zweifellos italienisch, auf jene näselnde Art, die man so häufig bei Priestern findet. Ich begriff auf einmal meinen Irrtum und empfand zur gleichen Zeit ein eisiges Gefühl, wie es jemand spürt, der seine Hand vertrauensvoll und begierig nach einer schönen Blume ausstreckt und seine Finger treffen statt dessen die kalte, vibrierende Haut einer Schlange. Zu der unangenehmen Überraschung, mich einem anderen Beichtiger gegenüber zu befinden, als ich angenommen hatte, gesellte sich noch der Abscheu, den jene dunkle, einschmeichelnde Stimme in mir auslöste. Dennoch fand ich die Kraft, zu stammeln: »Sind Sie denn wirklich Pater Elia?«

»Er selbst«, antwortete der unbekannte Priester. »Wieso? Bist du schon öfters hier gewesen?«

»Einmal.«

Nach kurzem Schweigen begann der Priester von neuem: »Alles, was du gesagt hast, müßte noch mal Punkt für Punkt durchgenommen werden, es handelt sich ja nicht nur um *eine* Angelegenheit, sondern um viele Sachen, manche davon gehen dich an und einige wieder andere Menschen. Bist du dir bei den Punkten, die dich betreffen, darüber klar, mehrere schwere Sünden begangen zu haben?«

»Ja, ich weiß«, murmelte ich.

»Hast du sie bereut?«

»Ich glaube ja.«

»Wenn deine Reue wirklich ernst gemeint ist«, fuhr er in vertraulichem und väterlichem Tonfall fort, »dann kannst du sicher auf Absolution hoffen ... aber es handelt sich ja nicht um dich allein, da sind noch die anderen mit ihrer Schuld und ihren Verbrechen — du bist Mitwisserin einer entsetzlichen Untat; ein Mann ist auf eine furchtbare Weise umgebracht worden, verspürst du nicht den Wunsch dazu, den Namen des Schuldigen zu enthüllen, um ihn seiner angemessenen Strafe zuzuführen?«

So wollte er mir also einreden, Sonzogno zu verraten. Es war auch sicher seine priesterliche Pflicht. Aber in jenem Augenblick, mit jenem Tonfall und auf jene Art vorgebracht, erhöhte der Vorschlag nur noch meinen Verdacht und meine Furcht. »Wenn ich sage, wer es gewesen ist«, stotterte ich, »dann werde ich ja selber festgenommen.«

»Gott und die Menschen werden dein Opfer und deine Reue zu würdigen wissen«, antwortete er sogleich, »das Gesetz kennt neben der Strafe auch die Verzeihung; aber du hättest dann durch ein im Vergleich zu den Qualen des Ermordeten sehr geringes Opfer dazu beigetragen, die so furchtbar verletzte Gerechtigkeit wiederherzustellen. Hörst du nicht die Stimme des Toten, die vergeblich seinen Mörder um Mitleid anfleht?«

Er fuhr fort, mich zu ermahnen, und wählte seine Worte sorgfältig und nicht ohne Befriedigung aus dem seinem Beruf eigenen, althergebrachten Sprachschatz. Aber ich hatte jetzt nur noch den einen, beinahe hysterischen Wunsch, fortzugehen. Deshalb sagte ich hastig: »Das mit der Anzeige werde ich mir noch überlegen – ich komme morgen zurück und berichte Ihnen dann, wozu ich mich entschieden habe. Treffe ich Sie morgen hier?«

»Selbstverständlich, zu jeder Zeit.«

»Also gut«, sagte ich verlegen, »einstweilen bitte ich Sie nur darum, diesen Gegenstand abzugeben.« Ich schwieg, und er erkundigte sich nach einem kurzen Gebet von neuem, ob ich auch wirklich bereue und entschlossen sei, ein neues Leben zu beginnen; nach meiner bejahenden Antwort erteilte er mir die Absolution. Ich bekreuzigte mich und verließ den Beichtstuhl; zur gleichen Zeit öffnete er die Tür und stand vor mir. All die Furcht, die mir seine Stimme eingeflößt hatte, wurde auf einmal bestätigt durch den Anblick seiner Person. Er war eher klein, aber sein großer Kopf hing nach einer Seite, als ob sein Hals ständig steif sei. Ich ließ mir nicht einmal Zeit, ihn gründlich zu betrachten, so eilig hatte ich es, fortzugehen, und so groß war der Abscheu, den er in mir hervorrief. Ich unterschied ein gelblichbraunes Gesicht mit einer hohen, blassen Stirn, tief in den Höhlen liegenden Augen, einer Stumpfnase und einem großen, unförmigen Mund mit bläulichen Lippen. Er war sicher nicht alt, er wirkte jedenfalls ganz alterslos. Er verschränkte die Arme über der Brust und sagte kopfschüttelnd in betrübtem Ton: »Warum bist du nicht früher gekommen, meine Tochter, warum nicht? Wieviel furchtbare Geschehnisse hätten dann vermieden werden können!«

Am liebsten hätte ich ihm gesagt, was ich dachte, daß Gott sicher gewollt hätte, ich wäre nie gekommen; aber ich hielt mich zurück, zog die Puderdose aus der Tasche, drückte sie ihm in die Hand und beschwor ihn: »Ich bitte Sie, sich damit zu beeilen; ich kann Ihnen gar nicht sagen, wie mich der Gedanke bedrängt, daß dies arme Mädchen durch meine Schuld im Gefängnis festgehalten wird.«

»Es wird heute noch erledigt«, antwortete er und drückte die Dose unter ständigem ermahnendem Kopfschütteln an sein Herz.

Ich dankte ihm halblaut, nickte einen kurzen Abschiedsgruß und ging hastig aus der Kirche. Er blieb stehen, wo er war, neben dem Beichtstuhl, mit über der Brust verschränkten Armen und wackelndem Kopf.

Als ich auf der Straße stand, versuchte ich mit kühlerem Kopf über das Vorgefallene nachzudenken. Nachdem ich die erste konfuse Besorgnis überwunden hatte, begriff ich, daß ich mich am meisten davor fürchtete, der Priester könne das Beichtgeheimnis nicht wahren, und ich zwang mich nun dazu, mir selber klarzuwerden, was für Gründe ich für meine Angst hatte. Ich wußte wie jeder Mensch, daß die Beichte ein Sakrament ist und das Beichtgeheimnis deshalb unverletzlich... Ich wußte außerdem, daß es beinahe unmöglich war, daß irgendein Priester, und sei er noch so unzuverlässig, solch einen Vertrauensbruch verübte. Andererseits ließ mich sein Ansinnen, Sonzogno zu verraten, befürchten, wenn ich es nicht täte, würde er es auf sich nehmen, der Polizei den Namen des Mörders anzugeben... Aber vor allem erschreckten mich seine Stimme und sein Aussehen und ließen mich das Schlimmste befürchten. Ich handle mehr aus Gefühl als verstandesmäßig, und ich besitze, wie manche Tiere, eine instinktive Witterung für Gefahr. Alle Vernunftgründe, die ich zu meiner Beruhigung anführte, halfen mir nichts angesichts dieser unbegründeten Vorahnung. Natürlich: das Beichtgeheimnis ist unverletzlich, dachte ich, aber ebenso kann nur ein Wunder den Priester davon abhalten, Sonzogno, mich und alle anderen anzuzeigen.

Ein anderer Faktor trug noch dazu bei, das Gefühl eines bedrückenden, mysteriösen Unglücks in mir zu bestätigen: der Austausch meines ersten Beichtvaters durch den jetzigen. Der französische Pater war sichtlich nicht Pater Elia gewesen, obgleich er mich in dessen Beichtstuhl angehört hatte; aber wer war er dann? Ich bereute jetzt, den wahren Pater Elia nicht danach gefragt zu haben. Aber zur gleichen Zeit fürchtete ich beinahe, der häßliche Priester würde behaupten, nichts von ihm zu wissen, und würde so den Charakter der unwirklichen Erscheinung bestätigen, den die Figur des jugendlichen Priesters in meinem Gehirn allmählich annahm. Er hatte ja auch etwas von einem Phantom an sich, einmal dadurch, daß er so grundverschieden von allen übrigen Priestern war, und dann durch die Art, wie er in meinem Leben auftauchte, um gleich darauf wieder spurlos zu verschwinden. Ich bezweifelte allmählich, ihn je erblickt zu haben oder ihm jedenfalls in Fleisch und Blut begegnet zu sein; ich dachte bereits an eine Halluzination, vor allem wohl deswegen, weil ich nun eine unverkennbare Ähnlichkeit mit dem Christusbild feststellte, wie es sich gewöhnlich auf Heiligenbildern befindet. Aber wenn das stimmte und wirklich Christus in jenem schmerzerfüllten Moment zu mir gekommen war, um meine Beichte anzuhören, dann war seine Stellvertretung durch den häßlichen, schmutzigen Priester ein deutliches Unglückszeichen — wenn es auch vielleicht nichts anderes bedeutete, als daß die Religion mich im Augenblick meiner größten Angst im Stich gelassen hatte: das war, als öffne man einen Tresor, in den ein Goldschatz eingeschlossen wurde, und fände nun an Stelle des Goldes nichts als Staub, Spinnweben und Mäusedreck.

Mit diesem Vorgefühl eines Unglücks, das aus meiner Beichte entstehen könnte, ging ich nach Hause und legte mich sogleich ins Bett, ohne etwas zu essen: überzeugt, daß dies die letzte Nacht in meinem Zimmer vor meiner Verhaftung sei. Ich empfand jedoch keinerlei Furcht mehr und auch nicht den Wunsch, meinem Schicksal zu entkommen. Als der erste Schrekken, der aus einer allen Frauen eigenen nervösen Schwäche entstanden war, verklang, ergab ich mich nicht nur in alles Kommende, sondern brannte förmlich darauf, das mir drohende Geschick anzunehmen. Ich empfand sogar den wollüstigen Wunsch, mich bis auf den Grund der tiefsten Verzweiflung fallen zu lassen. Ich fühlte mich beinahe gefeit durch das ungewöhnliche Ausmaß meines Mißgeschicks und überlegte nicht ohne eine gewisse Befriedigung, daß mir mit Ausnahme des Todes, der mir keinerlei Angst einflößte, eigentlich nichts Schlimmeres mehr passieren könne.

Aber am nächsten Tag wartete ich vergeblich auf den Besuch der Polizei. Es verging der ganze Tag und auch der folgende, ohne daß irgend etwas geschah, womit ich meine Vorahnungen hätte rechtfertigen können. Während dieser ganzen Zeit war ich nicht aus dem Haus, ja nicht einmal aus meinem Zimmer gegangen, und ich wurde es allmählich leid, über die Folgen meiner Unvorsichtigkeit nachzugrübeln. Ich nahm meine Gedanken über Giacomo wieder auf und merkte, wie sehr ich mir wünschte, ihn wiederzusehen, wenigstens einmal noch, bevor die Anzeige des Priesters — die ich immer noch für unausbleiblich hielt — sich auswirken würde. Am Abend des dritten Tages erhob ich mich ohne längere Überlegung vom Bett, zog mich sorgfältig an und verließ das Haus.

Ich kannte Giacomos Adresse, und in zwanzig Minuten stand ich vor seinem Haus. Aber als ich die Haustür öffnen wollte, fiel mir ein, daß ich mein Kommen nicht angekündigt hatte, und ich wurde plötzlich sehr schüchtern. Ich fürchtete, er würde meinen Besuch übelnehmen oder mich geradezu fortschicken. Mein ungeduldiger Schritt verlangsamte sich, und schweren Herzens blieb ich vor einem Geschäft stehen und überlegte, ob es nicht besser sei, umzukehren und zu warten, bis er mich aufsuche. Ich verstand, daß ich gerade in jener ersten Zeit unserer Beziehungen besonders viel Umsicht und Scharfblick beweisen mußte und ihm nie zu verstehen geben durfte, wie verliebt ich in ihn war und daß ich nicht ohne ihn leben wollte. Andtererseits schien es mir sehr hart, jetzt wieder umkehren zu müssen, zumal da ich auch durch die Beichte so unruhig geworden war und ihn schon deshalb sehen wollte — und sei es auch nur, um mich auf andere Gedanken zu bringen. Mein Blick fiel auf die Auslage des Geschäftes, vor dem ich stehengeblieben war, es war ein Hemden- und Krawattenladen, und ich dachte sofort an mein Versprechen, ihm einen neuen Schlips an Stelle des alten, zerschlissenen zu kaufen. Wenn man verliebt ist, dann handelt man nie vernunftgemäß; ich sagte mir, auf diese Weise könnte ich die Krawatte als Vorwand für meinen Besuch benützen, ohne mir klarzumachen, daß gerade dies Geschenk den ängstlichen und unterwürfigen Charakter meines Gefühls für ihn verdeutlichte. Ich trat in den Laden und kaufte nach langer Wahl eine graue Krawatte mit roten Streifen: die schönste, aber auch die teuerste. Die Verkäuferin, mit der ein bißchen indiskreten Höflichkeit ihres Berufes, die Einfluß auf die Käufe ihrer Kunden auszuüben sucht, erkundigte sich, ob die Person, für die der Schlips bestimmt war, braun oder blond sei.

»Er ist braun«, antwortete ich langsam und merkte, wie ich das »braun« mit zärtlicher Stimme aussprach; ich errötete bei dem Gedanken, der Verkäuferin könne meine Betonung aufgefallen sein.

Die Witwe Medolaghi wohnte im vierten Stock eines alten, düsteren Palastes, dessen Fenster auf den Tiber schauten. Ich hastete zu Fuß die Treppen hinauf und läutete an einer dunklen Tür im Hintergrund, ohne mir Zeit zum Atemschöpfen zu nehmen. Beinahe augenblicklich öffnete sich die Tür, und Giacomo stand auf der Schwelle. »Ach, du bist es«, sagte er verblüfft. Er hatte sichtlich jemand anders erwartet.

»Darf ich hereinkommen?«

»Aber natürlich, hierher bitte.«

Aus dem fast dunklen Vorplatz geleitete er mich in das Wohnzimmer. Auch hier herrschte Halbdunkel, wegen der mit Butzenscheiben verglasten Fenster, wie man sie sonst meist in Kirchen findet. Mir fiel die große Anzahl schwarzer, mit Perlmutter eingelegter Möbel auf. In der Mitte stand ein runder Tisch mit einer blauen, altmodischen Kristallschale darauf. Verschiedene Teppiche und sogar ein weißes, ziemlich abgeschabtes Bärenfell lagen auf dem Boden. Alles war alt, aber sauber und ordentlich und wie konserviert in dem tiefen Schweigen, das seit undenklicher Zeit in diesem Haus zu herrschen schien. Ich setzte mich auf ein Sofa im Hintergrund und fragte: »Erwartest du jemanden?«

»Nein ... aber warum bist du gekommen?« Diese Worte

waren wirklich wenig einladend, aber er schien eher überrascht als erzürnt zu sein.

»Ich bin nur gekommen, um mich von dir zu verabschieden«, sagte ich lächelnd, »weil ich glaube, daß wir uns heute zum letztenmal sehen.«

»Warum?«

»Ich bin überzeugt, daß sie spätestens morgen kommen werden, um mich zu verhaften und ins Gefängnis zu bringen.«

»Ins Gefängnis? Was redest du da für einen Unsinn?«

In seiner Stimme klang eine Erregung mit, die mir zu verstehen gab, er fürchte für sich selbst; vielleicht dachte er, ich hätte ihn denunziert oder auf irgendeine Weise bloßgestellt, indem ich jemand von seiner politischen Tätigkeit erzählt hätte. Ich lächelte wieder und fuhr fort: »Du brauchst keine Angst zu haben, mit dir hat es nicht im entferntesten etwas zu tun.«

»Nein, nein«, verbesserte er sich hastig, »ich begreife nur nicht, das ist alles ... ins Gefängnis, warum denn?«

»Schließ bitte die Tür zu und setz dich hierher«, sagte ich und deutete auf den Platz neben mir. Er machte die Tür zu und kam zu mir. Dann erzählte ich ihm ganz ruhig die wahre Geschichte der Puderdose einschließlich meiner Beichte. Er hörte mich mit gesenktem Kopf an, ohne mich anzuschauen, und kaute unterdessen an seinen Nägeln, ein Zeichen von Anteilnahme bei ihm. Endlich schloß ich: »Ich bin überzeugt davon, daß mich jener Priester in eine üble Lage bringen wird; was meinst du dazu?«

Er schüttelte den Kopf, starrte vor sich hin auf die Butzenscheiben und sagte: »Das muß nicht sein ... ich glaube es nicht ... die Häßlichkeit eines Priesters allein ist nicht Grund genug für deinen Verdacht ...«

»Aber du hättest ihn nur sehen sollen«, unterbrach ich ihn lebhaft.

»Meinethalben mag er scheußlich sein, aber das ist noch lange kein Grund, so etwas zu tun ... Möglich wäre es natürlich trotzdem«, setzte er eilig mit einem nervösen Lachen hinzu.

»So glaubst du also, ich brauchte keine Angst zu haben?«

»Ja. Schon deshalb, weil du ja nichts mehr daran ändern kannst. Es hängt nicht mehr von dir ab.«

»Du hast gut reden, man hat eben einfach Furcht, das ist stärker als man selbst.«

Er war auf einmal auf seine Art zärtlich, legte eine Hand auf meine Schulter, schüttelte mich ein wenig und sagte lachend: »Du hast doch gar keine Angst, stimmt's?«

»Aber ich sage dir doch, daß ich mich fürchte.«

»Du hast keine Angst, du bist doch ein mutiges Mädchen.«

»Ich versichere dir, daß ich schreckliche Angst habe ... ich fürchte mich sogar so sehr, daß ich mich ins Bett gelegt habe und zwei Tage lang nicht aufgestanden bin.«

»Ja, aber dann bist du doch zu mir gekommen und hast mir alles mit der größten Ruhe erzählt. Du weißt überhaupt nicht, was Furcht ist.«

»Was soll ich denn tun?« sagte ich und mußte wider meinen Willen lachen. »Ich kann ja schließlich nicht vor Angst schreien.«

»Du hast keine Angst.«

Kurzes Schweigen. Dann fragte er mich mit einer besonderen Betonung, die mich überraschte: »Und dein — sagen wir mal — Freund Sonzogno, was ist der für ein Mensch?«

»Es gibt viele seinesgleichen«, sagte ich unbestimmt. In diesem Augenblick wußte ich wirklich nichts Besonderes über Sonzogno zu sagen.

»Aber wie ist er? Beschreib ihn doch ein wenig!«

»Willst du ihn festnehmen lassen?« erkundigte ich mich lachend. »Vergiß nicht, daß ich dann auch eingesperrt werde.« Dann fügte ich hinzu: »Er ist blond, ziemlich klein, mit breiten Schultern, einem blassen Gesicht und blauen Augen, es ist nichts Hervorstechendes an ihm außer seiner ungeheuren Kraft.«

»Kraft?«

»Wenn man ihn sieht, würde man es nicht glauben, aber berührst du dann seine Arme, so sind sie wie aus Eisen.« Ich merkte, wie interessiert er zuhörte, und erzählte von der Begegnung zwischen Sonzogno und Gino. Er machte keinerlei Zwischenbemerkungen, sondern fragte nur am Schluß: »Glaubst du, daß Sonzogno sein Verbrechen vorher geplant hat ... ich meine, daß er es bis ins einzelne vorbereitet und dann kaltblütig ausgeführt hat?«

»Unsinn«, antwortete ich, »er überlegt nie etwas vorher. Einen Augenblick ehe er Gino zu Boden streckte hat er bestimmt noch gar nicht daran gedacht, und so war es auch bei dem Goldschmied.«

»Warum hat er es dann getan?«

»Nur so, weil es stärker als er ist; er ist wie ein Tiger: eben noch friedlich, und einen Augenblick später bekommst du plötzlich einen Tatzenhieb ab und weißt nicht, warum.« Ich erzählte ihm darauf die ganze Geschichte meiner Beziehungen zu Sonzogno, wie er mich geschlagen und mich im Dunkeln vielleicht mit dem Tod bedroht hatte. Ich schloß: »Er denkt niemals nach. In einem gewissen Augenblick überfällt ihn eine Macht, die stärker ist als er, und dann kommt man ihm besser nicht zu nahe ... ich bin überzeugt davon, daß er nur zu dem Goldschmied ging, um die Puderdose zu verkaufen; dann wurde er von ihm gereizt und hat ihn einfach umgebracht.«

»Alles in allem genommen, ist er also ein besonderes Scheusal.«

»Nenn ihn, wie du willst ... er mußte es wohl sein«, setzte ich hinzu und versuchte, mir selbst über das Gefühl klarzuwerden, das Sonzognos mörderische Wut in mir auslöste, »es ist ein ähnlicher Drang wie der, der mich dazu zwingt, dich zu lieben. Warum liebe ich dich eigentlich? Das weiß Gott allein. Warum überfällt Sonzogno zu gewissen Zeiten plötzlich der Impuls zu töten? Das weiß auch nur Gott. In solchen Fällen läßt sich nichts logisch erklären.«

Er überlegte.

Dann hob er den Kopf und fragte mich: »Und was glaubst du, was ich für dich empfinde? Meinst du, ich hätte den Wunsch, dich zu lieben?«

Ich hatte eine furchtbare Angst, ihn sagen zu hören, er liebe mich nicht. Deshalb hielt ich ihm meine Hand auf den Mund und flehte: »Um Gottes willen, sag mir nicht, was du für mich empfindest.«

»Aber warum denn nicht?«

»Weil mich das nicht interessiert ... ich weiß nicht, was du für mich fühlst, und ich will es auch gar nicht wissen, mir genügt es, daß ich dich liebe.«

Er schüttelte den Kopf und sagte: »Du handelst falsch, wenn du mich liebst, du solltest einen Mann wie Sonzogno lieben.«

Jetzt war ich verblüfft: »Was redest du denn da? Einen Verbrecher?«

»Meinethalben einen Verbrecher — jedenfalls einen Mann, der die Triebe verspürt, von denen du sprachst; ebenso wie Sonzogno es fertigbringt zu töten, könnte er wohl auch wirklich lieben; ganz einfach, ohne viel Geschichten zu machen ... Ich dagegen ...«

Ich ließ ihn den Satz nicht beenden, sondern protestierte: »Aber du kannst dich doch nicht mit Sonzogno vergleichen ... du bist das, was du bist; Sonzogno dagegen ist ein Verbrecher, ein Ungeheuer; außerdem stimmt es nicht, daß er wahrhaftig lieben könnte, er kann keinen Menschen lieben, für ihn gibt es nur die Befriedigung der Sinne; ob ich das bin oder eine andere, das kommt auf eins heraus.«

Er schien nicht überzeugt zu sein, aber sagte nichts mehr. Ich benützte dies kurze Schweigen, streckte meine Hand aus und schob meine Finger unter dem Ärmel an seinem Handgelenk entlang.

»Mino«, sagte ich leise.

Ich sah, wie er auffuhr: »Warum nennst du mich Mino?«

»Das ist doch die Verkleinerung von Giacomo, darf ich das nicht sagen?«

»Doch, doch, sage es ruhig. Es ist der Kosename, bei dem ich zu Hause gerufen wurde – deswegen.«

»Hat dich deine Mutter so genannt?« fragte ich ihn, ließ dabei sein Handgelenk los, schob meine Hand unter die Krawatte und streichelte ihn mit meinen Fingern auf der bloßen Brust.

»Ja, meine Mama rief mich so«, bestätigte er ungeduldig. Kurz darauf setzte er in einem besonderen, zwischen Sarkasmus und Ärger spielenden Tonfall hinzu: »Im übrigen ist das nicht das einzige, was du genauso wie meine Mutter sagst. Ihr habt im Grunde über fast alles dieselbe Meinung.«

»Zum Beispiel?« fragte ich. Ich war erregt und hörte kaum zu. Ich hatte inzwischen sein Hemd aufgeknöpft und versuchte, mit meiner Hand seine magere, zierliche Knabenschulter zu umfassen.

»Als ich dir erzählte, daß ich mich mit Politik befasse, hast du zum Beispiel sofort mit ängstlicher Stimme gesagt: ›Aber das ist doch verboten, das ist gefährlich.‹ Mutter hätte das gleiche in genau demselben Tonfall gesagt.«

Ich war sehr froh darüber, seiner Mutter zu gleichen – vor allem, weil sie seine Mutter, dann aber auch, weil sie eine Dame war. »Was du doch für ein Dummkopf bist«, sagte ich zärtlich, »was ist denn dabei? Das zeigt nur, daß deine Mutter und ich dich beide liebhaben; außerdem stimmt es wirklich, daß es gefährlich ist, sich mit Politik abzugeben; einen Bekannten von mir haben sie deswegen eingesperrt, und er sitzt nun schon zwei Jahre. Wem hilft das außerdem? Sie sind soviel stärker, und sobald du dich rührst, stecken sie dich ins Gefängnis; nach meiner Ansicht kann man auch ohne Politik ausgezeichnet leben.«

»Meine Mutter, meine Mutter«, schrie er triumphierend und sarkastisch, »das sind genau ihre Worte.«

»Ich weiß nicht, was deine Mutter sagt«, antwortete ich, »aber jedenfalls will ich nur dein Bestes; du solltest die Finger von der Politik lassen, du bist ja doch kein Berufspolitiker, sondern Student; Studenten sollten bei ihren Studien bleiben.«

»Studieren, promovieren und sich eine Existenz gründen«, murmelte er wie im Selbstgespräch vor sich hin.

Ich antwortete nicht, sondern näherte mein Gesicht dem seinen und bot ihm meine Lippen. Wir küßten uns, dann trennten wir uns wieder, und er schien zu bereuen, mich geküßt zu haben, denn er schaute mich gedemütigt und feindlich an. Ich fürchtete, ihn gekränkt zu haben, indem ich mit meinem Kuß die Unterhaltung über Politik unterbrochen hatte, deshalb fügte ich eilig hinzu: »Im übrigen tu ruhig, was du willst, ich habe ja bei deinen Plänen nichts zu sagen; wenn du willst — deshalb bin ich übrigens gekommen —, kannst du mir jenes Paket geben, ich verstecke es, wie abgemacht.«

»Nein, nein«, widersprach er lebhaft, »um Gottes willen, das geht jetzt nicht mehr, bei deiner Freundschaft mit Astarita ... wenn sie es dann bei dir finden würden ...«

»Warum? Ist Astarita so gefährlich?«

»Er ist einer der Schlimmsten«, antwortete er ernst.

Ich spürte den boshaften Wunsch, ihn in seiner Eigenliebe zu verletzen, aber ohne böse Absicht, zärtlich. »Im Grunde genommen«, tastete ich mich vorwärts, »hast du eigentlich nie wirklich vorgehabt, mir das Paket anzuvertrauen.«

»Warum hätte ich dir dann davon erzählt?«

»Du brauchst nicht gekränkt zu sein — aber ich glaube, du hast nur davon gesprochen, um mir zu beweisen, daß du es wirklich ernst meinst mit diesen verbotenen, gefährlichen Dingen.«

Er ärgerte sich sichtlich, und ich merkte, daß ich ins Schwarze getroffen hatte. »Was für Dummheiten«, rief er aus, »du bist wirklich blöd.« Aber dann beruhigte er sich schlagartig und erkundigte sich mißtrauisch: »Warum? Wie bist du denn auf diesen Gedanken gekommen?«

»Ich weiß nicht«, sagte ich lächelnd, »durch deine ganze Handlungsweise, du merkst es vielleicht nicht einmal, aber du erweckst nicht den Eindruck, als meintest du es ernst.«

»Dabei handelt es sich um *tödlich* ernste Dinge«, sagte er. Er erhob sich, streckte beide Arme aus und rezitierte mit Nachdruck im Falsett: *»Die Truppen, her mit den Truppen! Ich werd sie allein bekämpfen und als einziger fallen.«* Er fuchtelte mit Armen und Beinen und wirkte komisch dabei, ein wenig wie eine Marionette. Ich fragte ihn: »Was soll das heißen?«

»Nichts, das ist nur ein Zitat.« Befremdenderweise schien seine Erregtheit auf einmal in nachdenkliche, tiefe Niedergeschlagenheit umzuschlagen. Er setzte sich wieder und sagte: »Statt dessen ist alles, was ich tue, wirklich ernst gemeint, ich hoffe sogar, daß sie mich eines Tages einsperren werden, damit ich allen beweisen kann, wie ernst es mir damit war.«

Ich sagte nichts, streichelte ihm nur übers Gesicht und nahm es zwischen meine Hände. »Was für schöne Augen du hast!« Seine Augen waren wirklich sehr hübsch, sanft und groß, mit einem naiven, dabei eindringlichen Ausdruck. Er erregte sich von neuem, sein Kinn fing an zu zittern. Ich murmelte: »Warum gehen wir nicht in dein Zimmer?«

»Das kommt gar nicht in Frage, es stößt an das Zimmer der Witwe, sie ist den ganzen Tag lang in ihrem Raum, bei offener Tür, um den Korridor überwachen zu können.«

»Dann gehen wir eben zu mir.«

»Dazu ist es zu spät, du wohnst so weit weg; ich erwarte hier in Kürze verschiedene Freunde.«

»Dann hier.«

»Du bist verrückt.«

»Gib lieber zu, daß du Angst hast«, beharrte ich. »Vor politischer Propaganda fürchtest du dich nicht, das behauptest du wenigstens, aber mit der Frau, die dich liebt, in diesem Zimmer überrascht zu werden, davor hast du Angst. Was kann denn schon geschehen? Daß die Witwe dich wegschickt? Dann suchst du dir eben ein anderes Zimmer ...«

Ich wußte, wenn man ihn bei seinem Hochmut packte, dann konnte man alles bei ihm erreichen. Er schien auch wirklich überzeugt zu sein. Vermutlich empfand er jetzt eine ebenso starke Begierde wie ich. »Du bist verrückt«, wiederholte er, »von hier fortgeschickt zu werden kann ärgerlicher sein, als eingesperrt zu werden. Wohin würden wir uns denn legen?«

»Auf den Boden«, sagte ich langsam und zärtlich, »komm, ich zeige dir, wie man das macht.« Er schien jetzt zu erregt, um einen Ton herausbringen zu können. Ich erhob mich vom Sofa und streckte mich geruhsam auf dem Boden aus. Der Boden war mit mehreren Teppichen bedeckt, und in der Mitte stand der runde Tisch. Ich legte mich auf den Teppich, Kopf und Brust noch unter den Tisch, dann zog ich Mino am Arm herab und zwang den Widerstrebenden, sich auf mich zu legen. Ich warf den Kopf zurück, schloß die Augen und sog den muffigen Staub- und Flusengeruch ein, der aus dem Teppich kam und der mir gut und berauschend schien, als läge ich im Frühling auf einer Wiese, ja als stamme jener Geruch von Blumen und Gräsern und nicht von schmutziger Wolle. Minos Gewicht ließ mich die Härte des Fußbodens besonders empfinden, und ich war glücklich, daß er diese Härte nicht spürte, sondern daß mein Körper ihm als Lager diente. Dann merkte ich, wie er mich auf Hals und Wangen küßte, und empfand große Freude darüber, da er das sonst nie tat. Ich öffnete die Augen, mein Kopf war nach der Seite gedreht, mit der Backe gegen die rauhe

Oberfläche des Teppichs, und ich konnte gerade noch ein Stück gewachsten Mosaikboden und den unteren Teil der beiden Türflügel sehen. Ich seufzte tief und schloß die Augen wieder.

Mino erhob sich als erster. Ich blieb noch einen Augenblick so liegen, wie er mich verlassen hatte, rücklings, mit zerwühlten Kleidern. Ich war sehr glücklich, ich war wie aufgelöst in diesem Glück, und ich wäre am liebsten noch so liegengeblieben, mit dem harten Boden unter mir und dem staubigen Muffgeruch des Teppichs in meiner Nase. Vielleicht fiel ich auch einen Augenblick lang in leichten, raschen Schlaf; ich schien zu träumen, daß ich wahrhaftig auf einer Blumenwiese sei – über mir, statt des Tisches, der Himmel voller Sonne. Mino mußte wohl denken, mir sei nicht wohl, weil ich plötzlich fühlte, wie er mich schüttelte und halblaut sagte: »Was hast du denn? Was tust du noch? Los, steh auf, beeil dich!«

Mühsam zog ich den Arm vom Gesicht, kroch unter dem Tisch hervor und stand auf. Ich lächelte vor lauter Glück. Mino lehnte an der Kredenz, in sich zusammengesunken, immer noch heftig atmend, und betrachtete mich schweigend mit einem feindlichen und gedemütigten Ausdruck. »Ich will dich nicht mehr wiedersehen«, sagte er schließlich. Zugleich lief durch seinen gebeugten Körper ein unwillkürliches Zucken, wie bei einem mechanischen Spielzeug, in dem eine Feder bricht.

Ich antwortete lächelnd: »Warum? Wir haben uns gern, wir werden uns auch wiedersehen«, dabei näherte ich mich ihm und streichelte ihn. Aber er wandte sein blasses, verzerrtes Gesicht ab und wiederholte: »Nein, ich will dich nicht mehr sehen.«

Ich wußte, daß seine Feindseligkeit hauptsächlich auf sein Bedauern zurückging, mich besessen zu haben. Er schickte sich nie ohne Widerstreben und ohne Reue darein, mich zu lieben: wie jemand, der beschließt, etwas zu tun, das er nicht tun möchte und nicht tun sollte. Aber ich war überzeugt, daß seine schlechte Laune nicht lange anhalten würde, sondern daß seine Begierde nach mir, soviel er auch dagegen anzukämpfen versuchte und sosehr er sie haßte, doch stärker sein würde als sein merkwürdiges Streben nach Keuschheit. Deshalb maß ich seinen Worten keine große Bedeutung bei; mir fiel die Krawatte wieder ein, die ich für ihn gekauft hatte. Ich ging zu einer Konsole, auf der ich meine Tasche und die Handschuhe abgelegt hatte, und sagte dabei: »Komm, sei nicht so wütend, ich werde nicht mehr hierherkommen, ist dir das recht?«

Er antwortete nichts. Im gleichen Augenblick öffnete sich die Tür, und ein altes Dienstmädchen ließ zwei Herren eintreten.

Der erste sagte mit tiefer, belegter Stimme: »Guten Tag, Giacomo.«

Ich begriff: dies mußten die beiden Gefährten seiner politischen Arbeit sein. Ich betrachtete sie neugierig. Der Sprecher war ein Koloß, erheblich größer als Mino, mit breiten Schultern und dem Aussehen eines Berufsboxers. Er hatte einen blonden Haarschopf, himmelblaue Augen, eine platte Nase und einen roten Mund mit dicken Lippen. Aber sein Gesicht trug einen offenen, sympathischen Ausdruck, eine Mischung von Schüchternheit und Schlichtheit, die mir gefiel. Selbst in diesen Wintertagen ging er ohne Mantel, mit einem Rollkragenpullover unter der Jacke, der ihm bis zum Hals reichte und sein sportliches Aussehen noch unterstrich. Seine roten Hände mit den breiten Gelenken, die aus den umgeschlagenen Ärmeln der Jacke herausschauten, fielen mir besonders auf. Er mußte noch sehr jung sein, vermutlich ebenso alt wie Giacomo. Der zweite dagegen war ungefähr Mitte Vierzig und schien im Unterschied zu dem anderen ein Arbeiter oder Bauer zu sein, er hatte das Aussehen und die Kleidung eines Kleinbürgers. Er war nicht sehr groß und wirkte neben seinem Begleiter geradezu winzig. Er war ein völlig schwarzer Typ, sein Gesicht wurde von großen, schildpatteingefaßten Brillengläsern beherrscht. Unter der Brille schaute eine Stumpfnase hervor, und darunter öffnete sich ein riesiger Mund, schon eher ein Spalt, der von einem Ohr zum anderen reichte.

Die mageren, unrasierten Backen, der zerschlissene Kragen, der ungebügelte, befleckte Anzug, in dem sein knochiger Körper steckte, das alles erweckte den Eindruck einer betonten Vernachlässigung, eines gleichsam erwünschten Elends. Der Anblick der beiden verwunderte mich sehr, da Mino stets mit einer gewissen nachlässigen Eleganz gekleidet war und durch seine ganze Art bewies, daß er einer anderen Klasse angehörte als sie. Wenn ich nicht gesehen hätte, wie sie Mino begrüßten und er ihnen dafür dankte, wäre ich nie darauf gekommen, daß sie Freunde sein könnten. Instinktiv empfand ich sofort Sympathie für den Großen und Antipathie gegen den Mageren. Der Große erkundigte sich mit verlegenem Lächeln: »Sind wir etwa zu früh gekommen?«

»Nein, nein«, sagte Mino; er war noch ganz bestürzt und schien sich nur mühsam zu erholen. »Ihr seid pünktlich.«

»Pünktlichkeit ist die Höflichkeit der Könige«, sagte der Magere und rieb sich die Hände. Und plötzlich brach er in ein völlig unerwartetes Gelächter aus, als sei seine Bemerkung sehr komisch gewesen. Dann hörte er mit derselben Plötzlichkeit wieder auf und war so ernst, daß ich beinahe daran zweifelte, ihn jemals lachen gehört zu haben.

»Adriana«, sagte Mino mühsam, »ich möchte dir meine beiden Freunde vorstellen, Tullio«, hier deutete er auf den Kleineren, »und Tommaso.«

Mir fiel auf, daß er keine Nachnamen nannte, und ich dachte, die Namen seien vermutlich falsch. Ich streckte ihnen lächelnd die Hand entgegen. Der Große gab mir einen Händedruck, daß meine Finger weh taten; der Kleine dagegen umschloß sie mit der Feuchtigkeit seiner Handfläche und sagte dazu: »Welche Ehre«, mit einem Nachdruck, der komisch auf mich wirkte. Der Große murmelte einfach und sympathisch: »Freut mich«, wobei ich einen leichten Anflug von Dialekt in seiner Stimme hörte.

Wir schauten uns einen Augenblick schweigend an. »Wenn du willst, Giacomo«, sagte der Große, »können wir wieder gehen. Falls du heute zu tun hast, kommen wir eben morgen wieder.«

Ich sah, wie Mino auffuhr und ihn ansah; ich verstand, daß er im Begriff war, sie zum Bleiben aufzufordern und mich wegzuschicken. Ich kannte ihn jetzt gut genug, um zu wissen, daß sein Verhalten nicht anders sein konnte. Ich dachte daran, wie ich mich ihm noch vor ein paar Minuten geschenkt hatte; ich fühlte noch auf dem Hals die Empfindung seiner Lippen, die mich küßten, und am Körper das Gefühl seiner Umarmung. Nicht meine immer zu Hingabe und Resignation bereite Seele, nein, mein Körper lehnte sich auf gegen diese unwürdige Behandlung. Ich trat einen Schritt vor und sagte heftig: »Ja, es ist besser, wenn Sie fortgehen und morgen wiederkommen, ich muß Mino noch vieles erzählen.«

Unangenehm überrascht machte Mino Einwände: »Aber ich muß doch mit ihnen sprechen.«

»Das kannst du auch morgen tun.«

»Also entscheidet euch«, sagte Tommaso gutmütig, »wenn ihr wollt, daß wir hierbleiben, gut, sonst gehen wir eben ...«

»Uns ist es egal«, fiel Tullio hier wieder mit seinem üblichen Gelächter ein.

Mino zögerte immer noch. Von neuem packte mich heftige Empörung. »Hört mal«, sagte ich mit erhobener Stimme, »Giacomo und ich haben uns vor wenigen Minuten hier auf der Erde auf diesem Teppich geliebt. Was täten Sie an seiner Stelle? Würden Sie mich fortschicken?«

Mir schien es, als werde Mino rot. Jedenfalls war er sehr verlegen, zuckte verärgert die Schultern und trat ans Fenster. Tommaso schaute mich verstohlen an und sagte dann, ohne zu lächeln: »Ich habe schon verstanden, und wir gehen jetzt. Auf Wiedersehen, Giacomo, morgen um dieselbe Zeit.«

Der kleine Tullio dagegen schien meine Worte unglaublich zu finden. Er starrte mich mit offenem Mund und weit aufgerissenen Augen hinter seinen Brillengläsern an. Er hatte sicher noch nie eine Frau mit solcher Offenheit sprechen hören, und tausend schmutzige Gedanken kreuzten sich vermutlich in diesem Augenblick in seinem Gehirn. Aber der Große rief ihm von der Schwelle aus zu: »Los, Tullio, wir gehen jetzt«, und er ging rückwärts bis zur Tür, ohne seinen erstaunten und begierigen Blick von meinem Körper zu nehmen.

Ich wartete, bis sie fortgegangen waren, und trat dann zu Mino, der immer noch mit dem Rücken zum Zimmer am Fenster lehnte. Ich legte einen Arm um seinen Nacken: »Ich wette, jetzt kannst du mich nicht mehr ausstehen.«

Er wandte sich langsam um und schaute mich an. Es lag noch verhaltener Zorn in seinem Ausdruck, aber beim Anblick meines Gesichtes, das sanft, liebevoll und auf seine Art unschuldig sein mußte, veränderte sich seine Miene, und er sagte in vernünftigem und etwas traurigem Ton: »Na, bist du jetzt zufrieden? Nun hast du ja erreicht, was du wolltest.«

»Ja, ich bin sehr zufrieden«, dabei umarmte ich ihn heftig. Er ließ sich das gefallen und fragte dann: »Was wolltest du mir denn sagen?«

»Nichts«, antwortete ich, »ich wollte nur heute abend mit dir zusammen sein.«

»Aber ich gehe sehr bald zum Abendessen ... ich esse hier bei der Witwe Medolaghi.«

»Gut, dann lad mich eben zum Essen ein.«

Er betrachtete mich und lächelte kaum merklich über meine Frechheit. »Na ja«, sagte er schließlich mit überraschender Gelassenheit, »jetzt werde ich Bescheid sagen ... und wie soll ich dich vorstellen?«

»Wie du willst, vielleicht als eine Verwandte von dir.«

»Nein, ich werde dich als meine Braut bezeichnen, ist dir das recht?«

Ich wagte ihm nicht zu zeigen, wie sehr mich dieser Vorschlag beglückte. Deshalb heuchelte ich Gleichgültigkeit: »Mir ist es egal, wie du mich nennst, wenn wir nur zusammen sind.«

»Warte bitte einen Augenblick, ich bin gleich wieder da.«

Er ging hinaus, und ich zog mir hastig meine Strümpfe hoch. In einem Wandspiegel sah ich meine langen, schönen Beine, die in Seidenstrümpfen steckten, und das machte einen ganz eigenartigen Eindruck auf mich inmitten all der altmodischen Möbel und dieser verbrauchten, stillen Atmosphäre. Ich dachte daran, wie ich damals in der Villa mit Gino geschlafen und die Puderdose gestohlen hatte, und ich verglich unwillkürlich jene schon so fernliegende Zeit mit meinem augenblicklichen Zustand. Damals hatte ich Leere, Bitterkeit und den Wunsch, mich zu rächen, empfunden, wenn auch nicht direkt an Gino, so doch an der Welt, die mich durch Gino so grausam verletzt hatte. Heute fühlte ich mich dagegen leicht, glücklich und frei. Wieder einmal begriff ich, wie sehr ich Mino liebte und wie wenig es mich kümmerte, daß er mich nicht wiederliebte.

Ich zog meine Kleider zurecht, trat zum Spiegel und kämmte mich. Hinter meinem Rücken öffnete sich die Tür, und Mino kehrte zurück.

Ich hoffte, er würde von hinten herantreten und mich beim Kämmen umarmen. Statt dessen ging er in den Hintergrund des Wohnzimmers und setzte sich aufs Sofa. »Ich habe Bescheid gesagt«, dabei zündete er sich eine Zigarette an, »es wurde ein Gedeck mehr aufgelegt. Wir gehen gleich zu Tisch.«

Ich trat vom Spiegel zurück und setzte mich neben ihn, schob einen Arm unter seinen und preßte mich an ihn: »Haben die beiden auch etwas mit Politik zu tun?«

»Ja.«

»Die können aber nicht sehr reich sein.«

»Warum?«

»Jedenfalls nach ihrem Aufzug zu urteilen.«

»Tommaso ist der Sohn eines meiner Verwalter«, sagte er, »und der andere ist Schullehrer.«

»Der ist mir nicht sympathisch.«

»Welcher?«

»Der Lehrer ... er hat feuchte Hände und hat mich so zweideutig betrachtet, als ich sagte, wir hätten zusammen geschlafen.«

»Das zeigt nur, daß du ihm gefallen hast.«

Wir schwiegen lange. Dann sagte ich: »Du schämst dich, mich als deine Braut vorzustellen. Wenn du willst, gehe ich weg.«

Ich wußte, dies war die einzige Methode, um ihm ein wenig Zärtlichkeit abzuringen: indem ich ihm vorwarf, daß er sich meiner schäme. Wirklich legte er sogleich einen Arm um meine Taille und sagte:

»Das habe ich dir doch selbst vorgeschlagen – warum sollte ich mich schämen?«

»Ich weiß nicht, ich merke nur, daß du sehr schlechter Laune bist.«

»Ich bin nicht schlechter Laune, ich bin nur vollständig erschöpft«, antwortete er in beinahe lehrhaftem Ton, »und das bin ich nur, weil wir uns geliebt haben ... du mußt mir Zeit lassen, wieder zu mir zu kommen.«

Er war noch sehr blaß und rauchte unlustig. Ich sagte: »Du hast recht, verzeih mir ... aber du bist immer so kalt und abwesend, daß ich einfach den Kopf verliere — wenn du nicht so wärst, dann hätte ich vorhin vermutlich nicht darauf bestanden, hierzubleiben.«

Er warf die Zigarette weg und sagte: »Das stimmt nicht, ich bin nicht kalt und abwesend.«

»Trotzdem ...«

»Du gefällst mir sehr«, fuhr er fort und betrachtete mich aufmerksam, »ich habe dir ja auch vorhin nicht so widerstehen können, wie ich gewollt hätte.«

Diese Bemerkung freute mich, und ich senkte wortlos die Augen. Er sagte: »Trotzdem nehme ich an, daß du im Grunde recht hast — das kann man eigentlich nicht Liebe nennen.«

Mein Herz zog sich zusammen, und ich konnte nur undeutlich murmeln: »Was nennst du denn dann Liebe?«

Er antwortete: »Wenn ich dich wirklich liebte, hätte ich vorhin nicht daran gedacht, dich wegzuschicken, und ich wäre auch nicht wütend darüber geworden, daß du hierbliebst.«

»Bist du wütend gewesen?«

»Ja ... und jetzt werde ich mit dir plaudern — fröhlich, leicht, gewandt und scherzhaft. Ich werde dich liebkosen, dir Komplimente machen, dich küssen und Zukunftspläne schmieden ... nennt man das nicht Liebe?«

»Ja«, sagte ich leise, »so drückt sich wohl die Liebe aus.«

Er schwieg lange und sagte dann, ohne irgendwelches Vergnügen, in schonungsloser Selbsterkenntnis: »Ich tue alles, ohne zu lieben und ohne etwas dabei zu empfinden. Ich weiß verstandesmäßig, wie man es macht, und mache es auch richtig, aber kalt und abwesend ... Ich scheine nun einmal so zu sein und kann mich eben nicht ändern.«

Mit großer Selbstüberwindung antwortete ich: »Mir gefällst du, wie du bist, mach dir nichts draus«, und ich umarmte ihn sehr zärtlich. Beinahe im gleichen Augenblick öffnete sich die Tür, und das alte Dienstmädchen rief uns zum Essen.

Wir gingen einen Flur entlang bis zum Eßzimmer. Ich könnte die Einzelheiten jenes Zimmers und seiner Bewohner noch malen, denn in jenem Augenblick war mein Empfindungsvermögen aufnahmebereit wie eine fotografische Platte. Ich schien nicht zu handeln, sondern mich selbst handeln zu sehen: mit weit offenen, traurigen Augen.

Ich weiß nicht, warum die Witwe Medolaghi in meinen Augen ihren Möbeln aus schwarzem Ebenholz mit Perlmutt-Intarsien glich. Sie war eine ältere Frau mit imponierender Figur, einem üppigen Busen und massigen Hüften. Sie war ganz in Schwarz gekleidet mit einem großen, schlaffen, perlmuttfarbenen Gesicht, eingerahmt von schwarzen, anscheinend gefärbten Haaren, und mit einer dicken, schwarzen Brille auf der Nase. Eine geblümte Suppenterrine stand vor ihr, und sie schöpfte mißmutig die Minestra daraus. Die mit einem Gewicht beschwerte, über den Tisch herabgezogene Lampe beleuchtete ihren Busen, der einem großen, schwarzseidenen Paket glich, und ließ ihr Gesicht im Schatten. In diesem Halbdunkel wirkten die von dem schwarzen Brillengestell umrandeten Augen in dem blassen Gesicht wie eine schwarzseidene Karnevalsmaske. Vier Gedecke lagen nebeneinander auf dem kleinen Tisch. Die Tochter der Hausfrau saß bereits an ihrem Platz und erhob sich auch nicht, als wir hereinkamen.

»Das Fräulein setzt sich bitte dorthin«, sagte Frau Medolaghi. »Wie heißen Sie?«

»Adriana.«

»Ach, genauso wie meine Tochter«, sagte Frau Medolaghi unachtsam, »jetzt haben wir zwei Adrianen.« Sie sprach zurückhaltend, und es war deutlich ersichtlich, daß ihr meine Gegenwart gar nicht paßte. Wie gesagt: ich malte mich nur unmerklich an, färbte meine Haare nicht und gab auch sonst in keiner Weise zu verstehen, was für einen Beruf ich ausübte. Aber daß ich ein einfaches, ungebildetes Mädchen aus dem Volk war, das sah man natürlich, und ich bemühte mich auch gar nicht, es zu verbergen. Was für Leute er nach Hause bringt, dachte die Dame des Hauses vermutlich in diesem Augenblick – ein Mädchen aus dem Volk!

Ich setzte mich und betrachtete das Mädchen, das den gleichen Namen trug wie ich. Sie war, verglichen mit meinem Kopf, meiner Brust und meinen Hüften, nur eine halbe Portion. Mager wie ein Kranich, mit spärlichen Haaren, einem ovalen, feingeschnittenen Gesicht und großen, farblosen Augen, in denen ein entsetzter Ausdruck stand. Ich schaute sie an und sah, wie sie unter meinem Blick Augen und Stirne senkte. Ich dachte, sie sei vielleicht schüchtern, und wollte das Eis brechen: »Wissen Sie, es kommt mir so komisch vor, daß ein Mensch ebenso heißen kann wie ich und dabei so vollkommen anders ist.«

Ich hatte ohne viel Nachdenken gesprochen, nur um eine Unterhaltung in Gang zu bringen, und die Bemerkung war dumm. Aber zu meiner Überraschung erhielt ich keinerlei Antwort. Das Mädchen schaute mich mit weitgeöffneten Augen an, dann senkte sie wortlos ihr Gesicht zum Teller und begann zu essen. Plötzlich ging mir die Wahrheit auf: sie war nicht schüchtern, sondern erschreckt. Und ich war der Grund ihres Schreckens. Sie fürchtete meine Schönheit, die in der verbrauchten, staubigen Luft dieses Hauses wie eine Rose in einem Spinngewebe aufblühte; meine Überfülle, die nicht zu übersehen war, und dann vor allem meine niedere Abkunft. Der Reiche liebt die Armen ganz gewiß nicht, aber er fürchtet sie auch nicht; er weiß selbstgefällig und stolz die Distanz zu wahren. Aber der Verarmte, der durch Erziehung oder Herkunft das Empfinden des Reichen besitzt, steht wirklicher Armut erschrocken gegenüber, wie jemand, der eine Krankheit vor sich sieht, von der er bereits angesteckt ist. Reich waren Medolaghis sicher nicht, sonst hätten sie keine Zimmer vermietet. Da sie arm waren, ohne es zugeben zu wollen, bedeutete die Gegenwart meiner ungeschminkten Armut eine Beleidigung und zugleich eine Bedrohung für sie. Wer weiß, was der Tochter durch den Kopf ging, während ich mit ihr sprach, vielleicht dachte sie: Die da möchte wohl gerne meine Freundin sein, aber dann werde ich sie nicht mehr loswerden. All dies begriff ich in einem Atemzug und entschloß mich, bis zum Ende der Mahlzeit kein Wort mehr zu sagen.

Aber die unbefangenere, vielleicht auch neugierigere Mutter wollte nicht auf die Unterhaltung verzichten. »Ich wußte gar nicht, daß Sie verlobt sind«, sagte sie zu Mino, »seit wann denn?«

Sie hatte eine affektierte Stimme und sprach sozusagen hinter ihrem mächtigen Busen wie hinter einer Verschanzung hervor, die sie verteidigte. »Seit einem Monat«, sagte Mino. Das stimmte, wir kannten uns erst seit vier Wochen.

»Ist Ihre Braut Römerin?«

»O ja, seit vielen Generationen.«

»Und wann werden Sie heiraten?«

»Bald, sowie das Haus frei wird, in das wir ziehen wollen.«

»Ach, Sie haben sogar schon ein Haus in Aussicht?«

»Ja, eine kleine Villa mit einem Garten und einem kleinen Türmchen, wirklich reizend!«

So beschrieb er also in seinem sarkastischen Ton meinen Wunschtraum, die kleine Villa, die ich ihm gezeigt hatte. Ich sagte mühsam: »Wenn wir auf das Haus warten, dann fürchte ich, werden wir nie heiraten.«

»Unsinn«, sagte Mino fröhlich. Er schien sich ganz gefaßt zu haben, und auch sein Gesicht zeigte wieder lebhaftere Farben. »Du weißt doch, daß es zum festgesetzten Tag frei werden wird.«

Mir gefällt Komödiespielen nicht, deshalb schwieg ich. Das Mädchen wechselte die Teller. »Ein Haus hat wohl viel für sich, Herr Diodati«, sagte Frau Medolaghi, »aber es ist auch sehr unpraktisch, da man so viele Dienstboten braucht.«

»Warum?« erkundigte sich Mino. »Das werden wir nicht nötig haben. Adriana möchte gerne selbst Köchin, Stubenmädchen und Erzieherin sein, nicht wahr, Adriana?«

Frau Medolaghi maß mich mit einem Blick von oben bis unten und sagte: »Eigentlich hat eine Dame anderes zu tun, als ständig ans Kochen, Putzen und Bettenmachen zu denken, aber wenn Fräulein Adriana daran gewöhnt ist ... in so einem Fall ...«, sie beendete ihren Satz nicht, sondern richtete ihre Aufmerksamkeit auf die Platte, die das Mädchen mir servierte. »Wir wußten leider nicht, daß Sie kommen, deshalb konnten wir nur ein paar Eier dazuschlagen.«

Ich war wütend auf Mino und die Dame und hätte am liebsten geantwortet: »Nein, ich bin daran gewöhnt, die Straßen abzugrasen.« Aber Mino in seiner übertriebenen Fröhlichkeit schenkte sich häufig ein, bediente auch mich (Frau Medolaghis Augen folgten argwöhnisch der Flasche) und fuhr fort: »Aber Adriana ist gar keine Dame, wird auch nie eine werden; sie hat stets Betten gemacht und Zimmer geputzt, sie ist ein einfaches Mädchen.«

Frau Medolaghi schaute mich an, als sähe sie mich zum ersten Mal, darauf bestätigte sie mit beleidigender Höflichkeit: »Genau wie ich sagte: wenn sie daran gewöhnt ist ...« Die Tochter beugte den Kopf tiefer auf ihren Teller. »Ja, sie ist daran gewöhnt«, fuhr Mino hartnäckig fort, »und ich werde sie bestimmt nicht von so nützlichen Gewohnheiten abbringen. Adriana ist die Tochter einer Hemdennäherin und schneidert selber auch, nicht wahr, Adriana?« Er streckte seinen Arm über den Tisch, packte mich am Handgelenk und drehte meine Hand herum: »Wenn sie sich auch die Nägel anmalt, so hat sie trotzdem eine einfache Arbeitshand, breit und stark, ebenso wie ihre Haare, die zwar gelockt sind, dabei aber im Grunde doch ungebärdig und hart.« Er ließ meine Hand los und zog mich mit einem kräftigen Ruck an den Haaren, wie bei einem Hund. »Alles in allem ist Adriana eine würdige Vertreterin unseres gesunden, kräftigen Volkes.«

In seiner Stimme klang eine Art sarkastischer Herausforderung mit, aber niemand hörte zu. Die Tochter schaute durch mich hindurch, als betrachtete sie einen Gegenstand hinter mir. Die Mutter wies das Mädchen an, die Teller zu wechseln, dann wandte sie sich an Mino und fragte ihn vollkommen unvermittelt: »Haben Sie sich das Theaterstück nun angesehen, Herr Diodati?«

Ich hätte beinahe herausgelacht bei diesem plumpen Versuch, die Unterhaltung zu wechseln. Aber Mino verzog keine Miene, sondern sagte nur: »Sprechen Sie um Himmels willen nicht davon, das war einfach eine Schweinerei.«

»Wir planen, morgen hinzugehen; es wird aber doch gesagt, daß die Schauspieler sehr gut seien.«

Mino antwortete, die Schauspieler seien bei weitem nicht so gut, wie die Zeitungen rühmten, und die Signora wunderte sich darüber, daß in den Zeitungen nicht die Wahrheit stand. Daraufhin zog Mino über die Zeitungen los, die von der ersten bis zur letzten Zeile nichts als Unwahrheiten enthielten, und die Unterhaltung bewegte sich von nun an nur mehr in dieser Richtung. Sobald einer dieser konventionellen Unterhaltungsstoffe erschöpft war, führte Frau Medolaghi mit schlecht verhehlter Überstürzung sofort den nächsten ins Treffen. Mino schien sich dabei zu amüsieren, spielte bereitwillig mit und antwortete prompt. Erst unterhielten sie sich über Schauspieler, dann sprachen sie vom römischen Nachtleben, von Cafés, Kinos, Theatern, Hotels und ähnlichem. Sie wirkten wie zwei Tamburinspieler, die sich immer wieder den gleichen Ball zuschlagen und ihre ganze Aufmerksamkeit darauf verwenden, ihn nicht zu verfehlen. Doch während Mino aus seinem stark entwickelten Gefühl für komische Situationen heraus mitmachte, war es bei Frau Medolaghi Furcht und Abscheu vor mir und vor allem, was mit mir zusammenhing. Durch diese ganz förmliche, konventionelle Unterhaltung schien sie sagen zu wollen: »Das ist meine Art, Ihnen klarzumachen, wie falsch es ist, so ein Mädchen zu heiraten, und wie unmöglich von Ihnen, sie in das Haus der Witwe des Staatsbeamten Medolaghi zu bringen.« Sichtlich tief erschrocken, schien sie nichts sehnlicher zu wünschen, als daß die Mahlzeit möglichst rasch beendet wäre und ich fortginge. Eine Zeitlang vergnügte ich mich damit, dem Wortgefecht zuzuhören, dann ermüdete ich und ließ die Traurigkeit, die mich bedrängte, mein Herz vollständig in Besitz nehmen. Ich machte mir klar, daß Mino mich nicht liebte, und dies Bewußtsein war mir immer noch sehr bitter. Außerdem war mir aufgefallen, wie Mino sich meines vertraulichen Gesprächs bedient hatte, um jene Verlobungskomödie in Szene zu setzen; und ich konnte nicht herausbekommen, ob er mich, sich oder die beiden Frauen damit hatte verspotten wollen, vielleicht alle miteinander, aber wohl am stärksten sich selbst. So, als habe auch er in seinem tiefsten Innern dieselben Erwartungen wie ich auf ein normales, ordentliches Leben genährt und könne aus anderen Gründen als ich nie darauf hoffen, daß sie sich verwirklichen. Andererseits begriff ich, wie wenig schmeichelhaft jenes Lob über mich als Kind des Volkes war, weder für mich noch für meinen Stand, sondern daß es nichts anderes sein sollte als ein Mittel, die beiden Frauen zu ärgern. Und bei all diesen Beobachtungen erkannte ich die Wahrheit seiner Selbstkritik: daß er unfähig war, mit dem Herzen zu lieben. Niemals vorher hatte ich so klar verstanden, wie sehr alles in der Welt Liebe braucht und von ihr abhängt. Und diese Liebe war entweder da oder nicht – wenn sie da war, liebte man nicht nur einen einzelnen Menschen, sondern in ihm alle anderen Menschen und Dinge, so wie es mir geschah; war sie nicht vorhanden, so liebte man nichts und niemanden, wie in seinem Fall. Und der Mangel an Liebe erzeugte am Ende Unfähigkeit und Impotenz.

Inzwischen war der Tisch abgeräumt worden, und auf dem mit Brosamen übersäten Tischtuch standen vier Kaffeetassen und ein Aschenbecher in Tulpenform aus Terrakotta; im Licht des Lampenkegels sah man eine weiße, zum Teil dunkel verfleckte Hand mit billigen Ringen an den Fingern, die eine brennende Zigarette hielt: die Hand Frau Medolaghis. Mit einem Mal schnürte mir diese Atmosphäre die Brust zusammen, ich konnte das nicht mehr ertragen und erhob mich. »Es tut mir leid, Mino«, sagte ich und unterstrich dabei absichtlich den römischen Tonfall in meiner Stimme, »aber ich habe zu tun und muß jetzt gehen.«

Er drückte seine Zigarette im Aschenbecher aus und erhob sich gleichfalls. Ich wünschte ein kräftiges, ordinäres »Guten Abend«, machte eine leichte Verbeugung, die die Signora mit würdevoller Haltung aufnahm, während die Tochter überhaupt nicht reagierte, dann ging ich hinaus. Im Flur sagte ich zu Mino: »Ich fürchte, Frau Medolaghi wird dich nach diesem Abend bitten, dir ein anderes Zimmer zu suchen.«

Er zuckte die Achseln: »Das glaube ich nicht, denn ich zahle gut und vor allem pünktlich.«

»Ich gehe jetzt, dieses Essen hat mich sehr traurig gemacht.«

»Warum?«

»Weil ich jetzt wirklich überzeugt davon bin, daß du nicht lieben kannst.«

Ich sagte diese Worte wehmütig vor mich hin, ohne ihn anzuschauen. Dann blickte ich auf zu ihm, und es schien mir, als sei er gekränkt. Vielleicht waren es aber auch nur die dunklen Schatten des Vorzimmers auf seinem blassen Gesicht. Ich empfand auf einmal große Reue. »Bist du beleidigt?« fragte ich ihn.

»Nein«, erwiderte er mühsam, »es ist ja schließlich wahr.«

Mein Herz erwärmte sich für ihn, ich umarmte ihn impulsiv mit den Worten: »Es ist nicht wahr, ich habe es nur gesagt, um dich zu ärgern, ich habe dich doch so lieb... schau, diese Krawatte habe ich dir mitgebracht.« Ich öffnete meine Tasche, zog die Krawatte heraus und reichte sie ihm. Er betrachtete sie und fragte: »Hast du sie gestohlen?«

Es war nur ein Scherz, der bei ihm mehr Anhänglichkeit offenbarte als irgendein warmer Dank, das machte ich mir später klar. Aber im ersten Moment krampfte sich mein Herz zusammen. Meine Augen füllten sich mit Tränen, und ich stammelte: »Nein, ich habe sie gekauft... in dem Laden hier unten im Haus.«

Er wurde meiner Beschämung gewahr und umarmte mich: »Du kleiner Dummkopf, ich habe doch nur gescherzt; im übrigen würde sie mir auch Freude machen, wenn du sie gestohlen hättest, vielleicht sogar noch mehr.« Ich sagte ein wenig versöhnt: »Warte, ich werde sie dir umbinden.« Er hob das Kinn hoch, und ich knüpfte die alte Krawatte auf, klappte den Kragen um und knotete die neue. »Diese zerschlissene Krawatte nehme ich mit, die darfst du nicht mehr verwenden«, sagte ich. Mir war nur daran gelegen, ein Erinnerungsstück zu bekommen, das er getragen hatte.

»Dann werden wir uns also bald wiedersehen«, sagte er.

»Wann denn?«

»Morgen abend nach dem Essen.«

»Gut.« Ich ergriff seine Hand und wollte sie küssen. Er zog sie fort, konnte aber nicht mehr verhindern, daß meine Lippen sie streiften. Hastig, ohne mich umzudrehen, ging ich die Treppe hinunter.

SIEBENTES KAPITEL

Auch nach jenem Tag fuhr ich mit meinem gewohnten Lebenswandel fort. Ich liebte Mino wirklich, und mehr als einmal empfand ich den Wunsch, meinen Beruf, der einer echten Liebe so sehr widersprach, endgültig aufzugeben. Aber ungeachtet meiner tiefen Bindung an Mino hatten sich meine äußeren Verhältnisse nicht gebessert, und ich befand mich immer noch in derselben Lage, ohne Geld und ohne eine Möglichkeit, etwas zu verdienen, außer in eben dieser Weise. Von Mino wollte ich kein Geld annehmen; außerdem bekam er einen begrenzten Wechsel, seine Familie schickte nur so viel, daß er davon gerade leben konnte. Übrigens empfand ich bei ihm dauernd den unwiderstehlichen Wunsch, in Cafés oder Restaurants, in denen wir uns trafen, für uns beide zu bezahlen. Er schlug es mir regelmäßig ab, und jedesmal war ich von neuem enttäuscht und verbittert. Wenn er gerade kein Geld mehr hatte, setzten wir uns in den Anlagen auf eine Bank, unterhielten uns und betrachteten die Vorübergehenden, genau wie das arme Leute tun. Eines Tages sagte ich: »Selbst wenn du kein Geld hast, können wir doch ruhig in ein Café gehen, ich bezahle schon, was tut das?«

»Das ist unmöglich.«

»Warum denn? Ich möchte aber gerne etwas trinken.«

»Dann geh allein.«

Im Grunde lag mir gar nicht viel daran, in ein Café zu gehen, aber ich wollte gerne etwas für ihn tun; ein tiefer, hartnäckiger Wunsch trieb mich dazu. Am liebsten hätte ich ihm gleich alles Geld gegeben, das ich verdiente, genauso wie ich es aus den Händen meiner Liebhaber empfing. Mir schien, ich könne ihm nur auf diese Art meine Liebe beweisen; ferner überlegte ich, daß ich ihn viel fester als nur durch einfache Anhänglichkeit an mich binden könne, wenn ich ihn aushielte. Ein anderes Mal sagte ich zu ihm: »Es würde mir soviel Freude bereiten, dir Geld zu geben, und ich bin überzeugt davon, daß du auch am Nehmen Freude hättest.«

Er fing an zu lachen und antwortete: »Unsere Beziehungen beruhen nicht auf Freude, jedenfalls, was mich betrifft.«

»Auf was denn dann?«

Er zögerte, um darauf zu sagen: »Auf deinem Wunsch, mich zu lieben, und auf meiner Schwäche gegenüber deiner Begierde ... aber es ist nicht gesagt, daß meine Schwäche keine Grenzen hat.«

»Was willst du damit sagen?«

»Das ist sehr einfach«, erwiderte er gelassen, »und ich habe es dir schon so oft erklärt: Wir sind zusammen, weil du es so gewollt hast, ich habe es dagegen nicht gewollt und möchte es, wenigstens theoretisch, auch jetzt nicht ...«

»Genug, hör auf«, unterbrach ich ihn, »reden wir lieber nicht von unserer Liebe, es war falsch, daß ich davon anfing.«

Ich bin schon oft zu dem schmerzlichen Schluß gekommen, wenn ich über seinen Charakter nachdachte, daß er mich wirklich nicht liebte, sondern daß ich für ihn nur ein Versuchsobjekt war. Er war eigentlich nur mit sich selbst beschäftigt; aber innerhalb gewisser Grenzen enthüllte sich sein Charakter als äußerst schwierig. Er stammte aus einer wohlhabenden Familie, war gescheit, kultiviert, ernst und sensibel. Nach den wenigen Einzelheiten, die ich aus seinen seltenen Berichten von zu Hause entnehmen konnte, mußte seine Familie dem Idealbild genau entsprechen, das ich mir in meinem Traum von einem normalen Leben als Umgebung vorstellte, in der ich gerne geboren worden wäre. Eine Familie mit Tradition, der Vater Arzt und Landwirt, die Mutter noch jung, stets zu Hause und nur um Mann und Kinder besorgt, drei kleinere Schwestern und ein älterer Bruder. Der Vater war allerdings ein Hansdampf in allen Gassen und eine lokale Autorität, die Mutter sehr bigott, die Schwester etwas leichtsinnig und der Bruder ein Liederjan von der Sorte seines Freundes Giancarlo; aber das waren schließlich alles erträgliche Fehler — sie erschienen mir, die ich unter so verschiedenen Umständen und so vollständig anderen Menschen aufgewachsen war, kaum als Mängel. Übrigens hielt die Familie stark zusammen, und alle hingen sehr an Mino.

In meinen Augen konnte er von Glück sagen, in so einer Familie geboren zu sein. Er nährte statt dessen gegen sie eine Abneigung und einen Widerwillen, die mir vollkommen unverständlich blieben. Den gleichen Abscheu schien er vor sich selbst zu haben, vor allem was er war und was er tat. Dieser Haß gegen sich selbst konnte nichts anderes sein als ein Spiegelbild seines Widerstandes gegen seine Familie. Er schien alle diejenigen Regungen in sich zu hassen, die ihn noch an seine Heimat banden, und vor allem den Teil seines Inneren, der dem Einfluß der familiären Umgebung ausgeliefert gewesen war. Wie gesagt: Er war gebildet, kultiviert, intelligent, sensibel und ernsthaft. Aber er verachtete diese Eigenschaften in sich, und er tat das, weil er sie dem Einfluß der häuslichen Atmosphäre zuschrieb, in der er geboren und aufgewachsen war. »Was willst du eigentlich mehr?« erklärte ich ihm einmal. »Das sind doch alles prächtige Eigenschaften, dafür solltest du auf Knien dankbar sein.«

»Unsinn«, antwortete er mit zusammengekniffenen Lippen, »was nützen sie mir schon ... ich hätte es vorgezogen, so wie Sonzogno zu sein.«

Sonzognos Geschichte hatte ihn tief beeindruckt, ich weiß nicht, wieso.

»Entsetzlich«, rief ich aus, »der ist doch ein Scheusal! Und dem willst du ähnlich sein?«

»Natürlich will ich ihm nicht in *allem* gleichen«, erklärte er ruhig, »ich habe nur seinen Namen genannt, um dir meinen Gedankengang klarzumachen ... übrigens ist Sonzogno für das Leben auf dieser Erde geschaffen, ich dagegen nicht.«

»Möchtest du wissen, was ich gerne wäre?« sagte ich daraufhin.

»Na, erzähl mal.«

»Ich wäre gerade das gerne gewesen«, sagte ich langsam und kostete jedes meiner Worte aus, denn in jedem schien ein langgehegter Traum von mir beschlossen zu sein, »was du bist und wogegen du dich sträubst; ich wäre gern in einer reichen Familie zur Welt gekommen, die mir eine gute Erziehung ermöglicht hätte, in einem sauberen, schönen Haus wie das eure; ich hätte gerne gute Lehrer und ausländische Erzieherinnen gehabt, den Sommer am Meer oder im Gebirge verbracht, mich gut angezogen und viele Einladungen bekommen, um dann auch selber Empfänge zu geben. Dann hätte ich mich gerne mit jemandem verheiratet, der mich liebte, der willig arbeitete und vielleicht auch wohlhabend wäre, mit dem hätte ich dann zusammen gelebt und Kinder zur Welt gebracht.«

Bei dieser Unterhaltung lagen wir auf dem Bett. Auf einmal riß er mich an sich, wie er es häufig tat, preßte und quälte mich und wiederholte dauernd: »Hurra, hurra, du wärst also am liebsten genauso wie Frau Lobianco.«

»Wer ist denn Frau Lobianco?« erkundigte ich mich, aus der Fassung gebracht und ein wenig beleidigt.

»Eine schreckliche Harpyie, die mich häufig zu ihren Empfängen einlädt und hofft, ich würde mich dabei in eine ihrer noch schlimmeren Töchter verlieben und sie heiraten, denn ich bin das, was man in der Gesellschaft eine gute Partie nennt.«

»Nein, so wie Frau Lobianco möchte ich nicht sein.«

»Du wärst es aber notgedrungen geworden, wenn du alles das gehabt hättest, was du dir wünschst. Frau Lobianco stammt auch aus einer reichen Familie, hat eine vorzügliche Erziehung durch die besten Lehrer und Gouvernanten genossen, ist, glaube ich, sogar auf die Universität geschickt worden, ihr Heim war gepflegt und schön, sie hat den ganzen Sommer am Meer oder im Gebirge verbracht, um in der übrigen Zeit von einer Einladung und einem Empfang zum nächsten zu eilen; sie hat sich auch mit einem tüchtigen Mann, dem Ingenieur Lobianco, verheiratet, der viel arbeitet und ihr viel Geld nach Hause bringt; sie hat mit diesem Mann, der ihr sogar, soviel ich weiß, treu geblieben ist, eine Anzahl von Kindern gezeugt, genau gesagt drei Töchter und einen Sohn, und trotz alldem ist sie, wie gesagt, ein schauerlicher Drachen.«

»Aber sie wäre vermutlich auch so ein Drachen geworden, wenn sie aus einer anderen Umgebung stammte.«

»Nein, sie gleicht genau ihren Freundinnen und deren Bekannten.«

»Meinetwegen, aber jeder hat doch seinen persönlichen Charakter«, protestierte ich und versuchte, mich aus seiner lieblosen Umarmung zu winden, »es kann schon möglich sein, daß Frau Lobianco ein schrecklicher Mensch ist, aber ich bin überzeugt davon, daß ich mich unter solchen Bedingungen ganz anders und viel besser entwickelt hätte.«

»Du wärst ebenso schrecklich wie Frau Lobianco dabei geworden.«

»Aber warum denn?«

»Das ist so.«

»Laß uns doch mal darüber klarwerden. Kommt dir denn deine eigene Familie auch so furchtbar vor?«

»Gar keine Frage, einfach schrecklich.«

»Verabscheust du dich selbst auch?«

»Ja, in all den Zügen, die familiär bedingt sind.«

»Aber warum denn, sag mir doch den Grund.«

»Nur so.«

»Das ist keine Antwort.«

»Dieselbe Antwort würdest du von Frau Lobianco erhalten, falls du ihr bestimmte Fragen stellen würdest.«

»Was für Fragen?«

»Das tut nichts zur Sache«, antwortete er obenhin, »Fragen, die einen in Verlegenheit bringen, wenn man daraufhin ein ›nur so‹ mit Überzeugung zur Antwort gibt, dann verschließt das auch den Neugierigsten den Mund, nur so, ohne Grund, einfach so . . .«

»Ich verstehe dich nicht.«

»Was tut das denn, wenn wir uns nicht verstehen, ich denke, wir lieben uns«, schloß er und umarmte mich wieder auf seine besondere Weise, ironisch und im Grunde ohne Liebe. So endete diese Unterhaltung. Ebenso wie er sich niemals vollständig einem Gefühl überließ, sondern immer etwas in sich zurückhielt und vielleicht gerade sein bestes Teil und dadurch seinen gelegentlichen Zärtlichkeitsbeweisen jeden Wert nahm, so erschloß er mir auch nie ganz seine Gedanken; jedesmal, wenn ich auf den Grund seines Inneren zu stoßen vermeinte, zog er sich mit einem Scherz, einer heiteren Geste wieder in sich zurück und entglitt meiner Annäherung. Er wich mir wirklich in jedem Sinne aus und behandelte mich wie eine Untergebene, wie eine Art Versuchsobjekt zu Studienzwecken. Aber vielleicht liebte ich ihn gerade deshalb so sehr auf eine so wehrlose und unterwürfige Art.

Im übrigen schien er nicht nur seine Familie und seine eigene Umgebung, sondern einfach die ganze Menschheit aus tiefstem Herzen zu hassen.

Bei einer anderen Gelegenheit bemerkte er einmal: »Reiche Leute sind etwas Schreckliches, aber die Armen sind auch nicht viel besser, wenn auch aus anderen Gründen.«

»Es wäre einfacher für dich, zuzugeben, daß du grundsätzlich alle Menschen nicht ausstehen kannst.«

Er begann zu lachen und antwortete: »Von weitem hasse ich sie gar nicht, dann glaube ich sogar, sie bessern zu können — wenn ich das nicht glaubte, würde ich mich nicht mit Politik abgeben; aber wenn ich mit ihnen zusammen bin, dann erfüllen sie mich mit Abscheu — die Menschen sind wirklich nichts wert«, so setzte er auf einmal schmerzerfüllt hinzu.

»Wir sind doch auch Menschen«, sagte ich, »deshalb sind wir auch nichts wert... also haben wir auch nicht das Recht, die anderen zu verurteilen.«

Er lachte von neuem und antwortete: »Aber ich richte sie doch gar nicht, ich empfinde sie, oder noch besser, ich spüre sie auf, wie ein Hund die Spur eines Hasen oder eines Rebhuhns wittert — verurteilt man den Hasen dafür? Ich finde sie schlecht, dumm, egoistisch, armselig, gewöhnlich, falsch, unedel, voller Unsauberkeiten — das wittere ich; kann man solch ein Gefühl vielleicht unterbinden?«

Ich wußte nichts darauf zu antworten und begnügte mich deshalb mit der Bemerkung: »Solch ein Gefühl kenne ich nicht.«

Ein anderes Mal sagte er zu mir: »Übrigens, ob die Menschen

gut oder böse sind, kann ich nicht entscheiden, aber jedenfalls sind sie unnütz und überflüssig ...«

»Was willst du damit sagen?«

»Ich meine, man könnte es ganz gut aushalten ohne die gesamte Menschheit, sie ist nichts als ein häßlicher Auswuchs auf dem Antlitz der Welt ... eine Warze ... die Welt wäre viel schöner ohne die Menschen, ihre Städte, Straßen und Häfen, ihre kleinliche Wichtigtuerei — denk nur, wie schön die Erde wäre, wenn es nichts als Himmel, Meer, den Erdboden mit seinen Bäumen und die Tiere gäbe.«

Jetzt mußte ich auch lachen und rief: »Auf was für verrückte Ideen du kommst!«

»Die Menschheit«, fuhr er fort, »ist ein Ding ohne Kopf und Schwanz und deshalb ausgesprochen unwesentlich ... die Geschichte der Menschheit ist nichts als ein langes Gähnen der Langeweile ... wozu hat man sie also nötig? Was mich betrifft, ich könnte gut ohne sie auskommen.«

»Aber auch du bist in dieser Menschheit mit einbegriffen«, widersprach ich, »du könntest also auch ohne dich selbst auskommen?«

»Vor allem ohne mich.«

Keuschheit war eine andere fixe Idee von ihm, sonderbar genug, da er sie in Wirklichkeit nicht einhielt und sie so zu nichts diente, als ihm sein Vergnügen zu vergällen. Er schwärmte alle Augenblicke davon und mit Vorliebe, wie in grimmiger Selbstverspottung, sofort nachdem wir miteinander geschlafen hatten. Er behauptete, die Liebe sei die dümmste und simpelste Art, sich von Problemen zu befreien: indem man sie verstohlen herausläßt, ohne daß es jemand gewahr wird, wie man Gäste, die einen in Verlegenheit bringen, durch die Hintertür hinauskomplimentiert. »Nach vollzogenem Liebesakt geht man dann mit der Mitschuldigen, sei es Frau oder Geliebte, spazieren und ist vergnügt und bereit, die Welt so anzuerkennen, wie sie ist, und sei sie noch so miserabel.«

»Ich verstehe dich nicht«, sagte ich.

»Das solltest du nun wirklich begreifen«, antwortete er, »das betrifft doch dein Spezialgebiet.«

Ich war verletzt und meinte: »Meine Spezialität, wie du so schön sagst, besteht nur darin, sich liebzuhaben, aber wenn du es vorziehst, dann besitzen wir uns eben nie mehr — ich habe dich deswegen genauso gern.«

Er erkundigte sich lachend: »Bist du davon wirklich überzeugt?«, und es wurde an diesem Tag nicht mehr weiter über das Problem diskutiert. Aber späterhin wiederholte er noch mehrmals dieselben Dinge; am Ende hörte ich gar nicht mehr richtig zu, sondern nahm diese Besonderheit eben hin wie viele andere Züge seines widerspruchsvollen Charakters.

Dagegen sprach er außer in einigen flüchtigen Andeutungen nie mit mir über Politik. Bis heute weiß ich noch nicht, welche Ziele er eigentlich verfolgte, was seine Ideen waren und welcher Partei er angehörte. Meine Unwissenheit rührte zum Teil von dem geheimnisvollen Nimbus her, mit dem er diesen Abschnitt seines Lebens umgab, und zum anderen Teil kam es daher, daß ich nichts von Politik verstand und aus Schüchternheit und Gleichgültigkeit ihn nicht um Aufklärungen bat, die mir vieles erläutert hätten. Das war unrecht von mir, und Gott allein weiß, wie bitter ich das später bereute. Aber damals schien es mir viel bequemer, mich nicht in Dinge einzumischen, von denen ich mir einbildete, sie gingen mich nichts an, um mich statt dessen einzig und allein meiner Liebe zu widmen. Ich betrug mich also genau wie zahllose andere Frauen, die manchmal nicht wissen, auf welche Weise der Mann das Geld verdient, das er nach Hause bringt. Seinen zwei Gefährten, die er fast täglich sah, begegnete ich noch häufiger. Aber auch sie vermieden es, in meiner Gegenwart über Politik zu sprechen; sie scherzten, oder wir unterhielten uns über oberflächliche Dinge.

Trotzdem konnte ich ein ständiges Gefühl der Unruhe nicht bannen, denn mir war klar, wie gefährlich es sein mußte, gegen die Regierung zu intrigieren. Ich fürchtete vor allem, Mino könne sich zu irgendeiner Gewalttätigkeit hinreißen lassen; in meiner Unwissenheit gelang es mir nicht, die Idee einer Verschwörung von Blut und Waffen zu trennen. In diesem Zusammenhang fällt mir noch eine Begebenheit ein, die beweist, wie stark ich, wenn auch in unklarer Form, das Bedürfnis hatte, einzugreifen, um die Gefahren abzuwenden, die ihn bedrohten. Ich wußte, daß es streng verboten war, Waffen zu tragen, und daß man allein für verbotenen Waffenbesitz ins Gefängnis kommen konnte. Andererseits verliert man oft so schnell den Kopf in bestimmten Situationen, und häufig sind Leute durch Waffengebrauch belastet worden, die sich sonst gut hätten retten können. Aus all diesen Gründen hielt ich Minos kleinen Revolver, auf den er so stolz war, nicht nur für unnütz, obwohl er seine Brauchbarkeit immer wieder betonte, sondern malte mir aus, wie gefährlich es sein könnte, wenn er gezwungen wäre, ihn zu gebrauchen, abgesehen davon, daß es schon belastend genug gewesen wäre, hätte man die Waffe bei ihm gefunden. Aber ich wagte nicht, darüber mit ihm zu sprechen, weil ich mir auch über die Vergeblichkeit meiner Bemühungen im klaren war. Am Ende entschloß ich mich dazu, heimlich zu handeln. Er hatte mir einmal die Handhabung der Waffe gezeigt. Eines Tages, während er schlief, zog ich den Revolver aus seiner Hosentasche, öffnete die Kammer und nahm die Patronen heraus, um sie in einem Schächtelchen unter meiner Wäsche zu verbergen. Dann steckte ich die Waffe wieder an ihren Platz. All das war das Werk eines Augenblicks, und ich kehrte an seine Seite zurück, um weiterzuschlafen. Zwei Tage darauf steckte ich die Patronen in meine Handtasche und ging aus, um sie in den Tiber zu werfen.

Eines Tages suchte Astarita mich wieder auf. Ich hatte ihn beinahe vergessen; was die Sache mit dem Zimmermädchen anging, so hatte ich mein Bestes getan und wollte nicht mehr daran erinnert werden. Astarita erzählte mir, der Priester habe die Puderdose auf der Quästur abgeliefert, und die Dame habe auf Anraten der Polizei ihre Anzeige zurückgezogen, das Mädchen sei dann als unschuldig entlassen worden. Ich muß sagen, diese Nachricht freute mich sehr, vor allem, da sie jenes Gefühl des Unheils zerstreute, das mir seit meiner letzten Beichte geblieben war. Ich dachte nicht an die endlich befreite Frau, sondern vor allem an Mino, und ich bildete mir ein, nachdem sich die so gefürchtete Anzeige in Rauch aufgelöst hatte, sei nun nichts mehr für mich oder ihn zu befürchten. In meiner Begeisterung umarmte ich unwillkürlich Astarita.

»Hat dir wirklich so viel daran gelegen, die Frau aus dem Gefängnis zu befreien?« fragte er zweifelnd.

»Dir mag es vielleicht sonderbar erscheinen«, log ich, »wo du täglich, ich weiß nicht wie viele Leute zu Zuchthausstrafen verurteilst, aber für mich bedeutete es eine wahre Qual.«

»Ich schicke niemanden ins Zuchthaus«, murrte er, »ich tue nur meine Pflicht.«

»Sag, hast du den Priester gesehen?« erkundigte ich mich wie beiläufig.

»Nein, ich telefonierte nur mit der Quästur, und es wurde berichtet, die Puderdose sei tatsächlich von einem Priester eingeliefert worden, der sie unter dem Siegel des Beichtgeheimnisses erhalten habe ... daraufhin habe ich meine Bitte geäußert.«

Ich blieb nachdenklich, ohne eigentlich den Grund zu wissen. Dann sagte ich: »Hast du mich wirklich lieb?«

Er war sofort verwirrt durch diese Frage, umarmte mich heftig und antwortete stammelnd: »Warum fragst du das? Allmählich dürftest du es wohl wissen.«

Er wollte mich küssen, aber ich wehrte mich und sagte: »Ich frage dich nur, weil ich wissen möchte, ob du mir immer hilfst, immer, wenn ich dich darum bitte, so wie du mir diesmal beigestanden hast ...«

»Immer«, bestätigte er und zitterte dabei am ganzen Körper. Und während er sein Gesicht dem meinen näherte, fragte er: »Wirst du dann auch lieb zu mir sein?«

Nun war ich seit Minos Rückkehr fest entschlossen, nichts mehr mit Astarita zu tun zu haben. Er unterschied sich von meinen üblichen Nachtgefährten; und obgleich ich ihn nicht liebte, ja manchmal sogar eine deutliche Abneigung gegen ihn verspürte, schien mir gerade aus diesem Grunde meine Hingabe an ihn einem Verrat an Mino gleichzukommen. Ich war nahe daran, ihm die Wahrheit zu sagen: »Nein, ich werde nie mehr lieb zu dir sein«, aber ich hielt mich noch rechtzeitig zurück. Ich überlegte mir, wie einflußreich er war und wie Giacomo täglich verhaftet werden könnte ... wenn ich wollte, daß Astarita für ihn einträte, dann durfte ich ihn nicht verstimmen. Deshalb begnügte ich mich damit, zu flüstern: »Ja, ich werde lieb zu dir sein.«

»Sag mir«, drängte er kühner werdend, »sag mir, liebst du mich ein bißchen?«

»Nein, ich liebe dich nicht«, sagte ich entschieden, »das weißt du doch, ich habe es dir schon so oft wiederholt.«

»Wirst du mich denn nie lieben?«

»Ich glaube nicht.«

»Aber warum denn?«

»Da gibt es kein Warum.«

»Du liebst einen anderen.«

»Das geht dich nichts an.«

»Aber ich brauche doch deine Liebe«, sagte er verzweifelt und schaute mich mit seinen schwimmenden Äuglein an, »warum kannst du mich denn nicht wenigstens ein bißchen lieben?«

An jenem Tag erlaubte ich ihm, bis tief in die Nacht hinein bei mir zu blieben. Er war untröstlich über mein Unvermögen, ihn zu lieben, und schien mir nie zu glauben, daß es mir Ernst mit meinen Worten war: »Aber ich bin doch nicht schlechter als andere Männer«, wiederholte er, »warum kannst du denn nicht mich ebenso gut wie jemand anders lieben?« Er erweckte wirklich Mitleid in mir; und während er darauf bestand, mich über meine Gefühle für ihn auszufragen, und danach trachtete, in meinen Worten irgendeine Nahrung für seine Hoffnungen zu finden, verspürte ich fast die Versuchung, ihn anzulügen, um ihm jene Illusion zu geben, an der ihm so viel lag. Mir fiel auf, daß er in jener Nacht noch melancholischer und resignierter als sonst war. Er schien mir von außen her durch Gesten und

Handlungen jene Liebe einflößen zu wollen, die ihm mein Herz versagte. Ich weiß noch, wie er auf einmal verlangte, ich solle mich nackt in einen Sessel setzen. Er kniete sich vor mich hin, legte seinen Kopf in meinen Schoß und blieb so lange Zeit unbeweglich. Unterdessen mußte ich meine Hand in einer leichten, unaufhörlichen Streichelbewegung auf seinem Scheitel hin und her führen. Nicht zum erstenmal zwang er mich zu dieser mütterlichen Geste, aber an jenem Abend schien er verzweifelter als sonst zu sein. Er preßte sein Gesicht gegen meinen Leib, und ab und zu seufzte er. In jenen Augenblicken wirkte er weniger wie ein Liebender als wie ein Kind auf mich, das das Dunkel und die Wärme des mütterlichen Schoßes sucht. Ich mußte daran denken, wie viele Männer es wohl vorzögen, niemals geboren worden zu sein, und wie sich in seiner Bewegung, vielleicht unbewußt, der Wunsch ausdrückte, von neuem wieder in die Geborgenheit aufgenommen zu werden, aus der er unter solchen Schmerzen ans Licht gestoßen worden war.

In jener Nacht blieb er so lange auf den Knien, bis ich schläfrig wurde und endlich einschlief: mit meinem Kopf auf der Sessellehne und einer Hand auf seinem Scheitel. Ich weiß nicht, wie lange ich so schlief; einmal schien ich aufzuwachen und Astarita zu sehen, der nicht mehr vor mir kniete, sondern angezogen mir gegenübersaß und mich mit seinen schwimmenden, melancholischen Augen betrachtete. Aber vielleicht war es auch nur ein Traum oder eine Halluzination. Als ich dann wirklich erwachte, hatte Astarita mich verlassen, und auf meinem Schoß, dort wo sein Kopf geruht hatte, fand sich die übliche Summe Geldes.

Dann vergingen einige der glücklichsten Wochen meines Lebens. Ich sah Mino fast täglich, und obwohl sich unsere Beziehungen nicht geändert hatten, war ich doch zufrieden mit dieser Art von gewohnheitsmäßigem Beisammensein, auf das wir uns wortlos geeinigt hatten. Es bestand ein schweigendes Einverständnis zwischen uns, daß er mich nicht liebte und wohl auch nie lieben würde und daß er Keuschheit der Liebe stets vorziehen würde. Ebenso schweigend erkannten wir an, daß ich ihn liebte und stets lieben würde, trotz seiner Gleichgültigkeit, und daß ich jedenfalls eine solche unvollständige, in Gefahr schwebende Liebe einem völligen Fehlen jeglichen Gefühls vorzöge. Ich bin andersgeartet als Astarita, und nachdem ich mich einmal darein geschickt hatte, nicht wiedergeliebt zu werden, empfand ich ein ebenso großes Vergnügen darin, zu lieben. Ich kann allerdings nicht schwören, ob nicht doch noch im Grunde meiner Seele die Hoffnung schlief, ihn durch Entgegenkommen, Geduld und Anhänglichkeit dazu zu bringen, mich schließlich doch zu lieben. Aber ich begünstigte diese Hoffnungen in keiner Weise, sie war nur mehr oder weniger ein Gewürz jener strittigen, unsicheren Süße.

Ich versuchte dennoch, mich möglichst unbemerkt in sein Leben einzuschleichen, und da ich nicht durch den Haupteingang eintreten konnte, bemühte ich mich, durch ein Nebenpförtchen einzudringen. Trotz seines immer wieder verkündeten und nach meiner Ansicht wohl auch ernstgemeinten Hasses auf die Menschheit lag als seltsamer Widerspruch zugleich in ihm eine merkwürdige Sucht, von allerlei Plänen zu reden, die er als gut für die Menschen ansah. Er durchkreuzte zwar immer wieder seine eigenen Pläne durch unvorhergesehene Stimmungswechsel oder sarkastischen Abscheu, aber er meinte es trotzdem ernst damit. Damals schien er sich für etwas zu begeistern, das er mit leicht ironischem Beigeschmack meine Erziehung nannte. Wie ich schon öfters betont habe, strebte ich ja danach, ihn an mich zu ketten, deshalb begünstigte ich seine Absicht. Dieses Experiment fand aber sehr bald darauf sein Ende — in einer Weise, über die es sich zu berichten lohnt. Er kam mehrere Abende hintereinander zu mir und brachte einige Bücher mit. Nachdem er mir kurz erklärt hatte, um was es sich handle, las er mir hier ein Stück und dort einen Abschnitt vor. Er las sehr gut, in einem sehr lebendigen, dem Inhalt entsprechenden Ton, und mit einem Eifer, der sein Gesicht rötete und seine Züge ungewöhnlich belebte. Aber er las meistens Dinge, die ich auch bei größter Anstrengung nicht begreifen konnte, und sehr bald hörte ich gar nicht mehr hin, sondern begnügte mich damit, mit einem ermüdenden Vergnügen die verschiedenartigsten Empfindungen zu beobachten, die sich beim Lesen auf seinem Gesicht spiegelten. Während dieser Zeit war er vollkommen gelöst, ohne Schüchternheit oder Ironie, wie jemand, der sich in seinem eigentlichen Element befindet und sich nicht erst beweisen muß. Ich war sehr betroffen darüber, denn bis dahin hatte ich geglaubt, daß Liebe und nicht Belehrung die günstigsten Bedingungen schaffe, um die menschliche Seele zu erschließen. Bei Mino schien aber das Gegenteil der Fall zu sein; sicherlich hatte ich nie vorher soviel Eifer und Begeisterung in seinem Gesicht gelesen — nicht einmal in den seltenen Augenblicken seiner Zärtlichkeiten — als dann, wenn er mit erhobener Stimme in merkwürdig kehligen Tönen oder halblaut in erzählender Weise mir seine Lieblingsautoren vortrug. Vor allem verschwand in solchen Momenten jener unnatürliche, verkrampfte Ausdruck, der ihn sonst auch in den ernstesten Augenblicken nie ganz verließ und das Gefühl hervorrief, als zitiere er unaufhörlich einen vorbestimmten, auswendig gelernten Text. Mehrmals sah ich sogar, wie sich seine Augen beim Vortrag mit Tränen füllten. Dann klappte er das Buch zu und erkundigte sich kurz angebunden: »Hat es dir gefallen?«

Meist bejahte ich das, ohne die Gründe dafür näher zu erläutern; das wäre mir wohl auch schwergefallen, da ich wie gesagt, seit den ersten Sätzen jeden Versuch aufgegeben hatte, so unbegreifliche Gegenstände zu erfassen. Eines Abends bestand er jedoch darauf und fragte mich: »Sag mir doch, warum es dir gefallen hat, erkläre es mir.«

»Dann muß ich dir zugeben«, antwortete ich nach kurzem Zögern, »daß ich es dir nicht erklären kann, weil ich nichts verstanden habe.«

»Warum hast du mir denn das nicht gesagt?«

»Ich habe eigentlich nichts oder wenigstens fast nichts verstanden, seitdem du mir vorliest.«

»Und du hast mich so einfach lesen lassen, ohne mir das zu sagen.«

»Ich sah, welche Freude dir das Lesen bereitete, und die wollte ich nicht stören; im übrigen habe ich mich niemals dabei gelangweilt ... es ist sehr vergnüglich, dir zuzuschauen, wenn du vorliest.«

Zornig sprang er auf: »Zum Teufel ... bist du blöd! Du bist völlig blöd – und ich, der ich mir einbildete ... du bist ein Idiot.« Es sah fast so aus, als wolle er mir einen Schlag mit dem Buch versetzen, aber er hielt sich noch rechtzeitig zurück und fuhr nur fort, mich noch eine Zeitlang in ähnlicher Weise zu beschimpfen. Ich ließ ihn sich austoben, um dann zu bemerken: »Du sagtest, du wollest mich erziehen ... die erste Voraussetzung dazu wäre, mir ein normales Leben zu ermöglichen, damit ich mir nicht mehr meinen Lebensunterhalt auf die dir bekannte Art verdienen müßte ... um ein paar Männer anzulocken, habe ich es nicht nötig, Gedichte oder Betrachtungen über die Moral zu lesen ... ich brauchte nicht einmal schreiben oder lesen zu können, deshalb würden sie mich doch genauso bezahlen!«

Er antwortete höhnisch: »Du hättest wohl gern ein schönes Haus, einen Mann und Söhne, schöne Kleider und ein Auto, was? ... Das Unglück ist nur, daß nicht einmal Damen wie Frau Lobianco lesen, aus anderen, aber anscheinend nicht weniger gerechtfertigten Gründen als du.«

»Ich weiß nicht, was du willst«, antwortete ich ein wenig gereizt, »aber jene Bücher passen nicht zu meiner Umgebung, das ist ebenso, als schenktest du einer Bettlerin einen teuren Modellhut und verlangtest, daß sie ihn zusammen mit ihren alten Lumpen trägt.«

»Mag sein«, sagte er, »aber jedenfalls habe ich dir heute zum letztenmal vorgelesen.«

Ich habe von dieser Auseinandersetzung erzählt, weil sie mir so charakteristisch scheint für seine Art, zu denken und zu handeln. Ich bezweifle jedoch, daß sein erzieherischer Eifer angehalten haben würde, selbst wenn ich ihm mein Unverständnis nicht gebeichtet hätte; und zwar nicht wegen seiner Ungeduld, sondern einfach einer besonderen, vielleicht sogar körperlich bedingten Unfähigkeit halber, bei irgendeiner Anstrengung auszuharren, die eine dauernde, ernstgemeinte Begeisterung voraussetzt. Er sprach nie ausführlich zu mir darüber, aber ich begriff, daß seine komödiantenhafte Ausdrucksweise oft einem wirklichen Zustand seines Wesens entsprach. Es passierte ihm, daß er sich für irgendein Ziel begeisterte, und solange das Feuer dieser Begeisterung brannte, hielt er das Ziel auch für eine faßbare, erreichbare Möglichkeit. Plötzlich erlosch dann die Begeisterung, und er empfand nichts als Langeweile, Verachtung und vor allem ein Gefühl vollkommener Ungereimtheit. Das überspielte er dann durch Gleichgültigkeit, oder er handelte auf eine äußerliche, konventionelle Weise, als sei jenes Feuer niemals erloschen, kurz und gut, er gab etwas vor, was nicht mehr existierte. Es ist nicht einfach, zu erklären, was bei solchen Gelegenheiten mit ihm geschah: vermutlich etwas wie ein plötzliches Erlöschen der Lebenskraft, als ziehe die Wärme des Blutes auf einmal aus dem Gehirn und ließe nichts als Leere zurück. Es war eine schlagartige Unterbrechung, unvorhergesehen und in ihrer Plötzlichkeit dem Aussetzen des elektrischen Stromes vergleichbar, der noch eben das ganze Haus in strahlendes Licht setzte und nun auf einmal unterbrochen wird und alles im Dunkeln läßt, oder wie ein Motor, bei dem ein Kontakt versagt und Rädchen für Rädchen sich verlangsamt, um endlich stehenzubleiben. Diese Unterbrechungen seiner Lebenskraft enthüllten sich für mich zuerst in einem häufigen Stimmungswechsel von glühender Begeisterung bis zu stumpfer Gleichgültigkeit; aber ganz klar wurde mir sein Zustand erst durch einen merkwürdigen Vorfall, dem ich damals noch wenig Bedeutung beimaß, der mir jedoch später dann als sehr bezeichnend erschien. Eines Tages fragte er mich unerwartet: »Hättest du Lust, etwas für uns zu tun?«

»Wer ist ›uns‹?«

»Unsere Gruppe ... würdest du uns zum Beispiel bei der Verteilung von Flugblättern helfen?«

Ich lag immer auf der Lauer nach allem, was mich ihm näherbringen und unsere Beziehungen festigen könnte. Deshalb meinte ich es ernst mit meiner Antwort: »Sicher ... sag mir nur, was ich tun soll, das geschieht dann.«

»Hast du keine Angst?«

»Warum sollte ich Angst haben, solange du es auch tust?«

»Ja«, meinte er, »aber zuerst muß ich dir erklären, um was es sich handelt; du mußt ja die Ideen kennen, für die du dieses Wagnis auf dich nimmst.«

»So erkläre sie mir.«

»Aber sie werden dich nicht interessieren.«

»Warum? Erstens interessieren sie mich sicher; und dann interessiert mich alles, was du tust, weil es mit dir in Verbindung steht.«

Er betrachtete mich, und ganz unerwartet glänzten seine Augen auf einmal, und sein Gesicht rötete sich. »Gut«, sagte er hastig, »heute ist es zu spät geworden, aber morgen werde ich dir alles erklären, mündlich, weil ich weiß, daß Bücher dich langweilen; aber ich mache dich darauf aufmerksam, daß es ein langer Vortrag werden wird, bei dem du genau zuhören und mir folgen mußt, auch wenn es dir manchmal unverständlich vorkommt.«

»Ich werde mich bemühen, alles zu verstehen«, sagte ich.

»Das mußt du auch«, antwortete er wie in einem Selbstgespräch. Dann verließ er mich.

Am folgenden Tag erwartete ich ihn umsonst. Zwei Tage später kam er, betrat mein Zimmer und setzte sich wortlos in den Sessel am Fußende des Bettes. »Nun«, sagte ich fröhlich, »ich bin bereit, dir zuzuhören.«

Ich hatte sein verstörtes Gesicht, seine flackernden Augen und seinen erloschenen Ausdruck wohl bemerkt, aber ich zog es vor, das zu übergehen. Er antwortete schließlich: »Du brauchst nicht zu warten, denn du wirst nichts zu hören bekommen.«

»Warum?«

»Darum.«

»Sag mir die Wahrheit«, drängte ich, »glaubst du, ich bin zu dumm oder zu unwissend, um so etwas zu verstehen? Danke schön.«

»Nein, du irrst dich«, antwortete er ernst.

»Warum denn dann?«

Das Geplänkel ging noch eine Weile so fort, ich drängend

und er abwehrend. Endlich sagte er: »Du willst also unbedingt den Grund wissen? Weil ich selbst heute diese Ideen nicht mehr erklären kann.«

»Wie ist das möglich, wo du ständig daran denkst?«

»Ich denke dauernd darüber nach, das ist richtig, aber seit gestern, und wer weiß für wie lange, sind mir diese Ideen nicht mehr klar, oder vielmehr verstehe ich sie überhaupt nicht mehr.«

»Rede doch keinen Unsinn!«

»Versuche mich doch zu verstehen«, sagte er, »vor zwei Tagen, als ich dir vorschlug, für uns zu arbeiten, hätte ich dich gleich in alles einweihen sollen, dann wäre es mit Eifer, Klarheit und Überzeugungskraft geschehen, und du hättest alles begriffen ... heute dagegen könnte ich meine Lippen und die Zunge bewegen, um gewisse festgelegte Parolen zu formulieren, aber das bliebe eine mechanische Bewegung, an der ich nicht den mindesten Anteil hätte ... heute«, schloß er und betonte jede Silbe, »verstehe ich selbst nichts mehr.«

»Wie, du verstehst nichts mehr?«

»Nein, heute ist mir alles fremd: Ideen, Begriffe, Tatsachen, Erinnerungen, Überzeugungen, alles hat sich in eine Art Brei verwandelt«, dabei schlug er sich mit den Fingern gegen die Stirn, »und dieser Brei füllt meinen Kopf an, das ganze Gehirn, und davor ekelt es mich, als sei es Auswurf.«

Ich schaute ihn überrascht und verständnislos an. Er schien unterdessen von einem Schauer der Erbitterung gepackt zu werden. »So versuch mich doch zu verstehen«, wiederholte er, »nicht allein die Ideen, sondern alles Geschriebene, Gedachte oder Gesagte ist mir jetzt unverständlich ... absurd — kennst du zum Beispiel das Vaterunser?«

»Natürlich.«

»Dann sag es auf.«

»Vater unser«, begann ich deutlich zu beten, »der Du bist im Himmel ...«

»Genug«, unterbrach er mich, »jetzt stell dir einen Augenblick lang vor, auf wieviel verschiedene Arten dies Gebet im Laufe der Jahrhunderte aufgesagt wurde, mit was für einer Unzahl von verschiedenen Gefühlsempfindungen ... mir sagt es dagegen gar nichts, auf keine Art, du könntest es verkehrt herum aufsagen, das bliebe für mich ganz egal.«

Er schwieg einen Augenblick, dann fuhr er fort: »Aber nicht nur Worte üben diese Wirkung auf mich aus, sondern auch Dinge, Personen. Du sitzt neben mir auf der Sessellehne und denkst vielleicht, ich sähe dich, aber in Wirklichkeit sehe ich dich gar nicht, weil ich dich nicht verstehe; ich kann dich auch berühren, aber deswegen begreife ich dich doch nicht, ja, ich berühre dich jetzt«, und hier, wie von einer Art Raserei gepackt, riß er mein Kleid über der Brust herab, »ich berühre deine Brüste, spüre ihre Form, ihre Wärme und Rundung, sehe den zarten Fleischton, aber ich verstehe nicht, was es ist . . . ich sage mir: Hier ist etwas Rundes, Warmes, Weißes, Schwellendes mit einer braunen Warze in der Mitte, das dazu dient, Milch zu geben und bei Liebkosungen Freude zu bereiten . . . aber ich verstehe nichts, ich sage mir vor, wie schön das sei und daß ich eigentlich Begierde empfinden müßte . . . aber ich begreife trotzdem nichts – verstehst du mich nun?« wiederholte er heftig und preßte dabei meine Brust so ungestüm, daß ich einen Schrei nicht unterdrücken konnte. Er ließ mich sofort los und bemerkte nach einer Weile nachdenklich:

»Vermutlich löst gerade diese Art von Unverständnis bei so vielen Leuten Grausamkeit aus . . . sie versuchen, die Verbindung mit der Wirklichkeit über die Schmerzen der anderen wiederzufinden.«

Es herrschte kurzes Schweigen. Dann sagte ich: »Wenn das wirklich so ist, wie bringst du es dann fertig, manche Dinge zu tun?«

»Zum Beispiel?«

»Ich weiß nicht – du sagtest, daß du die Flugblätter verteilst und daß du sie auch selbst schreibst . . . wenn du nicht daran glaubst, wie kannst du sie dann entwerfen und herausgeben?«

Er brach in ein höhnisches Gelächter aus: »Ich tue eben so, als glaubte ich daran.«

»Aber das ist doch unmöglich!«

»Warum soll das unmöglich sein? Das machen doch fast alle so. Außer essen, trinken, schlafen und lieben erledigen beinahe alle die notwendigen Dinge so, als glaubten sie daran – hast du dir das noch nie klargemacht?«

Er lachte nervös. Ich antwortete: »Bei mir ist das nicht der Fall.«

»Du hast es auch nicht nötig«, sagte er auf eine beinahe beleidigende Art, »denn du beschränkst dich ja darauf, zu essen, zu trinken, zu schlafen und zu lieben, sooft du Lust hast, das sind anscheinend alles Dinge, bei denen man es nicht nötig hat zu schauspielern, das ist viel, aber zugleich auch sehr wenig.« Er lachte, schlug mir plötzlich heftig auf die Schenkel und nahm mich auf einmal in seine Arme, preßte mich an sich und begann zu wiederholen: »Oder weißt du etwa nicht, daß wir in der Welt des ›Als-ob‹ leben? Weißt du nicht, daß vom

König bis zum Bettler sich alle so benehmen, als ob...? die Welt des ›Als-ob‹, die Welt des ›Als-ob‹...«

Ich ließ ihn reden, denn ich wußte aus Erfahrung, daß man in solchen Momenten nicht beleidigt sein durfte und auch besser nicht widersprach, sondern wartete, bis er sich ausgetobt hatte. Endlich sagte ich: »Ich habe dich lieb, das ist das einzige, das ich sicher weiß, und das genügt mir auch.« Er beruhigte sich augenblicklich und antwortete schlicht: »Du hast recht.« Der Abend endete daraufhin wie gewöhnlich, ohne daß wir noch einmal von Politik oder seiner Unfähigkeit redeten, darüber zu sprechen.

Allein geblieben, kam ich nach längerer Überlegung zu dem Schluß, daß es wohl so sein könne, wie er das Ganze darstellte; aber daß es viel wahrscheinlicher sei, daß er nicht mit mir über Politik diskutieren wolle, da er fürchtete, ich könne ihn entweder nicht verstehen oder ihn durch irgendeine Indiskretion bloßstellen. Ich glaubte nicht etwa, daß er mir etwas vormachte, denn ich wußte aus Erfahrung, daß jedem einmal die ganze Welt in Stücke zu gehen droht und man, wie er es ausdrückte, nichts mehr versteht, nicht einmal das Vaterunser. Auch ich hatte schon des öfteren die gleichen Gefühle der Langeweile, des Ekels und der Stumpfsinnigkeit empfunden, wenn ich mich nicht gut fühlte oder aus irgendeinem Grunde schlechter Laune war. Offenbar mußte seine Weigerung, mich an seinem geheimsten Leben teilnehmen zu lassen, noch auf etwas anderem beruhen: Mißtrauen in meine Auffassungsgabe oder in meine Verschwiegenheit. Viel später, leider zu spät, habe ich begriffen, wie unrecht ich hatte und daß für ihn — sei es aus jugendlicher Unerfahrenheit oder seines schwachen Charakters wegen — diese krankhaften Zustände eine besondere Bedeutung besaßen.

Aber in jenem Augenblick hielt ich es für das beste, mich zurückzuziehen und ihn mit meiner Neugier nicht zu stören; und das tat ich dann auch.

ACHTES KAPITEL

Merkwürdigerweise kann ich mich sogar noch an das Wetter in jenen Tagen deutlich erinnern. Der feuchtkalte, regnerische Februar war vergangen, und der März brachte die ersten milderen Tage. Ein dichtes Netz dünner weißer Wolken verschleierte den Himmel und blendete die Augen, sobald man vom schattigen Hausflur auf die Straße trat. Die Luft war mild, aber alles war noch erstarrt von der winterlichen Kälte. Mit fröhlichem Erstaunen lief ich in jenem hellen, mageren und schläfrigen Licht umher, ab und zu verlangsamte ich meinen Schritt und schloß die Augen; oder ich blieb verwundert stehen, um die unwesentlichsten Dinge neugierig zu betrachten: einen schwarz-weiß gefleckten Kater, der sich auf einer Türschwelle sonnte, einen hängenden, vom Wind abgerissenen Oleanderzweig, der aber vielleicht trotzdem blühen würde, ein grünes Grasbüschel, das zwischen den Pflastersteinen hervorsproß. Das Moos, das sich im Regen der vergangenen Monate am Sockel der Häuser gebildet hatte, flößte mir ein Gefühl der Beruhigung und des Vertrauens ein: Ich dachte, wenn jener grüne Samtfleck zwischen dem Pflaster und den Ziegeln sich in einem schmalen Ritz mit Gartenerde ausbreiten könnte, dann hätte auch mein Leben — das keine tieferen Wurzeln als das Moos besaß, sich gleichermaßen mit geringster Nahrung begnügte und eigentlich nichts anderes war als eine Art Schimmel am Fuße eines Gebäudes — noch Aussichten, sich weiterzuentwickeln und zu blühen. Ich war überzeugt davon, daß sich alle unangenehmen Angelegenheiten der letzten Zeit nun endgültig gelöst hatten; ich würde, so glaubte ich, Sonzogno nicht mehr wiedersehen und nichts mehr von seinem Verbrechen zu hören bekommen und mich endlich uneingeschränkt über meine Beziehungen zu Mino freuen können. Bei diesem Gedanken schien ich zum erstenmal den wahren Geschmack des Lebens zu kosten, diese Mischung aus gelinder Langeweile, aus der Möglichkeit zur Entscheidung und aus Hoffnung . . .

Jetzt begann ich übrigens auch zu denken, daß mein Leben sich ändern könnte. Im Grunde verlor ich durch meine Liebe zu Mino meine Neigung zu anderen Männern, deshalb hatten die zufälligen Begegnungen mit anderen keinen neugierigen oder sinnlichen Reiz mehr für mich. Aber ich überlegte auch, daß ein Leben soviel wert sei wie ein anderes und daß es sich nicht lohne, viel Kraft auf einen Wechsel zu vergeuden; mein Leben würde sich nur dann ändern, wenn ich mich ohne Unterbrechungen oder Erschütterungen durch die Macht der Umstände und nicht durch eigenen Willen in einer Umgebung wiederfände, die von meinem bisherigen Dasein vollkommen verschieden an Gewohnheiten, Freuden und Interessen wäre. Eine andere Möglichkeit zu einem neuen Lebensanfang sah ich nicht; denn damals besaß ich keinerlei Ehrgeiz, mich zu verbessern und zu bereichern, und es schien auch nicht so, als ob ich mich durch einen veränderten Lebenswandel wirklich verbessern könnte.

Eines Tages trug ich Mino diese Überlegungen vor. Er hörte mich aufmerksam an und sagte darauf: »Ich glaube, du widersprichst dir … oder sagst du etwa nicht immer wieder, daß du gerne reich wärst, eine schöne Villa, einen Mann und Kinder hättest? Das ist ganz richtig, und vielleicht erreichst du es auch einmal – aber solange du so denkst, wirst du nie so weit kommen.«

Ich antwortete ihm: »Ich habe gar nicht gesagt, daß ich das will. Ich hätte es gewollt, wenn ich vor meiner Geburt die Wahl gehabt hätte; ich hätte mir ganz bestimmt nicht das ausgesucht, was ich heute bin … Aber ich bin nun einmal in diesem Haus geboren worden, von meiner Mutter, unter diesen Bedingungen … ich bin schließlich das, was ich bin.«

»Das heißt?«

»Deshalb erscheint es mir unsinnig, mich in eine andere Haut wünschen zu wollen; das würde ich mir nur dann wünschen, wenn ich gleichzeitig mit der Verwandlung in den anderen Menschen auch mein eigenes Selbst beibehalten dürfte, damit ich den Wechsel auch wirklich genießen könnte; sich zu ändern, nur um ein anderer Mensch zu sein, das lohnt sich nicht.«

»Das lohnt sich immer«, bemerkte er ganz leise, »wenn nicht für dich, so doch für die anderen.«

»Und dann«, fuhr ich fort, ohne die Unterbrechung weiter zu beachten, »zählen ja schließlich die Tatsachen … meinst du, ich hätte nicht ebensogut wie Gisella einen reichen Geliebten finden können? Oder jemanden heiraten? Daß ich es nicht getan habe, ist im Grunde ein Zeichen dafür, daß ich es mir trotz meiner schönen Reden darüber doch nicht wirklich wünsche.«

»Ich werde dich heiraten«, sagte er scherzend und umarmte

mich, »ich bin reich. Beim Tod meiner Großmutter, der wohl nicht mehr fern liegt, erbe ich große Grundstücke, abgesehen von einer Villa in der Campagna und einer Stadtwohnung. Wir werden ein Haus halten, wie es sich gehört, du lädst an festgesetzten Tagen die Damen der Nachbarschaft ein, wir haben eine Köchin, ein Zimmermädchen, einen Pferdewagen und vielleicht auch ein Auto, und am Ende entdecken wir dann womöglich noch eines Tages, wenn wir uns ein wenig Mühe geben, daß wir adlig sind, und dann lassen wir uns Graf oder Baron nennen . . .«

»Mit dir kann man aber auch wirklich nie ernsthaft reden«, sagte ich, »du mußt dich immer über alles lustig machen.«

An einem Nachmittag ging ich mit ihm ins Kino. Auf dem Rückweg bestiegen wir eine überfüllte Straßenbahn. Mino wollte mit mir nach Hause kommen, und wir hatten vor, wieder in der Osteria an der Mauer zu essen. Er nahm die Fahrkarten und schob sich in der Menge vorwärts, die sich im Mittelgang des Wagens staute. Ich wollte mich hinter ihm halten, aber ich wurde abgedrängt und verlor ihn aus den Augen. Während ich mich, gegen einen der Sitze gepreßt, nach ihm umschaute, berührte mich jemand an der Hand. Ich senkte die Augen, und da – direkt unter mir saß Sonzogno.

Der Atem stockte mir, ich fühlte, daß ich blaß wurde und daß mein Ausdruck sich veränderte. Er betrachtete mich mit seiner gewohnten unerträglichen Starre. Dann murmelte er mit zusammengebissenen Zähnen und erhob sich halb: »Willst du dich setzen?«

»Danke, nein«, stammelte ich, »ich steige gleich wieder aus.«

»Aber so setz dich doch!«

»Danke«, wiederholte ich und setzte mich hin. Sonst wäre ich wohl ohnmächtig geworden.

Er blieb vor mir stehen, bewachte mich sozusagen, indem er sich mit beiden Händen an meinem Sitz und dem davor festhielt. Er war ganz unverändert, trug denselben taillierten Regenmantel, und seine Kiefer zuckten wie immer. Ich schloß die Augen und versuchte eine Weile lang etwas Ordnung in meine Gedanken zu bringen. Er blickte einen ja stets auf diese starre Art an, aber diesmal kam es mir doch so vor, als läse ich in seinen Augen eine noch größere Härte. Meine Beichte fiel mir wieder ein, und ich überlegte, daß mein Leben so gut wie nichts mehr wert wäre, falls der Priester gesprochen hatte, wie ich fürchtete, und es Sonzogno zu Ohren gekommen war.

Dieser Gedanke machte mir nicht angst, aber vor seiner aufrecht stehenden Gestalt fürchtete ich mich unsagbar, oder besser, er verzauberte und unterjochte mich. Ich spürte, ich würde ihm nichts verweigern können; zwischen ihm und mir bestand eine Bindung, die sicher nichts mit Liebe zu tun hatte, aber vielleicht sogar stärker war als meine Beziehung zu Mino. Instinktiv mußte er das wohl wissen; er spielte sich deshalb als Herr auf. Nach einer Weile sagte er: »Wir gehen zusammen in dein Zimmer.« Und ich antwortete fügsam, ohne Zögern: »Wie du willst.«

Mino zwängte sich mühsam durch die ihn einschließende Menge, stellte sich wortlos genau neben Sonzogno und hielt sich an der gleichen Sitzlehne fest wie er, streifte mit seinen langen, mageren Fingern die kurzen, gedrungenen Hände Sonzognos. Ein Stoß des Wagens warf beide gegeneinander, und Mino entschuldigte sich gewandt bei Sonzogno wegen der Störung. Ich konnte es beinahe nicht mehr ertragen, sie so nebeneinander zu sehen, ohne daß einer vom anderen etwas wußte, deshalb wandte ich mich plötzlich an Mino, auf eine Weise, daß Sonzogno nicht auf die Idee kommen könne, ich spräche mit ihm: »Du, mir ist gerade eingefallen, daß ich mich bereits für heute abend verabredet hatte ... wir trennen uns darum besser.«

»Wenn es dir recht ist, bringe ich dich noch nach Hause.«

»Nein ... ich werde schon an der Haltestelle erwartet.«

Das war nichts Neues für ihn. Ich hatte ja nie aufgehört, Männer mit nach Hause zu nehmen, und Mino wußte das. Er sagte ruhig: »Wie du willst. Dann sehen wir uns also morgen.« Ich gab ihm mit den Augen ein zustimmendes Zeichen, und er entfernte sich durch die Menge.

Einen Augenblick lang, während er allmählich zwischen den Menschen untertauchte, wurde ich von wilder Verzweiflung gepackt. Ich hatte auf einmal das unerklärliche Gefühl, ich würde ihn nie wiedersehen. »Addio«, murmelte ich zu mir selbst und folgte ihm mit den Augen, »addio, mein Geliebter.« Ich hätte ihm gerne zugeschrien, stehenzubleiben und zu mir zurückzukommen, aber kein Ton kam aus meiner Kehle. Die Straßenbahn hielt, und ich bildete mir ein, ihn aussteigen zu sehen. Dann fuhr der Wagen wieder an.

Während der ganzen Fahrt sagte keiner von uns beiden ein Wort. Allmählich beruhigte ich mich und dachte, daß der Priester unmöglich gesprochen haben konnte. In gewisser Hinsicht war es mir nach einigem Überlegen ganz recht, Sonzogno getroffen zu haben. So würde ich mich ein für allemal von den letzten Zweifeln über die Folgen meiner Beichte befreien.

An meiner Haltestelle erhob ich mich, stieg aus und ging eine Weile dahin, ohne mich umzudrehen. Sonzogno war dicht hinter mir, ich brauchte den Kopf kaum zu drehen, um ihn zu sehen.

Endlich sagte ich: »Was willst du von mir? Warum bist du wiedergekommen?«

Er antwortete mit einem Anflug von Erstaunen: »Du hast mir doch selbst gesagt, ich solle zurückkommen.«

Das stimmte, aber in meiner Angst hatte ich es vergessen. Er kam heran, packte mich am Arm, preßte mich heftig und hob mich fast in die Höhe. Wider meinen Willen fing ich am ganzen Körper zu zittern an. Er erkundigte sich: »Wer war das?«

»Ein Freund von mir.«

»Hast du Gino noch mal gesehen?«

»Nein, nie mehr.«

Er schaute sich verstohlen um: »Ich weiß nicht, seit einiger Zeit kommt es mir immer so vor, als folge mir jemand ... nur zwei Leute können mich verraten haben, du und Gino.«

»Gino? Warum denn?« flüsterte ich. Aber mein Herz raste dabei in hastigen Schlägen.

»Er wußte, daß ich die Dose zu jenem Goldschmied tragen wollte, ich hatte ihm auch den Namen genannt; er weiß nicht sicher, daß ich ihn umgebracht habe, aber das hat er ja dann kombinieren können.«

»Gino hat bestimmt kein Interesse daran, dich zu verraten, er würde ja selbst mit hineingerissen.«

»Das denke ich auch«, sagte er mit zusammengekniffenen Lippen.

»Was mich angeht«, fuhr ich mit möglichst gelassener Stimme fort, »da kannst du dich drauf verlassen, daß ich nichts gesagt habe, ich bin ja schließlich kein Dummkopf, ich würde mich ja auch hineinreiten.«

»Das hoffe ich für dich«, antwortete er drohend. Dann fügte er hinzu: »Ich habe Gino einmal ganz kurz wiedergesehen, er sagte mir grinsend, er wüßte vieles über mich ... seitdem bin ich unruhig, er ist ein Aas.«

»Du hast ihn an jenem Abend schlecht genug behandelt – seitdem haßt er dich vermutlich.« Ich merkte, während wir sprachen, daß ich beinahe hoffte, Gino möchte ihn denunziert haben.

»Das war ein guter Schlag«, sagte er eitel, »meine Hand hat mir noch zwei Tage lang danach weh getan.«

»Gino wird dich nicht verraten«, schloß ich, »das nützt ihm nichts, außerdem hat er zuviel Angst vor dir.«

Wir sprachen im Gehen, einer neben dem anderen, mit gedämpfter Stimme. Es war die Zeit des Sonnenuntergangs; ein bläulicher Nebel hüllte die braune Mauer, die weißen Platanenäste, die gelblichen Häuser und die Straßen am Horizont ein.

Als wir an unserem Haus standen, hatte ich zum erstenmal das lebhafte Gefühl, Mino zu betrügen. Ich hätte mir gerne eingeredet, Sonzogno sei ein Mann wie alle übrigen, aber ich wußte, daß das nicht wahr sein konnte. Wir betraten den Flur, ich schloß die Tür, und dann wandte ich mich zu Sonzogno. »Schau, Sonzogno«, sagte ich, »es ist besser, wenn du fortgehst.«

»Warum?«

Ich wollte ihm die Wahrheit sagen, ungeachtet der Furcht, die er mir einflößte. »Weil ich einen anderen Mann liebe und ihn nicht betrügen möchte.«

»Wen? Den in der Straßenbahn?«

Ich fürchtete für Mino und sagte hastig: »Nein ... einen anderen, den du nicht kennst ... tu mir deshalb den Gefallen und laß mich allein.«

»Und wenn ich nun nicht weggehen will?«

»Begreifst du denn nicht, daß es Dinge gibt, die man nicht mit Gewalt erlangen kann?« begann ich. Aber ich konnte nicht weitersprechen. Ich weiß nicht, wie es kam – ohne daß ich ihn oder seine Bewegung in der Dunkelheit erkennen konnte, erhielt ich plötzlich einen furchtbaren Schlag mitten ins Gesicht. Dann sagte er: »Los, geh weiter.«

Ich beeilte mich, mit gesenktem Kopf die Treppe hinaufzusteigen. Er hatte mich von neuem am Arm gepackt, hob mich bei jeder Stufe, so daß es mir beinahe vorkam, als flöge ich die Treppe hinauf, ohne den Erdboden wirklich zu berühren. Meine Backe brannte, aber vor allem wurde ich von einer dunklen Vorahnung erschreckt. Ich spürte, daß mit diesem Schlag der glückliche Rhythmus der vergangenen Zeit unterbrochen worden war und die Schwierigkeiten und Ängste von neuem für mich begannen. Ich war vollständig verzweifelt und entschloß mich auf der Stelle, dem Schicksal, dem ich entgegenging, zu entfliehen. Noch am gleichen Tage würde ich von zu Hause fortgehen und mich irgendwo verbergen, in Gisellas Haus oder in irgendeinem möblierten Zimmer.

Ich war so in Gedanken versunken, daß ich gar nicht merkte, wie wir die Wohnung betraten, durch den Flur gingen und in mein Zimmer kamen. Ich fand mich wieder, oder vielmehr ich erwachte sozusagen, als ich auf der Bettkante saß, während Sonzogno sich mit den Bewegungen eines ordentlichen Mannes seiner Kleider entledigte und sie fein säuberlich auf dem Stuhl ausbreitete. Seine Wut war verraucht, und er sagte ruhig zu mir: »Ich wollte eigentlich schon eher kommen, doch ich konnte nicht ... ich habe aber immer an dich gedacht.«

»Was hast du denn gedacht?« erkundigte ich mich mechanisch.

»Daß wir füreinander geschaffen sind.« Er stockte mit der Weste in der Hand und setzte in einem besonderen Tonfall hinzu: »Ich bin sogar gekommen, um dir einen Vorschlag zu machen. Paß auf ... Ich besitze Geld. Laß uns doch zusammen nach Mailand gehen, dort habe ich mehrere Freunde; ich möchte gerne eine Garage aufmachen. In Mailand können wir dann auch heiraten.«

Ich fühlte mich innerlich vollständig zerbrochen, und vor lauter Schwindel schloß ich die Augen. Das war also der erste Heiratsantrag, den ich seit Ginos Zeiten bekam — und gerade Sonzogno mußte ihn mir machen! Wie hatte ich ein normales Leben mit Mann und Kindern ersehnt — und hier wurde es mir nun angeboten! Das Normale war plötzlich zu einer Art leerer Hülle geworden, in der alles anormal und furchterregend war. Ich sagte kraftlos: »Aber wieso? Wir kennen uns doch kaum; du hast mich ja nur ein einziges Mal gesehen ...«

Er setzte sich neben mich, umschlang mich und antwortete: »Niemand kennt mich besser als du; du weißt alles über mich.«

Mir schoß durch den Kopf, er sei vielleicht bewegt und wolle mir zeigen, wie er mich liebe und daß ich ihn wiederlieben solle. Aber das war wohl nur eine Einbildung, denn nichts in seinem Gebaren deutete auf ein derartiges Gefühl. »Ich weiß nichts von dir«, sagte ich halblaut, »als daß du einen Mann umgebracht hast.«

»Außerdem«, fuhr er wie im Selbstgespräch fort, »habe ich es satt, allein zu leben; da macht man am Ende doch nur Dummheiten.«

Nach kurzem Schweigen sagte ich: »So plötzlich kann ich dir weder ja noch nein sagen, du mußt mir schon Zeit zum Überlegen geben.«

Zu meiner Verwunderung sagte er mit zusammengebissenen Zähnen: »Denk ruhig darüber nach, wir haben keine Eile.« Dann erhob er sich und zog sich weiter aus.

Vor allem seine Bemerkung »wir sind füreinander geschaffen« hatte mich getroffen, und ich fragte mich nun, ob er nicht im Grunde recht hatte. Was konnte ich mir noch Besseres als einen Mann wie ihn erhoffen? Und stimmte es andererseits nicht, daß eine dunkle, von mir erkannte und gefürchtete Fessel mich an ihn band? Ich überraschte mich dabei, wie ich immer wieder leise wiederholte »fliehen, fliehen« und dann verzweifelt den Kopf schüttelte. Ich sagte mit klarer Stimme, und mein trockener Mund füllte sich wieder mit Speichel: »Nach Mailand ... aber hast du denn keine Angst, daß sie dich suchen werden?«

»Ich habe nur so dahergeredet. In Wirklichkeit wissen sie nicht einmal, daß ich existiere.«

Auf einmal verschwand die Schwäche, die meine Glieder erfaßt hatte, und ich fühlte mich sehr stark und entschlossen. Ich erhob mich, zog den Mantel aus und hängte ihn an den Kleiderständer. Dann drehte ich gewohnheitsmäßig den Schlüssel im Schloß um, ging mit langsamen Schritten zum Fenster und verriegelte den Laden. Darauf begann ich vor dem Spiegel mein Kleid aufzuknöpfen. Aber ich unterbrach sogleich wieder diese Beschäftigung und wandte mich Sonzogno zu. Er saß auf dem Bettrand und bückte sich gerade, um seine Schuhe aufzuschnüren. In geheuchelt gleichgültigem Ton sagte ich: »Warte bitte einen Augenblick ... es sollte noch jemand kommen, ich sage Mutter lieber Bescheid, daß sie ihn wegschickt.« Er antwortete nichts; er hatte auch gar keine Zeit dazu. Ich rannte aus dem Zimmer und schloß die Tür hinter mir.

Mutter saß im Wohnzimmer am Fenster und nähte auf der Maschine. Seit einiger Zeit hatte sie wieder ein wenig zu arbeiten begonnen, um die Langeweile zu überbrücken. Eilig sagte ich mit gesenkter Stimme: »Ruf mich bei Gisella oder Zelinda an ... morgen früh.« Zelinda war eine Zimmervermieterin im Zentrum, zu der ich ab und zu mit meinen Freunden ging, und Mutter kannte sie.

»Warum denn?«

»Ich gehe jetzt fort«, sagte ich, »und wenn der dort nach mir fragt, dann sage, du wüßtest nichts«.

Mutter saß mit offenem Mund da und schaute mir zu, wie ich eine abgeschabte Pelzjacke von ihr vom Haken nahm, die mir einmal vor Jahren gehört hatte. »Sag ihm vor allem nicht, wo ich hingegangen bin«, fügte ich hinzu, »er wäre imstande, mich umzubringen.«

»Aber ...«

»Das Geld liegt an der üblichen Stelle ... ich verziehe mich also ... nimm dich morgen am Telefon in acht.« Ich ging hastig hinaus, lief auf Zehenspitzen über den Flur und ging die Treppen hinunter.

Auf der Straße angelangt, fing ich an zu rennen. Ich wußte, daß ich Mino um diese Zeit zu Hause antreffen würde, und wollte ihn sehen, bevor er nach dem Abendessen mit seinen

Freunden ausginge. Ich rannte bis zu dem kleinen Platz, bestieg ein Taxi und nannte Minos Adresse. Im fahrenden Auto überlegte ich zum erstenmal klar, daß ich eigentlich nicht vor Sonzogno auf diese Weise floh, sondern vor mir selbst, da ich mich unklar von jener Wut und Wildheit angezogen fühlte. Ich erinnerte mich an den lauten, zwischen Lust und Grauen liegenden Schrei, den ich bei jenem einzigen Mal ausgestoßen hatte, an dem Sonzogno mich besessen hatte, und ich sagte mir, daß er mich damals ein für allemal unterjocht hatte, wie es noch keinem anderen Mann, nicht einmal Mino, gelungen war. Ich mußte es zugeben: wir waren wirklich füreinander geschaffen — aber so, wie der Körper für den Abgrund geschaffen ist; wie der Abgrund Schwindel erregt, den Blick umnebelt und den Körper endlich in die Tiefe hinabzerrt. Zwei Stufen auf einmal nehmend, sprang ich die Treppen empor, stand keuchend vor dem alten Dienstmädchen, das mir öffnete, und fragte sogleich nach Mino.

Sie betrachtete mich erschreckt, dann schlüpfte sie wortlos weg und ließ mich auf der Schwelle stehen.

Ich dachte, sie sei vielleicht fortgegangen, um Mino zu rufen, trat in den Vorraum und schloß die Tür.

Ich hörte darauf, wie hinter dem Vorhang, der Vorraum und Flur trennte, geflüstert wurde. Dann hob sich der Vorhang, und Frau Medolaghi erschien. Seit ich ihr damals zum ersten und einzigen Mal begegnet war, hatte ich sie ganz vergessen. Ihre massive, schwarze Figur, das weiße, leichenblasse Gesicht, aus dem die schwarzen Augen hervorstachen, flößten mir nun im Augenblick ihres unerwarteten Erscheinens Furcht ein wie vor einer gespenstischen Gestalt. Sie blieb sofort stehen und rief mir von weitem zu: »Suchen Sie Herrn Diodati?«

»Ja.«

»Der ist verhaftet worden.«

Ich verstand nicht gleich, und ich weiß nicht, wieso mir die Frage durch den Kopf ging, ob diese Verhaftung wohl in Zusammenhang mit Sonzognos Verbrechen stehe; ich stammelte nur: »Verhaftet . . . aber er hat doch nichts damit zu tun.«

»Ich weiß gar nichts«, sagte sie, »ich weiß nur, daß sie gekommen sind, eine Haussuchung machten und ihn dann mitnahmen.« Ihrem verächtlichen Gesichtsausdruck konnte ich entnehmen, daß sie mir nichts mehr sagen würde; trotzdem mußte ich sie noch fragen: »Aber warum denn bloß?«

»Fräulein, ich habe Ihnen bereits gesagt, daß ich nichts weiß.«

»Wohin haben sie ihn denn gebracht?«

»Ich weiß es nicht.«

»Sagen Sie mir doch wenigstens, ob er irgendeine Botschaft für mich zurückgelassen hat.«

Diesmal antwortete sie mir nicht einmal mehr, sondern drehte sich in beleidigter, unbeugsamer Würde um und rief: »Diomira.«

Das ältliche Mädchen mit dem erschreckten Gesicht kam wieder zum Vorschein. Die Dame deutete auf die Tür und sagte, während sie den Vorhang hob und sich zum Gehen anschickte: »Begleiten Sie das Fräulein.« Der Vorhang fiel zurück.

Erst nachdem ich die Treppe hinuntergegangen war und wieder auf der Straße stand, wurde mir klar, daß Minos Verhaftung und Sonzognos Verbrechen nichts miteinander zu tun haben könnten und daß nur meine Angst hier zwei ganz verschiedene Faktoren in Verbindung brachte. Ich erkannte in diesem unvermuteten Zusammentreffen zweier Unglücksfälle das Übermaß eines Schicksals wieder, das mir alle seine düsteren Geschenke auf einmal spendete, so wie in der guten Jahreszeit die verschiedensten Früchte auf einmal reif werden. Es stimmt wirklich, was das Sprichwort sagt, daß ein Unglück selten allein kommt. Ich spürte es mehr, als daß ich darüber nachdachte, während ich durch die Straßen lief und meinen Kopf und die Schultern beugte wie unter einem unsichtbaren Hagelschauer.

Astarita war natürlich der erste, bei dem ich Hilfe suchen wollte. Ich wußte seine Büronummer auswendig, ging in das erste Café, auf das ich stieß, und wählte seine Nummer. Die Leitung war frei, aber niemand kam an den Apparat. Ich wählte noch ein paarmal, bis ich endlich davon überzeugt war, daß er nicht da sei. Er war vermutlich zum Abendessen gegangen und würde erst später zurückkommen. Das hatte ich gewußt, aber ich hatte doch im stillen gehofft, ich könnte ihn ausnahmsweise dies eine Mal im Büro antreffen.

Ich sah auf die Uhr. Es war acht Uhr abends, und vor zehn Uhr würde Astarita nicht ins Büro zurückkehren. Ich stand an einer Straßenecke, vor mir spannte sich der Bogen einer Brücke. Fußgänger hasteten ruhelos allein oder in Gruppen umher oder flogen mir schwarz und eilig entgegen wie welke Blätter im Sturm. Aber die Häuserreihe jenseits der Brücke flößte ein Gefühl der Ruhe ein mit ihren erleuchteten Fenstern und den Menschen darin, die zwischen den Möbeln umhergingen. Ich machte mir klar, daß ich nicht weit entfernt von der Hauptpolizeistation war, wohin man Mino vermutlich gebracht hatte, und obwohl ich wußte, was für ein verzweifeltes Unterfangen es sei, entschloß ich mich doch dazu, gleich hinzugehen und um Auskunft zu bitten. Ich wußte vorher, daß sie mir verweigert werden würde, aber das machte mir nichts aus; ich wollte vor allen Dingen etwas für ihn tun.

Ich ging eilig durch ein paar Seitenstraßen, immer hart an den Hauswänden entlang, kam am Polizeigebäude an und erklomm die wenigen Stufen zum Eingang. Aus der Pförtnerstube, in der eine Wache auf einem Stuhl hing, die Füße auf einen anderen gelegt, die Mütze auf dem Tisch und Zeitung lesend, fragte man mich, wohin ich wolle. »Zur Meldestelle für Fremde«, antwortete ich. Das war eins der vielen Büros in diesem Gebäude, und ich hatte zufällig gehört, wie Astarita es einmal aus irgendeinem Grund erwähnte.

Ich wußte nicht, wohin ich ging, und fing an, aufs Geratewohl eine der schmutzigen, schlechtbeleuchteten Treppen hinaufzusteigen. Ich traf andauernd auf Angestellte oder uniformierte Wachen, die mit Aktenbündeln in der Hand hinauf und hinab gingen, und ich drückte mich in die größte Dunkelheit an der Mauer und senkte den Kopf. Auf jeden Treppenabsatz mündeten niedrige, schmutzige, dunkle Korridore, vereinzelt fiel ein Lichtschein aus einer geöffneten Tür, Leute liefen umher, und überall sah ich eine verwirrende Vielfalt von Zimmertüren. Die Polizei ließ sich wirklich mit einer Art Bienenstock vergleichen, aber die geschäftigen Bienen, die ihn bewohnten, ließen sich sicherlich nicht auf Blumen nieder, und ihr Honig, dessen Geruch ich hier zum erstenmal spürte, war stinkend, schwarz und sehr bitter. Verzweifelt betrat ich endlich im dritten Stock irgendeinen der Gänge. Niemand beachtete mich, niemand kümmerte sich um mich. Zu beiden Seiten des Ganges reihte sich eine Tür an die andere, die meisten waren geöffnet, und auf der Schwelle saßen uniformierte Wachen auf Strohstühlen, unterhielten sich und rauchten. In den Zimmern sah man immer wieder dasselbe Bild: Regale über Regale, mit Akten angefüllt, einen Tisch und dahinter einen Polizisten mit der Feder in der Hand. Der Gang verlief nicht gerade, sondern machte einen leichten Bogen, so daß ich sehr bald überhaupt nicht mehr wußte, wo ich mich befand. Ab und zu verengte er sich zu einem schmalen Durchlaß, und dann mußte man drei oder vier Stufen hinauf- oder hinabsteigen; oder er kreuzte sich mit anderen Gängen, die sich glichen wie ein Ei dem anderen. Ich war vollkommen verwirrt und hatte zeitweilig das Gefühl, meinen eigenen Schritten wieder nachzugehen, dieses Stück des Flurs schon einmal entlanggelaufen zu sein ... Ich kam an einem der Türhüter vorbei und erkundigte mich aufs Geratewohl: »Wo geht es zum Vize-Polizeipräsidenten?«, und er deutete wortlos auf einen Gang, der sich in der Nähe zwischen zwei Türen öffnete. Ich ging dorthin, vier Stufen führten hinab, und dann betrat ich einen ganz engen, niedrigen Korridor. Im gleichen Augenblick öffnete sich im Hintergrund, dort, wo sich diese Art von Schlauch wieder einmal im rechten Winkel umbog, eine Tür, und zwei Männer kamen heraus. Sie drehten mir den Rücken zu und gingen in Richtung der Gabelung; einer hielt dabei den anderen am Handgelenk fest, und einen Augenblick lang dachte ich, dieser wäre Mino. »Mino«, schrie ich und stürzte vorwärts.

Ich konnte sie nicht mehr erreichen, denn ich wurde am Arm zurückgehalten durch einen sehr jungen, braungebrannten Polizisten mit einer Mütze, die schief auf einer Fülle schwarzer, lockiger Haare saß. »Was wollen Sie hier? Wen suchen Sie?« fragte er.

Bei meinem Schrei hatten sich die beiden umgedreht, und ich konnte mich von meinem Irrtum überzeugen. Ich sagte keuchend: »Sie haben meinen Freund verhaftet ... ich wollte wissen, ob sie ihn hierhergebracht haben.«

»Wie heißt er denn?« erkundigte sich der Mann, ohne mich loszulassen, mit der Miene unverletzbarer Autorität.

»Giacomo Diodati.«

»Und was macht er?«

»Er ist Student.«

»Wann wurde er verhaftet?«

Ich verstand auf einmal, daß er all die Fragen nur aus Wichtigtuerei stellte und im Grunde nichts wußte. Deshalb sagte ich gereizt: »Sagen Sie mir lieber, wo ich ihn finden kann, anstatt mir soviel unnötige Fragen zu stellen.«

Wir befanden uns allein im Gang; er schaute sich vorsichtig um, dann preßte er mich an sich und flüsterte mir mit einem albernen Ton des Einverständnisses zu: »An den Studenten denken wir hinterher, jetzt mußt du mir erst einen Kuß geben.«

»Lassen Sie mich sofort los ... nehmen Sie mir nicht meine kostbare Zeit weg!« schrie ich wütend. Ich versetzte ihm einen Stoß, rannte fort, lief in einen anderen Gang, sah eine offene Tür und dahinter einen Raum, der größer war als die übrigen Zimmer, mit einem Schreibtisch im Hintergrund, an dem ein Mann mittleren Alters saß. Ich trat ein und erkundigte mich ganz außer Atem: »Ich möchte nur wissen, wohin man den Studenten Diodati gebracht hat ... er wurde heute nachmittag verhaftet.«

Der Mann erhob seine Augen von der Schreibtischplatte, auf der eine Zeitung ausgebreitet lag, und betrachtete mich verblüfft. »Sie wollen wissen ...«

»Ja, wohin sie den heute nachmittag verhafteten Studenten Diodati gebracht haben.«

»Aber wer sind Sie denn? Wie können Sie sich unterstehen, hier einzutreten?«

»Das ist Nebensache, sagen Sie mir nur, wo er ist.«

»Wer sind Sie denn?« wiederholte er schreiend und schlug mit der Faust auf den Tisch. »Was erlauben Sie sich eigentlich? Wissen Sie, wo Sie sind?«

Auf einmal begriff ich, daß ich hier nichts erfahren würde und daß ich nur Gefahr lief, auch noch eingesperrt zu werden; dann könnte ich auch nicht mehr mit Astarita sprechen, so sagte ich mir, und Mino müßte gefangen bleiben. »Es ist gar nicht wichtig«, begann ich und zog mich zurück, »es war nur ein Versehen, entschuldigen Sie bitte.«

Meine Entschuldigungen machten ihn noch wütender als meine vorhergehenden Fragen. Aber jetzt stand ich schon neben der Tür. »Beim Eintritt und Weggehen grüßt man mit dem faschistischen Gruß«, brüllte er und wies auf ein Plakat, das über seinem Kopf an der Wand hing. Ich nickte bejahend, wie um anzudeuten, daß er recht habe mit seiner Forderung, und zog mich dann rückwärts gehend aus dem Zimmer zurück. Ich rannte wieder durch die Gänge, lief eine Weile im Kreise herum, bis ich endlich die Treppe fand, um dann eilig hinunterzustürzen, an der Pförtnerloge vorbei und aus der Tür ins Freie.

Das einzige Resultat meines Ausflugs in das Polizeigebäude lag darin, ein wenig Zeit totgeschlagen zu haben. Ich rechnete mir aus, daß dreiviertel Stunden oder sogar eine ganze Stunde vergehen würde, wenn ich jetzt langsam zu Astaritas Ministerium ginge. Dann würde ich mich dort in ein Café setzen und Astarita nach einer Weile anrufen und ihn vermutlich treffen.

Beim Gehen kam mir einmal auch der Gedanke, ob Minos Verhaftung nicht vielleicht ein Racheakt Astaritas sei. Er bekleidete einen wichtigen Posten gerade in jener Abteilung der politischen Polizei, durch die Mino vermutlich verhaftet worden war; wahrscheinlich war Mino schon längere Zeit beobachtet worden — dann wußte man von unserem Verhältnis. Es war nicht ausgeschlossen, daß die Angelegenheit durch Astaritas Hände gegangen war und daß er aus Eifersucht Mino hatte einsperren lassen. Bei dieser Vorstellung packte mich Wut auf Astarita. Ich wußte, daß er immer noch in mich verliebt war, und fühlte mich fähig, ihm seine schlechte Handlungsweise bitter genug vorzuhalten, sobald ich herausfinden würde, daß mein Verdacht begründet sei. Aber ich begriff zur gleichen

Zeit, mit einem Gefühl des Schreckens, daß die Dinge doch nicht so lagen und daß ich mich mit meinen schwachen Kräften darauf vorbereitete, gegen einen dunklen, gesichtslosen Gegner zu kämpfen, der mehr einer gutgeölten Maschine glich als einem sensiblen, allen Leidenschaften zugänglichen Mann.

Vor dem Ministerium angekommen, verzichtete ich darauf, mich erst in ein Café zu setzen, und ging gleich ans Telefon. Diesmal wurde der Hörer beim ersten Zeichen abgehoben, und Astarita meldete sich.

»Ich bin's, Adriana«, sagte ich heftig, »ich muß dich sprechen.«

»Sofort?«

»Jetzt gleich, in einer dringenden Angelegenheit, ich bin hier vor dem Ministerium.«

Er schien einen Augenblick lang zu überlegen, dann sagte er, ich solle heraufkommen. Zum zweitenmal stieg ich die Treppen dieses Gebäudes empor, aber in was für einer veränderten Gemütsverfassung! Das erste Mal fürchtete ich Astaritas Erpressung, ich befürchtete, er würde meine Heirat mit Gino verhindern wollen, ich spürte die unbestimmte Drohung, welche die Polizei für alle Armen bedeutet. Ich war damals mit bangendem Herzen hingegangen. Heute dagegen kam ich in angriffslustiger Stimmung mit dem Vorhaben, Astarita meinerseits zu erpressen, entschlossen, jedes Mittel zu gebrauchen, um Mino zurückzuerhalten. Aber meine Liebe zu Mino war nicht allein der Grund meiner Kampfbegier. Es kam noch meine Verachtung für Astarita und für sein Ministerium, der Haß gegen politische Handlungen und, soweit Mino sich mit Politik befaßte, auch gegen ihn selbst dazu. Ich verstand nichts von Politik, aber vielleicht war gerade meine Unwissenheit der Grund dafür, daß mir alles, was mit Politik zusammenhing, unwichtig und lächerlich im Vergleich zu meiner Liebe für Mino erschien. Ich dachte an das Stammeln, das Astaritas Worte jedesmal hemmte, wenn er mich sah oder auch nur hörte, und überlegte befriedigt, daß ihn dies Stammeln vermutlich nie überfiel, wenn er vor seinen Vorgesetzten stand, sicher nicht einmal vor Mussolini. In Gedanken verloren, eilte ich unterdessen durch die weiten Gänge des Ministeriums und ertappte mich dabei, wie ich die Angestellten, denen ich begegnete, verächtlich betrachtete. Ich verspürte den heftigen Wunsch, ihnen die roten und grünen Aktendeckel unter den Armen wegzuzerren und sie in die Luft zu werfen, damit diese Blätter, angefüllt mit Verboten und Ungerechtigkeiten, in alle Winde zerstreut würden. Dem Türhüter, der mir im Vorzimmer entgegenkam, sagte ich hastig und gebieterisch: »Ich muß mit Dr. Astarita sprechen, schnell ... ich habe eine Verabredung und kann nicht warten.« Er schaute mich verblüfft an, wagte aber nicht zu widersprechen und ging hinein, um mich anzumelden.

Als Astarita mich sah, kam er mir entgegen und geleitete mich zu einem Sofa im Hintergrund des Raumes. Er hatte mich auch das erstemal so empfangen, und ich dachte, daß er es vermutlich mit allen Damen so machte, die in sein Büro kamen. Ich hielt den Zorn, der meine Brust zusammenpreßte, so gut als möglich zurück und sagte: »Hör mal, wenn Mino durch dich verhaftet worden ist, dann setze ihn sofort wieder auf freien Fuß, sonst kannst du dich darauf verlassen, daß du mich zum letztenmal gesehen hast.«

Auf seinem Gesicht spiegelte sich eine Mischung von ungeheurem Erstaunen, er war sichtlich unangenehm berührt, und ich ersah daraus, daß er nichts wußte. »Warte einmal, wer, zum Teufel, ist denn dieser Mino?« erkundigte er sich stotternd.

»Ich dachte, das wüßtest du«, sagte ich. So kurz als möglich erzählte ich ihm die Geschichte meiner Liebe zu Mino und wie er an diesem Nachmittag in seiner Wohnung verhaftet worden sei. Ich sah, wie er sich verfärbte, als ich meine Liebe zu Mino beteuerte, aber ich zog es trotzdem vor, ihm die Wahrheit zu sagen, nicht allein, weil ich fürchtete, Mino durch eine Lüge zu schädigen, sondern vor allem, weil ich den heftigen Wunsch empfand, jedem Menschen meine Liebe ins Gesicht zu schreien. Nun, nachdem ich mich vergewissert hatte, daß Astarita nichts mit Minos Verhaftung zu tun hatte, war mein Zorn verraucht, und ich fühlte mich von neuem schwach und wehrlos. Deshalb begann ich meine Erzählung mit stockender, aufgeregter Stimme und endete in einem beinahe kläglichen Tonfall. Meine Augen füllten sich sogar mit Tränen, als ich ängstlich sagte: »Ich weiß auch gar nicht, was sie ihm antun ... es heißt, daß die Gefangenen geschlagen werden.«

Astarita unterbrach mich sofort: »Darüber kannst du beruhigt sein, einen Arbeiter schlägt man vielleicht, aber niemals einen Studenten.«

»Aber ich will nicht, daß er da drinnen steckt, ich will es nicht!« schrie ich mit tränenerstickter Stimme.

Nun schwiegen wir beide. Ich versuchte, meiner Bewegung Herr zu werden, und Astarita beobachtete mich. Zum erstenmal schien er nicht gewillt zu sein, meine Bitte zu erfüllen. Aber ich mußte seinen Widerstand überwinden — und auch seine Enttäuschung darüber, daß ich in einen anderen Mann verliebt war. Ich legte meine Hand auf die seine und setzte hinzu:

»Wenn du ihm zur Freiheit verhilfst, dann tue ich alles, was du willst.«

Er starrte mich unentschlossen an, und obwohl mir wahrhaftig nicht danach zumute war, lehnte ich mich vor, bot ihm meine Lippen mit den Worten: »Nun? ... Tust du mir den Gefallen?«

Er betrachtete mich immer noch, hin und her gezerrt zwischen dem Wunsch, mich zu küssen, und dem Bewußtsein der demütigenden Bedeutung eines zur Verlockung dargereichten Kusses bei tränenfeuchtem Gesicht. Dann stieß er mich zurück, sprang auf, bat mich zu warten und verschwand.

Ich war jetzt überzeugt, daß Astarita Mino befreien würde. In meiner Unerfahrenheit in solchen Dingen malte ich ihn mir bei einem in verärgertem Ton geführten Telefongespräch mit einem Unterbeamten aus, dem er gebot, den Studenten Giacomo Diodati sogleich auf freien Fuß zu setzen. Ich zählte ungeduldig die Minuten, und als Astarita zurückkam, wollte ich mich erheben, ihm danken und eilig davongehen, um Mino zu treffen.

Aber Astarita hatte einen ganz besonderen, unerfreulichen Gesichtsausdruck, eine Mischung von Enttäuschung und bösartiger Wut. »Was hast du denn da gefaselt, sie hätten ihn eingesperrt«, sagte er trocken, »er hat auf die Beamten geschossen und ist entkommen – einer von ihnen liegt sterbend im Krankenhaus ... Wenn sie ihn jetzt fangen – und sie werden ihn sicher finden –, dann kann ich nichts mehr für ihn tun.«

Mir blieb der Atem weg vor lauter Erstaunen, vor allem, weil mir einfiel, wie ich die Patronen aus dem Revolver genommen hatte; aber er konnte ihn ja ohne mein Wissen wieder geladen haben. Im nächsten Augenblick erfüllte mich eine große Freude, die ganz verschiedenen Motiven entsprang. Es war die Freude darüber, Mino in Freiheit zu wissen; dann aber auch die Freude darüber, daß er einen von diesen Beamten getötet hatte, eine Handlung, die ich ihm im Grunde nicht zugetraut hätte und die das ganze Bild umwarf, das ich mir bisher von ihm gemacht hatte. Ich war überrascht über die wilde, kampflustige Kraft, mit der mein für gewöhnlich jeder gewalttätigen Handlung feindliches Inneres Minos verzweifelter Tat zustimmte. Es handelte sich im Grunde um dasselbe unwiderstehliche Vergnügen, das ich empfunden hatte, als ich damals in meiner Phantasie Sonzognos Verbrechen rekonstruierte, aber diesmal war es von einem Gefühl moralischer Berechtigung begleitet. Dann überlegte ich, daß ich ihn bald finden müßte ... wir würden gemeinsam fliehen, um uns zu verbergen; vielleicht gingen wir auch ins Ausland, wo, wie ich wußte, politische Flüchtlinge gut aufgenommen werden ... Mein Herz füllte sich mit Hoffnung.

Ich dachte, nun könnte wirklich ein neues Leben für mich anfangen; und daß ich diese Erneuerung meines Lebens Mino und seiner Tapferkeit verdankte, erfüllte mich mit Dankbarkeit und Liebe. Inzwischen lief Astarita wütend im Zimmer auf und ab und blieb nur manchmal stehen, um einen Gegenstand zu verstellen. Ich sagte ruhig: »Anscheinend hat er nach seiner Verhaftung Mut gefaßt, geschossen und ist entkommen.«

Astarita blieb stehen, betrachtete mich, wobei sich sein ganzes Gesicht zu einer Grimasse verzog: »Du bist wohl zufrieden darüber, was?«

»Es war richtig, daß er den Beamten niederschoß, der ihn einsperren wollte«, sagte ich ernst, »du hättest das gleiche getan an seiner Stelle.«

Er antwortete unfreundlich: »Ich befasse mich nicht mit Politik ... und der Beamte hat nur seine Pflicht getan, er hatte Frau und Kinder.«

»Er wird schon seine Gründe dafür gehabt haben, sich um Politik zu kümmern«, antwortete ich, »und der Beamte mußte sich ja vorher sagen, daß ein Mann alles nur Erdenkliche versucht, bevor er sich ins Zuchthaus sperren läßt — das ist seine eigene Schuld.«

Ich war ganz beruhigt, weil ich Mino im Geist frei in den Straßen der Stadt sah und mich auf den Augenblick freute, in dem er mich von seinem Versteck aus riefe und ich ihn wiedersehen könnte. Meine Ruhe schien Astarita ganz außer sich zu bringen. »Aber wir werden ihn wiederfinden«, schrie er plötzlich, »oder glaubst du etwa nicht, daß wir ihn finden können?«

»Ich weiß nichts, ich bin nur zufrieden darüber, daß er entkommen ist, das ist alles.«

»Wir werden ihn finden, und dann kann er sicher sein, daß er nicht so leicht davonkommt.«

Ich bemerkte nach einer Weile: »Weißt du eigentlich, warum du so wütend bist?«

»Ich bin ja gar nicht wütend.«

»Weil du hofftest, sie hätten ihn eingesperrt und du könntest ihm und mir gegenüber deine Großzügigkeit beweisen ... statt dessen ist er dir entschlüpft, und deshalb bist du so böse.«

Ich sah, wie er wütend die Achseln zuckte. Dann klingelte das Telefon, und Astarita hob den Hörer ab, mit einem erleichterten Ausdruck, denn er hatte nun einen Vorwand, diese ihn in Verlegenheit setzende Unterhaltung zu unterbrechen.

Bei den ersten Worten sah ich, wie sich sein zorndunkles Gesicht erhellte, gleich einer Landschaft, die an einem stürmischen Tag von einem unerwarteten Sonnenstrahl getroffen wird. Mir erschien es unerklärlicherweise als ein Vorzeichen kommenden Unheils. Das Gespräch dauerte eine ganze Weile, aber da Astarita immer nur mit Ja und Nein antwortete, konnte ich den Sinn der Unterredung nicht erfassen. »Es tut mir leid für dich«, sagte er, als er den Hörer wieder auflegte, »die erste Nachricht über die Verhaftung eines Studenten enthielt einen Irrtum; um sicherzugehen, hatte die Polizei Beamte sowohl in deine als auch in seine Wohnung geschickt, und er wurde auch wirklich bei der Witwe in seinem möblierten Zimmer verhaftet. Bei dir dagegen fanden die Beamten einen kleinen, blonden Mann mit südlichem Akzent, der, anstatt sich auszuweisen, sofort auf sie schoß und entkam – im ersten Augenblick dachten sie, er sei es, statt dessen scheint es sich um jemand anderen gehandelt zu haben, der etwas auf dem Kerbholz hatte.«

Ich war einer Ohnmacht nahe.

So saß also Mino doch im Gefängnis, und überdies war Sonzogno nun davon überzeugt, ich hätte ihn verraten. Jeder an seiner Stelle wäre auf denselben Gedanken gekommen, da ich so plötzlich verschwand und kurze Zeit danach die Polizei erschien. Mino war verhaftet, und Sonzogno suchte mich, um sich zu rächen. Ich war so gebrochen, daß ich nichts zu sagen wußte als »ich Arme« und den ersten Schritt zur Tür taumelte.

Ich mußte sehr bleich geworden sein, denn Astarita verlor sofort seinen siegreichen, eitel befriedigten Ausdruck und stand ängstlich neben mir:

»So setz dich doch hin, jetzt reden wir erst einmal darüber, es ist noch nichts verloren.«

Ich schüttelte den Kopf und streckte die Hand nach der Tür aus. Astarita hielt mich zurück und fügte stammelnd hinzu:

»Schau, ich verspreche dir, alles nur Mögliche zu versuchen. Ich werde ihn selbst vernehmen und ihn, falls nichts Schwerwiegendes vorliegt, sobald als möglich entlassen – ist es so recht?«

»Ja, gut«, sagte ich mit erloschener Stimme und setzte mühsam hinzu: »Was du auch tust, du weißt, daß ich dir sehr dankbar bin.«

Ich wußte nun, Astarita würde alles tun, was in seinen Kräften stand, um Mino wieder zu befreien, und ich hatte nur noch den einen Wunsch, fortzugehen, so schnell wie möglich aus seinem schrecklichen Ministerium hinauszukommen. Aber er fing mit polizeilicher Genauigkeit wieder an: »Übrigens, solltest du Grund haben, den Mann zu fürchten, der in deinem Zimmer gefunden wurde, so sag mir seinen Namen, das würde die Festnahme erleichtern.«

»Ich weiß seinen Namen nicht«, erwiderte ich und schickte mich zum Gehen an.

»Jedenfalls ist es das beste«, beharrte er, »wenn du sofort zur Polizei gehst und alles aussagst, was du weißt, sie werden dir dann sagen, du möchtest dich zu ihrer Verfügung halten, und dich gehen lassen. Falls du das nicht tust, kannst du mit hineingezogen werden.«

Das versprach ich und verabschiedete mich. Er schloß die Tür nicht sogleich, sondern blieb auf der Schwelle stehen und sah mir nach, wie ich mich durch das Vorzimmer entfernte.

NEUNTES KAPITEL

Nachdem ich das Gebäude verlassen hatte, ging ich eilig bis zu einem nahen Platz, als flüchtete ich. Erst als ich mich mitten auf dem Platz befand, machte ich mir klar, daß ich ziellos herumlief, und überlegte, wo ich mich verbergen könnte. Im ersten Augenblick hatte ich an Gisella gedacht, aber ihr Haus war weit entfernt, und meine Beine knickten mir vor Erschöpfung beinahe ein; außerdem war ich gar nicht sicher, ob sie mich gerne aufnehmen würde. So blieb also Zelinda übrig, jene Zimmervermieterin, die ich Mutter gegenüber erwähnt hatte, bevor ich entschlüpfte. Zelinda war meine Freundin, und ihr Haus lag in der Nähe, deshalb entschloß ich mich, bei ihr Zuflucht zu suchen.

Zelinda wohnte in einem gelben Gebäude, das inmitten anderer ähnlicher Häuser auf den Bahnhofsplatz schaute. Das ihrige unterschied sich von den übrigen nur durch ein Treppenhaus, in dem auch morgens ein undurchdringliches Dunkel herrschte. Es gab weder Aufzug noch Fenster, man stieg im Dunkeln empor und traf ab und zu auf undeutliche Schatten von Leuten, die herunterkamen und sich am Geländer anklammerten. Ewiger Küchengestank verpestete die Luft; doch der wirkte so, als wäre die Küche schon seit Jahren unbenützt und als hätten ihre Gerüche lange Zeit gehabt, in jener kalten, düsteren Luft zu verwesen. Mit wankenden Knien und schweren Herzens stieg ich die Stufen empor, die ich schon so oft, eng an einen ungeduldigen Liebhaber gepreßt, erklommen hatte. Zelinda öffnete mir. »Ich brauche ein Zimmer... für diese Nacht«, sagte ich stockend.

Zelinda war eine korpulente Frau in den besten Jahren, aber vorzeitig durch ihre Fettleibigkeit gealtert. Podagrakrank, die Backen durch ungesunde rote Stellen verfleckt, mit blauen, trüben, tränenden Augen und fahlblondem Haar, das stets unordentlich in Büscheln wie Werg herunterhing, blieb ihr doch im Gesicht ein unerklärlich liebreicher Ausdruck, wie ein Widerschein des Lichtes auf stehendem Gewässer bei Sonnenuntergang. »Das Zimmer ist frei«, sagte sie, »bist du allein?«

»Ja, allein.«

Ich trat ein, sie schloß die Tür und ging wiegend vor mir her, in einem alten Gewand, mit einem halbaufgesteckten, auf die

Schultern baumelnden Zopf, aus dem die Haarnadeln spießten. Die Wohnung war eiskalt und düster wie das Treppenhaus. Aber der Küchengeruch war hier frisch wie von guten, sauberen Lebensmitteln, die gerade kochten. »Ich war dabei, das Abendessen herzurichten«, erklärte sie und wandte sich lächelnd um. Zelinda, die Zimmer stundenweise vermietete, mochte mich gerne; ich wußte nicht, warum. Häufig hielt sie mich nach meinen üblichen Besuchen zurück, um noch eine Weile bei Kuchen und Likör mit mir zu schwätzen. Sie war ledig; anscheinend hatte sie nie jemand geliebt, da sie schon von Jugend an durch ihre Dickleibigkeit entstellt worden war.

Ihre Jungfräulichkeit ließ sich aus der Schüchternheit und Neugier und aus der Plumpheit erraten, mit der sie sich über meine Liebschaften informierte. Frei von Neid und Bosheit, weinte sie wohl manchmal heimlich in ihrem Zimmer darüber, nie das erlebt zu haben, was sie in ihrer Wohnung vor sich gehen sah; zu der Wahl ihres Berufes als Zimmervermieterin mußte sie wohl noch mehr als durch die Verdienstmöglichkeit durch den vielleicht unbewußten Wunsch gekommen sein, sich nicht gänzlich von dem verbotenen Paradies der Liebe ausgeschlossen zu fühlen.

Im Hintergrund des Ganges lagen zwei wohlbekannte Türen. Zelinda öffnete die linke und ging voran in das Zimmer. Sie entzündete die dreiarmige Lampe mit den Tulpen aus weißem Glas und schloß die Vorhänge. Das Zimmer war geräumig und sauber. Aber gerade die Sauberkeit schien auf eine erbarmungslose Weise den Gebrauch und die Armut der Ausstattung anzuklagen: die Risse in den Bettvorlegern, die geflickte Baumwolldecke, die dunklen Flecken auf den Spiegeln und die Sprünge im Waschgeschirr.

Sie kam mir entgegen und erkundigte sich forschend: »Ist dir nicht gut?«

»Ich fühle mich ausgezeichnet.«

»Warum schläfst du dann nicht zu Hause?«

»Ich hatte keine Lust dazu.«

»Mal sehen, ob ich es erraten kann«, sagte sie mit listiger, treuherziger Miene, »du hast einen Kummer, hast jemand erwartet, der nicht gekommen ist.«

»Schon möglich.«

»Vielleicht kann ich noch mehr erraten ... dieser Jemand ist der braune Offizier, mit dem du das letztemal da warst.«

Es war nicht das erstemal, daß Zelinda mir ähnliche Fragen stellte. Ich antwortete aufs Geratewohl, mit vor Angst zugeschnürter Kehle: »Du hast recht ... und?«

»Nichts, aber siehst du, ich verstehe dich gleich, vom ersten Moment an habe ich erraten, was mit dir los ist — aber du darfst es nicht schwernehmen, er wird schon seine Gründe dafür haben, daß er nicht gekommen ist, man weiß ja, daß Soldaten nie ihre eigenen Herren sind.«

Ich sagte nichts. Sie beobachtete mich eine Zeitlang. Dann bat sie zögernd, schmeichelnd und treuherzig: »Willst du mir nicht beim Abendessen Gesellschaft leisten? Es gibt etwas Gutes.«

»Nein, danke«, erwiderte ich hastig, »ich habe schon gegessen.«

Sie schaute mich immer noch an und versetzte mir zärtlich einen leichten Schlag auf die Backe. Dann sagte sie mit dem vielversprechenden, geheimnisvollen Ausdruck alter Tanten, die zu ihren jungen Nichten sprechen: »Jetzt gebe ich dir noch etwas, was du sicher nicht zurückweisen wirst«, damit zog sie ein Schlüsselbund aus der Tasche, drehte mir den Rücken zu und öffnete eine Schublade.

Ich hatte meinen Mantel aufgeknöpft, lehnte mich mit dem Rücken an den Tisch und schaute Zelinda zu, wie sie in ihren Fächern kramte. Gisella kam mir in den Sinn, die häufig hier mit ihren Liebhabern eingekehrt war, und ich mußte daran denken, wie wenig Zelinda sie leiden mochte. Sie hatte mich also wirklich gern und war nicht etwa nett zu mir, weil sie gegen alle freundlich war. Das tröstete mich etwas. So gab es also doch nicht nur Polizei, Ministerien, Gefängnisse und andere unerfreuliche und entmutigende Dinge auf der Welt. Zelinda hatte inzwischen aufgehört, in der Schublade herumzuwühlen; sie machte sie sorgfältig wieder zu und kam mit den Worten zu mir: »So, das wirst du sicher nicht zurückweisen«, und legte etwas auf die Tischkante. Ich erblickte fünf Zigaretten, gute mit goldenem Mundstück, eine Handvoll Karamellen in bunten Papierchen und vier kleine Stückchen Mandelgebäck in der Form gefärbter Blumen. »Ist es so richtig?« erkundigte sie sich mit einem erneuten liebevollen Klaps auf meine Backe.

Verlegen stotterte ich: »Ja, ja, danke.«

»Schon gut, schon gut, falls du etwas brauchst, ruf mich bitte und mache keine Umstände.«

Allein geblieben, fühlte ich mich von großer Kälte und Verwirrung erfaßt. Ich war nicht schläfrig und wollte nicht ins Bett gehen. Andererseits konnte man in diesem eisigen Zimmer, in dem sich die Winterkälte jahrelang gehalten zu haben schien wie in Kirchen oder Kellerräumen, nichts anderes tun. Die letzten Male war mir nichts aufgefallen, denn sowohl der mich begleitende Mann als auch ich wünschten nichts anderes, als uns unter dem Leintuch wechselseitig zu erwärmen; und obgleich ich keinerlei Gefühl für diese Zufallsliebhaber empfand, nahm mich doch der Liebesakt als solcher immer wieder gefangen. Jetzt erschien es mir unglaublich, daß ich es damals fertiggebracht hatte, mich in solch elender Umgebung und eisiger Luft lieben zu lassen. Sicherlich hatten unsere erhitzten Sinne jedesmal die Illusion geschaffen, die all diese fremden Gegenstände so erstaunlich häuslich und gemütlich wirken ließ. Ich überlegte, daß mein Leben sich in nichts von diesem Zimmer unterscheiden würde, falls ich Mino nie mehr wiedersehen sollte. Wenn ich mein Leben objektiv, und ohne mir etwas vorzumachen, betrachtete, hatte es wahrhaftig nichts Schönes oder Freundliches an sich, sondern setzte sich ebenso wie Zelindas Zimmereinrichtung aus abgenutzten, häßlichen und kalten Dingen zusammen. Ich schauderte und begann mich langsam zu entkleiden.

Die Bettücher waren eiskalt und wie durchtränkt mit Feuchtigkeit, so daß es mir beim Hineinlegen vorkam, als drückte ich die Form meines Körpers in nassen Ton. Ich blieb lange Zeit nachdenklich liegen, während sich das Bett langsam erwärmte. Die Geschichte mit Sonzogno ängstigte mich, und ich versuchte, mir die Motive und Folgen jener düsteren Tat klarzumachen. Jetzt war Sonzogno sicher überzeugt davon, daß ich ihn denunziert hätte, und der Anschein sprach ja auch gegen mich. Wirklich nur der Anschein? Ich dachte an seine Worte: »Mir kommt es vor, als folge mir jemand«, und ich fragte mich, ob der Priester nicht doch vielleicht geredet hatte. Es war unwahrscheinlich, aber bis jetzt war meine Vermutung noch nicht widerlegt worden.

Mit meinen Gedanken immer noch bei Sonzogno, fing ich an, mir vorzustellen, was zu Hause nach meiner Flucht vorgefallen war: Sonzogno hatte gewartet, war allmählich ungeduldig geworden, hatte sich angekleidet, beim Eintritt der beiden Beamten die Pistole gezogen, ohne Warnung gefeuert und war entkommen. Ebenso wie bei meinen Vorstellungen von Sonzognos Verbrechen lösten diese Gedanken ein unbestimmtes, unersättliches Vergnügen in mir aus. Meine Phantasie spiegelte mir immer wieder die dramatische Schußszene vor, mit liebevoller Ausschmückung aller Einzelheiten, und immer wieder nahm ich heftig Partei für Sonzogno. Ich zitterte vor Freude, wenn der eine Beamte zur Erde fiel, seufzte bei Sonzognos Flucht erleichtert auf, folgte ihm ängstlich über die Treppen hinunter und war nicht eher beruhigt, als bis ich ihn im Geist in der dämmrigen

Ferne der langen Straße verschwinden sah. Endlich wurde ich müde durch diese Art innerer Kinovorstellungen und löschte das Licht.

Ich hatte schon mehrmals bemerkt, daß das Bett hart an der Verbindungstür zum anstoßenden Zimmer stand. Sobald ich das Licht ausdrehte, bemerkte ich, daß die Türflügel nicht ganz dicht schlossen und ein Lichtstrahl durchfiel. Ich stützte mich auf beide Ellbogen, steckte den Kopf durch das Eisengitter am Bettrand und näherte ein Auge dem Spalt. Das geschah nicht aus Neugier, denn ich wußte vorher, was ich durch diese Ritze sehen und hören würde, sondern eher aus Angst vor meinen eigenen Gedanken und aus einem Einsamkeitsgefühl heraus, das mich, wenn auch nur spionierend und aus dieser Entfernung, nach Gesellschaft im anstoßenden Zimmer suchen ließ. Lange Zeit sah ich gar nichts: vor der Spalte stand ein runder Tisch, auf den das Deckenlicht herabschien und seinen Widerschein auf einen Schrankspiegel warf. Ich hörte jedoch eine leise Unterhaltung: die üblichen Fragen nach Namen, Herkunft und Alter. Die Stimme des Mädchens klang ruhig und zurückhaltend, die des Mannes dagegen erhoben und aufgeregt. Sie sprachen in einer Ecke des Zimmers, vielleicht lagen sie auch bereits im Bett. Durch das nutzlose Beobachten war mein Nakken schon ganz steif geworden, und ich wollte mich gerade zurückziehen, als die Frau in mein Blickfeld kam und sich hinter dem Tisch vor den Spiegel stellte. Sie drehte mir den Rücken zu und stand unbekleidet aufrecht da, aber wegen des Tisches war sie für mich nur von der Hüfte an aufwärts sichtbar. Sie mußte wohl sehr jung sein; unter der Masse ihres welligen Haares schien ihr Körper sehr mager, eckig, ungraziös und von einer blutarmen Blässe. Sie war bestimmt noch keine zwanzig Jahre alt, trotz ihrer hängenden Brust und obwohl sie vermutlich schon Mutter war. Sie mußte wohl eines jener ausgehungerten Mädchen sein, die in den Stadtgärten um den Bahnhof herumlaufen: ohne Hut, manchmal auch ohne Mantel, zerlumpt und schlecht geschminkt, mit übergroßen orthopädischen Schuhen an den Füßen — und wenn sie lachten, sah man ihr Zahnfleisch. All diese Gedanken kamen mir unwillkürlich in den Sinn; der Anblick des armseligen, mageren Halses beruhigte mich ein wenig, und mir gefiel das Mädchen, denn ich verstand sie nur allzu gut und konnte mir die Gefühle vorstellen, die sie bewegten, während sie in den Spiegel schaute. Aber da erklang schon die unhöfliche Stimme des Mannes: »Darf man erfahren, was du eigentlich noch tust?«, und sie kehrte sich vom Spiegel ab. Einen Augenblick lang sah ich sie im Profil, die gebeugten Schultern und die entblößte Brust, genau wie ich sie mir vorgestellt hatte. Dann verschwand sie, und kurz darauf wurde das Licht ausgedreht.

Zugleich verlöschte auch in meinem Innern jene unbestimmbare Freundlichkeit, die der Anblick des Mädchens in mir ausgelöst hatte, und ich fand mich wieder allein in dem großen, immer noch kalten Bett, in der mit abgenützten, nüchternen Gegenständen erfüllten Dunkelheit. Ich dachte an die beiden im anderen Zimmer, die in Kürze einschlafen würden, die Glieder ineinander verschlungen und ihr Kopf auf seiner Schulter ruhend, und ich kam mir auf einmal wie eine entwurzelte Pflanze vor, die auf ein glattes Pflaster geworfen wurde und dort nun langsam verkümmert, um endlich einzugehen. Mino fehlte mir; wenn ich meine Hand ausstreckte, berührte ich eine auf allen Seiten eisige, leblose Fläche, in deren Mitte ich mich schutzlos und allein zusammenkauerte.

Ich verspürte einen heftigen, kläglichen Wunsch, ihn zu umarmen, und er war nicht da; ich kam mir wie eine Witwe vor, steckte die Arme unter das Leintuch, tat so, als umschlänge ich ihn, und begann zu weinen.

Ich habe immer einen guten Schlaf besessen, einem Appetit vergleichbar, der genügsam ist und sich ohne besondere Anstrengung befriedigen läßt. So war ich am nächsten Morgen beinahe verwundert, im Zimmer der Zelinda aufzuwachen, während ein Sonnenstrahl sich durch die Vorhänge stahl und auf das Kissen und die Wand dahinter fiel. Ich hatte mich noch nicht wieder ganz zurechtgefunden, als das Telefon im Flur schrillte. Zelinda antwortete, ich hörte meinen Namen rufen, und dann klopfte sie. Ich sprang aus dem Bett und rannte barfüßig im Unterkleid an die Tür.

Der Gang war leer, der Hörer lag neben dem Apparat, und Zelinda war in die Küche gegangen. Am Telefon hörte ich Mutters Stimme: »Adriana, bist du es?«

»Ja.«

»Warum bist du denn weggelaufen? Hier ist inzwischen allerhand passiert... du hättest mich wenigstens darauf vorbereiten können — was war das für ein Schrecken!«

»Ja, ja, ich weiß«, unterbrach ich sie hastig, »du brauchst es mir nicht zu erzählen.«

»Ich machte mir solche Sorgen um dich«, fuhr sie fort, »und dann ist außerdem Herr Diodati da.«

»Herr Diodati?«

»Ja, der kam heute in aller Frühe und möchte dich unbedingt sehen, er sagt, er erwartet dich hier.«

»Sag ihm, ich käme, in wenigen Minuten bin ich dort.«

Ich legte den Hörer auf, rannte in mein Zimmer zurück und zog mich in größter Eile an. Ich hatte nicht zu hoffen gewagt, Mino könnte so rasch auf freien Fuß gesetzt werden, und ich war eigentlich nicht so glücklich, wie wenn seine Befreiung einige Tage oder eine Woche hätte auf sich warten lassen. Ich mißtraute einer solchen Eile und empfand unwillkürlich eine unbestimmte Besorgnis. Jede Tatsache hat ihre eigene Bedeutung, und den Sinn dieser vorzeitigen Entlassung konnte ich mir nicht erklären. Aber ich beruhigte mich bei dem Gedanken, daß es Astarita vielleicht gelungen sein könnte, ihn, seinem Versprechen gemäß, so bald als möglich zu befreien. Im übrigen war ich ungeduldig, ihn wiederzusehen, und mit dieser Ungeduld hing ein glückliches, wenn auch etwas kummervolles Gefühl zusammen.

Ich zog mich fertig an, steckte die Zigaretten und Süßigkeiten, die ich am Vorabend nicht mehr angerührt hatte, in meine Tasche, um Zelinda nicht zu kränken, und ging in die Küche, um mich bei ihr zu verabschieden. »Bist du jetzt zufrieden?« sagte sie. »Deine schlechte Laune ist dir wohl vergangen?«

»Ich war nur müde ... also auf Wiedersehen.«

»Mach mir doch nichts vor, meinst du, ich hätte dich nicht am Telefon gehört ... der Herr Diodati – aber warte doch, trink wenigstens noch eine Tasse Kaffee.« Sie schwätzte noch, als ich bereits aus der Wohnung gelaufen war.

Im Taxi kauerte ich mich auf den Rand des Sitzes, hielt meine Tasche mit beiden Händen fest und bereitete mich darauf vor, herauszuspringen, sobald wir angelangt wären. Ich fürchtete eine Menschenansammlung vor unserem Haus zu finden, wegen Sonzognos Schießerei, und ich fragte mich auch, ob es klug von mir sei, nach Hause zurückzukehren. Sonzogno konnte ja zufällig kommen, um Rache zu nehmen, aber ich merkte, daß mir das alles nichts ausmachte. Sollte Sonzogno sich doch rächen, wenn er unbedingt wollte, ich wollte nur Mino wiedersehen und war entschlossen, mich nie mehr wegen Dingen zu verstecken, die ich nicht begangen hatte.

Ich traf niemand an unserem Haustor oder auf der Treppe. Ungestüm betrat ich das Wohnzimmer und erblickte Mutter am Fenster vor der Nähmaschine. Die Sonne fiel hell durch die schmutzigen Scheiben herein, unsere Hauskatze saß auf dem Tisch und leckte sich die Pfoten. Mutter hörte sofort zu nähen auf und sagte: »Da bist du ja endlich – du hättest mir ja wenigstens sagen können, daß du fortliefst, um die Polizei zu rufen.«

»Was redest du denn da, die Polizei?«

»Ich wäre doch mit dir gegangen, dann hätte ich mir wenigstens den Schrecken erspart.«

»Aber ich bin doch gar nicht fortgegangen, um die Polizei zu rufen«, sagte ich gereizt, »ich bin einfach weggelaufen, das ist alles . . . die Polizei suchte jemand anderen, aber der dort hatte anscheinend auch etwas auf dem Kerbholz.«

»Nicht einmal mir willst du dich anvertrauen«, sagte sie mit mütterlichem Vorwurf im Blick.

»Was soll ich denn bloß sagen?«

»Ich erzähle es auch bestimmt nicht weiter, aber du willst mir doch nicht etwa weismachen, du seist für nichts und wieder nichts weggelaufen. Die Polizei kam ja auch wenige Minuten nach deinem Fortgang.«

»Das stimmt nicht, ich . . .«

»Du hast übrigens richtig gehandelt, es laufen wirklich Typen herum . . . weißt du, was einer der Beamten sagte? Das Gesicht dort kommt mir bekannt vor.«

Ich merkte, daß ich sie nicht mehr von ihrer Idee abbringen konnte, sie dachte nun einmal, ich sei fortgelaufen, um Sonzogno anzuzeigen, da war nichts mehr daran zu ändern. »Schon gut«, unterbrach ich sie heftig, »und der Verwundete, wie haben sie den fortgeschafft?«

»Was für ein Verwundeter?«

»Mir wurde gesagt, einer liege im Sterben.«

»Da bist du falsch unterrichtet worden; einer der Beamten erhielt einen Streifschuß am Arm, ich habe ihn selbst verbunden, und er war vollkommen gehfähig. Aber du hättest die Schüsse hören sollen . . . die Treppe hinunter wurde geschossen, das ganze Haus war auf den Beinen . . . dann wurde ich verhört, ich habe gesagt, ich wüßte von nichts.«

»Wo ist Herr Diodati?«

»Dort, in deinem Zimmer.«

Ich hatte mich vor allem deshalb ein wenig bei Mutter aufgehalten, weil ich auf einmal vor dem Zusammentreffen mit Mino zögerte, wie im Vorgefühl einer schlechten Nachricht. Ich verließ den Wohnraum und ging zu meinem Zimmer. Es lag in völligem Dunkel, aber ehe meine Hand noch den Schalter faßte, hörte ich Minos Stimme: »Bitte dreh kein Licht an.«

Der eigenartige, eigentlich nicht fröhliche Ton seiner Stimme traf mich. Ich schloß die Tür, tastete mich bis zum Bett und setzte mich auf den Rand. Ich fühlte, wie er auf eine Seite gedreht dalag. »Fühlst du dich nicht gut?« erkundigte ich mich.

»Mir geht es ausgezeichnet.«

»Du wirst wohl müde sein, nicht wahr?«

»Nein, ich bin nicht müde.«

Ich hatte mir ein ganz anderes Wiedersehen ausgemalt. Freude scheint wirklich unzertrennlich mit Licht verbunden zu sein. So in der Dunkelheit kam es mir vor, als könnten meine Augen nicht glänzen, meine Stimme nicht in fröhliche Ausrufe ausbrechen und meine Hände sich nicht ausstrecken, um das geliebte Gesicht wieder zu spüren. Ich wartete lange, dann beugte ich mich nieder zu ihm und murmelte: »Was willst du tun, möchtest du schlafen?«

»Nein.«

»Soll ich fortgehen?«

»Nein.«

»Soll ich bei dir bleiben?«

»Ja.«

»Soll ich mich neben dich legen?«

»Ja.«

»Willst du«, erkundigte ich mich wie unabsichtlich, »daß wir uns lieben?«

»Ja.«

Diese Antwort überraschte mich sehr, denn wie ich schon öfters sagte, war er eigentlich nie wirklich bereit, mich zu lieben. Ich wurde auf einmal sehr aufgeregt und fügte in zärtlichem Ton hinzu: »Schläfst du gerne mit mir?«

»Ja.«

»Wird dir das von nun an immer Freude machen?«

»Ja.«

»Bleiben wir jetzt immer zusammen?«

»Ja.«

»Soll ich keine Lampe anmachen?«

»Nein.«

»Macht nichts, ich kann mich auch im Dunkeln ausziehen.«

Im trunkenen Gefühl eines vollständigen Sieges fing ich an, mich zu entkleiden. Ich dachte, jene im Gefängnis verbrachte Nacht habe ihm auf einmal gezeigt, daß er mich liebte und wie nötig er mich hatte. Ich irrte mich damals; und obwohl ich richtig erriet, daß zwischen seiner Verhaftung und dieser plötzlichen Nachgiebigkeit ein innerer Zusammenhang bestand, so begriff ich doch nicht, daß dieser Wechsel in seiner Haltung nichts bedeutete, was mir schmeicheln oder mich fröhlich machen konnte. Andererseits wäre es wohl schwierig für mich gewesen, in solch einem Augenblick hellsichtig zu sein. Mein Körper drängte mich wie ein zu lange gezügeltes Pferd zu ihm hin, und ich brannte darauf, ihm den heißen, fröhlichen Empfang zu bereiten, an dem mich kurz vorher die Dunkelheit und sein Betragen gehindert hatten.

Als ich zu ihm kam und mich hinabbeugte, um mich neben ihn zu legen, fühlte ich, wie seine Arme auf einmal meine Beine umfaßten – und dann biß er mich in den linken Schenkel, bis aufs Blut. Ich empfand einen heftigen Schmerz und zu gleicher Zeit die tiefe Verzweiflung, die sich in diesem Biß ausdrückte; als wären wir nicht zwei Liebende, die sich darauf vorbereiteten, zusammen zu sein, sondern zwei Verdammte, die durch Haß, Wut und Trauer in einer neuartigen Hölle dazu gedrängt werden, sich gegenseitig mit den Zähnen zu packen. Der Biß dauerte sehr lange, und es schien wirklich, als wolle er mir ein Stück Fleisch mit den Zähnen herausreißen. Wenn ich auch keine Liebe bei ihm spürte, genoß ich doch seinen Biß mit Wollust. Aber endlich konnte ich den Schmerz nicht mehr ertragen, stieß ihn zurück und sagte halblaut mit gebrochener Stimme: »Nicht, was machst du denn? Du tust mir weh.«

So endete also mein eingebildetes Siegesgefühl sehr bald. Dann sprachen wir während des ganzen Liebesaktes nicht mehr; aber trotzdem begriff ich undeutlich aus seiner Haltung die wahre Bedeutung seiner Hingabe, die er mir dann später in Einzelheiten erläuterte. Ich verstand, daß er bis jetzt nicht mich zurückgestoßen hatte, sondern den Teil seines Ichs, der ihn dazu brachte, mich zu begehren; nun erlaubte er statt dessen aus irgendeinem Grund diesem bis dahin bekämpften Teil seines Selbst, sich vollständig auszutoben, das war alles. Ich spielte dabei gar keine Rolle, und so wie er mich vorher nicht geliebt hatte, so liebte er mich auch jetzt nicht. Ich oder eine andere, das blieb für ihn gleich; ebenso wie früher war ich auch jetzt nichts als ein Mittel, sich zu bestrafen oder zu belohnen. Diese Dinge überdachte ich zwar nicht, als wir im Dunkeln beisammen waren, aber ich spürte sie dunkel in meinem Blut und meinem Körper, so wie ich damals geahnt hatte, welches Scheusal Sonzogno war, obgleich ich noch nichts von seinem Verbrechen wußte. Aber ich liebte Mino, und meine Liebe war stärker als alles, was ich wußte.

Die Wildheit und Unersättlichkeit, mit der er seine einst so geizige Begierde stillte, verwunderte mich. Ich hatte immer geglaubt, daß er sich auch aus gesundheitlichen Rücksichten zurückhielte, denn er war nicht allzu kräftig. Als ich nun sah, wie er zum drittenmal wieder zu mir kam, konnte ich mich nicht enthalten, ihm zuzuflüstern: »Mir macht es nichts aus, aber gib acht, daß es dir nicht schadet.«

Ich glaubte, ihn leise lachen zu hören, und seine Stimme

murmelte an meinem Ohr: »Nun kann mir nichts mehr schaden.«

Dieses »nun« hatte einen düsteren Klang für mich und störte beinahe die Lust seiner Umarmungen; ich wartete ungeduldig darauf, daß ich mit ihm sprechen und endlich erfahren könnte, was sich zugetragen hatte. Jetzt schien er einzuschlummern, aber vielleicht schlief er nicht. Ich wartete geraume Zeit und sagte dann mit einer Anstrengung, bei der mir der Atem stockte: »Willst du mir jetzt erzählen, was geschehen ist?«

»Es ist gar nichts geschehen.«

»Irgend etwas muß doch passiert sein.«

Er schwieg eine Weile, dann sagte er wie im Selbstgespräch: »Nach allem, was geschehen ist, nehme ich an, daß du auch ein Recht darauf hast, den Schluß zu erfahren, also gut: Seit gestern abend elf Uhr bin ich ein Verräter.«

Ein eisiger Schauer überlief mich bei diesen Worten, nicht sosehr wegen des Sinns, sondern wegen des Tonfalls, in dem sie ausgesprochen wurden. Ich stotterte: »Ein Verräter? Wieso denn?«

Er antwortete in seinem kalten und grausig scherzhaften Ton: »Der Herr Mino war berühmt unter seinen Kameraden durch die Standhaftigkeit seiner Meinungen und seinen wilden Haß; der Herr Mino wurde von ihnen geradezu als das zukünftige Haupt der Bewegung angesehen ... der Herr Mino war so sicher, unter allen Umständen Ehre einzulegen, daß er sich beinahe wünschte, einmal verhaftet und auf die Probe gestellt zu werden; denn er bildete sich ein, Verhaftung, Gefängnis und andere Leiden gehörten nun einmal zum Leben eines Politikers, wie lange Fahrten übers Meer, wie Orkane und Schiffbrüche zu einem Seemann ... statt dessen fühlte sich der Seemann bei der ersten Fahrt schlechter als die letzte Klatschbase ... als man den Herrn Mino vor irgendeinen Polizeibeamten brachte, hat er nicht einmal gewartet, bis er bedroht oder gefoltert würde, sondern gleich alles ausgeplaudert ... kurz und gut, er hat Verrat geübt, so hat der Herr Mino seit gestern seine politische Karriere hinter sich gelassen, um, sagen wir, als Spion zu handeln.«

»Du hast Angst gehabt«, rief ich.

Er antwortete sofort ruhig: »Nein, ich glaube, ich hatte nicht einmal Angst, es ist nur das mit mir vorgegangen, was mir auch an jenem Abend bei dir geschah, als ich dir unsere Idee erklären wollte – auf einmal ging mich das alles nichts mehr an, der Mann, der mich ausfragte, war mir geradezu sympathisch, ihm kam es zu, manches zu wissen, und ich hatte nicht das

Recht, es ihm zu verschweigen; so habe ich es ihm eben gesagt, einfach so ... oder besser«, fügte er nach kurzem Überlegen hinzu, »nicht ganz so einfach, sondern eilfertig, hastig, beinahe eifrig ... ein wenig länger, und er hätte meinen Enthusiasmus eindämmen müssen.«

Ich dachte an Astarita, und es erschien mir erstaunlich, daß er Mino sympathisch gewesen sein sollte. »Wer hat dich denn verhört?«

»Ich kenne ihn nicht — ein kahlköpfiger junger Mann mit blassem Gesicht und schwarzen Augen, gut angezogen, es war wohl ein höherer Beamter.«

»Und der ist dir sympathisch gewesen?« konnte ich mich nicht enthalten auszurufen, denn ich erkannte Astarita in dieser Beschreibung.

Er begann im Dunkeln an meinem Ohr zu lachen: »Langsam! Nicht er persönlich, sondern seine Aufgabe ... Siehst du, wenn man auf etwas verzichtet oder nicht mehr das zu sein weiß, was man eigentlich sein müßte, dann kommt das heraus, was man ist ... bin ich nicht der Sohn eines reichen Gutsbesitzers? Verteidigte jener Beamte in seiner Arbeit etwa nicht meine Interessen? Wir haben uns als der gleichen Schicht angehörend, in der gleichen Sache verbunden erkannt — glaubst du, es sei persönliches Interesse an ihm gewesen? Nein, ich spürte Sympathie mit seiner Arbeit, fühlte, daß ich ihn bezahlte, verteidigte, hinter ihm stand, obgleich ich mich als Angeklagter vor ihm befand.«

Er lachte, oder vielmehr bellte er ein Lachen hervor, das mir in den Ohren gellte. Ich verstand gar nichts, nur, daß etwas sehr Trauriges vorgefallen war und mein ganzes Leben von neuem fraglich wurde. Nach kurzer Zeit fügte er hinzu: »Aber vielleicht belüge ich mich auch jetzt, und ich habe nur geredet, weil es mir nicht wichtig genug erschien, zu schweigen ... auf einmal war in meinen Augen alles dumm und unwichtig, ich verstand nichts mehr von den Ideen, an die ich glauben sollte.«

»Du verstandest nichts mehr?« wiederholte ich mechanisch.

»Ja, das heißt, ich begriff nur die Worte, wie ich sie auch heute verstehe, aber die damit in Verbindung stehenden Tatsachen sagten mir nichts mehr — wie ist es denn möglich, nur wegen Worten etwas zu erleiden? Worte sind Schall, das wäre genauso, als hätte ich mich wegen eines schreienden Esels oder eines knarrenden Karrenrades ins Gefängnis werfen lassen — die Worte bargen keinen Sinn mehr für mich, sie kamen mir alle gleich unwirklich vor; er wollte Worte hören, da habe ich ihm eben so viele gegeben, wie er haben wollte.«

»Warum machst du dir dann soviel daraus, wenn es nichts als leere Worte waren«, konnte ich mich nicht enthalten einzuwenden.

»Das ist schon richtig, aber leider wurden die Worte plötzlich, als sie ausgesprochen waren, eben doch zu Tatsachen.«

»Warum?«

»Weil ich da anfing zu bereuen, sie gesagt zu haben, weil ich auf einmal fühlte, daß ich durch das Aussprechen der Worte zu dem geworden war, was man so treffend als einen Verräter bezeichnet...«

»Aber warum hast du sie dann gesagt?«

Er antwortete stockend: »Warum redet man im Traum? Vielleicht schlief ich, aber nun bin ich aufgewacht.«

Wie er es auch hin und her wendete, er landete immer wieder am selben Punkt. Mein Herz krampfte sich zusammen, und ich sagte mühsam: »Vielleicht irrst du dich, aber... vermutlich bildest du dir alles ein, und dabei hast du gar nichts gesagt.«

»Nein, ich irre mich nicht«, antwortete er kurz.

Er schwieg. Dann erkundigte ich mich: »Und deine Freunde?«

»Welche Freunde?«

»Tullio und Tommaso.«

»Ich weiß nichts von ihnen«, antwortete er mit betonter Gleichgültigkeit, »die werden vermutlich eingesperrt werden.«

»Nein, sie werden nicht eingesperrt«, rief ich aus. Ich bildete mir ein, Astarita habe doch sicher nicht Minos Schwäche ausgenützt. Aber zum erstenmal, im Gedanken an die mögliche Verhaftung seiner beiden Freunde, begann mir Verständnis für die schwerwiegende Tragweite seiner Handlung aufzudämmern. »Warum sollen sie nicht verhaftet werden?« sagte er. »Ich habe ihre Namen angegeben, was hindert sie daran?«

»O Mino«, konnte ich mich nicht enthalten voller Angst auszurufen, »warum hast du das getan?«

»Das frage ich mich auch.«

»Aber wenn sie nicht verhaftet werden«, klammerte ich mich an die letzte Hoffnung, »dann ist ja noch nichts verloren; sie werden nie erfahren, daß du...«

Er unterbrach mich: »Aber ich werde es wissen — immer vor Augen haben; ich werde nie vergessen können, daß ich nicht mehr der bin, der ich einst war, sondern ein ganz anderer Mensch, dem ich im Augenblick meines Verrats Leben gab, genauso wie eine Mutter, die ihr Kind zur Welt bringt; überdies kann ich diesen neuen Menschen nicht ertragen, da liegt das Unheil — es gibt Männer, die ihre eigene Frau umbringen, weil sie es nicht mehr ertragen können, mit ihr zusammen zu leben; denk nur, wenn dann zwei Wesen in einem Körper sind, von denen das eine das andere bis zum Tode haßt! Was übrigens meine Freunde betrifft, so werden sie sicher verhaftet werden.«

Jetzt konnte ich mich nicht mehr zurückhalten und sagte: »Du wärst auch entlassen worden, wenn du nichts gesagt hättest . . . und deinen Freunden wird nichts geschehen.« Hastig berichtete ich ihm von meinen Beziehungen zu Astarita, meiner Fürsprache zu seinen Gunsten und von Astaritas Versprechen. Er hörte mich wortlos an und sagte darauf: »Es wird immer besser, jetzt verdanke ich meine Freiheit nicht nur meinem verräterischen Eifer, sondern auch noch deinen amourösen Beziehungen zu einem Polizeibeamten.«

»Sprich nicht so, Mino!«

»Übrigens bin ich zufrieden«, setzte er gleich darauf hinzu, »daß meine Freunde vielleicht doch noch mal davonkommen. Wenigstens habe ich dann nicht auch noch diese Sorge auf dem Gewissen.«

»Sieh mal«, sagte ich lebhaft, »was ist eigentlich für ein Unterschied zwischen dir und deinen Freunden? Auch sie verdanken ihre Freiheit mir und der Tatsache, daß Astarita in mich verliebt ist.«

»Entschuldige, das ist doch ein großer Unterschied . . . sie haben nichts ausgeplaudert.«

»Wer sagt dir denn das?«

»Ich hoffe es wenigstens zu ihren Gunsten; wer in solchen Fällen nicht dichthält, hat wahrhaftig nichts zu lachen.«

»Du mußt eben so tun, als sei nichts geschehen«, drang ich wieder auf ihn ein, »triff dich wortlos wieder mit ihnen, was macht dir das schon aus? Jeder hat einmal eine schwache Minute in seinem Leben.«

»Ja, aber es geschieht nicht allen, daß dabei ein Teil ihres Wesens stirbt, während sie im übrigen noch am Leben bleiben. Weißt du, was mir geschah, während ich mit Astarita sprach? Ich bin gestorben, einfach umgekommen . . . für immer.«

Ich konnte die Furcht, die mein Herz zusammendrückte, nicht mehr länger ertragen und brach in Tränen aus. »Warum weinst du denn jetzt?« fragte er.

»Über das, was du sagst«, und ich schluchzte immer heftiger, »daß du gestorben bist . . . ich habe solche Angst.«

»Gefällt es dir nicht, mit einem Toten zusammen zu sein?« erkundigte er sich scherzend. »Das ist nicht so schrecklich, wie du es dir vorstellst, es ist eigentlich gar nicht schlimm, ich bin auf eine ganz besondere Art leblos – mein Körper, weißt du, der ist sehr lebendig, faß mich an und fühle selbst, wie er zuckt«, hier ergriff er meine Hand und zwang mich, ihn von oben bis unten zu streicheln, »siehst du, ich lebe überall ... und was unsere Liebe betrifft, da bin ich viel lebendiger als sonst, das versuche ich dir ja die ganze Zeit klarzumachen; du brauchst keine Angst zu haben: was wir versäumten, solange ich noch lebendig war, das werden wir jetzt doppelt und dreifach nachholen, seit ich gestorben bin.«

Er warf meine untätige Hand mit einer Art wütender Verachtung weit von sich. Ich schlug beide Hände vors Gesicht und machte meinem ganzen Elend laut weinend Luft. Ich hätte am liebsten endlos weitergeheult, da ich den Augenblick fürchtete, in dem das Weinen aufhörte und ich mich erschöpft und stumpfsinnig denselben völlig unveränderten Gedanken gegenübersähe, die den Tränenausbruch bewirkt hatten.

Aber dieser Moment kam trotzdem, ich trocknete mein tränenfeuchtes Gesicht mit dem Leintuch und starrte mit aufgerissenen Augen im Dunkeln vor mich hin. Dann hörte ich ihn in sanftem, zärtlichem Tonfall fragen: »Sag mal, was sollte ich denn nun deiner Meinung nach tun?«

Ich wandte mich heftig um, preßte mich an ihn und flüsterte mit meinem Mund auf seinem: »Nicht mehr nachdenken, dich um nichts mehr kümmern, was war, ist gewesen ... das mußt du tun.«

»Und dann?«

»Dann mußt du weiterstudieren, dein Examen machen und in deine Heimat zurückkehren; es ist nicht so wichtig, wenn ich dich nicht mehr sehe, denn ich werde wissen, daß du glücklich bist — du wirst eine Arbeit finden, und, wenn der richtige Zeitpunkt gekommen ist, dich mit einem Mädchen deiner Umgebung verloben, das dich wirklich gern hat, was kümmert dich dann die Politik? Du bist nicht geschaffen zur politischen Laufbahn, es war ein Fehler, daß du dich damit eingelassen hast, aber das kann jedem passieren; eines Tages wird es dir merkwürdig vorkommen, dich je damit beschäftigt zu haben. Ich habe dich wirklich lieb, Mino, und eine andere Frau würde sich nicht freiwillig von dir trennen, aber wenn es notwendig ist, mußt du schon morgen abreisen, und wenn es besser ist, sehen wir uns überhaupt nicht mehr ... ich tue alles, nur damit du glücklich bist.«

»Aber ich werde nie mehr glücklich sein«, sagte er mit klarer, tiefer Stimme, »ich bin ein Verräter.«

»Das stimmt ja gar nicht«, sagte ich verzweifelt, »du bist kein Verräter, und selbst wenn du einer wärst, könntest du trotzdem glücklich sein – es gibt viele Menschen, die wirkliche Verbrechen begangen haben und trotzdem äußerst vergnügt leben. Im übrigen kannst du mich als Beispiel nehmen: Wenn man von einem Straßenmädchen spricht, macht man sich weiß Gott welche Vorstellungen, statt dessen bin ich eine Frau wie alle übrigen, oftmals bin ich auch zufrieden; vor allem in den letzten Tagen«, fügte ich in bitterem Tonfall hinzu, »bin ich sehr glücklich gewesen.«

»Du warst glücklich?«

»Ja, sehr ... aber ich wußte, es war nicht von Dauer, und wirklich ...« Bei diesen Worten wollte ich wieder zu weinen anfangen; aber ich hielt mich zurück und fügte hinzu: »Du hattest ein ganz anderes Bild von dir, als du wirklich bist, und deshalb konnte das geschehen, was geschehen ist; nimm dich doch jetzt einmal so, wie du wirklich bist, und du wirst sehen, wie sich alles auf einmal löst. – Im Grunde leidest du eigentlich nur an dem Vorgefallenen, weil du dich schämst und das Urteil der anderen, vor allem deiner Freunde, fürchtest; gut, so laß sie doch laufen, such dir neue Freunde, die Welt ist so groß. Wenn die nicht verstehen wollen, daß du nur in einem schwachen Augenblick gehandelt hast, dann bleib bei mir, ich habe dich lieb und richte dich nicht – wirklich«, bekräftigte ich nochmals, »meinethalben hättest du noch etwas Schlimmeres tun können und wärst trotzdem immer mein Mino geblieben.«

Er sagte nichts. Ich fuhr fort: »Ich bin ein armes, unwissendes Mädchen, das weiß ich, aber manche Dinge verstehe ich besser als deine Freunde und vielleicht sogar besser als du selbst. Übrigens habe ich das Gefühl, das du nun erlebst, schon selber gehabt: damals, als wir uns zum erstenmal sahen und du mich nicht anrührtest, setzte ich mir in den Kopf, du handeltest so, weil du mich verachtest, und auf einmal verlor ich allen Lebensmut, ich fühlte mich so unglücklich ... ich wäre am liebsten ein anderer Mensch geworden und wußte zur gleichen Zeit doch, daß das unmöglich war und daß ich immer bleiben würde, was ich war. Ich verspürte eine haftende, brennende Scham, eine Last und Verzweiflung ... ich fühlte mich gelähmt, eisig, gefesselt ... manchmal wünschte ich mir den Tod. Dann ging ich eines Tages mit Mutter aus und betrat zufällig eine Kirche; dort, im Gebet, wurde mir auf einmal klar, daß da gar nichts war, dessen ich mich schämen müßte; daß ich nun einmal so ein Mensch war, bewies höchstens, daß Gott es so gewollt hatte; ich dürfe mich nicht gegen mein Schicksal auflehnen, sondern müsse es gehorsam und vertrauensvoll annehmen; und wenn du mich verachtetest, so sagte ich mir, dann lag die

Schuld nicht bei mir, sondern bei dir ... Kurz und gut, alle diese Gedanken gingen mir durch den Kopf, bis endlich meine Demütigung vergangen war und ich mich wieder froh und gelöst fühlte.«

Er fing an zu lachen, mit diesem Gelächter, bei dem es mich immer bis ins Mark fror, dann sagte er: »Schließlich sollte ich das annehmen, was ich getan habe, und nicht dagegen revoltieren, ich sollte das annehmen, was ich geworden bin, und mich nicht verurteilen, aber ... vielleicht kann in der Kirche manches geschehen, doch außerhalb der Kirche ...«

»Geh in eine Kirche«, schlug ich vor und klammerte mich an diese neue Hoffnung.

»Nein, dahin gehe ich nicht, ich bin kein gläubiger Christ und langweile mich in der Kirche ... was reden wir da übrigens für einen Unsinn zusammen!« Wieder begann er zu lachen, aber plötzlich hörte er auf, packte mich an den Schultern und begann, mich wild hin und her zu beuteln, während er knirschte: »Aber verstehst du denn nicht, was ich getan habe? Begreifst du nichts? Kannst du das wirklich nicht verstehen?« Er schüttelte mich mit solcher Kraft, daß mir der Atem wegblieb, dann warf er mich mit einem letzten Stoß zurück, und ich hörte, wie er vom Bett sprang und sich im Dunkeln anzog. »Mach ja kein Licht an«, sagte er drohend, »ich werde mich noch dran gewöhnen müssen, mein Gesicht zu sehen, aber jetzt ist es noch zu früh dazu, es ergeht dir schlecht, wenn du das Licht andrehst.«

Ich wagte nicht einmal zu seufzen. Endlich fragte ich: »Gehst du weg?«

»Ja, aber ich werde wiederkommen«, sagte er und lachte anscheinend schon wieder, »du brauchst keine Angst zu haben, ich komme wieder, ich habe sogar eine gute Nachricht für dich, ich werde ganz bei dir wohnen.«

»Hier bei mir?«

»Ja, aber ich werde dir nicht zur Last fallen, du kannst auch deinen gewohnten Lebenswandel weiterführen. Im übrigen können wir beide von dem leben, was meine Mutter mir schickt, dort bezahlte ich Pension, aber im Haushalt genügt es für zwei.« Seine Idee, in unserem Haus zu wohnen, erschien mir eher merkwürdig als vielversprechend. Ich wagte aber nichts zu äußern. In der vollkommenen Finsternis zog er sich schweigend fertig an. »Ich komme heute abend wieder«, sagte er noch. Dann hörte ich, wie er die Tür öffnete und hinter sich schloß. Ich blieb mit weitgeöffneten Augen im Dunkeln liegen.

ZEHNTES KAPITEL

Noch am selben Nachmittag befolgte ich Astaritas Rat und ging zu unserem Polizeirevier, um meine Aussagen über Sonzogno zu machen. Ich ging nur mit größtem Widerwillen hin, denn nach allem, was Mino geschehen war, flößte mir jegliche Berührung mit der Polizei oder ihren Beamten heftiges Unbehagen ein. Jedoch allmählich hatte ich mich dareingeschickt und begriff, daß mein Leben noch für eine ganze Weile jeglichen Reiz verloren hatte.

»Wir erwarteten Sie bereits heute morgen«, sagte der Beamte, sobald ich ihm den Grund meines Besuches erklärt hatte. Er war ein tüchtiger Mann, ich kannte ihn schon eine ganze Weile, und obgleich er Familienvater war und die Fünfzig bereits überschritten hatte, merkte ich seit einiger Zeit, daß er mehr als bloße Sympathie für mich empfand. Ich erinnere mich vor allem an seine dicke, schwammige Nase, die ihm einen melancholischen Ausdruck verlieh. Er hatte immer zerraufte Haare und halbgeschlossene Augenlider, als wäre er gerade aus dem Bett aufgestanden. Diese lichtblauen Augen betrachteten mich nun wie aus einer Maske heraus, in einem dicken, roten, aufgesprungenen Gesicht, das an die Schale überreifer, riesiger Orangen erinnerte, in denen sich dann nichts mehr als ein welkes Herz befindet.

Ich sagte, es sei mir unmöglich gewesen, eher zu kommen. Er betrachtete mich eine Weile forschend und fragte dann listig zwinkernd:

»Also, wie heißt er?«

»Woher soll ich das wissen?«

»Ach, das weißt du doch genau.«

»Ehrenwort«, sagte ich und legte eine Hand auf meine Brust, »er hat mich auf dem Corso angesprochen, mir fiel allerdings damals schon sein etwas merkwürdiges Benehmen auf, aber ich achtete nicht weiter darauf.«

»Und wie kam es, daß er allein in deinem Zimmer war und du dich nicht dort befandest?«

»Ich hatte eine dringende Verabredung, deshalb verließ ich ihn.«

»Er glaubte statt dessen, du seiest ausgegangen, um die Polizei zu rufen, weißt du das? Er schrie, du habest ihn verraten.«

»Ja, das weiß ich.«

»Du hättest dich auch dafür bezahlen lassen.«

»Da kann man nichts machen.«

»Aber machst du dir denn nicht klar«, fragte er und fixierte mich scharf, »daß dieser Mann sehr gefährlich ist und morgen ebensogut auf dich wie auf die Beamten schießen kann, weil er glaubt, daß du ihn verraten hast?«

»Das weiß ich ganz genau.«

»Und warum verschweigst du dann den Namen? Wir nehmen ihn fest, und du bist alle Sorgen los.«

»Ich sage Ihnen doch, ich kenne seinen Namen nicht, du lieber Himmel, wenn ich die Namen all der Männer behalten sollte, die ich mit nach Hause nehme!«

»Aber wir kennen seinen Namen«, sagte er plötzlich mit erhobener Stimme und beugte sich vor.

Ich begriff, daß er mir eine Falle stellen wollte, und antwortete ruhig: »Wenn Sie bereits Bescheid wissen, warum quälen Sie mich dann? Verhaften Sie ihn doch, und dann ist alles in Ordnung.«

Er betrachtete mich schweigend; ich merkte, wie sich seine flackernden Augen mehr auf meine Figur als auf mein Gesicht richteten, und begriff, daß der alte Wunsch plötzlich, wider seinen Willen, an die Stelle des berufsmäßigen Eifers getreten war. »Wir wissen noch mehr«, fuhr er fort, »er hatte seine guten Gründe dafür, zu schießen und dann zu verschwinden.«

»Davon bin ich auch überzeugt.«

»Kennst du seine Gründe?«

»Nein, ich weiß gar nichts ... wenn ich nicht mal seinen Namen kenne, woher sollte ich dann das übrige wissen?«

»Wir wissen genau Bescheid«, sagte er. Jetzt sprach er nur noch mechanisch, mit anderen Gedanken beschäftigt; ich war überzeugt, daß er in Kürze aufstehen und zu mir kommen würde. »Wir kennen ihn ganz genau und werden ihn bestimmt fassen, es ist nur noch eine Frage von Tagen, vielleicht auch sogar Stunden.«

»Um so besser für Sie.«

Wie ich es vorhergesehen hatte, erhob er sich, ging um den Tisch herum, trat neben mich und nahm mein Kinn in seine Hand:

»Du weißt doch alles und willst es nur nicht zugeben; wovor hast du denn Angst?«

»Ich fürchte mich vor nichts und weiß auch nichts«, erwiderte ich, »und bitte behalten Sie Ihre Hände bei sich.«

»Nur nicht so heftig«, sagte er, kehrte dabei aber doch zu seinem Platz zurück und fing wieder an: »Du hast Glück, daß ich dich gern habe und daß ich weiß, was für ein braves Mädchen du bist — weißt du, was ein anderer an meiner Stelle getan hätte, um dich zum Reden zu bringen? Er hätte dich für eine ganze Weile in Untersuchungshaft gesetzt oder dich sogar in San Gallino einsperren lassen.«

Ich erhob mich und sagte: »Ich habe jetzt zu tun, wenn Sie mir sonst nichts mehr zu sagen haben . . .«

»Geh ruhig, aber nimm dich vor politischen und sonstigen Besuchern in acht.«

Ich tat, als hätte ich seine letzten, zweideutigen Worte überhört, und verließ eilig die schmutzige Umgebung.

Erst auf der Straße begann ich wieder an Sonzogno zu denken. Der Beamte hatte nur meinen Verdacht bestätigt. Überzeugt von meiner Denunziation, wollte Sonzogno sich rächen. Ich fürchtete mich auf einmal sehr, nicht meinethalben, sondern Minos wegen. Sonzogno war rasend, und wenn er Mino bei mir fände, würde er sicher nicht zögern, auch ihn umzubringen. Merkwürdigerweise gefiel mir die Idee, mit Mino zusammen zu sterben. Ich sah die Szene förmlich vor mir: Sonzogno schoß, ich warf mich zwischen ihn und Mino, um Mino zu schützen, und wurde statt seiner getroffen. Aber es machte mir auch nichts aus, mir vorzustellen, daß Mino auch verletzt wurde und daß wir gemeinsam starben, während unser Blut ineinanderfloß. Dann dachte ich wieder, daß im selben Augenblick vom gleichen Mörder umgebracht zu werden doch eigentlich nicht so schön sei, wie gemeinsam Selbstmord zu begehen. Gemeinsam in den Tod zu gehen, erschien mir der würdigere Abschluß einer großen Liebe. Das war so, als schnitte man eine Blume ab, bevor sie welkte, oder hüllte sich in Schweigen nach dem Genuß eines wunderbaren musikalischen Werkes. Ich hatte oft an diese Form des Selbstmordes gedacht, der die Zeit anhält, bevor sie die Liebe zerstört und zum Verblühen bringt, und der eher aus einem Übermaß der Freude heraus gewollt und ausgeführt wird als aus unerträglichen Schmerzen. In den Augenblicken, in denen ich Mino mit solcher Inbrunst zu lieben schien, daß ich fürchten mußte, ich könnte in der Folgezeit diese Hochspannung nicht durchhalten, war die Idee eines solchen Selbstmordes zu zweien ganz natürlich aufgetaucht, mit der gleichen mühelosen Plötzlichkeit, mit der es mich überkam, ihn küssen oder streicheln zu müssen. Aber ich hatte nie zu ihm davon gesprochen, da ich wußte, daß man sich auf dieselbe Weise lieben muß, um gemeinsam zu sterben. Und Mino liebte mich nicht; oder jedenfalls, wenn er mich liebte, so doch nicht stark genug, um nicht mehr leben zu wollen.

Über all das dachte ich nach, als ich mit gesenktem Kopf nach Hause lief. Auf einmal überfiel mich Schwindel und furchtbare Übelkeit. Ich konnte gerade noch mit Müh und Not ein Café betreten. Es waren nur noch wenige Schritte bis zu unserem Haus, aber ich hätte nicht die Kraft aufgebracht, diese kurze Entfernung zurückzulegen, ohne umzufallen.

Ich saß an einem Tisch hinter der Glastür und schloß die Augen, überwältigt von meiner Übelkeit. Mir war immer noch schwindlig und sehr schlecht, und dies Gefühl wurde noch verstärkt durch das nur von weitem in mein Bewußtsein dringende, aber doch furchterregende Schnauben der Espressomaschine. Ich spürte an Händen und Gesicht die Wärme des geheizten Raumes, und trotzdem fror ich sehr. Der Besitzer kannte mich und rief mir hinter der Theke her zu: »Einen Kaffee, Fräulein Adriana?«, und ich nickte nur mit dem Kopf, ohne die Augen zu öffnen.

Endlich faßte ich mich wieder und trank den Kaffee, den der Kellner vor mich hingestellt hatte. Ich hatte in letzter Zeit schon häufig Übelkeit verspürt, aber immer nur ganz leicht, kaum merklich. Ich hatte mich nicht weiter darum gekümmert, weil auch zuviel ungewöhnliche, beängstigende Geschehnisse mich immer wieder ablenkten. Aber nun dachte ich nach, brachte dies Unbehagen mit einer bedeutsamen Unregelmäßigkeit meines physischen Lebens in Verbindung und überzeugte mich davon, daß manche Zweifel der letzten Zeit, die ich immer wieder verdrängt und in die dunkelsten Bezirke meines Bewußtseins verwiesen hatte, eben doch berechtigt waren. Es ist gar keine Frage, dachte ich plötzlich, ich erwarte ein Kind.

Ich bezahlte den Kaffee und verließ das Lokal. Was ich empfand, war sehr verworren, und selbst heute, nach so langer Zeit, fällt es mir schwer, es geordnet auszudrücken. Ich habe schon oft beobachtet, daß ein Unglück selten allein kommt; und diese Neuigkeit, die ich zu einem anderen Zeitpunkt und unter andersartigen Bedingungen sehr begrüßt hätte, wirkte im Augenblick wie ein neues Unheil auf mich. Aber andererseits bin ich so beschaffen, daß eine unwiderstehliche, geheimnisvolle Bewegung in meiner Seele mir immer wieder eine angenehme Seite auch an den schlimmsten Dingen zeigt. Diesmal war es nicht schwierig, einen solchen Grund zu finden, nämlich das, was das Herz aller Frauen mit Hoffnung und Befriedigung erfüllt, wenn sie merken, daß sie schwanger sind. Mein Sohn würde wohl unter den ungünstigsten Bedingungen geboren werden, die man sich vorstellen konnte; aber er bliebe trotzdem mein Sohn, ich würde ihn zur Welt bringen, ihn aufziehen und mich an ihm freuen. Ein Sohn bleibt ein Sohn, dachte ich, und weder Armut noch furchtbare Verhältnisse oder düstere Zukunftsaussichten können eine Frau, und sei sie noch so verlassen und unversorgt, davon abhalten, sich auf seine Geburt zu freuen.

Diese Überlegungen beruhigten mich, so daß ich mich nach kurzer Mutlosigkeit wieder vertrauensvoll und beruhigt fühlte wie immer. Ganz in der Nähe des Cafés lag das Sprechzimmer des jungen Doktors, der mich vor so langer Zeit untersucht hatte, als Mutter mich in nächtlicher Stunde zur Apotheke zerrte, um zu erfahren, ob ich mit Gino geschlafen habe. Ich entschloß mich, zu ihm zur Untersuchung zu gehen. Es war noch früh, niemand wartete im Vorzimmer, und der Doktor, der mich gut kannte, begrüßte mich sehr freundlich. Sobald ich die Tür hinter mir zugemacht hatte, sagte ich ruhig: »Herr Doktor, ich glaube, ich erwarte ein Kind.«

Da er meine Erwerbstätigkeit kannte, fing er an zu lachen und erkundigte sich: »Bist du unglücklich darüber?«

»Nein, ich freue mich sogar darauf.«

»Dann laß mal sehen.«

Erst richtete er einige Fragen an mich über mein Unwohlsein, dann legte ich mich auf das Untersuchungslager, und nach einer Weile sagte er vergnügt: »Diesmal ist es passiert.«

Ich war, ohne einen Schatten von Enttäuschung, zufrieden, eine Bestätigung meiner Vermutung zu erhalten, und ganz ruhig: »Das wußte ich; ich bin nur hierhergekommen, um ganz sicher zu gehen.«

»Dann kannst du ganz beruhigt sein.«

Er rieb sich schmunzelnd die Hände, als sei er der Vater, spielte bald mit diesem, bald mit jenem Instrument und war sehr vergnügt und voller Sympathie für mich. Noch ein Zweifel quälte mich, den ich beseitigen wollte. Ich erkundigte mich: »Seit wann?«

»Ungefähr seit zwei Monaten, ein bißchen weniger oder ein bißchen mehr. Warum? Willst du wissen, wer es war?«

»Das weiß ich bereits.«

Ich näherte mich der Tür. »Du kannst jederzeit zu mir kommen«, sagte er und öffnete mir die Tür, »und wenn deine Zeit gekommen ist, dann werden wir das Kleine unter den besten Bedingungen ans Licht befördern.« Ebenso wie auf den Polizeikommissar übte ich eine starke Anziehungskraft auf ihn aus. Aber im Unterschied zu dem Beamten gefiel er mir. Ich habe ihn ja schon einmal beschrieben, er war ein braungebrannter, netter junger Mann, gesund und kräftig mit schwarzen Locken, strahlenden Augen und weißen Zähnen, lebhaft und vergnügt wie ein Jagdhund. Ich war häufig zu ihm gekommen, um mich untersuchen zu lassen, mindestens alle vierzehn Tage, und zwei- oder dreimal willigte ich ein, mich ihm zu schenken, aus Dankbarkeit, weil er sich nie etwas bezahlen ließ; auf demselben Lager, auf dem ich untersucht wurde. Aber er war anständig, und außer gelegentlichen, liebevollen Scherzen bedrängte er mich sonst nie mit seinem Begehren. Er gab mir gute Ratschläge und war vielleicht auf seine Art auch ein wenig in mich verliebt.

Ich hatte dem Doktor gesagt, ich wüßte, wer der Vater meines Kindes sei. In Wirklichkeit hatte ich in jenem Augenblick nur eine Vermutung, die mehr auf Instinkt als auf materieller Berechnung beruhte. Aber als ich auf der Straße die Tage nachrechnete, wurde meine Vermutung Gewißheit. Ich dachte wieder an die seltsame Mischung von Anziehungskraft und Schrecken, die mir genau vor zwei Monaten in der Dunkelheit meines Zimmers jenen langen, kläglichen Schrei der Abscheu und Lust entlockt hatte, und war vollkommen überzeugt, daß niemand anders als Sonzogno der Vater sein könnte. So schrecklich es auch war, daß mein Sohn von einem fühllosen, scheußlichen Mörder wie Sonzogno abstammte, dem er vielleicht ähnlich werden und in dessen Fahrwasser er geraten könnte, so konnte ich doch nicht umhin, einige Gerechtigkeit in dieser Vaterschaft zu sehen. Sonzogno hatte mich als einziger unter all den vielen Männern, die mich geliebt hatten, wirklich besessen, über jedes Gefühl von Liebe hinaus bis in den dunkelsten und geheimsten Grund meines Körpers. Auch die Tatsache, daß ich Angst und Abscheu vor ihm empfand oder daß ich ja eigentlich gezwungen worden war, mich wider Willen hinzugeben, widerlegte dies nicht, sondern bestätigte eher noch die Tiefe und Vollständigkeit dieser Besitzergreifung. Weder Gino noch Astarita, ja nicht einmal Mino, für den ich eine ganz andere Art von Leidenschaft empfand, hatten in mir ein so unwiderstehliches, wenn auch gehaßtes Gefühl der »Macht über mich« ausgelöst. All dies erschien mir merkwürdig und zugleich entsetzlich; aber so war es eben, und Gefühle sind die einzigen Dinge, denen man nicht widersprechen kann, die sich weder verleugnen noch bis ins letzte deutlich bestimmen lassen. Ich kam endlich zu dem Schluß, daß zur Liebe die eine Sorte Männer und zur Zeugung eine andere Art gehörte, und sosehr es verständlich sei, einen Sohn von Sonzogno zu haben, so sei es nicht weniger berechtigt, ihn zu verachten und zu fliehen und statt dessen Mino zu lieben – was ich ja auch wirklich tat.

Langsam stieg ich die Treppen in unserem Haus empor und dachte dabei an die Last, die ich nun in mir trug. Als ich im Gang stand, hörte ich Stimmen in unserem Wohnzimmer. Ich näherte mich und erblickte zu meiner Überraschung Mino, der am Kopfende des Tisches saß und sich gemütlich mit Mutter unterhielt, während sie nähte. Nur das Mittellicht brannte, eine durch ein Gewicht regulierbare Lampe, die große Teile des Zimmers im Dunkel ließ.

»Guten Abend«, sagte ich und kam langsam heran.

»Guten Abend, guten Abend«, antwortete Mino in unfreundlichem, zögerndem Tonfall. Ich schaute ihn an, sah, wie seine Augen glitzerten, und war überzeugt davon, daß er betrunken war. Eine Ecke des Tisches war mit einem Tischtuch belegt, und zwei Gedecke standen bereit. Da Mutter stets in der Küche aß, konnte es nur für Mino gedacht sein.

»Guten Abend«, wiederholte er noch mal, »ich habe meine Koffer mitgebracht, sie stehen drüben, und ich habe auch bereits Freundschaft mit deiner Mutter geschlossen, nicht wahr, gnädige Frau, wir verstehen uns doch gut?«

Eine Art Herzschwäche packte mich bei seinem sarkastischen und düster spottenden Ton. Ich war dem Umsinken nahe, setzte mich auf einen Stuhl und schloß die Augen. Ich hörte Mutter antworten: »Sie behaupten, daß wir uns gut verstehen – wenn Sie schlecht über Adriana sprechen, werden wir nie einig sein.«

»Aber was habe ich denn gesagt?« rief Mino mit geheucheltem Erstaunen. »Daß Adriana für das Leben, das sie führt, wie geschaffen sei, daß es ihr hier bei diesem Leben vorzüglich geht, was ist denn da Böses dabei?«

»Das stimmt aber nicht«, widersprach Mutter, »Adriana ist nicht für dies Leben geschaffen, mit ihrer Schönheit verdient sie etwas viel Besseres; Sie wissen, daß Adriana eines der schönsten Mädchen in diesem Viertel, wenn nicht überhaupt in ganz Rom ist. Ich sehe, wie viele andere, häßliche Mädchen ihr Glück machen ... Adriana dagegen, schön wie eine Königin, erreicht nichts – aber ich weiß, warum.«

»Warum denn?«

»Weil sie zu gut ist, darum ... weil sie schön und gutmütig ist; wäre sie schön und schlecht, dann sollten Sie nur sehen, wie anders alles aussähe.«

»Nun hör schon auf«, sagte ich, angeekelt von dieser Unterhaltung und vor allem von Minos Ton, der Mutter anscheinend aufziehen wollte, »ich habe Hunger, ist das Essen noch nicht fertig?«

»Es steht schon bereit.« Mutter legte ihre Näharbeit auf den Tisch und ging hastig hinaus. Ich erhob mich und folgte ihr in die Küche.

»Machen wir denn jetzt eine Pension auf?« brummelte sie, sobald ich neben ihr stand. »Plötzlich stand er da, spielte sich als Herr im Haus auf, stellte sein Gepäck in dein Zimmer und drückte mir Mietgeld in die Hand.«

»Na, bist du nicht zufrieden?«

»Vorher war's mir lieber.«

»Nimm halt an, wir seien verlobt ... schließlich ist es ja auch nur eine vorübergehende Sache, er wohnt nicht für immer hier.« Ich fügte noch einige andere Ausreden hinzu, um sie wieder zu versöhnen, umarmte sie und kehrte dann ins Wohnzimmer zurück.

Ich werde noch lange an jene erste gemeinsame Mahlzeit mit Mino in unserer Wohnung denken. Er scherzte ununterbrochen, obgleich er dabei mit gutem Appetit aß. Aber seine Späße wirkten auf mich kälter als Eis und saurer als Zitronen. Es war deutlich, daß er nur einen einzigen Gedanken im Kopf hatte und daß dieser Gedanke sich in sein Bewußtsein gebohrt hatte wie ein Dorn ins Fleisch und daß jene Scherze nur den Sinn hatten, den Stachel immer tiefer hineinzutreiben und den Krampf zu erneuern. Es war der Gedanke an das, was er Astarita gesagt hatte, und ich habe wahrhaftig niemals einen Menschen bitterer ein begangenes Unrecht bereuen sehen. Doch im Unterschied zu dem, was mich die Priester seit der Kindheit gelehrt hatten – daß die Reue die Schuld tilgt –, schien seine Reue niemals ein Ende oder auch nur ein Ergebnis zu finden oder gar einen heilsamen Einfluß auszuüben. Ich begriff, wie schrecklich er litt, und ich litt im selben Maß mit ihm und vielleicht noch mehr, denn ich litt ja zugleich auch unter meiner Unfähigkeit, ihm seine Leiden abzunehmen oder wenigstens zu erleichtern.

Die Suppe wurde schweigend gegessen. Dann machte Mutter, die uns stehend servierte, irgendeine Bemerkung über den Preis des Fleisches, und Mino hob den Kopf: »Sie brauchen sich nicht aufzuregen, von nun an werde ich den Haushalt versorgen, ich bin drauf und dran, eine gute Stellung zu bekommen.«

Ich schöpfte schon fast neue Hoffnung bei dieser Bemerkung. Mutter fragte ihn: »Was für einen Posten?«

»Bei der Polizei«, antwortete Mino mit übertriebenem Ernst, »Adrianas Freund, Herr Astarita, wird ihn mir verschaffen.«

Ich legte Messer und Gabel auf den Teller und betrachtete ihn aufmerksam. Aber er fuhr fort: »Sie haben entdeckt, daß ich mich vorzüglich dazu eigne, in die Polizei aufgenommen zu werden.«

»Meinethalben«, sagte Mutter, »aber mir haben Polizeibeamte nie gefallen. Auch der Sohn von der Wäscherei hier unter uns ist Agent geworden – wissen Sie, was ihm die Jungen geraten haben, die gegenüber im Baugeschäft arbeiten: ›Mach gefälligst einen Bogen um uns, denn wir kennen dich nicht mehr‹ – außerdem werden sie schlecht bezahlt.« Sie verzog den Mund, wechselte die Teller und bot ihm die Fleischplatte an.

»Aber davon ist ja gar nicht die Rede«, widersprach Mino und bediente sich, »es handelt sich um einen wichtigen Posten, delikat, geheim, ich habe ja schließlich nicht umsonst studiert, beinahe meinen Doktor gemacht, ich verstehe verschiedene Sprachen – Agenten werden nur kleine Leute, nicht so einer wie ich.«

»Meinethalben«, wiederholte Mutter. »Das mußt du essen«, fügte sie hinzu und schob mir das größte Stück Fleisch auf den Teller.

Mino sagte: »Sie werden schon noch sehen ...«

Er schwieg eine Weile und nahm dann seinen Faden wieder auf: »Die Regierung weiß wohl, daß sehr viel Unzufriedenheit im ganzen Land herrscht, nicht nur bei den Armen, sondern auch in den wohlhabenden Kreisen; um die Reichen überwachen zu können, braucht man gebildete Menschen, die dieselbe Sprache sprechen, sich ebenso kleiden, bewegen, eben Vertrauen einflößen. Das werde ich tun ... man wird mich gut bezahlen, ich wohne in den ersten Hotels, reise im Schlafwagen, werde nur in den besten Restaurants essen und mich bei einem erstklassigen Schneider einkleiden lassen; ich bereise die Luxusbäder, die mondänen Gebirgsorte ... für was, zum Teufel, haben Sie mich eigentlich gehalten?«

Mutter schaute ihn nun mit weit offenem Mund an. Sie war ganz geblendet von all der Herrlichkeit. »Wenn die Sache so aussieht«, sagte sie schließlich, »dann werde ich nichts mehr sagen.«

Ich hatte aufgehört zu essen. Plötzlich erschien es mir unmöglich, noch länger an dieser düsteren Komödie teilzunehmen. »Ich bin sehr müde«, sagte ich unvermittelt, »ich gehe hinüber.« Damit erhob ich mich und verließ das Zimmer.

In meinem Zimmer setzte ich mich aufs Bett, kauerte mich zusammen und begann lautlos zu weinen, die Tränen tropften durch die Finger. Ich dachte an Minos Schmerz, an das zu erwartende Kind – und beide Dinge, der Schmerz und das Kind, schienen eigenmächtig zu wachsen infolge einer Kraft, die nicht von mir abhing und die ich nicht beeinflussen konnte; sie waren lebendig, und man konnte nichts mehr daran ändern. Nach einer Weile trat Mino ins Zimmer, ich erhob mich sofort und schlenderte herum, da ich meinen verweinten Augen Zeit zum Trocknen lassen wollte, damit er die Tränenspuren nicht sähe. Er hatte sich eine Zigarette angezündet und warf sich rücklings aufs Bett. Ich saß in seiner Nähe und sagte: »Mino, ich bitte dich herzlich, sprich nicht mehr so mit Mutter.«

»Warum?«

»Weil sie doch nichts davon versteht; dagegen begreife ich alles – und jedes deiner Worte trifft mich wie ein Nadelstich ins Herz.«

Er antwortete nicht und rauchte schweigend. Ich zog eines meiner Hemden aus dem Schrank, holte mir Nadel und Faden und ließ mich neben der Lampe auf dem Bett nieder, um wortlos mit Nähen anzufangen. Ich wollte nichts reden, weil ich fürchtete, er würde doch nur wieder von dem Problem anfangen, das ihn unausgesetzt beschäftigte; statt dessen erhoffte ich mir von der Stille eine Art heilsame Ablenkung und Gedankenlosigkeit für ihn. Jede Näharbeit erfordert große Aufmerksamkeit der Augen, läßt aber den Gedanken freien Spielraum, das wissen alle Berufsschneiderinnen. Während der Arbeit kreisten meine Gedanken fieberhaft im Kopf herum; wie die Nadel, die ich unermüdlich hin und her durch den Stoff führte, schienen sie einen mir unbekannten Riß oder Saum in meinem Gehirn zu flicken. Mino hatte mich bereits mit seiner Besessenheit angesteckt, und ich konnte jetzt an nichts mehr denken als an das, was er Astarita gesagt hatte, und an die möglicherweise daraus entstehenden Folgen. Aber ich wollte nicht darüber nachgrübeln; vor allem, weil ich fürchtete, durch irgendeine Gedankenübertragung auch ihn wieder darauf zu bringen und so gegen meinen Willen seinen Schmerz zu vergrößern. Ich versuchte deshalb, mich auf etwas anderes zu konzentrieren, an freundliche, fröhliche, leichte Dinge zu denken, und ich verwandte meine ganze Kraft darauf, mir das kommende Baby vorzustellen, den einzigen hellen Punkt in all den trostlosen Zukunftsbildern meines damaligen Lebens. Ich malte mir aus, wie es wohl mit zwei oder drei Jahren aussähe, denn das ist das netteste Alter, da sind sie am hübschesten und zartesten, und während ich mir überlegte, was er wohl tun und sagen werde und auf welche Weise ich ihn erziehen solle, da fühlte ich mich gleich viel fröhlicher, wie ich es ja erhofft hatte, und vergaß ein wenig Mino und seinen Kummer. Inzwischen war das Hemd fertig genäht, und während ich mir ein neues Stück zum Stopfen holte, überlegte ich, daß ich in den kommenden Tagen die langen, spannungserfüllten Stunden mit Mino wenigstens damit ausfüllen könne, die Kinderwäsche zu nähen. Ich durfte ihn nur nicht merken lassen, was ich arbeitete, oder mußte eine Entschuldigung dafür finden. Ich nahm mir vor, ihm zu sagen, ich nähe sie für eine Nachbarin, die wirklich auch ein Kind erwartete, und meine Ausrede schien mir besonders gut, da ich bereits über sie mit Mino gesprochen und auf ihre Armut angespielt hatte. Durch all diese Gedankengänge wurde ich so abgelenkt, daß ich unbewußt halblaut zu singen begann. Ich bin sehr musikalisch, wenn auch meine Stimme nicht kräftig und meine Aussprache sehr weich ist, auch beim Reden. Ich fing an, einen gerade beliebten Schlager zu summen: »Villa triste.« Als ich die Augen hob und dabei den Faden mit den Zähnen abbiß, sah ich, daß Mino mich beobachtete. Ich dachte, er könne es mir vielleicht übelnehmen, daß ich in einem für ihn so schweren Augenblick sang, deshalb schwieg ich.

Er schaute immer noch her und sagte: »Sing doch weiter!«

»Macht es dir Freude?«

»Ja.«

»Aber ich kann doch gar nicht singen.«

»Das spielt keine Rolle.«

Ich nahm meine Näherei wieder auf und sang dabei für ihn. Wie jedes junge Mädchen kannte ich eine ganze Anzahl Lieder, ich wußte besonders viele und beliebte, da ich über ein sehr gutes Gedächtnis verfüge und mich an alles erinnere, was ich seit der Kindheit gelernt habe. Ich sang immer wieder etwas anderes, wenn ein Lied zu Ende war, hängte ich sogleich das nächste daran. Zuerst sang ich gedämpft, dann erwärmte ich mich allmählich und sang so gefühlvoll wie möglich mit lauter Stimme. Während ich das eine Lied vortrug, dachte ich bereits an das nächste, das dann kommen sollte. Er hörte mit einem eigentlich fröhlichen Gesichtsausdruck zu, und ich war glücklich, etwas gefunden zu haben, um ihn von seiner Reue abzulenken. Aber zugleich erinnerte ich mich auch wieder an einen Abend in meiner Kindheit, als ich ein sehr geliebtes Spielzeug verloren hatte und untröstlich weinte. Mutter kam damals, setzte sich auf die Bettkante und sang die wenigen Lieder, die sie wußte. Sie sang schlecht und unrein, und trotzdem ließ ich mich zuerst ablenken und hörte ihr zu, wie Mino jetzt mir lauschte. Aber dann begann nach kurzer Zeit der Gedanke an den Verlust des Spielzeugs von neuem seine Bitterkeit in den von Mutter gebotenen Trunk der Vergessenheit zu träufeln, und am Schluß hatte dieser Gedanke alles vergiftet, und der Verlust war nun ganz untragbar geworden. So war ich damals unvermittelt in einen neuen Tränenstrom ausgebrochen, der Mutter so ungeduldig gemacht hatte, daß sie das Licht ausdrehte und mich jämmerlich heulend im Dunkeln liegen ließ. Ich war überzeugt davon, daß Mino, sobald die betäubende Wirkung meines Gesanges aufhörte, die gewohnte Pein, verdoppelt durch den Vergleich mit meinen oberflächlichen, sentimentalen Schlagern, brennend wieder verspüren würde. Ich behielt auch recht. Ich hatte fast eine Stunde gesungen, als er mich unvermittelt unterbrach: »Hör endlich auf ... diese Lieder langweilen mich.« Dann kauerte er sich zum Schlafen zusammen und drehte mir den Rücken zu.

Diese Unhöflichkeit hatte ich vorausgesehen, so kränkte sie mich nicht weiter. Im übrigen erwartete ich allmählich nichts anderes mehr als Unannehmlichkeiten, das Gegenteil hätte mich überrascht. Ich erhob mich vom Bett und räumte die geflickte Wäsche fort. Immer noch wortlos zog ich mich aus, hob die Decken und schlüpfte ins Bett, in die Ecke, die Mino mir übrigließ. So blieben wir lange Rücken an Rücken schweigend liegen. Ich wußte, er schlief nicht, sondern grübelte; und dies Bewußtsein, zusammen mit dem Gefühl meiner Ohnmacht, erweckte in meinem Gehirn einen Wirbel konfuser, verzweifelter Gedanken. Ich lag auf der Seite und starrte nachdenklich vor mich hin in eine Ecke des Zimmers. Einer der beiden Koffer, die Mino von der Witwe Medolaghi mit hierhergebracht hatte, stand gerade in meinem Blickfeld, ein alter, gelber Lederkoffer mit vielen Hotelschildern beklebt. Darunter befand sich auch eins mit einer Ecke blauen Meeres darauf, einem roten Felsen und der Inschrift: Capri. In jenem Schatten der blassen, undurchsichtigen Einrichtung meines Zimmers erschien mir dieser blaue Fleck sehr leuchtend und mehr als nur ein blauer Farbklecks: eine Öffnung, durch die ich einen winzigen Teil jenes fernen Meeres erspähen könnte. Mich packte auf einmal Heimweh nach dem fröhlichen, lebendigen Meer, in dem jeder Gegenstand, auch der verdorbenste und entstellteste, gereinigt, geglättet, verdünnt und gerundet wird, um endlich schön und rein zu sein. Ich habe das Meer stets geliebt, selbst den überfüllten Strand von Ostia; beim Anblick des Meeres empfinde ich immer ein Gefühl der Freiheit, das meine Ohren noch stärker als meine Augen berauscht, als schwebten unaufhörlich über den Wellen Töne einer spukhaften, zeitlosen

Musik. Ich dachte sehnsüchtig ans Meer, seine durchsichtigen Wellen, die nicht nur den Körper, sondern wohl auch die Seele reinigen, die bei dieser Berührung mit dem Element des Wassers unbeschwert und fröhlich wird. Ich sagte mir, wenn es dir gelänge, Mino ans Meer zu bringen, dann würden vielleicht jene unermeßliche Weite, die dauernde Bewegung und das unaufhörliche Getöse das erreichen, wozu meine Liebe allein nicht genügte. Plötzlich fragte ich ihn: »Bist du schon mal in Capri gewesen?«

Er antwortete »Ja«, ohne sich umzudrehen.

»Ist es schön dort?«

»Ja ... wunderschön.«

»Du, hör mal«, sagte ich, drehte mich um und legte meine Arme um seinen Hals, »warum gehen wir nicht nach Capri oder an einen anderen Ort am Meer? Wenn du hier in Rom bleibst, kommst du doch nicht los von deinen Gedanken ... wenn du dagegen die Umgebung wechselst, in andere Luft kommst, dann sieht alles gleich ganz anders aus; vieles, was du jetzt nicht siehst, wird dir dann auf einmal aufgehen, ich bin überzeugt davon, daß es dir guttun würde.«

Er antwortete nicht sofort und schien zu überlegen. Dann sagte er: »Dazu brauche ich gar nicht ans Meer zu gehen, ich könnte auch hier alles anders sehen, wie du es nennst; dazu genügte, wenn ich, deinen Ratschlägen folgend, das hinnähme, was ich getan habe — sogleich würde ich wieder den Himmel, die Erde, dich, alles genießen ... meinst du, ich weiß nicht, wie schön die Erde ist?«

»Dann nimm doch endlich an, was du getan hast«, sagte ich ängstlich, »was schadet es dir denn?«

Er begann zu lachen. »Das hätte vorher genau überdacht werden müssen ... man muß es machen wie du, sich von Anfang an dareinschicken — auch die Bettler, die sich auf den Kirchenstufen in der Sonne wärmen, haben sich von Anfang an damit abgefunden ... für mich ist das zu spät.«

»Aber warum denn?«

»Es gibt Menschen, die sich dareinfügen, und andere, die das nicht fertigbringen; ich gehöre anscheinend zur zweiten Kategorie ...«

Ich wußte nichts zu antworten. Er fügte kurz darauf hinzu: »Mach jetzt bitte das Licht aus, ich ziehe mich im Dunkeln aus; ich glaube, es ist allmählich Zeit zum Schlafen.«

Ich gehorchte, er entkleidete sich in der Dunkelheit und legte sich neben mich ins Bett. Ich drehte mich um zu ihm und wollte ihn umarmen. Er schob mich jedoch wortlos zurück und rollte sich am Bettrand zusammen, den Rücken mir zugekehrt. Diese Bewegung erfüllte mich mit Bitterkeit, und traurig drehte ich mich ebenfalls zum Schlafen um. Wiederum kam mir das Meer in den Sinn, und ich wünschte mir sehnlichst, den Tod durch Ertrinken zu finden. Ich würde nur einen Augenblick lang leiden, dann schwämme mein Körper dahin, Welle auf und Welle ab, lange Zeit unter dem großen Himmel. Seevögel würden mir die Augen auspicken, die Sonne würde mir Brust und Bauch verbrennen, und Fische würden meinen Rücken benagen. Endlich würde ich hinuntersinken, hinabgezogen durch das Gewicht meines Kopfes, zu irgendeiner kalten, blauen Strömung, mit der ich monate- und jahrelang auf dem Meeresgrund herumtriebe, inmitten von unterirdischen Felsen, Fischen und Algen. Unendlich viel laues, salziges Wasser würde an meiner Stirn, meinem Leib und meiner Brust, an meinen Beinen entlangfließen und langsam mein Fleisch forttragen, mich immer mehr abrunden und glätten. Endlich würde mich eine Welle an einem unbestimmten Tag mit Getöse an irgendein Ufer schwemmen, und ich wäre dann nichts mehr als ein paar weiße, zerbrechliche Knochen. Die Vorstellung, an den Haaren in den Abgrund des Meeres hinabgezogen zu werden, eines Tages zu ein wenig Gebein zwischen den Steinen des kiesigen Strandes zerrieben zu werden, gefiel mir außerordentlich. Vielleicht würde dann jemand unachtsam über meine Knochen hinweggehen und sie zu einem Häuflein weißen Pulvers zertreten ... Unter solchen wollüstigen und traurigen Gedanken schlief ich endlich ein.

ELFTES KAPITEL

Sosehr ich mir auch am nächsten Morgen einzubilden versuchte, daß Minos Gefühle sich durch Schlaf und Ruhe gemildert hätten – ich merkte doch gleich, daß sich nichts geändert hatte. Im Gegenteil: es zeigte sich eher eine Verschlechterung. Wie am Tag zuvor wechselte er von langem, düsterem, hartnäckigem Stillschweigen zu beißender, regelloser Beredsamkeit über gleichgültige Dinge, in denen man jedoch – wie bei manchem Papier das Wasserzeichen – immer wieder denselben Grundgedanken durchschimmern sah. Die Verschlechterung lag, nach meinen Beobachtungen, in einer gewollten Untätigkeit, Stumpfheit und Nachlässigkeit, die mir bei seinem sonst sehr aktiven und energischen Charakter neu war und die nun die fortschreitende Loslösung von allen Dingen, die ihn bis dahin beschäftigt hatten, noch zu unterstreichen schien. Ich packte seine Koffer aus und ordnete Kleider und Wäsche in meinen Schrank. Als ich zu seinen Studienbüchern kam, schlug ich ihm vor, sie einstweilen auf der Marmorplatte der Kommode am Spiegel entlang aufzureihen; aber er antwortete: »Laß sie ruhig im Koffer, die helfen mir doch nichts mehr.«

»Warum denn?« fragte ich. »Du mußt doch noch dein Examen machen.«

»Nein, ich lege keine Prüfung mehr ab.«

»Willst du nicht mehr weiterstudieren?«

»Nein.«

Ich beharrte nicht weiter auf diesem Thema, da ich fürchtete, er könne dadurch in seinen gewohnten Gedankengang geraten, deshalb ließ ich die Bücher im Koffer. Mir fiel außerdem auf, daß er sich weder wusch noch rasierte; dabei war er immer sehr sauber und gepflegt gewesen. Den ganzen zweiten Tag verbrachte er in meinem Zimmer, ab und zu rauchend, manchmal auf und ab laufend mit nachdenklicher Miene, beide Hände in den Taschen vergraben, meist aber auf dem Bett liegend. Beim Mittagessen zog er Mutter nicht mehr auf, da er es mir versprochen hatte. Gegen Abend sagte er, er wolle zum Essen ausgehen, und verließ die Wohnung ganz allein; ich wagte auch nicht, ihm meine Begleitung anzubieten. Ich weiß nicht, wohin er ging. Ich wollte mich gerade ins Bett legen, als er zurückkehrte. Sein Atem roch nach Alkohol, er umarmte mich mit unsicheren Bewegungen und begehrte mich. Ich mußte ihm nachgeben, obgleich ich mir vollkommen klar darüber war, daß er die Liebe zum selben Zweck wie den Wein benützte: als eine unerquickliche, gewaltsam ausgeführte Sache, mit dem einzigen Ziel, sich zu ermüden und abzulenken. Das warf ich ihm auch vor und fügte hinzu: »Du könntest ebensogut mit einer anderen Frau zusammen sein.« Er lachte und erwiderte: »Du hast recht ... aber du bist eben da ... du bist so praktisch bei der Hand.« Ich war beleidigt durch diese Worte; noch mehr schmerzte mich das offensichtliche Fehlen jeglicher Zärtlichkeit, das daraus sprach.

Auf einmal überkam mich eine Art von Erleuchtung, und ich wandte mich zu ihm: »Schau, ich weiß, ich bin nur irgendein armes Mädchen. Versuche mich trotzdem zu lieben ... ich bitte dich auch um deiner selbst willen; ich bin überzeugt davon, wenn dir das gelänge, dann könntest du auch dich selber lieben.« Er schaute mich an, dann wiederholte er mit lauter, singender Stimme »Liebe, Liebe« und drehte das Licht aus. Ich blieb mit weit geöffneten Augen im Dunkeln liegen, ohne zu wissen, was ich denken sollte, erstaunt und verbittert.

Die folgenden Tage brachten keinerlei Änderung, alles spielte sich wie an den vergangenen ab. Neue Gewohnheiten schienen bei ihm an die Stelle der alten getreten zu sein. Früher arbeitete er, besuchte die Universität, traf seine Freunde im Café und las. Jetzt rauchte er auf dem Bett liegend, lief in der Kammer auf und ab, hielt mir wunderliche, hintergründige Reden, betrank sich und schlief mit mir. Am vierten Tag begann ich allmählich zu verzweifeln. Ich machte mir klar, daß sein Kummer sich in keiner Weise verkleinerte, und es schien mir unmöglich, weiterhin so traurig zu leben. Man konnte mein stets rauchgeschwängertes Zimmer mit einer Schmerzfabrik vergleichen, die ruhelos Tag und Nacht ohne jegliche Pause arbeitete; selbst die Luft, die ich atmete, war für mich eine zähe Masse trauriger, quälender Gedanken geworden. In solchem Augenblick verfluchte ich oft meine Armut und Unwissenheit und die Tatsache, daß ich eine noch unfähigere und dümmere Mutter besaß. Wenn man sich in Schwierigkeiten befindet, so ist man zunächst geneigt, sich an eine ältere, erfahrenere Person um Rat zu wenden. Aber ich kannte niemand, der mir da helfen konnte, und Mutter zu fragen, wäre ebenso gewesen, als hätte ich eins der Kinder gefragt, die bei uns im Hof spielten. Auf der anderen Seite gelang es mir nicht, seinem Schmerz auf den Grund zu kommen; zu viele Dinge entgingen mir immer wieder. Allmählich überzeugte ich mich davon, daß ihn vor allem der Gedanke an die Aufzeichnungen quälte, die Astarita während des Verhörs gemacht hatte und die nun in den Akten der Polizei als ewiges Zeugnis seiner Schwäche aufbewahrt wurden. Manche seiner Aussprüche bestätigten mir das. So sagte ich eines Nachmittags: »Wenn du so unglücklich darüber bist, daß sie alles aufgeschrieben haben, was du Astarita erzählt hast ... Astarita tut alles für mich, ich weiß, wenn ich ihn darum bitte, dann läßt er auch das Protokoll verschwinden.«

Er betrachtete mich und fragte in eigenartigem Ton: »Wie kommst du auf diesen Gedanken?«

»Das hast du selbst letzthin gesagt – ich meinte, du solltest versuchen zu vergessen, und du antwortetest, selbst falls dir das gelänge, so hätte es doch die Polizei noch nicht vergessen.«

»Und wie würdest du es anfangen, ihn darum zu bitten?«

»Das ist ganz einfach, ich rufe ihn an und gehe dann ins Ministerium.«

Er sagte weder ja noch nein. Ich wiederholte beharrlich: »Soll ich ihn also bitten?«

»Meinethalben.«

Wir gingen zusammen aus und telefonierten von einem Café aus. Ich erreichte Astarita sofort und sagte ihm, ich müsse ihn sprechen, ob ich zum Ministerium kommen könne. Aber er antwortete, wiewohl stotternd, in einem besonderen Tonfall: »Entweder bei dir zu Hause oder gar nicht.«

Ich begriff, er wollte für die gewährte Gunst bezahlt werden, und ich versuchte Ausflüchte zu machen, deshalb schlug ich vor: »Wollen wir uns in einem Café treffen?«

»Bei dir zu Hause oder gar nicht.«

»Gut«, sagte ich schließlich, »dann eben bei mir.« Wir verabredeten uns für den gleichen Tag gegen Abend.

»Ich weiß, was er will«, sagte ich zu Mino, während wir nach Hause gingen, »er möchte gerne mit mir schlafen ... aber noch niemand hat es fertiggebracht, eine Frau wider ihren Willen zur Liebe zu zwingen – erpressen ließ ich mich nur einmal, als ich noch unerfahren war, das gelingt ihm heute nicht mehr.«

»Warum willst du denn nicht mit ihm zusammen sein?« erkundigte sich Mino unachtsam.

»Weil ich dich liebe.«

»Deshalb kannst du dich ihm doch geben«, sagte er in gleichgültigem Ton, »denn wenn du dich ihm verweigerst, wird er auch die Dokumente nicht vernichten – und was dann?«

»Die wird er zerstören, da kannst du Gift drauf nehmen.«

»Aber falls er es nur unter dieser Bedingung tut?«

Wir befanden uns auf der Treppe. Ich blieb stehen und sagte: »Dann werde ich das tun, was du willst.«

Er umschlang mich und sagte langsam: »Gut, ich möchte, daß du Astarita kommen läßt und ihn unter dem Vorwand der Liebe in dein Zimmer lockst; ich werde ihn hinter der Tür erwarten, und sowie er ins Zimmer tritt, werde ich ihn durch einen Schlag mit dem Revolver umbringen. Dann schieben wir ihn unters Bett, und die Liebe, die werden wir dann auskosten, die ganze Nacht lang . . .«

Seine Augen glitzerten, zum erstenmal frei von dem undurchsichtigen Nebel, der sie in all den Tagen verschleiert hatte. Ich erschrak, vor allem, weil ich eine gewisse Logik in seinem Vorschlag spürte; außerdem erwartete ich allmählich immer größeres und bestimmteres Unglück, und dieser Plan machte den Eindruck, als könne er Wirklichkeit werden. »Um Gottes willen, Mino«, rief ich aus, »so etwas darfst du nicht einmal im Scherz sagen.«

»Nicht einmal im Scherz«, wiederholte er, »ich habe auch wirklich nur Spaß gemacht.«

Ich meinte, er habe schließlich doch nicht nur gescherzt; aber ich beruhigte mich in Gedanken an den Revolver, den ich ohne sein Wissen entladen hatte. »Du kannst ruhig sein«, fuhr ich fort, »Astarita tut alles, was ich will, aber du darfst nicht mehr so sprechen, du hast mir einen großen Schrecken eingejagt.«

»Jetzt soll man nicht einmal mehr Spaß machen dürfen«, bemerkte er obenhin, als wir ins Haus traten.

Während wir im Wohnzimmer rauchten, merkte ich, daß ihn eine plötzliche Erregtheit gepackt hatte. Er lief wie gewöhnlich mit den Händen in beiden Taschen auf und ab, aber auf eine andere Art, energischer als in der letzten Zeit, mit einem Gesichtsausdruck, der tiefe, klare Überlegung und nicht die gewohnte Apathie und den üblichen Widerwillen auszudrücken schien. Ich schob diese Veränderung der Erleichterung zu, daß die kompromittierenden Dokumente jetzt wohl bald vernichtet sein würden. Noch einmal raffte ich alle Hoffnung in meinem Herzen zusammen und sagte: »Warte nur, es wird alles noch in Ordnung kommen.«

Er fuhr erschrocken auf, schaute mich an, als erkenne er mich nicht mehr, und antwortete dann mechanisch: »Ja, es wird alles in Ordnung kommen.«

Unter dem Vorwand, Einkäufe für das Abendessen machen zu müssen, hatte ich Mutter aus dem Haus geschickt. Plötzlich überkam mich ein Anfall von Hoffnung. Ich dachte, alles könne sich wirklich noch regeln und vielleicht sogar besser, als ich erhoffte. Astarita würde mir meine Bitte erfüllen, wenn er es nicht überhaupt schon getan habe, und Mino würde sich Tag für Tag weiter von seiner Reue entfernen, neuen Lebensmut finden und allmählich wieder mit Vertrauen in die Zukunft blicken. Es ist ein allen Menschen eigener Zug, daß sie sich während einer Unglücksperiode damit zufriedengeben, wenigstens mit dem Leben davonzukommen, aber sobald sich der Wind wieder zu drehen scheint, sogleich die abseitigsten und ehrgeizigsten Pläne schmieden. Vor kaum zwei Tagen hatte ich mir noch eingebildet, ich könne auf Mino verzichten, nur um ihn glücklich zu wissen. Aber nun, als ich mir einredete, ihm bald dieses Glück wiedergeben zu können, dachte ich nicht mehr daran, ihn freizugeben, ja, ich überlegte mir bereits die beste Methode, ihn noch stärker an mich zu binden. Nicht durch vernunftgemäße Überlegungen wurde ich dazu gedrängt, diese Pläne zu fassen, sondern durch einen dunklen Impuls in meiner Seele, der immer hoffen will und Schmerz und Demütigung nie lange erträgt. Ich dachte, an dem Punkt, an dem wir uns jetzt befanden, gäbe es nur zwei Lösungen: entweder wir trennten uns oder wir vereinten uns fürs ganze Leben; und da ich die erste Möglichkeit nicht einmal in Erwägung ziehen wollte, fragte ich mich, ob es nicht irgendeine Möglichkeit gäbe, um die zweite Lösung zu erreichen. Mir liegt das Lügen nicht, und ich glaube, ich kann zu meinen wenigen Fähigkeiten eine manchmal übertriebene Wahrheitsliebe zählen. Wenn ich in jenem Augenblick Mino anlog, so muß man mir zugute halten, daß es mir gar nicht wie Schwindel, sondern wahr erschien: eine reinere Wahrheit als die Wahrheit selbst, meinem Seelenzustand und nicht den Tatsachen entsprechend. Im übrigen dachte ich gar nicht viel dabei, sondern es kam wie eine Art Eingebung über mich.

Er ging wie gewöhnlich im Zimmer auf und ab, ich saß am äußersten Ende des Tisches. Plötzlich sagte ich unvermittelt: »Du, hör mal zu, ich muß dir was sagen.«

»Was denn?«

»Ich fühle mich schon seit einiger Zeit nicht gut, vor ein paar Tagen bin ich deshalb zum Doktor gegangen ... ich bin in anderen Umständen.«

Er blieb stehen, schaute mich an und wiederholte: »Du bist in anderen Umständen?«

»Ja, und ich bin vollkommen sicher, daß das Kind von dir ist.«

Er war intelligent, und obgleich er nicht ahnen konnte, daß ich ihn belog, verstand er doch sofort den wahren Grund meiner Offenheit. Er griff sich einen Stuhl, setzte sich neben mich, streichelte über mein Gesicht und sagte: »Nun glaubst du wohl, das sollte ein Grund für mich sein, und zwar ein ausgezeichneter Grund, um das Geschehene zu vergessen und wieder vorwärts zu blicken, nicht wahr?«

»Was willst du damit sagen?« erkundigte ich mich und tat so, als verstünde ich ihn nicht.

»Ich bin also auf dem besten Weg, pater familiae zu werden«, fuhr er fort, »und das, was ich nicht um deiner Liebe willen tun wollte, das sollte jetzt, wie ihr Frauen so schön sagt, wohl jenem kleinen Wesen zuliebe geschehen.«

»Tu nur, was du willst«, sagte ich achselzuckend, »ich habe es dir nur erzählt, weil es die Wahrheit ist, das ist alles.«

»Ein Sohn könnte schließlich ein Grund zu leben sein«, redete er in jenem nachdenklichen Ton weiter, als überlege er laut, »viele, fast alle verlangen nicht mehr ... ein Sohn ist eine gute Rechtfertigung, für einen Sohn kann man morden und stehlen.«

»Aber wer verlangt denn von dir, zu töten oder zu stehlen«, unterbrach ich ihn verärgert. »Ich verlange nichts weiter, als daß du zufrieden bist ... wenn du es nicht bist, dann eben nicht.«

Er schaute mich an und streichelte mir von neuem zärtlich über die Wangen. »Wenn du glücklich bist, dann bin ich es auch ... bist du zufrieden?«

»Ich schon«, erwiderte ich sicher und hochmütig, »vor allem, weil ich Kinder gern habe, und dann, weil es von dir kommt.«

Er lachte: »Du bist wirklich schlau.«

»Warum bin ich schlau ... was ist das schon für Schlauheit, wenn man ein Kind kriegt?«

»Du hast recht. Aber siehst du nicht ein, was für ein Schlag das unter diesen Umständen ist? ›Ich bin schwanger, deshalb ...‹«

»Deshalb?«

»Deswegen mußt du das annehmen, was du getan hast!« schrie er plötzlich in lautestem Ton, sprang auf und fuchtelte mit den Armen herum, »deshalb mußt du leben, mußt du leben, mußt du leben ...«

Man kann unmöglich seinen Tonfall beschreiben. Mir zog es das Herz zusammen, und meine Augen füllten sich mit Tränen. Ich stammelte: »Tu, was du möchtest, wenn du mich verlassen willst, bitte ... ich werde fortgehen.«

Er schien seinen Ausbruch zu bereuen, näherte sich und liebkoste mich mit den Worten: »Verzeih mir bitte, kümmere dich nicht um das, was ich sage, denk nur an deinen Sohn und sorge dich nicht um mich.«

Ich ergriff seine Hand, führte sie über mein tränennasses Gesicht und brachte mühsam heraus: »Oh, Mino, wie soll ich das fertigbringen, mich nicht um dich zu sorgen?«

So blieben wir lange schweigend. Er stand vor mir, ich drückte seine Hand gegen mein Gesicht, küßte sie und weinte. Dann hörten wir die Türglocke. Er löste sich von mir und wurde sichtlich blaß, aber damals sagte er mir nicht den Grund, und ich fragte ihn auch nicht weiter danach. Ich sprang auf: »Schnell fort . . . das ist Astarita, eil dich, geh hinaus!«

Er verließ das Zimmer durch die Küche und schloß die Tür nicht ganz. Ich trocknete hastig meine Augen, stellte die Stühle wieder an ihren Platz und trat auf den Flur. Ich fühlte mich wieder vollständig ruhig und meiner selbst sicher; im dunklen Vorraum nahm ich mir vor, Astarita von meiner Schwangerschaft zu erzählen, damit er mich in Ruhe ließe; falls er mir aus Liebe den Wunsch nicht erfüllen wollte, den ich von ihm erbitten mußte, würde er es dann vielleicht aus Mitleid tun.

Ich öffnete die Tür und fuhr erschreckt zurück: auf der Schwelle stand Sonzogno.

Er hielt beide Hände in den Taschen, und bei meiner unwillkürlichen Bewegung, mit der ich die Tür wieder zuzuwerfen versuchte, öffnete er sie mit einer leichten Schulterbewegung ganz und trat ein. Ich folgte ihm ins Wohnzimmer. Er stellte sich auf der Fensterseite neben den Tisch. Wie üblich kam er ohne Hut, und sobald ich im Zimmer war, fühlte ich seinen starren, feindlichen Blick auf mir. Ich schloß die Tür und erkundigte mich mit geheuchelter Gleichgültigkeit: »Warum bist du gekommen?«

»Du hast mich angezeigt, was?«

Ich zuckte die Achseln, setzte mich ans Tischende und sagte: »Ich habe dich nicht angezeigt.«

»Du hast mich allein gelassen und bist ausgegangen, um die Polizei zu rufen.«

Jetzt war ich ganz ruhig. Er flößte mir keinerlei Furcht mehr ein, sondern ich fühlte im Gegenteil eine wachsende Wut gegen ihn und alle seinesgleichen, die mich daran hinderten, glücklich zu sein. »Ich habe dich allein gelassen und bin fortgegangen, weil ich einen anderen liebe und mit dir nichts mehr zu tun haben will . . . aber die Polizei habe ich nicht gerufen, ich bin niemand, der denunziert, die Beamten kamen von selbst, sie suchten einen anderen.«

Er trat neben mich, faßte mein Gesicht in Höhe der Backen zwischen zwei Finger und drückte es mit furchtbarer Gewalt zusammen, bis meine Kiefer sich öffneten, und hob zugleich das Gesicht zu sich empor. Dabei sagte er: »Du kannst deinem Schöpfer danken, daß du eine Frau bist.«

Er fuhr fort, mein Gesicht festzuhalten, und zwang mich so unter Qualen zu einer Grimasse, die mir häßlich und lächerlich vorkam. Ich wurde furchtbar wütend, sprang auf, stieß ihn heftig zurück und schrie: »Mach, daß du wegkommst, du Dummkopf!«

Er steckte seine Hände wieder in die Taschen, kam noch näher und fixierte mich wie üblich. Wieder schrie ich: »Du bist ein Idiot mit deinen himmelblauen Augen, deinem geschorenen Kopf, deinen Muskeln, geh, pack dich fort von hier, Dummkopf!«

Er war wirklich dumm, so schien mir, wie er so wortlos dastand, ein blödes Lächeln um die schmalen Lippen, und wie er dann mit den Händen in den Taschen starren Blicks auf mich zukam. Ich rannte ans andere Tischende, ergriff ein schweres, eisernes Schneiderbügeleisen und schrie: »Mach, daß du wegkommst, oder dies landet in deiner Fratze.«

Einen Augenblick lang blieb er zögernd stehen. Im selben Moment öffnete sich die Wohnzimmertür hinter mir, und Astarita stand auf der Schwelle. Er hatte anscheinend die Haustür offen gefunden und war einfach hereingekommen. Ich wandte mich zu ihm und schrie: »Sag dem da, er soll weggehen, ich weiß nicht, was er von mir will, sag ihm, er soll machen, daß er fortkommt.«

Ich weiß nicht, warum ich solch ein großes Vergnügen beim Anblick von Astaritas eleganter Kleidung empfand. Er trug einen sichtlich neuen doppelreihig geknöpften grauen Mantel. Das Hemd schien aus Seide zu sein, rote Streifen auf weißem Grund. Eine hübsche silbergraue Krawatte wurde zwischen den Aufschlägen des dunkelblauen Anzugs sichtbar. Er schaute mich an, wie ich immer noch das Bügeleisen schwang, dann betrachtete er Sonzogno und sagte in ruhigem Ton: »Fräulein Adriana sagt Ihnen, Sie sollen fortgehen ... auf was warten Sie eigentlich noch?«

»Ich und das Fräulein«, sagte Sonzogno kaum hörbar, »haben uns noch einiges zu sagen. Es ist wohl besser, wenn Sie gehen.«

Als Astarita hereinkam, hatte er seinen Hut abgenommen, einen schwarzen Filzhut mit Seidenrand. Jetzt legte er ihn ohne besondere Eile auf den Tisch und ging auf Sonzogno zu. Seine Haltung verwunderte mich. Die für gewöhnlich melancholischen schwarzen Augen lichteten sich zu einem kampflustigen Glitzern, sein an sich nicht kleiner Mund vergrößerte sich noch, und die Mundwinkel zogen sich in einem vergnügten, verächtlichen Lächeln nach oben, so daß die Zähne entblößt lagen. Er sagte und kaute dabei jede Silbe: »So, du willst also nicht gehen . . . paß auf, ich sage dir statt dessen, du wirst dich jetzt fortscheren, und zwar sofort!«

Der andere schüttelte verneinend den Kopf, aber trat doch zu meinem Erstaunen einen Schritt rückwärts. Da ging mir auf einmal wieder auf, wer Sonzogno eigentlich war, und ich hatte große Angst, nicht für mich, sondern für Astarita, der ihn mit solch ahnungsloser Unerschrockenheit reizte. Ich empfand dasselbe Furchtgefühl wieder wie als Kind, als ich einmal im Zirkus sah, wie ein kleiner Dompteur, nur mit einer Peitsche bewaffnet, einen riesigen, knurrenden Löwen reizte. »Achtung«, hätte ich am liebsten gerufen, »das dort ist ein Mörder, ein Ungeheuer!« Aber ich hatte nicht mehr die Kraft, zu sprechen.

Astarita sagte nochmals: »Willst du nun gehen, ja oder nein?«

Der andere schüttelte nochmals verneinend den Kopf und machte einen Schritt zurück. Astarita ging auf ihn zu. Jetzt befanden sie sich dicht voreinander, beide ungefähr gleich groß. »Wer bist du eigentlich?« erkundigte sich Astarita, ohne sein Grinsen zu unterbrechen, »deinen Namen, aber schnell!«

Der andere sagte nichts. »Du willst ihn wohl nicht sagen, was«, wiederholte Astarita in beinahe befriedigtem Ton, als freue ihn Sonzognos Schweigen, »du willst ihn also nicht nennen und auch nicht weggehen, stimmt das?«

Er wartete noch einen Augenblick, dann hob er seine Hand und ohrfeigte Sonzogno zweimal, erst auf die eine, dann auf die andere Backe. Ich biß vor Aufregung in meine eigene Faust. Jetzt bringt er ihn um, dachte ich und schloß die Augen. Aber ich hörte Astaritas Stimme: »Und nun mach, daß du wegkommst, aber schnell!«, und als ich die Augen wieder öffnete, sah ich, wie Astarita ihn am Kragen zur Tür schleifte. Sonzognos Backen waren noch gerötet von den Ohrfeigen, aber er schien sich nicht zu wehren. Er ließ sich fortziehen, als denke er an etwas ganz anderes. Astarita warf ihn aus dem Wohnzimmer, dann hörte ich, wie die Haustür heftig zugeschlagen wurde, und Astarita erschien wieder in der Tür.

»Wer war denn das um Himmels willen?« fragte er, zupfte dabei mechanisch ein Härchen vom Rockaufschlag und musterte sich von oben bis unten, als fürchte er, seine Eleganz könnte durch diese Tätlichkeiten in Unordnung geraten sein.

»Seinen Nachnamen habe ich nie gehört, ich weiß nur, daß er sich Carlo nennt«, log ich.

»Carlo«, wiederholte er grinsend und zuckte die Achseln. Dann trat er zu mir. Ich hatte mich ans Fenster gestellt und schaute hinaus. Astarita legte einen Arm um meine Hüften und erkundigte sich mit bereits verwandeltem Ausdruck und Tonfall: »Wie geht es dir?«

»Mir geht es gut«, antwortete ich, ohne ihn anzublicken. Er starrte mich an, um mich dann heftig und wortlos an sich zu drücken. Ich schob ihn sanft zurück und fügte hinzu: »Du bist sehr gut zu mir gewesen ... ich habe dich gerufen, um dich noch um etwas zu bitten.«

»Na, was denn?« sagte er. Er ließ mich nicht aus den Augen und schien nicht zuzuhören.

»Jener junge Mann, den du verhört hast ...«, begann ich.

»Ach so«, unterbrach er mich höhnisch, »immer handelt es sich um den ... der hat sich wahrhaftig nicht wie ein Held benommen.«

Nun war ich doch neugierig darauf, die Wahrheit über Minos Verhör zu erfahren, deshalb fragte ich: »Wieso? Hat er Angst gehabt?«

Er antwortete kopfschüttelnd: »Ich weiß nicht einmal, ob er ängstlich war – jedenfalls hat er bei den ersten Fragen alles ausgeplaudert ... wenn er geleugnet hätte, wäre ich machtlos gewesen, denn wir hatten keine Beweise.«

So war es also doch so geschehen, wie Mino berichtet hatte. Eine Art plötzlicher Abwesenheit, ein Zusammenbruch, ein grundloses Geständnis, weder verlangt noch herbeigeführt. »Ich nehme aber doch an, daß ihr seine Angaben niedergeschrieben habt«, fuhr ich fort, »ich möchte dich bitten, alles verschwinden zu lassen, was mit dieser Vernehmung zusammenhängt.«

Er lächelte: »Er hat dich wohl geschickt, was?«

»Nein, das geht von mir aus«, antwortete ich und schwor ernst: »Ich möchte auf der Stelle tot umfallen, wenn das nicht wahr ist.«

Er sagte: »Das wollen alle gern, daß die Akten verschwinden; die Archive der Polizei sind ihr schlechtes Gewissen. Sobald der Akt verschwindet, erlischt auch ihre Reue.«

Ich dachte an Mino und antwortete: »Vielleicht hast du im allgemeinen recht, aber ich fürchte, diesmal irrst du dich.«

Er zog mich von neuem eng an sich und fragte mich verwirrt und stammelnd: »Was gibst du mir denn dafür?«

»Nichts«, erwiderte ich schlicht, »diesmal gar nichts.«

»Und wenn ich mich weigere?«

»Dann tätest du mir sehr weh, denn ich liebe jenen Mann ... alles, was ihm geschieht, ist so, als geschähe es auch mir.«

»Aber du hattest mir doch versprochen, lieb zu mir zu sein.«

»Ja, das hatte ich gesagt, aber inzwischen habe ich es mir eben anders überlegt.«

»Warum?«

»Nur so, da gibt es keinen Grund dafür.«

Er preßte mich von neuem heftig an sich und stammelte hastig in mein Ohr, flehte mich an, doch wenigstens noch ein letztes Mal seiner verzweifelten Begierde nachzugeben. Ich kann die Dinge, die er mir zwischen seinen flehentlichen Bitten sagte, gar nicht wiederholen; Dinge, die man solchen Frauen wie mir sagt und die Frauen wie ich ihren Liebhabern zuflüstern. Er malte sie genau und überdeutlich aus, jedoch ohne die ausgelassene Fröhlichkeit, die gewöhnlich derartige Ausbrüche begleitet, eher mit einem wilden, wie besessenen Behagen. Ich habe einmal einen verrückten Mörder im Irrenhaus beobachtet, wie er einem Wärter die Torturen beschrieb, denen er ihn unterziehen würde, falls er in seine Hände geriete. In demselben ernsthaften, gar nicht prahlerischen Tonfall flüsterte mir Astarita seine obszönen Vorstellungen zu. In Wirklichkeit zwang ihn nur seine Liebe zu mir dazu, mich so wollüstig und umdüstert zu beschreiben; andere hätten diese Art vielleicht als pure Lüsternheit angesehen; ich wußte aber, daß sie tief, alles umfassend und auf ihre Weise reiner als irgend etwas anderes war. Wie immer erweckte er vor allem Mitleid in mir, denn unter all diesen Ungeheuerlichkeiten spürte ich seine namenlose Einsamkeit und seine Unfähigkeit, sich daraus zu lösen. Ich ließ ihn sich austoben und sagte dann: »Ich wollte es dir eigentlich nicht sagen, aber du zwingst mich dazu: Tu, was du für richtig hältst, aber ich kann nicht mehr so sein wie einst ... ich erwarte ein Kind.«

Er war gar nicht erstaunt und wich auch nicht einmal eine Sekunde von seiner fixen Idee ab: »Na und?«

»Deshalb ändere ich mein Leben, ich werde heiraten.«

Ich hatte ihm vor allem von meinem Zustand berichtet, um ihn über meine Weigerung zu trösten. Aber mir wurde beim Sprechen klar, daß ich nun wirklich das aussprach, was ich im Unterbewußtsein dachte, meine Worte kamen von Herzen. Ich fügte mit einem Seufzer hinzu: »Schon als du mich kennenlerntest, wollte ich heiraten ... das war nicht meine Schuld, daß es nicht zustande kam.«

Er hatte seinen Arm noch immer um meine Hüften gelegt,

aber der Druck war schon leichter geworden. Dann löste er sich ganz von mir. Er sagte: »Verflucht sei der Tag, an dem ich dich traf!«

»Warum? Du hast mich doch geliebt?«

Er spuckte auf den Boden und sagte nochmal: »Verflucht sei der Tag, an dem ich dich traf, und verflucht der Tag meiner Geburt!« Weder schrie er, noch schien er ein besonders heftiges Gefühl auszudrücken. Er sprach ruhig und mit Überzeugung. Er setzte hinzu: »Dein Freund brauchte gar nichts zu fürchten, es wurde keinerlei Bericht über seine Vernehmung gemacht, ebensowenig wie seine Angaben verwendet wurden; in den Akten steht er immer noch als politisch gefährlich verzeichnet... addio, Adriana!«

Ich war am Fenster stehengeblieben und grüßte ihn von weitem, als er fortging. Er nahm seinen Hut vom Tisch und ging hinaus, ohne sich umzudrehen.

Sofort öffnete sich die Verbindungstür zur Küche, und Mino kam mit einem Revolver in der Hand herein. Ich betrachtete ihn erstaunt, betrübt und wortlos.

»Ich hatte mich dazu entschlossen, Astarita umzubringen«, sagte er lächelnd. »Glaubst du wirklich, daß mir die Vernichtung meiner Akten so wichtig ist?«

»Warum hast du es denn dann nicht getan?« erkundigte ich mich mit träumerischer Stimme.

Er zuckte die Achseln: »Er hat den Tag seiner Geburt so schön verflucht, daß ich ihm dieses Vergnügen noch ein paar Jahre gönnen möchte.«

Ich spürte, wie mich irgend etwas im Unterbewußtsein ängstigte, aber sosehr ich mich auch bemühte, ich konnte nicht herausfinden, was es war. »Jedenfalls habe ich erreicht, was ich wollte«, sagte ich, »aus den Akten kann man nichts ersehen.«

»Ich habe alles gehört«, unterbrach er mich, »ich konnte jedes Wort verstehen, ich stand direkt hinter der halbverschlossenen Tür, ich konnte sogar zusehen... mutig ist er, dein Astarita – klatsch, klatsch, was für schöne Ohrfeigen er Sonzogno versetzte! Auch beim Ohrfeigen gibt es Unterschiede – das da waren Ohrfeigen eines Vorgesetzten für einen Untergebenen... Ohrfeigen des Herrn oder eines Mannes, der sich als Herr fühlt, für den Diener... Und wie Sonzogno sie eingesteckt hat... ohne zu mucksen!« Lachend steckte er den Revolver wieder in die Tasche.

Ich war ein wenig verwirrt über diese unerwartete Lobrede auf Astarita. Unsicher fragte ich ihn: »Was glaubst du, was Sonzogno tun wird?«

»Woher soll ich das wissen?«

Inzwischen brach allmählich die Nacht herein, und das Wohnzimmer lag im Halbschatten. Mino lehnte sich über den Tisch und drehte das Licht an. Auf dem Tisch lagen Mutters Brille und die Karten, mit denen sie immer ihre Patiencen legte. Mino setzte sich, ergriff die Karten und blätterte sie durch; dann sagte er: »Wollen wir eine Partie spielen, bis es Zeit zum Essen ist?«

»Auf was für Ideen du kommst!« rief ich aus. »Eine Partie Karten!«

»Ja, Briscola, los komm!«

Ich gehorchte, setzte mich ihm gegenüber hin und faßte mechanisch nach den Karten, die er mir reichte. Mir schwindelte, und meine Hände zitterten aus mir unerklärlichen Gründen. Wir begannen zu spielen. Die Kartenfiguren zeigten mir bösartige und wenig vertrauenerweckende Gesichtszüge: der Pik-Bube ganz in Schwarz, düster, mit schwarzen Augen und einer schwarzen Blume im Knopfloch, die Herz-Königin wollüstig, aufgelöst, glühend, Karo-König dickbäuchig, kalt, hart, unmenschlich. Während des Spiels kam es mir so vor, als gehe es bei uns beiden um einen sehr wichtigen Einsatz, aber ich wußte nicht, was für ein Einsatz das war. Ich war todtraurig — ab und zu seufzte ich während des Spiels, um mich zu vergewissern, ob das Gewicht, das mich bedrückte, immer noch auf meiner Brust lag. Ich hatte das Gefühl, als wenn es nicht nur nicht wiche, sondern im Gegenteil immer lastender würde.

Er gewann die erste Partie, dann die zweite: »Was hast du denn?« erkundigte er sich beim Mischen. »Du spielst heute sehr schlecht.«

Ich legte die Karten hin und sagte: »Quäl mich doch nicht so, Mino, mir ist heute wirklich nicht nach Kartenspiel zumute.«

»Warum?«

»Ich weiß nicht.«

Ich erhob mich und ging einige Schritte durchs Zimmer; ich versuchte, meine Nervosität zu verbergen. Dann schlug ich vor:

»Laß uns doch hinübergehen, willst du?«

»Gut.«

Wir gingen durch den Vorraum, und dort im Dunkeln legte er einen Arm um mich und küßte mich auf den Hals. Da benützte ich zum erstenmal in meinem Leben die Liebe genauso, wie er sie immer gebrauchte: als Betäubung, um nicht mehr nachdenken zu müssen, nicht freudiger und nicht wichtiger als irgendein anderes Mittel. Ich packte seinen Kopf mit beiden Händen und küßte ihn heftig. So umschlungen betraten wir mein Zimmer. Es lag im Dunkel, aber das wurde mir gar nicht bewußt. Ein Schimmer, rot wie Blut, flimmerte vor meinen Augen, und jede unserer Bewegungen besaß den Glanz einer Flamme, die plötzlich aus dem in uns lodernden Brand züngelte. Es gibt Augenblicke, in denen es einem so vorkommt, als sähe man mit einem sechsten, über den ganzen Körper verteilten Sinn, der die Schatten ebenso vertraut erscheinen läßt wie das Sonnenlicht. Aber das ist eine Sicht, die nicht über den körperlichen Kontakt hinausreicht, und alles, was ich sehen konnte, waren unsere beiden Körper, in die Nacht projiziert wie die Körper zweier Ertrunkener, in schwarzer Tiefe sich abhebend vom Kiesgrund.

Auf einmal fand ich mich wieder, ausgestreckt auf dem Bett, und das Licht der Lampe spiegelte sich auf meinem nackten Leib. Ich preßte meine Beine zusammen, ich weiß nicht, ob vor Kälte oder aus Scham, und bedeckte meinen Schoß mit beiden Händen. Mino schaute mich an und sagte: »Nun wird dein Leib sich immer mehr wölben, mit jedem Monat, und eines Tages wird der Schmerz diese Schenkel öffnen, die du jetzt so eifersüchtig schließt, der Kopf des Kindes wird ans Licht drängen, sie werden es nehmen und dir in den Arm legen. Du wirst zufrieden sein, und es gibt wieder einen Menschen mehr auf der Welt. Hoffen wir, daß er nicht wie Astarita sprechen muß.«

»Was denn?«

»Verflucht sei der Tag, an dem ich geboren wurde!«

»Astarita ist ein Unglücksrabe«, antwortete ich, »aber ich bin fest davon überzeugt, daß mein Sohn glücklich und vom Schicksal begünstigt sein wird.«

Dann kroch ich unter die Decke und schlief, glaube ich, ein. Astaritas Name hatte jedoch wieder jenes Angstgefühl in mir wachgerufen, das ich nach seinem Fortgehen empfunden hatte. Plötzlich hörte ich eine mir unbekannte Stimme mir heftig ins Ohr schreien: »Bum, bum«, wie wenn man den Lärm zweier Revolverschüsse nachahmen will. Ich fuhr erschrocken und angstvoll im Bett hoch. Die Lampe brannte noch immer. Hastig sprang ich aus dem Bett und rannte zur Tür, um mich zu vergewissern, ob sie gut abgeschlossen sei. Aber ich stieß auf Mino, der völlig bekleidet rauchend in der Nähe der Tür stand. Verwirrt kehrte ich zu meinem Bett zurück und setzte mich auf die Kante. »Was glaubst du denn, was Sonzogno tun wird?« fragte ich.

Er schaute mich an und erwiderte: »Woher soll ich denn das wissen?«

»Ich kenne ihn«, endlich gelang es mir, meine Angst in Worte zu fassen, »es bedeutet gar nichts, daß er sich wort- und widerstandslos aus dem Zimmer werfen ließ; der ist imstande dazu, ihn umzubringen . . . was glaubst du?«

»Das kann wohl sein.«

»Meinst du, er bringt ihn um?«

»Es würde mich nicht weiter wundern.«

»Wir müssen ihn warnen«, schrie ich und begann mich hastig anzukleiden, »ich bin sogar überzeugt davon, daß er ihn ermorden wird . . . o Gott, warum habe ich nicht früher daran gedacht?«

Eilig und aufgeregt zog ich mich an, unter fortwährendem Reden über meine Besorgnis und meine Vorahnung. Mino sagte nichts, rauchte und lief um mich herum. Endlich sagte ich zu ihm: »Ich gehe zu Astaritas Haus, dort ist er um diese Zeit anzutreffen, warte bitte hier auf mich.«

»Ich komme mit.«

Ich widersprach nicht, denn sein Angebot war mir im Grunde sehr recht, weil ich so aufgeregt war, daß ich jeden Augenblick umzufallen drohte. Ich fuhr hastig in meinen Mantel: »Wir müssen ein Taxi nehmen, schnell!« Auch Mino zog sich rasch an, und wir gingen fort.

Auf der Straße fing ich beinahe an zu rennen, Mino folgte mir, hielt mich am Arm und verlängerte seine Schritte. Bald fanden wir ein Taxi, und ich schrie dem Chauffeur die Adresse zu; so aufgeregt war ich. Die Wohnung lag im Stadtteil Prati, ich war noch nie dort gewesen, aber ich wußte, daß es nicht weit entfernt vom Justizpalast war.

Das Taxi fuhr an, ich hockte vornübergebeugt auf dem Sitz, und beinahe außer mir vor Aufregung verfolgte ich das Vorübergleiten der Straßen über die Schultern des Fahrers. Zwischendurch hörte ich einmal, wie Mino leise hinter mir zu sich selbst sagte: »Was ist denn schon dabei? Eine Schlange hat die andere gefressen«, aber ich kümmerte mich nicht darum. Vor dem Justizpalast ließ ich halten, stieg aus, und Mino bezahlte. Laufend überquerten wir die Anlagen auf kiesbestreuten Wegen, zwischen Gehsteigen und Bäumen. Die Straße, in der Astaritas Wohnung lag, öffnete sich plötzlich vor uns, lang und schmal wie eine Degenklinge und, soweit das Auge reichte, von großen, weißen Lampen erhellt. Längs der Straße standen regelmäßige, große Mietshäuser ohne Geschäfte. Die Straße war ganz verlassen und lag so ruhig da, daß ich sagte: »Vielleicht ist doch alles nur eine Einbildung von mir gewesen. Trotzdem war es wichtig, hierherzukommen und sich zu vergewissern.« Astaritas Hausnummer war hoch und befand sich vermutlich am anderen Ende.

Wir gingen an drei oder vier Wohnblöcken vorbei und überquerten einige Seitenstraßen, dann sagte Mino mit ruhiger Stimme: »Es muß aber doch etwas geschehen sein, schau dort.« Ich hob die Augen und sah in nicht allzu großer Entfernung ein schwarzes Knäuel von Menschen um ein Haustor versammelt. Eine Reihe Leute stand auf der gegenüberliegenden Straßenseite und starrte zum dunklen Himmel hinauf. Ich war sofort überzeugt davon, das sei Astaritas Haustür, und fing an zu laufen, Mino schien auch neben mir her zu rennen. »Was ist los? Ist etwas geschehen?« fragte ich keuchend die Nächststehenden in dem Menschenhaufen am Tor.

»Man weiß noch nicht recht«, antwortete der Gefragte, ein blonder junger Mann ohne Hut und Mantel, der ein Fahrrad hielt, »einer soll ins Treppenhaus hinuntergesprungen sein, oder sie haben ihn hinuntergeworfen ... die Polizisten sind aufs Dach gestiegen und suchen einen anderen.«

Ich drängte mich mit dem Ellbogen durch die Menge und betrat die Vorhalle, die geräumig, hell erleuchtet und ebenfalls voller Menschen war. Eine weiße Treppe mit einem Eisengeländer zog sich in weiter Kurve über den Köpfen hinauf. Wie ich mich, vorwärtsgetrieben von meiner heftigen Erregung, durch die Menge nach vorn arbeitete, konnte ich über die Schultern hinweg einen freien Platz am Boden vor der Treppe überblicken. Eine runde, weiße Marmorsäule trug eine bronzevergoldete Figur, nackt und geflügelt, mit einem erhobenen Arm, der eine Fackel aus Milchglas mit einer Lampe darin hielt. Am Fuß der Säule lag ein Leintuch am Boden, unter dem sich menschliche Formen abzeichneten. Alles schaute nach einer Seite, und als ich auch hinblickte, sah ich, daß sie einen schwarzbeschuhten Fuß anstarrten, der unter dem Leintuch hervorschaute. Im gleichen Augenblick begannen mehrere Stimmen gebietend zu rufen: »Zurück, hinaus, zurück!«, und ich wurde heftig hinausgedrängt, zusammen mit allen anderen, bis auf die Straße. Sofort schlossen sich dann die beiden großen Torflügel. Ich sagte mit erloschener Stimme zu jemand, der dicht hinter mir stand: »Komm, Mino, laß uns nach Hause gehen«, und drehte mich dabei um. Da blickte ich in ein unbekanntes Gesicht, das mich verblüfft anschaute. Nachdem die Leute mit erhobenen Stimmen protestiert und vergeblich mit den Fäusten gegen das verschlossene Tor gedonnert hatten, zerstreuten sie sich auf der Straße und unterhielten sich über den Vorfall. Von allen Seiten kamen neue Menschen herzugerannt, einige Autos und zahlreiche Radfahrer hatten angehalten, um sich zu erkundigen, was los sei. Mit wachsender Angst begann ich durch die Menge zu streifen und sah einem nach dem anderen ins Gesicht, ohne den Mut aufzubringen, jemand anzusprechen. Manche Nacken oder Schultern ähnelten Mino, ich warf mich ungestüm zwischen die Gruppen, nur um lauter fremde Gesichter zu finden, die mich erstaunt betrachteten. Die Leute standen immer noch am dichtesten um das Tor herum, sie wußten, dort drinnen lag ein Leichnam, und sie wollten ihn noch einmal sehen. Sie standen mit ernsten, geduldigen Gesichtern nebeneinander, genau wie in einer Schlange vor dem Theater. Ich lief immer noch im Kreis herum, und auf einmal machte ich mir klar, daß ich nun alle Leute gesehen hatte und die gleichen Gesichter wiederkehrten. Ich glaubte, in einer der Gruppen Astaritas Namen zu hören, und merkte auf einmal, daß er mich gar nichts mehr anging, sondern daß meine ganze Angst Mino galt. Endlich mußte ich mich davon überzeugen, daß er wirklich nicht mehr da war. Er mußte sich entfernt haben, als ich mich in die Vorhalle drängte. Eigentlich hätte ich solch eine Flucht erwarten können, und ich war erstaunt, nicht eher daran gedacht zu haben. Ich raffte meine letzten Kräfte zusammen und schleppte mich bis zum Platz, um in ein Taxi zu steigen und nach Hause zu fahren. Mino konnte mich ja auch im Gedränge verloren haben und war vielleicht bereits allein nach Hause gegangen. Aber ich war beinahe überzeugt, daß das nicht stimmte.

Er war nicht zu Hause und kam auch an jenem Abend nicht mehr und auch nicht am darauffolgenden Tag. Ich schloß mich in mein Zimmer ein, von so irrsinniger Angst gepackt, daß ich am ganzen Körper zitterte. Ich hatte kein Fieber, fühlte mich aber so, als lebte ich außer mir selbst, in einer ganz außergewöhnlichen, übererregten Atmosphäre, in der jeder Anblick, jeder Lärm und jede Berührung mich verletzten und mein Herz aussetzen ließen. Nichts konnte mich von meinen Gedanken an Mino abbringen, nicht einmal die eingehenden Schilderungen von Sonzognos neuestem Verbrechen, von dem alle Zeitungen, die Mutter brachte, voll waren. Die Untat zeigte unverkennbar Sonzognos Hand: vermutlich hatten sie kurz vor Astaritas Wohnungstür gekämpft, dann hatte Sonzogno Astarita gegen das Treppengeländer gedrängt, ihn in die Höhe gehoben und durch den Treppenschacht hinuntergeworfen. Diese Erbarmungslosigkeit war besonders kennzeichnend: niemand anders als Sonzogno hätte daran gedacht, einen Menschen auf solche Art umzubringen. Aber wie gesagt, ich hatte nur einen

Gedanken, und es gelang mir nicht einmal, mich für die Artikel zu interessieren, die berichteten, daß Sonzogno viel später in der gleichen Nacht erschossen worden war, als er wie ein Kater über die Dächer flüchtete. Ich fühlte Ekel vor jeglicher Beschäftigung und sogar vor jedem Gedanken, der sich nicht mit Mino befaßte; dabei erfüllte mich die Sorge um ihn mit unfaßlichem Grauen. Zwei- oder dreimal dachte ich an Astarita, an seine Liebe zu mir und seine Melancholie, und ich empfand heftiges Mitleid für ihn; ich sagte mir, daß ich, schwebte ich nicht in solchen Ängsten um Mino, sicherlich um ihn weinen und für seine Seele beten würde, in die niemals ein Lichtstrahl gedrungen und die so vorzeitig und unmenschlich vom Körper getrennt worden war.

So verbrachte ich den ganzen ersten Tag, die darauffolgende Nacht, den kommenden Tag und wieder eine Nacht. Ich lag auf dem Bett oder saß im Sessel am Fußende des Bettes. Krampfhaft preßte ich eine Jacke von Mino an mich, die ich am Haken hängend gefunden hatte, und küßte sie immer wieder leidenschaftlich oder biß in sie hinein, um meiner Unruhe Herr zu werden. Selbst als Mutter mich zwang, ein wenig zu essen, aß ich nur mit einer Hand und behielt die Jacke in der anderen. In der zweiten Nacht wollte Mutter mich ins Bett legen. Ich ließ mich auch willenlos ausziehen, aber als Mutter mir die Jacke aus den Händen nehmen wollte, stieß ich auf einmal einen solchen Schrei aus, daß sie furchtbar erschrak. Sie wußte von nichts, hatte aber mehr oder weniger doch begriffen, daß mich Minos Verschwinden so erregte.

Am dritten Tag kam mir ein neuer Gedanke, und ich klammerte mich den ganzen Vormittag daran, obgleich ich unbewußt spürte, wie unbegründet er war. Ich dachte, Mino sei vielleicht durch meine Schwangerschaft erschreckt worden, wolle sich den mit meinem Zustand verknüpften Pflichten entziehen und sei deshalb in sein Haus auf dem Land geflohen. Das war eine schlimme Vermutung, aber feige zog ich es immer noch vor, mir solche Dinge einzubilden, als gewisse andere Möglichkeiten anzunehmen, die sich mir durch die Umstände seiner Flucht aufdrängten; denn die waren gar zu traurig.

Am gleichen Tag gegen Mittag trat Mutter in mein Zimmer und warf einen Brief auf mein Bett. Ich erkannte Minos Handschrift sogleich, und ein Freudenschauer überflog mich. Ich wartete, bis Mutter das Zimmer verlassen hatte und sich meine Erregung etwas legte. Dann öffnete ich den Brief. Hier ist sein ganzer Inhalt:

Liebste Adriana,
wenn Du diesen Brief erhältst, dann bin ich schon tot. Als ich den Revolver öffnete und entdeckte, daß er entladen war, wußte ich sofort, daß nur Du das getan haben konntest, und ich habe sehr liebevoll an Dich gedacht. Arme Adriana, Du verstehst nichts von Waffen und wußtest nicht, daß eine Kugel bereits im Lauf lag. Die Tatsache, daß Du Dir das nicht klargemacht hast, bestärkte mich in meinem Vorsatz. Außerdem gibt es so viele Arten, sich zu töten. Wie ich Dir schon sagte, kann ich das nicht verschmerzen, was ich getan habe. In diesen letzten Tagen ist mir klargeworden, daß ich Dich liebe; aber logischerweise sollte ich Dich eigentlich hassen; denn alles das, was ich in mir verachte und was sich mir bei meiner Vernehmung enthüllte, bist Du im höchsten Grad. In der Tat fiel in jenem Augenblick der Mann zusammen, der ich eigentlich hätte sein sollen, und nur, was ich wirklich bin, blieb übrig. Es geschah nicht aus Feigheit oder Verrat, sondern aus einer geheimnisvollen Unterbrechung meiner Willenskraft. Nun, vielleicht ist das gar nicht so geheimnisvoll, aber das würde jetzt zu weit führen. Es genügt, wenn ich sage, daß durch meinen Tod die Dinge wieder in die Ordnung gebracht werden, die sie haben müssen. Hab keine Angst, ich hasse Dich nicht, ich liebe Dich sogar so, daß allein der Gedanke an Dich genügt, um mich mit dem Leben wieder auszusöhnen. Wenn es möglich gewesen wäre, dann wäre ich sicher am Leben geblieben und hätte Dich geheiratet. Wir wären, wie Du so oft sagtest, sicher sehr fröhlich zusammen gewesen. Aber es ist eben nicht möglich gewesen. Ich habe an den Sohn gedacht, den Du erwartest, und in diesem Sinne zwei Briefe geschrieben, einen an meine Familie und den anderen an einen befreundeten Rechtsanwalt. Sie sind schließlich gute Leute, und wenn man sich auch keine Illusionen machen soll über ihre Gefühle für Dich, so bin ich doch davon überzeugt, daß sie ihre Pflicht tun werden. Sollte der unwahrscheinliche Fall eintreten, daß sie sich weigern, darfst Du nicht zögern, Dich der Gesetze zu bedienen. Jener Rechtsanwalt, ein Freund von mir, wird Dich aufsuchen, und ihm kannst Du Dich anvertrauen.

Denke manchmal an mich. Ich umarme Dich, Dein Mino.

PS Der Name des Rechtsanwaltes ist Francesco Lauro, seine Adresse: Via Cola di Rienzi 3.

Nachdem ich den Brief gelesen hatte, warf ich mich unter die Decke, wickelte den Kopf in das Leintuch und weinte bitterlich. Ich weiß nicht, wie lange ich so weinte. Jedesmal, wenn ich dachte: jetzt hört es auf, gab es einen wilden, bitteren Riß in meiner Brust, und ich brach in erneutes Schluchzen aus. Ich schrie nicht, wie ich gerne getan hätte, da ich fürchtete, damit Mutters Aufmerksamkeit zu erregen. Ich weinte ganz still und spürte, dies war das letztemal, daß ich in meinem Leben weinte. Ich beweinte Mino, mich selbst, meine ganze Vergangenheit und meine Zukunft.

Endlich, immer noch unter Tränen, erhob ich mich betäubt, den Blick getrübt vom Weinen, und zog mich hastig an. Dann wusch ich die Augen mit kaltem Wasser, schminkte mein rotes, aufgeschwollenes Gesicht so gut wie möglich und ging auf Zehenspitzen hinaus, ohne Mutter etwas zu sagen.

Ich lief zum nächstgelegenen Polizeirevier und ließ mich beim Kommissar melden. Er hörte sich meine Geschichte an und sagte dann mit skeptischem Ausdruck: »Damit haben wir eigentlich noch gar nichts zu tun, Sie werden sehen, er hat es sich wieder anders überlegt.«

Ich wünschte mir, er hätte recht. Aber zu gleicher Zeit empfand ich merkwürdigerweise eine große Gereiztheit gegen ihn. »Das sagen Sie, weil Sie ihn nicht kennen«, sagte ich hart, »Sie glauben, alle seien so wie Sie.«

»Sag mal«, erkundigte er sich, »willst du ihn eigentlich tot oder lebendig haben?«

»Er soll leben«, schrie ich, »ich will, daß er lebt ... aber ich habe solche Angst, daß er tot ist.«

Er überlegte kurz, dann sagte er: »Beruhige dich ... vielleicht wollte er in dem Augenblick, als er den Brief schrieb, wirklich Selbstmord begehen, aber es kann ihn dann doch wieder gereut haben, das ist menschlich und geht vielen so.«

»Ja, das ist möglich«, stammelte ich. Ich wußte nicht einmal mehr, was ich sagte.

»Jedenfalls kannst du heute abend noch mal hierherkommen«, schloß er, »bis dahin kann ich vielleicht mehr sagen.«

Von der Polizeiwache aus ging ich geradenwegs in die Kirche. Es war die Kirche, in der ich getauft und gefirmt worden war. Es war eine sehr alte, lange und kahle Kirche mit zwei Säulenreihen aus rohem Stein und einem staubigen Fußboden aus grauen Platten. Aber hinter den Säulenreihen, im Dunkel der Seitenschiffe, öffneten sich reiche, vergoldete Kapellen wie tiefe, mit Schätzen angefüllte Grotten. Eine dieser Kapellen war der Madonna geweiht. Ich kniete in der Dunkelheit vor dem die Kapelle abschließenden Bronzegitter auf dem Boden nieder. Das Madonnenbild war ein großes dunkles Viereck hinter vielen, mit Blumen gefüllten Vasen. Sie trug das Kind im Arm, und zu ihren Füßen kniete mit gefalteten Händen ein heiliger Mönch und betete sie an. Ich beugte mich bis zur Erde und schlug die Stirn heftig auf den Boden. Ich küßte die Steine, malte das Zeichen des Kreuzes in den Staub, und dann rief ich die Madonna an und legte in meinem Herzen ein Gelübde ab. Ich versprach, nie mehr in meinem ganzen Leben etwas mit Männern zu tun zu haben, nicht einmal mit Mino. Die Liebe war das einzige in der Welt, an dem ich wirklich hing und das mir Freude bereitete, und ich dachte, ein größeres Opfer könne ich für Minos Errettung nicht bringen. Immer noch gebeugt und mit der Stirn auf dem Fußboden, betete ich dann lange wort- und gedankenlos, nur mit dem Herzen. Aber als ich mich endlich erhob, erlebte ich eine Art von Blendung, es schien mir, als zerrisse der dichte Schatten, in den die Kapelle gehüllt war, in einer unvermittelten Helligkeit, und in diesem Licht sah ich ganz deutlich die Madonna, die mich sanft und gütig anblickte, dabei jedoch ein kaum merkliches Nein mit dem Kopf andeutete, als wollte sie sagen, daß sie mein Gebet nicht erhört habe. Es war nur ein Augenblick – dann fand ich mich wieder aufrecht neben dem Gitter vor dem Altar. Mehr tot als lebendig, bekreuzigte ich mich und kehrte nach Hause zurück.

Den ganzen Tag zählte ich die Sekunden und Minuten, und gegen Abend kehrte ich zum Polizeirevier zurück. Der Kommissar sah mich so sonderbar an ... ich wurde beinahe ohnmächtig und brachte kaum hörbar hervor: »Also hat er sich wirklich umgebracht.«

Der Beamte nahm eine Fotografie vom Tisch und reichte sie mir: »Eine bisher noch nicht identifizierte Person hat sich wahrhaftig in einem Hotel in der Nähe des Bahnhofs erschossen ... schau dir das mal an, ob er es ist.«

Ich nahm die Fotografie und erkannte ihn sofort. Es war nur ein Brustbild aufgenommen worden, er lag anscheinend auf einem Bett. Von einem Loch in der Schläfe liefen mehrere dunkle Blutspuren über das Gesicht. Aber unter diesen Streifen trug das Gesicht einen so heiteren, gelassenen Ausdruck, wie ich ihn nie bei ihm gesehen hatte, solange er lebendig war.

Mit erloschener Stimme sagte ich, er sei es, und erhob mich. Der Beamte wollte noch etwas sagen, mich vielleicht trösten, aber ich hörte ihn nicht an und ging hinaus, ohne mich umzudrehen.

Ich ging nach Hause, und diesmal warf ich mich tränenlos in Mutters Arm. Ich wußte, sie war dumm und begriff nichts, aber sie war der einzige Mensch, dem ich mich anvertrauen konnte. Ich erzählte ihr alles, von Minos Selbstmord, von unserer Liebe und von dem Kind, das ich erwartete. Aber ich verschwieg, daß Sonzogno der Vater war. Ich sprach auch von meinem Gelübde, und daß ich fest dazu entschlossen sei, mein Leben von nun an zu ändern; ich wollte Hemden mit ihr nähen oder irgendeine Stellung annehmen. Nachdem Mutter versucht hatte, mich mit einer Unmenge von albernen, wenn auch liebgemeinten Worten zu trösten, riet sie mir, mich um nichts zu kümmern; man müsse erst einmal sehen, was die Familie täte. »Das ist etwas, das meinen Sohn angeht, nicht mich«, antwortete ich.

Am nächsten Morgen meldeten sich unerwarteterweise jene beiden Freunde Tullio und Tommaso. Auch sie hatten einen Brief erhalten, in dem ihnen Mino nach der Ankündigung seines Selbstmordes all das berichtet hatte, was er seinen Verrat nannte, und sie vor den Folgen warnte.

»Ihr braucht keine Angst zu haben«, sagte ich rauh, »sondern könnt ganz beruhigt sein ... euch wird bestimmt nichts geschehen.« Und dann erzählte ich ihnen, daß Astarita, der einzige Mitwisser, tot sei, daß das Verhör niemals protokolliert worden sei und daß Astarita keine Meldung weitergegeben habe. Tommaso war sichtlich betrübt über Minos Tod; aber der andere hatte sich anscheinend noch nicht von seinem Schrecken erholt. Nach einem Augenblick sagte Tullio: »Er hat uns aber doch schön in die Tinte gebracht ... wer kann der Polizei schon trauen? Man kann nie wissen ... es ist doch ein waschechter Verrat gewesen«, dabei rieb er sich die Hände und brach in sein übliches fröhliches Gelächter aus, als sei das alles sehr komisch.

Ich erhob mich verletzt und sagte: »Was reden Sie da von Verrat? Er hat sich umgebracht, was wollt ihr eigentlich noch mehr? Keiner von euch beiden hätte den Mut dazu gehabt, das zu tun. Außerdem sage ich euch noch dies: Ihr habt gar nichts, worauf ihr stolz sein könnt, auch wenn ihr keinen Verrat begangen habt, denn ihr seid zwei Unglücksraben, zwei arme Teufel, zwei bejammernswerte Gestalten. Ihr habt nie einen Groschen besessen, und eure Familien sind genauso elend und unglücklich. Wenn alles gutgeht, dann werdet ihr endlich das haben, was ihr nie hattet, und es wird euch und euren Familien gutgehen ... Er dagegen war reich, stammte aus einer wohlhabenden Familie und war ein Herr, und wenn er mitmachte, so tat er es, weil er daran glaubte, und nicht weil er sich etwas davon erhoffte; er hatte nur zu verlieren, im Gegensatz zu euch, die ihr alles gewinnen konntet. So, das wollte ich euch sagen. Ihr solltet euch schämen, hierher zu mir zu kommen und von Verrat zu reden.«

Der kleine Tullio öffnete seinen großen Mund, wie um mir zu antworten, aber der andere hatte mich verstanden, bedeutete ihm zu schweigen und sagte zu mir: »Sie haben recht, aber Sie können beruhigt sein, ich wenigstens werde immer gut von Mino denken.« Er schien bewegt, und ich empfand Sympathie für ihn, weil man sah, wie nahe ihm das alles ging. Dann grüßten sie und gingen fort.

Ich war allein. Ich fühlte mich durch das, was ich zu ihnen gesagt hatte, fast ein wenig erleichtert in meinem Schmerz. Erst dachte ich an Mino, dann an meinen Sohn. Ich dachte daran, daß er durch einen Mörder und eine Hure in die Welt komme; aber allen Männern kann es passieren, daß sie töten, und allen Frauen, daß sie sich für Geld hingeben; das einzig Wichtige blieb, daß er gesund auf die Welt käme und gesund und kräftig aufwüchse. Ich entschloß mich, falls es ein Sohn würde, ihn Giacomo zu nennen, zum Andenken an Mino. Sollte es eine Tochter werden, so wollte ich sie Letizia nennen, denn ich wünschte, daß sie, im Gegensatz zu mir, ein fröhliches, glückliches Leben haben solle, und ich war überzeugt davon, daß ich das mit Hilfe von Minos Familie erreichen würde.